D1039846

El tango de la
Guardia Vieja

Arturo Pérez-Reverte

El tango de la
Guardia Vieja

ALFAGUARA

© 2012, Arturo Pérez-Reverte
© De esta edición:
2012, Santillana USA Publishing Company
2023 N.W. 84th Ave.
Doral, FL, 33122
Teléfono:305-591-9522
Fax: 305-591-7473
www.prisaediciones.com

ISBN: 978-1-61435-960-9

15 14 13 12   1 2 3 4 5 6 7 8

© Diseño:
Proyecto de Enric Satué

© Imagen de cubierta:
Edward Quinn, *Grace Kelly at the Carlton Hotel, Cannes 1955*

Printed in USA by HCI Printing

Todos los derechos reservados.
Esta publicación no puede ser reproducida, ni en todo ni en parte, ni registrada en o trans-
mitida por un sistema de recuperación de información, en ninguna forma ni por ningún
medio, sea mecánico, fotoquímico, electrónico, magnético, electroóptico, por fotocopia, o
cualquier otro, sin el permiso previo por escrito de la editorial.

 PRISA EDICIONES

«Y sin embargo, una mujer como usted y un hombre como yo no coinciden a menudo sobre la tierra.»

JOSEPH CONRAD. *Entre mareas*

En noviembre de 1928, Armando de Troeye viajó a Buenos Aires para componer un tango. Podía permitírselo. A los cuarenta y tres años, el autor de *Nocturnos* y *Pasodoble para don Quijote* se encontraba en la cima de su carrera, y todas las revistas ilustradas españolas publicaron su fotografía, acodado junto a su bella esposa en la borda del transatlántico *Cap Polonio*, de la Hamburg-Südamerikanische. La mejor imagen apareció en las páginas de Gran Mundo de *Blanco y Negro*: los De Troeye en la cubierta de primera clase, él con trinchera inglesa sobre los hombros, una mano en un bolsillo de la chaqueta y un cigarrillo en la otra, sonriendo a quienes lo despedían desde tierra; y ella, Mecha Inzunza de Troeye, con abrigo de piel y elegante sombrero que enmarcaba sus ojos claros, que el entusiasmo del periodista que redactó el pie de foto calificaba como «deliciosamente profundos y dorados».

Aquella noche, con las luces de la costa visibles todavía en la distancia, Armando de Troeye se vistió para cenar. Lo hizo con retraso, retenido por una ligera jaqueca que tardó un poco en desaparecer. Insistió, mientras tanto, en que su esposa se adelantase al salón de baile y se entretuviera allí oyendo música. Como era hombre minucioso, empleó un buen rato en llenar con cigarrillos la pitillera de oro que guardó en el bolsillo interior de la chaqueta del smoking, y en distribuir por los otros bolsillos algunos objetos necesarios para la velada: un reloj de oro con leontina, un encendedor, dos pañuelos blancos bien doblados, un pastillero con píldoras digestivas, y una billetera de piel de cocodrilo con tarjetas de visita y billetes menudos para propinas.

Después apagó la luz eléctrica, cerró a su espalda la puerta de la suite-camarote y caminó intentando ajustar sus movimientos al suave balanceo de la enorme nave, sobre la alfombra que amortiguaba la lejana trepidación de las máquinas que impulsaban el barco en la noche atlántica.

Antes de franquear la puerta del salón, mientras el *maître de table* acudía a su encuentro con la lista de reservas del restaurante en la mano, De Troeye contempló en el gran espejo del vestíbulo su pechera almidonada, los puños de la camisa y los zapatos negros bien lustrados. La ropa de etiqueta siempre acentuaba su aspecto elegante y frágil —la estatura era mediana y las facciones más regulares que atractivas, mejoradas por unos ojos inteligentes, un cuidado bigote y un cabello rizado y negro que salpicaban canas prematuras—. Por un instante, el oído adiestrado del compositor siguió los compases de la música que tocaba la orquesta: un vals melancólico y suave. De Troeye sonrió un poco, el aire tolerante. La ejecución sólo era correcta. Después metió la mano izquierda en el bolsillo del pantalón, y tras responder al saludo del maître lo siguió hasta la mesa que tenía reservada para todo el viaje en el mejor lugar de la sala. Algunas miradas se fijaban en él. Una mujer hermosa, con pendientes de esmeraldas, le dedicó un parpadeo de sorpresa admirada. Lo reconocían. La orquesta atacó otro vals lento cuando De Troeye tomaba asiento junto a la mesa donde había un combinado de champaña intacto, próximo a la falsa llama de una vela eléctrica en tulipa de cristal. Desde la pista, entre las parejas que se movían al compás de la música, le sonrió su joven esposa. Mercedes Inzunza, que había llegado al salón veinte minutos antes que él, danzaba en brazos de un joven delgado y apuesto, vestido de etiqueta: el bailarín profesional del barco, encargado de entretener a las señoras de primera clase que viajaban sin pareja o cuyos acompañantes no bailaban. Tras devolverle la sonrisa, De Troeye cruzó las piernas, eligió con cierta afectación un cigarrillo de la pitillera y se puso a fumar.

1. El bailarín mundano

En otro tiempo, cada uno de sus iguales tenía una sombra. Y él fue el mejor de todos. Mantuvo siempre el compás impecable en una pista, las manos serenas y ágiles fuera de ella, y en los labios la frase apropiada, la réplica oportuna, brillante. Eso lo hacía simpático a los hombres y admirado por las mujeres. En aquel entonces, además de los bailes de salón que le servían para ganarse la vida —tango, foxtrot, boston—, dominaba como nadie el arte de crear fuegos artificiales con las palabras y dibujar melancólicos paisajes con los silencios. Durante largos y fructíferos años, rara vez erró el tiro: resultaba difícil que una mujer de posición acomodada, de cualquier edad, se le resistiera en el té danzante de un Palace, un Ritz o un Excelsior, en una terraza de la Riviera o en el salón de primera clase de un transatlántico. Había pertenecido a la clase de hombre al que podía encontrarse por la mañana, en una chocolatería y vestido de frac, invitando a desayunar a los criados de la casa donde la noche anterior había asistido a un baile o una cena. Tenía ese don, o esa inteligencia. También, al menos una vez en su vida, fue capaz de poner cuanto tenía sobre el tapete de un casino y regresar en la plataforma de un tranvía, arruinado, silbando *El hombre que desbancó Montecarlo* con aparente indiferencia. Y era tal la elegancia con que sabía encender un cigarrillo, anudarse la corbata o lucir los puños bien planchados de una camisa, que la policía nunca se atrevió a detenerlo si no era con las manos en la masa.

—Max.

—¿Señor?

—Puede meter la maleta en el coche.

El sol de la bahía de Nápoles hiere los ojos al reflejarse en los cromados del Jaguar Mark X, como en los automóviles de antaño cuando eran conducidos por él mismo o por otros. Pero hasta eso ha cambiado desde entonces, y ni siquiera la vieja sombra aparece por ninguna parte. Max Costa echa un vistazo bajo sus pies; incluso se mueve ligeramente, sin resultado. Ignora el momento exacto en que ocurrió, pero eso es lo de menos. La sombra hizo mutis, quedándose atrás como tantas otras cosas.

Hace una mueca resignada, o quizá sólo se trate del sol que le molesta en los ojos, mientras procura pensar en algo concreto, inmediato —la presión de los neumáticos a media carga y a carga completa, la suavidad del cambio de marchas sincronizado, el nivel de aceite—, para alejar esa punzada agridulce que siempre aparece cuando la nostalgia o la soledad logran materializarse en exceso. Después respira hondo, suavemente, y tras frotar con una gamuza la estatuilla plateada del felino que corona el radiador, se pone la chaqueta del uniforme gris, que estaba doblada en el respaldo del asiento delantero. Sólo después de abotonarla cuidadosamente y ajustarse el nudo de la corbata sube despacio los peldaños que, flanqueados por mármoles decapitados y jarrones de piedra, conducen a la puerta principal.

—No olvide el maletín pequeño.

—Descuide, señor.

Al doctor Hugentobler no le gusta que en Italia sus empleados lo llamen doctor. Este país, suele decir, está infestado de *dottori*, *cavalieri* y *commendatori*. Y yo soy un médico suizo. Serio. No quiero que me tomen por uno de ellos, sobrino de un cardenal, industrial milanés o algo así. En cuanto a Max Costa, todos en la villa situada en las afueras de Sorrento se dirigen a él llamándolo Max a secas. Eso no deja de ser una paradoja, pues utilizó varios nombres y títulos a lo largo de su vida, aristocráticos o plebeyos

12

según las circunstancias y las necesidades del momento. Pero hace ya algún tiempo, desde que su sombra agitó por última vez el pañuelo y dijo adiós —como una mujer que desaparece para siempre entre una nube de vapor, enmarcada en la ventanilla de un coche cama, y uno nunca sabe si se ha ido en ese momento o empezó a irse mucho antes—, que recobró el suyo, el auténtico. Una sombra a cambio del nombre que, hasta un retiro forzoso, reciente y en cierto modo natural, incluida una temporada en prisión, figuró con grueso expediente en los departamentos policiales de media Europa y América. De todas formas, piensa mientras coge el maletín de piel y la maleta Samsonite y los coloca en el portaequipajes del coche, nunca, ni siquiera en los peores momentos, imaginó que terminaría sus días respondiendo «¿señor?» al ser interpelado por su nombre de pila.

—Vámonos, Max. ¿Trajo los periódicos?

—Aquí detrás los tiene, señor.

Dos golpes de portezuela. Se ha puesto, quitado y vuelto a poner la gorra de chófer para acomodar al pasajero. Al sentarse al volante la deja en el asiento contiguo, y con ademán de antigua coquetería echa un vistazo por el retrovisor antes de alisarse el cabello gris, aún abundante. Nada como el detalle de la gorra, piensa, para resaltar lo irónico de la situación; la playa absurda donde la resaca de la vida lo arrojó tras el naufragio final. Y sin embargo, cuando está en su cuarto de la villa afeitándose ante el espejo y se cuenta las arrugas como quien cuenta cicatrices de amores y batallas, cada una con nombre propio —mujeres, ruletas de casino, mañanas inciertas, atardeceres de gloria o de fracaso—, siempre acaba por dirigirse a sí mismo un guiño de absolución; como si en aquel anciano alto, ya no tan flaco, de ojos oscuros y cansados, reconociera la imagen de un viejo cómplice con el que sobran explicaciones. Después de todo, insinúa el reflejo en tono familiar, suavemente cínico e incluso algo canalla, es forzoso reconocer que, a los sesenta y cuatro años y con los pésimos naipes que la vida le ha servido en los últimos tiempos, aún puede considerarse afortunado. En circunstancias parecidas, otros —Enrico Fossataro, el viejo Sándor Esterházy— tuvieron que elegir entre la beneficencia pública o un minuto de incómodas contorsiones colgados de la corbata, en el baño de una triste casa de huéspedes.

—¿Hay noticias de importancia? —inquiere Hugentobler.

Suena ruido de diarios en el asiento trasero del automóvil: pasar de páginas con desgana. Ha sido más un comentario que una pregunta. Por el retrovisor, Max ve los ojos de su patrón inclinados, con las gafas de lectura caídas al extremo de la nariz.

—¿Los rusos han tirado la bomba atómica, o algo así?

Hugentobler bromea, naturalmente. Humor suizo. Cuando está de buen talante suele dárselas de bromista con el servicio, quizá porque es soltero, sin familia que le ría las gracias. Max esboza una sonrisa profesional. Discreta y desde la distancia adecuada.

—Nada en especial, señor: Cassius Clay ganó otro combate y los astronautas de la Gemini XI han vuelto sanos y salvos... También se calienta la guerra de Indochina.

—Vietnam, querrá decir.

—Eso es. Vietnam... Y como noticia local, en Sorrento empieza a jugarse el Premio Campanella de ajedrez: Keller contra Sokolov.

—Cielo santo —dice Hugentobler, distraído y sarcástico—. Lo que voy a lamentar perdérmelo... La verdad es que hay gente para todo, Max.

—Y que lo diga, señor.

—¿Imagina? Toda la vida delante de un tablero. Así terminan esos jugadores. Alienados, como el tal Bobby Fischer.

—Desde luego.

14

—Vaya por la carretera de abajo. Tenemos tiempo.

La gravilla deja de crujir bajo los neumáticos cuando, tras cruzar la verja de hierro, el Jaguar empieza a rodar lentamente sobre la carretera asfaltada entre olivos, lentiscos e higueras. Max cambia de marcha con suavidad ante una pronunciada curva, a cuyo término el mar tranquilo y luminoso recorta en contraluz, como cristal esmerilado, las siluetas de los pinos y las casas escalonadas en la montaña, con el Vesubio al otro lado de la bahía. Por un instante olvida la presencia de su pasajero y acaricia el volante, concentrándose en el placer de conducir; el movimiento entre dos lugares cuya ubicación en tiempo y espacio lo tiene sin cuidado. El aire que entra por la ventanilla abierta huele a miel y resina, con los últimos aromas del verano, que, en estos parajes, siempre se resiste a morir y libra una ingenua y dulce batalla con las hojas del calendario.

—Magnífico día, Max.

Parpadea, tornando a la realidad, y alza de nuevo los ojos al espejo retrovisor. El doctor Hugentobler ha puesto a un lado los periódicos y tiene un cigarro habano en la boca.

—En efecto, señor.

—Cuando vuelva, me temo que el tiempo habrá cambiado.

—Confiemos en que no. Sólo son tres semanas.

Hugentobler emite un gruñido acompañado de una bocanada de humo. Es un hombre de aspecto apacible y tez rojiza, propietario de un sanatorio de reposo situado en las cercanías del lago de Garda. Hizo fortuna en los años siguientes a la guerra dispensando tratamiento psiquiátrico a judíos ricos traumatizados por los horrores nazis; de ésos que despertaban en plena noche y creían hallarse todavía en un barracón de Auschwitz, con los dóberman ladrando afuera y los SS indicando el camino de las duchas. Hugentobler y su socio italiano, un tal doctor Bacchelli, los ayudaban a combatir esos fantasmas, recomendando como final de tratamiento un viaje a Israel organizado por la dirección del sanatorio, y rematando el asunto con estremecedoras facturas que hoy permiten a Hugentobler mantener una casa en Milán, un apartamento en Zúrich y la villa de Sorrento con cinco automóviles en el garaje. Desde hace tres años, Max se encarga de tener a punto y conducir éstos, así como de supervisar los trabajos de mantenimiento en la villa, cuyos otros empleados son un matrimonio de Salerno, sirvienta y jardinero: los Lanza.

—No vaya directamente al puerto. Tome por el centro.

—Sí, señor.

Echa una breve ojeada al reloj correcto pero barato —un Festina chapado en oro falso— que lleva en la muñeca izquierda, y conduce entre el escaso tráfico que a esa hora discurre por el corso Italia. Hay tiempo de sobra para abordar la canoa automóvil que transportará al doctor desde Sorrento al otro lado de la bahía, ahorrándole las vueltas y revueltas de la carretera que lleva al aeropuerto de Nápoles.

—Max.

—¿Señor?

—Pare en Rufolo y compre una caja de Montecristo del número dos.

La relación laboral de Max Costa con su patrón empezó como flechazo a primera vista: apenas le puso la vista encima, el psiquiatra se desentendió de los impecables antecedentes —rigurosamente falsos, por otra parte— contenidos en las cartas de referencia. Hombre práctico, convencido de que su intuición y experiencia profesional jamás engañan sobre la condición humana, Hugentobler decidió que aquel individuo vestido con cierto aire de trasnochada elegancia, su expresión franca, respetuosa y tranquila, y sobre todo la educada prudencia de sus ademanes y palabras, eran estampa viva de la honradez y el decoro. Personaje idóneo, por tanto, para conferir la dignidad apropiada al deslumbrante parque móvil —el Jaguar, un Rolls-Royce Silver Cloud II y tres coches antiguos, entre ellos un Bugatti 50T coupé— de que tan orgulloso se siente el doctor en Sorrento. Por supuesto, éste se encuentra lejos de suponer que su chófer pudo disfrutar, en otro tiempo, de automóviles propios y ajenos tan lujosos como los que ahora conduce a título de empleado. De poseer la información completa, Hugentobler habría tenido que revisar algunos de sus puntos de vista sobre la condición humana, y buscado un auriga con aspecto menos elegante pero de currículum más convencional. En todo caso, sería un error. Cualquiera que conozca el lado oscuro de las cosas entiende que quienes perdieron su sombra son como las mujeres con un pasado que contraen matrimonio: nadie más fiel que ellas, pues saben lo que arriesgan. Pero no será Max Costa quien, a estas alturas, ilustre al doctor Hugentobler sobre la fugacidad de las sombras, la honestidad de las putas o la honradez forzosa de los viejos bailarines de salón, más tarde ladrones de guante blanco. Aunque no siempre el guante fuera blanco del todo.

Cuando la canoa automóvil Riva se aleja del pantalán de Marina Piccola, Max Costa permanece un rato apoyado en el rompeolas que protege el muelle, observando adentrarse la estela en la lámina azul de la bahía. Después se quita la corbata y la chaqueta de uniforme, y con ésta al brazo camina de vuelta al coche aparcado cerca del edificio de la Guardia di Finanza, al pie del acantilado que se eleva sosteniendo arriba Sorrento. Da cincuenta liras al muchacho que vigila el Jaguar, lo pone en marcha y conduce despacio por la carretera que, describiendo una cerrada curva, asciende hasta la población. Al desembocar en la plaza Tasso se detiene ante tres peatones que salen del hotel Vittoria: son dos mujeres y un hombre, y los sigue con la vista, distraído, mientras cruzan a escasa distancia del radiador. Tienen aspecto de turistas acomodados; de los que llegan fuera de temporada para disfrutar con más tranquilidad, sin los agobios del verano y sus multitudes, del sol, el mar y el clima agradable que allí se mantiene hasta muy avanzado el otoño. El hombre tendrá menos de treinta años, lleva gafas oscuras y viste chaqueta con coderas de ante. La más joven de las mujeres es una morena de aspecto agradable y falda corta, que lleva el pelo recogido en una larga trenza a la espalda. La otra, de más edad, madura, viste una rebeca de punto beige con falda oscura y se cubre con un arrugado sombrero masculino de tweed bajo el que destaca un cabello gris muy corto, con tonos de plata. Es una señora distinguida, aprecia Max. Con esa elegancia que no consiste en la ropa, sino en la manera de llevarla. Por encima de la media de lo que puede verse en las villas y buenos hoteles de Sorrento, Amalfi y Capri, incluso en esta época del año.

Hay algo en la segunda mujer que incita a seguirla con la vista mientras cruza la plaza Tasso. Tal vez cómo se conduce: despacio, segura, la mano derecha metida con indolencia en un bolsillo de la rebeca; con esa manera de moverse de quienes, durante buena parte de su vida, caminaron seguros pisando las alfombras de un mundo que les pertenecía. O quizá lo que llama la atención de Max es el modo en que inclina el rostro hacia sus acompañantes para reír de lo que hablan entre ellos, o para pronunciar palabras cuyo sonido enmudecen los cristales silenciosos del automóvil. Lo cierto es que por un momento, con la rapidez de quien evoca el fragmento inconexo de un sueño olvidado, Max se enfrenta al eco de un recuerdo. A la imagen pasada, remota, de un gesto, una voz y una risa. Eso lo asombra tanto que es necesario el bocinazo de otro coche a su espalda para que ponga la primera marcha y avance un poco sin dejar de observar al trío, que ha llegado al otro lado de la plaza y toma asiento al sol, en torno a una de las mesas de la terraza del bar Fauno.

Está a punto de embocar el corso Italia cuando la sensación familiar acude otra vez a su memoria; pero se trata ahora de un recuerdo concreto: un rostro, una voz. Una escena, o varias de ellas. De pronto el asombro se torna estupefacción, y Max pisa el pedal del freno con una brusquedad que le vale un segundo bocinazo del coche que viene detrás, secundado por iracundos ademanes de su conductor cuando el Jaguar se desvía bruscamente a la derecha y, tras frenar de nuevo, se detiene junto al bordillo de la acera.

Retira la llave de contacto y reflexiona mientras permanece inmóvil, mirándose las manos apoyadas en el volante. Al fin sale del automóvil, se pone la chaqueta y camina bajo las palmeras de la plaza en dirección a la terraza del bar. Va desasosegado. Temeroso, quizá, de confirmar lo que le ronda la cabeza. El trío sigue allí, en animada conversación. Procurando pasar inadvertido, Max se detiene junto a los arbustos de la zona ajardinada. La mesa está a diez metros, y la mujer del sombrero de tweed se encuentra sentada de perfil, charlando con los otros, ajena al escrutinio riguroso a que Max la somete. Es probable, confirma éste, que en otro tiempo haya sido muy atractiva, pues su rostro conserva la evidencia de una antigua belleza. Podría ser la mujer que sospecha, concluye inseguro; aunque resulta difícil afirmarlo. Hay demasiados rostros femeninos interpuestos, y eso incluye un antes y un largo después. Emboscado tras las jardineras, mientras acecha cuantos detalles puedan encajar en su memoria, Max no llega a una conclusión satisfactoria. Por último, consciente de que parado allí acabará llamando la atención, rodea la terraza y va a sentarse a una de las mesas del fondo. Pide un negroni al camarero, y durante los veinte minutos siguientes observa el perfil de la mujer, analizando cada uno de sus gestos y ademanes para compararlos con los que recuerda. Cuando los tres dejan la mesa y cruzan de nuevo la plaza en dirección a la esquina de la via San Cesareo, la ha reconocido, por fin. O así lo cree. Entonces se levanta y va tras ellos, manteniéndose lejos. Hace siglos que su viejo corazón no latía tan rápido.

La mujer bailaba bien, comprobó Max Costa. Suelta y con cierta audacia. Incluso se atrevió a seguirlo en un paso lateral más complicado, de fantasía, que él improvisó para tantear su pericia, y del que una mujer menos ágil habría salido poco airosa. Debía de acercarse a los veinticinco años, calculó. Alta y esbelta, brazos largos, muñecas finas y piernas que se adivinaban interminables bajo la seda ligera y oscura, de reflejos color violeta, que descubría sus hombros y espalda hasta la cintura. Merced a los tacones altos que realzaban el vestido de noche, su rostro quedaba a la misma altura que el de Max: sereno, bien dibujado. Trigueña de pelo, lo llevaba un poco ondulado según la moda exacta de esa temporada, con un corte a ras descubriendo la nuca. Al bailar mantenía la mirada inmóvil más allá del hombro de la chaqueta de frac de su pareja, donde apoyaba la mano en la que relucía un anillo de casada. Ni una sola vez, después de que él se acercase con una reverencia cortés ofreciéndose para un vals lento de los que llamaban boston, habían vuelto a mirarse a los ojos. Ella los tenía de un color miel transparente, casi líquido; realzados por la cantidad de rimmel justo —ni un toque más de lo necesario, lo mismo que el carmín de la boca— bajo el arco de unas cejas depiladas en trazo muy fino. Nada tenía que ver con las otras mujeres que Max había escoltado aquella noche en el salón de baile: señoras maduras con perfumes fuertes de lila y pachulí, y torpes jovencitas de vestido claro y falda corta que se mordían los labios esforzándose en no perder el compás, se ruborizaban cuando les ponía una mano en la cintura o batían palmas al sonar un hupa-hupa. Así que, por primera vez aquella noche, el bailarín mundano del *Cap Polonio* empezó a divertirse con su trabajo.

No volvieron a mirarse hasta que terminó el boston —era *What I'll Do*— y la orquesta atacó el tango *A media luz*. Se habían quedado un momento inmóviles en la pista semivacía, uno frente al otro; y al ver que ella no regresaba a su mesa —un hombre vestido de smoking, seguramente el marido, acababa de sentarse allí— con los primeros compases él abrió los brazos y la mujer se adaptó de inmediato, impasible como antes. Apoyó la mano izquierda en su hombro, alargó con languidez el otro brazo y empezaron a moverse por la pista —deslizarse, pensó Max que era la palabra— de nuevo con los iris de color miel fijos más allá del bailarín, sin mirarlo aunque enlazada a él con una precisión asombrosa; al ritmo seguro y lento del hombre que, por su parte, procuraba mantener la distancia respetuosa y justa, el roce de cuerpos imprescindible para componer las figuras.

—¿Le parece bien así? —preguntó tras una evolución compleja, seguida por la mujer con absoluta naturalidad.

Ella le dedicó una mirada fugaz, al fin. También, quizás, un suave apunte de sonrisa desvanecido en el acto.

—Perfecto.

En los últimos años, puesto de moda en París por los bailes apaches, el tango, originalmente argentino, hacía furor a ambos lados del Atlántico. De modo que la pista no tardó en animarse de parejas que evolucionaban con mayor o menor garbo, trazando pasos, encuentros y desencuentros que, según los casos y la pericia de los protagonistas, podían ir de lo correcto a lo grotesco. La pareja de Max, sin embargo, correspondía con plena soltura a los pasos más complicados, adaptándose tanto a los movimientos clásicos, previsibles, como a los que él, cada vez más seguro de su acompañante, emprendía a veces, siempre sobrio y lento según su particular estilo, pero introduciendo cortes y simpáticos pasos de lado que ella seguía con naturalidad, sin perder el compás. Divirtiéndose también con el movimiento y la música, como era patente por la sonrisa que ahora gratificaba a Max con más frecuencia tras alguna evolución complicada y exitosa, y por la mirada dorada que de vez en cuando regresaba de su lejanía para posarse unos segundos, complacida, en el bailarín mundano.

Mientras se movían por la pista, él estudió al marido con ojos profesionales, de cazador tranquilo. Estaba acostumbrado a hacerlo: esposos, padres, hermanos, hijos, amantes de las mujeres con las que bailaba. Hombres, en fin, que solían acompañarlas con orgullo, arrogancia, tedio, resignación u otros sentimientos igualmente masculinos. Había mucha información útil en alfileres de corbata, cadenas de reloj, pitilleras y sortijas, en el grosor de las carteras entreabiertas mientras acudían los camareros, en la calidad y corte de una chaqueta, la raya de un pantalón o el brillo de unos zapatos. Incluso en la forma de anudarse la corbata. Todo era material que permitía a Max Costa establecer métodos y objetivos al compás de la música; o, dicho de modo más prosaico, pasar de bailes de salón a posibilidades más lucrativas. El transcurso del tiempo y la experiencia habían acabado asentándolo en la opinión que siete años atrás, en Melilla, obtuvo del conde Boris Dolgoruki-Bragation —cabo segundo legionario en la Primera Bandera del Tercio de Extranjeros—, que acababa de vomitar, minuto y medio antes, una botella entera de pésimo coñac en el patio trasero del burdel de la Fátima:

—Una mujer nunca es sólo una mujer, querido Max. Es también, y sobre todo, los hombres que tuvo, que tiene y que podría tener. Ninguna se explica sin ellos... Y quien accede a ese registro posee la clave de la caja fuerte. El resorte de sus secretos.

Dirigió un último vistazo al marido desde más cerca, cuando al concluir esa pieza acompañó a su pareja de vuelta a la mesa: elegante, seguro, pasados los cuarenta. No era un hombre guapo, pero sí de aspecto agradable con su fino y distinguido bigote, el pelo rizado un punto canoso, los ojos vivos e inteligentes que no perdieron detalle, comprobó Max, de cuanto ocurría en la pista de baile. Había buscado su nombre en la lista de reservas antes de acercarse a la mujer, cuando aún estaba sola, y el maître confirmó que se trataba del compositor español Armando de Troeye y señora: cabina especial de primera clase con suite y mesa reservada en el comedor principal, junto a la del capitán; lo que a bordo del *Cap Polonio* significaba mucho dinero, excelente posición social, y casi siempre ambas cosas a la vez.

—Ha sido un placer, señora. Baila maravillosamente.

—Gracias.

Hizo una inclinación de cabeza casi militar —solía agradar a las mujeres esa manera de saludar, y también la naturalidad con que tomaba sus dedos para llevarlos cerca de los labios—, a la que ella correspondió con un asentimiento leve y frío antes de sentarse en la silla que su marido, puesto en pie, le ofrecía. Max volvió la espalda, se alisó en las sienes el reluciente pelo negro peinado hacia atrás con gomina, primero con la mano derecha y luego con la izquierda, y se alejó orillando la gente que bailaba en la pista. Caminaba con una sonrisa cortés en los labios, sin mirar a nadie pero advirtiendo en su metro setenta y nueve centímetros de estatura, vestido de impecable etiqueta —en eso había agotado sus últimos ahorros antes de embarcar con contrato de ida para el viaje a Buenos Aires—, la curiosidad femenina procedente de las mesas que algunos pasajeros ya empezaban a abandonar para dirigirse al comedor. Medio salón me detesta en este momento, concluyó entre resignado y divertido. El otro medio son mujeres.

El trío se detiene ante una tienda de souvenirs, postales y libros. Aunque parte de los comercios y restaurantes de Sorrento cierra al acabar la temporada alta, incluidas algunas tiendas elegantes del corso Italia, el barrio viejo con la via San Cesareo sigue siendo lugar frecuentado todo el año por los turistas. La calle no es ancha, de modo que Max Costa se detiene a distancia prudente, junto a una salumería cuya pizarra, escrita con tiza sobre un caballete en la puerta, ofrece discreto resguardo. La muchacha de la trenza ha entrado en la tienda mientras la mujer del sombrero se queda conversando con el joven. Éste se ha quitado las gafas de sol y sonríe. Es moreno, bien parecido. Ella debe de tenerle afecto, pues en una ocasión le acaricia la cara. Después él dice algo y la mujer ríe fuerte, con sonido que llega nítido hasta el hombre que espía: una risa clara y franca, que la rejuvenece mucho y sacude a Max con recuerdos puntuales del pasado. Es ella, concluye. Han pasado veintinueve años desde la última vez que la vio. Lloviznaba entonces sobre un paisaje costero, otoñal: un perro correteaba por los guijarros húmedos de la playa, bajo la balaustrada del Paseo de los Ingleses de Niza; y la ciudad, más allá de la fachada blanca del hotel Negresco, se difuminaba en el paisaje brumoso y gris. Todo aquel tiempo transcurrido, interpuesto entre una y otra escena, podría equivocar los recuerdos. Sin embargo, al antiguo bailarín mundano, actual empleado y chófer del doctor Hugentobler, ya no le cabe duda. Se trata de la misma mujer. Idéntica forma de reír, el modo en que inclina la cabeza a un lado, los ademanes serenos. La forma elegante, natural, de mantener una mano en el bolsillo de la rebeca. Quisiera acercarse para confirmarlo en su rostro visto de cerca, pero no se atreve. Mientras se debate en tal indecisión, la muchacha de la trenza sale de la tienda y los tres desandan camino, pasando de nuevo frente a la salumería donde Max acaba de refugiarse a toda prisa. Ve desde allí pasar a la mujer del sombrero, observa su perfil y cree estar seguro del todo. Ojos color de miel, confirma estremeciéndose. Casi líquida. Y de ese modo, cauto, manteniéndose a una distancia prudente, los sigue de regreso hasta la plaza Tasso y la verja del hotel Vittoria.

Volvió a verla al día siguiente, en la cubierta de botes. Y fue por casualidad, pues a ninguno de los dos correspondía estar allí. Como el resto de los empleados del *Cap Polonio* que no formaban parte de la tripulación de mar, Max Costa debía mantenerse apartado del sector y las cubiertas de paseo de primera clase. Para evitar esta última, donde los pasajeros tomaban en tumbonas de teca y mimbre el sol que incidía por la banda de estribor —la cubierta de babor estaba ocupada por quienes jugaban a los bolos y al shuffleboard o practicaban el tiro al plato—, Max optó por subir la escalerilla que conducía a otra cubierta donde se encontraban, trincados en sus perchas y calzos, ocho de los dieciséis botes alineados a uno y otro lado de las tres grandes chimeneas blancas y rojas del transatlántico. Era aquél un sitio tranquilo; espacio neutral que los pasajeros no solían frecuentar, pues la presencia de los grandes botes de salvamento afeaba el lugar y entorpecía la vista. La única concesión a quienes decidían utilizarlo eran unos bancos de madera; y en uno de ellos, cuando pasaba entre una lumbrera pintada de blanco y la boca de uno de los grandes ventiladores que llevaban aire fresco a las entrañas del buque, el bailarín mundano reconoció a la mujer con la que había danzado la noche anterior.

El día era luminoso, sin viento, y la temperatura agradable para esa época del año. Max no llevaba sombrero, guantes ni bastón —vestía un traje gris con chaleco, camisa de cuello blando y corbata de punto—, de manera que al pasar junto a la mujer se limitó a una cortés inclinación de cabeza. Ella llevaba un elegante conjunto de kashá:

chaqueta tres cuartos y falda recta plisada. Leía un libro apoyado en el regazo; y al pasar el hombre frente a ella, tapándole el sol por un instante, alzó el rostro ovalado por un sombrero de fieltro y ala corta, para fijar en él la mirada. Fue, tal vez, el breve destello de reconocimiento que creyó advertir en ella lo que hizo a Max detenerse un instante, con el tacto adecuado a las circunstancias y a la posición a bordo de cada cual.

—Buenos días —dijo.

La mujer, que ya bajaba de nuevo los ojos al libro, respondió con otra mirada silenciosa y un breve asentimiento de cabeza.

—Soy... —empezó a decir él, sintiéndose súbitamente torpe. Inseguro del terreno que pisaba y arrepentido ya de haberle dirigido la palabra.

—Sí —respondió ella, serena—. El caballero de anoche.

Dijo caballero y no bailarín, y él lo agradeció en su interior.

—No sé si le dije —apuntó— que baila usted maravillosamente.

—Lo dijo.

Ya volvía al libro. Una novela, advirtió él con un vistazo a la cubierta, que ella había entornado en el regazo: *Los cuatro jinetes del Apocalipsis*, de Vicente Blasco Ibáñez.

—Buenos días. Que tenga una feliz lectura.

—Gracias.

Se alejó, ignorando si ella seguía con los ojos puestos en la novela o lo miraba irse. Procuró caminar desenvuelto, indiferente, una mano en el bolsillo del pantalón. Al llegar junto al último bote se detuvo, y al socaire de éste sacó la pitillera de plata —las iniciales grabadas no eran suyas— y encendió un cigarrillo. Aprovechó el movimiento para dirigir con disimulo una mirada hacia proa, al banco donde la mujer seguía leyendo, inclinado el rostro. Indiferente.

Grand Albergo Vittoria. Abotonándose la chaqueta, Max Costa cruza bajo el rótulo dorado que campea sobre el arco de hierro de la entrada, saluda al vigilante de la puerta y camina por la avenida bordeada de pinos centenarios y toda clase de árboles y plantas. Los jardines son extensos: van desde la plaza Tasso hasta el borde mismo del acantilado, sobre la Marina Piccola y el mar, donde se alzan los tres edificios que forman el cuerpo del hotel. En el del centro, al término de una pequeña escalinata descendente, Max se encuentra en el vestíbulo, frente a la vidriera que da al jardín de invierno y las terrazas, que están —insólitamente para esta época del año— llenas de gente que toma el aperitivo. A la izquierda, tras el mostrador de recepción, se encuentra un viejo conocido: Tiziano Spadaro. Su relación data de los tiempos pretéritos en que el actual chófer del doctor Hugentobler se alojaba, en calidad de cliente, en lugares como el Vittoria. Muchas propinas generosas, cambiadas de mano con la discreción adecuada a códigos nunca escritos, abonaron el terreno para una simpatía que el tiempo convirtió en sincera, o cómplice. Con un amistoso tuteo —inimaginable veinte años atrás— incluido en ella.

—Vaya, Max. Dichosos los ojos... Cuánto tiempo.

—Cuatro meses, casi.

—Celebro verte.

—Y yo a ti. ¿Cómo va la vida?

Encogiéndose de hombros, Spadaro —tiene el pelo escaso y una barriga prominente tensa el chaleco negro de su chaqué— recita los lugares comunes de la profesión en temporada baja: menos propinas, clientes de fin de semana con amiguitas aspirantes a actriz o maniquí, grupos de norteamericanos vocingleros en tour Nápoles-Ischia-Capri-Sorrento-Amalfi, un día por sitio con desayuno incluido, que pasan el tiempo pidiendo agua embotellada porque no se fían de la del grifo. Por suerte —Spadaro señala hacia la vidriera del animado jardín de invierno— el Premio Campanella salva la situación: el duelo Keller-Sokolov llena el hotel con jugadores, periodistas y aficionados al ajedrez.

—Quiero una información. Discreta.

Spadaro no comenta «como en los viejos tiempos»; aunque en su mirada, primero sorprendida y luego irónica, un punto inquieta ante lo inesperado, se reaviva la añeja complicidad. A poco de jubilarse, con cinco décadas de oficio tras empezar de botones en el hotel Excelsior de Nápoles, ha visto de todo. Y ese todo incluye a Max Costa en su mejor época. O todavía en ella.

—Te creía retirado.

—Lo estoy. Nada tiene que ver.

—Ah.

El viejo recepcionista parece aliviado. Entonces Max plantea la cuestión: señora de edad, elegante, acompañada por muchacha y hombre joven de buen aspecto. Acaban de entrar hace diez minutos. Quizá sean clientes del hotel.

—Lo son, naturalmente... El joven es Keller, nada menos.

Parpadea Max, distraído. El joven y la muchacha son los que menos le importan.

—¿Quién?

—Jorge Keller, el gran maestro chileno. Aspirante a campeón mundial de ajedrez.

Max hace memoria por fin, y Spadaro completa los detalles. El Premio Luciano Campanella, que este año se celebra en Sorrento, está patrocinado por el multimillonario turinés, uno de los mayores accionistas de la Olivetti y la Fiat. Gran aficionado al ajedrez, Campanella organiza citas anuales en lugares emblemáticos de Italia, siempre en el mejor establecimiento hotelero local, trayendo a los más grandes maestros, a los que paga espléndidamente. El encuentro se celebra durante cuatro semanas, pocos meses antes del duelo por el título de campeón del mundo; y ha llegado a considerarse como mundial oficioso entre los dos mejores ajedrecistas del momento: el campeón y el más destacado aspirante. Además del premio —cincuenta mil dólares para el vencedor y diez mil para el finalista—, el prestigio del Premio Campanella estriba en que, hasta ahora, el ganador de cada edición acabó alzándose después con el título mundial, o reteniéndolo. En la actualidad, Sokolov es el campeón; y Keller, que ha superado a todos los otros candidatos, el aspirante.

—¿Ese joven es Keller? —pregunta Max, sorprendido.

—Sí. Un muchacho amable, de pocos caprichos; cosa rara en su oficio... El ruso es más seco. Siempre rodeado de guardaespaldas y discreto como un topo.

—¿Y ella?

Spadaro hace un ademán vago: el que reserva para clientes de escasa categoría. Con poca historia.

—Es la novia. Y también forma parte de su equipo —el recepcionista hojea el registro para refrescarse la memoria—. Irina, se llama... Irina Jasenovic. El nombre es yugoslavo; pero el pasaporte, canadiense.

—Me refería a la mujer mayor. La del pelo corto gris.

—Ah, ésa es la madre.

—¿De la muchacha?

—No. De Keller.

La encontró de nuevo dos días más tarde, en el salón de baile del *Cap Polonio*. La cena era de etiqueta; la ofrecía el capitán en honor de algún invitado distinguido, y unos cuantos pasajeros varones habían cambiado el traje oscuro o el smoking por la chaqueta ajustada y estrecha con faldones, la pechera almidonada y la corbata blanca del frac. Los comensales se reunían en el salón y bebían combinados escuchando música antes de pasar al comedor; de donde los más jóvenes o juerguistas regresaban acabada la cena para quedarse hasta muy tarde. La orquesta empezó con valses lentos y melodías suaves, como de costumbre, y Max Costa bailó media docena de piezas, casi todas con jóvenes señoritas y señoras que viajaban en familia. Un slow-fox lo dedicó a una inglesa algo mayor pero de aspecto agradable que estaba en compañía de una amiga. Las había visto cuchichear y darse con el codo cada vez que pasaba bailando junto a ellas. La inglesa era rubia, regordeta, algo seca de modales. Quizá un punto ordinaria —creyó identificar un exceso de *My Sin* en su piel— y recargada de joyas, aunque no bailaba mal. También tenía bonitos ojos azules y dinero suficiente para hacerla atractiva: el bolso de mano que estaba sobre la mesa era de malla de oro, comprobó de un rápido vistazo cuando se detuvo ante ella para invitarla a la pista; y las joyas parecían buenas, en especial una pulsera de zafiros con pendientes a juego cuyas piedras, una vez desmontadas, valdrían quinientas libras esterlinas. Su nombre era miss Honeybee, según había comprobado en la lista del jefe de sala: viuda o divorciada, aventuró éste, que se llamaba Schmöcker —casi todos los oficiales, marineros y personal fijo del barco eran alemanes—, con el aplomo del medio centenar de travesías atlánticas que tenía en el currículum. Así que, tras varios pasos de baile y un cuidadoso estudio de las reacciones de la señora ante sus maneras y proximidad, ni un gesto fuera de lugar por parte de Max, distancias perfectas e indiferencia profesional, con el remate de una espléndida sonrisa masculina al devolverla a su mesa —correspondida por la inglesa con un rendido *so nice*—, el bailarín mundano situó a miss Honeybee en la lista de posibilidades. Cinco mil millas de mar y tres semanas de viaje daban mucho de sí.

Esa vez los De Troeye llegaron juntos. Max había hecho una pausa retirándose junto a los maceteros que flanqueaban la tarima de la orquesta, a fin de darse un respiro, beber un vaso de agua y fumar un poco. Desde allí vio entrar al matrimonio, precedido por el obsequioso Schmöcker: uno junto al otro pero ligeramente adelantada ella, el marido con clavel blanco en la solapa de raso negro, una mano en el bolsillo del pantalón alzando ligeramente el faldón derecho de la chaqueta de frac y un cigarrillo encendido en la otra. Armando de Troeye se mostraba indiferente al interés que suscitaba entre los pasajeros. En cuanto a su esposa, parecía salir de las páginas selectas de una revista ilustrada: lucía collar largo de perlas y pendientes a juego. Esbelta, tranquila, caminando firme sobre tacones altos en el suave balanceo de la nave, su cuerpo imprimía líneas rectas y prolongadas, casi interminables, a un vestido verde jade largo y ligero —al menos cinco mil francos en París, rue de la Paix, calculó Max con ojo experto— que desnudaba sus brazos, hombros y espalda hasta la cintura, con un solo tirante sutil bajo la nuca que el cabello corto descubría de modo encantador. Admirado, Max llegó a una doble conclusión. Aquélla era una de esas mujeres que se veían elegantes a la primera mirada y hermosas en la segunda. También pertenecía a cierta clase de señoras nacidas para llevar, como si formasen parte de su piel, vestidos como ése.

No bailó con ella en aquel momento. La orquesta encadenó un camel-trot y un shimmy —el absurdamente titulado *Tutankamón* aún estaba de moda—, y Max tuvo que dedicarse a complacer, una tras otra, la vivacidad de dos jovencitas que, vigiladas de lejos por sus familiares —dos matrimonios brasileños de aspecto simpático—, se animaron para practicar, no sin soltura, los pasos del baile, hombro derecho y luego izquierdo hacia adelante y hacia atrás, hasta quedar agotadas y casi agotarlo a él. Luego, al sonar los primeros compases de un black-bottom —el título

31

era *Amor y palomitas de maíz*—, Max fue reclamado por una norteamericana todavía joven, poco agraciada pero muy correcta de vestido y aderezos, que resultó divertida pareja de baile y que luego, al acompañarla hasta su mesa, le deslizó en la mano, con mucha discreción, un billete doblado de cinco dólares. Varias veces, en el transcurso de ese último baile, Max estuvo cerca de la mesa que ocupaban los De Troeye; pero cada vez que dirigió los ojos allí, la mujer parecía mirar hacia otra parte. Ahora la mesa estaba desocupada y un camarero retiraba dos copas vacías. Distraído en atender a su pareja eventual, Max no los había visto levantarse y pasar al salón comedor.

Aprovechó la pausa de la cena, que era a las siete, para tomar un tazón de consomé. Nunca comía nada sólido cuando tenía que bailar: otra costumbre adquirida en el Tercio años atrás; aunque entonces se trataba de una clase de baile distinto, y comer ligero era una precaución saludable ante la posibilidad de un balazo en el vientre. Después del caldo se puso la gabardina y salió a fumar otro cigarrillo a la cubierta de paseo de estribor, para despejar la cabeza mirando la luna ascendente que cabrilleaba en el mar. A las ocho y cuarto regresó al salón y se instaló en una de las mesas vacías, cerca de la orquesta, donde estuvo charlando con los músicos hasta que los primeros pasajeros empezaron a salir del comedor: los hombres camino de la sala de juego, la biblioteca y el salón de fumar, y las mujeres, la gente joven y las parejas más animadas ocupando mesas en torno a la pista. La orquesta empezó a probar los instrumentos, el jefe Schmöcker movilizó a sus camareros y sonaron risas y taponazos de champaña. Max se puso en pie, y tras asegurarse de que el nudo de su pajarita seguía siendo correcto, comprobar que el cuello y los puños de la camisa estaban en su sitio y estirarse el chaleco de piqué, paseó la mirada por las mesas en busca de alguien que reclamara sus servicios. Entonces la vio entrar, esta vez del brazo del marido.

Ocuparon la misma mesa. La orquesta empezó un bolero y las primeras parejas se animaron de inmediato. La señora Honeybee y su amiga no habían regresado del comedor, y Max ignoraba si volverían esa noche. En realidad se alegraba de ello. Con ese vago pretexto en la cabeza cruzó la pista, sorteando a la gente que se movía al compás de la fluida música. Los De Troeye permanecían sentados en silencio, mirando a los que bailaban. Cuando Max se detuvo ante la mesa, un camarero acababa de poner en ella dos copas de tulipa ancha y una cubeta con hielo de la que asomaba una botella de Clicquot. Dedicó una inclinación de cabeza al marido, que estaba ligeramente recostado en la silla, un codo sobre la mesa, cruzadas las piernas y con otro de sus continuos cigarrillos en la mano izquierda; donde, en el mismo dedo que la alianza matrimonial, relucía un grueso anillo de oro con sello azul. Después, el bailarín mundano miró a la mujer, que lo estudiaba con curiosidad. Las únicas joyas que lucía —ni brazaletes ni sortijas, excepto la alianza de casada— eran el espléndido collar de perlas y los pendientes a juego. Max no despegó los labios para ofrecerse como pareja de baile; sólo hizo otra inclinación, algo más breve que la anterior, mientras juntaba los talones en taconazo casi marcial; y permaneció inmóvil, aguardando hasta que ella, con una sonrisa lenta y en apariencia agradecida, negó con la cabeza. Iba a excusarse el bailarín mundano, retirándose, cuando el marido apartó el codo de la mesa, se alineó cuidadosamente las rayas del pantalón y miró a su esposa entre el humo del cigarrillo.

—Estoy cansado —dijo en tono ligero—. Cené demasiado, creo. Me gustará verte bailar.

La mujer no se levantó en seguida. Miró un instante a su marido, y éste dio otra chupada al cigarrillo mientras entornaba los párpados en mudo asentimiento.

—Diviértete —añadió tras un instante—. Este joven es un magnífico bailarín.

Abrió los brazos Max, circunspecto, apenas ella se levantó. Luego sostuvo con suavidad su mano derecha y le pasó la suya por la cintura. El tacto de la piel cálida lo sorprendió, por lo inesperado. Había visto el prolongado escote con que el vestido de noche descubría la espalda de la mujer; pero sin considerar, pese a su experiencia en abrazar señoras, que bailando colocaría una mano sobre la carne desnuda. El desconcierto sólo duró un instante, disimulado bajo la máscara impasible de bailarín profesional; pero su pareja lo advirtió, o él creyó que así ocurría. Una mirada directa a sus ojos fue el indicio; duró apenas un instante, y después la mirada se perdió en las distancias del salón. Inició Max el movimiento inclinándose hacia un lado, respondió la mujer con perfecta naturalidad y empezaron sus evoluciones entre las parejas que se movían por la pista. En dos ocasiones miró él, brevemente, el collar que ella llevaba al cuello.

—¿Se atreve a girar aquí? —susurró Max un momento después, previendo unos acordes que facilitarían el movimiento.

La mirada de ella, silenciosa, duró un par de segundos.

—Claro.

Retiró él su mano de la espalda, parándose en la pista, y giró su pareja dos veces en torno, en direcciones opuestas, adornando la inmovilidad del hombre con mucha gracia. Volvieron a encontrarse en sincronización perfecta, la mano de él otra vez en la curva suave de la cintura, como si hubieran ensayado aquello media docena de veces. Ella tenía una sonrisa en los labios y Max asintió, satisfecho. Algunas parejas se apartaban un poco para mirarlos con admiración o envidia, y la mujer oprimió suavemente la mano donde apoyaba la suya, alertándolo.

—No llamemos la atención.

Se excusó Max, obteniendo a cambio otra sonrisa indulgente. Le gustaba bailar con aquella mujer. La estatura se adecuaba muy bien a la suya: era agradable sentir la curva de su cintura esbelta bajo la mano derecha, el modo en que ella apoyaba los dedos en la otra, la soltura con que evolucionaba al compás de la música sin descomponer la figura, elegante y segura de sí. Un punto desafiante, tal vez, aunque sin estridencias; como cuando había aceptado girar alrededor de él, haciéndolo con toda la serena gracia del mundo. Seguía bailando con la mirada distante, casi todo el tiempo dirigida a lo lejos; y eso permitió a Max estudiar su rostro bien delineado, el dibujo de la boca pintada de carmín no demasiado intenso, la nariz discretamente empolvada, el arco depilado de las cejas en la frente tersa, sobre largas pestañas. Olía suave, a un perfume que él no pudo identificar del todo, pues parecía formar parte de su piel joven: *Arpège*, tal vez. Y era una mujer deseable, sin duda. Observó al marido, que los miraba desde la mesa con aire ausente, sin prestar demasiada atención, mientras se llevaba a los labios una copa de champaña, y después dirigió otro vistazo rápido al collar que reflejaba, ligeramente mate, la luz de las arañas eléctricas. Allí había, calculó, un par de cientos de perlas de extraordinaria calidad. A sus veintiséis años, gracias a la experiencia propia y a ciertas amistades heterodoxas, Max sabía de perlas lo suficiente para distinguir entre planas, redondas, de pera y barrocas, incluido su valor oficial o clandestino. Aquéllas eran redondas y de las mejores; seguramente indias o persas. Y valían al menos cinco mil libras esterlinas: más de medio millón de francos. Eso equivalía a varias semanas con una mujer de lujo en el mejor hotel de París o la Riviera. Pero, administrado con prudencia, también daba para vivir más de un año con razonable holgura.

—Baila muy bien, señora —insistió.

Casi con desgana, la mirada de ella regresó de la distancia.

—¿A pesar de mi edad? —dijo.

No parecía una pregunta. Era obvio que lo había estado observando antes de la cena, cuando danzaba con las jovencitas brasileñas. Oyendo aquello, Max se mostró adecuadamente escandalizado.

—¿Edad?... Por Dios. ¿Cómo puede decir eso?

Seguía estudiándolo, curiosa. Quizá divertida.

—¿Cómo se llama?

—Max.

—Pues atrévase, Max. Diga mis años.

—Nunca se me ocurriría.

—Por favor.

Él ya se había repuesto, pues nunca era aplomo lo que le faltaba ante una mujer. La suya era una sonrisa ancha, blanca, que su pareja parecía analizar con detenimiento casi científico.

—¿Quince?

Ella soltó una carcajada viva y fuerte. Una risa sana.

—Exacto —asentía, siguiéndole la corriente con buen humor—. ¿Cómo pudo adivinarlo?

—Soy bueno para esa clase de cosas.

La mujer lo aprobó con un gesto entre socarrón y complacido; o tal vez se mostraba satisfecha por el modo en que seguía conduciéndola por la pista, entre las parejas, sin que la conversación lo distrajera de la música y los pasos de baile.

—No sólo para eso —dijo, un punto enigmática.

Max buscó en sus ojos algún sentido adicional a esas palabras, pero volvían a dirigirse más allá de su hombro derecho, de nuevo inexpresivos. En ese momento acabó el bolero. Se desenlazaron, quedando uno frente al otro mientras la orquesta disponía instrumentos para la siguiente pieza. El bailarín mundano volvió a dirigir un vistazo al soberbio collar de perlas. Por un instante le pareció que la mujer sorprendía su mirada.

—Es suficiente —dijo ella de pronto—. Gracias.

La hemeroteca está en el piso superior de un viejo edificio, al término de una escalera de mármol que asciende bajo una bóveda con pinturas deterioradas. Cruje el suelo de tarima cuando, con tres volúmenes encuadernados de la revista *Scacco Matto*, Max Costa va a sentarse en un lugar con buena luz, junto a una ventana por la que alcanza a ver media docena de palmeras y la fachada blanca y gris de la iglesia de San Antonino. Sobre el pupitre hay también una funda con gafas para leer de cerca, un bloc, un bolígrafo y varios diarios comprados en un puesto de periódicos de la via di Maio.

Hora y media más tarde, Max deja de tomar notas, se quita los lentes, frota sus ojos fatigados y mira hacia la plaza, donde el sol de la tarde alarga las sombras de las palmeras. En ese momento, el chófer del doctor Hugentobler conoce la mayor parte de lo que en letra impresa puede averiguar respecto a Jorge Keller: el ajedrecista que durante las próximas cuatro semanas se enfrentará en Sorrento al campeón mundial, el soviético Mijaíl Sokolov. En las revistas hay fotografías de Keller; en casi todas está sentado ante un tablero y en algunas aparece muy joven: un adolescente enfrentado a jugadores que lo superan en edad. La foto más reciente se ha publicado hoy en un diario local: Keller posando en el vestíbulo del hotel Vittoria con la misma chaqueta que llevaba esta mañana, cuando Max lo vio pasear por Sorrento en compañía de las dos mujeres.

«Nacido en Londres en 1938, hijo de un diplomático chileno, Keller asombró al mundo del ajedrez al poner en apuros al norteamericano Reshevsky durante unas simultáneas en la plaza de Armas de Santiago: tenía entonces catorce años, y en los diez siguientes acabó convirtiéndose en uno de los más prodigiosos jugadores de todos los tiempos...»

Pese a la singular trayectoria de Jorge Keller, a Max le interesa menos su biografía profesional que otros aspectos familiares del personaje; y algo de eso ha encontrado, al fin. Tanto *Scacco Matto* como los diarios que se ocupan del Premio Campanella coinciden en la influencia que, tras su divorcio del diplomático chileno, la madre del joven ajedrecista tuvo en la carrera de su hijo:

«Los Keller se separaron cuando el niño tenía siete años. Con fortuna propia, viuda durante la Guerra Civil española de un primer matrimonio, Mercedes Keller se encontraba en situación idónea para ofrecer al hijo la mejor preparación. Al descubrir su talento para el ajedrez buscó los mejores profesores, llevó al chico a toda clase de torneos dentro y fuera de Chile, y convenció al gran maestro chileno-armenio Emil Karapetian para que se ocupase del adiestramiento. No defraudó el joven Keller esas esperanzas. Venció sin dificultad a sus iguales, y bajo supervisión de la madre y del maestro Karapetian, que siguen acompañándolo en la actualidad y se ocupan de su preparación y logística, el progreso fue rápido...»

Saliendo de la hemeroteca, Max vuelve al coche, lo pone en marcha y baja hasta la Marina Grande, donde aparca cerca de la iglesia. Luego se dirige a la trattoria Stefano, que a esa hora todavía no ha abierto al público. Camina en mangas de camisa, remangados los antebrazos con dos vueltas a los puños, la chaqueta al hombro, respirando complacido la brisa de levante que trae olor de salitre y orillas de mar calmo. En la terraza del pequeño restaurante, bajo un tejadillo de cañas, un camarero dispone manteles y cubiertos en cuatro mesas situadas casi al borde del agua, junto a las barcas de pescadores varadas entre montones de redes apiladas, corchos y banderines de palangres.

Lambertucci, el dueño, responde a su saludo con un gruñido, sin alzar la vista del tablero de ajedrez. Con desen-

voltura de habitual de la casa, Max pasa detrás de la pequeña barra donde está la caja registradora, deja la chaqueta sobre el mostrador, se sirve un vaso de vino, y con él en la
mano se acerca a la mesa donde el dueño del establecimiento está atento a una de las dos partidas diarias que, a esta
hora y desde hace veinte años, suelen ocuparlo con el *capitano* Tedesco. Antonio Lambertucci es un cincuentón
flaco y desgarbado; su camiseta poco limpia deja al descubierto un tatuaje militar, recuerdo de cuando fue soldado en Abisinia antes de pasar por un campo de prisio-
neros en Sudáfrica y casarse con la hija de Stéfano, el dueño
de la trattoria. A su adversario, un parche negro donde
estuvo el ojo izquierdo, perdido en Bengasi, le da cierto
aire truculento. El tratamiento de capitán nada tiene de
insólito: sorrentino como Lambertucci, Tedesco tuvo esa
graduación durante la guerra, aunque el cautiverio borró
distancias jerárquicas en los tres años que ambos pasaron
en Durban sin otra distracción que el ajedrez. Aparte de
mover básicamente las piezas, Max sabe poco de ese juego —hoy aprendió más en la hemeroteca que en toda su
vida anterior—; pero aquellos dos tienen vitola de buenos
aficionados. Frecuentan el casinillo local y están al día
sobre campeonatos mundiales, grandes maestros y cosas
así.

—¿Qué hay del tal Jorge Keller?

Gruñe de nuevo Lambertucci sin responder otra
cosa, mientras estudia una jugada de apariencia compro-
metedora que acaba de hacer su adversario. Se decide al
fin, sigue un rápido intercambio, y el otro, impasible, pronuncia la palabra jaque. Diez segundos después, el *capitano* Tedesco está metiendo las piezas en la caja mientras
Lambertucci se hurga la nariz.

—¿Keller? —comenta al fin—. Un gran futuro.
Próximo campeón del mundo, si tumba al soviético... Es
brillante y menos excéntrico que ese otro joven, Fischer.

—¿Es verdad que juega desde muy niño?

—Eso cuentan. Que yo sepa, cuatro torneos lo descubrieron como fenómeno entre los quince y los dieciocho años —Lambertucci mira al *capitano* buscando confirmación, y luego cuenta con los dedos—: el internacional de Portoroz, Mar del Plata, el internacional de Chile y el de candidatos de Yugoslavia, que ya fueron palabras mayores...

—No perdió frente a ninguno de los grandes —apunta Tedesco, ecuánime.

—¿Y eso qué significa? —inquiere Max.

Sonríe el *capitano* como quien sabe de qué habla.

—Eso se llama Petrosian, Tal, Sokolov... Los mejores del mundo. Su consagración definitiva fue hace cuatro años en Lausana, cuando derrotó a Tal y a Fischer en un torneo a veinte partidas.

—Que se dice pronto —matiza Lambertucci, que ha ido por la frasca de vino y llena de nuevo el vaso de Max.

—Allí estaban los mejores —concluye Tedesco, entornando su único ojo—. Y Keller los desmontó sin despeinarse: ganó doce partidas e hizo tablas en siete.

—¿Y por qué es tan bueno?

Lambertucci observa a Max con curiosidad.

—¿Tienes el día libre?

—Varios. Mi jefe se fue de viaje unos días.

—Entonces quédate a cenar... Hay parmesana de berenjenas y tengo un Taurasi que merece la pena.

—Te lo agradezco. Pero hay cosas que hacer en la villa.

—Es la primera vez que te veo interesado por el ajedrez.

—Bueno... Ya sabes —Max sonríe melancólico, el vaso rozándole los labios—. El Campanella y todo eso. Cincuenta mil dólares son muchos dólares.

Tedesco entorna otra vez, soñador, su único ojo.

—Y que lo digas. Quién los pillara.

—¿Por qué es tan bueno Keller? —insiste Max.

—Tiene grandes condiciones y está bien entrenado —responde Lambertucci. Después encoge los hombros y mira al *capitano* para dejarle a él los detalles.

—Es un muchacho tenaz —confirma éste pensándolo un poco—. Cuando empezó, muchos de los grandes maestros practicaban un juego conservador, defensivo, Keller cambió todo eso. Se impuso por sus ataques espectaculares, los sacrificios inesperados de piezas, las combinaciones peligrosas...

—¿Y ahora?

—Sigue siendo su estilo: arriesgado, brillante, finales de infarto... Juega como si fuera inmune al miedo, con pavorosa indiferencia. A veces parece mover de manera incorrecta, con descuidos, pero sus adversarios pierden la cabeza por lo complicado de las posiciones... Su ambición es proclamarse campeón mundial; y el duelo de Sorrento se considera una competición preparatoria antes de la que se celebra dentro de cinco meses, en Dublín. Una puesta a punto.

—¿Iréis a ver las partidas?

—Es demasiado caro. El Vittoria está reservado para gente con dinero y periodistas... Tendremos que seguirlo por la radio y la televisión, con nuestro propio ajedrez.

—¿Y es tan importante como cuentan?

—Lo más esperado desde el mano a mano Reshevsky-Fischer, en el sesenta y uno —explica Tedesco—. Sokolov es un veterano correoso y tranquilo, más bien aburrido: sus mejores partidas suelen acabar en tablas. Lo llaman *La Muralla Soviética*, figúrate... El caso es que hay demasiado en juego. El dinero, por supuesto. Pero también mucha política.

Ríe Lambertucci, esquinado.

—Dicen que Sokolov se ha instalado junto al Vittoria con un edificio de apartamentos entero para él y los suyos, rodeado de asesores y agentes del Kagebé.

—¿Qué sabéis de la madre?

—¿La madre de quién?

—De Keller. Las revistas y periódicos hablan de ella.

El *capitano* se queda un instante pensativo.

—Oh, bueno. No sé. Le lleva los asuntos, dicen. Por lo visto descubrió el talento de su hijo y buscó los mejores maestros. El ajedrez, cuando todavía no eres nadie, resulta un deporte caro. Todo son viajes, hoteles, inscripciones... Hay que tener dinero, o conseguirlo. Al parecer, ella lo tenía. Creo que se ocupa de todo, controla el equipo de asesores y la salud de su hijo. Le lleva las cuentas... Dicen que él es obra suya, aunque exageran. Por mucho que se les ayude, los jugadores geniales como Keller son obra de sí mismos.

El siguiente encuentro a bordo del *Cap Polonio* ocurrió al sexto día de navegación, antes de la cena. Max Costa llevaba media hora danzando con pasajeras de diversas edades, incluidas la norteamericana de los cinco dólares y miss Honeybee, cuando el jefe de sala Schmöcker acompañó hasta la mesa habitual a la señora De Troeye. Venía sola, como la primera noche. Cuando Max pasó cerca —en ese momento bailaba *La canción del ukelele* con una de las jovencitas brasileñas—, advirtió que un camarero le servía un combinado de champaña mientras ella encendía un cigarrillo en una boquilla corta de marfil. Esta vez no llevaba el collar de perlas, sino uno de ámbar. Vestía de raso negro con la espalda desnuda y se peinaba hacia atrás, a lo muchacho, reluciente el cabello de brillantina y los ojos rasgados por un sobrio trazo de lápiz negro. Varias veces la observó el bailarín mundano sin lograr que sus miradas se encontraran. Así que cambió unas palabras al paso con los músicos; y cuando éstos, complacientes, atacaron un tango que estaba de moda —*Adiós, muchachos* era el título—, Max se despidió de la brasileña, anduvo con los primeros compases hasta la mesa de la mujer, hizo una breve inclinación de cabeza y aguardó inmóvil, con la más amable de sus sonrisas, mientras otras parejas salían a la pista. Mecha Inzunza de Troeye lo miró unos segundos, y por un instante temió verse rechazado. Pero al cabo de un momento la vio dejar la boquilla humeante apoyada en el cenicero y ponerse en pie. Se entretuvo una eternidad en hacerlo, y el movimiento con que apoyó la mano izquierda en el hombro derecho del bailarín parecía insoportablemente lánguido. Pero la melodía asentaba ya sus mejores compases, envolviéndolos a ambos, y Max supo en el acto que aquella música estaba de su parte.

Ella bailaba de forma sorprendente, comprobó de nuevo. El tango no requería espontaneidad, sino propósitos insinuados y ejecutados de inmediato en un silencio taciturno, casi rencoroso. Y así se movían los dos, con encuentros y desencuentros, quiebros calculados, intuiciones mutuas que les permitían deslizarse con naturalidad por la pista, entre parejas que tangueaban con evidente torpeza amateur. Por experiencia profesional, Max sabía que el tango era imposible ejecutarlo sin una pareja adiestrada, capaz de adaptarse a un baile donde la marcha se detenía súbita, frenando el ritmo el hombre, en remedo de lucha en la que, enlazada a él, la mujer intentaba una continua fuga para detenerse cada vez, orgullosa y provocadoramente vencida. Y aquella mujer era esa clase de pareja.

Fueron dos tangos seguidos —*Champagne tangó*, se llamaba el otro—, durante los que no cambiaron ni una palabra, entregados por completo a la música y al placer del movimiento, al roce esporádico del raso con la franela masculina y al calor próximo, intuido por Max, de la carne joven y cálida de su acompañante, de las líneas del rostro y el cabello peinado hacia atrás que conducían hacia el cuello y la espalda desnudos. Y cuando en la pausa entre los dos bailes se quedaron inmóviles uno frente al otro —ligeramente sofocados por el esfuerzo, esperando a que recomenzara la música sin mostrar ella intención de regresar a la mesa—, y él advirtió diminutas gotas de sudor en el labio superior de la mujer, sacó uno de los dos pañuelos que llevaba encima; no el que asomaba en el bolsillo superior de la chaqueta de frac, sino otro planchado e impecable de su bolsillo interior, y se lo ofreció con naturalidad. Aceptó ella el dobladillo de batista blanca y se tocó apenas la boca con él, devolviéndoselo con una ligerísima humedad y una leve mancha de rouge. Ni siquiera hizo, como esperaba Max, además de ir a su mesa en busca del bolso para empolvarse. Enjugó también el bailarín el sudor propio de la boca y la frente —a la mirada de la mujer no escapó que primero fue la boca—, guardó el pañuelo, sonó el segundo tango y bailaron con la misma sincronía perfecta que antes. Pero esta vez ella no tenía la vista perdida en las distancias del salón: a menudo, tras una evolución complicada o un paso del que salían especialmente airosos, quedando inmóviles un instante, los dos se miraban con fijeza antes de romper la quietud en el siguiente compás y evolucionar de nuevo por la pista. Y en una ocasión en que él se detuvo a medio movimiento, serio e impasible, ella se pegó del todo a él, de manera inesperada, y osciló luego a un lado y otro con una gracia madura y elegante, como fingiendo escapar de sus brazos sin desearlo de veras. Por primera vez desde que practicaba el baile profesional, Max sintió la tentación de acercar los labios para rozar de modo deliberado el cuello largo, elegante y joven que se prolongaba hasta la nuca. Fue entonces cuando comprobó, con un vistazo casual, que el marido de su pareja estaba sentado junto a la mesa, cruzadas las piernas y un cigarrillo entre los dedos; y que, a pesar de su apariencia indiferente, no dejaba de observarlos con mucha atención. Y al mirar de nuevo a la mujer, encontró reflejos dorados que parecían multiplicarse en silencios de mujer eterna, sin edad. En claves de todo cuanto el hombre ignora.

El fumoir-café del transatlántico comunicaba las cubiertas de paseo de primera clase de babor y estribor con la de popa, y Max Costa se dirigió allí durante la pausa de la cena, sabiendo que a esa hora estaría casi vacío. El camarero de guardia le puso un café solo y doble en una taza con el emblema de la Hamburg-Südamerikanische. Tras aflojarse un poco la corbata blanca y las pajaritas del cuello almidonado, fumó un cigarrillo junto al ventanal por el que, entre los reflejos de la luz interior, se adivinaba la noche afuera, con la luna bañando la plataforma de popa. Poco a poco, a medida que se despejaba el comedor, fueron apareciendo pasajeros que ocuparon las mesas; de modo que Max se puso en pie y salió del recinto. En la puerta se apartó para dejar paso a un grupo masculino con cigarros en las manos, en el que reconoció a Armando de Troeye. El compositor no iba acompañado por su mujer, y mientras caminaba por la cubierta de paseo de estribor hacia el salón de baile, Max la buscó entre los corrillos de señoras y caballeros cubiertos con abrigos, gabardinas y capas, que tomaban el aire o contemplaban el mar. La noche era agradable, pero el Atlántico empezaba a picarse con marejada por primera vez desde que zarparon de Lisboa; y aunque el *Cap Polonio* estaba dotado de modernos sistemas de estabilización, el balanceo suscitaba comentarios de inquietud. El salón de baile estuvo poco frecuentado el resto de la noche, con muchas mesas vacías, incluida la habitual del matrimonio De Troeye. Empezaban a producirse los primeros mareos, y la velada musical fue corta. Max tuvo poco trabajo; apenas un par de valses, y pudo retirarse pronto.

Se cruzaron junto al ascensor, reflejados en los grandes espejos de la escalera principal, cuando él se disponía a bajar a su cabina, situada en la cubierta de segunda clase. Ella se había puesto una capa de piel de zorro gris, llevaba en las manos un pequeño bolso de lamé, estaba sola y se dirigía hacia una de las cubiertas de paseo; y Max admiró, de un rápido vistazo, la seguridad con que caminaba con tacones pese al balanceo, pues incluso el piso de un barco grande como aquél adquiría una incómoda cualidad tridimensional con marejada. Volviendo atrás, el bailarín mundano abrió la puerta que daba al exterior y la mantuvo abierta hasta que la mujer estuvo al otro lado. Correspondió ella con un escueto «gracias» mientras cruzaba el umbral, inclinó la cabeza Max, cerró la puerta y desanduvo camino por el pasillo, ocho o diez pasos. El último lo dio despacio, pensativo, antes de pararse. Qué diablos, se dijo. Nada pierdo con probar, concluyó. Con las oportunas cautelas.

La encontró en seguida, paseando a lo largo de la borda, y se detuvo ante ella con naturalidad, en la débil claridad de las bombillas cubiertas de salitre. Seguramente había ido en busca de brisa para evitar el mareo. La mayor parte del pasaje hacía lo contrario, encerrándose en cabinas de las que tardaba días en salir, víctima de sus propios estómagos revueltos. Por un momento Max temió que siguiera adelante, haciendo ademán de no reparar en él. Pero no fue así. Se lo quedó mirando, inmóvil y en silencio.

—Fue agradable —dijo inesperadamente.

Max logró reducir su propio desconcierto a sólo un par de segundos.

—También para mí —respondió.

La mujer seguía mirándolo. Curiosidad, era tal vez la palabra.

—¿Hace mucho que baila de manera profesional?

—Cinco años. Aunque no todo el tiempo. Es un trabajo...

—¿Divertido? —lo interrumpió ella.

Caminaban de nuevo por la cubierta, adaptando sus pasos a la lenta oscilación del transatlántico. A veces se cruzaban con los bultos oscuros o los rostros reconocibles de algunos pasajeros. De Max, en los tramos menos iluminados, sólo podían apreciarse las manchas blancas de la pechera de la camisa, el chaleco y la corbata, pulgada y media exacta de cada puño almidonado y el pañuelo en el bolsillo superior del frac.

—No era ésa la palabra que buscaba —sonrió él con suavidad—. En absoluto. Un trabajo eventual, quería decir. Resuelve cosas.

—¿Qué clase de cosas?

—Bueno... Como ve, me permite viajar.

A la luz de un ojo de buey comprobó que ahora era ella la que sonreía, aprobadora.

—Lo hace bien, para ser un trabajo eventual.

El bailarín mundano encogió los hombros.

—Durante los primeros años fue algo fijo.

—¿Dónde?

Decidió Max omitir parte de su currículum. Reservar para sí ciertos nombres. El Barrio Chino de Barcelona, el Vieux Port de Marsella, estaban entre ellos. También el nombre de una bailarina húngara llamada Boske, que cantaba *La petite tonkinoise* mientras se depilaba las piernas y era aficionada a los jóvenes que despertaban de noche, cubiertos de sudor, angustiados porque las pesadillas los hacían creerse todavía en Marruecos.

—Hoteles buenos de París, durante el invierno —resumió—. Biarritz y la Costa Azul, en temporada alta... También estuve un tiempo en cabarets de Montmartre.

—Ah —parecía interesada—. Puede que coincidiéramos alguna vez.

Sonrió él, seguro.

—No. La recordaría.

—¿Qué quería decirme? —preguntó ella.

Tardó un instante en recordar a qué se refería. Al fin cayó en la cuenta. Después de cruzarse dentro la había alcanzado en la cubierta de paseo, saliéndole al paso sin más explicaciones.

—Que nunca bailé con nadie un tango tan perfecto.

Un silencio de tres o cuatro segundos. Complacido, quizás. Ella se había detenido —había una bombilla cerca, atornillada al mamparo— y lo miraba en la penumbra salina.

—¿De veras?... Vaya. Es muy amable, señor... ¿Max, es su nombre?

—Sí.

—Bien. Crea que le agradezco el cumplido.

—No es un cumplido. Sabe que no lo es.

Ella reía, franca. Sana. Lo había hecho del mismo modo dos noches atrás, cuando él calculó, bromeando, su edad en quince años.

—Mi marido es compositor. La música, el baile, me son familiares. Pero usted es una excelente pareja. Hace fácil dejarse llevar.

—No se dejaba llevar. Era usted misma. Tengo experiencia en eso.

Asintió, reflexiva.

—Sí. Supongo que la tiene.

Apoyaba Max una mano en la regala húmeda. Entre balanceo y balanceo, la cubierta transmitía bajo sus zapatos la vibración de las máquinas en las entrañas del buque.

—¿Fuma?

—Ahora no, gracias.

—¿Me permite que lo haga yo?

—Por favor.

Extrajo la pitillera de un bolsillo interior de la chaqueta, cogió un cigarrillo y se lo llevó a la boca. Ella lo miraba hacer.

—¿Egipcios? —preguntó.

—No. Abdul Pashá... Turcos. Con una pizca de opio y miel.

—Entonces aceptaré uno.

Se inclinó con la caja de fósforos en las manos, protegiendo la llama con el hueco de los dedos para dar fuego al cigarrillo que ella había introducido en la boquilla corta de marfil. Luego encendió el suyo. La brisa se llevaba el humo con rapidez, impidiendo saborearlo. Bajo la capa de piel, la mujer parecía estremecerse de frío. Max indicó la entrada del salón de palmeras, que estaba cerca; una estancia en forma de invernadero con una gran lumbrera en el techo, amueblada con sillones de mimbre, mesas bajas y macetas con plantas.

—Bailar de modo profesional —comentó ella cuando entraron—. Eso resulta curioso, en un hombre.

—No veo mucha diferencia... También nosotros podemos hacerlo por dinero, como ve. No siempre el baile es afecto, o diversión.

—¿Y es cierto eso que dicen? ¿Que el carácter de una mujer se muestra con más sinceridad cuando baila?

—A veces. Pero no más que el de un hombre.

El salón estaba vacío. La mujer tomó asiento dejando caer con descuido la capa de piel, y mirándose en la tapa de oro de una vanity-box que sacó del bolso se dio un toque en los labios con una barrita de Tangee rojo suave. El pelo engominado y hacia atrás daba a sus facciones un atractivo aspecto anguloso y andrógino, pero el raso negro moldeaba su cuerpo, apreció Max, de manera interesante. Advertida de su mirada, ella cruzó una pierna sobre la otra, balanceándola ligeramente. Apoyaba el codo derecho en el brazo del sillón y mantenía en alto la mano cuyos dedos índice y medio —las uñas eran cuidadas y largas, lacadas en el tono exacto de la boca— sostenían el cigarrillo. De vez en cuando dejaba caer la ceniza al suelo, advirtió Max, como si todos los ceniceros del mundo le fueran indiferentes.

—Quería decir curioso visto de cerca —dijo al cabo de un instante—. Es usted el primer bailarín profesional con el que cambio más de dos palabras: gracias y adiós.

49

Max había acercado un cenicero y permanecía en pie, la mano derecha en el bolsillo del pantalón. Fumando.

—Me gustó bailar con usted —dijo.

—También a mí. Lo haría de nuevo, si la orquesta siguiera tocando y hubiese gente en el salón.

—Nada le impide hacerlo ahora.

—¿Perdón?

Estudiaba su sonrisa como quien disecciona una inconveniencia. Pero el bailarín mundano la sostuvo, impasible. Pareces un buen chico, le habían dicho la húngara y Boris Dolgoruki, coincidiendo en ello aunque nunca se conocieron. Cuando sonríes de ese modo, Max, nadie pondría en duda que seas un condenado buen chico. Procura sacarle partido a eso.

—Estoy seguro de que es capaz de imaginar la música.

Ella dejó caer otra vez la ceniza al suelo.

—Es usted un hombre atrevido.

—¿Podría hacerlo?

Ahora le llegó a la mujer el turno de sonreír, un punto desafiante.

—Claro que podría —dejó escapar una bocanada de humo—. Soy esposa de un compositor, recuerde. Tengo música en la cabeza.

—¿Le parece bien *Mala junta*? ¿Lo conoce?

—Perfecto.

Apagó Max el cigarrillo, estirándose después el chaleco. Ella siguió inmóvil un instante: había dejado de sonreír y lo observaba pensativa desde su butaca, como si pretendiera asegurarse de que no bromeaba. Al fin dejó su boquilla con marca de carmín en el cenicero, se levantó muy despacio y, mirándolo todo el tiempo a los ojos, apoyó la mano izquierda en su hombro y la derecha en la mano de él; que, extendida, aguardaba. Permaneció así un momento, erguida y serena, muy seria, hasta que Max, tras oprimir dos veces suavemente sus dedos para marcar el primer compás, inclinó un poco el cuerpo a un lado, pasó la pierna derecha por delante de la izquierda, y los dos evolucionaron en el silencio, enlazados y mirándose a los ojos, entre los sillones de mimbre y los maceteros del salón de palmeras.

Suena —Rita Pavone— un twist en la radio portátil Marconi de plástico blanco. Hay palmeras y pinos de copa ancha en el jardín de Villa Oriana, y entre ellos divisa Max, que está apoyado en la ventana abierta de su habitación, el panorama de la bahía napolitana: el fondo azul cobalto con el ancho cono oscuro del Vesubio y la línea de la costa que se prolonga por la derecha hasta punta Scutolo, con Sorrento asomándose a la cornisa acantilada y a las dos marinas con sus escolleras de roca, barcas en la playa y embarcaciones fondeadas cerca de la orilla. El chófer del doctor Hugentobler lleva un buen rato pensativo, sin apartar los ojos del paisaje. Desde que desayunó en la cocina silenciosa permanece inmóvil en la ventana, considerando posibilidades y probabilidades de una idea que lo tuvo toda la noche dando vueltas entre las sábanas, indeciso; y que, contra lo que esperaba, la luz del día no logra alejar de su cabeza.

Por fin, Max parece volver en sí y da unos pasos por la modesta habitación, situada en un ángulo de la planta baja de la villa. Luego vuelve a mirar por la ventana hacia Sorrento y entra en el cuarto de baño, donde se refresca la cara con agua. Después de secarse mira su rostro en el espejo con la cautela de quien busca averiguar cuánto ha progresado la vejez desde la última mirada. Permanece así un buen rato, observándose como si buscase a alguien hace tiempo lejano. Estudiando melancólico el pelo gris plateado que ya clarea un poco, la piel marcada por el vitriolo del tiempo y la vida, los surcos en la frente y las comisuras de la boca, los pelos blancos que despuntan en el mentón, los párpados caídos que apagan la viveza de

51

la mirada. Después se palpa la cintura —el cinturón tiene varias señales de retroceso en los orificios próximos a la hebilla— y mueve la cabeza, crítico. Arrastra años y kilos de más, concluye. Quizá, también, vida de más.

Sale al pasillo, y dejando atrás la puerta que conduce al garaje sigue adelante hasta el salón de la villa. Todo allí está en orden y limpio, cubiertos los muebles con guardapolvos de tela blanca. Los Lanza se han ido a Salerno para pasar las vacaciones pendientes. Eso significa tranquilidad absoluta, sin otra ocupación para Max que vigilar la casa, ocuparse de reexpedir la correspondencia urgente y mantener a punto el Jaguar, el Rolls-Royce y los tres automóviles antiguos del dueño de la casa.

Despacio, todavía pensativo, va hasta el mueble bar del salón, abre el armario de las bebidas y se sirve un dedo de Rémy Martin en un vaso de cristal tallado. Después lo bebe a sorbos cortos, fruncido el ceño. Por lo general, Max bebe poco. Casi toda su vida, incluso en los tiempos ásperos de la primera juventud, fue moderado en eso —tal vez la palabra sea prudente, o cauto—, capaz de convertir el alcohol, ingerido por él o por otros, no en enemigo imprevisible, sino en aliado útil; en herramienta profesional de su equívoco oficio, u oficios, tan eficaz según los casos como podían serlo una sonrisa, un golpe o un beso. De cualquier modo, a estas alturas de su vida y camino del desguace irremediable, un trago ligero, un vaso de vino o vermut, un cocktail negroni bien mezclado, aún estimulan su corazón y pensamientos.

Acabando la bebida, deambula por la casa vacía. Sigue dándole vueltas a lo que lo mantuvo despierto la pasada noche. En la radio, que dejó encendida y suena al fondo del pasillo, una voz de mujer canta *Resta cu mme* como si de veras le doliera lo que dice. Max se queda un momento absorto, escuchando la canción. Al cabo regresa a su dormitorio, abre el cajón donde guarda el talonario de cheques y consulta el estado de su cuenta bancaria. Sus limitados ahorros. Le llegan justo, calcula, para sostener lo necesario. La logística base. Divertido por la idea, abre el armario y pasa revista a la ropa imaginando situaciones previsibles, antes de dirigirse al dormitorio principal de la casa. No es consciente de ello, pero camina ligero, desenvuelto. Con el mismo paso elástico y seguro de años atrás, cuando el mundo era todavía una aventura peligrosa y fascinante: un desafío continuo a su temple, astucia e inteligencia. Ha tomado al fin una decisión, y eso simplifica las cosas: encaja el pasado en el presente y traza un bucle asombroso que, a través del tiempo, lo dispone todo con aparente simpleza. En el dormitorio del doctor Hugentobler, los guardapolvos cubren los muebles y la cama, y las cortinas traslucen una claridad dorada. Al descorrerlas, un caudal de luz inunda la habitación, descubriendo el paisaje de la bahía, los árboles y las villas vecinas escalonadas en la montaña. Max se vuelve hacia el vestidor, baja una maleta Gucci que hay en la parte de arriba, la deja abierta sobre la cama, y puestos los brazos en jarras contempla el bien provisto guardarropa de su patrón. El doctor Hugentobler y él tienen aproximadamente la misma talla de torso y cuello, así que elige media docena de camisas de seda y un par de chaquetas. Los zapatos y pantalones no corresponden a su número, pues Max es más alto que Hugentobler —habrá que acudir a las tiendas caras del corso Italia, suspira resignado—; pero sí un cinturón de piel nuevo, que mete en la maleta acompañado por media docena de calcetines en tonos discretos. Tras una última ojeada añade dos pañuelos de seda para el cuello, tres bonitas corbatas, unos gemelos de oro, un encendedor Dupont —aunque hace años que dejó el tabaco— y un reloj Omega Seamaster Deville, también de oro. De vuelta a su habitación, maleta en mano, oye de nuevo la radio: ahora es Domenico Modugno cantando *Vecchio frac*. El viejo frac. Asombroso, piensa. Como si fuera señal de buen augurio, la coincidencia hace sonreír al antiguo bailarín mundano.

2. Tangos para sufrir y tangos para matar

—Te has vuelto loco.

Tiziano Spadaro, el recepcionista del hotel Vittoria, se inclina sobre el mostrador para echar un vistazo a la maleta que Max ha puesto en el suelo. Después alza la mirada, recorriéndolo de abajo arriba: zapatos de tafilete marrón, pantalón de franela gris, camisa de seda con pañuelo al cuello y americana blazer azul oscuro.

—En absoluto —responde el recién llegado, con mucha calma—. Sólo me apetece cambiar de ambiente unos días.

Spadaro se pasa una mano por la calva, pensativo. Sus ojos suspicaces estudian los de Max buscando intenciones ocultas. Significados peligrosos.

—¿Ya no recuerdas lo que cuesta una habitación aquí?

—Claro. Doscientas mil liras a la semana... ¿Y?

—Estamos completos. Te lo dije.

La sonrisa de Max es amistosa y segura. Casi benévola. Hay en ella rastro de antiguas lealtades y extremas confianzas.

—Tiziano... Frecuento hoteles hace cuarenta años. Siempre hay algo disponible.

La mirada de Spadaro desciende, renuente, hasta el mostrador de caoba barnizada. En el espacio que dejan sus manos apoyadas en él, simétricamente dispuesto entre una y otra, Max ha colocado un sobre cerrado que lleva dentro diez billetes de diez mil liras. El recepcionista del Vittoria lo estudia como un jugador de baccarat a quien hayan dado cartas que no se decide a descubrir. Al fin una de las manos, la izquierda, se mueve despacio y lo roza con el dedo pulgar.

—Telefonéame un poco más tarde. Veré qué puedo hacer.

A Max le gusta el gesto: tocar el sobre sin abrirlo. Viejos códigos.

—No —dice suavemente—. Resuélvemelo ahora.

Guardan silencio mientras unos clientes pasan cerca. El recepcionista mira hacia el vestíbulo: no hay nadie en la escalera que lleva a las habitaciones, ni en la puerta acristalada del jardín de invierno, donde se oye rumor de conversaciones; y el conserje está ocupado en su puesto, colocando llaves en los casilleros.

—Creí que te habías retirado —comenta bajando la voz.

—Y así es. Te lo dije el otro día. Sólo quiero unas vacaciones, como en los viejos tiempos. Un poco de champaña frío y buenas vistas.

De nuevo la mirada suspicaz de Spadaro, tras otro vistazo a la maleta y a la elegante indumentaria de su interlocutor. A través de la ventana, el recepcionista alcanza a ver el Rolls aparcado junto a la escalera que desciende hacia el vestíbulo del hotel.

—Muy bien deben de irte ahora las cosas en Sorrento...

—Me van de maravilla, como ves.

—¿Así, de golpe?

—Exacto. De golpe.

—¿Y tu jefe, el de Villa Oriana?...

—Te lo contaré otro día.

Se frota de nuevo la calva Spadaro, valorativo. Su larga vida laboral ha hecho de él un perro viejo, con olfato de sabueso; y no es la primera vez que Max le pone un sobre encima del mostrador. La última fue hace diez años, cuando el recepcionista aún trabajaba en el hotel Vesubio de Nápoles. A una madura actriz de cine llamada Silvia Massari, cliente habitual del establecimiento, le desapareció un valioso moretto de Nardi de la habitación contigua a la de Max —facilitada por Spadaro— mientras almorzaba con éste en la terraza del hotel, después de pasar la noche anterior y toda la mañana entregados a intimidades otoñales aunque vigorosas. Durante el lamentable suceso, Max sólo abandonó unos minutos la terraza, la espléndida vista y la tierna mirada de su acompañante para ir a lavarse las manos. De modo que a la Massari ni le pasó por la cabeza dudar de la integridad de sus maneras, sonrisa espléndida y otras muestras de afecto. Todo se resolvió, finalmente, con una camarera del servicio de habitaciones investigada y despedida, aunque nada pudo probársele. El seguro de la actriz se hizo cargo del asunto, y Tiziano Spadaro, en el momento de liquidar Max la cuenta y dejar el hotel repartiendo propinas con sus modales de perfecto caballero, recibió un sobre de características similares al que ahora tiene delante, aunque más abultado.

—No sabía que te interesara el ajedrez.

—¿No? —la antigua sonrisa profesional, ancha y blanca, es de las más escogidas del viejo repertorio—. Bueno. Siempre fui algo aficionado. Es un ambiente curioso. Una ocasión única de ver a dos grandes jugadores... Mejor que el fútbol.

—¿Qué tramas, Max?

Sostiene éste su mirada inquisitiva, flemático.

—Nada que ponga en peligro tu próxima jubilación. Tienes mi palabra. Y nunca te falté a ella.

Una pausa larga, reflexiva. A Spadaro se le marca una arruga profunda entre las cejas.

—Es cierto —admite al fin.

—Celebro que lo recuerdes.

Se mira el otro los botones del chaleco y los sacude pensativo, como si retirase imaginarias motas de polvo.

—La policía verá tu ficha de registro.

—¿Y qué?... Siempre estuve limpio en Italia. Además, esto nada tiene que ver con la policía.

—Oye. Estás mayor para ciertas cosas... Todos lo estamos. No deberías olvidarlo.

Impasible, sin responder, Max sigue mirando al recepcionista. Éste observa el sobre que sigue cerrado, sobre la madera reluciente.

—¿Cuántos días?

—No sé —Max hace un ademán negligente—. Una semana bastará, supongo.

—¿Supones?

—Bastará.

Pone el otro un dedo encima del sobre. Al cabo suspira y abre lentamente el libro de registro.

—Sólo puedo garantizarte una semana. Luego, ya veremos.

—De acuerdo.

Con la palma de la mano, Spadaro pulsa tres veces el timbre para llamar a un botones.

—Una habitación pequeña, individual, sin vistas. El desayuno no va incluido.

Max saca sus documentos del bolsillo de la chaqueta. Cuando los pone encima del mostrador, el sobre ha desaparecido.

Le sorprendió ver entrar al marido en el salón bar de segunda clase del *Cap Polonio*. Era media mañana, y Max estaba sentado tomando el aperitivo, un vaso de absenta con agua y unas aceitunas, cerca de un ancho ventanal corrido que daba a la cubierta de paseo de babor. Le gustaba aquel sitio porque desde allí podía ver todo el salón —sillones de mimbre en vez de las confortables butacas de cuero rojo de primera clase— y contemplar el mar. Seguía haciendo buen tiempo, sol durante todo el día y cielo despejado por las noches. Tras cuarenta y ocho horas de molesta marejada, el barco había dejado de balancearse y los pasajeros se movían con más seguridad, mirándose unos a otros en vez de caminar pendientes de las posiciones que adoptaba el suelo. En cualquier caso, Max, que había cruzado el Atlántico cinco veces, no recordaba una travesía tan apacible como aquélla.

En las mesas próximas, algunos pasajeros, casi todos varones, jugaban a las cartas, al backgammon, al ajedrez o al steeple-chase. A Max, que sólo era jugador eventual y práctico —ni siquiera cuando vistió uniforme en Marruecos había experimentado la pasión que algunos hombres tenían por los juegos de azar—, le complacía, sin embargo, observar a los profesionales de la baraja que frecuentaban las líneas transatlánticas. Tretas, engaños e ingenuidades, reacciones de unos y otros, códigos de conducta que con tanto detalle reflejaban la compleja condición humana, eran una excelente escuela abierta a quien supiera mirar del modo adecuado; y Max solía extraer de ella útiles enseñanzas. Ocurría que, como en todos los barcos del mundo, en el *Cap Polonio* había tahúres de primera clase, de segunda y hasta de tercera. Por supuesto, la tripulación se mantenía al corriente; y tanto el comisario de a bordo como los mayordomos y jefes de sala conocían a varios habituales, los vigilaban por el rabillo del ojo y subrayaban sus nombres en la lista de pasajeros. Tiempo atrás, en el *Cap Arcona*, Max había conocido a un jugador llamado Brereton, al que acompañaba la aureola legendaria de haber mantenido una larga partida de bridge en el escorado salon-fumoir de primera clase del *Titanic* mientras éste se hundía en las aguas heladas del Atlántico Norte, y haberla terminado con ganancias y a tiempo de echarse al agua y alcanzar el último bote salvavidas.

El caso es que, esa mañana, Armando de Troeye entró en el salón bar de segunda clase del *Cap Polonio*, y a Max Costa le sorprendió verlo allí, pues no era frecuente

que los pasajeros cruzasen los límites del territorio estable-
cido por la categoría de cada cual. Pero aún le sorprendió
más que el famoso compositor, vestido con chaqueta Nor-
folk de sport, chaleco con cadena de reloj de oro, pantalones bombachos y gorra de viaje, se detuviera en la puerta
con una ojeada al recinto; y al descubrir a Max se dirigiese a él directamente, con sonrisa amistosa, para ocupar el
sillón contiguo.

—¿Qué está bebiendo? —preguntó mientras llamaba la atención del camarero—. ¿Absenta?... Demasiado
fuerte para mí. Creo que tomaré un vermut.

Cuando el mozo de chaquetilla roja trajo la bebida,
Armando de Troeye había felicitado a Max por su habilidad
en la pista de baile y mantenía una conversación ligera, adecuadamente social, sobre transatlánticos, música y danza
profesional. Era el autor de los *Nocturnos* —aparte otras
obras de éxito como *Scaramouche* o el ballet *Pasodoble para
don Quijote*, que Diaguilev había hecho mundialmente famoso— un hombre seguro de sí, confirmó el bailarín mundano; un artista consciente de quién era y lo que representaba. Pese a ello, aunque en el bar de segunda clase seguía
manteniendo una actitud de elegante superioridad —gran
compositor de música ante humilde obrero del escalón más
elemental de ésta—, era evidente que se esforzaba por mostrarse agradable. Su actitud, incluso con todas las reservas
que traslucía, quedaba lejos de la displicencia de los días anteriores, cuando Max bailaba con su mujer en el salón de
primera clase.

—Lo he observado bien, se lo aseguro. Usted roza
la perfección.

—Gracias por decir eso. Aunque exagera —Max
sonreía a medias, cortés—. Esas cosas también dependen
de la pareja... Es su esposa la que baila maravillosamente,
como sabe de sobra.

—Por supuesto. Es una mujer singular, sin duda.
Pero la iniciativa era de usted. Marcaba el terreno, para enten-

dernos. Y eso no se improvisa —De Troeye había cogido el vaso que el camarero había puesto sobre la mesa y lo miraba al trasluz, como si sospechara de la calidad de un vermut servido en el bar de segunda clase—... ¿Me permite una pregunta profesional?

—Claro.

Un sorbo cauto. Un gesto complacido bajo el fino bigote.

—¿Dónde aprendió a bailar así el tango?

—Nací en Buenos Aires.

—Qué sorpresa —De Troeye bebió de nuevo—. No tiene acento.

—Me fui pronto. Mi padre era un asturiano que emigró en los años noventa... No le salieron bien las cosas, y al fin regresó, enfermo, a morir en España. Antes de eso tuvo tiempo de casarse con una italiana, hacerle algunos hijos y llevarnos a todos de vuelta con él.

El compositor se inclinaba sobre el brazo del sillón de mimbre, interesado.

—¿Cuánto tiempo vivió usted allí, entonces?

—Hasta los catorce años.

—Eso lo explica todo. Esos tangos tan auténticos... ¿Por qué sonríe?

Encogió Max los hombros, sincero.

—Porque no tienen nada de auténticos. El tango original es diferente.

Sorpresa genuina, o que lo aparentaba bien. Quizá sólo era educada atención. El vaso estaba a medio camino entre la mesa y la boca entreabierta de De Troeye.

—Vaya... ¿Cómo es?

—Más rápido, tocado por músicos populares y orejeros. Más lascivo que elegante, por resumirlo de algún modo. Hecho de cortes y quebradas, bailado por prostitutas y rufianes.

Se echó a reír el otro.

—En ciertos ambientes sigue siendo así —apuntó.

—No del todo. El original cambió mucho, sobre todo al ponerse de moda en París hace diez o quince años con los bailes apaches de los bajos fondos... Entonces empezó a imitarlo la gente bien. De allí volvió a la Argentina afrancesado, convertido en tango liso, casi honorable —volvió a encogerse de hombros, apuró lo que quedaba de absenta y miró al compositor, que sonreía amistoso—. Supongo que me explico.

—Por supuesto. Y es muy interesante... Resulta usted una grata sorpresa, señor Costa.

Max no recordaba haberle dicho el apellido, ni tampoco a su mujer. Posiblemente De Troeye lo había visto en la lista del personal a bordo. O lo había buscado a propósito. Pensó en eso un momento, sin analizarlo mucho, antes de seguir satisfaciendo la curiosidad de su interlocutor. Con el cuño parisién, añadió, la clase alta argentina, que antes rechazaba el tango por inmoral y prostibulario, lo adoptó en seguida. Dejó de ser algo reservado a gentuza de arrabal y pasó a los salones. Hasta entonces, el tango auténtico, el que bailaban en Buenos Aires las golfas y los rufianes orilleros, había sido una música clandestina entre la buena sociedad: algo que las niñas bien tocaban a escondidas en el piano de casa, con partituras suministradas por los novios y los hermanos tarambanas y noctámbulos.

—Pero usted —opuso De Troeye— baila el tango moderno, por decirlo de algún modo.

La palabra *moderno* hizo sonreír a Max.

—Claro. Es el que me piden. Aunque también el que conozco. Nunca llegué a bailar el tango viejo en Buenos Aires; era demasiado niño. Pero vi hacerlo muchas veces... Paradójicamente, lo que bailo lo aprendí en París.

—¿Y cómo llegó usted allí?

—Es una larga historia. Le aburriría.

De Troeye había llamado al camarero, encargando otra ronda sin atender las protestas de Max. Parecía acostumbrado a encargar rondas sin consultar con nadie. Era, o aparentaba serlo, de esa clase de individuos que se comportaban como anfitriones incluso en mesas ajenas.

—¿Aburrirme? En absoluto. No se hace idea de hasta qué punto me interesa lo que dice... ¿Todavía hay quien toca a la manera antigua en Buenos Aires?... ¿El tango puro, por así decirlo?

Lo consideró Max un instante y al fin movió la cabeza, dubitativo.

—Puro no hay nada. Pero todavía quedan sitios. No en los salones de moda, desde luego.

Se miraba el otro las manos. Anchas, fuertes. No eran elegantes, al menos como el bailarín mundano había imaginado las de un compositor famoso. Uñas cortas y pulidas, observó Max. Aquel anillo de oro con sello azul en el mismo dedo que la alianza matrimonial.

—Voy a pedirle un favor, señor Costa. Algo importante para mí.

Habían llegado las nuevas bebidas. Max no tocó la suya. De Troeye sonreía, amistoso y seguro.

—Quisiera invitarlo a almorzar —prosiguió—, para que hablemos de esto con más detalle.

Disimuló su sorpresa el bailarín mundano con una sonrisa de contrariedad.

—Se lo agradezco, pero no puedo ir al comedor de primera clase. A los empleados no nos lo permiten.

—Tiene razón —el compositor arrugaba la frente, pensativo, cual si considerase hasta qué punto podía alterar las normas a bordo del *Cap Polonio*—. Es un desagradable inconveniente. Podríamos comer juntos en el de segunda... Aunque tengo una idea mejor. Mi mujer y yo disponemos de dos cabinas en suite, donde se puede arreglar perfectamente una mesa para tres... ¿Nos haría el honor?

Titubeó Max, todavía desconcertado.

—Es usted muy amable. Pero no sé si debo...

—No se preocupe. Lo arreglaré con el sobrecargo —De Troeye bebió un último sorbo y puso el vaso con firmeza sobre la mesa, como si aquello zanjase el asunto—. ¿Acepta, entonces?

Las últimas reservas por parte de Max consistían en simple cautela. Lo cierto es que nada encajaba en la idea que hasta entonces se había hecho del asunto. Aunque tal vez sí, concluyó tras reflexionar un instante. Necesitaba un poco de tiempo y más información para calcular los pros y los contras. De improviso, Armando de Troeye se introducía en el juego como un elemento nuevo. Insospechado.

—Quizá su esposa... —empezó a decir.

—Mecha estará encantada —zanjó el otro mientras enarcaba las cejas llamando la atención del camarero para que trajese la cuenta—. Dice que es usted el mejor bailarín de salón que ha conocido nunca. También para ella será un placer.

Sin mirar el importe, De Troeye firmó con su número de habitación, dejó un billete como propina en el platillo y se puso en pie. Por reflejo cortés quiso Max imitarlo, pero De Troeye le puso una mano en el hombro, reteniéndolo. Una mano más fuerte de lo que se hubiera sospechado en un músico.

—Quiero en cierto modo pedirle consejo —había sacado del chaleco su reloj al extremo de la cadena de oro, y comprobaba la hora con ademán negligente—. A las doce, entonces... Cabina 3 A. Lo esperamos.

Se fue tras decir eso, sin aguardar respuesta, dando por sentado que el bailarín mundano acudiría a la cita. Y un rato después de que Armando de Troeye abandonara el salón bar, Max seguía mirando la puerta por donde se había ido. Reflexionaba sobre el giro imprevisto que aquello daba, o podía dar, a los sucesos que había procurado establecer, o disponer, para los próximos días. Quizá después de todo, determinó, el asunto ofreciese posibilidades complejas, de más provecho que cuanto había previsto. Al fin, con ese pensamiento, puso un terrón de azúcar en una cucharilla colocada sobre la copa de absenta y vertió un chorrito de agua encima, mirando deshacerse el terrón en el licor verdoso. Sonreía apenas, para sí, cuando se llevó el vaso a los labios. El sabor fuerte y dulce de la bebida no le recordó esta vez al cabo segundo legionario Boris Dolgoruki-Bragation ni los tugurios morunos de Marruecos. Sus pensamientos estaban ocupados por el collar de perlas que había visto relucir, reflejando las arañas del salón de baile, en el escote de Mecha Inzunza de Troeye. También por la línea del cuello desnudo que arrancaba de los hombros de aquella mujer, hasta la nuca. Sintió deseos de silbar un tango, y a punto estuvo de hacerlo antes de recordar dónde se encontraba. Cuando se puso en pie, el sabor de la absenta en su boca era dulce como un presagio de mujer y de aventura.

Spadaro, el recepcionista, ha mentido: la habitación es pequeña, en efecto, amueblada con una cómoda y un armario antiguo con espejo grande; el cuarto de baño es angosto, y la cama individual no parece gran cosa. Pero no es cierto que el lugar carezca de vistas. A través de la única ventana, orientada a poniente, puede verse la parte de Sorrento situada sobre la Marina Grande, con la arboleda del parque y las villas escalonadas en la ladera montañosa de la punta del Capo. Y cuando Max abre las hojas de la ventana y se asoma al exterior, deslumbrado por la luz, alcanza a ver una parte de la bahía, con la isla de Ischia difuminada en la distancia.

Recién duchado, desnudo bajo un albornoz que lleva el emblema del hotel bordado en el pecho, el chófer del doctor Hugentobler se observa en el espejo del armario. Su mirada crítica, adiestrada por hábito profesional en el estudio de los seres humanos —de ello dependieron siempre el éxito o el fracaso de cuanto emprendió—, se demora en la estampa del anciano inmóvil que contempla su propio pelo gris mojado, las arrugas de la cara, los ojos cansados. Todavía es un buen aspecto el suyo, concluye, si se consideran con benevolencia los estragos que a esa edad suelen mostrar otros hombres. Los daños, pérdidas y decadencias. Las derrotas irreparables. De modo que, en demanda del consuelo adecuado, palpa el tejido del albornoz: hay debajo más peso y anchura que hace unos años, sin duda; pero la cintura todavía tiene dimensiones razonables, la figura se ve erguida y los ojos se mantienen vivos e inteligentes, confirmando una apostura que la decadencia, los años oscuros y la ausencia final de esperanzas nunca lograron doblegar del todo. A modo de prueba, como el actor que ensaya un pasaje difícil de su papel, Max sonríe repentinamente al anciano reflejado en el espejo, y éste corresponde con un gesto de aparente espontaneidad que parece iluminarle el rostro: simpático, persuasivo, aquilatado al extremo para inspirar confianza. Aún permanece así un momento más, inmóvil, dejando desvanecerse despacio la sonrisa. Después, cogiendo un peine de encima de la cómoda, se alisa el pelo a su manera antigua, hacia atrás, marcando la raya recta e impecable en el lado izquierdo, muy alta. También los modales siguen siendo elegantes, concluye mientras con ojo crítico analiza el resultado. O pueden serlo. Todavía traslucen una supuesta buena crianza —de ahí a la supuesta buena cuna sólo medió en otros tiempos un paso fácil de franquear— que los años, la costumbre, la necesidad y el talento perfeccionaron hasta eliminar todo rastro que delatase la superchería original. Vestigios, en fin, de un pasado atractivo que en otras épocas le permitió moverse con descarado aplomo de cazador por territorios inciertos, a menudo hostiles. Medrar en ellos y sobrevivir. O casi. Hasta hace poco.

Despojándose del albornoz, Max silba *Torna a Sorrento* mientras empieza a vestirse con la meticulosa lentitud de los viejos tiempos, cuando enfundarse la ropa adecuada con rutina minuciosa, vigilando el detalle de la inclinación de un sombrero, el modo de anudarse una corbata o las cinco maneras de disponer un pañuelo blanco en el bolsillo superior de una chaqueta, le hacía sentirse, en momentos de optimismo y fe en los propios recursos, como un guerrero equipándose para el combate. Y esa vaga sensación de antaño, el aroma familiar de expectación o lance inminente, acaricia su orgullo recobrado, mientras se pone los calzoncillos de algodón, los calcetines grises —que requieren un pequeño esfuerzo, sentado en la cama, para doblar la cintura—, la camisa procedente del guardarropa del doctor Hugentobler, ligeramente holgada en el talle. En los últimos años se llevan las prendas ceñidas al cuerpo, los pantalones de pata ancha, las americanas y camisas de cintura estrecha; pero a Max, que no consigue plegarse a tales modas, le agrada la hechura clásica de la Sir Bonser de seda azul pálido con botones en los picos del cuello que le cae como hecha a medida, a la manera de siempre. Antes de abotonarla, sus ojos se demoran en la cicatriz que marca la piel en forma de pequeña estrella de una pulgada de diámetro en el lado izquierdo del tórax, a la altura de las últimas costillas: huella de la bala de un paco rifeño que le rozó un pulmón en Taxuda, Marruecos, el 2 de noviembre de 1921; y que, tras una temporada en el hospital de Melilla, dio fin a la corta vida militar del legionario Max Costa, alistado con ese nombre cinco meses antes —dejando así atrás, para siempre, el original de Máximo Covas Lauro— en la 13.ª Compañía, Primera Bandera, del Tercio de Extranjeros.

El tango, explicó Max, era confluencia de varias cosas: tango andaluz, habanera, milonga y baile de esclavos negros. Los gauchos criollos, a medida que se acercaban con sus guitarras a las pulperías, almacenes y prostíbulos de las orillas de Buenos Aires, llegaron a la milonga, que era cantada, y por fin al tango, que empezó como milonga bailada. La música y la danza negras fueron importantes, porque en esa época las parejas bailaban enlazadas, no abrazadas. Más sueltas que ahora, con cruzados, retrocesos y vueltas sencillas o complicadas.

—¿Tangos de negros? —Armando de Troeye parecía de veras sorprendido—. No sabía que hubiera negros allí.

—Los hubo. Antiguos esclavos, naturalmente. Los diezmó a finales de siglo una epidemia de fiebre amarilla.

Permanecían los tres sentados en torno a la mesa dispuesta en la cabina doble de primera clase. Olía a cuero bueno de baúles y maletas, agua de colonia y trementina. A través de una amplia ventana se veía el mar azul y apacible. Max, vestido con el traje gris, camisa de cuello blando y corbata escocesa, había llamado a la puerta cuando eran las doce y dos minutos; y tras unos primeros momentos en los que el único que parecía hallarse a sus anchas era Armando de Troeye, la comida —consomé de pimientos dulces, langosta con mayonesa y un vino del Rhin muy frío— había discurrido en conversación agradable, casi toda al principio por cuenta del compositor; que tras referir algunas anécdotas personales había interrogado a Max sobre su infancia en Buenos Aires, el regreso a España y su vida como animador profesional en hoteles de lujo, balnearios de temporada y transatlánticos. Prudente, como siempre que de su vida se trataba, Max había resuelto el asunto con breves comentarios y vaguedades calculadas. Y al cabo, con el café, el coñac y los cigarrillos, a demanda del compositor, había vuelto a hablar del tango.

—Los blancos —siguió contando—, que al principio sólo miraban a los negros, adoptaron sus bailes haciendo más lento lo que no podían imitar y metiendo movimientos del vals, la habanera o la mazurca... Tengan en cuenta que, más que una música, el tango era entonces una manera de bailar. Y de tocar.

A veces, mientras hablaba, apoyadas en el borde de la mesa las muñecas y los puños con gemelos de plata, sus ojos se encontraban con los de Mecha Inzunza. La mujer del compositor había permanecido en silencio durante casi toda la comida, escuchando la conversación, y sólo a veces hacía un comentario breve o deslizaba una pregunta, cuya respuesta aguardaba con atención cortés.

—Bailado por italianos y emigrantes europeos —continuó Max—, el tango se hizo más lento, menos descompuesto; aunque los compadritos suburbiales adoptaron algunos modos de los negros... Cuando se bailaba en senda derecha, como se dice allí, el hombre se interrumpía para lucirse o marcar una quebrada, deteniendo su movimiento y el de la pareja —miró a la mujer, que seguía escuchando atenta—. Es el famoso corte, que usted, en la versión honorable de aquellos tangos que bailamos ahora, resuelve tan bien.

Mecha Inzunza agradeció el comentario con una sonrisa. Llevaba un vestido ligero de charmeuse color champaña, y la luz de la ventana enmarcaba su cabello corto en la nuca: la línea esbelta del cuello que tanto había ocupado los pensamientos de Max durante los últimos días, desde el silencioso tango sin música bailado en el salón de palmeras del transatlántico. Las únicas joyas que lucía en ese momento eran el collar de perlas puesto en dos vueltas y su anillo de casada.

—¿Qué es un compadrito? —quiso saber ella.

—Más bien era, en realidad.

—¿Ya no es?

—En diez o quince años han cambiado muchas cosas... Cuando yo era niño llamábamos compadrito al joven de condición modesta, hijo o nieto de aquellos gauchos que, después de traer las reses, echaron pie a tierra en los arrabales de la ciudad.

—Suena peligroso —apuntó De Troeye.

Hizo Max un ademán de indiferencia. Ésos de peligrosos tenían poco, explicó. Otra cosa eran los compadres y los compadrones. Gente más correosa: algunos hampones auténticos y otros que sólo aparentaban serlo. Se recurría a ellos en política, para guardaespaldas, elecciones y cosas así. Pero a los de verdad, que solían tener apellidos españoles, los desplazaban ahora los hijos de inmigrantes que pretendían imitarlos: malevos de baja estofa que aún adoptaban las maneras antiguas del cuchillero suburbial sin tener ya sus códigos ni su coraje.

—¿Y el verdadero tango es un baile de compadritos y compadres? —se interesó Armando de Troeye.

—Lo fue. Aquellos primeros tangos bailados eran obscenos sin disimulo, con las parejas juntando los cuerpos y enlazando las piernas en movimientos de caderas que venían, como dije antes, de las danzas de negros... Tengan en cuenta que las primeras bailarinas de tangos fueron las chinas cuarteleras y las mujeres de los burdeles.

De soslayo, Max advirtió la sonrisa de Mecha Inzunza: desdeñosa e interesada al tiempo. Había visto esa sonrisa antes en mujeres de su clase, al mencionar asuntos parecidos.

—De ahí la mala fama, naturalmente —dijo ella.

—Claro —por delicadeza, Max seguía dirigiéndose al marido—. Fíjense en que uno de los primeros tangos se llamó *Dame la lata*...

—¿La lata?

Otra mirada de reojo. Titubeaba el bailarín mundano, ocupado en elegir las palabras adecuadas.

—La ficha —dijo al fin— que la madame del prostíbulo daba por cada cliente atendido, y que la prostituta entregaba a su cafiolo, que se hacía cargo del dinero.

—Lo de cafiolo suena exótico —comentó la mujer.

—Se refiere al *maquereau* —apuntó De Troeye—. Al chulo.

—Lo entendí perfectamente, querido.

Incluso cuando el tango se hizo popular y llegó a las fiestas familiares, prosiguió Max, estaban prohibidos los cortes, por inmorales. Cuando él era un niño sólo se bailaba en las matinés de las sociedades de fomento italianas o españolas, en los prostíbulos y en las *garçonnières* de los niños bien. Todavía ahora, cuando triunfaba en salones y teatros, se mantenía la prohibición de cortes y quebradas en determinados ambientes. Meter pierna, como se decía vulgarmente. Ser aceptado por la sociedad le costó al tango su carácter, concluyó. Le fatigó el paso y lo hizo más lento y menos lascivo. Ése era el tango domesticado que había viajado a París para hacerse famoso.

—Se convirtió en ese baile monótono que vemos en los salones, o en la estúpida parodia que hizo Valentino en el cinematógrafo.

Los ojos de color miel estaban fijos en él. Consciente de eso, evitándolos con cuanta calma era capaz de esgrimir, Max sacó su pitillera y la ofreció abierta a la mujer. Tomó ésta un cigarrillo turco, y otro el marido, que encendió el de su mujer, puesto en la boquilla corta de marfil, con un encendedor de oro. Ella, que se había inclinado un poco hacia la llama, alzó la cabeza y volvió a mirar a Max entre la primera bocanada de humo que la luz procedente de la ventana tornaba espeso y azulado.

—¿Y en Buenos Aires? —preguntó Armando de Troeye.

Sonrió Max, que tras golpear suavemente un extremo del cigarrillo en la pitillera cerrada encendía su Abdul Pashá. El giro de conversación le facilitó encarar de nuevo los ojos de la mujer. Lo hizo tres segundos, manteniendo la sonrisa. Luego se volvió al marido.

—En el arrabal, en los bajos fondos, alguno sigue quebrando la cintura y metiendo pierna, a veces. Ahí están los últimos restos del tango viejo... Lo que nosotros bailamos es en realidad un remedo suave de ése. Una elegante habanera.

—¿Ocurre lo mismo con la letra?

—Sí, aunque es un fenómeno más reciente. Al principio sólo era música, o cuplés de teatro. Cuando yo era niño apenas se oían tangos cantados, y siempre eran pícaros y obscenos, historias de doble sentido narradas por rufianes cínicos...

Se detuvo, dudando un momento sobre la conveniencia de añadir algo más.

—¿Y?

Era ella quien había formulado la pregunta, jugueteando con una de las cucharillas de plata. Eso decidió a Max.

—Bueno... Sólo tienen que fijarse en los títulos de entonces: *Qué polvo con tanto viento*, *Siete pulgadas*, *Cara Sucia*, que en realidad se refiere a otra cosa, o *La c...ara de la l...una*, así, con puntos suspensivos en el título, que en realidad, disculpen la crudeza, significa *La concha de la lora*.

—¿Lora?... ¿Qué significa?

—Prostituta, en lunfardo. El argot de allí... El que usa Gardel cuando canta.

—¿Y concha?

Max miró a Armando de Troeye, sin responder. La mueca divertida del marido se ensanchó en una amplia sonrisa.

—Comprendido —dijo.

—Comprendido —repitió ella al cabo de un instante, sin sonreír.

El tango sentimental, siguió contando Max, era un fenómeno reciente. Fue Gardel quien popularizó esas letras lloronas, llenando el tango de malevos cornudos y mujeres perdidas. En su voz, el cinismo del rufián se había hecho lágrimas y melancolía. Cosa de poetas.

—Lo conocimos hace dos años, cuando actuaba en el Romea de Madrid —apuntó De Troeye—. Un hombre muy simpático. Algo charlatán, pero agradable —miró a su mujer—. Con esa sonrisa, ¿verdad?... Como si no se relajara nunca.

—Sólo lo vi una vez de lejos, comiendo puchero de gallina en El Tropezón —dijo Max—. Estaba rodeado de gente, por supuesto. No me atreví a acercarme.

—La verdad es que canta muy bien. Tan lánguido, ¿no?

Max dio una chupada a su cigarrillo. De Troeye, que se servía más coñac, le ofreció; pero él negó con la cabeza.

—Realmente inventó la manera. Antes sólo eran cuplés y canciones de burdel... Apenas había antecedentes.

—¿Y la música? —De Troeye había mojado los labios en el coñac y miraba a Max por encima del borde de la copa—. ¿Cuáles son, a su juicio, las diferencias entre el tango viejo y el moderno?

Se recostó el bailarín mundano en la silla, golpeando suavemente el cigarrillo con el dedo índice para dejar caer la ceniza en el cenicero.

—No soy músico. Sólo bailo para ganarme la vida. Ni siquiera sé distinguir una corchea de una breve.

—Aun así, me gustaría conocer su opinión.

Max dio otras dos chupadas al cigarrillo antes de responder.

—Puedo hablar de lo que conozco. Lo que recuerdo... Ahí pasó lo mismo que con la manera de bailar y de cantar. Al principio los músicos eran intuitivos y tocaban temas mal conocidos, sobre la partitura del piano o de memoria. A la parrilla, como allí se dice... Parecido a los músicos de jazz-band cuando improvisan yendo a su aire.

—¿Y cómo eran esas orquestas?

Pequeñas, precisó Max. Tres o cuatro tipos, bajos de bandoneón, acordes simples y mayor velocidad de ejecución. Era más una manera de interpretar que de componer. Con el tiempo, tales orquestas fueron arrinconadas por las modernas: solos de piano en vez de guitarras, contracantos

73

de violín, rezongo de fuelle. Eso favorecía a los bailarines inexpertos, a los nuevos aficionados. Las orquestas profesionales se adaptaron en seguida al nuevo tango.

—Es el que bailamos nosotros —concluyó, apagando con mucho cuidado el cigarrillo—. El que suena en el salón del *Cap Polonio* y en los lugares respetables de Buenos Aires.

Mecha Inzunza había apagado su cigarrillo en el mismo cenicero, tres segundos después de que lo hiciera Max.

—¿Y el otro? —preguntó jugueteando con la boquilla de marfil—... ¿Qué pasa con el antiguo?

El bailarín mundano apartó, no sin esfuerzo, la mirada de las manos de la mujer: delgadas, elegantes, de buena casta. Relucía en el anular izquierdo la alianza de oro. Cuando levantó la vista, comprobó que Armando de Troeye lo miraba inexpresivo, con fijeza.

—Ahí sigue, todavía —respondió—. Marginal y cada vez más raro. Cuando lo tocan, según los sitios, la gente apenas sale a bailar. Es más difícil. Más crudo.

Se detuvo un momento. La sonrisa que ahora afloró a sus labios era espontánea. Evocadora.

—Un amigo mío decía que hay tangos para sufrir, y tangos para matar... Los originales eran más bien de estos últimos.

Mecha Inzunza había apoyado un codo en la mesa y el óvalo del rostro en la palma de la mano. Parecía escuchar con extrema atención.

—Tango de la Guardia Vieja, lo llaman algunos —precisó Max—. Para diferenciarlo del nuevo. Del moderno.

—Bonito nombre —comentó el marido—. ¿De dónde viene?

Ya no tenía el rostro inexpresivo. Otra vez el gesto amable, de atento anfitrión. Max movió las manos como para remarcar una obviedad.

—No sé. Un antiguo tango se llamaba así: *La Guardia Vieja*... No sabría decirles.

—¿Y sigue siendo... obsceno? —preguntó ella.

Un tono opaco, el suyo. Casi científico. El de una entomóloga averiguando, por ejemplo, si era obscena la cópula de dos escarabajos. Suponiendo, concluyó Max, que los escarabajos copularan. Que, seguramente, sí.

—Según en qué lugares —confirmó.

Armando de Troeye parecía encantado con todo aquello.

—Lo que nos cuenta es fascinante —dijo—. Mucho más de lo que imagina. Y cambia algunas ideas que yo traía en la cabeza. Quisiera presenciar eso... Verlo en su ambiente.

Torció Max el gesto, evasivo.

—No se toca en locales recomendables, desde luego. No que yo sepa.

—¿Conoce sitios así en Buenos Aires?

—Alguno conozco. Pero adecuado no es la palabra —miró a Mecha Inzunza—. Son lugares peligrosos... Impropios para una señora.

—No se inquiete por eso —dijo ella con mucha frialdad y mucha calma—. Ya hemos estado en lugares impropios, antes.

Pasa la media tarde. El sol declinante se encuentra todavía por encima de la punta del Capo, enmarcando en tonos verdes y rojizos las villas que cubren la ladera de la montaña. Max Costa, vestido con la misma chaqueta azul oscuro y el pantalón de franela gris que llevaba cuando llegó al hotel —sólo ha cambiado el pañuelo de seda por una corbata roja con pintas azules y nudo Windsor—, baja de su habitación y se mezcla con los clientes que toman el aperitivo antes de la cena. Terminaron el verano y sus aglomeraciones, pero el duelo de ajedrez mantiene animado el establecimiento: casi todas las mesas del bar y la terraza están ocupadas. Un cartel puesto en un caballete anuncia para mañana la próxima partida del duelo Sokolov-Keller. Deteniéndose delante, Max observa a los dos adversarios en las fotografías que lo ilustran. Bajo unas cejas rubias y espesas, a tono con un pelo que recuerda el de un erizo, los ojos claros y acuosos del campeón soviético miran con recelo las piezas puestas en un tablero. Su cara redonda y rústica hace pensar en la de un campesino atento al ajedrez igual que varias generaciones de sus antepasados pudieron estarlo a la madurez de un campo de trigo o al paso de las nubes trayendo agua o sequía. En cuanto a Jorge Keller, su mirada se dirige hacia el fotógrafo distraída, casi soñadora. Tal vez un punto inocente, cree apreciar Max. Como si en vez de mirar a la cámara lo hiciese a alguien o algo situado ligeramente más allá, que nada tuviera que ver con el ajedrez sino con ensueños juveniles o inconcretas quimeras.

Brisa templada. Rumor de conversaciones con música suave de fondo. La terraza del Vittoria es amplia y espléndida. Más allá de la balaustrada se aprecia una bella panorámica de la bahía de Nápoles, que empieza a tamizarse en una luz dorada cada vez más horizontal. El jefe de camareros guía a Max hacia una mesa situada junto a una mujer de mármol semiarrodillada y desnuda que mira hacia el mar. Acomodándose, Max pide una copa de vino blanco frío y echa un vistazo alrededor. El entorno es elegante, adecuado al lugar y la hora. Hay clientes extranjeros bien vestidos, sobre todo norteamericanos y alemanes que visitan Sorrento fuera de temporada. El resto son invitados del millonario Campanella: gente distinguida a la que éste paga el viaje y los gastos del hotel. También hay aficionados al ajedrez que pueden permitírselo por cuenta propia. En las mesas cercanas, Max reconoce a una bella actriz de cine en compañía de otras personas entre las que se encuentra su marido, productor de Cinecittà. Cerca se mueven dos jóvenes con aspecto de periodistas locales, uno de ellos con una Pentax colgada al cuello; y cada vez que alza la cámara, Max disimula el rostro con ademán discreto, pasándose una mano por la cara o volviéndose a mirar algo en dirección opuesta. Reacción automática, ésta, de cazador atento a no ser cazado. Antiguos reflejos evasivos, naturales por hábito, que su instinto profesional desarrolló durante muchos años para rebajar riesgos. En aquellos tiempos, nada hacía a Max Costa más vulnerable que poner su rostro e identidad a disposición de algún policía capaz de preguntarse qué estaría tramando, en este o aquel lugar, un veterano caballero de industria de los que en otra época eran llamados, con ingenuo eufemismo, ladrones de guante blanco.

Cuando los periodistas se alejan, Max mira alrededor, buscando. Al bajar pensaba que sería un extraordinario golpe de suerte encontrar a la mujer al primer intento; pero lo cierto es que está allí mismo, no muy lejos, sentada ante una mesa en compañía de otras personas entre las que no se encuentran ni el joven Keller ni la muchacha que iba con ellos. Esta vez no lleva el sombrero de tweed y muestra el cabello corto, de un tono gris plateado que parece por completo natural. Mientras conversa inclina el rostro hacia sus acompañantes, cortésmente interesada —un gesto que Max recuerda con asombrosa nitidez—, y a veces se reclina en el respaldo de la silla, asintiendo a la charla con una sonrisa. Viste de modo sencillo, con la misma elegante negligencia que ayer: una falda oscura amplia, con cinturón ancho que ciñe la cintura de una blusa de seda blanca. Calza mocasines de ante, y la rebeca de punto cubre sus hombros, puesta por encima. No lleva pendientes ni joyas: sólo un delgado reloj en la muñeca.

Prueba Max el vino, complacido por la temperatura que empaña la copa; y cuando se inclina un poco para dejar ésta en la mesa, la mirada de la mujer se cruza con la suya.

Es un encuentro casual que apenas dura un segundo. Ella está diciendo algo a sus acompañantes, y al hacerlo pasea la vista alrededor, coincidiendo un momento con los ojos del hombre que la observa desde tres mesas más allá. Los de la mujer no se detienen en él: siguen adelante mientras continúa la conversación, y alguien dice ahora cualquier cosa que ella escucha atenta, sin volver a apartar la mirada de sus acompañantes. Max, con una punzada melancólica que lastima su vanidad, sonríe para sí y busca consuelo en otro sorbo de Falerno. Es cierto que él ha cambiado; pero ella también, decide. Mucho, sin duda, desde la última vez que se vieron en Niza hace veintinueve años, otoño de 1937. Y más, todavía, desde lo ocurrido en Buenos Aires, nueve años antes de eso. También ha pasado mucho tiempo desde la conversación que Mecha Inzunza y él mantuvieron en la cubierta de botes del *Cap Polonio*, cuatro días después de que ella y su marido lo invitaran a comer en su lujoso camarote para hablar de tangos.

También aquel día la buscó deliberadamente, después de una noche de insomnio en su camarote de segunda clase, que pasó con los ojos abiertos mientras sentía el suave movimiento del barco y la lejana trepidación interior de las máquinas en los mamparos del transatlántico. Había preguntas que requerían respuesta, y planes por trazar. Pérdidas y ganancias posibles. Pero también, aunque se negaba a reconocerlo ante sí mismo, latía en aquello un impulso personal, inexplicable, que nada tenía que ver con las circunstancias materiales. Algo inusualmente desprovisto de cálculo, hecho de sensaciones, atractivos y recelos.

La encontró en la cubierta de botes, como la otra vez. El buque navegaba a buena marcha, hendiendo una ligera bruma que el sol ascendente —un difuso disco dorado cada vez más alto en el horizonte— iba venciendo poco a poco. Estaba sentada en un banco de teca, bajo una de las tres grandes chimeneas pintadas en blanco y rojo. Vestía de corte deportivo, falda plisada y jumper de lana a rayas. Los zapatos eran de tacón bajo, y le ovalaba el rostro inclinado sobre un libro el ala corta, acampanada, de un sombrero de paja tagal. Esta vez Max no pasó de largo con un breve saludo, sino que dijo buenos días y se detuvo ante ella, quitándose la gorra de viaje. El bailarín mundano tenía el sol a la espalda, el mar estaba tranquilo, y su sombra oscilaba levemente en el libro abierto y en el rostro de la mujer cuando ella alzó la vista para mirarlo.

—Vaya —dijo—. El bailarín perfecto.

Sonreía, aunque los ojos que lo estudiaban, valorativos, parecían absolutamente serios.

—¿Cómo le va, Max?... ¿Cuántas jovencitas y solteronas han pisoteado sus zapatos en los últimos días?

—Demasiadas —gimió—. No me lo recuerde.

Hacía cuatro días que Mecha Inzunza y su marido no iban al salón de baile. Max no había vuelto a verlos desde el almuerzo en la cabina.

—He estado pensando en lo que dijo su marido... Lo de lugares adecuados para ver bailar el tango en Buenos Aires.

Se acentuó la sonrisa. Una bonita boca, pensó él. Un bonito todo.

—¿Tango a la manera de la guardia antigua?

—Vieja. Es Guardia Vieja. Y sí. A ése me refiero.

—Estupendo —ella cerró el libro y se movió a un lado del banco, con mucha naturalidad, dejando espacio libre para que él se sentara—. ¿Podrá llevarnos allí?

No por esperado el plural incomodó menos a Max. Seguía de pie ante ella, la gorra todavía en una mano.

—¿A los dos?

—Sí.

Hizo un ademán afirmativo el bailarín mundano. Luego se puso de nuevo la gorra —ligeramente inclinada sobre el ojo derecho, con leve coquetería— y se sentó en la parte del banco que ella había dejado libre. El lugar estaba protegido de la brisa, al resguardo de una estructura metálica pintada de blanco y rematada por una de las grandes bocas de aireación que jalonaban la cubierta. De reojo, Max echó un vistazo al título del libro que ella tenía sobre la falda. Estaba en inglés: *The Razor's Edge*. No había leído nada de aquel Somerset Maugham cuyo nombre figuraba en la cubierta, aunque le sonaba conocido. Él no era de libros.

—No veo inconveniente —respondió—. Siempre y cuando esté dispuesta a afrontar cierta clase de azares.

—Me asusta usted.

No parecía estarlo en absoluto. Max miraba más allá de los botes salvavidas, sintiendo los ojos de la mujer fijos en él. Dudó un instante sobre si debía sentirse molesto por alguna ironía velada, y decidió que no. Tal vez ella era sincera, aunque realmente no lograba imaginarla asustada de ese modo. Por cierta clase de azares.

—Se trata de sitios populares —aclaró—. De lo que podríamos llamar barrios bajos, como dije. Pero sigo sin saber si usted...

Calló mientras se volvía hacia ella. Parecía divertida por aquella pausa deliberada, cauta.

—¿Si debo arriesgarme en lugares así, quiere decir?

—En realidad tampoco es tan peligroso. Todo consiste en no hacer demasiada ostentación.

—¿De qué?

—De dinero. De joyas. De ropa cara o demasiado elegante.

Ella echó atrás la cabeza y rió fuerte. Aquella risa despreocupada y sana, pensó absurdamente Max. Casi deportiva. Acuñada en pistas de tenis, playas de moda, clubs de golf e Hispano Suizas de dos asientos.

—Entiendo... ¿Debo disfrazarme de golfa para pasar inadvertida?

—No se burle.

—No lo hago —lo miraba con inesperada seriedad—. Le asombraría saber cuántas niñas sueñan con vestirse de princesas, y cuántas mujeres adultas desean vestirse de putas.

La palabra *putas* no había sonado vulgar en su boca, apreció el desconcertado Max. Sólo provocadora. Propia de una mujer capaz de ir, por curiosidad o diversión, a un barrio de mala fama para ver bailar tangos. Y es que hay modos de decir las cosas, concluyó el bailarín mundano. De pronunciar ciertas palabras o mirar a los ojos de un hombre como ella lo hacía en ese momento. Dijera lo que dijese, Mecha Inzunza no sería vulgar ni proponiéndoselo. El cabo segundo legionario Boris Dolgoruki-Bragation, cuando estaba vivo, llegó a resumir eso bastante bien. Cuando toca, ni aunque te quites, decía. Y cuando no te toca, ni aunque te pongas.

—Es asombroso el interés de su marido por el tango —logró decir, reponiéndose—. Lo creía...

—¿Un compositor serio?

Ahora le llegó a Max el turno de reír. Lo hizo con suavidad y calculado aplomo de hombre de mundo.

—Es una forma de decirlo. Uno tiende a situar la música que hace él y los bailes populares en planos distintos.

—Podríamos llamarlo capricho. Mi marido es un hombre singular.

Mentalmente, Max se mostró de acuerdo con eso. Singular era sin duda la palabra. Que él supiera, Armando de Troeye figuraba entre la media docena de compositores más conocidos y mejor pagados del mundo. De los músicos españoles vivos, sólo Falla estaba a la altura.

—Un hombre admirable —añadió ella tras un instante—. En trece años ha conseguido lo que otros apenas sueñan... ¿Sabe quiénes son Diaguilev y Stravinsky?

Sonrió Max, vagamente ofendido. Sólo soy un bailarín profesional, decía el gesto. La música la conozco de oído. Pero hasta ahí llego.

—Claro. El director de los ballets rusos y su compositor favorito.

Asintió ella y se puso a contar. Su marido los había frecuentado en Madrid durante la guerra europea, en casa de una amiga chilena, Eugenia de Errazuriz. Estaban allí para representar *El pájaro de fuego* y *Petrushka* en el Teatro Real. Armando de Troeye era entonces un compositor de mucho talento, aunque poco conocido. Simpatizaron, él les enseñó Toledo y El Escorial, y se hicieron amigos. Al año siguiente volvieron a verse en Roma, donde a través de ellos conoció a Picasso. Terminada la guerra, cuando Diaguilev y Stravinsky llevaron de nuevo *Petrushka* a Madrid, De Troeye los acompañó a Sevilla para que vieran las procesiones de Semana Santa. A la vuelta eran íntimos. Tres años después, en 1923, los ballets rusos estrenaban en París *Pasodoble para don Quijote*. El éxito fue extraordinario.

—Lo demás lo conocerá usted —concluyó Mecha Inzunza—: la gira por los Estados Unidos, el gran triunfo de *Nocturnos* en Londres con asistencia de los reyes de España, la rivalidad con Falla y el escándalo magnífico del *Scaramouche* en la sala Pleyel de París el año pasado, con Serge Lifar y decorados de Picasso.

—Eso es triunfar —estimó Max con objetiva calma.

—¿Y qué es triunfar, para usted?

—Quinientas mil pesetas seguras al año. De ahí para arriba.

—Vaya... No exige demasiado.

Creyó detectar cierto sarcasmo en el tono de la mujer, y la miró con curiosidad.

—¿Cuándo conoció a su marido?

—En casa de Eugenia de Errazuriz, precisamente. Es mi madrina.

—Una vida interesante junto a él, supongo.

—Sí.

Esta vez el monosílabo había sido brusco. Neutro. Ella miraba el mar al otro lado de los botes salvavidas, donde el sol cada vez más alto aclaraba la atmósfera brumosa, dorada y gris.

—¿Y qué tiene que ver el tango con todo eso? —preguntó Max.

La vio inclinar la cabeza como si hubiera varias respuestas posibles y las considerase una por una.

—Armando es un humorista —dijo al fin—. Le gusta jugar. En muchos sentidos. Incluido su trabajo, naturalmente... Juegos arriesgados, innovadores. Eso es precisamente lo que fascinó a Diaguilev.

Permaneció callada un momento, mirando la tapa del libro: en la ilustración de cubierta, un hombre elegantemente vestido miraba el mar desde un acantilado de aspecto mediterráneo, con pinos de parasol y palmeras.

—Suele decir —prosiguió al fin— que le da igual que una música se escriba para piano, violín o tambor de pregonero... Una música es una música, sostiene. Y no hay más que hablar.

Fuera del resguardo donde se hallaban, la brisa marina era suave, movida sólo por el desplazamiento del transatlántico. El disco de sol, cada vez más diáfano y resplandeciente, calentaba la teca. Mecha Inzunza se puso en pie y Max la imitó en el acto.

—Y siempre ese sentido del humor, tan de mi marido —siguió diciendo ella con naturalidad, sin interrumpir su conversación—. Una vez dijo a un periodista que le habría gustado trabajar, como Haydn, para diversión de un monarca... ¿Una sinfonía? *Voilà*, majestad. Y si no le gusta, se la devuelvo arreglada como vals y le pongo letra... Le gusta fingir que compone por encargo, aunque sea mentira. Es su guiño particular. Su coquetería.

—Se requiere mucha inteligencia para disfrazar de artificio las propias emociones —dijo Max.

Había leído o escuchado aquello en alguna parte. A falta de verdadera cultura personal, era diestro en colocar apuntes ajenos para improvisar palabras propias. En elegir los momentos oportunos para situarlos. Ella lo miró con ligera sorpresa.

—Vaya. Quizá lo hemos subestimado, señor Costa.

Sonrió él. Caminaban despacio, paseando hacia la barandilla que quedaba a popa de la cubierta, tras la última de las tres chimeneas.

—Max, recuerde.

—Claro... Max.

Llegaron a la barandilla y se apoyaron en ella, observando la animación de abajo: gorras de viaje, sombreros flexibles y panamás blancos, pamelas de ala ancha, sombreros femeninos de casquete corto, a la moda, de fieltro o paja con cintas de color. En la cubierta de primera clase, donde los corredores de paseo de babor y estribor se unían en la terracilla exterior del fumoir-café, los ventanales de éste se encontraban abiertos y todas las mesas de afuera ocupadas por pasajeros disfrutando del mar en calma y la suave temperatura. Era la hora del aperitivo: una docena de camareros de chaqueta color cereza se movían entre las mesas manteniendo en equilibrio bandejas cargadas de bebidas y platillos con entremeses, mientras un mayordomo uniformado vigilaba que todo transcurriera como el elevado precio del pasaje exigía.

—Parecen simpáticos —comentó ella—. Camareros felices... Quizá sea el mar.

—Pues no lo son. Viven atemorizados por el sobrecargo y los oficiales. Ser simpáticos sólo es parte de su trabajo: les pagan para que sonrían.

Ella lo miraba con curiosidad renovada. De manera distinta.

—Parece saber de eso —aventuró.

—No le quepa duda. Pero estábamos hablando de su marido. De su música.

—Oh, sí... Le iba a decir que a Armando le gusta ahondar en los apócrifos, forzar anacronismos. Más le divierte trabajar con la copia que con el original, haciendo guiños aquí y allá, a la manera de éste o aquél: Schummann, Satie, Ravel... Enmascararse adoptando maneras de pastiche. Parodiando incluso, y sobre todo, a los que parodian.

—¿Un plagiario irónico?

Lo estudió otra vez en silencio, penetrante. Examinándolo por dentro y por fuera.

—Hay quien llama a eso modernidad —suavizó él, temiendo haber ido demasiado lejos.

La suya era una sonrisa profesional: de buen muchacho sin pretensiones ni dobleces. O, como había dicho ella un rato antes, de bailarín perfecto. Tras un instante, la vio apartar la mirada y mover la cabeza.

—No se confunda, Max. Él es un compositor extraordinario, que merece su éxito. Finge buscar cuando ya tiene, o desdeñar detalles que antes ha dispuesto minuciosamente. Sabe ser vulgar, pero incluso entonces se trata de una vulgaridad distinguida. Como esa negligencia estudiada que algunos elegantes usan para vestir... ¿Conoce usted la introducción del *Pasodoble para don Quijote*?

—No. Lo siento. En materia musical voy poco más allá de los bailes de salón.

—Lástima. Comprendería mejor cuanto acabo de decir. La del *Pasodoble* es una introducción que no introduce nada. Una broma genial.

—Demasiado complejo para mí —dijo él con sencillez.

—Seguramente —la mujer volvía a estudiarlo con atención—. Sí.

Max seguía apoyado en la barandilla pintada de blanco. Su mano izquierda estaba a veinte centímetros de la derecha de ella, la que sostenía el libro. El bailarín mundano miró abajo, a los pasajeros de primera clase. Su largo adiestramiento personal, esfuerzo de años, le hacía sentir únicamente una especie de vago rencor. Nada que no fuera soportable.

—¿También el tango de su marido será una broma? —preguntó.

En cierto modo, repuso ella. Pero no sólo eso. El tango se había vuelto vulgar. Ahora enloquecía a la gente lo mismo en los salones elegantes que en los teatros, el cinema y las verbenas de barrio. Así que la intención de Armando de Troeye era jugar con esa locura. Devolver al público la composición popular, filtrada a través de la ironía de la que Max y ella hablaban antes.

—Enmascarándolo a su manera, como suele —concluyó—. Con su inmenso talento. Un tango que sea pastiche de pastiches.

—¿Un libro de caballerías que acabe con todos los libros de caballerías?

Por un momento pareció sorprendida.

—¿Ha leído el *Quijote*, Max?

Hizo él un cálculo rápido de probabilidades. Mejor no arriesgarse en eso, decidió. Con vanidades inútiles. Agarran antes a un embustero listo que a un sincero torpe.

—No —de nuevo una sonrisa irreprochable, espontáneamente profesional—. Pero he leído cosas sobre él en diarios y revistas.

—Tal vez acabar no sea la palabra. Aunque sí dejarlos atrás. Algo insuperable, puesto que lo contendría todo. Un tango perfecto.

Se apartaron de la barandilla. Sobre el mar, cada vez más azul y menos gris, el sol disipaba el último rastro de neblina baja. Trincados en sus calzos y pintados de blanco, los ocho botes salvavidas de estribor reverberaban con una claridad cegadora que obligó a Max a inclinar un poco más sobre los ojos la visera de su gorra. Mecha Inzunza sacó de un bolsillo del jumper unas gafas oscuras y se las puso.

—Lo que usted dijo sobre el tango original lo fascinó —dijo al cabo de unos pasos—. No para de darle vueltas... Cuenta con su promesa de llevarlo allí.

—¿Y usted?

Lo observó de lado sin dejar de pasear, volviendo el rostro dos veces, cual si no comprendiera el alcance de la pregunta. Agua embotellada Inzunza, recordó Max. Había buscado anuncios en las revistas ilustradas del salón de lectura y preguntado al sobrecargo. A finales de siglo, el abuelo farmacéutico había amasado una fortuna embotellando agua de manantial en Sierra Nevada. Después, el padre construyó en ese lugar dos hoteles y un moderno balneario, recomendado para dolencias de riñón e hígado, que se había puesto de moda en la temporada veraniega de la alta burguesía andaluza.

—¿Con qué cuenta usted, señora? —insistió Max.

A esas alturas de conversación esperaba que pidiera que la llamase Mecha, o Mercedes. Pero ella no lo hizo.

—Llevo casada con él cinco años. Y lo admiro profundamente.

—¿Por eso desea que la lleve allí? ¿Que los lleve a los dos? —se permitió una mueca escéptica—. Usted no compone música.

No hubo respuesta inmediata. Ella seguía paseando despacio, ocultos los ojos tras los cristales oscuros.

—¿Y usted, Max? ¿Seguirá a bordo en el viaje de vuelta a Europa o se quedará en la Argentina?

—Quizá me quede un tiempo. Tengo una oferta por tres meses en el Plaza de Buenos Aires.

—¿Bailando?

—De momento, sí.

Un silencio. Breve.

—No parece una profesión con mucho futuro. Excepto...

Se calló de nuevo, aunque Max pudo en sus adentros completar la frase: excepto si logras embaucar con ese estupendo físico, tu sonrisa de buen chico y tus tangos, a una millonaria perfumada de Roger & Gallet que te lleve de *chevalier servant* con gastos pagados. O, como dicen con más crudeza los italianos, de gigoló.

—No es mi intención dedicarme a eso toda la vida.

Ahora los cristales oscuros estaban vueltos hacia él. Inmóviles. Se veía reflejado en ellos.

—El otro día dijo usted algo interesante. Habló de tangos para sufrir y tangos para matar.

Hizo Max un ademán evasivo que dejaba pasar aquello. También esta vez su intuición le aconsejaba ser sincero.

—No son palabras mías, sino de un amigo.

—¿Otro bailarín?

—No... Era soldado.

—¿Era?

—Ya no lo es. Murió.

—Lo siento.

—No tiene por qué sentirlo —sonrió para sí, evocador—. Se llamaba Dolgoruki-Bragation.

—Eso no suena a simple soldado. Más bien a oficial, ¿no?... Tipo aristócrata ruso.

—Era exactamente eso: ruso y aristócrata. O así lo contaba él.

—¿Y lo era de verdad?... ¿Aristócrata?

—Es posible.

Ahora, quizá por primera vez, Mecha Inzunza parecía desconcertada. Se habían detenido en la barandilla exterior, al pie de un bote salvavidas. El nombre del barco estaba pintado con letras negras en la proa. Ella se quitó el sombrero —Max alcanzó a leer *Talbot* en la etiqueta del interior— y agitó el cabello para que lo adecuase la brisa.

—¿Fue usted soldado?

—Un tiempo. No demasiado.

—¿En la guerra europea?

—África.

Ella ladeó un poco la cabeza, interesada, como si viese a Max por primera vez. Durante años, el norte de África había acaparado dramáticamente los titulares de la prensa española, llenando con retratos de jóvenes oficiales las revistas ilustradas: capitán Fulano de Regulares, teniente Mengano del Tercio de Extranjeros, alférez Zutano de Caballería, muertos heroicamente —todos morían heroicamente en las páginas de sociedad de *La Esfera* o *Blanco y Negro*— en Sidi Hazem, en Ketama, en Bab el Karim, en Igueriben.

—¿Se refiere a Marruecos?... ¿Melilla, Annual y todos esos sitios horribles?

—Sí. Todos ésos.

Él se había recostado en la barandilla disfrutando de la brisa que le refrescaba la cara, entornados los ojos cegados por el resplandor del sol en el mar y en la pintura blanca del bote. Mientras introducía una mano en el bolsillo interior de la americana y sacaba la pitillera con iniciales ajenas, advirtió que Mecha Inzunza lo observaba con mucho detenimiento. Siguió mirándolo mientras él le ofrecía la pitillera abierta, y negó con la cabeza. Max cogió un Abdul Pashá, cerró la pitillera y golpeó suavemente sobre ella el extremo del cigarrillo antes de ponérselo en la boca.

—¿Dónde aprendió a comportarse así?

Él había sacado una caja de cerillas con el emblema de la Hamburg-Südamerikanische y buscaba el resguardo del bote salvavidas para encender el cigarrillo. Esta vez también fue sincero en la respuesta.

—No sé a qué se refiere.

Ella se había quitado las gafas de sol. Los iris parecían mucho más claros y transparentes con aquella luz.

—No se ofenda, Max, pero hay algo en usted que desorienta. Sus maneras son impecables y el físico le ayuda, por supuesto. Baila maravillosamente y lleva la ropa como pocos caballeros de los que conozco. Pero no parece un hombre...

Sonrió él para disimular su incomodidad, mientras rascaba una cerilla. Pese a que protegía la llama haciendo hueco con las manos, la apagó la brisa antes de poder acercarla al cigarrillo.

—¿Educado?

—No quise decir eso. No practica usted el exhibicionismo torpe del arribista, ni la ostentación vulgar del que pretende aparentar lo que no es. Ni siquiera tiene la petulancia natural en un hombre joven de buena planta. Parece caerle bien a todo el mundo, como sin proponérselo. Y no sólo a las señoras... ¿Entiende de qué le hablo?

—Más o menos.

—Sin embargo, el otro día habló de su infancia en Buenos Aires y el regreso a España. La vida no parece haberle dado muchas oportunidades en esa época... ¿Mejoró después?

Encendió Max otra cerilla, esta vez con éxito, y miró a la mujer entre la primera bocanada de humo. De pronto había dejado de sentirse intimidado por ella. Recordó el Barrio Chino de Barcelona, la Canebière de Marsella, el sudor y el miedo de la Legión. Los cadáveres de tres mil hombres, secos bajo el sol, esparcidos por el camino entre Annual y Monte Arruit. Y a la húngara Boske, en París: su cuerpo soberbio, desnudo a la luz de la luna que entraba por la única ventana de la buhardilla de la rue Furstenberg inundando las sábanas arrugadas entre sombras de plata.

—Algo —respondió al fin, mirando el mar—. En realidad mejoré algo.

El sol se ha ocultado tras la punta del Capo, y la bahía napolitana se oscurece lentamente con un último resplandor cárdeno en el agua. A lo lejos, bajo la falda sombría del Vesubio, se enciende las primeras luces en la línea de costa que va de Castellammare a Pozzuoli. Es la hora de la cena, y la terraza del hotel Vittoria se despuebla poco a poco. Desde su silla, Max Costa ve cómo la mujer se levanta y camina hacia la puerta acristalada. Por un momento sus miradas se cruzan de nuevo; pero la de ella, casual y distraída, pasa por el rostro de él con la misma indiferencia. Es la primera vez que Max la ve así de cerca en Sorrento; y comprueba que, aunque conserva rastros de su antigua belleza —los ojos son idénticos, y el contorno de la boca permanece fino de líneas y bien dibujado—, el tiempo ha dejado en ella sus naturales estragos: el pelo muy corto es gris y casi argentado, como el de Max; la piel se aprecia mate y menos tersa, tramada por infinidad de arrugas minúsculas en torno a la boca y los ojos; y las manos, aunque todavía delgadas y elegantes, se advierten moteadas en el dorso con manchas inequívocas de vejez. Pero sus movimientos son los mismos que él recuerda: serenos, seguros de sí. Los de una mujer que durante toda su vida caminó por un mundo hecho expresamente para que ella caminara. Quince minutos antes, Jorge Keller y la joven de la trenza se han unido al grupo de la mesa, y ahora van con ella mientras cruza la terraza, pasa junto a Max y desaparece de su vista. Un hombre grueso, calvo y de barba entrecana, los acompaña. Apenas han pasado los cuatro, Max se levanta y camina detrás, cruza la puerta y se detiene un momento junto a los sillones Liberty y los maceteros con palmeras que decoran el jardín de invierno. Desde allí puede ver la puerta acristalada que comunica con el vestíbulo del hotel y la escalera que conduce al restaurante. El grupo continúa hasta el vestíbulo. Cuando Max llega allí, los cuatro han subido los peldaños de la escalera exterior y caminan por la avenida ajardinada del hotel en dirección a la plaza Tasso. Max regresa al vestíbulo y se acerca al mostrador del conserje.

—¿Ése era Keller, el campeón de ajedrez?

La sorpresa está maravillosamente fingida. Asiente el otro, circunspecto. Es un joven huesudo y alto, que lleva dos pequeñas llaves de oro cruzadas en las solapas del chaqué negro.

—En efecto, señor.

Si algo aprendió Max Costa en cincuenta años de rodar por toda clase de sitios, es que los subalternos son más útiles que los jefes. Por eso procuró siempre estrechar relaciones con quienes de verdad resuelven problemas: conserjes, porteros, camareros, secretarias, taxistas o telefonistas. Gente por cuyas manos pasan los resortes de una sociedad acomodada. Pero tan prácticas relaciones no se improvisan; se establecen con tiempo, sentido común y algo imposible de conseguir con dinero: una naturalidad de trato equivalente a decir hoy por mí, mañana por ti, y en todo caso te la debo, amigo mío. En lo que a Max se refiere, una propina generosa o un soborno descarado —sus buenas maneras difuminaron siempre la imprecisa línea entre una y otro— nunca fueron otra cosa que pretextos para la sonrisa devastadora que dedicaba después, antes del procedimiento final, tanto a víctimas como a cómplices voluntarios o involuntarios. De ese modo minucioso, durante toda su vida, el chófer del doctor Hugentobler atesoró un amplio elenco de relaciones personales, atadas a él por lazos singulares y discretos. Esto incluye también ciertas reputaciones dudosas: individuos de ambos sexos, poco recomendables en términos objetivos, capaces de robarle sin escrúpulos un reloj de oro; pero también de empeñar ese reloj para prestarle dinero en caso de apuro, o a fin de pagar una deuda contraída con él.

—El maestro irá a cenar, claro.

Vuelve a asentir el empleado sin comprometerse mucho, esta vez con una mueca cortés, mecánica: consciente de que el viejo caballero de buen porte que está al otro lado del mostrador, que con ademán negligente saca ahora del bolsillo interior de la chaqueta una bonita cartera de piel, paga por cada cuatro noches en el Vittoria una cantidad equivalente a la que un conserje percibe como salario de un mes.

—Adoro el ajedrez... Me gustaría saber dónde cena el señor Keller. Fetichismo de aficionado, ya sabe.

El billete de cinco mil liras, doblado discretamente en cuatro, cambia de mano y desaparece en el bolsillo del chaqué con llavecitas en las solapas. La sonrisa del conserje es ahora menos mecánica. Más natural.

—Restaurante 'O Parrucchiano, en el corso Italia —dice tras consultar el cuaderno de reservas—. Un buen sitio para comer canelones o pescado.

—Iré un día de éstos. Gracias.

—A usted siempre, señor.

Hay tiempo de sobra, considera Max. Así que sube por la amplia escalera decorada con figuras vagamente pompeyanas, y deslizando los dedos por el pasamanos llega al segundo piso. Antes del cambio de turno, Tiziano Spadaro le proporcionó los números de las habitaciones que ocupan Jorge Keller y sus acompañantes. La de la mujer es la número 429, y Max se dirige a ella por el pasillo, sobre la larga alfombra que apaga el sonido de sus pasos. La puerta es convencional, sin problemas, con llave clásica de las que permiten mirar por el ojo de la cerradura. Prueba primero con su propia llave —no sería la primera vez que el azar ahorra complicaciones técnicas— y luego, tras echar una mirada de precaución a uno y otro lado, saca del bolsillo una ganzúa sencilla, tan perfecta en su género como un Stradivarius: una barrita de acero de medio palmo de longitud, fina, estrecha y doblaba en un extremo, que ya probó hace un par de horas en la cerradura de su propia habitación. Antes de medio minuto, tres suaves chasquidos indican que el paso queda franco. Entonces Max hace girar el pomo y abre la puerta con la serenidad profesional de quien, durante buena parte de su vida, abrió puertas ajenas con absoluta paz de conciencia. Luego, tras una última mirada de precaución al pasillo, cuelga el tarjetón de *Non disturbare* y entra silbando entre dientes, muy bajito, *El hombre que desbancó Montecarlo*.

3. Los muchachos de antes

La habitación tiene una agradable terraza exterior bajo un arco abierto a la bahía, por donde entra la última claridad del anochecer. Precavido, Max corre las cortinas, va al cuarto de baño y regresa con una toalla que dispone en el suelo para tapar la rendija inferior de la puerta. Después se pone unos guantes de goma fina y enciende las luces. La habitación es sencilla, con sillones en damasco y grabados con vistas napolitanas en las paredes. Hay flores frescas en un jarrón sobre la cómoda, y todo está ordenado y limpio. En el cuarto de baño, un neceser de lona monogram contiene un frasco de perfume Chanel y cremas hidratantes y limpiadoras Elizabeth Arden. Max mira sin tocar nada y registra la habitación procurando dejarlo todo como estaba. En los cajones, sobre la cómoda y las mesillas de noche, hay objetos personales, cuadernos de notas y un bolsito con algunos miles de liras en billetes y monedas. Max se pone las gafas y echa un vistazo a los libros: dos novelas policíacas de Eric Ambler en inglés —le suenan de kioscos de ferrocarril— y una de un tal Soldati, en italiano: *Le lettere da Capri*. Debajo, con un sobre con membrete del hotel como marcapáginas, está una biografía en inglés de Jorge Keller, con su foto en la portada bajo el título *A Young Chessboard Life* y varios párrafos subrayados a lápiz. Max lee uno al azar:

«Recuerda estar muy disgustado cada vez que perdía una partida, hasta el extremo de llorar desconsolado y negarse a comer durante días. Pero su madre solía decirle: Sin derrotas no hay victorias.»

Tras dejar el libro en su sitio, Max abre el armario. En la parte superior hay dos maletas Vuitton muy usadas; y abajo, ropa dispuesta en perchas, estantes y cajones: una chaqueta de ante, vestidos y faldas de tonos oscuros, blusas de seda o algodón, rebecas de punto, pañuelos franceses de seda fina, zapatos ingleses e italianos buenos y cómodos, con poco tacón o suela plana. Bajo la ropa doblada, Max descubre un estuche grande de piel negra, con una pequeña cerradura. Entonces gruñe complacido, al modo en que lo haría un gato hambriento ante una raspa de sardina, hormigueantes los dedos con el latir de viejas maneras. Medio minuto más tarde, con ayuda de un clip metálico doblado en L, el estuche está abierto. Dentro hay un pequeño fajo de francos suizos y un pasaporte chileno a nombre de Mercedes Inzunza Torrens, nacida en Granada, España, el 7 de junio de 1905. Con domicilio actual en Chemin du Beau-Rivage, Lausana, Suiza. La fotografía es reciente, y Max la estudia al detalle reconociendo el pelo encanecido de corte casi masculino, la mirada fija en el objetivo de la cámara, las arrugas en torno a los ojos y la boca, que pudo advertir cuando ella pasó cerca en la terraza del hotel, y que en la fotografía se ven tratadas con menos piedad por la luz cruda del flash del fotógrafo. Una mujer mayor, concluye. Sesenta y un años. Tres menos que él, con la diferencia de que el tiempo es más inclemente, en su devastación, con las mujeres que con los hombres. Aun así, la belleza que Max conoció hace casi cuatro décadas a bordo del *Cap Polonio* sigue manifestándose en la foto del pasaporte: la expresión serena de los ojos que el fogonazo del flash hace parecer más claros de lo que él recuerda, el dibujo admirable de la boca, las líneas delicadas del rostro, el cuello todavía largo y elegante de hembra de refinada casta. Incluso al envejecer, se dice Max con melancolía, ciertos animales hermosos pueden hacerlo razonablemente bien.

Colocando en su sitio el pasaporte y el dinero, atento a no alterar nada, registra el resto de lo que contiene el estuche. Hay unas pocas joyas: pendientes sencillos, un brazalete de oro estrecho y liso, un reloj de señora Vacheron Constantin con pulsera de piel negra. También hay otro estuche cuadrado, plano, de piel marrón muy ajada por el uso. Y cuando lo abre y reconoce dentro el collar de perlas —doscientas piezas perfectas, con un broche de oro sencillo—, no puede evitar que le tiemblen las manos mientras una sonrisa satisfecha le cruza la cara, en una mueca de triunfo inesperado que rejuvenece su rostro absorto, crispado por la emoción del hallazgo.

Con los dedos protegidos por la goma de los guantes, saca el collar del estuche y lo contempla junto a una lámpara: está intacto, impecable, tal como en otro tiempo lo conoció. Hasta el cierre es el mismo. Las hermosas perlas reflejan la luz con suavidad casi mate. Hace treinta y ocho años, cuando ese mismo collar estuvo durante unas horas en su poder, un joyero de Montevideo llamado Troianescu le pagó por él, tasándolo en menos de su valor real, la entonces respetable suma de tres mil libras esterlinas.

Estudiando las perlas, Max intenta calcular lo que ahora valen. Siempre tuvo buen ojo para esos peritajes rápidos: golpe de vista afinado con el tiempo, la práctica y las ocasiones. Las perlas auténticas originales se depreciaron mucho con la sobreproducción de las cultivadas, aunque las antiguas de buena calidad siguen siendo valiosas: éstas aún llegarán a cinco mil dólares. Colocadas a un perista italiano de confianza —conoce a alguno de sus tiempos que sigue en activo—, pueden alcanzarse los cuatro quintos de esa cantidad: casi dos millones y medio de liras, lo que equivale a su salario de casi tres años como chófer en Villa Oriana. De ese modo tasa Max el collar de Mecha Inzunza: la mujer a la que conoció y también la otra, a la que ya no conoce. La de la foto del pasaporte, cuyo aroma nuevo, desconocido, tal vez olvidado, percibió al entrar en la habitación y mientras registraba la ropa del armario. La mujer distinta, aunque no del todo, que hace menos de una hora pasó por su lado sin reconocerlo. Los recuerdos de Max se agolpan atropellados en el tacto tibio de las perlas: música y conversaciones, luces de otro tiempo que parecen de otro siglo, orillas de Buenos Aires, repiquetear de lluvia en una ventana frente al Mediterráneo, sabor de café tibio en labios de una mujer, seda y piel tersa. Sensaciones físicas olvidadas hace mucho, que de pronto retornan en tropel, como una racha de viento otoñal cuando arrastra hojas secas. Desbocando de forma inesperada el viejo pulso que parecía calmado para siempre.

Pensativo, Max va a sentarse en la cama y permanece un rato mirando el collar mientras pasa las perlas entre los dedos cual si fueran cuentas de un rosario. Al fin suspira, se levanta, alisa la colcha y pone el collar en su sitio. Se guarda las gafas, dirige un último vistazo alrededor, apaga la luz, quita la toalla de la puerta y la devuelve doblada al cuarto de baño. Luego descorre la cortina de la terraza. Ya es de noche, y las luces de Nápoles se distinguen en la distancia. Al salir retira el cartelito de *Non disturbare* y cierra la puerta. Después se quita los guantes de goma y camina sobre la alfombra con pasos largos, elásticos, una mano en el bolsillo izquierdo y la otra ajustando entre los dedos pulgar e índice el nudo de la corbata. Tiene sesenta y cuatro años, pero se siente rejuvenecido. Interesante, incluso. Y, sobre todo, audaz.

Iban y venían botones con telegramas y mensajes, clientes bien vestidos, mozos empujando carritos con maletas. El ajetreo era propio de un lugar como aquél, caro y cosmopolita. Gruesas alfombras en el suelo lucían el emblema del establecimiento. Hacía una hora y quince minutos que Max Costa esperaba junto al vestíbulo de columnas del hotel Palace de Buenos Aires, en el fumoir situado al pie de la monumental escalera con barandilla de hierro y bronce. Bajo el alto plafond decorado con pinturas y adornos, el sol de la tarde iluminaba los grandes vitrales que envolvían al bailarín mundano en una agradable claridad multicolor. Estaba sentado en un sillón de cuero desde el que podía ver la puerta giratoria de la calle, el gran vestíbulo en toda su extensión, uno de los dos ascensores y el mostrador de conserjes. Había llegado al Palace cinco minutos antes de las tres de la tarde, hora a la que estaba citado con el matrimonio De Troeye; pero el reloj situado sobre la chimenea del salón marcaba ya las cuatro y diez. Tras comprobar de nuevo la hora, cambió de postura las piernas mientras procuraba no abolsar las rodilleras del pantalón del traje gris que él mismo había planchado en su cuarto de pensión, y apagó el cigarrillo en un gran cenicero de latón que tenía cerca. Se estaba tomando con calma la impuntualidad del compositor y su esposa. Después de todo, en ciertas situaciones —en realidad, siempre—, la paciencia era una cualidad práctica. Una virtud extremadamente útil. Y él era un cazador virtuoso y paciente.

Llevaba en tierra cinco días, el mismo tiempo que los De Troeye. Después de hacer escala en Río de Janeiro y Montevideo, el *Cap Polonio* había remontado las aguas fangosas del Río de la Plata, y tras lentas maniobras de atraque quedó amarrado junto a las grúas, los tinglados y los grandes almacenes de ladrillo rojo entre los que hormigueaba una multitud esperando a los pasajeros. Aunque era otoño en Europa, empezaba la estación primaveral en el cono sur americano; y, visto desde las elevadas cubiertas del transatlántico, todo en los muelles era ropa ligera, trajes de tonos claros y sombreros de paja blanca. Max, que no iba a desembarcar hasta que lo hiciera el pasaje, vio desde la cubierta de segunda clase a Mecha Inzunza y su marido bajar por la escala principal, ser recibidos al pie de ésta por media docena de personas y un grupo de periodistas, y alejarse con ellos para reunirse con su equipaje: una pila de maletas y baúles custodiada por tres mozos y un empleado de la compañía. Los De Troeye habían dicho adiós a Max dos días antes, después de la cena de despedida a cuyo término Mecha Inzunza bailó tres piezas con el bailarín mundano mientras el marido fumaba sentado junto a su mesa, observándolos. Luego lo invitaron a tomar una copa en el bar de primera clase; y aunque eso contravenía las reglas vigentes para los empleados a bordo, Max aceptó por tratarse de su último día de trabajo. Bebieron unos combinados de champaña, siguieron hablando de música argentina hasta avanzada la noche, y acordaron verse, una vez en tierra, para que Max cumpliera su promesa de llevarlos a algún lugar de tango ejecutado a la manera vieja.

Y aquí estaba, en Buenos Aires, atento al vestíbulo del hotel con la misma calma profesional con la que, fiado en su intuición —esa paciencia asumida como virtud útil—, había estado esperando durante los últimos cinco días, tumbado en la cama del cuarto alquilado en una casa de huéspedes de la avenida Almirante Brown, mientras fumaba cigarrillo tras cigarrillo y bebía vasos de absenta que lo hacían despertarse con dolor de cabeza. Estaba a punto de concluir el plazo que se había concedido a sí mismo antes de ir en busca del matrimonio, ingeniando cualquier pretexto, cuando la patrona llamó a la puerta. Un caballero lo requería al teléfono. Armando de Troeye tenía un compromiso a la hora del almuerzo, aunque libres el resto de la tarde y la noche. Podían verse para tomar juntos un café y quedar después, a la hora de la cena, antes de emprender la prometida excursión a territorio enemigo. De Troeye había dicho lo de territorio enemigo en un tono ligero, como si no tomase en serio las advertencias sobre los riesgos de explorar antros porteños. Nos acompañará Mecha, naturalmente. Eso lo había añadido tras una breve pausa, respondiendo a la pregunta que Max no llegó a formular. Tiene más curiosidad que yo, añadió el compositor tras un silencio, como si su mujer estuviese cerca de él cuando hablaba —el Palace era un hotel moderno con teléfono en todas las habitaciones—, y Max los imaginó mirándose de manera significativa, cambiando comentarios en voz baja mientras el marido tapaba el auricular con una mano. La última noche, cuando lo discutieron a bordo del *Cap Polonio*, ella había insistido en acompañarlos.

—No voy a perderme eso —lo dijo con mucha calma y firmeza— por nada del mundo.

En esa ocasión estaba sentada en un taburete alto junto a la barra del bar de primera clase, mientras el barman mezclaba bebidas. En el cuello de Mecha Inzunza relucía el collar de perlas dispuesto en tres vueltas, y un vestido de Vionnet blanco y liso, con los hombros y la espalda descubiertos —la cena de despedida era de etiqueta—, le acentuaba la elegancia de un modo asombroso. Durante los tres tangos que bailó esa noche con ella —no la había visto hacerlo con el marido en todo el viaje—, Max apreció de nuevo, complacido, el tacto de su piel desnuda bajo el raso del vestido largo hasta los zapatos de tacón alto, que al moverse al compás de la música moldeaba las líneas de su cuerpo, tan próximas entre las manos profesionales, y no siempre indiferentes, del bailarín mundano.

—Puede haber situaciones incómodas —insistió Max.

—Cuento con usted y con Armando —respondió ella, impasible—. Para protegerme.

—Llevaré mi Astra —dijo el marido, frívolo, palmeando un bolsillo vacío de su traje de etiqueta.

Lo hizo guiñándole un ojo a Max, y a éste no le gustaron la ligereza del marido ni la seguridad de la mujer. Por un momento dudó de la conveniencia de todo aquello, aunque otra ojeada al collar lo convenció de lo contrario. Riesgos posibles y ganancias probables, se consoló. Simple rutina de vida.

—No es práctico llevar armas —se limitó a decir entre dos sorbos a su copa—. Ni allí ni en ningún otro sitio. Siempre existe la tentación de usarlas.

—Para eso están, ¿no?

Armando de Troeye sonreía, casi fanfarrón. Parecía disfrutar adoptando aquel aire truculento y festivo, como dándoselas de humorístico aventurero. Max sintió de nuevo la familiar punzada de rencor. Imaginaba al compositor, más tarde, pavoneándose de la aventura arrabalera con sus amigos millonarios y snobs: aquel Diaguilev de los ballets rusos, por ejemplo. O el tal Picasso.

—Sacar un arma es invitar a otros a que utilicen las suyas.

—Vaya —comentó De Troeye—. Parece saber mucho de armas, para ser un bailarín.

Había una nota burlona, ácida, tras el comentario hecho con aparente buen humor. A Max no le gustó advertirlo. Pudiera ser, pensaba, que el famoso compositor no siempre fuese tan simpático como parecía. O quizá los tres tangos bailados con su mujer se le antojaban demasiados para una noche.

—Algo sí sabe —dijo ella.

De Troeye se volvió a mirarla, ligeramente sorprendido. Como si calculase cuánta información sobre Max tenía su mujer que él ignoraba.

—Claro —dijo en tono de conclusión, de un modo oscuro. Después volvió a sonreír, esta vez con naturalidad, y metió la nariz en su copa como si lo importante del mundo quedase fuera de ésta.

Max y Mecha Inzunza se sostuvieron un momento la mirada. Habían salido a la pista como otras veces, errando los ojos de ella más allá del hombro derecho de él y sin mirarse apenas, o tal vez procurando no hacerlo. Desde el tango silencioso en el jardín de palmeras, algo flotaba entre los dos que hacía distinto su contacto en las evoluciones del baile: una complicidad serena, hecha de silencios, movimientos y actitudes —algunos cortes y pasos laterales los emprendían de mutuo acuerdo, con un toque cómplice de humor compartido, casi transgresor—, y también de miradas que no llegaban a afirmarse del todo, o de situaciones sólo en apariencia sencillas, como ofrecer él uno de sus Abdul Pashá y encendérselo a ella pausadamente, ladearse para conversar con el marido cual si en realidad se dirigiese a la mujer, o aguardar de pie, inmóvil, los talones juntos y el aire casi militar, a que Mecha Inzunza se levantase de la silla y extendiera, con ademán negligente, una mano hacia la suya, apoyara la otra en la solapa de raso negro del frac, y empezar ambos a moverse en perfecta sincronía, sorteando con destreza a las otras parejas más torpes o menos atractivas que se movían por la pista.

—Será divertido —dijo Armando de Troeye apurando su copa. Parecía la conclusión de un largo razonamiento interior.

—Sí —convino ella.

Desconcertado, Max no supo a qué se referían. Ni siquiera estaba seguro de que los dos hablaran de lo mismo.

El reloj del salón de fumar del hotel Palace de Buenos Aires señalaba las cuatro y cuarto cuando los vio cruzar el vestíbulo: Armando de Troeye llevaba sombrero canotier y bastón; y su mujer, un elegante vestido de crespón georgette con cinturón de cuero y pamela de paja. Max cogió su sombrero —un Knapp-Felt flexible, correctísimo aunque muy usado— y salió a su encuentro. Se disculpó el compositor por el retraso —«Ya sabe, el Jockey Club y esta excesiva hospitalidad argentina, todos hablando de carne congelada y caballos ingleses»—; y ya que el bailarín mundano llevaba esperando largo rato, De Troeye propuso dar un paseo para estirar las piernas y tomar café en alguna parte. Se disculpó Mecha Inzunza alegando cansancio, quedó en reunirse con ellos a la hora de la cena y se fue camino de un ascensor, mientras se quitaba los guantes. Salieron el marido y Max a la calle, en conversación mientras caminaban despacio bajo los arcos de las recovas de la avenida Leandro Alem, que se sucedían a lo largo del paseo ajardinado frente al puerto, con viejos árboles que la estación cubría de flores amarillas y doradas.

—Barracas, dice —comentó De Troeye tras escuchar con mucha atención—. ¿Es una calle, o un barrio?

—Un barrio. Y creo que el adecuado... Otra posibilidad es La Boca. También podríamos probar allí.

—¿Y qué aconseja usted?

Era mejor Barracas, opinó Max. Los dos lugares tenían cafetines y prostíbulos, pero en La Boca estaban demasiado cerca del puerto, abundante en marineros, estibadores y viajeros de paso. Tugurios de gentuza forastera, por decirlo de algún modo. Allí se tocaba y bailaba un tango afrancesado estilo parisién, interesante pero menos puro. Barracas, sin embargo, con sus inmigrantes italianos, españoles y polacos, era más auténtico. Hasta los músicos lo eran. O lo parecían.

—Ya entiendo —De Troeye sonreía, complacido—. El cuchillo suburbial es más tango que la navaja marinera, quiere decir.

Max se echó a reír.

—Algo así. Pero no se engañe. El filo puede ser tan peligroso en un sitio como en otro... Además, ahora casi todos prefieren llevar pistola.

Torcieron a la izquierda en la esquina de Corrientes, cerca de la Bolsa, dejando atrás las arcadas. Calle arriba, el suelo de macadán y asfalto se veía levantado en parte hasta el edificio viejo de Correos, por las obras del nuevo tren subterráneo.

—Lo que sí le ruego —añadió Max— es que tanto usted como la señora vistan con discreción, como dije... Nada de joyas ni ropa excesiva. Ni carteras abultadas.

—No se preocupe. Seremos discretos. No quiero ponerlo en un compromiso.

Se detuvo Max para ceder el paso a su acompañante, a fin de esquivar una zanja.

—Si hay compromiso nos veremos los tres en él, no sólo yo... ¿De verdad es necesario que venga su esposa?

—Usted no conoce a Mecha. Jamás me perdonaría que la dejara en el hotel. Esa excursión arrabalera la excita como nada.

El bailarín mundano consideró las implicaciones del verbo excitar, sintiéndose irritado. No le gustaba la frivolidad con que De Troeye utilizaba ciertas palabras. Después recordó los ojos color de miel de Mecha Inzunza: su mirada a bordo del *Cap Polonio* cuando se planteó la visita a los barrios bajos de Buenos Aires. Tal vez, concluyó, ciertas palabras no fuesen tan improcedentes como parecían.

—¿Por qué nos acompaña usted, Max?... ¿Por qué hace esto por nosotros?

Cogido por sorpresa, miró a De Troeye. La pregunta había sonado sincera. Natural. La expresión del compositor, sin embargo, parecía ausente. Cual si enunciase una demanda cortés, de pura fórmula, mientras pensaba en otra cosa.

—No sé qué decirle.

Siguieron caminando calle arriba tras dejar atrás Reconquista y San Martín. Había obreros y más zanjas bajo los cables de tranvía y los faroles eléctricos, y entre ellos circulaban numerosos automóviles y mateos de alquiler tirados por caballos, que se detenían en los pasos estrechos. Las veredas estaban animadas de gente: mucho sombrero de paja y uniformes oscuros de policías bajo los toldos que daban sombra a los escaparates de tiendas, cafés y confiterías.

—Lo gratificaré adecuadamente, por supuesto.

Sintió Max otra punzada de irritación. Más aguda esta vez.

—No se trata de eso.

Balanceaba su bastón el compositor, con desenfado. Llevaba desabotonada la chaqueta del traje color crema, un dedo pulgar colgado del bolsillo del chaleco del que salía una cadena de oro.

—Sé que no se trata de eso. Por esta razón hice la pregunta.

—Ya le digo que no sabría decirle —Max se tocó el ala del sombrero, incómodo—. A bordo del barco, ustedes...

Se interrumpió deliberadamente, mirando hacia el rectángulo de sol que alfombraba el cruce de Corrientes y Florida. En realidad, las suyas sólo eran palabras de circunstancias; para salir del paso. Anduvo un trecho callado mientras pensaba en la mujer: su piel desnuda en la espalda o bajo el roce suave del vestido en las caderas. Y el collar en el escote espléndido, bajo la luz eléctrica del salón de baile del transatlántico.

—Es hermosa, ¿verdad?

Sin necesidad de volverse, supo que Armando de Troeye lo miraba. Prefirió no adivinar de qué forma lo hacía.

—¿Quién?

—Sabe quién. Mi mujer.

Otro silencio. Al fin, Max se volvió hacia su interlocutor.

—¿Y usted, señor De Troeye?

No me gusta su sonrisa, decidió de pronto. No ahora, desde luego. Esa forma de torcer el bigote. Tal vez ni siquiera me gustaba antes.

—Llámeme Armando, por favor —dijo el otro—. A estas alturas.

—De acuerdo, Armando... ¿Qué pretende?

Habían torcido a la izquierda, internándose por Florida: sólo peatones desde las tres de la tarde, automóviles aparcados en las esquinas y muchos escaparates. La calle entera parecía una doble galería de vitrinas comerciales.

De Troeye señaló el lugar como si allí la respuesta fuese obvia.

—Ya lo sabe. Componer un tango inolvidable. Darme ese gusto y ese capricho.

Había hablado mirando distraído el escaparate de camisas masculinas de Gath & Chaves. Avanzaban entre la multitud de transeúntes, sobre todo mujeres bien vestidas, que discurría por las veredas. Un kiosco de prensa exponía el último número de *Caras y Caretas* con la ancha sonrisa de Gardel en la portada.

—En realidad todo empezó por una apuesta. Estaba en San Juan de Luz, en casa de Ravel, y éste me hizo escuchar un disparate que ha compuesto para el ballet de Ida Rubinstein: un bolero insistente, sin desarrollo, basado sólo en diferentes graduaciones de orquesta... Si tú puedes hacer un bolero, le dije, yo puedo hacer un tango. Nos reímos un rato y apostamos una cena... Y bueno. Aquí me tiene.

—No me refería a eso al preguntarle qué pretende. No sólo al tango.

—Un tango no se compone únicamente con música, amigo mío. El comportamiento humano también cuenta. Prepara el camino.

—¿Y qué pinto yo en ese camino?

—Hay varias razones. En primer lugar, usted es una llave útil a un ambiente que me interesa. Por otra parte, es un admirable bailarín de tangos. Y en tercer lugar, me cae simpático... No es como buena parte de los nacidos aquí, convencidos de que ser argentinos es mérito suyo.

Al paso, sin detenerse, Max se vio reflejado con De Troeye en el escaparate de una tienda de máquinas de coser Singer. Vistos allí, uno junto al otro, el famoso compositor no le llevaba ninguna ventaja. Incluso el balance físico era favorable a Max. Pese a la impecable elegancia y maneras de Armando de Troeye, él era más esbelto y alto: casi una cabeza. De modales tampoco andaba mal provisto. Y aunque más modesta, o usada, la ropa le sentaba mejor.

—¿Y a su esposa?... ¿Cómo le caigo?

—Eso debería usted saberlo mejor que yo.

—Pues se equivoca. No tengo la menor idea.

Se habían parado, por iniciativa del otro, ante los cajones de una librería de las muchas que había en aquel tramo de la calle. De Troeye se colgó el bastón del antebrazo, y sin quitarse los guantes tocó algunos de los libros expuestos, aunque mostrando poco interés. Después hizo un ademán indiferente.

—Mecha es una mujer especial —dijo—. No sólo bella y elegante, sino algo más. O mucho más... Yo soy músico, no lo olvide. Por mucho éxito que tenga, y por desenvuelta que parezca la vida que llevo, mi trabajo se interpone entre el mundo y yo. A menudo Mecha es mis ojos. Mis antenas, por decirlo de algún modo. Filtra el universo para mí. En realidad no empecé a aprender seriamente de la vida, ni de mí mismo, hasta que la conocí a ella... Es de esas mujeres que ayudan a comprender el tiempo en que nos toca vivir.

—¿Y qué tiene eso que ver conmigo?

De Troeye se volvió a mirarlo con calma. Socarrón.

—Me temo que ahora se da usted demasiada importancia, querido amigo.

Se había parado de nuevo, apoyado en el bastón, y seguía estudiando a Max de arriba abajo. Como si valorase, objetivo, la buena planta del bailarín mundano.

—O tal vez no, pensándolo bien —añadió al cabo de un momento—. Tal vez se dé la importancia justa.

De pronto echó a andar de nuevo, inclinándose el sombrero sobre los ojos, y Max se puso a su altura.

—¿Sabe qué es un catalizador? —preguntó De Troeye, sin mirarlo—. ¿No?... En términos científicos, algo capaz de producir reacciones y transformaciones químicas sin que se alteren las substancias que las producen... Dicho en términos simples, favorecer o acelerar el desarrollo de ciertos procesos.

Ahora Max lo oía reír. De forma queda, casi entre dientes. Como de un buen chiste cuyo sentido fuese el único en advertir.

—Usted me parece un catalizador interesante —añadió el músico—. Y déjeme decirle algo que seguramente compartirá... Ninguna mujer, ni siquiera la mía, vale más de un billete de cien pesos o una noche en vela, a menos que uno esté enamorado de ella.

Max se apartó para ceder el paso a una señora cargada con paquetes. A su espalda, en el cruce que acababan de dejar atrás, sonó la bocina de un automóvil.

—Es un juego peligroso —opinó—. El que se trae entre manos.

La risa del otro se hizo más desagradable y al fin se extinguió despacio, como por fatiga. Estaba parado otra vez y miraba a los ojos de Max, ligeramente de abajo arriba por la diferencia de estatura.

—Usted no sabe qué juego me traigo. Pero estoy dispuesto a pagarle tres mil pesos por participar en él.

—Me parece mucho dinero por un tango.

—Es mucho más que eso —un dedo índice le apuntaba al pecho—. ¿Lo toma o lo deja?

Encogió los hombros el bailarín mundano. El asunto nunca había estado en discusión, y ambos lo sabían. No mientras Mecha Inzunza tuviera que ver con ello.

—Barracas, entonces —dijo—. Esta noche.

Armando de Troeye asintió despacio. La expresión seria de su rostro contrastaba con el tono satisfecho, casi risueño, de sus palabras.

—Maravilloso. Sí. Barracas.

Hotel Vittoria, en Sorrento. El sol de media tarde dora las cortinas sobre las vidrieras entreabiertas de la sala. Al fondo, frente a ocho filas de asientos ocupados por el público, una instalación de luz artificial amortiguada, uniforme, ilumina la mesa de juego situada en una tarima y un gran tablero mural de madera que hay en la pared, junto a la mesa del árbitro, donde un ayudante de éste reproduce el desarrollo de la partida. En la amplia estancia de techo decorado y espejos reina un silencio solemne, roto a largos intervalos por el roce de una pieza movida en el tablero y el clic del doble reloj que suena acto seguido, cuando cada jugador pulsa el botón correspondiente antes de anotar, en la hoja de registro que tiene sobre la mesa, el movimiento que acaba de hacer.

Sentado en la quinta fila, Max Costa observa a los adversarios. El ruso, vestido con traje castaño, camisa blanca y corbata verde, juega echado atrás en el respaldo de la silla, con la cabeza baja. Mijaíl Sokolov tiene un ancho rostro encajado en un cuello demasiado grueso, que la corbata parece oprimir en exceso; aunque la tosquedad de su aspecto se ve suavizada por los ojos, cuyo azul acuoso tiene una expresión triste y tierna. Su corpulencia, el pelo rubio corto y erizado, le dan aspecto de oso apacible. A menudo, después de hacer un movimiento —ahora juega con piezas negras— aparta los ojos del tablero y se mira durante mucho rato las manos, que cada diez o quince minutos sostienen un nuevo cigarrillo encendido. En los intervalos, el campeón del mundo se hurga la nariz o se muerde la piel en torno a las uñas antes de ensimismarse otra vez, o coger otro cigarrillo del paquete que tiene cerca, junto a un encendedor y un cenicero. En realidad, observa Max, el ruso mira durante más tiempo sus manos, como abstraído en ellas, que las piezas de ajedrez.

Un nuevo chasquido del reloj de juego. Al otro lado del tablero, Jorge Keller acaba de mover un caballo blanco; y tras quitar el capuchón a su pluma estilográfica anota la jugada, que el ayudante del árbitro reproduce de inmediato en el panel de la pared. Como cada vez que se mueve una pieza, entre los espectadores corre una especie de estremecimiento físico, acompañado por un suspiro expectante y un murmullo apenas audible. La partida va por la mitad.

Jugando, Jorge Keller parece más joven todavía. El pelo negro que se le despeina sobre la frente, la chaqueta de sport sobre el arrugado pantalón caqui, la corbata estrecha con el nudo flojo y las insólitas zapatillas deportivas dan al joven chileno un aspecto descuidado pero agradable. Simpático, es la palabra. Su apariencia y maneras hacen pensar más en un estudiante excéntrico que en el temible jugador de ajedrez que dentro de cinco meses disputará a Sokolov el título de campeón del mundo. Max lo ha visto llegar al comienzo de la partida con una botella de zumo de naranja cuando el ruso ya esperaba sentado, estrechar su mano sin mirarlo, poner la botella sobre la mesa y ocupar su sitio, jugando el primer movimiento de inmediato, sin mirar apenas el tablero; como si trajera esa primera jugada prevista con horas o días de antelación. A diferencia de Sokolov, el joven no fuma ni apenas hace otros ademanes mientras medita o espera que alargar una mano hacia la botella de naranjada y beber directamente del gollete. Y a veces, mientras aguarda a que el ruso haga sus movimientos —aunque los dos tardan en resolver cada jugada, Sokolov suele emplear más tiempo para decidirse—, Keller cruza los brazos sobre el borde de la mesa y reclina la cabeza en ellos, como si pudiera ver con la imaginación mejor que con los ojos. Y sólo la levanta cuando mueve el otro, como si lo alertara el suave golpe de la pieza enemiga en el tablero.

Todo transcurre de forma demasiado lenta para Max. Una partida de ajedrez, sobre todo de esta categoría y protocolo, le parece aburridísima. Duda que su interés por los pormenores del juego aumentara incluso con Lambertucci y el *capitano* Tedesco explicándole el intríngulis de cada movimiento. Pero la coyuntura permite espiar a gusto desde un puesto de observación privilegiado. Y no sólo a los jugadores. En una silla de ruedas situada en primera fila, acompañado por una asistente y un secretario, está el mecenas del duelo, el industrial y millonario Campanella, impedido de las piernas desde que hace diez años se estrelló con un Aurelia Spider en una curva entre Rapallo y Portofino. Sentada en la misma fila y a la izquierda, entre la joven Irina Jasenovic y el hombre grueso y calvo de barba entrecana, también está Mecha Inzunza. Desde su asiento, con sólo inclinarse a un lado para evitar la cabeza del espectador que tiene delante, Max alcanza a verla en escorzo: los hombros cubiertos por la habitual rebeca de lana ligera, el cabello corto y gris que deja al descubierto la nuca esbelta, el perfil de líneas aún bien dibujadas, apreciable cuando la mujer se vuelve a hacer algún comentario en voz muy baja al hombre grueso sentado a su derecha. Y también aquella manera serena y firme de ladear la cabeza atenta a lo que ocurre en la partida, del mismo modo que en el pasado la fijaba en otras cosas y otras jugadas cuya complejidad, piensa Max con una mueca evocadora y melancólica, no era menor que las de ajedrez que se desarrollan ahora frente a sus ojos, en el tablero puesto sobre la mesa y en el otro de la pared, donde el ayudante del árbitro registra cada movimiento de las piezas.

—Aquí es —dijo Max Costa.

El automóvil —una limusina Pierce-Arrow de color berenjena con la insignia del Automóvil Club en el radiador— se detuvo en la esquina de un extenso muro de ladrillo, a treinta pasos de la estación de ferrocarril de Barracas. Aún no había salido la luna, y cuando el chófer apagó los faros sólo quedaron la luz solitaria de un farol eléctrico cercano y la de cuatro bombillas amarillentas en la elevada marquesina del edificio. Hacia el este, por las calles de casas bajas que conducían a la orilla izquierda y los docks del Riachuelo, la noche extinguía un último rescoldo de claridad rojiza en el cielo negro de Buenos Aires.

—Menudo sitio —comentó Armando de Troeye.

—Ustedes querían tango —repuso Max.

Había bajado del automóvil, y tras ponerse el sombrero mantenía la portezuela abierta para que bajaran el compositor y su esposa. A la luz del farol cercano vio que Mecha Inzunza se recogía el chal de seda sobre los hombros mientras miraba alrededor, impasible. Iba sin sombrero ni joyas, con un vestido claro de tarde, tacón mediano y guantes blancos largos hasta los codos. Demasiado elegante, pese a todo, para deambular por aquella parroquia. No parecía impresionada por la esquina acechada de sombras ni por la lóbrega vereda de ladrillo que se alejaba hacia la oscuridad, entre el muro y la elevada estructura de hierro y cemento de la estación de ferrocarril. El marido, sin embargo —traje cruzado de sarga azul, sombrero y bastón—, echaba vistazos inquietos en torno. En su caso, era obvio que el escenario superaba lo imaginado.

—¿De verdad conoce bien este sitio, Max?

—Claro. Nací a tres cuadras de aquí. En la calle Vieytes.

—¿A tres cuadras?... Diablos.

Se inclinó el bailarín mundano sobre la ventanilla abierta del chófer, a darle instrucciones. Era éste un italiano corpulento y silencioso, de rostro afeitado y cabello muy negro bajo la gorra con visera del uniforme. En el Palace lo habían recomendado como conductor experto y hombre de confianza cuando De Troeye pidió un servicio de limusina. Max no quería estacionar el automóvil delante del local al que se dirigían, por no llamar en exceso la atención. El matrimonio y él iban a recorrer a pie el último trecho, así que dijo al chófer dónde debía situarse para esperarlos: a la vista del sitio, aunque no demasiado cerca. También, bajando un poco la voz, le preguntó si iba armado. Asintió el otro brevemente con la cabeza, señalando la guantera.

—¿Pistola o revólver?

—Pistola —fue la seca respuesta.

Sonrió Max.

—¿Su nombre?

—Petrossi.

—Siento hacerle esperar, Petrossi. Serán un par de horas, como mucho.

No costaba nada ser amable: invertir de cara al futuro. De noche, en paraje como aquél, un italiano corpulento y artillado era algo a tener en cuenta. Una garantía más. Max vio al chófer asentir de nuevo, inexpresivo y profesional, aunque a la luz del farol advirtió también una rápida mirada de reconocimiento. Le puso un instante la mano en el hombro, dando allí un golpecito amistoso, y se reunió con los De Troeye.

—No sabíamos que éste era su barrio —comentó el compositor—. Nunca lo dijo.

—No había razón para ello.

—¿Y siempre vivió aquí, hasta que se fue a España?

Se mostraba locuaz De Troeye, seguramente para disimular la inquietud que, sin embargo, traslucía su charla. Mecha Inzunza caminaba a su lado, entre él y Max, cogida del brazo del marido. Seguía callada, observándolo todo, y de ella sólo se oía el sonido de los tacones en el suelo de ladrillo. Los tres caminaban por la vereda a lo largo del muro, adentrándose en las sombras silenciosas del barrio que Max reconocía a cada paso —el aire cálido y húmedo, el olor vegetal de los matojos que crecían en los baches del empedrado, el hedor fangoso del Riachuelo próximo—, entre la estación de ferrocarril y las casas bajas que por aquella parte aún no perdían la costumbre de arrabal orillero.

—Sí. Mis primeros catorce años los viví en Barracas.

—Vaya. Es un baúl lleno de sorpresas.

Los condujo por el túnel que multiplicaba el triple eco de pasos, buscando el baldazo de luz de otro farol eléctrico situado más allá de la estación de ferrocarril. Max se volvió a De Troeye.

—¿Ha traído la Astra, como dijo?

Rió fuerte el compositor.

—Claro que no, hombre... Bromeaba. Nunca llevo armas.

Asintió con alivio el bailarín mundano. Lo había inquietado imaginar a Armando de Troeye entrando en un tugurio suburbial, pese a sus consejos, con una pistola en el bolsillo.

—Mejor así.

Poco parecía haber cambiado el lugar en los doce años que, pese a regresar un par de veces a Buenos Aires, llevaba Max sin visitarlo. A cada momento ponía los pies en su propia huella, recordando el cercano conventillo donde pasó la infancia y la primera juventud: una casa de inquilinato idéntica a otras de la misma calle Vieytes, el barrio y la ciudad. Un lugar abigarrado, promiscuo, opuesto a cualquier clase de intimidad imaginable, aprisionado entre las paredes de un decrépito edificio de dos plantas donde se hacinaba centenar y medio de personas de toda edad: voces en español, italiano, turco, alemán o polaco. Piezas cuyas puertas nunca conocieron llaves, alquiladas por familias numerosas y grupos de hombres solos, emigrantes de ambos sexos que —los afortunados— trabajaban en el Ferrocarril Sud, en los muelles del Riachuelo o en las fábricas cercanas, cuyas sirenas, sonando cuatro veces al día, regulaban la vida doméstica en hogares donde escaseaban los relojes. Mujeres que paleaban ropa mojada en las tinas, enjambres de criaturas jugando en el patio donde a todas horas colgaban prendas tendidas que se impregnaban de olor a fritanga o a vapor de pucheros mezclado con el de letrinas comunes de paredes alquitranadas. Hogares donde las ratas eran animales domésticos. Un lugar donde sólo los niños y algunos muchachos sonreían abiertamente, con la inocencia de sus pocos años, sin adivinar aún la derrota insoslayable que la vida reservaba a casi todos ellos.

—Ahí lo tienen... La Ferroviaria.

Se habían parado cerca del farol eléctrico. Más allá de la estación de ferrocarril, al otro lado del túnel, la calle recta y oscura era casi toda de casas bajas, excepto algunos edificios de dos plantas, en uno de los cuales lucía un luminoso con el rótulo *Hotel*, del que estaba apagada la última letra. El local que buscaban podía verse en la penumbra del extremo de la calle: casa baja con aspecto de almacén, techo y paredes de chapa galvanizada, en cuya puerta había un amarillento farolito. Max aguardó hasta que, por la derecha, asomaron las luces gemelas del Pierce-Arrow, que avanzó despacio hasta estacionarse donde le había pedido al chófer que lo hiciera, a cincuenta metros, junto al cantón de la cuadra vecina. Cuando se apagaron los faros del automóvil, el bailarín mundano observó a los De Troeye y advirtió que el compositor abría la boca como un pez fuera del agua, boqueando de excitación, y que Mecha Inzunza sonreía con un extraño brillo en la mirada. Entonces se inclinó un poco el sombrero sobre los ojos, dijo «vamos» y los tres cruzaron la calle.

La Ferroviaria olía a humo de cigarro, a porrón de ginebra, a pomada para el pelo y a carne humana. Como otros boliches de tango próximos al Riachuelo, era un espacioso almacén, despacho de comestibles y bebidas durante el día y lugar de música y baile por la noche: suelo de madera que crujía al pisarlo, columnas de hierro, mesas y sillas ocupadas por hombres y mujeres frente a un mostrador de estaño iluminado con bombillas eléctricas sin pantalla, con individuos de aspecto patibulario acodados o recostados en

116

él. En la pared, detrás del gallego que atendía el mostrador asistido por una camarera flaca y desgarbada que se movía con pereza entre las mesas, campeaban un gran espejo polvoriento con publicidad de Cafés Torrados Águila y un cartel de la Francoargentina de Seguros ilustrado con un gaucho mateando. A la derecha del mostrador, junto a la puerta por la que se veían toneles de sardinas saladas y cajones de fideos con tapas de vidrio, entre una estufa de queroseno apagada y una vieja y desvencijada pianola Olimpo, había una pequeña tarima para la orquesta, donde tres músicos —bandoneón, violín y piano con las teclas de la izquierda quemadas de cigarrillos— tocaban un aire porteño que sonaba a quejido melancólico, y en cuyas notas Max Costa creyó reconocer el tango *Gallo viejo*.

—Estupendo —murmuró Armando de Troeye con admiración—. Esto es inesperado, perfecto... Otro mundo.

No había más que echarle a él un vistazo, se dijo Max con resignación. El compositor había dejado el sombrero y el bastón sobre una silla, unos guantes amarillos asomaban del bolsillo izquierdo de su chaqueta, y cruzaba las piernas descubriendo los empeines de unas polainas abotonadas bajo los pantalones de raya perfecta. Se encontraba, desde luego, en las antípodas de los dancings que él y su mujer habían conocido vestidos de etiqueta; La Ferroviaria era otra clase de mundo, y lo poblaban seres diferentes. La concurrencia femenina consistía en una docena de mujeres, casi todas jóvenes, sentadas en compañía de hombres o bailando con otros en el espacio que las mesas dejaban libre. Aquéllas no eran exactamente prostitutas, explicó Max en voz baja, sino coperas: parejas de baile encargadas de animar a los hombres a danzar con ellas —recibían una ficha por cada pieza, que el patrón canjeaba por unos centavos— y a consumir la mayor cantidad posible de bebida. Unas tenían novios o amigos, y otras, no. Algunos de los allí presentes estaban relacionados con eso.

117

—¿Cafiolos? —insinuó De Troeye, recurriendo al término que había utilizado Max a bordo del *Cap Polonio*.

—Más o menos —confirmó éste—. Pero aquí no todas las mujeres tienen uno... Algunas sólo son trabajadoras del baile. Se ganan la vida sin ir más allá, como otras lo hacen en las fábricas o talleres de la vecindad... Tangueras decentes, dentro de lo que cabe.

—Pues no parecen decentes cuando bailan —dijo De Troeye, mirando alrededor—. Ni siquiera cuando están sentadas.

Max indicó a las parejas abrazadas que se movían en el espacio de baile. Los hombres serios, graves, masculinos hasta la exageración, interrumpían sus movimientos en mitad de la música —más rápida que el tango moderno habitual— para obligar a la mujer a moverse en torno, sin soltarse, rozándolos o pegándose mucho. Y cuando eso ocurría, ellas agitaban las caderas en fugas interrumpidas, deslizando una pierna a uno u otro lado de las del hombre. Sensuales en extremo.

—Es otra forma de tango, como ven. Otro ambiente.

Vino la camarera con un porrón de ginebra y tres vasos, los puso en la mesa, miró de arriba abajo a Mecha Inzunza, dirigió un vistazo de indiferencia a los dos hombres y se fue, secándose las manos en el delantal. Tras el incómodo y repentino silencio de la entrada —una veintena de miradas curiosas los habían seguido desde la puerta—, en las mesas se habían reanudado las conversaciones, aunque no cesaban las ojeadas descaradas o furtivas. Eso le parecía lógico a Max, que no esperaba otra cosa. Era común encontrar a gente de la alta sociedad porteña en incursiones noctámbulas a la busca de pintoresquismo y malevaje, haciendo la ronda por cabarets de mala muerte o cafetines de arrabal; pero Barracas y La Ferroviaria quedaban fuera de esos itinerarios canallas. Casi toda la clientela del boliche era nativa del barrio, con algún marinero de las chatas y gabarras amarradas en los muelles del Riachuelo.

—¿Y qué me dice de los hombres? —se interesó De Troeye.

Max bebió del vaso de ginebra, sin mirar a nadie.

—Clásicos compadritos de barrio, o que aún juegan a serlo. Apegados a esto.

—Suena casi afectuoso.

—No tiene nada que ver con el afecto. Ya les dije que un compadrito es un plebeyo de arrabal con aires de valentón pendenciero... Los menos, siéndolo; y los otros queriéndolo ser, o aparentarlo.

De Troeye hizo un ademán que abarcaba el entorno.

—Y éstos, ¿son o aparentan?

—De todo hay.

—Qué interesante. ¿No te parece, Mecha?

Estudiaba el compositor, ávidamente, a los individuos sentados junto a las mesas o acomodados en el estaño, todos con aire de estar dispuestos a cualquier cosa mientras fuera ilegal: sombreros de ala caída sobre los ojos, pelo engrasado y reluciente hasta el cuello de la chaqueta ribeteada a lo malandro, sacos cortos sin tajo, botines de punta. Cada cual con su copa de grapa, coñac o porrón de ginebra en la mesa, un Avanti humeante en la boca y algún bulto de cuchillo apuntando hacia la pretina del pantalón o en la sisa del chaleco.

—Aspecto peligroso tienen todos —concluyó De Troeye.

—Algunos pueden serlo. Por eso le aconsejo que no los mire fijamente mucho tiempo, ni a las mujeres cuando bailen con ellos.

—Pues ellos no se recatan en mirarme a mí —dijo Mecha Inzunza, divertida.

Se volvió Max hacia su perfil. Los ojos color de miel exploraban el recinto, curiosos y desafiantes.

—No pretenderá que no la miren, en lugar como éste. Y ojalá se conformen con mirar.

Rió la mujer en tono quedo, casi desagradable. Al cabo de unos instantes se volvió hacia él.

—No me asuste, Max —dijo fríamente.

—No creo —sostenía su mirada con mucha calma—. Ya dije que dudo se asuste de esta clase de cosas.

Sacó su pitillera, ofreciéndola al matrimonio. De Troeye negó con la cabeza, encendiendo uno de sus propios cigarrillos. Mecha Inzunza aceptó un Abdul Pashá y lo encajó en la boquilla, inclinada para que el bailarín mundano le diese fuego con un fósforo. Recostándose en la silla, Max cruzó las piernas y exhaló la primera bocanada de humo mirando a las parejas que bailaban.

—¿Cómo distinguir a las prostitutas de las que no lo son? —quiso saber Mecha Inzunza.

Dejaba caer con indiferencia la ceniza del cigarrillo al piso de madera mientras observaba a una mujer que bailaba con un hombre grueso aunque sorprendentemente ágil. Aquélla era todavía joven, de aire eslavo. Tenía el cabello rubio de color oro viejo peinado en rodete y los ojos claros, rodeados de humo de sándalo. Llevaba una blusa de flores rojas y blancas con poca ropa interior debajo. La falda, excesivamente corta, aleteaba al milonguear, descubriendo a veces un palmo extra de carne enfundada en medias negras.

—No siempre es fácil —respondió Max, sin apartar los ojos de la tanguera—. Con experiencia, supongo.

—¿Tiene usted mucha experiencia en diferenciar mujeres?

—Razonable.

Interrumpida la música, el gordo y la mujer habían dejado de bailar. El hombre se enjugaba el sudor con un pañuelo; y la rubia, sin cambiar palabra, tomaba asiento junto a una mesa donde estaban sentados otra mujer y otro hombre.

—Aquélla, por ejemplo —indicó Mecha Inzunza—. ¿Es prostituta o simple bailarina, como usted en el *Cap Polonio*?

—No lo sé —Max sintió una punzada de irritación—. Tendría que acercarme un poco más.

—Acérquese, entonces.

Miró él la brasa del cigarrillo como para comprobar su correcta combustión. Luego lo llevó a la boca e inhaló una porción precisa de humo, exhalándola despacio.

—Más tarde, tal vez.

La orquesta había atacado una nueva pieza y otras parejas salían a bailar. Algunos hombres mantenían a su espalda la mano izquierda, con la que fumaban, para no molestar con el humo a la pareja. Sonriente, complacido, Armando de Troeye no perdía detalle. En dos ocasiones, Max lo vio sacar un pequeño lápiz y tomar notas con letra minúscula y apretada en el puño almidonado de su camisa.

—Tenía usted razón —dijo el compositor—. Bailan rápido. Más descompuestos de figura. Y la música es diferente.

—Es la Guardia Vieja —Max estaba aliviado por cambiar de conversación—. Bailan como se toca: más rápido y cortado. Y fíjese en la manera.

—Ya me fijo. Es deliciosamente puerca.

Mecha Inzunza apagó con violencia su cigarrillo en el cenicero. De pronto parecía molesta.

—No seas fácil.

—Me temo que es la palabra, querida. Fíjate... Casi excita mirarlos.

Se ensanchaba la sonrisa del compositor, interesada y cínica. Había algo que latía en el ambiente, advirtió Max. Un lenguaje tácito entre los De Troeye que no alcanzaba a descifrar, sobreentendidos y alusiones que se le escapaban. Lo inquietante era que, de algún modo, él mismo parecía estar incluido. Algo molesto, no sin curiosidad, se preguntó de qué modo. Hasta dónde.

—Como les conté en el barco —explicó—, origi- nalmente era baile de negros. Bailaban sueltos, ¿compren- den?... Hasta en la versión más decente, hacer eso con la pareja abrazada cambia mucho las cosas... El tango de sa- lón alisó todas esas posturas, volviéndolas respetables. Pero aquí, como ven, la respetabilidad importa poco.

—Curioso —comentó De Troeye, que atendía a sus palabras con avidez—. ¿Esa música es la del tango de verdad?... ¿La original?

Lo original no consistía en la música, repuso Max, sino en la manera de tocarla. Aquélla era gente que ni si- quiera leía partituras. Tocaban a su manera, al modo an- tiguo, rápido. Mientras decía eso, señaló a la pequeña or- questa: tres hombres consumidos, flacos, abundantes en canas y bigotazos teñidos de nicotina. El más joven era el del bandoneón, y habría cumplido los cincuenta. Tenía los dientes tan gastados y amarillos como las teclas de su instrumento. En ese instante miraba a sus compañeros consultándoles la siguiente pieza a ejecutar. Asintió el del violín, golpeteó el suelo varias veces con un pie marcando el ritmo, martilleó el piano, gimió entrecortado el fuelle y empezaron a tocar *El esquinazo*. Al instante se llenó el es- pacio de baile de parejas.

—Ahí los tienen —sonrió Max—. Los muchachos de antes.

En realidad se sonreía a sí mismo: a su memoria de arrabal. Al tiempo lejano en que oía aquella música en las verbenas o bailongos de los domingos por la mañana, en las noches de verano mientras jugaba con otros chicos en las veredas del barrio, bajo la luz de faroles que todavía eran de gas. Viendo bailar de lejos a las parejas, acechan- do burlones a quienes se abrazaban en los zaguanes oscu- ros —«Soltá el hueso, perro», seguido de carreras y risas—, escuchando cada día esas notas conocidísimas y populares en labios de hombres que regresaban de la fábrica, de muje- res congregadas en torno a las piletas salpicadas de agua jabonosa de los conventillos. Las mismas melodías que malevos con el ala del sombrero sobre los ojos, disimulándoles la cara, silbaban entre dientes al acercarse por parejas a algún noctámbulo incauto, reluciente el cuchillo en la penumbra.

—Me gustaría charlar un rato con los músicos —propuso De Troeye—. ¿Cree que será posible?

—No veo por qué no. Cuando acaben, invítelos a unas botellas. O mejor págueles algo... Aunque le aconsejo que no enseñe mucho dinero. Bastante nos calan ya.

Milongueaba la gente en el espacio de baile. La rubia de aire eslavo había salido otra vez a la pista, ahora con el hombre de la mesa a la que estaba sentada. Desafiante, taciturno, perdida la mirada en las lejanías veladas de humo de tabaco, éste la hacía moverse al compás de la música, guiándola con levísimos ademanes, con leves presiones de la mano que apoyaba en su espalda, y a veces con simples miradas; deteniéndose en un corte en apariencia inesperado para que ella, inexpresivo el rostro y mirando con fijeza su cara, se moviese a un lado y a otro, desdeñosa y lasciva al mismo tiempo, pegada de pronto al cuerpo masculino como si buscara excitar su deseo; retorciéndose con movimiento de caderas y piernas a uno y otro lado, en obediente sumisión, cual si aceptara con naturalidad absoluta el ritual íntimo del tango.

—Si no tuviera el bandoneón como freno —explicó Max—, el ritmo sería mucho más veloz todavía. Más descompuesto. Tengan en cuenta que la Guardia Vieja original no utilizaba fuelle y piano, sino flauta y guitarra.

Muy interesado, Armando de Troeye anotó aquello. Callaba Mecha Inzunza sin apartar los ojos de la tanguera rubia y su acompañante. En varias ocasiones, al pasar bailando cerca, éste cruzó con ella la mirada. Era un fulano curtido en la cuarentena, observó Max: sombrero inclinado, aire peligroso de español o italiano. Asentía De Troeye por su parte, reflexivo y feliz. Su tono era de excitación. Ahora seguía la música con los dedos sobre la mesa, igual que si tecleara sobre teclas invisibles.

—Ya veo —dijo el compositor, complacido—. Comprendo lo que usted quería decir, Max. Tango puro.

El fulano, sin dejar de bailar con la rubia, seguía mirando a Mecha Inzunza cada vez que pasaba cerca, y con más insistencia que antes. Era un clásico local, o pretendía serlo: bigote espeso, saco apretado, botines que se movían con agilidad sobre el suelo de madera, trazando luengos arabescos entre el taconeo de su pareja de baile. Todo en él, hasta las maneras, traslucía un toque artificial, un aire de compadrón trasnochado con ínfulas de compadre. El ojo avezado de Max localizó el anacrónico bulto del cuchillo en el costado izquierdo, entre el saco y el chaleco sobre el que pendían los dos largos extremos de un pañuelo de seda blanca anudado al cuello con deliberada coquetería. De reojo, el bailarín mundano advirtió que Mecha Inzunza, desafiante, parecía seguir el juego de aquel individuo, sosteniéndole la mirada; y su antiguo instinto arrabalero barruntó problemas. Quizá no fuese buena idea quedarse mucho tiempo, se dijo inquieto. La señora De Troeye parecía tomar, equivocadamente, La Ferroviaria por el salón de primera clase del *Cap Polonio*.

—Lo de tango puro es excesivo —le respondió al marido, esforzándose por concentrarse en lo que éste había comentado—. Digamos que lo ejecutan a la manera antigua. Al viejo modo... ¿Percibe la diferencia de ritmo, de estilo?

Volvió a asentir el marido, satisfecho.

—Claro. Ese maravilloso dos por cuatro, los solos de tecla de cuatro compases, los contracantos de cuerda... El martilleo del piano y los fraseos primarios con bajos de bandoneón.

Tocaban así porque eran gente mayor, detalló el bailarín mundano; y La Ferroviaria, boliche de tradiciones. En la noche de Barracas la gente era bronca, irónica, gustosa de cortes y quebradas. De arrimarse la hembra al macho, de meter pierna y de chulería; como esa tanguera rubia y su acompañante. Si aquella manera de tocar música se ejecutase en un baile popular, de familias y domingo, o de gente joven, casi nadie saldría a bailar. Ni por moralidad, ni por gusto.

—La moda —concluyó— se aleja cada vez más de todo esto. Dentro de poco sólo se bailará ese otro tango domesticado, inexpresivo y narcótico: el de los salones y el cinematógrafo.

De Troeye reía, sarcástico. Había terminado la música y la orquesta empezaba otra pieza.

—Amanerado, vamos —dijo.

—Puede —Max bebió un sorbo de ginebra—. Quizá sea una forma de decirlo.

—Desde luego, ése que se acerca no parece amanerado en absoluto.

Siguió Max la mirada de De Troeye. El compadrón había dejado a la rubia en la mesa, con la otra mujer, y se dirigía hacia ellos caminando con la antigua parsimonia de los guapos porteños: lento, seguro, muy concertado paso con paso. Pisando el suelo con ensayada delicadeza. Sólo faltaba para completar el estilo, pensó Max, el ruido de fondo de tacos y bolas de billar.

—Si hay problemas —dijo con rapidez a los De Troeye, en un susurro— no se paren a mirar... Vayan disparados hacia la puerta y métanse en el coche.

—¿Qué clase de problemas? —inquirió el marido.

No hubo tiempo para una respuesta. El compadrón se hallaba delante, inmóvil y muy serio, la mano izquierda metida con elegancia canalla en el bolsillo del saco. Miraba a Mecha Inzunza como si estuviera sola.

—¿Desea bailar la señora?

Max atisbó, fugazmente, el porrón de ginebra. En caso necesario, con el pico de vidrio roto en el borde de la mesa podía convertirlo en un arma razonable. Sólo el tiempo necesario para tener las cosas a raya, o procurarlo, mientras se rajaban de allí.

—No creo que... —empezó a decir en voz baja.

Se dirigía a la mujer, no al tipo que aguardaba de pie; pero ella se levantó con absoluta serenidad.

—Sí —dijo.

Se quitó los guantes tomándose su tiempo, y los dejó sobre la mesa. El boliche entero estaba pendiente de ella y del compadrón que aguardaba sin dar muestras de impaciencia. Cuando estuvo dispuesta, el otro la tomó por la cintura con la mano derecha, apoyándola sobre la curva suave que quedaba encima de las caderas. Ella pasó su brazo izquierdo por los hombros de él, y sin mirarse el uno al otro empezaron a moverse entre las otras parejas, más próximas sus cabezas que en el tango convencional, aunque manteniendo los cuerpos una distancia razonable. Cualquiera diría, pensó Max, que habían bailado juntos antes; aunque el recuerdo de la facilidad con que Mecha Inzunza y él mismo se adaptaban a bordo del *Cap Polonio* atenuó su sorpresa. Era, sin duda, una bailarina muy intuitiva e inteligente, capaz de adaptarse a cualquiera que bailase bien. Se movía el fulano masculinamente seguro de sí —canchero, decían en Buenos Aires— mientras guiaba hábil a la mujer, trenzando ágiles garabatos sobre un pentagrama invisible. Se bamboleaba la pareja de modo suave, obediente ella al compás de la música y a las indicaciones silenciosas que transmitían las manos y los ademanes de su pareja. De pronto éste hizo un corte, despegando el talón del pie derecho del suelo casi con negligencia, describiendo un semicírculo con la punta; y, para sorpresa de Max, la mujer remató la vuelta con toda naturalidad deslizándose a un lado y a otro, pegada por dos veces al hombre para retirarse después de trabarse en él, cruzándole las piernas con impecable aplomo arrabalero. Lo sazonó con una elegancia académica de suburbio, tan bien lograda que arrancó gestos aprobadores a los que observaban desde las mesas.

—Caray —bromeó Armando de Troeye—. Espero que no acaben haciendo el amor delante de todos.

El comentario incomodó a Max, trocando en malhumor su admiración ante la soltura con que Mecha Inzunza se desenvolvía en la pista. El compadrón la guiaba milonguero, gustándose, los ojos oscuros fijos en el vacío y bajo el mostacho un rictus de artificial indiferencia; cual si, en su caso, alternar con mujeres de aquella clase fuera cosa de diario. De pronto, al compás de la música, el hombre hizo una salida de flanco con parada en seco, solemne, acompañándose con un talonazo de mucha intención orillera. Sin desconcertarse en absoluto, igual que si hubieran previsto de antemano el movimiento, la mujer lo rodeó, rozándole el cuerpo de lado a lado, entregada. Con una sumisión de hembra obediente que a Max le pareció casi pornográfica.

—Dios mío —oyó murmurar a Armando de Troeye.

Estupefacto, volviéndose a medias, Max comprobó que el compositor no parecía enfadado, sino que miraba absorto a la pareja que danzaba. A ratos bebía un poco de ginebra, y parecía que el alcohol imprimiera en sus labios una sonrisa cínica, vagamente complacida. Pero el bailarín mundano no tuvo tiempo de reparar mucho en eso, porque terminó la música y despejaron la pista. Mecha Inzunza volvió taconeando altanera, escoltada por el compadrón. Y cuando ella ocupó su silla, tan desenvuelta y serena como si acabara de bailar un vals, el otro se inclinó ligeramente, tocándose el ala del sombrero.

—Juan Rebenque, señora —dijo ronco, sosegado—. A su servicio.

Luego, sin mirar apenas al marido ni al bailarín mundano, giró sobre los talones, encaminándose flemático a la mesa donde estaban las dos mujeres. Y viéndolo irse, Max intuyó que aquél no era su verdadero apellido —se llamaría Funes, Sánchez o Roldán— sino un apodo gauchesco tan rezagado como su aspecto y el cuchillo que abultaba bajo la chaqueta. Los tipos auténticos a los que intentaba parecerse habían desaparecido del arrabal quince o veinte años atrás; y hacía mucho que, incluso entre hombres como aquél, el revólver reemplazaba al facón. Seguramente el tal Rebenque era un carrero que de noche tallaba en boliches de mala muerte, bailaba tangos, manejaba minas y a veces sacaba su anacrónico cuchillo para asentar la hombría. En hombres de su calaña, simples malevos de barrio, la hidalguía orillera era limitada, aunque la peligrosidad se mantuviese intacta.

—Es su turno —dijo Mecha Inzunza, dirigiéndose a Max.

Acababa de sacar del bolso una polvera lacada. Había minúsculas gotas de sudor en su labio superior, perlando el suave maquillaje. Por reflejo galante, Max le ofreció el pañuelo limpio que llevaba en el bolsillo superior de la chaqueta.

—¿Perdón? —inquirió.

La mujer había tomado de entre sus dedos el dobladillo de batista blanca.

—No querrá —repuso con mucha calma— que las cosas queden así.

Iba Max a decir es suficiente, pediré la cuenta y nos vamos de aquí, cuando sorprendió en Armando de Troeye, dirigida a su esposa, una mirada que nunca había visto allí antes: un destello rápido de cinismo y desafío. Duró sólo el instante necesario para que la máscara de frívola indiferencia cayese de nuevo, velándolo todo. Entonces Max, cambiando de idea, se volvió hacia Mecha Inzunza con deliberada lentitud.

—Claro —dijo.

Desleídos tal vez en la ginebra, los ojos claros sostuvieron los suyos. Parecían más líquidos que nunca en la luz amarillenta de las bombillas eléctricas. Después ella hizo algo extraño. Reteniendo el pañuelo, cogió uno de los guantes que había dejado sobre la mesa antes de bailar y se lo introdujo a Max en el bolsillo superior de la chaqueta, arreglándolo con un rápido toque hasta que tomó la forma de una flor blanca y elegante. Entonces el bailarín mundano retiró su silla, se puso en pie y caminó hacia la mesa donde estaban sentados el compadrón y las dos mujeres.

—Con su permiso —le dijo al hombre.

Lo estudiaba el otro entre fanfarrón y curioso; pero Max dejó de prestarle atención, pendiente como estaba de la mujer rubia. Se volvió ésta un momento a la compañera —una morena vulgar, de más edad— y luego miró al compadrón en demanda de conformidad. El otro, sin embargo, seguía mirando al bailarín mundano, que aguardaba de pie, juntos los talones, el aire educado y una suave sonrisa en los labios; con la misma corrección circunspecta que habría mostrado ante cualquier dama de buena sociedad en un té del Palace o el Plaza. Por fin la mujer se levantó, enlazándose a Max con desenvoltura profesional. De cerca parecía más joven que de lejos, pese a las huellas de cansancio bajo los ojos, mal disimuladas por el espeso maquillaje. Tenía unos ojos azules ligeramente rasgados, que con el cabello rubio recogido tras la nuca, acentuaban su aire eslavo. Posiblemente fuera rusa o polaca, dedujo Max. Sintió, al abrazarla, la intimidad del cuerpo muy próximo; tibieza de carne fatigada, olor a tabaco en el vestido y el pelo, aliento del último sorbo de grapa con limonada. Colonia de baja calidad sobre la piel: Agua Florida mezclada con talco húmedo y el suave sudor de hembra que llevaba un par de horas bailando con toda clase de hombres.

Sonaban los compases de otro tango, en los que reconoció, pese a lo desgarbado de la orquesta, las notas de *Felicia*. Salían a bailar más parejas. Arrancaron la mujer y Max bien sincronizados, dejando éste que el instinto y la costumbre guiaran los movimientos. No era una gran bailarina, comprendió a los primeros pasos; pero se movía con soltura displicente, profesional, perdida la mirada en la distancia, dirigiendo rápidas ojeadas al rostro del hombre para prevenir pasos e intenciones. Pegaba con indiferencia el torso al de Max, que sentía las puntas de sus pechos bajo el percal escotado de la blusa; y evolucionaba, obediente, con piernas y caderas alrededor de su cintura en los pasos más atrevidos a que la música y las manos de él la conducían. Lo hacía sin alma, concluyó el bailarín mundano. Como una autómata melancólica y eficaz, sin voluntad ni impulso; semejante a una profesional que accediera al acto sexual sin experimentar placer alguno. Por un momento la imaginó así de pasiva y sumisa en un cuarto de hotel barato como el de la calle, con su letra fundida en el rótulo luminoso, mientras el malevo del mostacho se guardaba los diez pesos de la tarifa en el bolsillo del saco. Despojándose ella del vestido para tumbarse en una cama de sábanas usadas y somier que rechinaba. Complaciente, sin obtener a cambio placer ninguno. Con el mismo aire fatigado que ahora mostraba al trazar los pasos del tango.

Por alguna razón, que no era momento de analizar, la idea lo excitó. Qué otra cosa era el tango así bailado sino sumisión de la hembra, se dijo, asombrado de sí mismo; sorprendido de no haber llegado antes a esa conclusión, pese a tantos bailes, tantos tangos y tantos abrazos. Qué otra cosa era aquello bailado a la manera de siempre, lejos de los salones y la etiqueta, sino una entrega absoluta, cómplice. Un avivar de viejos instintos, rituales deseos quemantes, promesas hechas piel y carne durante unos instantes fugaces de música y seducción. El tango de la Guardia Vieja. Si había un modo de bailar idóneo en cierta clase de mujeres, era sin duda aquél. Considerarlo desde esa perspectiva hizo sentir a Max una punzada de deseo inesperado hacia el cuerpo que se movía obediente entre sus brazos. Ella debió de notarlo, pues por un momento clavó en él sus ojos azules, inquisitiva, antes de que una mueca de indiferencia retornase a sus labios y la mirada volviera a perderse en los rincones lejanos del almacén. Para desquitarse, Max hizo un corte, fija una pierna y simulando la otra un paso hacia adelante y hacia atrás; obligando, con la presión de su mano derecha en la cintura de la mujer, a que ésta pegase de nuevo su torso al suyo y, deslizando la cara interna de los muslos a uno y otro lado de la pierna inmóvil, retornase a la sumisión perfecta. Al gemido silencioso, agudamente físico, de hembra resignada sin posibilidad de fuga.

Tras esa evolución, deliberadamente procaz por ambas partes, el bailarín mundano miró por primera vez hacia la mesa donde estaba el matrimonio De Troeye. La mujer fumaba un cigarrillo puesto en la boquilla de marfil, impasible, mirándolos con fijeza. Y en ese momento comprendió Max que la tanguera que tenía entre los brazos era sólo un pretexto. Una turbia tregua.

4. Guantes de mujer

Sucede, al fin, lo que Max Costa espera con la certidumbre de quien dispone meticulosamente lo inevitable. Está sentado en la terraza del hotel Vittoria, cerca de la estatua de la mujer desnuda que mira hacia el Vesubio, y desayuna ante el paisaje luminoso, azul y gris de la bahía. Mientras muerde complacido una tostada con mantequilla, el chófer del doctor Hugentobler disfruta de la situación que lo devuelve por unos días a los mejores momentos de su antigua vida; cuando todo era aún posible, el mundo estaba por recorrer, y cada amanecer era preludio de una aventura: albornoces de hotel, aroma de buen café, desayunos en vajillas finas ante paisajes o rostros de mujer a los que sólo era posible acceder, paisajes o mujeres, con mucho dinero o mucho talento. Ahora, de vuelta a su elemento natural, recobrando sin esfuerzo las viejas maneras, Max lleva puestas unas gafas oscuras Persol que pertenecen al doctor Hugentobler, lo mismo que el blazer azul y el pañuelo de seda bajo el cuello entreabierto de la camisa color salmón. Acaba de dejar la taza de café y se dispone a cambiar las gafas de sol por las de leer mientras alarga una mano para coger *Il Mattino* de Nápoles, que está doblado sobre el mantel de hilo blanco —con la crónica de la partida entre Sokolov y Keller del día anterior, que terminó en tablas—, cuando una sombra se proyecta sobre el diario.

—¿Max?

Un observador imparcial habría admirado el temple del interpelado: todavía permanece un par de segundos con los ojos en el diario, y después dirige una mirada

133

hacia lo alto, con gesto que pasa despacio de la indecisión a la sorpresa, y de ésta al reconocimiento. Al fin, quitándose las gafas, se toca los labios con la servilleta y se pone en pie.

—Dios mío... Max.

La luz de la mañana dora los iris de Mecha Inzunza, como en otro tiempo. Hay leves marcas y manchitas de vejez en su piel, e infinidad de minúsculas arrugas en torno a los párpados y la boca, acentuadas ahora por una sonrisa estupefacta. Pero lo despiadado del paso del tiempo no ha logrado borrar lo demás: la forma pausada de moverse, la elegancia de maneras, las líneas prolongadas del cuello y los brazos cuya delgadez acentúa la edad, enflaqueciéndolos.

—Tantos años —dice ella—. Dios mío.

Están cogidos de las manos, mirándose. Max alza la derecha de ella, inclina la cabeza y la roza con los labios.

—Veintinueve, exactamente —precisa—. Desde el otoño de mil novecientos treinta y siete.

—Niza...

—Sí. Niza.

Le dispone una silla, solícito, y ella la ocupa. Max llama al camarero y tras una breve consulta pide otro café. Todo el tiempo, durante esos instantes de tregua protocolaria, siente fijos en él los ojos color de miel. Y la voz es la misma: tranquila, educada. Idéntica a la que recuerda.

—Has cambiado, Max.

Enarca él las cejas y acompaña el gesto con un ademán melancólico: la fatiga ligera, negligente, de un maduro hombre de mundo.

—¿Mucho?

—Lo suficiente para que me costara reconocerte.

Se inclina un poco hacia ella, cortésmente confidencial.

—¿Cuándo?

134

—Ayer, aunque no estaba segura. O más bien pensé que era imposible. Un aire remoto, me dije... Pero esta mañana te vi desde la puerta. Estuve un rato observándote.

Max la contempla con detalle. La boca y los ojos. Éstos son idénticos, salvo las marcas del tiempo alrededor. El marfil de los dientes se ve menos blanco de lo que él recuerda, afectado sin duda por la nicotina de muchos cigarrillos. La mujer ha sacado un paquete de Muratti del bolsillo de la rebeca y lo tiene entre los dedos, sin romper el precinto.

—Tú, sin embargo, estás igual —afirma Max.

—No digas tonterías.

—Hablo en serio.

Ahora es ella quien lo estudia a él.

—Has engordado un poco —concluye.

—Más que un poco, me temo.

—Te recordaba más flaco y más alto... Y nunca te imaginé con el pelo gris.

—A ti, sin embargo, te sienta muy bien.

Mecha Inzunza ríe en voz alta, sonora, vigorosa, rejuvenecida por aquel simple acto. Como antes y como siempre.

—Truhán... Siempre supiste cómo hablar a las mujeres.

—No sé a qué mujeres te refieres. Sólo recuerdo a una.

Un momento de silencio. Ella sonríe y aparta la mirada, contemplando la bahía. El camarero llega con el café en el momento oportuno. Max lo sirve llenando media taza, mira el azucarero y la mira a ella, que niega con la cabeza.

—¿Leche?

—Sí. Gracias.

—Antes nunca tomabas. Ni leche ni azúcar.

Parece sorprendida de que él recuerde eso.

—Es cierto —dice.

Otro silencio, más largo que el anterior. Por encima de la taza, de la que bebe a cortos sorbos, ella sigue estudiándolo. Pensativa.

—¿Qué haces en Sorrento, Max?

—Oh... Bueno. Un asunto de trabajo. Negocios y un par de días de descanso.

—¿Dónde vives?

Señala él un lugar indeterminado, más allá del hotel y la ciudad.

—Tengo una casa por ahí. Cerca de Amalfi... ¿Y tú?

—Suiza. Con mi hijo. Supongo que sabes quién es, si estás en el hotel.

—Sí, estoy aquí. Y sé quién es Jorge Keller, naturalmente. Pero me despistó el apellido.

Ella deja la taza, y quitándole el precinto al paquete de tabaco saca un cigarrillo. Max coge la cajita de fósforos del hotel que está en el cenicero, se inclina y le da fuego, protegiendo la llama en el hueco de las manos. Ella se inclina también, y por un momento se rozan sus dedos.

—¿Te interesa el ajedrez?

Se ha reclinado otra vez en su silla, dejando escapar el humo que se deshace en la brisa que viene de la bahía. De nuevo la mirada de curiosidad fija en Max.

—Ni lo más mínimo —responde él con mucha sangre fría—. Aunque ayer di una vuelta por la sala.

—¿No me viste?

—Tal vez no presté atención. Lo cierto es que sólo eché un vistazo.

—¿No sabías que estaba en Sorrento?

Niega Max desenvuelto, con viejo aplomo profesional. Hasta estos días no supo, comenta, que ella tenía un hijo apellidado Keller. Ni siquiera que tuviese un hijo. Después de Buenos Aires y de lo ocurrido más tarde en Niza, la pista se perdió por completo. Luego vino la otra guerra, la grande. Media Europa perdió el rastro de la otra media. En muchos casos, para siempre.

—Lo que sí supe fue lo de tu marido. Que lo mataron en España.

Mecha Inzunza aparta el cigarrillo para dejar caer al suelo, ignorando el cenicero, una porción precisa de ceniza. Un golpecito firme, delicado. Luego se lo lleva otra vez a los labios.

—Nunca llegó a salir de prisión, excepto para morir —su tono es neutro, sin rencor ni sentimiento: el adecuado para mencionar algo ocurrido hace mucho tiempo—. Triste final, ¿verdad?, para un hombre como él.

—Lo siento.

Nueva chupada al cigarrillo. Más humo deshecho en la brisa. Más ceniza al suelo.

—Sí. Supongo que es la frase adecuada... Yo también lo sentí.

—¿Y tu segundo marido?

—Afectuoso divorcio —ella se permite otra sonrisa—. Algo entre gente razonable, en buenos términos. Por el bien de Jorge.

—¿Es el padre?

—Claro.

—Habrás vivido tranquila estos años, supongo. Tu familia tenía dinero. Sin contar lo de tu primer marido.

Asiente ella, indiferente. Nunca tuvo dificultades de esa clase, responde. Sobre todo después de la guerra. Cuando los alemanes invadieron Francia, pasó a Inglaterra. Allí se casó con Ernesto Keller, que era diplomático: Max llegó a conocerlo en Niza. Vivieron en Londres, Lisboa y Santiago de Chile. Hasta la separación.

—Asombroso.

—¿Qué es lo que te parece asombroso?

—Tu vida extraordinaria. Lo de tu hijo.

Por un instante, Max sorprende algo extraño en los ojos de ella. Una fijeza insólita: penetrante y tranquila a la vez.

137

—¿Y tú, Max?... ¿Cómo ha sido de extraordinaria tu vida estos años?

—Bueno, ya sabes.

—No. No lo sé.

Agita él una mano abarcando la terraza, como si allí estuviese la evidencia de todo.

—Viajes de un lado a otro. Negocios... La guerra en Europa me dio algunas oportunidades y me quitó otras. No puedo quejarme.

—No lo parece, desde luego. Que tengas motivo para quejarte... ¿Has vuelto a Buenos Aires?

El nombre de la ciudad en aquella voz serena estremece a Max. Cauto, con prevención, como quien se adentra por donde no debe, estudia otra vez con disimulo el rostro de la mujer: las pequeñas arrugas en torno a la boca, el color mate, marchito, de la piel y los labios sin maquillar. Sólo sus ojos siguen inalterados, igual que en el boliche tanguero de Barracas o en los otros lugares que vinieron después. En la singular topografía común de cuanto recuerda.

—He vivido en Italia casi siempre —inventa sobre la marcha—. Y también en Francia y España.

—¿Negocios, como dices?

—Pero no los de antes —Max procura sonreír de la manera adecuada—. Tuve suerte, reuní algún capital y las cosas no fueron mal. Ahora estoy retirado.

Mecha Inzunza ya no lo mira del mismo modo. Apunta una sonrisa sombría.

—¿De todo?

Se remueve él, incómodo. O pareciéndolo. El collar que ayer vio en la habitación 429 pasa por su cabeza con destellos de revancha en suaves reflejos mate. Y me pregunto, concluye, quién tendrá más facturas pendientes de cobrar con el otro. Ella o yo.

—No vivo como en otros tiempos, si a eso te refieres.

138

La mujer lo contempla imperturbable.

—A eso me refería. Sí.

—Hace tiempo que no lo necesito.

Lo ha dicho sin pestañear. Con aplomo absoluto. A fin de cuentas, piensa, tampoco es mentir del todo. En cualquier caso, ella no parece cuestionarlo.

—Tu casa de Amalfi...

—Por ejemplo.

—Celebro que te hayan ido bien las cosas —ella mira el cenicero como si lo viese por primera vez—. Siempre dudé que normalizases tu vida.

—Oh, bueno —agita una mano con los dedos hacia arriba, en ademán casi italiano—. Todos sentamos la cabeza tarde o temprano... Tampoco yo creí que normalizases la tuya.

Mecha Inzunza ha apagado delicadamente el resto del cigarrillo en el cenicero, desprendiendo con cuidado la brasa. Como si se demorase a propósito en las últimas palabras de Max.

—¿Respecto a Buenos Aires y Niza, por ejemplo? —apunta al fin.

—Claro.

Irremediablemente, él nota un regusto de melancolía. De pronto los recuerdos acuden atropellándose: palabras breves como gemidos deslizándose por una piel desnuda, escorzo de líneas largas y suaves reflejadas sobre un espejo que multiplicaba el gris de afuera, en el contraluz plomizo de una ventana que, como un cuadro francés de primeros de siglo, enmarcaba palmeras mojadas, mar y lluvia.

—¿A qué te dedicas?

Ensimismado —no hay fingimiento esta vez—, tarda un poco en escuchar la pregunta, o en abrirse paso hasta ella. Todavía se encuentra ocupado rebelándose en sus adentros contra la desmesurada injusticia de orden físico: la piel de mujer que sus cinco sentidos recuerdan era tersa, cálida y perfecta. No puede tratarse de la misma que tiene delante, marcada por el tiempo. De ningún modo, concluye con furia impotente. Alguien debería responder de semejante desconsideración. De tan intolerable atropello.

—Turismo, hoteles, inversiones —responde al fin—. Cosas así... También soy socio de una clínica cerca del lago de Garda —improvisa de nuevo—. Coloqué allí algunos ahorros.

—¿Te casaste?

—No.

Ella mira la bahía más allá de la terraza con aire distraído, cual si no prestase atención a la última respuesta de Max.

—Tengo que dejarte... Jorge juega esta tarde, y hay que trabajar duro preparándolo todo. Sólo había bajado un momento a tomar el aire bebiendo un café.

—Te ocupas de todas sus cosas, he leído. Desde niño.

—En parte. Hago de madre, de mánager y de secretaria, gestionándole viajes, hoteles, contratos... Cosas así. Pero él tiene su equipo de asistentes: los analistas con quienes prepara las partidas y lo acompañan siempre.

—¿Analistas?

—Un aspirante a campeón del mundo no trabaja solo. Las partidas no se improvisan. Hace falta un equipo de preparadores y especialistas.

—¿Incluso en ajedrez?

—Especialmente en ajedrez.

Se ponen en pie. Max es demasiado veterano para ir más allá. Las cosas tienen su curso, y forzarlas es un error. Muchos hombres que se pasaban de listos se perdieron por eso, recuerda. Así que sonríe como hizo siempre, lo que ilumina su rostro rasurado con esmero, bronceado sin excesos por el sol de la bahía: un súbito trazo blanco, ancho, sencillo, que muestra algunos dientes de buen aspecto, razonablemente conservados pese a dos fundas, media docena de empastes y el colmillo postizo en el hueco que hace diez años dejó el golpe de un policía en un cabaret de Cumhuriyet Caddesi, en Estambul. La sonrisa simpática, templada por los años, de un buen y sexagenario muchacho.

Mecha Inzunza mira aquella sonrisa y parece reconocerla. Su mirada es casi cómplice. Al fin duda, o también lo parece.

—¿Cuándo te vas del hotel?

—En unos días. Cuando termine de ajustar esos negocios de los que te hablaba antes.

—Quizá deberíamos...

—Claro. Deberíamos.

Otro silencio indeciso. Ella ha metido las manos en los bolsillos de la rebeca, cargando ligeramente los hombros.

—Cena conmigo —propone Max.

Mecha no responde a eso. Está observándolo, pensativa.

—Por un momento —dice al cabo— te he visto de pie ante mí, en el salón de baile de aquel barco: tan joven y apuesto, vestido de frac... Dios mío, Max. Estás hecho un desastre.

Compone él un gesto abatido, inclinando la cabeza con elegante y exagerada resignación.

—Lo sé.

—No es cierto —de pronto ríe como antes, rejuvenecida. La risa sonora y franca de siempre—. Estás bien para la edad que tienes... O que tenemos. Yo, sin embargo... ¡Qué injusta es la vida!

Se queda callada, y a Max le parece reconocer los rasgos del hijo; la expresión de Jorge Keller cuando reclina el rostro sobre los brazos, ante el tablero.

—Quizá debamos, sí —dice ella al fin—. Hablar un rato. Pero han pasado treinta años desde la última vez... Hay lugares a los que no se debe regresar nunca. Tú mismo dijiste eso en cierta ocasión.

141

—No me refería a lugares físicos.

—Sé a qué te referías.

La sonrisa de la mujer se ha vuelto irónica. Una mueca desolada, más bien. Sincera y triste.

—Mírame... ¿De verdad crees que estoy en condiciones de regresar a algún sitio?

—No hablo de esa clase de regresos —protesta él, irguiéndose—, sino de lo que recordamos. Lo que fuimos.

—¿Testigos uno del otro?

Max le sostiene la mirada sin aceptar el juego de su sonrisa.

—Quizás. En aquel mundo que conocimos.

Ahora los ojos de Mecha Inzunza son dulces. La luz intensifica los antiguos tonos dorados.

—El tango de la Guardia Vieja —dice en voz baja.

—Eso es.

Se estudian. Y es casi hermosa otra vez, concluye Max. El milagro de sólo unas palabras.

—Imagino —comenta ella— que te habrás encontrado con él muchas veces, como yo.

—Claro. Muchas.

—¿Sabes, Max?... Ni una sola vez, al oírlo, dejé de pensar en ti.

—Puedo decir lo mismo: tampoco dejé de pensar en mí.

La carcajada de ella —insólitamente joven de nuevo— hace volver el rostro a los ocupantes de las mesas cercanas. Por un momento alza ligeramente una mano, como si fuese a posarla en el brazo del hombre.

—Los muchachos de antes, dijiste en aquel tugurio de Buenos Aires.

—Sí —suspira él, resignado—. Ahora somos nosotros los muchachos de antes.

El filo se había embotado y afeitaba mal. Después de enjuagar la navaja en el agua jabonosa de la jofaina y secarla en la toalla, Max frotó la hoja en un cinturón de cuero tras enganchar éste, tensándolo cuanto pudo, en el pestillo de la ventana que daba a las copas verdes, rojas y malvas de los árboles de la avenida Almirante Brown. Insistió en el cinturón hasta que el acero estuvo en condiciones; y mientras lo hacía contemplaba distraído la calle, donde un insólito automóvil —el barrio en el que estaba la pensión Caboto era más de carruajes y tranvías, con bosta de caballerías aplastada sólo de vez en cuando por ruedas de neumáticos— se había detenido junto a la mula y el carrito con los que un hombrecillo de sombrero de paja y chaqueta blanca despachaba panes de leche, medias lunas y tortas de azúcar quemada. Eran más de la diez de la mañana, Max no había desayunado todavía, y la visión del carrito acentuó el vacío de su estómago. Tampoco había sido una buena noche, la suya. Tras el regreso a deshoras, después de acompañar a los De Troeye de Barracas al hotel Palace, el bailarín mundano había dormido mal. Un sueño inquieto, de poco descanso. Era aquél un desasosiego que le resultaba familiar desde hacía tiempo: estado indeciso entre sueño y vigilia, poblado por sombras incómodas; vueltas y revueltas entre sábanas arrugadas, sobresaltos de la memoria, imágenes deformadas por la imaginación y la duermevela que acometían de improviso, produciéndole violentos estallidos de pánico. La imagen más frecuente era un paisaje cubierto de cadáveres: una cuesta de tierra amarillenta junto a una tapia que ascendía hasta un fortín situado más arriba; y en el camino que discurría a lo largo de la tapia, tres mil cuerpos resecos y negros, momificados por el tiempo y el sol, en los que aún podían advertirse las mutilaciones y torturas entre las que hallaron la muerte un día del verano de 1921. El legionario Max Costa, voluntario de la 13.ª Compañía de la Primera Bandera del Tercio de Extranjeros, tenía entonces diecinueve años; y mientras avanzaba con el cabo Boris y otros cuatro compañeros por la cuesta que llevaba al fortín abandonado —«Seis voluntarios para morir» había sido la orden para que precedieran al resto de la compañía—, entre el hedor de los cadáveres y el horror de las imágenes, sudoroso, cegado por el reverbero del sol, tentándose las cartucheras del correaje y con el máuser a punto, había sabido con absoluta certeza que sólo el azar le ahorraría ser uno más de aquellos cadáveres negruzcos, carne hasta hacía poco viva y joven, esparcida ahora en el camino de Annual a Monte Arruit. Después de ese día, los oficiales del Tercio ofrecían a la tropa un duro por cada cabeza de moro muerto. Y dos meses más tarde, cuando en un lugar llamado Taxuda —«Voluntarios para morir», habían ordenado de nuevo— una bala rifeña acabó con la corta vida militar de Max, enviándolo durante cinco semanas a un hospital de Melilla —de allí desertaría a Orán, para viajar luego a Marsella—, éste había conseguido ganar siete de aquellos duros de plata.

Afilada otra vez la navaja, de vuelta ante la luna biselada del ropero, el bailarín mundano observaba con ojo crítico las huellas de insomnio en su rostro. Siete años no eran suficientes para apaciguar ciertos fantasmas. Para echar fuera los diablos, como solían decir los moros y también, de tanto escuchárselo a ellos, el cabo segundo legionario Boris Dolgoruki-Bragation, que había acabado por echarlos del todo metiéndose en la boca un cañón de pistola del nueve largo. Pero bastaban para resignarse a su molesta compañía. De manera que Max procuró alejar los pensamientos desagradables y concentrarse en seguir rasurando su barba con mucha aplicación, mientras tarareaba *Soy una fiera*: un tango de los que habían sonado la noche anterior en La Ferroviaria. Al cabo de unos instantes sonreía pensativo al rostro enjabonado que lo miraba desde el espejo. El recuerdo de Mecha Inzunza resultaba útil en lo de echar diablos fuera. O intentarlo. Aquella altiva manera

144

de bailar el tango, por ejemplo. Sus palabras hechas de silencios y reflejos de miel líquida. Y también los planes que Max concebía poco a poco, sin prisas, respecto a ella, a su marido y al futuro. Ideas cada vez más definidas a las que pasaba revista mientras, sin dejar de canturrear, deslizaba cuidadosamente el acero sobre la piel.

Para su alivio, la velada de la noche anterior había transcurrido sin incidentes. Después de un rato largo de escuchar tangos a la manera vieja y ver bailar a la gente —ni Mecha ni Max volvieron a salir esa noche a la pista—, Armando de Troeye llamó a los tres músicos a su mesa cuando éstos dejaron sus instrumentos, relevados por la decrépita pianola de cilindros que reproducía tangos ruidosos e irreconocibles. El compositor había pedido algo selecto para invitarlos. Muy bueno y muy caro, dijo mientras hacía circular con liberalidad su pitillera de oro. Pero la botella de champaña más cercana, informó con retranca la camarera tras consultar con el dueño —un gallego de bigotazo enhiesto y catadura infame—, se encontraba a cuarenta cuadras recorridas en el tranvía 17: demasiado lejos para ir a buscarla a esas horas; así que De Troeye tuvo que conformarse con unos dobles de grapa y de anónimo coñac, una botella todavía precintada de ginebra Llave y un sifón de vidrio azul. Se hizo honor a todo, incluidas unas empanaditas de carne como picoteo, entre humo de toscanos y cigarrillos. En otras circunstancias, a Max le habría interesado la conversación entre el compositor y los tres veteranos músicos —el bandoneonista, tuerto y con un ojo de cristal, era veterano de los tiempos de Hansen y la Rubia Mireya, allá por el Novecientos—, y las ideas de éstos sobre tangos viejos y nuevos, maneras de ejecución, letras y músicas; pero el bailarín mundano tenía la cabeza en otras cosas. En cuanto al músico tuerto, según aseguró el mismo interesado tras las primeras confianzas y tragos de ginebra, ni sabía leer una particela, ni falta ninguna le había hecho nunca. Tocaba de oreja, de toda la vida. Además, lo suyo y de sus compadres eran tangos de verdad, para bailarlos como siempre se hizo, con su ritmo rápido y sus cortes en su sitio; y no esas lisuras de salón que habían puesto de moda, a medias, París y el cinematógrafo. Respecto a las letras, mataba el tango y rebajaba a quienes lo bailaban aquella manía de convertir en héroes al otario cornudo y llorón cuya mujer lo dejaba por otro, o a la obrerita que devenía en marchita flor de fango. Lo auténtico, añadió el tuerto entre nuevos tientos a la ginebra y vigorosas muestras de aprobación de sus camaradas, era propio de vieja gente orillera: sarcasmo malevo, desplante de rufián o hembra rodada, cinismo burlón de quien tenía medidos los palmos a la vida. Allí, poetas y músicos refinados estaban de más. El tango era para arrimar la chata abrazando a una mujer, o para farrear con los muchachos. Se lo decía él, que lo tocaba. El tango era, resumiendo, instinto, ritmo, improvisación y letra perdularia. Lo otro, con perdón de la señora —ahí su único ojo miró de soslayo a Mecha Inzunza—, eran mariconadas de caña y grapa, si le disculpaban la mala palabra española. A ese paso, con tanto amor iluso, tanto bulín abandonado y tanta sensiblería, se acabaría cantando a la mamá viuda o a la cieguecita que vendía flores en la esquina.

De Troeye estaba encantado con todo aquello, mostrándose pletórico y comunicativo. Brindaba con los músicos y tomaba más notas a lápiz con letra minúscula en el puño de la camisa. El alcohol empezaba a traslucirse en el brillo de su mirada, en la forma de articular alguna palabra y en el entusiasmo con que se inclinaba sobre la mesa, atento a lo que le decían. A la media hora de palique, los tres orejeros de La Ferroviaria y el compositor amigo de Ravel, Stravinsky y Diaguilev parecían colegas de toda la vida. Por su parte, Max permanecía atento, por el rabillo del ojo, al resto de parroquianos que miraba hacia la mesa con curiosidad o recelo. El compadrón que había milongueado con Mecha Inzunza no les quitaba la vista de encima, entornados los párpados por el humo del cigarro que tenía en la boca, mientras su acompañante de la blusa floreada, con la falda sobre las rodillas y cruzada una pierna sobre otra, se inclinaba para estirarse las medias negras, indiferente. Fue entonces cuando Mecha dijo que le gustaría fumar un cigarrillo mientras tomaba un poco el aire. Después, sin aguardar respuesta de su marido, se puso en pie y anduvo hacia la puerta con taconeo sereno, tan decidido y firme como el tango que había bailado un rato antes con el compadrón. Los ojos del tal Juan Rebenque la seguían de lejos, agalludos y curiosos, sin desatender el balanceo de sus caderas; y sólo dejaron de hacerlo para posarse en Max cuando éste se ajustó el nudo de la corbata, se abotonó la chaqueta y fue tras la mujer. Y mientras iba hacia la puerta, sin necesidad de volver el rostro para comprobarlo, el bailarín mundano supo que Armando de Troeye también lo miraba.

Caminó sobre su propia sombra alargada, que el farolito de la puerta proyectaba en el suelo de ladrillo de la vereda. Mecha Inzunza estaba inmóvil en la esquina, allí donde las últimas casas del barrio, que en aquella parte eran bajas y de chapa ondulada, se desvanecían en la oscuridad de un descampado contiguo al Riachuelo. Mientras se acercaba a ella, Max buscó con la mirada el Pierce-Arrow y alcanzó a distinguirlo entre las sombras del otro lado de la calle, cuando el chófer encendió un momento los faros para indicar que estaba allí. Buen muchacho, pensó tranquilizándose. Le gustaba aquel correcto y precavido Petrossi, con su uniforme azul, su gorra de plato y su pistola en la guantera.

Cuando llegó junto a ella, la mujer había dejado caer el cigarrillo consumido y escuchaba el nocturno chirriar de grillos y croar de ranas que llegaba desde los arbustos y los viejos docks de madera podrida en la orilla. La luna no había salido todavía, pero la estructura de hierro que coronaba el puente parecía recortarse muy alta en la penumbra, al final de la calle adoquinada y en sombras, sobre la claridad fantasmal de algunas luces que al otro lado perforaban la noche en Barracas Sur. Se detuvo Max junto a Mecha Inzunza y encendió uno de sus cigarrillos turcos. Supo que ella lo observaba a la breve luz de la llama de la cerilla. Sacudió ésta para apagarla, expulsó la primera bocanada de humo y miró a la mujer. Su perfil era una sombra silueteada por la claridad lejana.

—Me gustó su tango —dijo Mecha, de improviso.

Siguió un breve silencio.

—Imagino que en el baile —añadió ella— cada cual pone lo que tiene: delicadeza o bellaquería.

—Como en el alcohol —apuntó Max con suavidad.

—Eso es.

Ella calló de nuevo.

—Esa mujer —añadió al fin— era...

Se interrumpió en aquella palabra. O tal vez ya lo había dicho todo.

—¿Adecuada? —insinuó él.

—Quizás.

No añadió más sobre eso, ni tampoco Max. El bailarín mundano fumaba callado, reflexionando sobre los pasos a dar. Errores posibles y probables. Al fin se encogió de hombros a modo de conclusión.

—A mí, sin embargo, no me gustó el suyo.

—Vaya —parecía realmente sorprendida, un punto altiva—. No era consciente de haber bailado tan mal.

—No se trata de eso —sonreía por reflejo, sabiendo que ella no podía advertirlo—. Bailó maravillosamente, por supuesto.

—¿Entonces?

—Su pareja. Éste no es un lugar amable.

148

—Entiendo.

—Cierta clase de juegos pueden ser peligrosos.

Tres segundos de silencio. Después, cinco palabras de hielo.

—¿A qué juego se refiere?

Se permitió el lujo táctico de no contestar a eso. Apuró el cigarrillo y lo arrojó lejos. La brasa describió un arco antes de extinguirse en la oscuridad.

—Su marido está a sus anchas. Parece disfrutar con la velada.

Ella callaba como si todavía reflexionara sobre lo dicho antes.

—Sí, mucho —respondió por fin—. Está entusiasmado, porque no es lo que esperaba. Vino a Buenos Aires pensando en salones, buena sociedad y cosas así... Traía en la cabeza componer un tango elegante, de corbata blanca. Me temo que en el *Cap Polonio* usted le cambió las ideas.

—Lo siento. Nunca pretendí...

—No tiene por qué sentirlo. Al contrario: Armando le está muy agradecido. Lo que era una apuesta tonta con Ravel, un capricho caro, se ha convertido en una aventura entusiasta. Tendría que oírlo hablar de tangos, ahora. La Guardia Vieja y todo lo demás. Sólo le faltaba venir aquí y zambullirse en este ambiente. Es un hombre tenaz, obsesivo para su trabajo —reía suavemente, en tono quedo—. Temo que ahora se vuelva insoportable, y que yo acabe harta del tango y de quien lo inventó.

Dio unos pasos al azar y se detuvo, como si la oscuridad se le antojara de pronto demasiado incierta.

—¿Es realmente un arrabal peligroso?

Max la tranquilizó sobre eso. No más que otros, dijo. Barracas estaba habitado por gente humilde, laboriosa. La cercanía del Riachuelo, los muelles y La Boca, algo más abajo, facilitaban lugares dudosos como La Ferroviaria. Pero subiendo calle arriba todo era normal: casas de inquilinato, familias inmigrantes, gente trabajadora o que al menos lo intentaba. Doñas con zuecos o chancletas, hombres tomando mate, familias enteras en bata y camiseta sacando banquitos y sillas de paja a la vereda para tomar el fresco después de la magra cena, abanicándose con la pantalla de aventar el fogón mientras vigilaban a los niños que jugaban en la calle.

—Ahí mismo, a una cuadra —añadió—, está la fonda El Puentecito, donde mi padre nos traía a comer algún domingo, cuando le iban bien los negocios.

—¿Qué hacía su padre?

—Varias cosas, y ninguna con éxito. Trabajó en las fábricas, tuvo un almacén de hierro viejo, transportó harinas y carne... Fue un hombre con mala suerte, de ésos que nacen con la marca de la derrota y nunca logran quitársela de encima. Un día se cansó de luchar, regresó a España y nos llevó con él.

—¿Tiene nostalgia del barrio?

Entornó los ojos el bailarín mundano. Revivía sin esfuerzo imágenes de juegos a orillas del Riachuelo, entre restos de barcos y chatas semihundidos, imaginándose pirata sobre las aguas cenagosas. Y envidiando de lejos al hijo del dueño de la calera Colombo, único niño que tenía una bicicleta.

—La tengo de mi infancia —dijo con sencillez—. El barrio, supongo, es lo de menos.

—Pero éste fue el suyo.

—Sí... El mío.

Mecha volvió a moverse y Max la imitó, acercándose ambos al puente por la franja de calle adoquinada donde las luces lejanas hacían relucir suavemente, a trechos, los raíles del tranvía.

—Bueno —ella insinuaba simpatía y quizá condescendencia—. Sus comienzos fueron nobles, aunque humildes.

—Ningún comienzo humilde es noble.

—No diga eso.

Rió él entre dientes. Casi para sí mismo. Con la proximidad del agua, el coro de grillos y ranas de la orilla se hizo casi ensordecedor. El aire era más húmedo, y observó que la mujer parecía estremecerse de frío. Su chal de seda había quedado en el almacén, sobre el respaldo de la silla.

—¿Qué hizo desde entonces?... Desde que volvió a España.

—Un poco de todo. Estuve un par de años en la escuela. Después me fui de casa, y un amigo me encontró trabajo en el hotel Ritz de Barcelona, como botones. Diez duros al mes. Y las propinas.

Mecha Inzunza, cruzados los brazos, seguía estremeciéndose a causa de la humedad. Sin decir palabra, Max se quitó la chaqueta, quedándose en chaleco y mangas de camisa, y la puso sobre los hombros de la mujer, que tampoco dijo nada. Al hacerlo, él deslizó la mirada por el escorzo de su nuca larga y desnuda, que la luz difusa del otro lado del puente perfilaba bajo el corte del cabello. Por un instante advirtió el relumbrar de esa misma claridad en sus pupilas, que durante unos segundos estuvieron muy cerca. A pesar del humo de tabaco, del sudor y del ambiente cerrado del boliche, comprobó, ella olía suave. A piel limpia y perfume no del todo desvanecido.

—Lo sé todo sobre botones y hoteles —prosiguió, recobrando la plenitud de su sangre fría—. Tiene usted delante a un especialista en llevar cartas al buzón, cumplir turnos de noche resistiendo la tentación de los sofás cercanos, hacer recados y patear vestíbulos y salones voceando insistente «Señor Martínez, al teléfono», dispuesto a localizar al tal Martínez en el breve espacio de tiempo que dura la paciencia de quien espera con un auricular pegado a la oreja...

—Vaya —parecía divertida—. Todo un mundo, imagino.

—Se sorprendería. Desde fuera no es fácil saber lo que ocurre tras una doble fila de botones dorados, o bajo la pechera de dudosa blancura de un camarero que sirve cocktails y calla.

—Me inquieta usted... Suena de lo más bolchevique.

Max soltó una carcajada. También la oía reír, a su lado.

—No es cierto que la inquiete. Pero debería.

El guante de Mecha Inzunza, que ella había dispuesto a modo de pañuelo en el bolsillo superior de la chaqueta de Max cuando éste fue a bailar con la tanguera, destacaba en la penumbra como una flor grande y blanca puesta en el ojal. Esa prenda parecía establecer entre ambos, reflexionó él, un vínculo de naturaleza casi íntima. Una especie de complicidad adicional, silenciosa y sutil.

—Aquí donde me ve —prosiguió, recobrando el tono ligero—, también soy experto en propinas... Usted y su marido, que por situación social suelen darlas, seguramente ignoran que hay clientes de una, tres y hasta cinco pesetas. Es la clasificación hotelera auténtica, desconocida por quienes se creen rubios o morenos, altos o bajos, industriales, viajantes, millonarios o ingenieros de caminos. Hasta hay clientes de diez céntimos, fíjese, en habitaciones que cuestan cien pesetas diarias... Ésa es la categoría real, y nada tiene que ver con las otras. Las convencionales.

Ella tardó un poco en responder. Parecía considerar aquello con absoluta seriedad.

—Para un bailarín mundano —dijo al fin— las propinas también son importantes, supongo.

—Por supuesto. Una señora satisfecha por un vals puede dejar discretamente, en un bolsillo de la chaqueta, el billete de banco que solucione la noche, o la semana.

No pudo evitar un tono ácido al exponer aquello: un suave toque de resentimiento que tampoco tenía, pensó, por qué disimular. Ella, que parecía escuchar con mucha atención, lo había percibido.

—Escuche, Max... No tengo, como la mayoría de las personas, hombres sobre todo, prejuicios contra los bailarines profesionales. Ni siquiera contra los gigolós... Incluso hoy en día, una mujer vestida por Lelong o Patou no puede ir sola a restaurantes y bailes.

—No se preocupe por justificarme. Carezco de complejos. Los perdí hace tiempo en cuartos de pensión húmedos y fríos con mantas raídas, con sólo media botella de vino para calentarme.

Siguió un instante de silencio. Max adivinó la siguiente pregunta un segundo antes de que ella la formulara.

—¿Y una mujer?

—Sí. A veces también una mujer.

—Deme un cigarrillo.

Sacó la pitillera. Quedaban tres, comprobó casi al tacto.

—Enciéndalo usted mismo, por favor.

Lo hizo. A la luz de la llama comprobó que ella lo miraba con fijeza. Luego de apagarla, aún deslumbrado por el resplandor, aspiró un par de bocanadas y lo puso en los labios de la mujer, que lo aceptó sin recurrir a la boquilla.

—¿Qué lo llevó al *Cap Polonio*?

—Las propinas... Y un contrato, por supuesto. Antes estuve en otros barcos. Las líneas a Buenos Aires y Montevideo tienen buen ambiente. Se trata de viajes largos, y las pasajeras quieren divertirse a bordo. Mi aspecto latino, el hecho de bailar bien el tango y otras cosas de moda, ayudan. Como los idiomas.

—¿Qué otras lenguas habla?

—Francés. Y me defiendo en alemán.

Ella había tirado el cigarrillo.

—Es usted un caballero muy correcto, aunque empezara como botones... ¿Dónde aprendió modales?

Max se echó a reír. Miraba extinguirse la pequeña brasa a los pies de la mujer.

—Leyendo revistas ilustradas: cosas del gran mundo, modas, vida social... Mirando alrededor. Atento a las conversaciones y maneras de quienes las tienen. También hubo algún amigo que me ayudó en eso.

—¿Le gusta su trabajo?

—A veces. Bailar no es sólo una forma de ganarse la vida. También es un pretexto para tener entre los brazos a alguna mujer hermosa.

—¿Y siempre de frac o smoking, impecable?

—Claro. Son mis uniformes de faena —estuvo a punto de añadir «que todavía le debo a un sastre de la rue Danton», pero se contuvo—. Lo mismo para un tango que para un fox o un black-bottom.

—Me desilusiona. Lo había imaginado bailando tangos malandrines en los peores sitios de Pigalle... Lugares que no se animan hasta que se encienden las farolas y bajo ellas pasean golfas, rufianes y apaches.

—La veo informada del ambiente.

—Ya le dije que La Ferroviaria no es mi primera visita a un lugar equívoco. Hay quien llama a eso el placer canalla de la promiscuidad.

—Mi padre solía decir: «Se hizo domador y lo mató un león, alumno suyo».

—Hombre sensato, su padre.

Volvieron sobre sus pasos, despacio, caminando hacia el farolito que iluminaba la esquina de La Ferroviaria. Ella parecía adelantarse un poco, inclinado el rostro. Enigmática.

—¿Y qué opina su marido?

—Armando es tan curioso como yo. O casi.

Analizó el bailarín mundano las implicaciones de la palabra curiosidad. Pensaba en el tal Juan Rebenque, parado ante la mesa con chulería de compadrón peligroso y esquinado, y en la fría arrogancia con que ella había aceptado el reto. También pensaba en sus caderas moldeadas por la seda ligera del vestido, oscilando en torno al cuerpo del malevo. «Es su turno», había apuntado ella con desafío, deliberadamente, al regresar.

—Conozco Pigalle y lo demás —dijo Max—. Aunque profesionalmente frecuenté otros sitios. Trabajé hasta marzo en un cabaret ruso de la rue de Liège, en Montmartre: el Sheherezade. Antes estuve en el Kasmet y el Casanova. También en los tés del Ritz, y en las temporadas de Deauville y Biarritz.

—Qué bien. Le sobra trabajo, por lo que veo.

—No me quejo. Con el tango, ser argentino está de moda. O parecerlo.

—¿Por qué vivió en Francia, y no España?

—Es una historia larga. La aburriría a usted.

—Lo dudo.

—Tal vez me aburriría a mí mismo.

Ella se detuvo. Ahora el farolito eléctrico iluminaba un poco más sus facciones. Líneas limpias, comprobó él otra vez. Extraordinariamente serenas. Incluso a media luz, cada poro de aquella mujer transpiraba clase superior. Hasta sus ademanes más convencionales parecían el descuido de un pintor o un escultor antiguo. La negligencia elegante de un maestro.

—Quizá hayamos coincidido allí alguna vez —dijo ella.

—Es posible, pero no probable.

—¿Por qué?

—Se lo dije en el barco: la recordaría.

Lo miraba con fijeza, sin responder. Un reflejo doble en las pupilas inmóviles.

—¿Sabe una cosa? —comentó él—. Me gusta su forma de aceptar con naturalidad que le digan que es bella.

Mecha Inzunza todavía siguió un momento callada, mirándolo como antes. Aunque ahora parecía sonreír: una leve sombra hendida por la luz eléctrica a un lado de la boca.

—Comprendo su éxito entre las señoras. Es un hombre apuesto... ¿No le agita la conciencia haber lastimado algunos corazones, tanto de damas maduras como de jovencitas?

—En absoluto.

—Tiene razón. El remordimiento es poco frecuente en los hombres, si hay dinero o sexo a conseguir, y en las mujeres si hay hombres de por medio... Además, nosotras no sentimos tanta gratitud por las actitudes y sentimientos caballerosos como los hombres creen. Y a menudo lo demostramos enamorándonos de rufianes o de groseros patanes.

Anduvo hasta la entrada del almacén y se detuvo allí, aguardando, como si nunca hubiese abierto una puerta ella misma.

—Sorpréndame, Max. Soy paciente. Capaz de esperar hasta que me asombre.

Alargó él la mano para empujar la puerta, recurriendo a toda su sangre fría. De no saber que el chófer observaba desde el automóvil, habría intentado besarla.

—Su marido...

—Por Dios. Olvídese de mi marido.

El recuerdo de la noche anterior en La Ferroviaria acompañaba el frotar de la navaja en el mentón del bailarín mundano. Quedaba por afeitar una porción de espuma en la mejilla izquierda cuando llamaron a la puerta. Fue a abrir sin preocuparse de su aspecto —llevaba pantalón y zapatos, pero iba en camiseta y los tirantes colgaban a los costados— y se quedó inmóvil, agarrado al picaporte, la boca abierta de estupor e incredulidad.

—Buenos días —dijo ella.

Vestía de mañana: líneas ligeras y rectas, fular de lunares blancos sobre azul, sombrero cloche que enmarcaba el óvalo de su rostro. Y miraba con aire divertido, orillando una sonrisa, la navaja que él sostenía en la mano derecha. Después la mirada ascendió hasta encontrar la suya, demorándose en la camiseta ajustada al cuerpo, los tirantes sueltos, el resto de espuma en la cara.

—Quizá sea inoportuna —añadió con desconcertante calma.

Para entonces, Max ya estaba en condiciones de reaccionar. Con razonable presencia de ánimo murmuró una disculpa por su aspecto, la hizo pasar, cerró la puerta, dejó la navaja en la jofaina, cubrió con la colcha la cama deshecha y se puso bien los tirantes y una camisa sin cuello, abotonándola mientras procuraba pensar a toda prisa y serenarse.

—Disculpe el desorden. No podía imaginar...

Ella no había vuelto a decir nada y lo miraba hacer, mientras parecía disfrutar de su confusión.

—He venido a buscar mi guante.

Parpadeó Max, encajando aquello.

—¿Su guante?

—Sí.

Todavía desconcertado, tras caer en la cuenta de a qué se refería, abrió el ropero. El guante estaba allí, asomando a manera de pañuelo en el bolsillo superior de la chaqueta que había llevado la noche anterior. Ésta se encontraba colgada junto al traje gris con chaleco, un pantalón de franela y los dos trajes de etiqueta, frac y smoking, que vestía en su trabajo; había también unos zapatos negros, media docena de corbatas y calcetines —aquella mañana había zurcido un par ayudándose con una bombilla de mate—, tres camisas blancas y media docena de cuellos y puños almidonados. Eso era todo. Por el espejo situado en la puerta del armario comprobó que Mecha Inzunza observaba sus movimientos, y sintió vergüenza de que viera lo limitado de su guardarropa. Hizo ademán de ponerse una chaqueta para no estar en mangas de camisa, pero vio que ella negaba con la cabeza.

—No es necesario... Se lo ruego. Hace demasiado calor.

Tras cerrar el ropero, se acercó a la mujer y le entregó el guante. Lo tomó ella sin apenas mirarlo y se quedó con él en la mano, golpeándolo suavemente contra el bolso de marroquín. Permanecía de pie ignorando deliberadamente la única silla, tan serena como en el salón de un hotel que hubiera frecuentado toda su vida. Miraba en torno y se tomaba tiempo estudiando cada detalle: el rectángulo de sol que la ventana orientaba sobre las baldosas desportilladas del suelo, encuadrando el maltrecho baúl con etiquetas de líneas marítimas y de algún hotel de tercera categoría con alojamiento incluido en el contrato; el calentador Primus sobre el mármol de la cómoda; los utensilios de afeitar, la cajita de polvos dentífricos y el tubo de gomina fijapelo Stacomb dispuestos junto a la jofaina. Sobre la mesita de noche situada junto a la cama, bajo un quinqué de queroseno —el fluido eléctrico de la pensión Caboto se interrumpía a las once de la noche—, estaban un pasaporte de la República Francesa, la pitillera con iniciales ajenas, una cajita de cerillas del *Cap Polonio* y una billetera que —su contenido no estaba a la vista, pensó Max con alivio— sólo tenía dentro siete billetes de cincuenta pesos y tres de veinte.

—Un guante tiene importancia —dijo ella—. No se abandona así como así.

Seguía mirándolo todo. Después se quitó el sombrero con mucha calma mientras sus ojos, con apariencia casual, se detenían en el bailarín mundano. Inclinaba ligeramente la cabeza a un lado, y él admiró una vez más la línea larga y elegante de su cuello, que parecía aún más desnudo bajo el cabello cortado a la altura de la nuca.

—Interesante lugar, el de ayer... Armando quiere volver.

Retornó Max con cierto esfuerzo a sus palabras.

—¿Esta noche?

—No. Hoy tenemos que asistir a un concierto en el teatro Colón... ¿Le irá bien mañana?

—Por supuesto.

Ella se sentó en el borde de la cama con perfecto aplomo, ignorando la silla vacía. Sostenía guante y sombrero en las manos, y al momento los puso a un lado, con el bolso. Sentada, la falda dejaba al descubierto sus rodillas bajo las medias color carne que cubrían las piernas esbeltas y largas.

—En cierta ocasión —dijo Mecha Inzunza— leí algo sobre guantes de mujer abandonados.

Parecía realmente pensativa, como si no hubiera reflexionado sobre ello hasta entonces.

—Un par de guantes no es un guante —añadió—. Dos serían olvido casual. Uno es...

Lo dejó en el aire, atenta a Max.

—¿Deliberado? —aventuró éste.

—Si algo me agrada de usted es que nunca podré llamarlo estúpido.

Sostenía el bailarín mundano, sin parpadear, la fijeza de los ojos color de miel.

—Y a mí me agrada cómo me mira —dijo suavemente.

La vio fruncir el ceño cual si analizara las implicaciones del comentario. Luego Mecha Inzunza cruzó las piernas y apoyó una mano a cada lado, sobre la colcha. Parecía molesta.

—¿De veras?... Vaya. Me decepciona —había un punto de frialdad en su tono—. Eso suena presuntuoso, me temo. Impropio.

Él no respondió esta vez. Seguía en pie frente a la mujer, inmóvil. Aguardando. Al cabo de un instante ella se encogió de hombros, indiferente, a la manera de quien se da por vencida ante una adivinanza absurda.

—Dígame cómo lo miro —dijo.

Max sonrió de pronto, con aparente sencillez. Aquélla era su mejor mueca de buen chico, ensayada cientos de veces ante espejos de hoteles baratos y pensiones de mala muerte.

—Hace sentir lástima por los hombres a quienes nunca una mujer miró así.

Apenas pudo disimular su desconcierto mientras ella se ponía en pie, como si estuviera dispuesta a marcharse. Desesperado, reflexionó a toda prisa para averiguar cuál había sido su error. El gesto o la palabra equivocados. Pero Mecha Inzunza, en vez de recuperar sus cosas y salir de la habitación, dio tres pasos hacia él. Max había olvidado que aún tenía jabón de afeitar en la cara; de manera que se sorprendió cuando la mujer alargó una mano para rozarle la mejilla y, tomando un poco de espuma blanca con el dedo índice, le dio un toque en la punta de la nariz.

—Parece un payaso guapo —dijo.

Se acometieron sin más palabras ni contemplaciones, con violencia, despojándose de cuanto estorbaba a la piel y la carne por las que se abrían camino en el cuerpo del otro; y, retirando la colcha de la cama, sumaron el olor de la mujer al del hombre que impregnaba las sábanas arrugadas durante la noche. Siguió luego un duro combate de sentidos; un largo choque de urgencias y deseos aplazados que transcurrió tenaz, sin piedad por ambas partes, y exigió de Max toda su sangre fría peleando en tres frentes simultáneos: mantener la calma necesaria, controlar las reacciones de la mujer y sofocar sus gemidos, evitando que toda la pensión Caboto se informara del lance. El rectángulo de sol de la ventana se había movido despacio hasta encuadrar la cama, y deslumbrados por él se inmovilizaban a veces, exhaustas lengua, boca, manos y caderas, ebrios de saliva y aroma del otro, relucientes de sudor mezclado, indistinto, que parecía escarcha de cristal bajo aquella luz cegadora. Y en cada ocasión se miraban muy de cerca con ojos desafiantes o asombrados, incrédulos ante el placer feroz que los ataba, recobrando el aliento a la manera de luchadores en una pausa del combate, entrecortada la respiración y martilleantes de sangre los tímpanos, antes de lanzarse de nuevo uno contra otro, con la avidez de quien resuelve al fin, casi con desesperación, un complejo asunto personal mucho tiempo aplazado.

Por su parte, en los relámpagos de lucidez, cuando se aferraba a detalles concretos o a pensamientos que permitiesen, demorándose en ellos, mantener por más tiempo el control de sí mismo, Max retuvo aquella mañana dos hechos singulares: en momentos intensos, Mecha Inzunza susurraba procacidades impropias de una señora; y en su carne suave y tibia, deliciosamente mórbida en los lugares oportunos, había marcas azuladas que parecían huellas de golpes.

Hace rato que se encendieron las bombillas en sus farolillos de cartón y papel, después de que el sol se ocultara sobre los acantilados que enmarcan la Marina Grande de Sorrento. Con esa luz artificial, menos precisa y fiel que la que acaba de extinguirse tras un último resplandor cárdeno del cielo y la orilla del agua, en las facciones de la mujer que Max Costa tiene delante parecen difuminarse los rasgos más recientes. De ese modo, la suave claridad eléctrica que ilumina las mesas de la trattoria Stéfano borra la huella de los años transcurridos y devuelve el antiguo delineado preciso, de extrema belleza, al rostro que Mecha Inzunza tuvo en otro tiempo.

—Nunca pude imaginar que el ajedrez cambiase mi vida de ese modo —está diciendo—. En realidad, quien la cambió fue mi hijo. El ajedrez no es más que la circunstancia... Quizá si hubiera sido músico, o matemático, los resultados habrían sido los mismos.

La temperatura es todavía agradable junto al mar. La mujer tiene los brazos desnudos, con una chaqueta ligera de color crema puesta en el respaldo de la silla, y lleva un vestido sencillo de una pieza en algodón violeta, largo y elegante, que realza su figura todavía esbelta de un modo que parece ignorar, en forma deliberada, la moda de falda corta y colores vivos que incluso las mujeres de cierta edad adoptan en los últimos tiempos. Al cuello luce el collar de perlas, puesto en tres vueltas. Sentado frente a ella, Max permanece inmóvil, mostrando un interés que trasciende las simples maneras de cortesía. Haría falta un detenido examen para reconocer al chófer del doctor Hugentobler en el tranquilo y canoso caballero que escucha atento, ligeramente inclinado sobre la mesa, ante una copa en la que apenas ha mojado los labios, fiel al viejo hábito: poco alcohol cuando te juegues algo que importe. Impecable de maneras con su blazer cruzado y oscuro, pantalón de franela gris, camisa Oxford azul pálido y corbata de punto marrón.

—O tal vez no los mismos —continúa Mecha Inzunza—. El ajedrez profesional es un mundo complejo. Exigente. Requiere cosas singulares. Una forma especial de vivir. Condiciona mucho el mundo de quienes rodean a los ajedrecistas.

Se detiene de nuevo, pensativa, e inclina la cabeza mientras pasa un dedo —uñas romas y cuidadas, sin barniz— por el borde de su taza vacía de café.

—En mi vida —añade tras unos instantes— hubo situaciones que fueron cortes radicales, giros que marcaron etapas siguientes. La muerte de Armando durante la guerra de España fue uno de esos momentos. Me devolvió cierta clase de libertad que tal vez ni siquiera deseaba, o necesitaba —se interrumpe, mira a Max y hace un ademán ambiguo, tal vez resignado—. Otro momento fue cuando descubrí que mi hijo era un niño superdotado para el ajedrez.

—Le consagraste la vida, tengo entendido.

Ella pone a un lado la taza y se echa un poco atrás, recostándose en la silla.

—Quizá sea excesivo decirlo de ese modo. Un hijo es algo que no se puede explicar a terceros. ¿Nunca tuviste ninguno?

Sonríe Max. Recuerda muy bien que ella hizo la misma pregunta en Niza, hace casi treinta años. Y él dio la misma respuesta.

—No, que yo sepa... ¿Por qué el ajedrez?

—Porque fue lo que obsesionó a Jorge desde niño. Su goce y su agonía. Imagínate ver a alguien a quien amas profundamente, con toda tu alma, intentando resolver un problema inexacto y complejo al mismo tiempo. Ansías ayudarlo, pero no sabes cómo. Buscas entonces quien pueda hacer por él lo que no puedes tú. Maestros, ayudantes...

Mira en torno con una sonrisa pensativa, mientras Max sigue atento a cada uno de sus gestos y palabras. Más allá, hacia la parte del muellecito pesquero, las mesas de otro restaurante contiguo, la trattoria Emilia, están desocupadas, y un camarero de aspecto aburrido charla en la puerta con la cocinera. Sólo un grupo de americanos ríe y habla fuerte en la terraza de un tercer establecimiento situado al otro extremo de la playa, donde suena de fondo una rockola o un tocadiscos con la voz de Edoardo Vianello cantando *Abbronzatissima*.

—Es algo semejante a una madre cuyo hijo sea adicto a una droga... Al no poder apartarlo de eso, decide proporcionárselo ella misma.

Su mirada se pierde más allá de Max y las barcas de pescadores varadas en la arena, hacia las luces lejanas que circundan la bahía y ascienden por la lejana ladera negra del Vesubio.

—Era insoportable verlo sufrir ante un tablero —continúa—. Incluso ahora lo paso mal. Al principio quise evitarlo. No soy de las madres que empujan a sus hijos al extremo, proyectando en ellos su propia ambición. Al contrario. Procuré alejarlo del juego... Pero cuando me convencí de que era imposible, que jugaba a escondidas y eso podía separarlo de mí, no lo dudé.

Lambertucci, el dueño, se asoma por si necesitan algo, y Max niega con la cabeza. No me conoces, le advirtió al telefonear a media tarde para reservar una mesa. Iré a las ocho, cuando se haya marchado el *capitano* y guardes el ajedrez. Oficialmente no he estado más que un par de veces en tu local, así que nada de confianzas por esta noche. Quiero una cena discreta y tranquila: pasta con almejas de primer plato, pescado fresco a la plancha de segundo, vino blanco, bueno y frío, y que no se le ocurra aparecer a tu sobrino con la guitarra, como suele, destrozando *'O sole mio*. El resto ya te lo explicaré algún día. O quizás no.

—Cuando lo castigaba —sigue contando Mecha Inzunza—, entraba a veces en su cuarto y lo veía inmóvil en la cama, mirando hacia arriba. Me di cuenta de que no necesitaba ver las piezas. Jugaba con su imaginación, usando el techo como tablero... Así que me puse de su parte, con todos los medios de que disponía.

—¿Cómo fue, de pequeño?... He leído que empezó a jugar muy pronto.

—Al principio era un niño nervioso. Mucho. Lloraba desconsolado cuando cometía un error y perdía. Primero yo, y luego sus profesores, tuvimos que obligarlo a pensar antes de mover las piezas. Ya apuntaba lo que luego sería su estilo de jugador: elegante, brillante y rápido, siempre dispuesto a sacrificar piezas en los ataques.

—¿Otro café? —propone Max.

—Sí, gracias.

—En Niza vivías de café y de cigarrillos.

Sonríe la mujer de un modo vago. Indolente.

—Son los únicos viejos hábitos que conservo. Aunque ahora los modero.

Acude Lambertucci y atiende el pedido con expresión inescrutable y un punto de exagerada corrección, mirando a la mujer de soslayo. Parece aprobar su aspecto, pues guiña un ojo con disimulo antes de instalarse junto al camarero y la cocinera de la otra trattoria, a charlar de sus cosas. De vez en cuando se vuelve a medias, y Max penetra lo que está pensando: en qué combinaciones andará esta noche el viejo pirata. Insólitamente de punta en blanco, como sin darle importancia, y acompañado.

—Suele creerse que el ajedrez consiste en improvisaciones de genio —está diciendo Mecha Inzunza—, pero no es cierto. Requiere métodos científicos, explorar todas las situaciones posibles en busca de nuevas ideas... Un gran jugador conoce los movimientos de miles de partidas propias y ajenas, que trata de mejorar con nuevas aperturas o variantes, estudiando a sus predecesores como quien aprende idiomas o cálculo algebraico. Para eso se apoya en los equipos de ayudantes, preparadores y analistas de que te hablé esta mañana. Según el momento, Jorge se rodea de varios. Uno es su maestro, Emil Karapetian, que nos acompaña siempre.

—¿También el ruso tiene ayudantes?

—De todas clases. Hasta lo acompaña un funcionario de su embajada en Roma, figúrate. Para la Unión Soviética, el ajedrez es asunto de Estado.

—He oído que ocupan un edificio de apartamentos entero, junto al jardín del hotel. Y que hasta hay gente del Kagebé.

—Que no te sorprenda. El séquito de Sokolov llega a la docena de personas, aunque el Premio Campanella sólo sea un tanteo previo al campeonato del mundo... Dentro de unos meses, en Dublín, Jorge dispondrá de cuatro o cinco analistas y asistentes personales. Calcula la gente que llevarán los rusos.

Bebe Max un corto sorbo de su copa.

—¿Cuántos tenéis vosotros?

—Aquí somos tres, si me cuentas a mí. Aparte de Karapetian, nos acompaña Irina.

—¿La chica?... Creí que era novia de tu hijo.

—Y lo es. Pero también una extraordinaria jugadora de ajedrez. Tiene veinticuatro años.

Atendió Max como si fuese la primera noticia que le llegaba de aquello.

—¿Rusa?

—De padres yugoslavos, pero nacida en Canadá. Formó parte del equipo de ese país en la olimpiada de Tel Aviv, y está entre las doce o quince mejores mujeres jugadoras del mundo. Tiene el título de gran maestro. Ella y Emil Karapetian son el núcleo duro de nuestro equipo de analistas.

—¿Te gusta como nuera?

—Podría ser peor —la mujer responde impasible, sin aceptar el juego propuesto por la sonrisa de Max—. Es una chica complicada, como todos los ajedrecistas. Con cosas en la cabeza que tú y yo no tendremos nunca... Pero ella y Jorge se entienden bien.

—¿Es buena como ayudante, analista o como se diga?

—Sí. Mucho.

—¿Y cómo lo toma el maestro Karapetian?

—Bien. Al principio estaba celoso y ladraba como un perro que defiende un hueso. Una chica, gruñía. Todo eso. Sin embargo, ella es lista. Supo metérselo en el bolsillo.

—¿Y a ti?

—Oh, lo mío es distinto —Mecha Inzunza apura el resto de su café—. Yo soy la madre, ¿comprendes?

—Claro.

—Lo mío es mirar de lejos... Atenta, pero lejos.

Se oyen las voces de los americanos que pasan a espaldas de Max y se alejan en dirección a la rampa de muralla que conduce a la parte alta de Sorrento. Después todo queda en silencio. La mujer mira pensativa los cuadros blancos y rojos del mantel, de un modo que recuerda el de un jugador ante un tablero.

—Hay cosas que yo no puedo dar a mi hijo —añade de pronto, alzando la cabeza—. Y no se trata sólo de ajedrez.

—¿Hasta cuándo?

Mientras él quiera, responde ella sin vacilar. Mientras Jorge necesite tenerla cerca. Cuando llegue el momento de acabar, espera darse cuenta a tiempo y retirarse discretamente, sin dramatismos. En Lausana tiene una casa confortable, llena de libros y de discos. Una biblioteca y una vida de algún modo aplazada, pero que ha dispuesto durante todos estos años. Un lugar donde extinguirse en paz cuando llegue el momento.

—Aún estás muy lejos de eso. Te lo aseguro.

—Siempre fuiste un adulador, Max... Un pícaro elegante y un guapo embustero.

Inclina él la cabeza, modesto, cual si el picante elogio lo abrumara en exceso. Qué decir a ello, responde su gesto de hombre de mundo. A nuestra edad.

—Leí algo hace mucho tiempo —añade ella— que me hizo pensar en ti. Te lo digo de memoria, pero era más o menos esto: «Los hombres acariciados por muchas mujeres cruzarán el valle de las sombras con menos sufrimiento y menos miedo»... ¿Qué te parece?

—Retórico.

Un silencio. Ella estudia ahora las facciones del hombre como intentando reconocerlo pese a ellas. Sus ojos relucen suavemente con la luz de los farolillos de papel.

—¿De verdad nunca te casaste, Max?

—Eso habría limitado, supongo, mi capacidad de cruzar el valle de las sombras cuando me toque.

La carcajada de ella, espontánea y vigorosa como la de una muchacha, hace volver la cabeza a Lambertucci, al camarero y a la cocinera que siguen conversando en la trattoria vecina.

—Maldito tramposo. Siempre fuiste bueno en esa clase de réplicas... Capaz de apropiarte de todo lo ajeno con rapidez.

Se toca él los puños de la camisa para asegurarse de que sobresalen lo adecuado de las mangas de la chaqueta. Detesta la costumbre moderna de mostrar casi el puño entero, como también las cinturas entalladas, las corbatas excesivas, las camisas con cuello de pico largo y los pantalones ceñidos de pata ancha.

—Durante todos estos años, ¿de verdad pensaste en mí alguna vez?

Lo pregunta mirando los iris dorados de la mujer. Ésta ladea ligeramente la cabeza, sin dejar de observarlo.

—Confieso que sí. Alguna vez.

Recurre Max al más eficaz de sus recursos: el trazo blanco, de apariencia espontánea, que en otro tiempo le animaba el rostro con efectos devastadores según el temple de las destinatarias.

—¿Tango de la Guardia Vieja aparte?

—Claro.

Ha asentido la mujer con movimiento de cabeza y tenue sonrisa en los labios, aceptando el juego. Eso envalentona un poco a Max y lo hace recrearse en la suerte como un torero que, con el público de su parte, prolongase la faena. El pulso late a buen ritmo en sus viejas arterias, decidido y firme como en lejanos tiempos de aventura; con un punto de euforia optimista parecida a la que proporcionan, tras una noche de sueño incierto, dos aspirinas tomadas con un café.

—Sin embargo —argumenta con perfecta calma—, ésta es sólo la tercera vez que nos encontramos tú y yo: el *Cap Polonio* y Buenos Aires en el veintiocho, y Niza nueve años después.

—Quizá siempre tuve debilidad por los canallas.

—Sólo era joven, Mecha.

El gesto con el que acompaña la respuesta es otro selecto comodín de su repertorio: una inclinación de cabeza, llena de modestia, acompañada por un ademán negligente de la mano izquierda que pretende apartar lo superfluo. Que es todo cuanto lo rodea, excepto la mujer que tiene delante.

—Sí. Un joven y elegante canalla, como digo. De eso vivías.

—No —protesta él, cortés—. Eso me ayudaba a vivir, que no es lo mismo... Fueron tiempos duros. En el fondo todos lo son.

Lo ha dicho mirando el collar, y Mecha Inzunza repara en ello.

—¿Lo recuerdas?

Max elabora un gesto de gentilhombre ofendido, o muy cerca de estarlo.

—Naturalmente que lo recuerdo.

—Deberías, desde luego —ella toca un instante las perlas—. Es el mismo de Buenos Aires... El que acabó en Montevideo. El de siempre.

—No podría olvidarlo —el antiguo bailarín mundano se detiene en la pausa melancólica apropiada—. Sigue siendo magnífico.

Ahora ella parece no prestar atención, ensimismada en sus propias evocaciones.

—Aquel asunto de Niza... ¡Cómo me utilizaste, Max!... Y qué tonta fui. Tu segunda jugarreta me costó la amistad de Suzi Ferriol, entre otras cosas. Y no volví a saber de ti. Nunca.

—Me buscaban, recuerda. Tenía que irme. Esos hombres muertos... Habría sido una locura quedarme allí.

—Me acuerdo muy bien. De todo. Hasta el punto de comprender que eso fue para ti un pretexto perfecto.

—Te equivocas. Yo...

Ahora es ella quien alza una mano.

—No sigas por ese camino. Estropearías esta agradable cena.

Prolongando el ademán, alarga con naturalidad la mano por encima de la mesa y toca la cara de Max, rozándola sólo un momento. Instintivamente, éste desliza un beso suave en los dedos mientras ella la retira.

—Dios mío... Es cierto. Eras la mujer más hermosa que vi nunca.

Mecha Inzunza abre el bolso, saca un paquete de Muratti y se pone uno en la boca. Inclinándose sobre la mesa, Max se lo enciende con el Dupont de oro que hace unos días estaba en el despacho del doctor Hugentobler. Ella exhala el humo y se echa atrás en la silla.

—No seas idiota.

—Todavía eres hermosa —insiste él.

—No seas más idiota aún. Mírate. Ni siquiera tú eres el mismo.

Ahora Max es sincero. O tal vez podría serlo.

—En otras circunstancias, yo...

—Todo fueron casualidades. En otras circunstancias no habrías tenido la menor oportunidad.

—¿De qué?

—Sabes de qué. De acercarte a mí.

Una pausa muy larga. La mujer evita los ojos de Max y fuma mirando los farolitos, las casas de pescadores que se alzan a lo largo de la playa, los montones de redes y las barcas varadas en la penumbra de la orilla.

—Tu primer marido sí que era un canalla —dice él.

Mecha Inzunza tarda en responder: dos chupadas al cigarrillo y un largo silencio.

—Déjalo en paz —responde al fin—. Armando lleva casi treinta años muerto. Y era un compositor extraordinario. Además, se limitó a darme lo que yo deseaba. Como yo hago con mi hijo, en cierta forma.

—Siempre estuve seguro de que te...

—¿Corrompió?... No digas tonterías. Tenía sus gustos, naturalmente. Peculiares, a veces. Pero nada me obligaba a ese juego. Yo tenía los míos. En Buenos Aires, como en todas partes, fui dueña absoluta de mis actos. Y recuerda que en Niza él ya no estaba conmigo. Lo habían matado en España. O estaban a punto de hacerlo.

—Mecha...

Él ha puesto una mano sobre la que la mujer apoya en el mantel. Ella la retira despacio, sin violencia.

—Ni se te ocurra, Max. Si dices que fui el gran amor de tu vida, me levanto y me voy.

5. Una partida aplazada

—No es la ciudad que yo suponía —dijo Mecha.

Hacía calor, intensificado por la proximidad del Riachuelo. Max se había quitado el sombrero para refrescar la badana húmeda y caminaba con él en una mano, introducida a medias la otra en un bolsillo de la chaqueta. Sus pasos y los de la mujer coincidían a veces, acercándolos hasta rozarse un momento antes de separarse de nuevo.

—Hay muchos Buenos Aires —apuntó él—. Aunque en esencia son dos: el del éxito y el del fracaso.

Habían estado comiendo juntos cerca de La Ferroviaria, en la fonda El Puentecito, a quince minutos en automóvil de la pensión Caboto. Antes, al bajar del Pierce-Arrow —el silencioso Petrossi seguía al volante, y ni una sola vez miró a Max por el retrovisor—, Mecha y el bailarín mundano tomaron un aperitivo en un boliche situado junto a la estación del ferrocarril, apoyados en un mostrador de mármol bajo una gran fotografía del Sportivo Barracas y un cartel con la recomendación *Se ruega orden, cultura y no escupir en el suelo*. La mujer tomó un refresco de granadina con gaseosa, y él un vermut Cora con gotas de Amer Picon; y lo hicieron rodeados de ojeadas de curiosidad y voces en español e italiano de hombres con cadenas de cobre en los chalecos, que jugaban a la murra, fumaban y aliviaban la garganta colocando recios salivazos en las escupideras. Fue ella quien insistió en que Max la llevara después al modesto restaurante donde su padre reunía los domingos a la familia: ése del que le había hablado la noche anterior. Una vez allí, Mecha pareció disfrutar de la olla de ravioles y el churrasco a la plancha que acompañaron, por consejo de un

171

despierto camarero gallego, con media botella de un vino mendocino áspero y oloroso.

—Hacer el amor me da hambre —había dicho ella, serena.

Se miraron largamente durante la comida, fatigados y cómplices, sin más referencias explícitas a lo ocurrido en la pensión de la avenida Almirante Brown. Muy desenvuelta Mecha —mostraba un dominio absoluto de sí, advirtió Max con asombro—, y reflexionando el bailarín mundano sobre las consecuencias que aquello tendría en el presente y el futuro propios. Siguió pensando en eso durante el resto de la comida, amparado en su rutina de modales correctos y extrema cortesía, aunque a menudo se distraía en los cálculos, estremecido en sus adentros por el recuerdo vivo, tan intenso y reciente, de la carne suave y tibia de la mujer que lo miraba por encima del vaso que se llevaba a los labios. Pensativa, como si estudiase con renovada curiosidad al hombre que tenía delante.

—Me gustaría dar un paseo —había dicho ella más tarde—. Por el Riachuelo.

Quiso andar un trecho en las cercanías de La Boca, hizo detenerse a Petrossi, y ahora caminaban los dos por la orilla norte de la Vuelta de Rocha, seguidos por el automóvil que, con el callado chófer al volante, rodaba despacio por el lado izquierdo de la calle. A lo lejos, más allá del casco de maderas negras y cuadernas desnudas de un viejo velero semihundido junto a la orilla —Max recordaba haber jugado en él de pequeño—, se alzaba la elevada estructura del puente transbordador Avellaneda.

—Te he traído un regalo —dijo ella.

Había puesto un paquetito en las manos de Max. Un estuche pequeño y alargado, comprobó él cuando deshizo el envoltorio. Una cajita de piel con un reloj de pulsera dentro: un espléndido Longines cuadrado, de oro, con números romanos y segundero.

—¿Por qué? —quiso saber.

—Un capricho. Lo vi en el escaparate de una tienda de la calle Florida y me pregunté cómo se vería en tu muñeca.

Lo ayudó a poner las manecillas en hora, darle cuerda y ajustárselo. Se veía bien, dijo Mecha. Muy bien, desde luego, con el brazalete de piel y la hebilla de oro en la muñeca bronceada del bailarín mundano. Una pieza distinguida, propia de Max. Propia de ti, insistió ella. Tienes manos apropiadas para llevar relojes como ése.

—Supongo que no es la primera vez que una mujer te regala algo.

La miraba, impasible. Afectando indiferencia.

—No sé... No recuerdo.

—Por supuesto. Ni yo te perdonaría que lo recordaras.

Había cafetines y boliches cerca de la orilla, algunos de dudosa nota durante la noche. Bajo el ala corta y acampanada del sombrero que le enmarcaba el rostro, Mecha miraba a los hombres ociosos en mangas de camisa, chaleco y gorra, sentados en mesas a la puerta o en los bancos de la plaza, junto a los carruajes de caballos y las camionetas que allí se estacionaban. En lugares como aquél, había oído Max decir en su casa años atrás, se aprendía la filosofía de los pueblos: italianos melancólicos, judíos recelosos, alemanes brutales y tenaces, españoles ebrios de envidia y altivez homicida.

—Todavía bajan de los barcos como bajó mi padre —dijo—. Dispuestos a conseguir su sueño... Muchos se quedan en el camino, pudriéndose como la madera de ese barco atrapado en el fango. Al principio mandan dinero a la mujer y a los hijos que dejaron en Asturias, en Calabria, en Polonia... Al fin la vida los apaga poco a poco, desaparecen. Se extinguen en la miseria de una taberna o un burdel barato. Sentados a una mesa, solos, ante una botella que nunca hace preguntas.

Mecha miraba a cuatro lavanderas que venían de frente con grandes cestos de ropa húmeda: rostros prema-

173

turamente envejecidos y manos ajadas por el jabón y el estropajo. Max habría podido poner nombre e historia a cada una de ellas. Esos mismos rostros y manos, u otros idénticos, habían acompañado su infancia.

—Las mujeres, al menos las de buen aspecto, tienen posibilidad de arreglárselas mejor —añadió—. Durante cierto tiempo, claro. Antes de convertirse en marchitas madres de familia, las más afortunadas. O en materia de tango, las menos... O las más, según se mire.

El último comentario había hecho que ella se volviese a mirarlo con renovada atención.

—¿Hay muchas prostitutas?

—Imagínate —Max hizo un gesto que abarcaba el entorno—. Una tierra de emigrantes, donde buena parte de ellos son hombres solos. Hay organizaciones especializadas en traer mujeres de Europa... La más importante es hebrea, la Zwi Migdal. Especializada en rusas, rumanas y polacas... Compran mujeres por dos o tres mil pesos y las amortizan en menos de un año.

Oyó la risa de Mecha. Seca, sin humor.

—¿Cuánto pagarían por mí?

Él no respondió, y dieron algunos pasos más en silencio.

—¿Qué esperas del futuro, Max?

—Seguir vivo el mayor tiempo posible, supongo —encogía los hombros, sincero—. Disponer de lo que necesito.

—No siempre serás joven y apuesto. ¿Y la vejez?

—No me preocupa. Tengo cosas de que ocuparme antes.

La miró de soslayo: caminaba observándolo todo, la boca ligeramente entreabierta, casi con gesto de sorpresa por la novedad de cuanto veía. Se mostraba, concluyó Max, atenta a la manera de un cazador con el zurrón preparado, como si pretendiera registrar cada escena de un modo indeleble en su memoria: las casas de ladrillo y madera con techo de chapa, pintadas de verde y azul, que flanqueaban una vía de tren con los raíles cubiertos de óxido; las madreselvas que asomaban de los patios por las cercas y muros coronados de cascos de botellas rotas; los plátanos y los ceibos de flores rojas que a trechos animaban las calles. Ella se movía muy despacio entre todo eso, estudiando cada detalle con ojos curiosos pero actitud indolente; tan natural en sus movimientos como cuando tres horas antes paseaba desnuda por la habitación de Max, serena como una reina en su alcoba. Con el rectángulo de sol de la ventana, que subrayaba en contraluz las líneas prolongadas del cuerpo elegante, asombroso y flexible, dorándole el vello suave y rizado entre los muslos.

—¿Y tú? —inquirió Max—. Tampoco serás siempre joven y bella.

—Yo tengo dinero. Lo tenía antes de casarme... Ahora es dinero viejo, acostumbrado a sí mismo.

No había vacilado en la respuesta: tranquila, objetiva. Remató esas palabras con una mueca de desdén.

—Te asombraría lo que tener dinero simplifica las cosas.

Él se echó a reír.

—Puedo hacerme una idea.

—No. Dudo de que te la hagas.

Se apartaron para dejar paso a un repartidor de hielo. Caminaba encorvado por el peso de una enorme y goteante barra, apoyada sobre el hombro cubierto por una protección de caucho.

—Tienes razón —dijo Max—. No es fácil ponerse en los zapatos de la gente rica.

—Armando y yo no somos gente rica. Sólo somos gente bien.

Reflexionó Max sobre la diferencia. Se habían detenido junto a una barandilla que corría por la vereda, siguiendo la curva del recodo de Rocha. Con un vistazo atrás, comprobó que el eficiente Petrossi también había detenido el automóvil un poco más lejos.

—¿Por qué te casaste?

—Oh, bueno —ella miraba los barcos, las gabarras y la estructura gigantesca del puente Avellaneda—. Armando es un hombre interesantísimo... Cuando lo conocí era ya un compositor de éxito. A su lado podía vivir un torbellino de cosas. Amigos, espectáculos, viajes... Lo hubiera hecho tarde o temprano, claro. Pero él me permitió hacerlo antes de lo previsto. Salir de casa y abrirme a la vida.

—¿Lo amabas?

—¿Por qué hablas en tiempo pasado? —Mecha seguía mirando el puente—. De todas formas es una pregunta extraña, viniendo de un bailarín de hoteles y transatlánticos.

Tocó Max la badana del sombrero. Ya estaba seca. Se lo puso de nuevo, ligeramente inclinada el ala sobre el ojo derecho.

—¿Por qué yo?

Ella había seguido sus movimientos, observándolos como si le interesara cada detalle. Aprobadora. Al escuchar la pregunta de Max, sus ojos chispearon divertidos.

—Supe que tenías una cicatriz antes de verla.

Pareció a punto de sonreír ante el desconcierto masculino. Unas horas antes, sin preguntas ni comentarios, Mecha había acariciado aquella marca de su piel posando los labios en ella, lamiendo las gotas de sudor que hacían relucir su torso desnudo sobre la huella del disparo recibido siete años atrás, cuando ascendía trabajosamente con sus camaradas por la ladera de una colina, entre las rocas y arbustos donde se deshilachaba la bruma del amanecer de un día de Difuntos.

—Hay hombres que tienen cosas en la mirada y en la sonrisa —añadió Mecha tras un instante, como si él mereciera una explicación—. Hombres que llevan una maleta invisible, cargada de cosas densas.

176

Le miraba ahora el sombrero, el nudo de la corbata, el botón central abrochado de la chaqueta. Valorativa.

—Además, eres guapo y tranquilo. Endiabladamente apuesto...

Por alguna razón que a él se le escapaba, parecía apreciar que no despegara los labios en ese momento.

—Me gusta esa cabeza fría que tienes, Max —añadió—. Tan parecida a la mía, en cierto modo.

Aún estuvo un instante mirándolo ensimismada. Muy fija e inmóvil. Luego alzó una mano para rozarle el mentón, sin importarle en apariencia que Petrossi la viera desde el automóvil.

—Sí —concluyó—. Me gusta esta incapacidad mía para fiarme de ti.

Anduvo de nuevo y Max la imitó, manteniéndose a su lado mientras intentaba asimilar todo aquello. Esforzándose por reducir el propio desconcierto a límites razonables. Pasaron junto a un anciano que hacía girar la manivela de un viejo organillo Rinaldi; molía los compases de *El choclo* mientras el caballo que tiraba del carrito vertía un denso chorro de orines espumosos en el empedrado.

—¿Volveremos pasado mañana a La Ferroviaria?

—Si tu marido quiere, sí.

El tono de ella era distinto. Casi frívolo.

—Armando está entusiasmado... Anoche, cuando regresamos al hotel, sólo hablaba de eso; y estuvo hasta muy tarde en pijama, sin poderse dormir, tomando notas, llenando ceniceros y tarareando cosas. Pocas veces lo veo así... «Ese bufón de Ravel se va a comer su bolero con mayonesa», decía riéndose... Está muy contrariado por el compromiso de esta tarde en el teatro Colón. La Asociación Patriótica Española, o algo parecido, le ofrece un concierto homenaje. Y para rematar la noche, velada oficial de tango en un cabaret de lujo llamado Folies Bergère, me parece. Y de etiqueta. Figúrate el horror.

—¿Irás con él?

—Naturalmente. No es cosa de que vaya solo, con todas esas lobas empolvadas de Garden Court rondando cerca.

Se verían mañana, añadió al cabo de un momento. Si Max no tenía otros compromisos, podrían mandarle el automóvil a la avenida Almirante Brown, sobre las siete. Tomar el aperitivo en la Richmond, por ejemplo, y cenar luego en algún lugar simpático del centro. Le habían hablado de un restaurante elegante y muy moderno, Las Violetas, creía recordar. Y de otro situado en una torre de la calle Florida, sobre el pasaje Güemes.

—No hace falta —Max no tenía interés en verse junto a Armando de Troeye en terreno difícil y en conversación sostenida—. Os veré en el Palace e iremos directos a Barracas... Tengo cosas que hacer en el centro.

—Esta vez me debes un tango. A mí.

—Claro.

Se disponían a cruzar la calle, y se detuvieron cuando a su espalda repicó la campana de un tranvía. Pasó éste, estrepitoso, con su trole deslizándose bajo los cables eléctricos colgados de postes y edificios: largo, verde y vacío a excepción del motorman y del cobrador uniformado que los miró desde la plataforma.

—Veo una laguna oscura en lo que se refiere a tu vida, Max... Esa cicatriz y lo demás. Cómo llegaste a París y cómo saliste de allí.

Asunto incómodo, resolvió él. Pero ella quizá tenía derecho. A preguntar, al menos. Y no lo había hecho hasta entonces.

—No hay mucho secreto en eso. Has visto la cicatriz... Me pegaron un tiro en África.

No se mostró sorprendida. Como si recibir disparos le pareciera lo más corriente en un bailarín de salón.

—¿Por qué estabas allí?

—Recuerda que fui soldado por un tiempo.

—Habría soldados en muchos lugares, imagino. ¿Por qué tú en ése?

—Creo que ya te conté algo en el *Cap Polonio*... Fue cuando el desastre de Annual, en el Rif. Después de tantos miles de muertos, necesitaban carnaza.

Por un brevísimo instante, Max consideró si era posible resumir en una docena de palabras conceptos tan complejos como incertidumbre, horror, muerte y miedo. Obviamente, no lo era.

—Creí haber matado a un hombre —concluyó en tono neutro— y me alisté en la Legión... Luego me enteré de que no había muerto, pero ya no tuvo remedio.

—¿Una pelea?

—Algo así.

—¿Por una mujer?

—No fue tan novelesco. Me debía dinero.

—¿Mucho?

—Suficiente para clavarle su propia navaja.

Vio cómo chispeaban los iris dorados. De placer, quizás. Desde unas horas antes, Max creía conocer ese brillo.

—¿Y por qué la Legión?

Entornó él los párpados rememorando la luz violenta de los patios y calles de Barcelona, el miedo a toparse con un policía, el recelo hasta de la propia sombra, el cartel pegado en la pared del número 9 de Prats de Molló: *A los que la existencia ha decepcionado, a los sin trabajo, a los que viven sin horizonte ni esperanza. Honor y provecho.*

—Pagaban tres pesetas por día de servicio —resumió—. Y cambiando de identidad, allí un hombre está a salvo.

Mecha entreabría de nuevo la boca, ávida como antes. Curiosa.

—Está bien eso... ¿Te alistas y eres otro?

—Algo parecido.

—Debías de ser muy joven.

179

—Mentí sobre mi edad. No pareció importarles mucho.

—Me encanta el sistema. ¿Admiten mujeres?

Después se interesó por el resto de su vida, y Max mencionó, escueto, algunas de las etapas que lo habían llevado hasta el salón de baile del *Cap Polonio*: Orán, el Vieux Port de Marsella y los cabarets baratos de París.

—¿Quién fue ella?

—¿Ella?

—Sí. La amante que te enseñó a bailar el tango.

—¿Por qué supones que fue una amante, y no una profesora de baile?

—Hay cosas obvias... Maneras de bailar.

Estuvo un rato callado, analizando aquello, y luego encendió un cigarrillo y habló un poco de Boske. Lo imprescindible. En Marsella había conocido a una bailarina húngara que luego lo llevó a París. Ella le compró un frac y actuaron juntos como pareja de baile en Le Lapin Agile y otros lugares de poca categoría, durante algún tiempo.

—¿Bella?

El humo de tabaco sabía amargo, y Max tiró en seguida el cigarrillo al agua oleosa del Riachuelo.

—Sí. También durante algún tiempo.

No contó nada más, aunque las imágenes se sucedían en su memoria: el cuerpo espléndido de Boske, su pelo negro cortado a lo Louise Brooks, el hermoso rostro enmarcado por sombreros de paja o fieltro, sonriendo en los animados cafés de Montparnasse; allí donde, aseguraba ella con insólita ingenuidad, quedaban abolidas las clases sociales. Siempre provocativa y cálida en su francés de voz ronca y argot marsellés, dispuesta a todo, bailarina, modelo ocasional, sentada ante un café-crème o una copa de ginebra barata en alguna de las sillas de mimbre de la terraza del Dôme o La Closerie des Lilas, entre turistas americanos, escritores que no escribían y pintores que no pintaban. *«Je danse et je pose»*, solía decir en voz alta, como si pregonara su cuerpo en busca de ocasión de pinceles y fama. Desayunando a la una de la tarde —rara vez ella y Max se acostaban antes del alba— en su lugar favorito, Chez Rosalie, donde solía reunirse con amigos húngaros y polacos que le conseguían ampollas de morfina. Oteando siempre alrededor, con ávido cálculo, a los hombres bien vestidos y a las mujeres enjoyadas, los abrigos de pieles finas y los automóviles lujosos que circulaban por el bulevar; lo mismo que miraba cada noche a los clientes del mediocre cabaret donde ella y Max bailaban tango elegante, de seda y corbata blanca, o ceñido tango apache de camiseta a rayas y medias de malla negra. En espera siempre, ella, del rostro adecuado y la palabra definitiva. De la oportunidad que jamás llegó.

—¿Y qué fue de esa mujer? —quiso saber Mecha.

—Se quedó atrás.

—¿Muy atrás?

Él no respondió. Mecha seguía estudiándolo, valorativa.

—¿Cómo diste el paso a los ambientes de la buena sociedad?

Regresaba muy despacio Max a Buenos Aires. Sus ojos enfocaron de nuevo las calles de La Boca que morían en la plazoleta, las orillas del Riachuelo y el puente Avellaneda. El rostro de mujer que lo observaba inquisitivo, sorprendido tal vez por la expresión que en ese instante crispaba el suyo. Parpadeó el bailarín mundano como si el resplandor del día lo incomodase igual que la claridad lacerante de Barcelona, de Melilla, de Orán o de Marsella. Aquella luminosidad porteña hería la vista, deslumbrando su retina impresa por otra luz más turbia y antigua, con Boske tumbada en la cama revuelta, cara a la pared. Su espalda desnuda y blanca, inmóvil en la penumbra gris de un alba sucia como la vida. Y Max cerrando la puerta sobre esa imagen, en silencio, cual si deslizara a hurtadillas la tapa de un ataúd.

—En París no es difícil —se limitó a añadir—. Allí la sociedad se mezcla mucho. Gente con dinero frecuenta lugares canallas... Como tu marido y tú en La Ferroviaria, aunque sin necesitar pretextos.

—Vaya. No sé cómo tomarme eso.

—Tuve un amigo en África —prosiguió él sin detenerse en la objeción—. También te hablé de él en el barco.

—¿El aristócrata ruso de nombre largo?... Me acuerdo. Dijiste que murió.

Asintió él, casi aliviado. Era más fácil hablar de eso que de Boske semidesnuda en el brumoso amanecer de la rue Furstenberg, de la última mirada de Max a la jeringuilla, las ampollas rotas, los vasos, botellas y restos de comida sobre la mesa, la entreluz sucia tan cercana al remordimiento. Aquel amigo ruso, dijo, aseguraba haber sido oficial zarista. Estuvo con el Ejército Blanco hasta la retirada de Crimea, y de allí pasó a España, donde se alistó en el Tercio después de un asunto de juego y dinero. Era un individuo peculiar: despectivo, elegante, que gustaba mucho a las mujeres. Había enseñado modales a Max, dándole una primera mano del barniz adecuado —las maneras correctas de anudarse la corbata, cómo doblar un pañuelo de bolsillo, la variedad exacta de entremeses, desde anchoas a caviar, que debía acompañar un vodka frío—. Era divertido, según comentó alguna vez, convertir un trozo de carne de cañón en alguien que podía pasar por un caballero.

—Tenía parientes exiliados en París, donde algunos se ganaban la vida como porteros de hotel y taxistas. Otros habían logrado salvar su dinero; entre ellos un primo, dueño de cabarets donde se bailaba tango. Un día fui a ver al primo, conseguí trabajo y las cosas fueron mejor... Pude comprar ropa adecuada, vivir de manera razonable y viajar un poco.

—¿Y qué fue de tu amigo ruso?... ¿Cómo murió?

Esta vez los recuerdos de Max no eran sombríos. No, al menos, de modo convencional. Torció la boca con melancolía cómplice recordando la última vez que había visto al cabo segundo legionario Dolgoruki-Bragation: encerrado con tres putas y una botella de coñac en la mejor habitación del burdel de Tauima, para emprender, apenas acabase con una y otras, la última aventura de su vida.

—Se aburría. Se pegó un tiro porque se aburría.

Sentado en la pequeña terraza del bar Ercolano, bajo las palmeras de la plaza y el reloj del Círculo Sorrentino, con las gafas para ver de cerca puestas, Max lee los diarios. Es media mañana, hora de máximo ajetreo en el casco viejo, y a veces el sonido cercano de un tubo de escape le hace interrumpir la lectura y mirar en torno. Nadie diría hoy que la temporada turística ha dado sus últimos coletazos: la terraza del Fauno, al otro lado de la calle, tiene todas las mesas ocupadas para el aperitivo, la embocadura de la calle San Cesareo se ve animada entre los puestos de pescado, fruta y verduras, y Fiats, Vespas y Lambrettas circulan en ruidosos enjambres a lo largo del corso Italia. Solamente los coches de caballos están inmóviles a la espera de turistas, mientras los aburridos aurigas charlan en grupo, fuman y miran pasar a las mujeres bajo la estatua de mármol del poeta Torquato Tasso.

Il Mattino trae un amplio reportaje sobre el duelo Keller-Sokolov, del que se han jugado varias de las partidas previstas. La última acabó con el resultado de tablas; y eso, al parecer, favorece al jugador ruso. Según explicaron Lambertucci y el *capitano* Tedesco a Max, cada partida ganada vale un punto, y cada adversario se anota medio punto cuando acaban en tablas. Así, Sokolov cuenta ahora con dos puntos y medio frente al uno y medio de Keller. Una situación incierta, coinciden los periodistas especializados. Max lleva un largo rato leyendo todo eso con mucho interés, aunque saltándose las explicaciones técnicas encerradas bajo extraños nombres como aperturas españolas, variantes Petrosian y defensas nimzoindias. Eso le interesa menos que las circunstancias en que se desarrolla la competición. *Il Mattino* y los demás periódicos insisten en la tensión que rodea el duelo, debida menos a los cincuenta mil dólares que obtendrá el ganador que a las circunstancias políticas y diplomáticas. Según acaba de leer Max, hace ya dos décadas que los rusos conservan el cetro internacional del ajedrez, sucediéndose en el título de campeón mundial grandes maestros de una Unión Soviética donde ese juego es deporte nacional desde la revolución bolchevique —cincuenta millones de aficionados entre doscientos y pico millones de habitantes, detalla uno de los artículos— y argumento de propaganda en el exterior, hasta el punto de que cada torneo goza del apoyo de todos los recursos del Estado. Eso significa, apunta uno de los comentarios, que Moscú está poniendo con el Premio Campanella toda la carne en el asador. Sobre todo porque es precisamente Jorge Keller quien disputará dentro de cinco meses el título mundial a Sokolov —informal heterodoxia capitalista contra rigurosa ortodoxia soviética—, en el que se anuncia, tras el prólogo apasionante que supone el duelo en Sorrento, combate ajedrecístico del siglo.

Max bebe un sorbo de su negroni, pasa las páginas del diario y dirige un vistazo superficial a los titulares: los Beatles planean separarse como grupo musical, intento de suicidio del rockero francés Johnny Halliday, la minifalda y el cabello largo revolucionan Inglaterra... En la sección de política internacional se alude a otra clase de revoluciones: los guardias rojos siguen sacudiendo Pekín, los negros claman por sus derechos civiles en Estados Unidos y un grupo de mercenarios es detenido cuando se disponía a intervenir en Katanga. En la página siguiente, entre un titular sobre los preparativos para el lanzamiento de otra misión espacial Gemini —*USA encabeza la carrera hacia la Luna*— y un anuncio de combustible para automóviles —*Ponga un tigre en el motor*—, hay una fotografía de guerra, en blanco y negro: un corpulento soldado norteamericano, de espaldas, llevando sobre los hombros a un niño vietnamita que se vuelve mirando a la cámara con desconfianza.

Un Alfa Giulia pasa cerca, con las ventanillas abiertas, y por un instante cree Max reconocer las notas de la melodía que suena en la radio del automóvil. Levanta los ojos de la foto del soldado y el niño —le ha traído a la memoria la imagen de otros soldados y otros niños, cuarenta y cinco años atrás— y mira desconcertado el coche que se aleja hacia la prolongación del corso Italia y la fachada amarilla y blanca de Santa Maria del Carmine, mientras su cerebro, distraído aún con el diario, tarda unos segundos en identificar la música que registró el oído: los compases familiares, ejecutados por una orquesta con arreglos que incluyen batería y guitarra eléctrica, de la pieza famosa, clásica, conocida desde hace cuatro décadas en todo el mundo como *Tango de la Guardia Vieja*.

Cuando Max se detuvo en el corte, a medio paso de baile, Mecha lo miró brevemente a los ojos, se pegó a él con desafío y, oscilando el cuerpo a un lado y otro, deslizó uno de sus muslos en torno a la pierna adelantada y quieta del hombre. Sostuvo él, impasible, el roce de la carne bajo la falda de crespón ligero; extraordinariamente íntimo aunque La Ferroviaria en pleno —una docena de miradas de ambos sexos— parecía estar pendiente de ellos. Dio luego el bailarín mundano, para resolver aquello, un paso lateral que la mujer siguió de inmediato, con desenvoltura y extrema elegancia.

—Así me gusta —susurró ella—. Despacito y tranquilo, no vayan a creer que me tienes miedo.

Acercó Max su boca a la oreja derecha de la mujer. Complacido con el juego, pese a los riesgos.

185

—Es mucha hembra —dijo.

—Tú sabrás.

La cercanía de ella, el olor suave a perfume de calidad diluido en su piel, las minúsculas gotitas de transpiración en el labio superior y el nacimiento del pelo, avivaban el deseo sobre la huella del recuerdo reciente: carne tibia y fatigada, aroma de sexo satisfecho, sudor de cuerpo de mujer que ahora humedecía, bajo las manos de Max, la delgada tela del vestido cuya falda oscilaba al compás del tango. Era tarde, y el almacén estaba casi vacío. Los tres músicos de La Ferroviaria tocaban *Chiqué*, y en la pista sólo había otras dos parejas que tangueaban como sin ganas, a la manera de tranvías en lentos carriles: una mujer regordeta y menuda, acompañada por un joven con chaqueta y camisa sin cuello ni corbata, y la rubia de aspecto eslavo con la que Max había bailado la vez anterior. Ésta llevaba la misma blusa floreada, y se movía con aire aburrido en brazos de un hombre con trazas de obrero que iba en chaleco y mangas de camisa. A veces, entre las evoluciones del baile, las parejas se acercaban unas a otras y los ojos azules de la tanguera coincidían un segundo con los de Max. Indiferentes.

—Tu marido está bebiendo demasiado.

—No te metas en eso.

Miró preocupado el collar de perlas que ella se había puesto esa noche, sobre el escote del vestido negro cuya falda apenas cubría sus rodillas. Después, con idéntica inquietud —La Ferroviaria no era sitio adecuado para lucir joyas ni beber en exceso— dirigió un breve vistazo a la mesa llena de botellas, vasos y ceniceros repletos, donde Armando de Troeye fumaba y trasegaba grandes vasos de ginebra con sifón en compañía del llamado Juan Rebenque, el hombre que dos días atrás bailó un tango con su mujer. Al rato de llegar, tras mirarlos mucho, se había acercado el compadrón, grave con su mostacho criollo, el pelo negro aplastado con reluciente gomina y los ojos oscuros, peligrosos bajo el

186

ala del sombrero que en ningún momento se quitó. Vino a la mesa tomándose su tiempo, medio toscano humeándole a un lado de la boca, con aquel andar entonado y lento que había sido característico del arrabal; una mano en el bolsillo derecho y el bulto del cuchillo deformándole ligeramente el otro costado del saco ceñido y ribeteado de raso. Pidiendo permiso para acompañar a los señores y a la señora mientras encargaba a la camarera, con autoridad de cliente acostumbrado a no pagar él la cuenta, otra botella de Llave con el precinto intacto y un sifón lleno. Con los que tendría el gusto de invitarlos —miraba a Max más que al marido— si no había inconveniente.

Tomaron un descanso el bandoneonista tuerto y sus compañeros, y animados por De Troeye arrimaron sillas a la mesa, uniéndose al grupo, mientras Mecha y Max ocupaban sus asientos. La vieja pianola de cilindros tomó el relevo musical, chirriando los compases de un par de tangos irreconocibles. Volvieron tras una larga ronda de bebida y palabras los músicos a su instrumental, atacaron *Noches de farra*, y Rebenque, inclinándose aún más el fieltro con chulería, sugirió a Mecha bailarlo juntos. Se excusó ésta alegando fatiga; y aunque la sonrisa del compadrón se mantuvo impasible, su mirada peligrosa se posó un momento en Max como si lo responsabilizara del desaire. Tocose el ala Rebenque con dos dedos, se puso en pie y fue hasta la tanguera rubia, que se levantó con aire resignado, y pasando un brazo sobre el hombro derecho del compadrón se puso a bailar con desgana. Afinaba el otro los pasos, gustándose, el cigarro humeante en la mano que mantenía a la espalda mientras con la derecha guiaba a la pareja, masculino, serio, sin aparente esfuerzo. Inmóvil unos segundos para reanudar, tras cada corte, el complejo encaje sobre el piso, avance y retroceso interrumpidos una y otra vez, con vuelta a empezar, mientras la mujer, dócil de cuerpo e indolente de mirada —una de sus piernas asomaba hasta casi el muslo sobre un corte lateral de la falda demasiado corta, a lo parisién—,

187

consentía, sumisa, cada movimiento impuesto por el hombre, cada floreo y cada presa.

—¿Qué te parece ella? —le preguntó Mecha a Max.

—No sé... Vulgar. Y cansada.

—Puede que la controle una organización tenebrosa como ésa de la que hablaste... Quizá la trajeron de Rusia o de por allí, con engaños.

—Trata de blancas —apuntó Armando de Troeye con lengua insegura mientras alzaba, apreciativo, otro vaso de ginebra. Parecía divertirlo semejante posibilidad.

Max miró a Mecha para comprobar que ella lo había dicho en serio. Tras un momento dedujo que no. Que bromeaba.

—Más bien parece del barrio —respondió—. Y de vuelta, más que de ida.

Intervino de nuevo De Troeye tras una risita desagradable. El exceso de alcohol, observó Max, empezaba a enturbiarle la mirada.

—Es guapa —dijo el compositor—. Vulgar y guapa.

Mecha continuaba mirando a la bailarina: seguía, muy pegada al cuerpo de su pareja, los pasos felinos que el compadrón daba sobre el crujiente piso de madera.

—¿Te gusta, Max? —preguntó de improviso.

Apagó éste en el cenicero el cigarrillo que fumaba, tomándose su tiempo. Empezaba a sentirse molesto por la conversación.

—No está mal —admitió.

—Qué displicente. La otra noche parecía agradarte bailar con ella.

Miró Max la huella de carmín en el borde del vaso que Mecha tenía sobre la mesa y en la boquilla de marfil que estaba junto al cenicero humeante. Podía sentir el sabor de aquel rojo intenso en su propia boca: había borrado con ella, besando, lamiendo y mordiendo, hasta el último resto en los labios de Mecha, durante el violento asalto del día anterior en la pensión Caboto, donde apenas hubo ternura hasta el final; cuando, tras un último estremecimiento, ella susurró «fuera, por favor» junto a su oído; y él, obediente, fatigado y al límite, salió despacio de su cuerpo y, apoyándose húmedo sobre la piel tersa y acogedora del vientre de la mujer, se derramó allí mansamente.

—Baila bien el tango —comentó, regresando a La Ferroviaria—. ¿Te refieres a eso?

—Tiene un bonito cuerpo —opinó De Troeye, que contemplaba a la tanguera al trasluz del vaso alzado con mano insegura.

—¿Como el mío?

Mecha se había vuelto hacia el bailarín mundano; dirigía la pregunta a sus ojos con media sonrisa en la boca, esquinada y altanera. Como si el marido no estuviese allí. O tal vez precisamente, concluyó inquieto Max, porque estaba.

—Es otro estilo —resumió, tan cauto como si avanzara con la bayoneta calada en el máuser entre la niebla de Taxuda.

—Claro —dijo ella.

Estudió Max de reojo al marido —se tuteaban desde hacía unas horas, sin acuerdo previo, por iniciativa del segundo—, preguntándose en qué pararía aquello. Pero al compositor sólo parecía importarle el vaso de ginebra donde casi mojaba la nariz.

—Tú eres más alta —declaró, chasqueando la lengua—. ¿Verdad, Max?... Y más flaca.

—Cómo te lo agradezco, Armando —dijo ella—. Lo minucioso.

Le dedicó el marido un exagerado brindis cortés, lindante con lo grotesco, cargado de intenciones cuyo sentido escapaba al bailarín mundano; y después permaneció en silencio. Observó Max que a veces De Troeye se detenía atento al vacío, entornados los ojos por el humo de un cigarrillo, absorto en lo que parecía una cadencia musical sólo audible para él, y contaba notas o acordes con los dedos, repiqueteando sobre la mesa con una seguridad técnica que nada tenía que ver con los ademanes de un hombre que había bebido en exceso. Preguntándose hasta qué punto estaba realmente ebrio y hasta dónde lo aparentaba, Max miró a Mecha y luego a Rebenque y la mujer rubia. Había callado la música; y el compadrón, vuelta la espalda a la tanguera, se acercaba a ellos con su ritual parsimonia.

—Deberíamos irnos —sugirió el bailarín mundano.

Entre dos sorbos, De Troeye volvió de sus ensueños para mostrarse complacido con la idea.

—¿A otro boliche?

—A dormir. Tu tango está a punto, imagino... La Ferroviaria ha dado de sí lo que tenía que dar.

Protestó el compositor. Rebenque, que se había sentado entre Mecha y él, los miraba a los tres con una sonrisa tan artificial que parecía pintada en su cara, mientras procuraba seguir la conversación. Se le veía molesto, tal vez porque nadie elogiaba lo airoso del tango bailado con la rubia.

—¿Y qué hay de mí, Max? —preguntó Mecha.

Se volvió hacia ella, desconcertado. Tenía la boca ligeramente entreabierta y la miel líquida relucía desafiante. Eso lo hizo estremecerse con un deseo urgente que rayaba en la ferocidad; y supo con certeza que en otros tiempos y vidas anteriores habría sido capaz de matar sin que le temblara el pulso a cuantos estaban alrededor, a fin de quedarse a solas con ella. De calmar el ansia de su propia carne tensa, arrancando a tirones el vestido casi húmedo que el ambiente de calor y humo moldeaba sobre el cuerpo de la mujer como una piel oscura.

—Quizá —insistió Mecha— yo no tenga sueño todavía.

—Podemos ir a La Boca —sugirió De Troeye, alegre, apurando su ginebra con el gesto de quien retorna de algún lugar remoto—. A buscar algo que nos despeje.

190

—De acuerdo —ella se puso en pie y cogió el chal del respaldo mientras el marido sacaba la cartera—. Llevemos a la rubia vulgar y guapa.

—No es buena idea —opuso Max.

Se desafiaron Mecha y él con la mirada. Qué diablos pretendes, era la pregunta silenciosa del bailarín mundano. El desdén de ella bastó como respuesta. Puedes jugar, decía el gesto. Pedir más cartas o retirarte. Dependerá de tu curiosidad o tu coraje. Y ya conoces el premio.

—Al contrario —De Troeye contaba billetes de diez pesos con dedos inseguros—. Invitar a la señorita es una idea... colosal.

Se ofreció Rebenque para traer a la bailarina y acompañarlos él; puesto que los señores, dijo, tenían automóvil grande y había sitio para todos. Conocía un buen lugar en La Boca, añadió. Casa Margot. Los mejores ravioles de Buenos Aires.

—¿Ravioles a estas horas? —inquirió De Troeye, confuso.

—Cocaína —tradujo Max.

—Allí —remató Rebenque, intencionado— podrán despejarse ustedes todo lo que quieran.

Hablaba más pendiente de Mecha y de Max que del marido; como si su instinto le permitiese identificar al auténtico adversario. Recelaba por su parte el bailarín mundano de la sonrisa inalterable del malandro; del modo imperioso en que hizo venir a la mujer rubia —se llamaba Melina, informó, y era de origen polaco— y de la ojeada que le había visto dirigir a la cartera que Armando de Troeye había devuelto al bolsillo interior de la chaqueta tras sacar de ella los cincuenta morlacos que, incluyendo una propina generosa, dejaba arrugados sobre la mesa.

—Demasiada gente —dijo Max en voz baja, mientras se ponía el sombrero.

Debió de escucharlo Rebenque, pues le dirigió una sonrisa lenta, ofendida, llena de augurios. Tan afilada como una hoja de afeitar.

—¿Conoce el barrio, amigo?

No pasó inadvertido a Max el cambio sutil de tratamiento. De señor a amigo. Saltaba a la vista que la noche acababa de empezar.

—Algo —respondió—. Viví a tres cuadras de aquí. Hace tiempo.

Se fijaba atento el otro, demorándose en los puños blancos de la camisa de Max. En el nudo perfecto de su corbata.

—Pero habla como gallego.

—Mi trabajo me costó.

Siguieron estudiándose un instante en silencio, con mutua flema orillera, mientras el otro aventaba la última ceniza del toscano con la uña larga del meñique. Para ciertas cosas no había prisa, y ambos lo habían aprendido en las mismas calles. Le calculó Max al fulano diez o doce años más. Seguramente había sido uno de aquellos chicos mayores del barrio, de los que, niño con guardapolvos gris y cartera con libros a la espalda, envidiaba la libertad de potrear en la puerta de los billares, colgarse en la trasera de los tranvías de la Compañía Eléctrica del Sud para no pagar los diez centavos del billete, acechar como bandoleros los carritos de chocolates Águila y robar medias lunas de grasa en el mostrador de la panadería El Mortero.

—¿En qué calle, amigo?

—Vieytes. Frente a la parada del 105.

—Pucha —confirmó el otro—. Casi vecinos.

Se prendía la rubia en el brazo del compadrón, apuntando sus senos con desenvoltura profesional bajo la tela poco abotonada de la blusa. Cubría sus hombros un mantón de mala hebra que imitaba los de Manila, y contemplaba a Max y a los De Troeye con un interés nuevo que le hacía abrir más los ojos y enarcar las cejas depiladas,

192

reducidas a un fino arco de lápiz negro. Era evidente que la perspectiva de abandonar por un rato La Ferroviaria se le antojaba más prometedora que la rutina del tango a veinte centavos cada baile.

—Alonsanfán —dijo un festivo De Troeye tras coger su sombrero y su bastón, encaminándose a la puerta con movimientos que el alcohol hacía inseguros.

Salieron afuera, y el chófer Petrossi acercó el Pierce-Arrow hasta la puerta, instalándose todos en la trasera de la limusina. De Troeye iba en el asiento grande, entre Mecha y la tanguera; Max y Rebenque frente a ellos, en el trasportín. Para entonces, la tal Melina se había hecho cargo de la situación, sabía de sobra quién pagaba la fiesta, y seguía, obediente, las indicaciones silenciosas que los ojos avisados del compadrón le daban en la penumbra. Asistía Max a todo aquello tenso como un resorte, calculando los pros y los contras. Los problemas que podían encontrar y la manera más eficaz de abandonar ese territorio incierto, cuando llegase la hora, en estado razonable y sin una cuchillada en la ingle. Allí donde, como sabía todo nacido en el arrabal, un tajo en la arteria femoral hacía inútil cualquier torniquete.

La partida se interrumpe cuando pasan las diez de la noche. Está oscuro afuera, y en los grandes ventanales del hotel Vittoria se superponen las imágenes del salón, reflejadas en los cristales, con las luces de las villas y hoteles situados en la cornisa del acantilado de Sorrento. Entre el público, Max Costa contempla el gran panel de madera que reproduce el tablero y las piezas con el último movimiento hecho por Sokolov antes de que el árbitro se acercara a la mesa. Anotó algo el ruso en un sobre, levantándose para abandonar la sala mientras Keller permanecía estudiando el tablero. Al poco rato anotó también el chileno en un papel, aunque sin mover ninguna pieza, e introdujo la nota en el mismo sobre, que cerró antes de entregarlo al árbitro y levantarse a su vez. Eso acaba de ocurrir; y mientras Keller desaparece por una puerta lateral y el público rompe su silencio en murmullos y aplausos, Max se levanta y mira alrededor, confuso, intentando establecer qué ha ocurrido exactamente. De lejos observa que Mecha Inzunza, que estaba sentada en primera fila entre la joven Irina Jasenovic y el hombre grueso, el gran maestro Karapetian, se levanta y va con ellos detrás de su hijo.

Sale Max al pasillo, convertido en ruidoso vestíbulo de la sala de juego, y deambula entre los aficionados escuchando los comentarios sobre la partida, quinta del Premio Campanella. La sala de prensa está en una salita cercana; y cuando pasa ante la puerta, escucha el comentario que un periodista radiofónico italiano transmite por teléfono:

—El alfil negro de Keller parecía un kamikaze... No fue el sacrificio de un caballo lo que más llamó la atención, sino el osado viaje del alfil a través de un tablero lleno de peligros... La estocada era mortal, pero a Sokolov lo salvó su sangre fría. Como si lo esperase, con un solo movimiento, La Muralla Soviética bloqueó el ataque y acto seguido sugirió «¿Nichiá?» proponiendo tablas... El chileno se negó, y la partida ha quedado aplazada hasta mañana.

En otro salón más pequeño, que parece vedado al público común y en cuya puerta abierta se agolpan aficionados curiosos, Max ve a Keller sentado ante un tablero con Karapetian, la joven Jasenovic, el árbitro y otras personas, en lo que parece ser una reconstrucción o análisis de la partida. A Max le sorprende, en contraste con la lentitud de cada movimiento efectuado en el salón, la velocidad con que Keller, Karapetian y la chica mueven ahora las piezas, casi a golpes, haciendo jugadas, deshaciéndolas y planteando otras nuevas, mientras discuten este o aquel movimiento.

—Análisis post mórtem, se llama eso —dice Mecha.

Se vuelve y la encuentra a su lado, junto a la puerta. No la sintió acercarse.

—Suena fúnebre.

La mujer mira hacia el saloncito, pensativa. Como acostumbra en Sorrento —él sabe que no siempre fue así—, lleva la ropa de manera ajena a la moda actual en mujeres de cualquier edad. Hoy viste falda oscura con mocasines, y mete las manos en los bolsillos de una chaqueta de ante muy bonita y sin duda muy cara. Sólo esa chaqueta, calcula Max, habrá costado doscientas mil liras. Por lo menos.

—A veces es fúnebre de verdad —dice ella—. Sobre todo después de una derrota. Se estudian las jugadas, considerando si fueron las más acertadas o si había mejores variantes.

Desde el interior sigue llegando sonido de piezas que golpean con celeridad. A veces se escucha un comentario o una broma de Keller y suenan risas. El golpeteo prosigue, veloz, incluso cuando alguna pieza cae al suelo y el jugador la recoge con rapidez, devolviéndola al tablero.

—Es increíble. Lo rápido.

Asiente ella, complacida. O tal vez orgullosa, expresándolo a su manera discreta. Como cualquier gran maestro de la categoría de su hijo, explica, Jorge Keller puede recordar cada movimiento de la partida, y también cada posible variante. En realidad es capaz de reproducir de memoria todas las partidas que ha jugado en su vida. Y buena parte de las que jugó cada adversario.

—Ahora analiza sus fallos o aciertos, y los de Sokolov —añade—. Pero esto es para la galería: amigos y periodistas. Luego hará otro análisis a puerta cerrada con Emil e Irina. Algo mucho más serio y complejo.

Se detiene en ese punto, pensativa, inclinando ligeramente a un lado la cabeza mientras contempla a su hijo.

—Está preocupado —dice en tono distinto al anterior.

Observa Max a Jorge Keller, y luego de nuevo a ella.

—Pues no lo parece —concluye.

—Lo desconcertó que el otro previese el movimiento que buscaba el alfil.

—He oído algo antes. De ese alfil kamikaze.

—Oh, bueno. Es lo que suele esperarse de Jorge. Supuestos rasgos de genio... En realidad fue algo minuciosamente planeado. Él y sus ayudantes llevaban tiempo disponiendo esa jugada, por si se daba una situación favorable... Aprovechar lo que podría ser una debilidad detectada en Sokolov cuando se enfrenta al gambito Marshall.

—Me temo que no sé nada de ese Marshall —admite Max.

—Quiero decir que hasta los campeones del mundo tienen puntos débiles. El trabajo de los analistas consiste en ayudar a su jugador a descubrirlos y explotarlos en beneficio propio.

Se abre la puerta acristalada de un saloncito contiguo y aparecen los soviéticos: dos ayudantes abriendo paso, y luego el campeón del mundo escoltado por una docena de personas. Al fondo hay una mesa y un ajedrez desordenado. Seguramente acaban de hacer su propio análisis; aunque, a diferencia del de Keller, éste haya sido a puerta cerrada, con sólo la presencia de algunos periodistas de su país que ahora se encaminan a la sala de prensa. Sokolov, con un cigarrillo humeante entre los dedos, pasa muy cerca de Max, cruza su húmeda mirada azul con la de la madre del adversario y dirige a ésta una breve inclinación de cabeza.

—Los rusos tienen la ventaja de estar subvencionados por su federación y respaldados por el aparato estatal —explica Mecha—. Mira ese gordito de la chaqueta gris; es el agregado de cultura y deportes de su embajada en Roma... Otro de los que van ahí es el gran maestro Kolishkin, presidente de la Federación Soviética de Ajedrez. El rubio grandote se llama Rostov, estuvo a punto de ser campeón del mundo y ahora es analista de Sokolov... Y no te quepa duda de que en el grupo hay, al menos, un par de agentes del Kagebé.

Se quedan mirando a los rusos mientras éstos se alejan por el pasillo, camino del vestíbulo y de los apartamentos independientes que la delegación soviética ocupa junto al jardín del hotel.

—Los jugadores occidentales, sin embargo —añade la mujer—, deben ganar para vivir, o dedicar tiempo a otra actividad que se lo permita... Jorge ha tenido suerte.

—Sin duda. Te tuvo a ti.

—Bueno... Es un modo de decirlo.

Todavía mira hacia el pasillo, mientras parece dudar sobre añadir algo o no. Al fin se vuelve a Max y sonríe con aire ausente. Pensativa.

—¿Qué ocurre? —pregunta él.

—Nada, supongo. Lo normal en estas situaciones.

—Pareces preocupada.

Ella duda un instante más. Al fin, las manos delgadas y elegantes, con motas de vejez en el dorso, hacen un ademán indeciso.

—Hace un momento, al salir, Jorge ha dicho: «Algo no va bien». Y no me gustó el modo en que lo dijo... Cómo me miraba.

—Pues yo no veo a tu hijo preocupado en absoluto.

—Él es así. Y también la imagen de sí mismo que le gusta dar. Simpático y sociable, ya lo ves. Despreocupado como si esto costase muy poco esfuerzo. Pero no imaginas las horas de esfuerzo, estudio y trabajo. La tensión agotadora.

Compone un gesto fatigado, cual si esa tensión la agotase también a ella.

—Ven. Tomemos el aire.

Salen por el pasillo a la terraza, donde casi todas las mesas están ocupadas. Más allá de la balaustrada, sobre la que brilla un farol encendido, la bahía napolitana es un círculo de oscuridad donde parpadean luces lejanas. Max hace una seña afirmativa al maître, que les ofrece una mesa y se instalan en ella. Después encarga dos cocktails de champaña al obsequioso camarero que releva al maître.

—¿Qué ha ocurrido hoy?... ¿Por qué se interrumpió la partida?

—Porque agotaron el tiempo. Cada jugador dispone de cuarenta jugadas o de dos horas y media para jugar. Cuando alguno consume el tiempo reglamentario, o llega a los cuarenta movimientos, aplazan la partida hasta el día siguiente.

Max se inclina sobre la mesa para encender el cigarrillo que ella acaba de ponerse en los labios. Después cruza una pierna sobre otra, procurando que la postura no deforme la raya del pantalón: hábito mecánico de viejos tiempos, cuando la elegancia era todavía una herramienta profesional.

—No entendí lo de los sobres cerrados.

—Antes de irse, Sokolov anotó la posición de las piezas en el tablero para reproducir mañana la situación. Es a Jorge a quien corresponde mover ahora. Así que, tras decidir cuál será su siguiente movimiento, también lo anotó de forma secreta y se lo confió al árbitro en el sobre cerrado. Mañana el árbitro abrirá el sobre, hará en el tablero el movimiento anotado por Jorge, pondrá en marcha el reloj y reanudarán el juego.

—¿Le tocará entonces mover al ruso?

—Eso es.

—Supongo que va a darle en qué pensar esta noche.

Hará pensar a todos, responde Mecha. Cuando se aplaza una partida, la jugada secreta se convierte en un problema para los dos adversarios: uno, buscando averiguar con qué movimiento deberá enfrentarse; otro, queriendo establecer si la que anotó fue la mejor jugada posible, si el adversario la habrá descubierto y si traerá prevista una contrajugada peligrosa.

—Eso implica —concluye— cenar, desayunar y comer con un ajedrez de bolsillo al lado, trabajar horas y horas con los ayudantes, pensar en ello en la ducha, mientras te lavas los dientes, cuando te despiertas en plena noche... La peor obsesión de un ajedrecista es una partida aplazada.

—Como la nuestra —apunta Max.

Indiferente al cenicero, según acostumbra, Mecha deja caer al suelo la ceniza del cigarrillo y se lo lleva de nuevo a los labios. Como cada vez que la luz escasea, su piel parece rejuvenecer y el rostro embellece. Los ojos color de miel, idénticos a los que Max recuerda, no se apartan de los suyos.

—Sí, en cierto modo —responde ella—. También ésa fue una partida aplazada... En dos movimientos.

En tres, piensa Max. Hay otro en curso. Pero no lo dice.

Cuando el automóvil se detuvo entre Garibaldi y Pedro de Mendoza, la oscuridad la quebraba una luna reciente y esquinera, compitiendo con el halo rosado de una farola que alumbraba entre la enramada. Al bajar del coche, Max se acercó a Mecha con disimulo y la retuvo del brazo mientras le soltaba el cierre del collar de perlas, que dejó caer en la otra mano para meterlo en un bolsillo de la chaqueta. Alcanzó a ver los ojos de la mujer, sorprendidos y muy abiertos entre las sombras y el resplandor distante de la luz eléctrica, y puso dos dedos sobre su boca, silenciando las palabras que ella se disponía a pronunciar. Después, mientras todos se alejaban del automóvil, el bailarín mundano se acercó a la ventanilla abierta.

—Guarde esto —dijo en voz baja.

Cogió Petrossi el collar sin hacer comentarios. La visera de la gorra le oscurecía el rostro, por lo que Max no pudo ver bien su expresión. El relucir de una mirada, tan sólo. Casi cómplice, creyó advertir.

—¿Puede prestarme su pistola?

—Claro.

Abrió el chófer la guantera y puso en manos de Max una Browning pesada y pequeña, cuyo niquelado brilló un instante en la penumbra.

—Gracias.

Alcanzó Max a los otros, sin darse por enterado de la mirada inquisitiva que Mecha le dirigió al reunirse con el grupo.

—Chico listo —susurró ella.

Lo dijo agarrándose a su brazo con toda naturalidad. Dos pasos por delante, Rebenque glosaba las virtudes del éter Squibb, de venta en farmacias, con el que bastaba, dijo, verter un poco en un vaso e inhalarlo entre copa y copa para sentirse en la gloria. Aunque los ravioles de Margot —una risa canalla, a esas alturas de sólidas amistades— fuesen en verdad insuperables. A no ser, por supuesto, que los señores prefiriesen algo más fuerte.

—¿Cómo de fuerte? —quiso saber De Troeye.

—Opio, amigo. O hachís, lo que gusten. Hasta morfina... De todo hay.

Cruzaron de ese modo la calle, procurando no tropezar en los raíles de ferrocarril abandonados entre los que crecían matojos. Sentía Max el peso reconfortante del arma en el bolsillo mientras miraba la espalda del compadrón, junto al que De Troeye iba tan despreocupado como si paseara por la calle Florida, echado hacia atrás el sombrero, con la bailarina taconeando prendida del brazo. Llegaron así a Casa Margot, que era un edificio decrépito con restos de antiguo esplendor, junto a un pequeño restaurante cerrado a esas horas, cuyo portal con ropa tendida se entreveía alfombrado de restos de camarones y desperdicios. Olía a humedad, a raspas y cabezas de pescado, a galleta rancia, y también a fango del Riachuelo, alquitrán y óxido de anclas.

—El mejor lugar de La Boca —dijo Rebenque; y Max creyó ser el único en detectar la ironía.

Una vez dentro, todo discurrió sin protocolos superfluos. El local era un antiguo burdel transformado en fumadero; y Margot, una mujer mayor y abundante en carnes, teñida de rojo cobrizo, que tras unas palabras del compadrón en su oído se deshizo en cortesía y facilidades. Había en la pared del vestíbulo, observó Max, tres insólitos retratos de San Martín, Belgrano y Rivadavia; como si en la anterior ocupación del edificio, con una clientela más selecta, se hubiera pretendido dar cierto aire de formalidad al quilombo. Pero eso era cuanto de respetable podía encontrarse allí. La planta baja se alargaba en un salón humoso, oscuro, que en vez de luz eléctrica se alumbraba con viejas lámparas cuyo vaho enrarecía el ambiente. Había un olor de queroseno mezclado con insecticida Bufach, tabaco y hachís, impregnando ropas, cortinas y muebles; y a eso se añadía el sudor de media docena de parejas —algunas hombre con hombre— que bailaban muy despacio, abrazadas y casi inmóviles, indiferentes a la música que un joven chino, de patillas recortadas en punta como un traidor de cinematógrafo, ponía en una victrola que vigilaba para cambiar el disco y dar vueltas a la manija. Casa Margot, concluyó Max confirmando sus aprensiones, era uno de esos lugares donde, a la primera bronca, podían salir cuchillos y navajas de chalecos, fajas, pantalones, y hasta de los zapatos.

—Maravilloso y auténtico —admiró De Troeye.

También Mecha parecía complacida con el lugar. Lo observaba todo con una sonrisa vaga, los ojos relucientes y entreabierta la boca como si respirar ese ambiente avivara sus sentidos. A veces la mirada se encontraba con el bailarín mundano, entreverando una mezcla de excitación, agradecimiento y promesas. De pronto el deseo de Max se hizo más acuciante y físico, desplazando la inquietud que le causaban el lugar y la compañía. Contempló a placer, desde muy cerca, las caderas de Mecha mientras la dueña los conducía a todos al piso de arriba, hasta una habitación amueblada a lo turco que tenía luz de dos quinqués verdes puestos sobre una mesita baja, alfombras con quemaduras de cigarrillos y dos divanes grandes. Trajo botellas de presunto champaña y dos atados de cigarrillos un camarero enorme, con raya en mitad del pelo y aspecto de forzudo de feria, y se acomodaron todos en los divanes excepto Rebenque, quien desapareció con la patrona en busca, dijo sonriente, de alpiste para los canarios. Para entonces el bailarín mundano ya había tomado una decisión, así que salió al pasillo a esperarlo de vuelta. De abajo, por la escalera, llegaban los compases de *Caminito del taller* arrancados al surco de pasta por la aguja del gramófono. Apareció al poco el compadrón: traía tabaco liado con hachís y media docena de bolsitas de medio gramo en bien plegado papel manteca.

—Voy a pedirle un favor —dijo Max—. De hombre a hombre.

Lo miraba el malevo con súbito recelo, calculándole la intención. La sonrisa, todavía fija bajo el mostacho criollo, se le enfriaba en la boca.

—Llevo tiempo con la señora —prosiguió Max, sin mover una pestaña—. Y al marido le gusta Melina.

—¿Y?

—Que cinco es número impar.

Parecía reflexionar el otro sobre números pares e impares.

—Pero, che —dijo al fin—. Me toma por gil, amigo.

El tono brusco no inquietó a Max. Todavía. Sólo eran, de momento, dos perros de arrabal, uno mejor vestido que otro, olfateándose en una calleja. Ahí estaba el arreglo.

—Se pagará todo —apuntó, recalcando el *todo* mientras indicaba los medios gramos y el hachís—. Esto, lo otro. Con cuanto haya.

—El marido es un gaita abombado —dijo Rebenque pensativo, como si compartiera reflexiones—. ¿Vio los botines que lleva?... Un otario que suda mangos, a lo París.

—Volverá a su hotel con la cartera vacía. Tiene mi palabra.

La última frase pareció complacer al otro, pues observó a Max con renovada atención. En Barracas o La Boca, eso de empeñar la palabra podía entenderlo cualquiera. Más se respetaba allí lo dicho que en Palermo o Belgrano.

—¿Qué hay del collar de la señora? —el compadrón se tocaba, memorioso, el pañuelo blanco que llevaba anudado al cuello en lugar de corbata—. Ya no lo lleva puesto.

—Lo mismo lo perdió. Pero eso queda fuera, me parece. Es otra liga.

Seguía mirándolo el malandro a los ojos, sin perder la sonrisa helada.

—Melina es una papusa cara... De treinta mangos por noche —arrastraba las palabras tangueándolas, cual si la ambición le afilase el acento—. Todo un biscuit.

—Claro. Pero no se preocupe. Se compensará.

Se tocó el otro el ala del chambergo, echándolo un poco atrás, y cogió el pucho de toscano que llevaba tras la oreja. Seguía mirando a Max, caviloso.

—Tiene mi palabra —repitió éste.

Inclinándose, sin decir nada, Rebenque encendió una cerilla en la suela de un zapato. Luego volvió a estudiar a su interlocutor entre la primera bocanada de humo. Metió Max una mano en un bolsillo del pantalón, justo bajo el peso de la Browning.

—Podría tomarse algo abajo —sugirió—, escuchando música bonita y fumándose un buen cigarro. En plan tranquilo... Y nos vemos luego.

Miraba el otro la mano escondida. O quizá adivinaba el bulto del arma.

—Ando medio cortado, amigo. Lárguese unos patacones a cuenta.

Sacó Max la mano del bolsillo, sereno. Noventa pesos. Era cuanto le quedaba, aparte de otros cuatro billetes de cincuenta escondidos tras el espejo, en el cuarto de la pensión. Rebenque se guardó el dinero sin contarlo, y a cambio le dio las seis bolsitas de cocaína. Tres pesos cada una, dijo indiferente, y el hachís era regalo de la casa. Ya arreglarían cuentas luego. En el cómputo general.

—¿Mucho bicarbonato? —preguntó Max, mirando los ravioles.

—Lo normal —el malevo se daba toques en la nariz con la uña larga del meñique—. Pero entra fino, como con grasita.

—Déjala que te bese, Max.

Negó el bailarín mundano. Estaba de pie, abotonada la chaqueta y apoyada la espalda en la pared, junto a uno de los divanes turcos y la ventana abierta a la oscuridad de la calle Garibaldi. El humo aromático del hachís, que ascendía hasta deshacerse en suaves espirales, le hacía entornar los ojos. Tan sólo había dado una breve chupada al cigarrillo que se consumía entre sus dedos.

—Prefiero que bese a tu marido... Él le gusta más.

—De acuerdo —rió Armando de Troeye, una copa de champaña en los labios, apurándola—. Que me bese a mí.

Estaba el compositor sentado en el otro diván, en chaleco y mangas de camisa, vueltos los puños sobre las muñecas y flojo el nudo de la corbata, tirada la chaqueta en el suelo de cualquier manera. Las pantallas de los quinqués de queroseno velaban el cuarto con una penumbra verdosa que arrancaba reflejos tornasolados, como relumbres de aceite, a la piel de las dos mujeres. Mecha se encontraba junto a su marido, recostada con aire indolente en los cojines de falso damasco, descubiertos los brazos y cruzadas las piernas. Se había quitado los zapatos, y de vez en cuando se llevaba a la boca su cigarrillo de hachís, aspirando hondo.

—Bésalo, anda. Besa a mi hombre.

Melina, la tanguera, se encontraba de pie entre los dos divanes. Había ejecutado, momentos antes, un remedo de danza al supuesto compás de la música que llegaba de abajo, apenas audible a través de la puerta cerrada. Estaba descalza, aturdida por el hachís, desabotonada la blusa sobre los senos que oscilaban pesados y densos. Sus medias y su ropa interior eran gurruños de seda negra sobre la alfombra, y tras los últimos movimientos del baile lascivo y silencioso que acababa de ejecutar, aún sostenía con las dos manos, subida hasta la mitad de los muslos, la falda estrecha de tajo apache.

—Bésalo —insistió Mecha—. En la boca.

—No beso ahí —protestó Melina.

—A él, sí... O te vas de aquí.

Rió De Troeye mientras la bailarina se le acercaba y, apartándose el pelo rubio de la cara, subida al diván, puesta a horcajadas sobre él, lo besaba en la boca. Para hacerlo en esa postura tuvo que levantarse aún más la falda, y la luz verde y aceitosa del queroseno resbaló por su piel, a lo largo de las piernas desnudas.

—Tenías razón, Max —dijo el compositor, cínico—. Yo le gusto más.

Había metido las manos bajo la blusa y acariciaba el pecho de la tanguera. Gracias a dos papeles de cocaína que ya estaban abiertos y vacíos sobre la mesita oriental, el compositor parecía despejado pese al mucho alcohol que a esas horas llevaba en la sangre. Sólo se le traslucía, observó el bailarín mundano con curiosidad casi profesional, en cierta torpeza de movimientos y en la manera de interrumpirse y buscar, con esfuerzo, alguna palabra trabada en la lengua.

—¿De verdad no quieres probar? —ofreció De Troeye.

Sonrió Max esquivo, con prudencia y mucha calma.

—Más tarde... Quizá más tarde.

Callaba Mecha, el cigarrillo humeante en los labios, balanceando uno de sus pies descalzos. Comprobó Max que no miraba a Melina y a De Troeye, sino a él. Se mostraba sin expresión y tal vez pensativa, cual si la escena de su marido y la otra mujer le fuese indiferente o la propiciara sólo en obsequio del bailarín mundano. Con el exclusivo fin de observarlo a él mientras todo ocurría.

—¿Por qué esperar? —dijo ella de pronto.

Se puso en pie despacio, alisándose la falda del vestido casi con formalidad, el cigarrillo de hachís todavía en la boca, y tomando a Melina por los hombros la hizo incorporarse, apartándola de su marido, para conducirla hasta Max. Se dejaba hacer la otra, obediente como un animal sumiso, oscilantes los senos desnudos a los que la transpiración adhería la blusa desabotonada.

—Guapa y vulgar —dijo Mecha mirando a Max a los ojos.

—Me importa una mierda —respondió éste, casi con suavidad.

Era la primera vez que enunciaba una grosería delante de los De Troeye. Ella sostuvo su mirada un momento, ambas manos en los hombros de Melina, y luego la empujó sin violencia hasta que el pecho húmedo y cálido de la tanguera se apoyó en el de Max.

—Sé amable con él —susurró Mecha al oído de la mujer—. Es un buen chico de barrio... Y baila maravillosamente bien.

Buscó Melina con ademán torpe y expresión aturdida los labios del hombre, pero éste los apartó con desagrado. Había tirado el cigarrillo por la ventana y sostenía de cerca la mirada de Mecha, enturbiada por el contraluz verdoso de los quinqués. Ella lo estudiaba con aparente frialdad técnica, advirtió. Con una curiosidad extrema que parecía científica. Mientras, la tanguera había desabotonado la chaqueta y el chaleco de Max, y se ocupaba de los botones que aseguraban los tirantes y los que cerraban la cintura del pantalón.

—Un inquietante buen chico —insistió Mecha, enigmática.

Presionaba con las manos sobre los hombros de Melina, obligándola a arrodillarse ante él y acercar la cara a su sexo. En ese momento se escuchó a espaldas de las mujeres la voz de De Troeye:

—No me dejéis al margen, maldita sea.

Pocas veces había visto Max tanto desprecio como el que hizo relampaguear los ojos de Mecha antes de que volviera el rostro hacia el marido, mirándolo sin despegar los labios. Y ojalá, se dijo fugazmente, nunca una mujer me mire a mí de ese modo. Por su parte, encogiéndose de hombros y resignado al papel de espectador, De Troeye llenó otra copa de champaña, la vació de un trago y se puso a desliar un raviol de cocaína. Para entonces Mecha se había vuelto de nuevo a Max; y mientras la bailarina, dócilmente arrodillada, llegaba al objeto de la maniobra con escasa aplicación profesional —al menos tenía una lengua húmeda y cálida, apreció Max, ecuánime—, Mecha dejó caer el cigarrillo sobre la alfombra y acercó los labios a los del hombre sin llegar a rozarlos, mientras sus iris parecían teñirse con la claridad verdosa del queroseno. Estuvo así un momento prolongado, mirándolo inmóvil y muy de cerca, el cuello y el rostro silueteados en el escorzo de penumbra y la boca a menos de una pulgada de la de Max, mientras éste colmaba sus sentidos con el suave aleteo de su respiración, la cercanía del cuerpo esbelto y mórbido, el aroma de hachís, perfume diluido y sudor suave que mestizaba la piel de la mujer. Fue eso, y no la torpe actuación de Melina, lo que avivó realmente su deseo; y cuando la carne se endureció al fin, tensa y desbordando la ropa, Mecha, que parecía acechar el momento, apartó brusca a la tanguera y se aplastó con ávida violencia contra la boca de Max, arrastrándolo al diván mientras a su espalda sonaba la risa gozosa del marido.

—No querrán irse así —dijo Juan Rebenque—. Tan pronto.

Su sonrisa peligrosa se interponía entre ellos y la puerta, rebosando mala entraña. Estaba de pie en medio del pasillo con aspecto desafiante, inclinado el sombrero y las manos en los bolsillos del pantalón. De vez en cuando bajaba los ojos para mirar sus zapatos, como si pretendiera asegurarse de que el brillo estaba a la altura de las circunstancias. Max, que había previsto aquello, observó el bulto del cuchillo en el costado izquierdo del saco cerrado del compadrón. Después se volvió a De Troeye.

—¿Cuánto llevas encima? —preguntó en voz baja.

El rostro del compositor mostraba los estragos de la noche: ojos enrojecidos, mentón donde empezaba a despuntar la barba, la corbata anudada de cualquier manera. Melina había soltado su brazo y se apoyaba en la pared del pasillo, el aire hastiado e indiferente, como si cuanto ocupara sus pensamientos fuese una cama donde echarse y dormir doce horas seguidas.

—Me quedan unos quinientos pesos —murmuró De Troeye, confuso.

—Dámelos.

—¿Todos?

—Todos.

El compositor estaba demasiado cansado y aturdido por el alcohol para protestar. Obediente, con manos torpes, sacó la cartera del bolsillo interior de la chaqueta y dejó que Max la despojara fríamente. Sentía éste los ojos de Mecha fijos en él —estaba un poco más atrás en el pasillo, el chal sobre los hombros, observando la escena—, pero no la miró ni un solo instante. Necesitaba concentrarse en cosas más urgentes. Y peligrosas. La principal era llegar hasta el Pierce-Arrow donde aguardaba Petrossi, con el mínimo de dificultades posible.

—Ahí tiene —le dijo al compadrón.

Contó éste billetes sin inmutarse. Al terminar golpeteó un momento con ellos en los dedos de una mano, pensativo. Luego los guardó en un bolsillo y ensanchó la sonrisa.

—Hubo más gastos —dijo cachazudo, arrastrando mucho el acento. No miraba a De Troeye, sino a Max. Como si se tratara de un asunto personal entre ambos.

—No creo —dijo Max.

—Pues le aconsejo que lo crea, amigo. Melina es una mina linda, ¿no es cierto?... También hubo que conseguir los papelitos manteca y todo lo demás —miró un segundo a Mecha, insolente—. La señora, usted y aquí, el otario, han tenido una bonita noche... Procuremos tenerla todos.

—No queda un mango —dijo Max.

Pareció detenerse el otro en la última palabra, acentuando la sonrisa como si apreciara el término arrabalero.

—¿Y la señora?

—No lleva.

—Había un collar, me parece.

—Ya no lo hay.

Sacó el malevo las manos de los bolsillos y se desabotonó la chaqueta. Al hacerlo, la empuñadura marfileña del cuchillo asomó desde la sisa del chaleco.

—Pues habrá que investigar eso —miraba la cadena de oro que relucía entre la ropa de De Troeye—. Y también me gustaría saber la hora, porque se me paró el reloj.

Max se fijó en los puños de la camisa y los bolsillos del malandro.

—No parece que usted lleve reloj.

—Se me paró hace años... ¿Para qué voy a llevar uno parado?

No merece la pena, pensaba Max, que maten a nadie por un reloj. Ni siquiera por un collar de perlas. Pero había algo en la sonrisa del compadrón que lo irritaba. Demasiada suficiencia, tal vez. Demasiada seguridad, por parte del llamado Juan Rebenque, de ser el único que pisaba terreno propio.

—¿Ya le dije que soy de Barracas, nacido en la calle Vieytes?

Se oscureció la sonrisa del otro, cual si de pronto el mostacho criollo le diera sombra. Qué hay con eso, decía el gesto. A estas horas de la noche.

—No te metás —dijo, seco.

La expresión de su rostro hacía el tuteo más brusco e inquietante. Max lo analizó despacio, situando la amenaza en el territorio en que se producía. La actitud del fulano, el vestíbulo, la puerta, la calle con el coche aguardando. No podía descartarse que Rebenque tuviera algún amigo cerca, dispuesto a echar una mano.

—Según recuerdo, en el barrio éramos de ley —añadió Max, con mucha calma—. La gente tenía palabra.

—¿Y?

—Cuando querías un reloj, te lo comprabas.

Ya no había sonrisa en el rostro del otro. La había sustituido una mueca peligrosa. De lobo cruel, a punto de morder.

—¿Sos o te hacés?

Un dedo pulgar rascaba el chaleco, como si reptara camino del mango de marfil. De un vistazo, el bailarín mundano calculó distancias. Tres pasos lo separaban del cuchillo del otro; que, por su parte, aún tenía que sacarlo de la vaina. Casi imperceptiblemente, Max se puso de lado oponiéndole el flanco izquierdo, pues así podría protegerse mejor con un brazo y una mano. Había aprendido esa clase de cálculos —la silenciosa y útil coreografía previa— en los burdeles legionarios de África, mientras volaban botellas rotas y navajazos. Puestos a ladrar, era mejor ser perro.

—Oh, por Dios... Dejad de jugar a los gallitos —sonó la voz de Mecha, a su espalda—. Tengo sueño. Dadle el reloj y vámonos de aquí.

No se trataba de gallitos, sabía Max, aunque no era momento para explicaciones. El compadrón tenía atravesado aquello en la garganta desde mucho antes, posiblemente a causa de la propia Mecha. Desde la primera vez que la vio, sin duda. Desde el tango. No perdonaba la exclusión de que había sido objeto esa noche; y el alcohol que seguramente había acompañado su espera no mejoraba las cosas. El reloj, el collar confiado a Petrossi, los noventa pesos de Max y los quinientos que acababa de soltar De Troeye, no eran más que pretextos para el cuchillo que le cosquilleaba al malevo en la axila. Buscaba su hombrada, y Mecha era la testigo.

—Salid —dijo, sin volverse, a la mujer y a su marido—. Derechos al coche.

Quizá fue el tono. La manera en que sostenía la mirada alevosa de Rebenque. Mecha no dijo nada más. Tras unos segundos, Max comprobó por el rabillo del ojo que ella y el marido se situaban a su lado, más cerca de la puerta, pegados a la pared.

—Qué prisas, che —dijo el malevo—. Con el tiempo que tenemos.

Lo desprecio porque lo conozco hasta por las tapas, pensó Max. Podría ser yo mismo. Su error es creer que un traje bien cortado nos hace diferentes. Que eso borra la memoria.

—Salid a la calle —repitió a los De Troeye.

El pulgar del malevo se acercó más al cuchillo. A un centímetro estaba del mango de marfil cuando Max metió la mano derecha en el bolsillo de la chaqueta, tocando el metal tibio de la Browning. Era una 6,35 a la que había acerrojado una bala en la recámara, con disimulo, antes de bajar al vestíbulo. Con un dedo y sin sacarla del bolsillo, le quitó el seguro. Bajo el ala del sombrero de Rebenque, sus ojos oscuros y reflexivos seguían, interesados, cada movimiento del bailarín mundano. Al fondo, entre la neblina humosa del salón, el gramófono empezó a tocar los compases de *Mano a mano*.

—Aquí no se va nadie —dijo el malevo, sobrado.

Luego dio un paso adelante que anunciaba garabatos de acero en el aire. Metía ya la mano derecha en la sisa del chaleco cuando Max le puso la Browning delante de la cara. Apuntándole entre los ojos.

—Desde que inventaron esto —dijo, sereno— ya no hay valientes.

Lo expuso sin alarde ni arrogancia: en tono quedo, discreto, como si se tratara de una confidencia entre compadres. De tú a tú. Confiando, al mismo tiempo, en que no le temblase la mano. Miraba el otro el agujero negro del cañón con gesto serio. Casi pensativo. Parecía un jugador profesional, pensó Max, calculando cuántos ases quedaban en el mazo de cartas sobre la mesa. Debió de concluir que pocos, porque al cabo de un instante apartó los dedos del mango del cuchillo.

—No serías tan bravo si estuviéramos parejos —comentó, mirándolo muy zaino y muy fijo.

—Claro que no —admitió Max.

Aún le sostuvo un momento el otro la mirada. Al cabo indicó la puerta con un movimiento del mentón.

—Rajá.

Le había vuelto la sonrisa a la boca. Tan resignada como peligrosa.

—Subid al coche —ordenó Max a Mecha y su marido sin dejar de apuntar al malevo.

Se fueron los De Troeye —rápido taconeo de mujer en el piso de madera— sin que el otro les dirigiese una ojeada. Sus pupilas seguían clavadas en el bailarín mundano, llenas de promesas siniestras e improbables.

—¿No te gustaría intentarlo, amigo?... Mirá que sobran cuchillos en el barrio. Herramientas para hombres, figurate. Podrían prestarte alguno.

Sonrió Max, esquinado. Casi cómplice.

—Otro día, quizás. Hoy tengo prisa.

—Qué pena.

—Sí.

Salió a la calle sin apresurar el paso mientras se guardaba la pistola, aspirando con aliviado deleite el aire fresco y húmedo de la madrugada. El Pierce-Arrow estaba frente al portal con el motor en marcha y los faros encendidos; y cuando el bailarín mundano se metió dentro, dando un portazo, Petrossi quitó el freno, engranó la marcha y arrancó con violento chirrido de neumáticos. El brusco movimiento hizo caer a Max en el asiento de atrás, entre los De Troeye.

—Dios mío —murmuraba el marido, asombrado—. Vaya nochecita completa.

—Queríais Guardia Vieja, ¿no?

Recostada en los cojines de cuero, Mecha reía a carcajadas.

—Creo que me estoy enamorando de Max... ¿No te importa, Armando?

—El absoluto, mujer. Yo también lo amo.

Carne bellísima. Espléndida. Tal vez ésas eran las palabras exactas para definir el cuerpo de mujer dormido e inmóvil que contemplaba Max en la penumbra del dormitorio, sobre las sábanas revueltas. No había pintor ni fotógrafo, concluyó el bailarín mundano, capaz de registrar fielmente aquellas líneas largas y soberbias, combinadas por la naturaleza con perfección deliciosa en la espalda desnuda, los brazos extendidos en preciso ángulo abrazando la almohada, la curva suave de las caderas prolongada hasta el infinito en las piernas esbeltas, que ligeramente separadas mostraban, desde atrás, el arranque del sexo. Y como centro ideal en el que convergieran todas aquellas líneas largas y curvas suaves, la nuca desnuda, vulnerable, con el cabello recortado a ras justo por encima, que el bailarín mundano había rozado con los labios antes de incorporarse, para estar seguro de que Mecha dormía.

Terminando de vestirse, Max apagó el cigarrillo que había fumado, fue al cuarto de baño —mármol y azulejos blancos— y se anudó la corbata ante el gran espejo situado sobre la pileta del lavabo. Cruzó a continuación el dormitorio mientras se abotonaba el chaleco, en busca de la chaqueta y el sombrero que había dejado en el saloncito inglés de la enorme habitación en suite del Palace, junto a la lámpara encendida y el sofá de caoba donde Armando de Troeye, vestido y con la ropa en desorden, suelto el cuello postizo, en calcetines, dormía encogido como un vagabundo borracho en un banco de la calle. El ruido de pasos hizo abrir los ojos al compositor, que se removió aturdido en la tapicería de terciopelo rojo.

—¿Qué pasa... Max? —preguntó con lengua pastosa, torpe.

—No pasa nada. Petrossi se quedó con el collar de Mecha, y voy a buscarlo.

—Buen chico.

De Troeye cerró los ojos y se dio la vuelta. Max permaneció un momento observándolo. El desprecio que le inspiraba aquel hombre competía con el asombro por lo ocurrido en las últimas horas. Por un momento sintió deseo de golpearlo sin piedad ni remordimientos; pero eso, concluyó fríamente, no aportaba nada práctico a la situación. Eran otras cosas las que urgían su interés. Había estado largo rato reflexionando sobre ellas, inmóvil junto al cuerpo exhausto y dormido de Mecha, con los recuerdos y sensaciones últimos agolpándose como cantos rodados de un torrente: el modo en que cruzaron el vestíbulo del hotel sosteniendo al marido, el conserje de noche que les entregó la llave, el ascensor y la llegada a la habitación, los gruñidos y las risas sofocadas. Y después, De Troeye mirándolos con ojos vidriosos de animal aturdido mientras la mujer y Max se desnudaban para acometerse con ansia y total ausencia de pudor, sorbiéndose bocas y cuerpos, retrocediendo a empujones hasta el dormitorio, donde sin cerrar la puerta arrancaron la colcha de la cama y él se hundió en la carne de mujer con desesperada violencia, más cercana a un ajuste de cuentas que a un acto de pasión, o de amor.

Cerró con mucho cuidado la puerta tras de sí, procurando no hacer ruido, y salió al pasillo. Caminó sobre la alfombra que apagaba sus pasos, y eludiendo el ascensor bajó por la amplia escalera de mármol mientras consideraba los próximos movimientos. No era cierto que el collar de Mecha se hubiera quedado en el Pierce-Arrow. Al bajar del automóvil ante el hotel, mientras le decía al chófer que aguardase para llevarlo más tarde a la pensión Caboto, Max había devuelto a Petrossi la pistola y recuperado la sarta de perlas, que metió en un bolsillo sin que Mecha ni el marido lo advirtiesen. Ahí había estado todo el tiempo y ahí estaba ahora, abultando bajo la mano con que Max se palpaba el bolsillo izquierdo de la chaqueta mientras cruzaba entre las columnas del vestíbulo, saludaba con un leve alzar de cejas al conserje de noche y salía afuera, donde Petrossi dormitaba en el coche bajo la luz de una farola: la gorra a un lado, en el baquet, sobre un ejemplar doblado de *La Nación*, y la cabeza echada atrás en el respaldo de cuero, que alzó cuando Max golpeó con los nudillos el cristal.

—Lléveme a Almirante Brown, por favor... Y no, déjelo. No se ponga la gorra. Después váyase a casa.

No cambiaron una palabra durante el trayecto. De vez en cuando, al resplandor de los faros contra una facha-

215

da o muro, combinado con la luz grisácea que empezaba a asentar el amanecer, Max advertía en el espejo retrovisor la mirada silenciosa del chófer, que en ocasiones se cruzaba con la suya. Cuando el Pierce-Arrow se detuvo ante la pensión, Petrossi salió para abrir la portezuela a Max. Bajó éste, el sombrero en la mano.

—Gracias, Petrossi.

El chófer lo miraba impasible.

—Por nada, señor.

Dio Max un paso hacia el portal y se detuvo de pronto, volviéndose.

—Fue un placer conocerlo —añadió.

Con aquella luz indecisa era difícil asegurarlo, pero tuvo la impresión de que Petrossi sonreía.

—Al contrario, señor... Casi todo el placer fue mío.

Ahora le tocó a Max el turno de sonreír.

—Esa Browning está muy bien. Consérvela.

—Celebro que le fuera útil.

Un ligero desconcierto cruzó por la mirada del chófer mientras, con gesto espontáneo, el bailarín mundano se quitaba el Longines de la muñeca.

—No es gran cosa —dijo, entregándoselo—. Pero no me queda un peso en el bolsillo.

Daba vueltas Petrossi al reloj entre los dedos.

—No es necesario —protestó.

—Sé que no lo es. Y eso lo hace más necesario todavía.

Dos horas más tarde, tras hacer su equipaje y tomar un taxi en la pensión Caboto, Max Costa subió en la dársena del puerto al vapor de ruedas de la Carrera, que unía las dos orillas del Río de la Plata; y poco después, resueltos los trámites de Inmigración y Aduana, desembarcaba en Montevideo. Las pesquisas policiales que al cabo de unos días reconstruyeron la breve actividad del bailarín mundano en la capital uruguaya, indicarían que en el trayecto desde Buenos Aires conoció a una mujer de nacionalidad mejicana, cantante profesional, contratada por el teatro Royal Pigalle. Con ella se alojó Max en una lujosa habitación del hotel Plaza Victoria, de donde desapareció a la mañana siguiente dejando atrás su equipaje y una elevada cuenta de gastos —estancia, servicios diversos, cena con champaña y caviar— a la que la furiosa mejicana tuvo que enfrentarse, muy contra su voluntad, cuando al día siguiente la despertó un empleado con el abrigo de armiño que Max había comprado para ella la tarde anterior en la mejor peletería de la ciudad; y que según sus instrucciones, por no llevar suficiente dinero encima en ese momento, era necesario entregar en el hotel al día siguiente, cuando estuviesen abiertos los bancos.

Para entonces, Max ya había tomado pasaje a bordo del transatlántico de bandera italiana *Conte Verde*, que se dirigía a Europa con escala en Río de Janeiro; y tres días después desembarcó en la ciudad carioca, perdiéndose su pista a partir de ese momento. Lo último que pudo establecerse fue que, antes de abandonar Montevideo, Max había vendido el collar de perlas de Mecha Inzunza a un joyero rumano con tienda de anticuario en la calle Andes, conocido receptador de piezas robadas. El rumano, que se llamaba Troianescu, admitió en su declaración a la policía haber pagado por el collar —dos centenares de perlas originales y perfectas— la cantidad de tres mil libras esterlinas. Lo que suponía, según coste del mercado, poco más de la mitad de su valor real. Pero el joven que se lo vendió en el café Vaccaro, recomendado por el amigo de un amigo, parecía tener urgencia en resolver el negocio. Un muchacho amable, por cierto. Bien vestido y educado. Con sonrisa simpática. De no andar doscientas perlas de por medio, y las prisas, se le habría tomado por un perfecto caballero.

6. El Paseo de los Ingleses

Salen a dar una vuelta tras cenar en el Vittoria, disfrutando de la temperatura agradable. Mecha ha presentado a Max a los otros —«Un querido amigo, de hace más años de los que puedo recordar»— y él se ha integrado en el grupo sin esfuerzo, con el aplomo que siempre tuvo para desenvolverse en toda clase de situaciones: la simpática naturalidad, hecha de buenos modales y prudente ingenio, que tantas puertas abrió en otros tiempos, cuando cada día era un desafío y un combate por la supervivencia.

—¿Así que vive en Amalfi? —se interesa Jorge Keller.

La calma de Max es perfecta.

—Sí. Por temporadas.

—Hermoso lugar, ése. Lo envidio de veras.

Es un muchacho agradable, concluye Max. En buena forma física: como esos chicos norteamericanos que ganan trofeos en la universidad, pero con la pátina de un buen barniz europeo. Se ha quitado la corbata, remangado la camisa sobre los antebrazos, y con la chaqueta al hombro encaja poco en la idea que suele tenerse de un aspirante a campeón mundial de ajedrez. Y la partida aplazada no parece inquietarlo. Durante la cena se ha mostrado divertido y desenvuelto, cambiando bromas con su maestro y ayudante Karapetian. A los postres quiso éste retirarse para analizar las variantes de la jugada secreta, adelantando el trabajo que él e Irina Jasenovic abordarán mañana con Keller tras el desayuno. Fue Karapetian quien, antes de irse, sugirió lo del paseo. Te irá bien, le dijo al joven, para despejar la cabeza. Diviértete un rato, y que te acompañe Irina.

—¿Cuánto tiempo llevan juntos? —quiso saber Max mientras se alejaba el ayudante.

—Demasiado —suspiró Keller, con el tono festivo de quien habla de un profesor apenas vuelve éste la espalda—. Y eso significa más de la mitad de mi vida.

—Le hace más caso que a mí —apuntó Mecha.

El joven se echó a reír.

—Tú sólo eres mi madre... Emil es el guardián del calabozo.

Miraba Max a Irina Jasenovic, preguntándose hasta qué punto podía ser llave de ese calabozo al que aludía Keller. No era exactamente bonita, decidió. Atractiva, quizá, con su juventud, aquella falda tan corta y tan *swinging-London*, los ojos negros grandes y rasgados. Parecía callada y dulce. Una chica lista. Más que enamorados, ella y Keller tenían aspecto de jóvenes camaradas que se entendieran por señas y miradas a espaldas de la gente mayor, como si el ajedrez que los había unido fuese una transgresión cómplice. Una inteligente y compleja travesura.

—Tomemos algo —propone Mecha—. Allí.

Han bajado conversando por San Antonino y la via San Francesco hacia los jardines del hotel Imperial Tramontano, donde en un templete situado entre las buganvillas, palmeras y magnolios iluminados por farolitos, un grupo musical toca ante una treintena de personas —polos, suéters sobre los hombros, minifaldas y pantalones vaqueros— que ocupan mesas alrededor de la pista situada cerca de la cornisa del acantilado, sobre el paisaje negro de la bahía y las luces lejanas de Nápoles al fondo.

—Mi madre nunca habló de usted, que yo recuerde... ¿Dónde se conocieron?

—En un barco, a finales de los años veinte. Rumbo a Buenos Aires.

—Max era bailarín mundano a bordo —añade Mecha.

—¿Mundano?

—Profesional. Bailaba con las señoras y las jovencitas, y lo hacía bastante bien... Tuvo mucho que ver con el famoso tango de mi primer marido.

El joven Keller acoge esa información con indiferencia. O los tangos lo traen sin cuidado, deduce Max, o no le agrada que se mencione la anterior vida familiar de su madre.

—Ah, eso —comenta, frío—. El tango.

—¿Y a qué se dedica ahora? —se interesa Irina.

El chófer del doctor Hugentobler compone un gesto adecuado, entre convincente e inconcreto.

—Negocios —responde—. Tengo una clínica en el norte.

—No está mal —comenta Keller—. De bailarín de tangos a propietario de una clínica y de una villa en Amalfi.

—Con etapas intermedias no siempre prósperas —precisa Max—. Cuarenta años dan de sí.

—¿Conoció a mi padre? ¿A Ernesto Keller?

Un gesto vago, de hacer memoria.

—Es posible... No estoy seguro.

La mirada de Max encuentra la de Mecha.

—Lo conociste en la Riviera —apunta ella, serena—. Durante la guerra de España, en casa de Suzi Ferriol.

—Ah. Es verdad... Claro.

Los cuatro piden bebidas: refrescos, agua mineral y un negroni para Max. Mientras el camarero regresa con la bandeja cargada, la batería redobla parche y platillos, suenan dos guitarras eléctricas, y el cantante —un galán maduro con bisoñé y chaqueta de fantasía, que imita el estilo de Gianni Morandi— empieza a cantar *Fatti mandare dalla mamma*. Jorge Keller y la muchacha cambian un rápido beso y salen a bailar a la pista, entre la gente, moviéndose ágiles al vivo ritmo del twist.

—Increíble —comenta Max.

—¿Qué te parece increíble?

—Tu hijo. Su manera de ser. De comportarse.

Ella lo mira con sorna.

—¿Te refieres al aspirante a campeón del mundo de ajedrez?

—A ese mismo.

—Ya veo. Imagino que esperabas un chico pálido y huraño, en una nube de sesenta y cuatro escaques.

—Algo por el estilo. Sí.

Mueve Mecha la cabeza. No debes engañarte, le advierte. La nube también esta ahí. Aunque no lo parezca, el joven sigue jugando la partida aplazada. Lo que lo distingue de otros, sin duda, es su forma de enfrentarse a ello. Algunos grandes maestros se aíslan del mundo y de la vida, concentrados como monjes. Pero Jorge Keller no es así. Su forma de jugar, precisamente, consiste en proyectar el juego del ajedrez en el mundo y en la vida.

—Bajo esa apariencia equívocamente normal, tan vitalista —concluye—, hay una concepción del espacio y de las cosas que nada tiene que ver con la tuya, o la mía.

Asiente Max, que observa a Irina Jasenovic.

—¿Y ella?

—Es una chica extraña. Yo misma no alcanzo a penetrar lo que tiene en la cabeza... Es una gran jugadora, sin duda. Eficaz y lúcida... Pero no sé hasta qué punto su manera de comportarse sale de ella misma, o si es la relación con Jorge lo que determina eso. Ignoro cómo era antes.

—Nunca pensé que hubiera buenos ajedrecistas entre las mujeres... Siempre lo creí un juego masculino.

—Pues no es así. Hay muchas con la categoría de gran maestro, sobre todo en la Unión Soviética. Lo que pasa es que pocas llegan a los títulos mundiales.

—¿Por qué?

Mecha bebe un sorbo de agua y se queda un momento pensativa. Emil Karapetian, dice al cabo, tiene una teoría sobre eso. No es lo mismo jugar algunas partidas que un torneo o un campeonato mundial: esto exige esfuerzo continuado, concentración extrema y gran estabilidad emocional. A las mujeres, que suelen estar sometidas a altibajos biológicos, mantener esa estabilidad uniforme durante las semanas o meses que dura una competición de alto nivel les cuesta más. Factores como la maternidad, o los ciclos menstruales, pueden romper el equilibrio imprescindible en una prueba extrema de ajedrez. Por eso pocas llegan a tal nivel.

—¿Y tú estás de acuerdo?

—Un poco. Sí.

—¿También Irina piensa lo mismo?

—No, en absoluto. Sostiene que no hay ninguna diferencia.

—¿Y tu hijo?

—Está de acuerdo con ella. Dice que es cuestión de actitudes y costumbres. Cree que las cosas cambiarán mucho en los próximos años, en ajedrez como en todo lo demás... Que están cambiando ya, con la revolución de los jóvenes, la Luna al alcance de la mano, la música, la política y todo eso.

—Seguramente tiene razón —admite Max.

—Lo dices como si no lo lamentases.

Lo observa, interesada. Sus palabras han sonado más a provocación que a comentario casual. Responde él con gesto elegante. Melancólico.

—Cada época tiene su momento —opina en tono comedido—. Y su gente. La mía acabó hace tiempo, y yo detesto los finales prolongados. Hacen perder los modales.

Mecha rejuvenece al sonreír, confirma él, como si eso alisara su piel. O tal vez sea el destello cómplice de la mirada, que ahora es idéntica a la que recuerda.

—Sigues haciendo bonitas frases, amigo mío. Siempre me pregunté de dónde las sacabas.

Resta importancia el antiguo bailarín mundano, cual si la respuesta fuese obvia.

—Tomadas aquí y allá, supongo... Luego es cuestión de colocarlas en el momento oportuno.

—Pues tus modales permanecen intactos. Sigues siendo el perfecto *charmeur* al que conocí hace cuarenta años, en aquel barco tan limpio y tan blanco que parecía recién hervido... Antes has hablado de tu época sin incluirme en ella.

—Tú sigues viva. No hay más que verte con tu hijo y los demás.

La primera frase ha sonado a lamento, y Mecha lo estudia reflexiva. Quizás súbitamente alerta. Por un segundo siente Max flaquear su cobertura; así que gana tiempo inclinándose sobre la mesa para llenar de agua el vaso de la mujer. Cuando se echa atrás en la silla, todo está de nuevo bajo control. Pero ella sigue observándolo, penetrante.

—No comprendo por qué hablas así. Ese tono amargo. Las cosas no te han ido mal.

Max hace un ademán impreciso. También aquello, se dice, es una manera de jugar al ajedrez. Quizá no ha hecho otra cosa en toda su vida.

—Cansancio, puede ser la palabra —responde, cauto—. Un hombre debe saber cuándo se acerca el momento de dejar el tabaco, el alcohol o la vida.

—Otra bonita frase. ¿De quién es?

—Lo olvidé —ahora sonríe, de nuevo dueño del terreno—. Hasta podría ser mía, figúrate. Soy demasiado viejo para saberlo.

—¿También cuándo dejar a una mujer?... Hubo un tiempo en que eras experto en eso.

La mira con calculada mezcla de afecto y reproche; pero Mecha niega con un ademán, descartando aquello. Sin aceptar la complicidad que le propone.

—No sé de qué te lamentas —insiste ella—. O qué finges lamentar. La tuya fue una vida peligrosa... Podías haber acabado de modo muy distinto.

—¿En la miseria, quieres decir?

—O en la cárcel.

—Estuve en una y otra —admite—. Pocas veces y poco tiempo, pero estuve.

—Es asombroso que cambiases de vida... ¿Cómo lo conseguiste?

De nuevo compone Max un gesto ambiguo que abarca toda clase de posibilidades imaginarias. Con frecuencia, un solo detalle superfluo puede arruinar las mejores coberturas.

—Tuve un par de golpes de suerte después de la guerra. Amigos y negocios.

—¿Y alguna mujer con dinero, tal vez?

—No creo... No recuerdo.

El hombre que Max fue en otro tiempo encendería ahora un cigarrillo con elegante parsimonia, provocando la pausa oportuna. Pero ya no fuma; y además la ginebra del negroni le ha sentado como un tiro en el estómago. Así que se limita a mostrarse impasible. Ocupada la mente en desear una cucharada de sales de fruta diluida en un vaso de agua tibia.

—¿No sientes nostalgia, Max?... De aquel tiempo.

Ella observa a su hijo y a Irina, que siguen bailando bajo los farolitos del parque. Un rock, ahora. Max los mira evolucionar por la pista y luego se fija en las hojas que amarillean en la penumbra o están caídas secas en el suelo, junto a las mesas.

—Siento nostalgia de mi juventud —responde—, o más bien de lo que esa juventud hacía posible... Por otra parte, he descubierto que el otoño tranquiliza. A mi edad hace sentirse a salvo, lejos de los sobresaltos que produce la primavera.

—No seas tan absurdamente gentil. Di a *nuestra* edad.

—Jamás.

—Eres un bobo.

225

Un silencio grato, de nuevo cómplice. Mecha saca del bolsillo de la chaqueta un paquete de cigarrillos y lo deja sobre la mesa, aunque no enciende ninguno.

—Sé a qué te refieres —dice al fin—. También a mí me pasa. Un día caí en la cuenta de que había más gente desagradable en las calles, los hoteles ya no eran tan elegantes ni los viajes tan divertidos. Que las ciudades eran más feas y los hombres más zafios y menos atractivos... Y al fin, la guerra en Europa barrió lo que quedaba.

Permanece callada de nuevo, un instante.

—Por suerte tuve a Jorge —añade.

Max asiente abstraído, reflexionando sobre cuanto acaba de escuchar. No lo comenta en voz alta, pero ella se equivoca. Respecto a él, por lo menos. Su problema no es de nostalgia por el mundo de ayer, sino algo más prosaico. Durante la mayor parte de su vida intentó sobrevivir en ese mundo, adaptándose a un escenario que, al derrumbarse, acabaría arrastrándolo. Cuando eso ocurrió, era demasiado tarde para empezar de nuevo: la vida había dejado de ser un vasto territorio de caza poblado de casinos, hoteles caros, transatlánticos y lujosos trenes expresos, donde la forma de trazarse la raya en el pelo o de encender un cigarrillo podían influir en la fortuna de un joven audaz. Hoteles, viajes, lugares, hombres más zafios y menos atractivos, había dicho Mecha con singular precisión. Aquella vieja Europa, la que bailó en los dancings y palaces el *Bolero* de Ravel y el *Tango de la Guardia Vieja*, ya no podía contemplarse al trasluz de una copa de champaña.

—Dios mío, Max... Eras guapísimo. Con ese aplomo tuyo, tan elegante y canalla a la vez.

Lo contempla con extrema atención, cual si buscara en su rostro envejecido al joven apuesto que conoció. Dócil, haciendo gala de un distinguido estoicismo —en los labios una mueca suave, de hombre de mundo resignado a lo inevitable—, él se somete al examen.

—Singular historia, ¿verdad? —concluye al fin ella, dulcemente—. Tú y yo... Nosotros, el *Cap Polonio*, Buenos Aires y Niza.

Con perfecta sangre fría, sin decir palabra, Max se inclina un poco sobre la mesa, toma una mano de la mujer y la besa.

—No es verdad lo que dije el otro día —Mecha gratifica el gesto con una mirada radiante—. Estás muy bien para tu edad.

Se encoge él de hombros con la adecuada modestia.

—No es verdad. Soy un viejo como cualquier otro, que ha conocido el amor y el fracaso.

La carcajada de ella suscita miradas en las mesas próximas.

—Condenado pirata. Eso tampoco es tuyo.

Max ni siquiera parpadea.

—Pruébalo.

—Al decirlo has rejuvenecido treinta años... ¿Ponías la misma cara impasible cuando te interrogaba la policía?

—¿Qué policía?

Ahora ríen los dos. También Max, mucho. Sinceramente.

—Tú sí que estás bien —dice después—. Eras... Eres la mujer más hermosa que vi nunca. La más elegante y la más perfecta. Parecía que anduvieses por la vida con un foco que siguiera tus pasos, iluminándote continuamente. Como esas actrices de cine que parecen interpretar mitos que ellas mismas crearon.

De pronto Mecha se ha puesto seria. Al cabo de un instante la ve sonreír con desgana. Cual si lo hiciera desde lejos.

—El foco se apagó hace tiempo.

—No es verdad —opone Max.

Ella ríe de nuevo, pero de modo distinto.

—Oye, basta. Somos dos viejos hipócritas, mintiéndonos mientras los jóvenes bailan.

—¿Quieres bailar?

—No seas tonto... Viejo, caradura y tonto.

Ha cambiado el ritmo de la música. El cantante del bisoñé y la chaqueta de fantasía se ha tomado un respiro: suenan los compases instrumentales de *Crying in the Chapel* y las parejas se abrazan en la pista. También bailan así Jorge Keller e Irina. La joven apoya la cabeza en un hombro del ajedrecista, sus manos cruzadas tras la nuca de éste.

—Parecen enamorados —comenta Max.

—No sé si es la palabra. Tendrías que verlos cuando analizan partidas con un tablero delante. Ella puede ser implacable, y él se revuelve como un tigre furioso... A menudo es Emil Karapetian quien tiene que hacer de árbitro. Pero la combinación resulta eficaz.

Max se ha vuelto a mirarla con atención.

—¿Y tú?

—Oh, bueno. Como dije antes, soy la madre. Me quedo fuera, como ahora. Observándolos. Atenta a cubrir las necesidades. La logística... Pero todo el tiempo sé dónde estoy.

—Podrías vivir tu propia vida.

—¿Y quién dice que ésta no es mi propia vida?

Golpetea suavemente con las uñas sobre el paquete de cigarrillos. Al fin coge uno y Max se lo enciende, solícito.

—Tu hijo se te parece mucho.

Mecha expulsa el humo, mirándolo con súbito recelo.

—¿En qué?

—El físico, sin duda. Delgado, alto. Hay algo en sus ojos cuando sonríe que recuerda a los tuyos... ¿Cómo era su padre, el diplomático? Realmente apenas me acuerdo. Un hombre agradable y elegante, ¿no?... Aquella cena en Niza. Y poco más.

Ella escucha con curiosidad, tras las espirales grises que deshace la brisa suavísima del mar cercano.

228

—Podrías ser tú el padre... ¿Nunca se te ocurrió pensarlo?

—No digas cosas absurdas. Te lo ruego.

—No es absurdo. Piensa un momento. La edad de Jorge. Veintiocho años... ¿No te sugiere nada?

Se remueve él en la silla, incómodo.

—Por favor. Podría...

—¿Podría ser cualquiera, quieres decir?

De pronto parece molesta. Sombría. Apaga el cigarrillo con brusquedad, aplastándolo en el cenicero.

—Tranquilízate. No es hijo tuyo.

Pese a todo, Max no acaba de quitarse aquello de la cabeza. Sigue pensando, desazonado. Haciendo cálculos absurdos.

—Aquella última vez, en Niza...

—Oh, maldito seas. Por Dios... Al diablo tú y Niza.

La mañana era fresca y espléndida. Ante la ventana de la habitación del hotel de París, en Montecarlo, los árboles agitaban sus ramas y perdían las primeras hojas de otoño a causa del mistral, que llevaba dos días soplando en el cielo sin nubes. Minucioso, atento a cada detalle de la ropa, Max —pelo alisado con fijador, aroma reciente a masaje facial— terminó de vestirse: abotonó el chaleco y se puso la chaqueta del traje de cheviot castaño de siete guineas, hecho a medida cinco meses antes en Londres por Anderson & Sheppard. Después se introdujo un pañuelo blanco en el bolsillo superior, dio un último toque a la corbata de rayas rojas y grises, comprobó de un vistazo el lustrado de los zapatos de cuero marrón y llenó los bolsillos con los objetos dispuestos sobre la cómoda: una estilográfica Parker Duofold, una pitillera de carey —ésta sí tenía grabadas sus propias iniciales— con veinte cigarrillos turcos, y una billetera de piel que contenía dos mil francos, la *carte de saison* para el círculo privado del Casino y la tarjeta de socio del Sporting Club. El encendedor Dunhill de gasolina chapado en oro estaba en la mesita de desayuno situada junto a la ventana, sobre un diario con las últimas noticias de la guerra de España —*Las tropas de Franco intentan reconquistar Belchite*, era el titular—. Se metió el encendedor en el bolsillo, tiró el diario a la papelera, cogió el sombrero de fieltro y el bastón de Malaca, y salió al pasillo.

Vio a los dos hombres al pisar los últimos peldaños de la espléndida escalera, bajo la cúpula acristalada del vestíbulo. Estaban sentados, con los sombreros puestos, en uno de los sofás situados a la derecha, junto a la puerta del bar; y al principio los tomó por policías. A los treinta y cinco años —hacía siete que había dejado de trabajar como bailarín mundano en hoteles de lujo y transatlánticos—, Max poseía un instinto profesional afinado en detectar situaciones de riesgo. Un rápido vistazo dirigido a los dos sujetos lo convenció de que ésa lo era: al verlo aparecer habían cambiado entre ellos algunas palabras, y ahora lo miraban con visible interés. Con aire casual, a fin de evitar una escena inconveniente en el vestíbulo —quizá una detención, aunque en Mónaco estaba limpio de antecedentes—, Max fue al encuentro de los dos hombres, aparentando dirigirse al bar. Cuando llegó a su altura, los dos se pusieron de pie.

—¿El señor Costa?

—Sí.

—Me llamo Mauro Barbaresco, y mi amigo es Domenico Tignanello. ¿Podríamos charlar un momento?

El que había hablado —en correcto español pero con marcado acento italiano— era fuerte de hombros, de nariz aguileña y ojos vivos, e iba vestido con un traje gris algo estrecho cuyos pantalones se abolsaban en las rodillas. El otro era más bajo y grueso, tenía un rostro meridional, melancólico, con un lunar grande en la mejilla izquierda, y llevaba un terno oscuro a rayas —arrugado y con brillos en los codos, observó Max— con corbata demasiado ancha y zapatos sucios. Los dos debían de andar por la treintena larga.

—Sólo dispongo de media hora. Después tengo un compromiso.

—Será suficiente.

La sonrisa del de la nariz aguileña parecía demasiado amistosa para ser tranquilizadora —Max sabía por experiencia que un policía sonriente era más peligroso que uno serio—; pero si aquellos dos estaban del lado de la ley y el orden, concluyó, no era de un modo convencional. Por otra parte, que conocieran su nombre no tenía nada de particular. En Montecarlo estaba registrado como Máximo Costa, su pasaporte venezolano era auténtico y estaba en regla. También tenía una cuenta de cuatrocientos treinta mil francos en la sucursal del Barclays Bank; y en la caja fuerte del hotel, otros cincuenta mil que lo avalaban como cliente honorable; o, al menos, solvente. Sin embargo, algo daba mala espina en aquellos dos. Su olfato adiestrado en terrenos difíciles detectaba problemas.

—¿Podemos invitarlo a una copa?

Dirigió Max un vistazo al interior del bar: Emilio, el barman, agitaba una coctelera detrás de la barra americana, y varios clientes bebían sus aperitivos sentados en sillas de cuero, entre las paredes con apliques de cristal y paneles de madera barnizada. No era lugar idóneo para conversar con aquellos dos, así que señaló la puerta giratoria que daba a la calle.

—Vamos enfrente. Al café de París.

Cruzaron la plaza ante el Casino, donde el portero, con buena memoria para las propinas, saludó a Max. El viento del norte teñía el mar cercano de un color azul más intenso de lo habitual, y las montañas que dislocaban en abruptos grises y ocres el relieve de la costa parecían más limpias y próximas en aquel extenso paisaje de villas, hoteles y casinos que era la Costa Azul: un bulevar de sesenta kilómetros habitado por camareros tranquilos que esperaban a clientes, croupiers lentos que esperaban a jugadores, mujeres rápidas que esperaban a hombres con dinero, y buscavidas despiertos que, como el propio Max, esperaban la ocasión de beneficiarse de todo eso.

—Va a cambiar el tiempo —comentó el llamado Barbaresco a su compañero, mirando el cielo.

Por alguna razón que no se detuvo a considerar, a Max le pareció que sonaba como amenaza, o advertencia. De cualquier modo, la certeza de complicaciones inminentes se afianzaba cada vez más. Procurando mantener la cabeza fría eligió una mesa bajo las sombrillas de la terraza del café, en la parte más tranquila. La fachada imponente del Casino quedaba a la izquierda, y el hotel de París y el Sporting Club al otro lado de la plaza. Tomaron asiento, acudió el camarero y encargaron bebidas: patrióticos cinzanos Barbaresco y Tignanello, y Max un combinado Riviera.

—Tenemos una propuesta que hacerle.

—Cuando dice *tenemos*, ¿a quién se refiere?

Se quitó el sombrero el italiano, pasándose después una mano por la cabeza. Tenía el cráneo calvo y bronceado. Unido a la anchura de los hombros, eso le daba un aspecto atlético. Deportivo.

—Somos intermediarios —dijo.

—¿De quién?

Una sonrisa cansada. El italiano miraba, sin tocarla, la bebida roja que el camarero le había puesto delante. Su melancólico compañero había cogido la suya y la acercaba a los labios, cauto, como si desconfiara de la rodaja de limón que tenía dentro.

—A su debido tiempo —repuso Barbaresco.

—Bien —Max se disponía a encender un cigarrillo—. Veamos esa propuesta.

—Un trabajo en el sur de Francia. Muy bien pagado.

232

Sin accionar el encendedor, Max se puso en pie con mucha calma, llamó al camarero y pidió la cuenta. Tenía demasiada experiencia en provocadores, soplones y policías camuflados como para prolongar aquella situación.

—Ha sido un placer, caballeros... Ya dije antes que tengo un compromiso. Les deseo un buen día.

Los dos individuos permanecieron sentados, sin alterarse. Barbaresco sacó del bolsillo un documento de identidad y lo mostró, abierto.

—Esto es serio, señor Costa. Algo oficial.

Max miró el carnet. Tenía pegada la foto de su propietario junto al escudo de Italia y las siglas SIM.

—Mi amigo tiene otro igual que éste... ¿Verdad, Domenico?

Asintió el otro, taciturno como si en vez de preguntarle por un documento de identidad le hubiesen preguntado si tenía tuberculosis. También se había quitado el sombrero y lucía un pelo negro rizado y grasiento que acentuaba su aspecto meridional. Siciliano o calabrés, imaginó Max. Con toda la melancolía racial de allá abajo pintada en la cara.

—¿Y son auténticos?

—Como hostias consagradas.

—Sean lo que sean, su jurisdicción acaba en Ventimiglia, me parece.

—Estamos aquí de visita.

Max volvió a sentarse. Como todo el que leyera periódicos, estaba al corriente de las pretensiones territoriales de Italia, que desde la toma del poder por Mussolini reclamaba la antigua frontera en el sur de Francia, extendiendo su reivindicación hasta el río Var. Tampoco se le escapaba que, con el ambiente creado por la guerra de España y las tensiones políticas en Europa y el Mediterráneo, la franja costera que incluía Mónaco y el litoral francés hasta Marsella era un hormiguero de agentes italianos y alemanes. Sabía, asimismo, que SIM significaba Servizio Informazioni Militare, y que bajo ese nombre eran conocidos los servicios secretos exteriores del régimen fascista.

—Antes de entrar en materia, señor Costa, permítame decirle que lo sabemos todo sobre su persona.

—¿Cuánto de todo?

—Juzgue usted mismo.

Tras aquel preámbulo, Barbaresco se bebió el vermut —tres sorbos prolongados a modo de pausas— mientras resumía con notable eficiencia, en aproximadamente dos minutos, la trayectoria profesional de Max en Italia durante los últimos años. Eso incluía, entre otros sucesos menores, un robo de joyas a una norteamericana llamada Howells en su apartamento de la via del Babuino de Roma, otro robo en el Gran Hotel de la misma ciudad a una ciudadana belga, una apertura de caja fuerte en una villa de Bolzano propiedad de la marquesa Greco de Andreis, y un robo de joyas y dinero a la soprano brasileña Florinda Salgado en una suite del hotel Danieli de Venecia.

—¿Todo eso he hecho? —Max se lo tomaba con calma—. No me diga.

—Pues sí. Se lo digo.

—Resulta extraño que no me hayan detenido hasta ahora... Con tanto delito y tanta prueba en mi contra.

—Nadie habló de pruebas, señor Costa.

—Ah.

—En realidad nunca se confirmó de modo oficial ni una sola sospecha sobre usted.

Cruzando las piernas, Max encendió por fin el cigarrillo.

—No sabe lo que me tranquiliza escuchar eso... Ahora diga qué quieren de mí.

Barbaresco daba vueltas al sombrero entre las manos. Como las de su compañero, se veían fuertes, de uñas chatas. Y seguramente, en caso necesario, peligrosas.

—Hay un asunto —expuso el italiano—. Un problema que debemos resolver.

—¿Aquí, en Mónaco?

—En Niza.

—¿Y qué tengo yo que ver?

—Aunque su pasaporte sea venezolano, usted es de origen argentino y español. Está bien relacionado y se mueve con soltura en ciertos círculos. Hay otra ventaja: nunca ha tenido problemas con la policía francesa; menos todavía que con la nuestra. Eso le da una cobertura respetable... ¿Verdad, Domenico?

Volvió a asentir el otro con rutinaria estolidez. Parecía acostumbrado a que su compañero se encargase de la parte dialogada de su trabajo.

—¿Y qué esperan que haga?

—Que utilice sus habilidades en nuestro beneficio.

—Mis habilidades son diversas.

—En concreto —Barbaresco miró otra vez a su compañero como solicitando su conformidad, aunque el otro no dijo una palabra ni alteró el gesto—, nos interesa su facilidad para introducirse en la vida de ciertos incautos, en especial si son mujeres con dinero. En alguna ocasión demostró también una asombrosa habilidad para escalar paredes, fracturar ventanas y abrir cajas de caudales que estaban cerradas... Este último detalle nos sorprendió, realmente; hasta que tuvimos una conversación con un antiguo conocido suyo, Enrico Fossataro, que nos aclaró las dudas.

Max, que apagaba su cigarrillo, permaneció impasible.

—No conozco a ese individuo.

—Es raro, porque él parece estimarlo mucho a usted. ¿Verdad, Domenico?... Lo define, literalmente, como un buen muchacho y un conspicuo *gentleman*.

Mantuvo Max la expresión impenetrable mientras sonreía en sus adentros con el recuerdo de Fossataro: un tipo alto, flaco, muy correcto de maneras, que trabajó en la Conforti, una empresa de fabricación de cajas fuertes, antes de emplear sus conocimientos técnicos en desvalijarlas. Se

235

habían encontrado en el café del hotel Capsa de Bucarest el año treinta y uno, poniendo en común sus habilidades en varias lucrativas ocasiones. Fue él quien enseñó a Max el uso de puntas de diamante para cortar vidrios y vitrinas, así como el manejo de instrumentos de cerrajería y la apertura de cajas de caudales. Enrico Fossataro tenía a gala actuar con exquisita limpieza, causando la mínima molestia posible a sus víctimas. «A la gente rica se le roba, pero no se la maltrata —solía decir—. Suele estar asegurada contra el robo, no contra la desconsideración». Hasta su rehabilitación social —había acabado ingresando, como tantos compatriotas, en el partido fascista—, Fossataro fue una leyenda en el mundo del hampa elegante europeo. Aficionado a leer, en cierta ocasión interrumpió a media faena el robo en una casa en Verona, dejándolo todo como estaba al descubrir que el propietario era Gabriele D'Annunzio. Y era famoso el episodio nocturno durante el que, dormida una niñera mediante un pañuelo empapado en éter, Fossataro había estado dando el biberón a un bebé despierto en la cuna mientras sus cómplices desvalijaban la casa.

—O sea —concluyó Barbaresco— que, además de socialmente agradable, con maneras de gigoló, es usted una buena pieza. Lo que los franceses, en su delicadeza, suelen llamar *cambrioleur*. Aunque sea de guante blanco.

—¿Debería mostrarme sorprendido?

—No hace falta, pues en nuestro caso tiene poco mérito saber de usted. Mi compañero y yo tenemos el aparato del Estado a nuestra disposición. Como sabe, la policía italiana es la más eficaz de Europa.

—Compitiendo con la Gestapo y la NKVD, tengo entendido. En materia de eficacia.

Al otro se le nubló el gesto.

—Usted se refiere sin duda a la gente de la OVRA, que es la policía política fascista. Pero mi amigo y yo somos carabineros. ¿Comprende?... El nuestro es un servicio militar.

—Eso me tranquiliza mucho.

Durante unos segundos de silencio, Barbaresco consideró con visible desagrado la ironía contenida en las palabras de Max. Al fin hizo semblante de dejarlo para más tarde.

—Hay unos documentos importantes para nosotros —explicó—. Están en poder de alguien muy conocido en el mundo de las finanzas internacionales. Por razones complejas, relacionadas con la situación de España, esos documentos se encuentran en una casa de Niza.

—¿Y pretenden que yo los consiga para ustedes?

—Exacto.

—¿Robándolos?

—No es robo, sino recuperación. Hacerlos volver a su dueño.

Bajo la aparente indiferencia de Max, su interés era creciente. Resultaba imposible no sentir curiosidad.

—¿Qué documentos son ésos?

—Lo sabrá a su debido tiempo.

—¿Y por qué precisamente yo?

—Como dije antes, se maneja bien en esa clase de ambientes.

—¿Me toman por Rocambole, o qué?

Por alguna razón desconocida, el nombre del personaje folletinesco dibujó una leve sonrisa en el rostro del llamado Tignanello, que por un instante abandonó su expresión fúnebre mientras se rascaba el lunar de la mejilla. Después siguió mirando a Max con la expresión de quien espera todo el tiempo recibir una mala noticia.

—Eso es espionaje... Ustedes son espías.

—Suena melodramático —pinzando con dos dedos, Barbaresco intentaba inútilmente rehacer la raya desaparecida de su pantalón—. En realidad somos simples funcionarios del Estado italiano. Con dietas, notas de gastos y cosas así —se volvió al otro—. ¿Verdad, Domenico?

A Max no le parecía tan simple. Su parte, al menos.

—El espionaje en tiempo de guerra se castiga con la muerte —dijo.

—Francia no está en guerra.

—Pero puede estarlo pronto. Vienen tiempos feos.

—Los documentos que debe usted recuperar se refieren a España... En el peor de los casos arriesgaría una deportación.

—Pues no me apetece que me deporten. Me gusta Francia.

—Le aseguro que el riesgo es mínimo.

Max miraba a uno y otro con genuina sorpresa.

—Creía que los agentes secretos disponían de su propio personal para tales casos.

—Es lo que mi amigo y yo intentamos ahora —Barbaresco sonreía, paciente—. Conseguir que forme parte de nuestro personal. ¿Cómo cree que se hacen estas cosas, si no?... Los candidatos no llegan y dicen por las buenas: «Quiero ser espía». A veces se les convence por patriotismo, y a veces por dinero... No consta que usted haya mostrado simpatía por uno u otro bando de los que combaten en España. La verdad es que aquello parece serle indiferente.

—En realidad soy más argentino que español.

—Será por eso. De cualquier modo, descartado el móvil patriótico, nos queda el económico. Y en ese terreno sí ha manifestado convicciones firmes. Estamos autorizados a ofrecerle una cantidad respetable.

Entrelazó Max los dedos, apoyadas las manos sobre la rodilla de la pierna que cruzaba sobre la otra.

—¿Cómo de respetable?

Inclinándose ligeramente sobre la mesa, Barbaresco bajó la voz.

—Doscientos mil francos en la moneda que considere oportuna, y un adelanto de diez mil para gastos, en forma de cheque contra la oficina del Crédit Lyonnais en Montecarlo... Del cheque puede disponer ahora mismo.

Miró Max con distraído afecto profesional el rótulo de la joyería que estaba cerca, junto al café. Su propietario, un judío llamado Gompers con el que hacía negocios de vez en cuando, compraba cada tarde a los jugadores del Casino buena parte de las joyas que les había vendido por la mañana.

—Tengo asuntos propios en curso. Eso supondría paralizarlos.

—Creemos que la cantidad ofrecida lo compensa de sobra.

—Necesito tiempo para pensarlo.

—No dispone de ese tiempo. Sólo hay tres semanas para dejarlo todo resuelto.

La mirada de Max se desplazó de izquierda a derecha, desde la fachada del Casino al hotel de París y el edificio contiguo del Sporting Club, con su permanente fila de relucientes Rolls, Daimler y Packard detenidos a lo largo de la plaza y los chóferes conversando en corrillos junto a las escalinatas. Tres noches atrás había doblado allí mismo una racha de suerte: una austríaca madura pero todavía muy bella, divorciada de un fabricante de cueros artificiales de Klagenfurt, con la que había quedado en verse en el Tren Azul cuatro días más tarde, y un *cheval* en el Sporting, cuando la bolita de marfil se detuvo en el 26 e hizo ganar a Max dieciocho mil francos.

—Se lo voy a decir de otra manera. Yo actúo muy cómodo solo. Vivo a mi aire y nunca se me ocurriría trabajar para un gobierno. Me da igual que sea fascista, nacionalsocialista, bolchevique o de Fumanchú.

—Por supuesto, es usted libre de aceptar o no —el gesto de Barbaresco insinuaba todo lo contrario—. Pero debe considerar también un par de cosas. Su negativa incomodaría a nuestro gobierno. ¿Verdad, Domenico?... Eso hará replantear, sin duda, la actitud de nuestra policía cuando usted, por el motivo que sea, decida pisar suelo italiano.

Hizo Max un rápido cálculo mental. Una Italia prohibida para él significaba renunciar a las americanas excéntricas de Capri y la costa de Amalfi, a las inglesas aburridas que alquilaban villas en las cercanías de Florencia, a los nuevos ricos alemanes e italianos, aficionados al casino y al bar del hotel, que dejaban solas a sus mujeres en Cortina d'Ampezzo y en el Lido de Venecia.

—Y no sólo eso —seguía exponiendo Barbaresco—. Mi patria está en excelentes relaciones con Alemania y otros países de Europa central. Sin contar la más que probable victoria del general Franco en España... Como sabe, las policías suelen ser más eficaces que la Sociedad de Naciones. A veces cooperan entre sí. Un vivo interés en su persona alertaría sin duda a otros países. En ese caso, el territorio donde usted dice trabajar solo y cómodo podría reducirse de manera enojosa... ¿Se imagina?

—Me imagino —admitió Max, ecuánime.

—Pues ahora imagine el caso opuesto. Las posibilidades de futuro. Buenos amigos y un vasto campo de caza... Aparte el dinero que cobrará por esto.

—Necesitaría más detalles. Ver hasta qué punto es posible lo que me proponen.

—Obtendrá esa información pasado mañana, en Niza. Tiene habitación reservada para tres semanas en el Negresco: sabemos que siempre se aloja allí. Sigue siendo un buen hotel, ¿no?... Aunque nosotros preferimos el Ruhl.

—¿Estarán en el Ruhl?

—Ya nos gustaría. Pero nuestros jefes opinan que el lujo debe reservarse para estrellas como usted. Lo nuestro es una modesta casa alquilada cerca del puerto. ¿Verdad, Domenico?... Los espías de etiqueta con una gardenia en el ojal son más bien cosa del cinematógrafo... De ese inglés que hace películas, Hitchcock, y de estúpidos así.

Cuatro días después de la conversación en el café de París, sentado bajo una sombrilla de La Frégate ante el Paseo de los Ingleses de Niza, Max —pantalón blanco de dril, chaqueta cruzada azul marino, bastón y sombrero panamá en la silla contigua— entornaba los ojos, deslumbrado por el intenso reverbero de luz en la bahía. Todo en torno era un resplandor de edificios claros en tonos blancos, rosados y cremas, y el mar reflejaba el sol con tanta intensidad que la numerosa gente que recorría la Promenade, al otro lado de la calzada, semejaba una sucesión de sombras anónimas desfilando a contraluz.

Apenas se notaba el final de la temporada, constató. Los empleados municipales barrían más hojas secas del suelo y el paisaje adoptaba, en las salidas y puestas de sol, tonos otoñales grises y nacarados. Sin embargo, aún quedaban naranjas en los árboles, el mistral mantenía el cielo despejado de nubes y el mar color índigo, y el recorrido a lo largo de la playa de guijarros, frente a la línea de hoteles, restaurantes y casinos, se llenaba de paseantes cada día. A diferencia de otros lugares de la costa, donde las tiendas de lujo empezaban a cerrar, se desmontaban las casetas de baño y los toldos desaparecían en los jardines de los hoteles, en Niza se prolongaba la *saison* durante el invierno. Pese al turismo de vacaciones pagadas que desde la victoria del Frente Popular invadía el sur de Francia —millón y medio de obreros habían disfrutado aquel año de descuentos en billetes de ferrocarril—, la ciudad conservaba a sus habitantes de toda la vida: jubilados de recursos, matrimonios ingleses con perro incluido, viejas damas que ocultaban los estragos del tiempo bajo sombreros y velos de Chantilly, o familias rusas que, obligadas a vender sus lujosas villas, aún ocupaban modestos apartamentos en el centro de la ciudad. Ni siquiera en plena estación veraniega se disfrazaba Niza de verano: las espaldas desnudas, los pijamas de playa y las alpargatas que hacían furor en lugares cercanos estaban allí mal vistos; y los turistas americanos, los parisienses ruidosos y las inglesas de clase media que pretendían hacerse las distinguidas pasaban sin detenerse camino de Cannes o Montecarlo, tan de largo como los hombres de negocios alemanes e italianos que infestaban la Riviera con su grosería de nuevos ricos engordados a la sombra del nazismo y del fascismo.

Una de las siluetas que desfilaban en el contraluz se destacó de las otras, y a medida que se aproximaba a la terraza y a Max adquirió contornos, facciones propias y aroma de Worth. Para entonces él ya se había puesto en pie, ajustándose el nudo de la corbata; y con una sonrisa, ancha y luminosa como la luz que lo inundaba todo, extendía las dos manos hacia la recién llegada.

—Válgame Dios, baronesa. Estás bellísima.

—*Flatteur*.

Asia Schwarzenberg tomó asiento, se quitó las gafas de sol, pidió un escocés con agua Perrier y miró a Max con sus grandes ojos almendrados, vagamente eslavos. Éste indicó la carta de servicio en la terraza que estaba sobre la mesa.

—¿Vamos a un restaurante o prefieres comer algo ligero?

—Ligero. Aquí mismo estará bien.

Consultó Max el menú, que tenía impresos por detrás un dibujo del Palais Méditerranée y unas palmeras de la Promenade pintadas por Matisse.

—¿Foie-gras y Château d'Yquem?

—Perfecto.

La mujer sonreía mostrando los dientes muy blancos, ligeramente manchados en los incisivos del carmín que solía dejar en todas partes: cigarrillos, borde de copas, cuellos de camisa de hombres a los que besaba al despedirse. Pero ésa —Worth aparte, perfecto para ropa aunque denso como perfume según el gusto de Max— era la única concesión chocante en ella. A diferencia de los falsos títulos que muchas aventureras internacionales paseaban por la Riviera, el de la baronesa Anastasia Alexandrovna von Schwarzenberg era auténtico. Un hermano suyo, amigo del príncipe Yusupov, había estado entre los asesinos de Rasputín; y su primer marido fue ejecutado por los bolcheviques en 1918. El título de baronesa, sin embargo, procedía de su segundo matrimonio con un aristócrata prusiano, fallecido de un ataque al corazón, arruinado cuando su caballo *Marauder* perdió por una cabeza el Grand Prix de Deauville en 1923. Sin otros recursos aunque bien relacionada, muy alta, delgada y elegante de maneras, Asia Schwarzenberg había trabajado durante un tiempo como maniquí para algunas de las más importantes casas de moda francesas. Las viejas colecciones encuadernadas de *Vogue* y *Vanity Fair* que aún podían encontrarse en los salones de lectura de transatlánticos y grandes hoteles abundaban en sofisticadas fotografías suyas hechas por Edward Steichen, o por los Séeberger. Y lo cierto es que, pese a que ya se acercaba a los cincuenta años, el modo en que llevaba la ropa —un bolero azul oscuro sobre pantalones holgados en tono crema, que el ojo adiestrado de Max identificó como de Hermès o Schiaparelli— seguía siendo deslumbrante.

—Necesito un contacto —dijo Max.

—¿Hombre o mujer?

—Mujer. Aquí, en Niza.

—¿Difícil?

—Algo. Mucho dinero y muy buena posición. Quiero introducirme en su círculo.

La mujer escuchaba atenta, distinguida. Calculando sus beneficios, supuso Max. Hacía años que, aparte de vender objetos antiguos asegurando que pertenecían a su familia rusa, vivía de facilitar relaciones: invitados a fiestas, contactos para conseguir una villa de alquiler o una mesa en un restaurante exclusivo, reportajes en revistas de moda y cosas así. En la Riviera, la baronesa Asia Schwarzenberg era una especie de alcahueta social.

—No pregunto sobre tus intenciones —dijo ella— porque suelo imaginármelas.

—No es tan sencillo esta vez.

—¿La conozco yo?

—No te molestaría, de no ser así... Además, ¿a quién no conoces tú, Asia Alexandrovna?

Llegaron el foie-gras y el vino, y Max hizo una pausa deliberada mientras se ocupaban de ello, sin que la mujer mostrase impaciencia. Los dos habían sostenido un breve *flirt* cinco años atrás, al conocerse durante la fiesta de Nochevieja en el Embassy de Saint-Moritz. El asunto no pasó a mayores porque ambos advirtieron al mismo tiempo que el oponente era un aventurero sin un céntimo; así que amanecieron, ella con abrigo de visón sobre el vestido de lamé y él de riguroso frac, comiendo pasteles de chocolate caliente en Hanselmann. Desde entonces mantenían una relación amistosa, de mutuo beneficio, sin pisarse terreno uno al otro.

—Os fotografiaron juntas este verano en Longchamps —dijo al fin Max—. Vi la foto en *Marie Claire*, o en una de esas revistas.

Enarcaba la baronesa las depiladísimas cejas, trazadas a pincel a base de pinzas y cold-cream, con sincero asombro.

—¿Susana Ferriol?

—Ésa.

El mimbre del asiento de la baronesa crujió ligeramente mientras ésta se echaba atrás en el respaldo, cruzando una pierna sobre otra.

—Se trata de caza mayor, querido.

—Por eso recurro a ti.

Había sacado Max la pitillera y se la ofrecía, abierta. Se inclinó para darle fuego y después encendió su propio cigarrillo.

—Ningún problema por mi parte —la baronesa fumaba, pensativa—. Conozco a Suzi desde hace años... ¿Qué necesitas?

—Nada especial. Una ocasión oportuna para visitar su casa.

—¿Sólo eso?

—Sí. El resto es cosa mía.

Una bocanada de humo. Lenta. Cauta.

—Del resto no quiero saber nada —precisó ella—. Pero te advierto que no es mujer fácil. No se le conoce ni una sola aventura... Aunque es cierto que con eso de la guerra en España, todo anda manga por hombro. No para de ir y venir gente, refugiados y demás... Un absoluto relajo.

Aquella palabra, refugiados, era equívoca, pensó Max. Inclinaba a pensar en la pobre gente que aparecía en las fotos tomadas por los corresponsales extranjeros: rostros campesinos con lágrimas en las arrugas de la piel, familias huyendo de los bombardeos, niños sucios dormidos sobre miserables hatos de ropa, desesperación y miseria de quienes lo perdían todo menos la vida. Sin embargo, buena parte de los españoles que buscaban refugio en la Riviera nada tenía que ver con eso. Cómodamente instalados en aquel clima semejante al de su patria, alquilaban villas, apartamentos o habitaciones de hotel, se bronceaban al sol y frecuentaban los restaurantes caros. Y no sólo allí. Cuatro semanas atrás, preparando un asunto que no llegó a cuajar de modo satisfactorio —no todo eran éxitos en su carrera—, Max había tratado a varios de esos exiliados en Florencia: aperitivo en Casone y cena en Picciolo, o en Betti. Para quienes habían podido ponerse a salvo y mantenían sus cuentas bancarias en el extranjero, la guerra civil no era más que una incomodidad temporal. Una tormenta lejana.

—¿También conoces a Tomás Ferriol?

—Claro que lo conozco —la mujer alzó un dedo a modo de advertencia—. Y cuidado con ése.

Recordaba Max la conversación mantenida aquella mañana con los dos espías italianos en el café Monnot de la plaza Masséna, junto al casino municipal. Estaban los tales Barbaresco y Tignanello sentados ante unos sobrios granizados de limón, detallándole por boca del primero —callado y melancólico el otro, igual que en Montecarlo— los pormenores del trabajo a realizar. Susana Ferriol es la persona clave, había explicado Barbaresco. Su villa de Niza, al pie del monte Boron, es una especie de secretaría privada para los asuntos confidenciales de su hermano. Allí reside Tomás Ferriol cuando viene a la Costa Azul, y en la caja fuerte del gabinete se guardan sus documentos. El trabajo de usted consiste en introducirse en el círculo de amistades, estudiar el ambiente y conseguir lo que necesitamos.

Asia Schwarzenberg seguía observando a Max con curiosidad, como si evaluara sus posibilidades. No parecía inclinada a apostar por él una ficha de cinco francos.

—Ferriol —añadió tras una breve pausa— no es de los que permiten que se tontee con su hermanita.

Encajó Max la advertencia, impasible.

—¿Está él en Niza?

—Va y viene. Hace un mes coincidimos un par de veces: cenando en La Réserve y en una fiesta en la casa que Dulce Martínez de Hoz alquiló este verano en Antibes... Pero buena parte del tiempo la pasa entre España, Suiza y Portugal. Su relación con el gobierno de Burgos es íntima. Cuentan, y me lo creo, que sigue siendo el banquero principal del general Franco. Todo el mundo sabe que él financió los primeros gastos de la sublevación de los militares en España...

Miraba Max, más allá de la terraza, los automóviles detenidos en el bordillo de la acera y las sombras que seguían desfilando por el contraluz del paseo. En otra mesa había una pareja con un perro flaco de color canela y hocico aristocrático. Su dueña, una joven con vestido ligero y sombrero turbante de seda, tiraba de la correa para que el animal no lamiese los zapatos del hombre que ocupaba la mesa vecina, ocupado en llenar una pipa y con la mirada perdida en el rótulo de la agencia Cook.

—Damé un par de días —dijo la baronesa—. Debo estudiar la manera.

—No dispongo de mucho tiempo.

—Haré lo que pueda. Supongo que te ocupas de los gastos.

Asintió él con aire ausente. El hombre de la mesa cercana había encendido la pipa y los miraba ahora de un modo tal vez casual, pero que hizo sentirse incómodo a Max. Había algo familiar en aquel desconocido, decidió, aunque no lograba establecer qué.

—No te saldrá barato —insistió la baronesa—. Y te digo que Suzi Ferriol es picar alto.

Max la miraba de nuevo.

—¿Cuánto de alto?... Había pensado en seis mil francos.

—Ocho mil, querido. Está todo carísimo.

El individuo de la pipa parecía haber perdido todo interés en ellos, y fumaba contemplando las siluetas que se movían a lo largo del paseo. Con discreción, disimulando al amparo de la mesa, Max sacó el sobre que traía prevenido en el bolsillo interior de la chaqueta y añadió mil francos de su cartera.

—Estoy seguro de que te arreglarás con siete mil.

—Sí —sonrió la baronesa—. Me arreglaré.

Metió el sobre en el bolso y se despidieron. Él aguardó en pie a que ella se alejara y luego pagó la cuenta, se puso el sombrero y caminó entre las mesas pasando junto al hombre de la pipa, que no parecía prestarle más atención. Un instante después, cuando pisaba el último de los tres peldaños que comunicaban la terraza con la acera, recordó al fin. Había visto a ese hombre aquella mañana, sentado ante el café Monnot y con un limpiabotas lustrándole los zapatos, mientras él conversaba con los espías italianos.

—Hay un problema —dice de pronto Mecha Inzunza.

Hace rato que pasean despacio, conversando de cosas banales, por las proximidades de San Francesco y los jardines del hotel Imperial Tramontano. Pasa de la media tarde, y un sol brumoso declina en los acantilados de la Marina Grande, a la izquierda, dorando la calima sobre la bahía.

—Un problema serio —añade tras un instante.

Acaba de apurar el resto de un cigarrillo y, tras desprender la brasa en la barandilla de hierro, arrojarlo al vacío. Max, sorprendido por el tono y la actitud de la mujer, estudia su perfil inmóvil. Ella entorna los ojos, mirando el mar con fijeza obstinada.

—Esa jugada de Sokolov —dice al fin.

Max sigue atento a ella, confuso. Sin saber a qué se refiere. Ayer se acabó de jugar la partida aplazada, con resultado de tablas. Medio punto para cada jugador. Es cuanto sabe del asunto.

—Canallas —murmura Mecha.

La confusión de Max cede paso al desconcierto. El tono es despectivo, con una nota de rencor. Algo nuevo hasta ese momento, concluye él. Aunque tal vez nuevo no sea la palabra exacta. Tonos de un pasado remoto, común, surgen con suavidad del olvido. Max ya conoció eso, antes. Hace todo un mundo, o una vida. Ese frío y educado desdén.

—Conocía la jugada.

—¿Quién?

Con las manos en los bolsillos de la rebeca, ella encoge los hombros como si la respuesta fuese obvia.

—El ruso. Sabía lo que iba a jugar Jorge.

La idea tarda un momento en abrirse paso.

—Me estás diciendo...

—Que Sokolov estaba preparado. Y no es la primera vez.

Un silencio largo. Asombrado.

—Es el campeón del mundo —forzando su imaginación, Max intenta digerir aquello—. Lo normal es que tales cosas ocurran.

La mujer aparta los ojos de la bahía para posarlos en él sin despegar los labios. No hay nada de normal, dice la mirada, en que tales cosas ocurran o lo hagan de esa manera.

—¿Por qué me lo cuentas? —pregunta él.

—¿Precisamente a ti?

—Eso es.

Inclina la cabeza, pensativa.

—Porque tal vez te necesite.

Aumenta la sorpresa de Max, que apoya una mano en la barandilla del acantilado. Hay algo de inseguro en su ademán, similar a la conciencia súbita de un vértigo inesperado, casi amenazador. El chófer del doctor Hugentobler tiene planes específicos para su falsa vida social en Sorrento; y éstos no incluyen que Mecha Inzunza lo necesite, sino todo lo contrario.

—¿Para qué?

—Cada cosa a su tiempo.

Él intenta ordenar sus ideas. Calcular movimientos sobre algo que todavía ignora.

—Me pregunto...

Mecha lo interrumpe, serena.

—Llevo algún tiempo pensando de qué eres capaz.

Lo ha dicho con suavidad, sosteniéndole la mirada como al acecho de una respuesta paralela. Tácita.

—¿Respecto a qué?

—A mí, estos días.

Un ademán de protesta negligente, apenas expresada. Es el mejor Max, el de los grandes tiempos, quien se muestra ahora un poco herido. Descartando cualquier duda imaginable sobre su reputación.

—Sabes muy bien...

—Oh, no. No lo sé.

Ella se ha apartado de la barandilla y camina bajo las palmeras hacia San Francesco. Tras un breve instante inmóvil, casi teatral, él va detrás y la alcanza, situándose a su lado con silencioso reproche.

—Realmente no lo sé —repite Mecha, pensativa—. Pero no me refiero a eso... No es lo que me preocupa.

La curiosidad de Max disipa su pose de hidalga resignación. Con movimiento afable, desenvuelto, extiende una mano para apartar del camino de su acompañante a una pareja de inglesas parlanchinas que se hacen fotografías.

—¿Tiene que ver con tu hijo y los rusos?

La mujer no responde en seguida. Se ha detenido en un ángulo de la fachada del convento, ante el pequeño arco que conduce al claustro. Parece que dude sobre la oportunidad de seguir adelante, o sobre la conveniencia de decir lo que dice a continuación:

—Tienen un confidente. Dentro. Alguien infiltrado que los informa de cómo Jorge prepara sus partidas.

Parpadea Max, estupefacto.

—¿Un espía?

—Sí.

—¿Aquí, en Sorrento?

—¿Dónde, si no?

—Eso es imposible. Sólo estáis Karapetian, Irina y tú... ¿Hay otro a quien yo no conozca?

Ella mueve la cabeza, sombría.

—Nadie. Sólo nosotros.

Pasa bajo el arco y Max la sigue. Tras cruzar el corredor en penumbra salen a la claridad verdosa del claustro desierto, entre las columnas y las ojivas de piedra que encuadran los árboles del jardín. Hubo aquella jugada secreta, explica Mecha bajando la voz. La que su hijo dejó dentro de un sobre cerrado, en manos del árbitro del duelo cuando se interrumpió la partida. La noche y la mañana siguientes se fueron en análisis sobre esa jugada y sus derivaciones, pasando revista a cada posible respuesta de Sokolov. De forma sistemática, Jorge, Irina y el maestro Karapetian estudiaron todas las variantes, preparando jugadas para cada una de ellas. Coincidieron en que lo más probable era que, una vez estudiado el tablero —lo que requería no menos de veinte minutos—, Sokolov respondiese con la captura de un peón por un alfil. Eso daba ocasión de tenderle una celada con un caballo y una dama, de la que la única escapatoria sería una arriesgada jugada de alfil, muy propia del estilo de juego y la imaginación kamikaze de Keller; pero impropia del juego conservador de su adversario. Sin embargo, cuando el árbitro abrió el sobre e hizo el movimiento secreto, Sokolov respondió con una jugada que lo llevaba directamente a la trampa, capturando el peón con su alfil. Jugó Keller su caballo y su dama, tendiendo la celada prevista. Y entonces, sin alterarse, con sólo ocho minutos de análisis para algo cuyo estudio había llevado toda la noche a Keller, Irina y Karapetian, jugó Sokolov la variante más arriesgada con su alfil. Exactamente la que habían concluido que nunca intentaría.

—¿Puede ser casualidad?

—En ajedrez no hay casualidades. Sólo errores y aciertos.

—¿Estás diciendo que Sokolov sabía lo que iba a jugar tu hijo, y cómo evitarlo?

—Sí. Lo de Jorge era algo rebuscado y brillante. Una jugada que no estaba entre las lógicas. Imposible resolverla en ocho minutos.

—¿Y no puede haber más gente relacionada, como por ejemplo empleados del hotel?... ¿O micrófonos ocultos?

—No. Lo he comprobado. Todo es cosa nuestra.

—Dios bendito... ¿Sólo es posible eso? ¿Karapetian o la chica?

Mecha permanece callada, contemplando los árboles del jardincillo.

—Es increíble —comenta él.

Ella vuelve el rostro casi con sorpresa, modulando una mueca de extrañeza y desdén.

—¿Por qué ha de ser increíble?... Simplemente es la vida, con sus traiciones habituales —parece ensombrecerse de pronto—. A ti no debería sorprenderte en absoluto.

Max decide evitar ese escollo.

—Será Karapetian, imagino.

—Existen las mismas probabilidades de que se trate de Irina.

—¿Hablas en serio?

A modo de respuesta, ella modula una sonrisa fría, desganada, que se presta a interpretaciones complejas.

—¿Por qué iban a traicionar a Jorge su maestro o su novia? —inquiere Max.

Hace Mecha un movimiento hastiado, cual si le diese pereza enumerar lo obvio. Luego desgrana con voz neutra varias posibilidades: motivos personales, política, dinero. Aunque, añade tras un instante, lo que menos importa son los móviles de la traición. Ya habrá tiempo de averiguaciones. Lo urgente es proteger a su hijo. El duelo de Sorrento va por la mitad, y la sexta partida se juega mañana.

—Todo esto, con el título mundial en puertas. Imagínate el estrago. El daño.

Las dos inglesas de las fotos acaban de entrar. Mecha y Max caminan por el claustro, alejándose.

—Sin esta sospecha —añade ella— habríamos ido a Dublín vendidos al enemigo.

—¿Por qué te confías a mí?

—Te lo he dicho —de nuevo la sonrisa fría—. Puede que te necesite.

—No comprendo para qué. Yo, de ajedrez...

—No es sólo ajedrez. También lo dije: cada cosa a su tiempo.

Se han detenido de nuevo. La mujer se apoya de espaldas en una columna, y Max no puede menos que recordarla con la vieja fascinación. Pese a los años transcurridos, Mecha Inzunza permanece fiel a la impronta de su bella casta. Ya no es hermosa como hace treinta años; pero su aspecto sigue recordando el de una gacela tranquila, de movimientos armoniosos y elegantes. Confirmarlo suscita en él una sonrisa de suave melancolía. Su atenta observación obra el milagro de fundir los rasgos de la mujer que tiene enfrente con los que recuerda: una de aquellas mujeres singulares de las que, en un pasado ya remoto, el sofisticado gran mundo era rendido cómplice, resignado deudor y brillante escenario. La magia de toda esa antigua belleza aflora de nuevo ante sus ojos asombrados, casi triunfante entre la piel marchita, las marcas y manchas del tiempo y la vejez.

—Mecha...

—Calla. Déjalo.

Él guarda silencio un instante. No pensábamos en lo mismo, concluye. O al menos eso creo.

—¿Qué vais a hacer con Irina, o con Karapetian?

—Mi hijo ha pasado la noche pensándolo, y lo hemos analizado juntos esta mañana... Una jugada señuelo.

—¿Señuelo?

Ella lo explica bajando la voz, pues las inglesas se han acercado por la parte del jardín. Se trata de planear un movimiento determinado, o varios, y comprobar la reacción del otro jugador. Según la respuesta de Sokolov, podría establecerse si alguno de los analistas del adversario lo previno antes.

—¿Es un método seguro?

—No del todo. El ruso puede aparentar desconcierto o dificultad, para disimular que lo sabía. O resolver por sí mismo el problema. Pero quizá nos dé algún indicio. La propia seguridad de Sokolov puede sernos útil. ¿Te has fijado en el aire desdeñoso que suele adoptar respecto a Jorge?... Mi hijo lo irrita con su juventud y sus maneras insolentes. Ése es tal vez uno de los puntos débiles del campeón. Se cree a salvo. Y ahora empiezo a comprender por qué.

—¿Con quién haréis la prueba?... ¿Irina o Karapetian?

—Con ambos. Jorge ha encontrado dos novedades teóricas: dos ideas nuevas para una misma posición, muy complicada, que no se jugaron nunca en la práctica magistral. Las dos corresponden a una de las aperturas favoritas de Sokolov, y con ellas se propone tender la trampa... Encargará a Karapetian que analice una de esas ideas, y a Irina la otra. Para hacerles creer que los dos trabajan en la misma, les prohibirá hablar entre ellos de eso, con el pretexto de evitar que se contaminen mutuamente.

—¿Y luego jugará una u otra, quieres decir? ¿Para descubrir por ella al traidor?

—Es más complejo que eso, pero puede servirte como resumen... Y sí. Según la respuesta de Sokolov, Jorge sabrá para cuál de las dos estaba preparado.

—Te veo muy segura respecto a que Irina no sospeche nada de lo que trama tu hijo... Compartir almohada es compartir secretos.

—¿Habla la vieja experiencia?

—Habla el sentido común. Hombres y mujeres.

No conoces a Jorge, responde ella, sonriendo apenas. Su capacidad hermética, si se trata de ajedrez. Su desconfianza de todos y todo. De su novia, de su maestro. Incluso de su madre. Y eso, en tiempos normales. Figúrate estos días, con inquietud de por medio.

—Increíble.

—No. Sólo ajedrez.

Ahora que ha comprendido al fin, Max considera con calma las posibilidades: Karapetian y la chica, secretos que sobreviven a la validez de una almohada, recelos y traiciones. Lecciones de la vida.

—Sigo sin saber por qué me cuentas eso. Por qué confías en mí. Hace treinta años que no nos vemos... Apenas me conoces ahora.

Ella se ha apartado de la columna, aproximando el rostro al suyo. Casi lo roza, al susurrar; y por un momento, sobre el transcurrir de los años, por encima de las huellas del tiempo y la vejez, Max siente el rumor del pasado mientras lo recorre un estremecimiento de la antigua excitación por la cercanía de aquella mujer.

—El señuelo de Irina y Karapetian no es la única jugada prevista... Hay otra posterior, en caso necesario, que un analista con cierto sentido del humor podría bautizar como *defensa Inzunza*... O tal vez *variante Max*. Y ésa, querido, la jugarás tú.

—¿Por qué?

—Tú sabes por qué... Aunque tal vez seas tan estúpido que resulte que no. Que no lo sabes.

7. Sobre ladrones y espías

La bahía de los Ángeles mantenía su color azul intenso. Las altas rocas del castillo de Niza resguardaban la orilla del mistral, que apenas rizaba el agua en aquella parte de la costa. Apoyado en el parapeto de piedra de Rauba-Capeù, Max apartó la vista de las velas blancas de un balandro que se alejaba del puerto y miró a Mauro Barbaresco, a su lado con la chaqueta abierta y flojo el nudo de la corbata, las manos en los bolsillos del pantalón lleno de arrugas y el sombrero echado atrás. Había cercos de fatiga bajo los ojos del italiano, cuyo rostro necesitaba la navaja y el jabón de un barbero.

—Hay tres cartas —decía éste—. Escritas a máquina, archivadas en una carpeta en la caja fuerte del despacho que Ferriol tiene en la villa de su hermana... Hay más documentos allí, naturalmente. Pero sólo nos interesan ésos.

Max miró al otro hombre. El aspecto de Doménico Tignanello no era mejor que el de su compañero: estaba unos pasos más allá, apoyado con aire de fatiga en la puerta de un viejo Fiat 514 negro con placas francesas y guardabarros sucios, mirando con aire abatido el monumento a los muertos de la Gran Guerra. El aspecto de ambos era de haber pasado una noche incómoda. Max los imaginó despiertos, ganando su magro salario de espías de poca monta, vigilando a alguien —tal vez a él mismo— o al volante del automóvil desde la frontera cercana, fumando cigarrillo tras cigarrillo al resplandor de los faros que alumbraban la serpenteante cinta oscura del asfalto, jalonada por los trazos de pintura blanca en los árboles de la carretera.

—No puede haber error con las cartas —prosiguió Barbaresco—. Son esas tres, y ninguna otra. Deberá asegurarse antes de cogerlas, dejando la carpeta en su sitio... Conviene que Tomás Ferriol tarde en enterarse de su pérdida.

—Necesito una descripción exacta.

—Le será fácil identificarlas porque llevan membrete oficial. Están dirigidas a él entre el 20 de julio y el 14 de agosto del año pasado, a los pocos días de la sublevación militar en España —el italiano dudó un instante, considerando la pertinencia de añadir algo más—. Las firma el conde Ciano.

Max recibió impasible la información mientras se colocaba el bastón bajo un brazo, sacaba del bolsillo la pitillera, golpeaba con suavidad el extremo de un cigarrillo y se lo ponía en la boca, sin encender. Estaba al corriente, como todo el mundo, de quién era el conde Galeazzo Ciano. Su nombre ocupaba titulares en los periódicos y era frecuente ver su rostro en las revistas ilustradas y en los noticiarios del cinematógrafo: moreno, guapo, muy apuesto, siempre de uniforme o etiqueta, el yerno del Duce —estaba casado con una hija de Mussolini— era ministro de Asuntos Exteriores de la Italia fascista.

—Sería útil saber algo más sobre eso. A qué se refieren las cartas.

—No es mucho lo que necesita saber. Son comunicaciones reservadas sobre las primeras operaciones militares en España y la simpatía con que mi Gobierno observó la rebelión patriótica de los generales Mola y Franco... Por motivos que ni a nosotros ni a usted incumben, esa correspondencia debe ser recuperada.

Max escuchaba con extrema atención.

—¿Por qué están aquí las cartas?

—Tomás Ferriol se encontraba en Niza el año pasado, durante los sucesos de julio. La villa de Boron fue su residencia aquellos días, y el aeropuerto de Marsella sirvió de enlace para numerosos vuelos en un avión particular alquilado por él, que se estuvo moviendo entre Lisboa, Biarritz y Roma. Es normal que el correo confidencial pasara por aquí.

—Se tratará de cartas comprometedoras, imagino... Para él o para otros.

Con gesto impaciente, Barbaresco se pasó una mano por las mejillas sin afeitar.

—No le pagamos por imaginar, señor Costa. Aparte de los aspectos técnicos útiles para su trabajo, el contenido de esas cartas no es de su incumbencia. Ni siquiera de la nuestra. Emplee su talento en idear el modo de conseguirlas.

Con las últimas palabras hizo una seña a su compañero, y éste se apartó del automóvil para acercarse a ellos sin prisas. Había sacado un sobre de la guantera del coche, y sus ojos melancólicos estudiaban a Max con desconfianza.

—Ahí tiene los datos que nos pidió —dijo Barbaresco—. Incluyen un plano de la casa y otro del jardín. La caja fuerte es una Schützling, empotrada en un armario del despacho principal.

—¿De qué año?

—Del trece.

Max tenía el sobre en las manos. Estaba cerrado. Lo guardó en un bolsillo interior de la chaqueta, sin abrirlo.

—¿Cuántas personas hay de servicio en la casa?

Sin despegar los labios, Tignanello levantó una mano con los dedos extendidos.

—Cinco —precisó Barbaresco—: doncella, gobernanta, chófer, jardinero y cocinera. Sólo los tres primeros viven en la casa. Duermen en la planta de arriba... También hay un guarda en la casita de la entrada.

—¿Perros?

—No. La hermana de Ferriol los detesta.

Calculó Max el tiempo necesario para abrir una Schützling. Gracias a las enseñanzas de su viejo socio Enrico

Fossataro, el antiguo bailarín mundano tenía en su currículum dos cajas fuertes Fichet y una Rudi Meyer, sin contar media docena de cofres con cerradura convencional. Las Schützling eran cajas de fabricación suiza, ligeramente anticuadas de mecánica. En condiciones óptimas y sin cometer errores, aplicando la técnica adecuada, no sería necesaria más de una hora. Aunque era consciente de que el problema no residía en esa hora, sino en llegar hasta la caja y disponer de ella. Trabajar con calma y sin molestias. Sin agobios.

—Necesitaré a Fossataro.

—¿Por qué?

—Llaves. Esa caja es de contadores. Díganle que me hace falta un juego completo de manos de niño.

—¿De qué?

—Él sabe. Y también necesitaré más dinero por adelantado. Estoy teniendo demasiados gastos.

Permaneció Barbaresco en silencio, como si no hubiese oído las últimas palabras. Contemplaba a su compañero, que había vuelto a apoyarse en el Fiat y miraba otra vez el memorial de los muertos de la Gran Guerra: una gran urna blanca en un arco horadado en la pared rocosa, sobre la inscripción *La ville de Nice à ses fils morts pour la France.*

—Le trae recuerdos tristes a Domenico —comentó Barbaresco—. Perdió a dos hermanos en Caporetto.

Se había quitado el sombrero para pasarse una mano por el cráneo, con gesto fatigado. Ahora miraba a Max.

—¿Nunca fue usted soldado?

—Nunca.

Ni parpadeó. Parecía estudiarlo el italiano mientras daba vueltas al sombrero, como si eso ayudara a penetrar lo sincero de la respuesta. Quizá haber sido soldado imprime carácter visible, pensó Max. Como el sacerdocio. O la prostitución.

—Yo lo fui —dijo Barbaresco tras un instante—. En el Isonzo. Contra los austríacos.

—Qué interesante.

Le asestó el otro una nueva mirada inquisitiva y recelosa.

—En aquella guerra éramos aliados de los franceses —dijo tras un momento de silencio—. No ocurrirá lo mismo en la próxima.

Max enarcó las cejas con el punto de candidez adecuado.

—¿Habrá una próxima?

—No le quepa duda. Toda esa arrogancia inglesa, unida a la estupidez francesa... Con los judíos y los comunistas conspirando en la sombra. ¿Comprende lo que le digo?... Esto no puede acabar bien.

—Claro. Judíos y comunistas. Afortunadamente está Hitler en Alemania. Sin olvidar al Mussolini de ustedes.

—No le quepa duda. La Italia fascista...

Se interrumpió de pronto, suspicaz, cual si acabara de considerar sospechosa la tranquila conformidad de Max. Dirigió un vistazo a la entrada del puerto viejo y al faro que se alzaba al extremo del espigón, y luego volvió la vista al arco prolongado de la playa y la ciudad, que se extendían al otro lado de Rauba-Capeù, en la distancia, bajo las colinas verdes salpicadas de villas rosadas y blancas.

—Esta ciudad volverá a ser nuestra —entornaba los párpados, sombrío—. Algún día.

—No tengo objeción a eso. Pero le recuerdo que necesito más dinero.

Nuevo silencio. No sin aparente esfuerzo, el italiano regresaba despacio de sus ensoñaciones patrióticas.

—¿Cuánto?

—Otros diez mil francos. Francesa o de ustedes, ésta es una ciudad muy cara.

Hizo el otro una mueca que no lo comprometía demasiado.

—Veremos lo que se puede hacer... ¿Conoce ya a Susana Ferriol? ¿Ha encontrado el modo de acercarse a ella?

Haciendo hueco con las manos, Max encendió el cigarrillo que tenía desde hacía rato entre los dedos.

—Estoy invitado a cenar mañana por la noche.

La mirada apreciativa de Barbaresco fue repentina. Sincera.

—¿Cómo lo consiguió?

—No importa —expulsó una bocanada de humo que de inmediato se llevó la brisa—. A partir de ahí, una vez explorado el terreno, les iré contando.

Sonreía torcido el italiano, estudiando de soslayo el planchado impecable del traje hecho a medida, la camisa y la corbata de Charvet, el reluciente cuero de los zapatos Scheer comprados en Viena. Despuntaba en aquella mirada, creyó advertir Max, un destello simultáneo de admiración y de rencor.

—Pues no se demore demasiado en contarnos, ni en actuar. El tiempo corre contra todos, señor Costa. Perjudicándonos —se puso el sombrero e hizo un movimiento de cabeza en dirección a su compañero—. Eso nos incluye a Domenico y a mí. Y también lo incluye a usted.

—Los rusos se juegan en Sorrento mucho más que un premio —opina Lambertucci—. Con esto de la guerra fría, las bombas nucleares y lo demás, no iban a dejar fuera el ajedrez... Es normal que mojen en toda clase de salsas.

De la cocina, amortiguado por una cortina de tiras de plástico multicolor, llega el sonido de la radio con la voz de Patty Pravo cantando *Ragazzo triste*. En una de las mesas cercanas a la puerta de la calle, el *capitano* Tedesco recoge las piezas del tablero con aire abatido —perdió las dos partidas de esta tarde— mientras el dueño del local llena tres vasos con una frasca de vino tinto.

—La gente del Kremlin —prosigue Lambertucci, poniendo los vasos en la mesa— quiere demostrar que sus grandes maestros son mejores que los occidentales. Eso probaría que también la Unión Soviética lo es, y que terminará consiguiendo la victoria política y, si hace falta, militar.

—¿Tienen razón? —pregunta Max—. ¿Los rusos son más capaces en ajedrez?

Está en mangas de camisa, abierto el cuello y la chaqueta en el respaldo de la silla, atento a lo que escucha. Lambertucci hace un ademán de suficiencia en honor de los rusos.

—No les faltan motivos para presumir. Tienen a la Federación Internacional sobornada y en el bolsillo... Actualmente sólo Jorge Keller y Bobby Fischer representan una amenaza seria.

—Pero se impondrán antes o después —opina el *capitano*, que ha cerrado la caja de las piezas y sorbe su vino—. Esos chicos heterodoxos, informales, traen un juego nuevo. Más imaginativo. Sacan a los viejos dinosaurios de su habitual esquema cerrado, posicional, y los obligan a pisar lugares desconocidos.

—De cualquier manera —apunta Lambertucci—, hasta ahora mandan ellos. Tal, que era letón, fue derrotado por Botvinnik, que perdió con el armenio Petrosian un año después. Todos rusos. O soviéticos, para ser exactos. Y ahora es Sokolov el campeón del mundo: rusos y más rusos, uno detrás de otro. Y en Moscú no quieren que las cosas cambien.

Max se lleva el vaso a los labios y mira hacia el exterior. Bajo el cobertizo de cañas, la mujer de Lambertucci dispone manteles a cuadros y velas en botellas de vino vacías, a la espera de clientes que lo avanzado de la estación hace improbables a esta hora de la tarde.

—Entonces —aventura Max con cautela—, el espionaje será común en esos casos...

Lambertucci espanta una mosca posada en su antebrazo y se rasca el viejo tatuaje abisinio.

—Normalísimo —confirma—. Cada competición es un lío de conspiraciones dignas de una película de espías... Y a los jugadores los presionan fuerte. Para un jugador de élite soviético se trata de vivir una vida de privilegios como campeón oficial o arriesgarse a represalias, si pierde. El Kagebé no perdona.

—Acordaos de Streltsov —dice Tedesco—. El futbolista.

La frasca de vino da otra vuelta a la mesa mientras el *capitano* y Lambertucci comentan el caso Streltsov: uno de los mejores jugadores de fútbol del mundo, a la altura de Pelé, aplastado por transgredir la regla oficial: se negó a dejar su equipo, que era el Torpedo, por el Dinamo de Moscú, equipo oficioso del Kagebé. Entonces le montaron un proceso judicial con otro pretexto y lo mandaron a un campo de trabajo en Siberia. Cuando volvió cinco años después, su carrera deportiva había terminado.

—Son sus métodos —concluye Lambertucci—. Y con Sokolov será lo mismo. Parece un tipo tranquilo ante el tablero, pero la procesión va por dentro... Con todo ese equipo de analistas y asesores, los guardaespaldas y las llamadas telefónicas de Kruschev dándole ánimo y diciendo que el paraíso del proletariado tiene puestos los ojos en él.

Tedesco se muestra de acuerdo.

—El verdadero milagro soviético —opina— es que, con eso encima, alguien sea capaz de jugar bien al ajedrez. De concentrarse.

—¿Incluye juego sucio? —se interesa Max, cauto.

El otro sonríe torcido, entornando su único ojo.

—Lo incluye especialmente. Desde niñerías a faenas elaboradas y complejas.

Y cuenta algunas. En el anterior campeonato del mundo, cuando Sokolov se enfrentaba a Cohen en Manila, un funcionario de la embajada soviética estaba sentado en primera fila, haciendo fotos con flash para molestar al israelí. También se dijo que en la olimpiada de Varna los rusos tenían un parapsicólogo entre el público para que desconcertase mentalmente a los adversarios de su equipo. Y aseguran que a Sokolov, cuando defendió el título frente al yugoslavo Monfilovic, sus asesores le pasaban indicaciones de jugadas con los yogures que comía durante las partidas.

—Pero la mejor de todas —remata— es la de Bobkov, un jugador que desertó de la Unión Soviética durante el torneo de Reikiavik: le infectaron los calzoncillos en la lavandería del hotel con la bacteria que provoca la gonorrea.

Es momento adecuado, decide Max. De entrar en materia.

—¿Qué hay —deja caer, casual— de los espías infiltrados entre los analistas del adversario?

—¿Analistas? —Lambertucci lo mira con curiosidad—. Vaya, Max... Te veo muy puesto en lo técnico.

—He leído algo estos días.

Ocurre a veces, confirman los otros. Hay casos sonados, como las declaraciones de uno de los ayudantes del noruego Aronsen, que se enfrentó a Petrosian poco antes de que Sokolov arrebatase a éste el título. El analista era un inglés llamado Byrne, y confesó haber pasado información a supuestos corredores de apuestas rusos que se jugaban dos mil rublos por partida. Después se supo que esos informes iban realmente al Kagebé, y de éste a los ayudantes de Petrosian.

—¿Algo así puede estar pasando aquí?

—Con lo que arriesgan entre Sorrento y el título mundial —dice Tedesco—, puede estar pasando de todo... No siempre el ajedrez se juega sobre un tablero.

La mujer de Lambertucci entra con una escoba y un recogedor y los echa a la calle mientras ventila el local y barre entre las mesas. Así que apuran sus vinos y salen al exterior. Más allá de las mesas y el cobertizo, el Silver Cloud del doctor Hugentobler muestra su ángel plateado en el morro color cereza.

—¿Sigue tu jefe de viaje? —pregunta Lambertucci, admirando el automóvil.

—De momento.

—Te envidio el sistema. ¿No crees, *capitano*?... Una temporada de trabajo y luego otra de tranquilidad para él solo, mientras el jefe vuelve.

Ríen los tres mientras pasean por la escollera y el muelle de piedra, donde acaba de abarloarse una barca de pesca a la que se acercan algunos ociosos para ver qué trae.

—¿Qué tienen de especial Keller y Sokolov? —inquiere Lambertucci—. Antes no te interesaba el ajedrez, Max.

—El Premio Campanella me pica la curiosidad.

Lambertucci guiña un ojo a Tedesco.

—El Campanella, y a lo mejor también esa señora con la que vino a cenar la otra noche.

—No era el ama de llaves, por lo visto —tercia el otro.

Max mira al *capitano*, que sonríe conejil. Después se vuelve de nuevo hacia Lambertucci.

—¿Ya se lo has contado?

—Pues claro. A quién, si no, voy a contar las cosas. Además, nunca te vi tan elegante como en esa cena. Y yo, fingiendo que no te conocía... ¡Sabe Dios lo que tramabas!

—Pues bien tendías la oreja para averiguarlo.

—Casi no aguantaba la risa viéndote así de galán, a tus años... Me recordabas a Vittorio De Sica cuando hace de aristócrata ful.

Siguen parados en el muelle, junto a la barca de pesca. Mientras los tripulantes descargan las cajas, la brisa que corre entre las redes y palangres amontonados huele a escamas de pescado, a salitre y a brea.

—Sois dos viejas porteras... Dos cotorras.

Asiente Lambertucci, confianzudo.

—Sáltate el prólogo, Max. Al grano.

—Sólo es... O fue. Se trata de una antigua conocida.

Los dos ajedrecistas cambian una mirada cómplice.

—También es la madre de Keller —opone Lambertucci—. Y no pongas esa cara, porque vimos su foto en los periódicos. Fue fácil reconocerla.

—No tiene nada que ver con el ajedrez. Ni con su hijo... Ya digo que se trata de una antigua amistad.

Las últimas palabras suscitan una doble mueca escéptica.

—Una antigua amistad —comenta Lambertucci— que nos hace estar media hora hablando de jugadores rusos y del Kagebé.

—Tema apasionante, por otra parte —certifica Tedesco—. Nada que objetar.

—Bien. De acuerdo... Dejadlo ya.

Accede Lambertucci, todavía guasón.

—Como quieras. Cada cual tiene sus secretillos, y ése es asunto tuyo. Pero te va a costar algo... Queremos entradas para ver las partidas en el Vittoria. Son carísimas, y por eso no hemos ido. Ahora que tienes influencia, la cosa cambia.

—Haré lo que pueda.

El otro apura la colilla del cigarrillo hasta que la brasa le quema los dedos. Después lo arroja al agua.

—Lástima de años. Fue una mujer guapa, ¿eh?... Salta a la vista.

—Sí, eso tengo entendido —Max mira la colilla flotando en el agua oleosa, bajo el muelle—. Que fue muy guapa.

A través de una amplia ventana abierta al Mediterráneo, el sol de mediodía iluminaba un gran rectángulo del suelo de madera a los pies de la mesa de Max. Se encontraba en su lugar favorito del restaurante de la Jetée-Promenade: una lujosa construcción sobre pilotes asentados en el mar, frente al hotel Ruhl, desde la que podía contemplarse el litoral de Niza, la playa y el Paseo de los Ingleses, como si el observador se encontrase en un barco fondeado a pocos metros de la orilla. La ventana, contigua a su mesa, daba a la bahía de los Ángeles por el lado de levante; y en la distancia podían verse con nitidez las alturas del castillo, la boca del puerto y el lejano cabo de Niza, entre cuyas peñas verdes serpenteaba la carretera de Villefranche.

Vio la sombra antes que al hombre. Y lo primero que advirtió fue el olor de tabaco inglés. Max estaba inclinado sobre el plato, terminando una ensalada, cuando le llegó el aroma de humo de pipa mientras crujía ligeramente el suelo y una silueta oscura se perfilaba en el rectángulo luminoso. Alzó la vista y encontró una sonrisa cortés, unas gafas redondas de concha y una mano, la que sostenía la pipa —en la otra había un arrugado sombrero panamá—, señalando la silla libre al otro lado de la mesa, frente a él.

—Buenas tardes... ¿Me permite sentarme aquí un momento?

Lo inusual de la petición, hecha en perfecto español, desconcertó a Max. Se quedó mirando al recién llegado —intruso, era la palabra exacta— todavía con el tenedor en alto, sin encontrar cómo responder a la impertinencia.

—Claro que no —respondió al fin, rehaciéndose—. Que no puede.

Se quedó el otro de pie, el aire indeciso, como si hubiese esperado una respuesta diferente. Seguía sonriendo, aunque el gesto era ahora más contrariado y pensativo. No parecía demasiado alto. De pie, calculó Max, él le llevaría más de una cabeza. Mostraba un aspecto pulcro e inofensivo, acentuado por las gafas y el traje castaño con chaleco y nudo de pajarita que parecían ligeramente holgados en su físico huesudo, de apariencia frágil. Una raya perfecta, central, tan recta que parecía trazada con tiralíneas, le dividía en dos porciones exactas el cabello negro peinado hacia atrás, reluciente de brillantina.

—Me temo que he empezado mal —dijo el desconocido sin abandonar la sonrisa—. Así que le ruego disculpe mi torpeza y me dé otra oportunidad.

Dicho aquello, con mucha desenvoltura y sin esperar respuesta, se alejó unos pasos y volvió a acercarse. De pronto ya no parecía tan inofensivo, pensó Max. Ni tan frágil.

—Buenas tardes, señor Costa —dijo tranquilamente—. Me llamo Rafael Mostaza y tengo un asunto importante que comentar con usted. Si pudiera sentarme, charlaríamos con más comodidad.

La sonrisa era idéntica, pero ahora había un reflejo adicional, casi metálico, tras el cristal de los lentes. Max había dejado el tenedor en el plato. Rehecho de la sorpresa inicial, se recostó en el respaldo de mimbre mientras se pasaba una servilleta por los labios.

—Tenemos intereses comunes —insistía el otro—. En Italia y aquí, en Niza.

Max miró a los camareros de largos delantales blancos que estaban lejos, junto a los macetones con plantas situados cerca de la puerta. No había nadie más en el restaurante.

—Siéntese.

—Gracias.

Cuando el extraño sujeto ocupó la silla y vació la pipa golpeando con suavidad la cazoleta en el marco de la ventana, Max ya lograba recordar. Había visto a aquel hombre dos veces en los últimos días: mientras él conversaba con los agentes italianos en el café Monnot, y durante el encuentro con la baronesa Schwarzenberg en la terraza de La Frégate, frente a la Promenade.

—Siga comiendo, se lo ruego —dijo el otro, haciendo un movimiento negativo con la cabeza a uno de los camareros, que se acercaba.

Recostado en la silla, Max lo estudió con disimulada inquietud.

—¿Quién es usted?

—Acabo de decírselo. Rafael Mostaza, viajante de comercio. Si lo prefiere, llámeme Fito... Suelen hacerlo.

—¿Quiénes?

Hizo un guiño el otro, sin responder, como si compartiesen un secreto divertido. Max no había oído nunca aquel nombre.

—Viajante de comercio, dice.

—Exacto.

—¿Qué clase de comercio?

Mostaza ensanchó un poco más la sonrisa, que parecía llevar puesta con la misma desenvoltura que el nudo de pajarita: visible, simpática y quizás un poco holgada. Pero el reflejo metálico seguía en sus ojos, como si el cristal de las gafas le enfriase la mirada.

—Hoy en día todos los comercios se relacionan, ¿no cree?... Pero eso es lo de menos. Lo importante es que tengo una historia que contarle... Una historia sobre el financiero Tomás Ferriol.

Sostuvo Max aquello, impertérrito, mientras se llevaba la copa de vino —un perfecto borgoña— a los labios. Volvió a dejarla exactamente sobre la marca que ésta había impreso en el mantel de hilo blanco.

—Disculpe... ¿Sobre quién, ha dicho?

—Oh, vamos. Por favor. Créame. Le aseguro que es una interesante historia... ¿Permite que se la cuente?

Tocó Max la copa de vino, sin cogerla esta vez. Pese a la ventana abierta, sentía un calor súbito. Incómodo.

—Tiene cinco minutos.

—No sea tacaño... Escuche, y verá cómo me concede más.

En tono de voz discreto, mordisqueando de vez en cuando la pipa apagada, Mostaza empezó a contar. Tomás Ferriol, refirió, estaba entre el grupo de monárquicos que el pasado año habían apoyado el golpe militar en España. En realidad fue él quien corrió con los primeros gastos, y seguía haciéndolo. Como todo el mundo sabía, su inmensa fortuna lo había convertido en banquero oficioso del bando rebelde.

—Reconozca —se interrumpió mientras apuntaba a Max con el caño de la pipa— que mi relato empieza a interesarle.

—Puede ser.

—Ya se lo dije. Soy bueno contando historias.

Y Mostaza siguió con la suya. La oposición de Ferriol a la República no era sólo ideológica: en varias ocasiones había intentado pactar con sucesivos gobiernos republicanos, sin que el intento llegase a cuajar. Desconfiaban de él, con motivo. En 1934 hubo una investigación judicial que estuvo a punto de meterlo en la cárcel, y de la que se zafó moviendo mucho dinero y muchas influencias. Desde entonces, su posición política podía resumirse en unas palabras pronunciadas por él en una cena con amigos: «La República, o yo». Y en eso llevaba año y medio, en aniquilar a la República. Todo el mundo sabía que su dinero había estado detrás de los sucesos de julio del pasado año. Después de una entrevista mantenida en San Juan de Luz con un mensajero de los conspiradores, Ferriol había pagado de su bolsillo, a través de una cuenta en la banca Kleinwort, el avión y el piloto que entre el 18 y el 19 de julio llevaron al general Franco de Canarias a Marruecos. Y mientras ese avión estaba en el aire, cinco petroleros de la Texaco, que se encontraban en alta mar con veinticinco mil toneladas para la compañía estatal Campsa, cambiaron su rumbo para dirigirse a la zona bajo control de los sublevados. La orden telegráfica fue *«Don't worry about payment»*: no se preocupen por el pago. Ese pago corrió por cuenta de Tomás Ferriol, y seguía corriendo. Se calculaba que, sólo en suministros de petróleo y combustible a los rebeldes, el financiero llevaba invertido un millón de dólares.

—Pero no se trata únicamente de petróleo —añadió Mostaza tras una pausa para que Max asimilase aquella información—. Sabemos que Ferriol se entrevistó con el general Mola en su cuartel general de Pamplona, en los primeros días de la sublevación, para enseñarle una lista con avales por valor de seiscientos millones de pesetas... El detalle curioso, propio de su estilo, es que no le dio dinero, ni se lo propuso. Se limitó a mostrarle su sólida posición como avalista. A ofrecerse para respaldarlo todo... Eso incluía sus contactos empresariales y financieros en Alemania e Italia.

Se interrumpió, chupando la pipa apagada y sin apartar los ojos de Max, mientras un camarero retiraba el plato vacío de éste y otro le servía el principal, que era un entrecot *à la niçoise*. El rectángulo de sol se había desplazado un poco desde el suelo, hasta alcanzar el mantel blanco de la mesa. Ahora su resplandor iluminaba desde abajo el rostro de Mostaza, resaltando una fea cicatriz en el lado izquierdo del cuello, bajo la mandíbula, que Max no había advertido antes.

—Los rebeldes —siguió contando Mostaza cuando estuvieron solos de nuevo— también necesitaban aviación. Apoyo aéreo militar, primero para transporte de las tropas sublevadas en Marruecos a la península, y luego para emplearlo en acciones de bombardeo. A los cuatro días de la rebelión, el general Franco en persona pidió diez aviones Junker a Alemania, a través del agregado militar nazi para Francia y Portugal. De Italia se encargó Ferriol —se inclinaba un poco sobre la mesa, apoyándose en los codos—... ¿Ve cómo a todo llegamos, por fin?

Max se había esforzado en seguir comiendo con naturalidad, pero le resultaba difícil. Tras dos bocados, dejó cuchillo y tenedor juntos en un lado del plato, en la posición exacta de las cinco del reloj. Después se pasó la servilleta por los labios, apoyó los puños almidonados de su camisa en el borde del mantel y miró a Mostaza sin hacer comentarios. La oferta italiana, seguía contando éste tras la breve pausa, se planteó a través del ministro de Asuntos Exteriores, el conde Ciano. Primero en una conversación privada que él y Ferriol tuvieron en Roma, y luego por intercambio de cartas que detallaban la operación. Italia tenía dispuestos en Cerdeña doce aviones Savoia; y Ciano, tras consultar con Mussolini, prometió que estarían en Tetuán a disposición de los militares rebeldes en la primera semana de agosto, previo desembolso de un millón de libras esterlinas. Mola y Franco no tenían esa suma, pero Ferriol sí. De manera que adelantó una parte y avaló el resto. El 30 de julio, los doce aviones salían hacia Marruecos. Tres se perdieron sobre el mar, pero el resto llegó a tiempo para transportar tropas moras y legionarios a la península. Cuatro días después, el mercante italiano *Emilio Morlandi*, que había salido de La Spezia fletado por Ferriol con armas y combustible para esos aviones, atracaba en Melilla.

—Ya le he dicho que Italia pidió un millón de libras por los Savoia; pero Ciano es un hombre con un tren de vida alto. Muy alto. Su mujer, Edda, es hija del Duce y eso le proporciona innumerables ventajas, aunque también obliga a gastar mucho dinero... ¿Me sigue?

—Perfectamente.

—Lo celebro, porque ahora llegamos a la parte que lo relaciona a usted con el asunto.

Un camarero retiraba el plato de Max, casi intacto. Seguía éste inmóvil, las manos en el borde de la mesa, mirando a su interlocutor.

—¿Y qué le hace pensar que yo tengo relación con eso?

Mostaza no respondió en seguida. Se había vuelto a mirar la botella de vino, inclinada en su cesta de mimbre.

—¿Qué está bebiendo, si disculpa mi curiosidad?

—Chambertin —repuso Max sin inmutarse.

—¿Año?

—Mil novecientos once.

273

—¿Aguantó el corcho?

—Éste sí.

—Magnífico... Con gusto tomaría un poco.

Hizo Max una seña al camarero, que trajo una copa y la llenó. Mostaza dejó la pipa sobre el mantel y contempló el vino al trasluz, admirando el color intenso del borgoña. Luego se llevó la copa a los labios, paladeándolo con visible placer.

—Llevo tiempo tras de usted —dijo de pronto, como si acabara de recordar la pregunta de Max—. Esos dos tipos, los italianos...

Lo dejó ahí, reservándole el trabajo de imaginar en qué momento una pista lo había llevado a la otra.

—Luego averigüé cuanto pude sobre sus antecedentes.

Dicho eso, Mostaza retomó el hilo del relato. Hitler y su gobierno detestaban a Ciano. Éste, que no carecía de sentido común, se había mostrado siempre partidario de que Italia se mantuviera al margen de ciertos intereses de Berlín. Y seguía opinando igual. Por eso, hombre precavido, mantenía discretos depósitos bancarios en los lugares adecuados. Por si acaso. Una cuenta bien provista que tenía en Inglaterra tuvo que trasladarla por razones políticas; pero ahora se las arreglaba con bancos continentales. Suizos, principalmente.

—Ciano pidió un cuatro por ciento de comisión personal en el asunto de los Savoia: cuarenta mil libras. Casi un millón de pesetas, que fue avalado por Ferriol con cargo a una cuenta de la Société Suisse de Zúrich hasta que se pagó en efectivo, con oro incautado al Banco de España en Palma de Mallorca... ¿Qué le parece?

—Que es mucho dinero.

—Más que eso —Mostaza bebió más vino—. Es un escándalo político a gran escala.

Pese a su sangre fría, Max no se esforzaba ya en disimular el interés.

—Comprendo —comentó—. Siempre y cuando se haga público, me está queriendo decir.

—Ése es el punto —con un dedo, Mostaza evitó que una gota de vino se deslizase por el tallo de su copa hasta el mantel—. Quienes me hablaron de usted, señor Costa, lo describieron como un tipo apuesto y muy listo... Lo primero no me hace mella, si permite que se lo diga. Soy de gustos convencionales, por lo general. Pero celebro confirmar lo otro.

Hizo una pausa, paladeando más borgoña.

—Tomás Ferriol es un zorro astuto —prosiguió—, y lo quiso todo por escrito. Había urgencia, era negocio seguro, y por otra parte las comisiones de Ciano no son ningún secreto en Roma. El suegro está al tanto de todo y no se opone, siempre que las cosas discurran, como hasta ahora, de forma discreta... Así que Ferriol se las ingenió para que el asunto de los aviones quedase registrado documentalmente, incluidas tres cartas en las que Ciano, con firma de su puño y letra, menciona su cuatro por ciento... El resto le será fácil de imaginar.

—¿Por qué desean recuperar ahora esas cartas?

Con gesto satisfecho, Mostaza contemplaba su copa casi vacía.

—Las razones pueden ser muchas. Tensiones internas en el gobierno italiano, donde la posición de Ciano se ve contestada por otras familias fascistas. Precaución de éste ante el futuro, ahora que la victoria de los rebeldes cabe dentro de lo posible. O tal vez el deseo de arrebatar a Ferriol un material que puede servirle para chantajes diplomáticos... El caso es que Ciano quiere esas cartas, y a usted lo han contratado para conseguirlas.

Era todo tan abrumadoramente obvio, que Max dejó de lado sus anteriores reservas.

—Sigo sin entender algo que tal vez también dije a otros. Por qué yo... Italia debe de tener espías adecuados.

—Lo veo de un modo muy simple —Mostaza había cogido la pipa, y tras sacar una bolsa de hule con tabaco procedía a llenar la cazoleta presionando con el pulgar—. Esto es Francia, y la situación política internacional es delicada. Usted es un individuo sin filiación política. Un apátrida en tal sentido, por decirlo de alguna manera.

—Tengo pasaporte venezolano.

—De ésos puedo comprar yo media docena, si me permite la bravata. Y tiene además antecedentes policiales, probados o no, en varios países de Europa y América... Si algo saliera mal, correría con la responsabilidad. Ellos podrían negarlo todo.

—¿Y qué tecla toca usted en todo esto?

Mostaza, que había sacado una caja de fósforos y encendía la pipa, lo miró entre las primeras bocanadas de humo. Casi con sorpresa.

—Vaya, creí que se había dado cuenta, a estas alturas. Yo trabajo para la República española. Estoy del lado de los buenos... Suponiendo que podamos hablar de un lado bueno en esta clase de historias.

Lector muy superficial —transatlánticos, trenes y hoteles— de relatos por entregas de los que se publicaban en revistas ilustradas, Max había asociado siempre la palabra *espía* con sofisticadas aventureras internacionales y con individuos siniestros que procuraban dejarse ver poco a la luz del día. Por eso le sorprendió la naturalidad con que Fito Mostaza se ofreció a acompañarlo de vuelta al hotel Negresco, dando un agradable —el adjetivo fue del propio Mostaza— paseo por la Promenade. No hubo objeción por su parte, y anduvieron un trecho conversando como dos conocidos que se ocuparan de asuntos banales, igual que el resto de la gente que a esa hora se movía entre las fachadas de los hoteles y la orilla del mar. De tal modo, fumando con mucha calma su pipa y con el arrugado panamá haciéndole sombra en los lentes, Mostaza terminó de exponer los detalles del asunto mientras respondía a las preguntas que Max —pese a la aparente tranquilidad de la situación, éste no bajaba la guardia— formulaba de vez en cuando.

—Resumiendo: le pagaremos más que los fascistas... Sin contar el lógico agradecimiento de la República.

—Valga lo que valga eso —se permitió ironizar Max.

Mostaza rió suave, entre dientes. Casi bonachón. La cicatriz bajo la mandíbula daba un tono equívoco a aquella risa.

—No sea malvado, señor Costa. A fin de cuentas represento al gobierno legítimo de España. Democracia frente a fascismo, ya sabe.

Balanceando el bastón, el antiguo bailarín mundano lo observaba de reojo. De no ser por las gafas, el agente español tendría aspecto de jockey vestido con ropa de calle; y aún parecía más menudo y frágil de pie y en movimiento. Sin embargo, uno de los reflejos automáticos del oficio de Max incluía clasificar a hombres y mujeres mediante detalles no expresos, o no formulados. En su mundo incierto, un ademán o una palabra convencionales tenían el mismo poco valor, en cuanto a información útil, que el gesto de un jugador de cartas experimentado que comprobase una mano oculta para su adversario. Eran otros los códigos de lectura que Max había adquirido con la experiencia. Y los tres cuartos de hora que llevaba junto a Fito Mostaza bastaban para advertir que su tono bonachón, aquella simpática naturalidad de quien decía trabajar en el lado bueno de las cosas, podían ser más peligrosos que la hosca rudeza de la pareja de agentes del Gobierno italiano. A los que, por otra parte, le sorprendía no descubrir emboscados detrás de periódicos en un banco del paseo, siguiéndoles la huella para comprobar, con lógico desagrado, cómo Fito Mostaza les complicaba la vida.

—¿Por qué no roban ustedes las cartas?

Anduvo Mostaza unos pasos sin responder. Al cabo hizo un ademán desenvuelto.

—¿Sabe lo que suele decir Tomás Ferriol?... Que a él no le interesa comprar a políticos antes de las elecciones, sin saber si llegarán o no al poder. Sale más barato comprarlos cuando ya gobiernan.

Chupó su pipa en silencio, enérgicamente, dejando atrás un rastro de humo de tabaco.

—Estamos ante una situación parecida —añadió al fin—. ¿Para qué organizar una operación, con sus costos y riesgos, si podemos aprovechar otra que ya está en marcha?

Dicho aquello, Mostaza dio unos pasos riendo con suavidad, como antes. Parecía disfrutar con el giro de la conversación.

—La República no anda sobrada de dinero, señor Costa. Y nuestra peseta se devalúa mucho. Tiene cierta justicia poética que sea Mussolini quien le pague a usted la mayor parte de los honorarios.

Miraba Max los Rolls-Royce y los Cadillac estacionados ante la fachada imponente del Palais Méditerranée, la sucesión de grandes establecimientos hoteleros que parecían alinearse hasta el infinito siguiendo el suave arco de la bahía de los Ángeles. En aquella parte de Niza se había borrado de la vista del visitante con dinero todo lo susceptible de perturbar una visión confortable del mundo. Allí sólo había hoteles, casinos, bares americanos, la playa magnífica, el inmediato centro de la ciudad con sus cafés y restaurantes, y todas las lujosas villas en las colinas residenciales. Ni una fábrica, ni un hospital. Los talleres, las casas de los empleados y obreros, la cárcel y el cementerio, incluso los manifestantes que en los últimos tiempos se enfrentaban cantando *La Internacional* o *La Marsellesa*, repartiendo *Le Cri des Travailleurs* o gritando «mueran los judíos» bajo la mirada cómplice de los gendarmes, estaban lejos de allí, en barrios que la mayor parte de la gente que frecuentaba el Paseo de los Ingleses no pisaría nunca.

—¿Y qué me impide rechazar su oferta?... ¿O contarle su propuesta a los italianos?

—Nada se lo impide —admitió Mostaza, objetivo—. Fíjese hasta qué punto estamos dispuestos a jugar limpio, dentro de lo que cabe. Sin amenazas ni chantajes. Es usted dueño de colaborar o no.

—¿Y si no lo hago?

—Ah, ésa ya es otra cuestión. En tal caso, comprenda que hagamos lo posible por cambiar el curso de las cosas.

Max se tocó el ala del sombrero, saludando a dos rostros conocidos —un matrimonio húngaro, vecino de habitación en el Negresco—, que acababan de cruzarse con ellos.

—Si a eso —ironizó en voz baja— no lo llama amenaza...

Mostaza respondió con un ademán de exagerada resignación.

—Éste es un juego complicado, señor Costa. Nada tenemos contra usted, excepto si sus obras lo ponen en el bando enemigo. Mientras no sea así, gozará de nuestra mejor voluntad.

—Materializada en más dinero que los italianos, dijo antes.

—Claro. Si no se sube a la luna.

Seguían recorriendo despacio la Promenade. Todo el tiempo se cruzaban con gente elegante, hombres con ropa de entretiempo bien cortada, mujeres hermosas que paseaban, displicentes, a perros de limpio pedigrí.

—Curiosa ciudad ésta —comentó Mostaza ante dos señoras muy bien vestidas que iban acompañadas de un galgo ruso—. Llena de mujeres a las que los hombres corrientes no pueden acceder. Aunque nosotros sí, naturalmente... La diferencia es que a mí me cuestan dinero, y a usted todo lo contrario.

Miró Max alrededor: mujeres, hombres, daba igual. Aquélla era gente, en suma, para la que llevar cinco billetes de mil francos en la cartera no suponía novedad ninguna. Los automóviles de brillantes cromados circulaban despacio por la calzada contigua, recreándose en el paisaje luminoso que contribuían a embellecer. Todo el paseo era un vasto rumor de motores bien calibrados, de conversaciones exentas de inquietud. De bienestar caro y apacible. Me costó mucho, pensó con amargura, llegar aquí. Moverme por este paisaje confortable, lejos de aquellos arrabales con olor a comida rancia que lugares como éste desterraron a las afueras. Y procuraré que nadie me haga volver a ellos.

—Pero no crea que todo es cuestión de pagar más o menos —decía Mostaza—. A juicio de mis jefes, también cuenta, supongo, mi encanto personal. Debo ser persuasivo con usted. Convencerlo de que no es lo mismo trabajar para unos canallas como Mussolini, Hitler o Franco, que para el Gobierno legítimo de España.

—Ahórreme esa parte.

Rió otra vez Mostaza, como las anteriores. Suave y entre dientes.

—De acuerdo. Dejemos fuera las ideologías... Centrémonos en mi encanto personal.

Se había detenido para vaciar la pipa con golpecitos suaves en la barandilla que separaba el paseo de la playa. Después la guardó en un bolsillo de la chaqueta.

—Me cae bien, señor Costa... Dentro de lo que cabe en su turbio oficio, es lo que los ingleses llaman *a decent chap*. O al menos, lo parece. Llevo tiempo investigando su biografía, y también echándole un vistazo a sus modales. Será grato trabajar con usted.

—¿Y qué pasa con la competencia? —objetó Max—. Los italianos pueden enfadarse. Con motivo.

El otro afiló la sonrisa, como respuesta. Un instante nada más: un relámpago depredador, casi desagradable. La cicatriz del cuello parecía ahondarse en la luz cruda del paseo.

—No puedo responderle ahora —dijo Max—. Necesito pensar en esto.

Relucieron dos veces los lentes bajo la sombra del panamá. Mostaza asentía, comprensivo.

—Me hago cargo. Medítelo tranquilamente, mientras sigue adelante con sus amigos fascistas. Yo vigilaré con discreto interés sus progresos, sin agobiarlo. Lejos de nuestra intención, como dije antes, forzar las cosas. Preferimos confiar en su sentido común y su conciencia... En cualquier momento, hasta el final mismo, tendrá usted oportunidad de atender mi proposición. No hay prisa.

—¿Dónde puedo localizarlo, en caso necesario?

Mostaza hizo un ademán amplio, inconcreto, que lo mismo podía referirse al lugar donde se hallaban que al sur de Francia en general.

—Durante estos días, mientras usted toma decisiones, yo deberé ocuparme de otro asunto que tengo pendiente en Marsella. Iré y vendré, por tanto. Pero no se preocupe... Estaremos en contacto.

Extendía la mano derecha esperando la de Max, que al estrecharla encontró un apretón fuerte y franco. Demasiado fuerte, se dijo éste. Demasiado franco. Luego Fito Mostaza se fue con paso vivo. Durante unos momentos, Max pudo ver su figura menuda y ágil, que esquivaba a los transeúntes con singular soltura. Después sólo alcanzó a ver el sombrero claro que se movía entre la gente, y a poco lo perdió de vista.

El día ha amanecido limpio y soleado, como los anteriores, y la bahía de Nápoles resplandece en azules y grises. Los camareros se mueven por la terraza del hotel Vittoria con bandejas cargadas de cafeteras, panecillos, mermelada y mantequilla, entre las mesas de hierro cubiertas con manteles blancos. En la situada junto al ángulo occidental de la balaustrada de piedra desayunan Max Costa y Mecha Inzunza. Viste ella chaqueta de ante, falda oscura y mocasines loafer belgas. Él, su habitual ropa de mañana desde que se aloja en el hotel: pantalón de franela, blazer oscuro y pañuelo de seda al cuello. Húmedo todavía el cabello gris cuidadosamente peinado tras la ducha.

—¿Ya hay solución al problema? —se interesa Max.

Están solos en la mesa, desocupadas las contiguas. Aun así, ella baja la voz.

—Puede haberla... Esta tarde veremos si funciona.

—¿Ni Irina ni Karapetian sospechan nada?

—En absoluto. La excusa de que no se contaminen uno al otro es válida, por el momento.

Extiende Max un poco de mantequilla sobre una tostada cortada en triángulo, pensativo. El encuentro con la mujer ha sido casual. Leía ella un libro que ahora está sobre la mesa —*The Quest for Corvo*: el título no le dice nada—, entre su taza de café vacía y un cenicero con el emblema del hotel y dos colillas apagadas de Muratti. Cerró el libro y apagó el segundo cigarrillo cuando él cruzó la puerta acristalada del salón Liberty, se acercó a saludarla y ella lo invitó a sentarse a su lado.

—Dijiste que yo haría algo.

Lo mira unos segundos, atenta, queriendo recordar. Al cabo se echa atrás en la silla, sonriente.

—¿La variante Max?... Cada cosa a su tiempo.

Él mordisquea su tostada y bebe un sorbo de café con leche.

—¿Karapetian e Irina trabajan ya en esas ideas de tu hijo? —pregunta después de tocarse los labios con la servilleta—. ¿En el señuelo de que me hablaste?

—Están en ello. Por separado, como teníamos previsto. Los dos creen que analizan la misma situación, pero no es así... Jorge sigue exigiéndoles que no hablen entre ellos del asunto, con el pretexto de que no quiere que se contaminen el uno al otro.

—¿Quién ha avanzado más?

—Irina. Y eso le viene bien a Jorge, porque la idea de que sea ella es la que menos le gusta... Así que en la próxima partida jugará esa novedad teórica, para salir de dudas cuanto antes.

—¿Y qué pasa con Karapetian?

—A Emil le ha dicho que continúe analizando la suya con más tiempo y profundidad, porque quiere reservarla para Dublín.

—¿Crees que Sokolov caerá en la trampa?

—Es probable. Se trata justo de lo que espera por parte de Jorge: sacrificio de piezas y ataques profundos, arriesgados y brillantes... El toque Keller.

En ese momento Max ve pasar a Emil Karapetian a lo lejos, con unos periódicos en la mano, camino del salón. Se lo indica a Mecha y ella sigue al gran maestro con la mirada, inexpresiva.

—Sería triste que fuese él —comenta.

Max no puede evitar un gesto de sorpresa.

—¿Preferirías a Irina?

—Emil lleva con Jorge desde que éste era un muchacho. Es mucho lo que le debe. Lo que le debemos.

—Pero los dos chicos... En fin. El amor y todo lo demás.

Mira Mecha el suelo alfombrado de ceniza de sus cigarrillos.

—Oh, eso —dice.

Después, sin transición, se pone a hablar del siguiente paso, si es que Sokolov muerde el anzuelo. No hay intención de alertar al informante, en caso de que uno de los dos lo sea. De cara al duelo por el título mundial interesa confiar a los soviéticos, de modo que Sokolov no sospeche que lo tienen atrapado desde Sorrento. Después de Dublín, por supuesto, sea quien sea, el espía no volverá a trabajar con Jorge. Hay maneras de apartarlo con o sin escándalo, según convenga. Ya ocurrió antes: un analista francés se estuvo yendo de la lengua en el torneo de candidatos de Curaçao, cuando el joven se enfrentó a Petrosian, Tal y Korchnoi. Y aquella vez fue Emil Karapetian quien se dio cuenta y señaló al infiltrado. Al fin se las arreglaron para despedirlo sin que nadie sospechara el motivo.

—También pudo tratarse de un chivo expiatorio —apunta Max—... Una maniobra de Karapetian para cargar a otro con la sospecha.

—Lo he pensado —responde ella, sombría—. Y también lo considera Jorge.

Sin embargo, su hijo debe mucho al maestro, añade tras unos instantes. Tenía trece años cuando ella convenció a Karapetian para que trabajara con él. Quince años juntos, tableros de bolsillo puestos en cualquier sitio, jugando en trenes, aeropuertos, hoteles. Preparando partidas, estudiando aperturas, variantes, ataques y defensas.

—Más de media vida de Jorge los he visto desayunar antes de un torneo, intercambiando jugadas y posiciones a ciegas, repitiendo planes hechos durante la noche, o improvisando sobre la marcha.

—Prefieres que sea ella —apunta Max, con suavidad.

Mecha parece no haber oído el comentario.

—Nunca fue un chico especial... O no demasiado. La gente cree que los grandes ajedrecistas poseen mayor inteligencia que el resto de los seres humanos, pero no es verdad. Jorge sólo demostró muy pronto que era excepcional en su capacidad de prestar atención a varias cosas distintas, eso que los alemanes definen con una palabra larga que termina en *verteilung*, y en su pensamiento abstracto frente a series numéricas.

—¿Dónde se conocieron Irina y él?

—En el torneo de Montreal, hace año y medio. Salía con Henry Trench, un ajedrecista canadiense.

—¿Y qué ocurrió?

—Después de encontrarse en una fiesta de los organizadores, Irina y Jorge pasaron una noche sentados en el banco de un parque, hablando de ajedrez hasta el amanecer... Luego ella dejó a Trench.

—Da la impresión de que le va bien, ¿no?... Lo normaliza en situaciones como ésta.

—Contribuye a eso —admite Mecha—. De todas formas, él no es un jugador obsesivo. No de los que se dejan invadir por la incertidumbre y la tensión en una partida larga. Lo ayuda su sentido del humor y un cierto despego. Una de sus frases favoritas es «no estoy dispuesto a volverme loco con esto»... Esa actitud limita mucho los aspectos patológicos del asunto. Como dices, lo normaliza.

Se detiene un momento pensativa, inclinada la cabeza.

—Imagino que sí —concluye al fin—. Que Irina también contribuye a eso.

—Si es su novia quien pasa información a los rusos, podría influir en su concentración, supongo. En su rendimiento.

A Mecha no le preocupa ese aspecto del problema. Su hijo, explica, es capaz de trabajar con la misma intensidad en varios asuntos, de modo en apariencia simultáneo; pero nunca pierde el control de lo principal. Del ajedrez. Su facultad de concentración según el orden de prioridades de cada momento es asombrosa. Parece perdido en ensoñaciones lejanas, y de pronto parpadea, regresa, sonríe y está de vuelta. Esa capacidad de ir y volver es lo más característico de él. Sin esos cortocircuitos de normalidad, su vida sería muy distinta. Se convertiría en un sujeto excéntrico o infeliz.

—Por eso —añade tras un silencio—, lo mismo que puede concentrarse hasta lo inhumano, es capaz de sumirse en divagaciones que nada tienen que ver con la partida que juega. Jugar mentalmente otras partidas, mientras espera. Analizar fríamente lo del infiltrado, pensar en un viaje o una película... Resolver otro problema, o relativizarlo. Una vez, cuando era pequeño, estuvo veinte minutos inmóvil y callado ante el tablero, analizando una jugada. Y cuando su adversario dio muestras de impaciencia, alzó los ojos y dijo: «Ah, ¿es que me tocaba mover a mí?».

—Todavía no me has contado lo que piensas... Si crees que es ella quien filtra información.

—Te lo he dicho: hay tantas probabilidades de que sea Irina como Karapetian.

Enarca él las cejas, dando carta de naturaleza a lo obvio.

—Parece enamorada.

—Cielos, Max —lo estudia burlona, casi con sorpresa—. ¿Tú diciendo eso?... ¿Desde cuándo el amor fue obstáculo para traicionar?

—Dame una razón concreta. ¿Por qué lo vendería ella a los rusos?

—También es impropia de ti esa pregunta... ¿Por qué lo vendería Emil?

Ha levantado la vista, inexpresiva, y Max sigue la dirección de su mirada. Tres pisos arriba, bajo los arcos de las terrazas del edificio contiguo, Jorge Keller y la muchacha se asoman contemplando el paisaje. Llevan albornoces blancos y parecen recién levantados. Ella tiene asido un brazo del joven y se apoya en su hombro. Al cabo de un momento advierten la presencia de Max y Mecha, y agitan las manos en su dirección. Responde él mientras la mujer permanece inmóvil, mirándolos.

—¿Cuánto tiempo duró tu matrimonio con su padre, el diplomático?

—No mucho —dice ella tras un instante de silencio—. Y te aseguro que lo intenté. Supongo que tener un hijo hizo que me lo planteara... A fin de cuentas, en algún momento de su vida toda mujer es víctima temporal de su útero o de su corazón. Pero con él no era posible nada de eso... Sólo era un buen hombre al que hacía insoportable no su exceso de cualidades, sino su insistencia en no renunciar a ninguna. Y en hacer gala de ello.

Se interrumpe mientras una sonrisa extraña le cruza los labios. Apoya la mano derecha sobre el mantel, junto a la mancha de una pequeña gota de café. Hay otras marcas similares en el dorso de su mano. Motas de años, de vejez, sobre la piel marchita. De pronto, el recuerdo de aquella piel, tersa y cálida hace treinta años, se vuelve insoportable para Max. Para disimular su desasosiego, se inclina sobre la mesa y comprueba el contenido de la cafetera.

—Nunca fue tu caso, Max. Siempre supiste... Oh, demonios. Varias veces me pregunté de dónde sacabas tanta serenidad. Toda aquella prudencia.

Él hace ademán de ofrecerle más café y ella niega con la cabeza.

—Tan guapo —añade—. Por Dios. Eras tan guapo... Tan prudente, tan canalla y tan guapo...

Incómodo, él examina con atención el contenido de su taza vacía.

—Háblame más del padre de Jorge.

—Ya te dije que lo conociste en Niza: aquella cena en casa de Suzi Ferriol... ¿Lo recuerdas?

—Vagamente.

Con ademán fatigado, Mecha retira despacio la mano del mantel.

—Ernesto era educadísimo y distinguido, pero le faltaban el talento y la imaginación de Armando... Uno de esos hombres que tienes al lado y sólo hablan de sí mismos, utilizándote a ti como pretexto. Puede que sea verdad que te interese lo que dicen, pero ellos no tienen por qué saberlo.

—Eso ocurre a menudo.

—Pues nunca fue tu caso... Tú siempre supiste escuchar.

Hace Max un ademán mundano, de humildad profesional.

—Tácticas del oficio —admite.

—El caso es que las cosas se torcieron —continúa ella—, y acabé aplicando ese mezquino rencor de que somos capaces las mujeres cuando sufrimos... En realidad yo sufría muy poco, pero eso tampoco tenía él por qué saberlo. En varias ocasiones intentó escapar de lo que llamaba la mediocridad y el fracaso de nuestra relación; y como la mayor parte de los hombres, lo más lejos que logró llegar fue a la vagina de otras mujeres.

No sonaba vulgar en su boca, advirtió Max. Como tampoco tantas otras cosas registradas en su memoria. La había oído usar palabras más fuertes en otro tiempo, con la misma frialdad casi técnica.

—Yo sí había llegado muy lejos, como sabes —continúa Mecha—. Me refiero a cierta clase de inmoralidad. La inmoralidad como conclusión... Como conciencia de lo estéril y pasivamente injusto de la moralidad.

Mira otra vez la ceniza del suelo, indiferente. Después alza la vista hacia el camarero que, tras informarles de que está a punto de cerrar el servicio de desayuno, pregunta si desean algo más. Mecha lo mira como si no comprendiera lo que dice, o se encontrara lejos. Al fin niega con la cabeza.

—En realidad fracasé dos veces —dice cuando el camarero se aleja—. Como mujer inmoral con Armando y como mujer moral con Ernesto. Fue mi hijo quien, por suerte para mí, lo cambió todo. Su existencia me ofreció otra posibilidad. Una tercera vía.

—¿Recuerdas más a tu primer marido?

—¿Armando?... ¿Cómo podría olvidarlo? Su famoso tango me ha perseguido toda mi vida. Como a ti, en cierto modo. Y ahí sigue.

Max deja otra vez de contemplar su taza vacía.

—Con el tiempo supe lo que aún no sabíamos en Niza —comenta—. Que lo mataron.

—Sí. Un lugar llamado Paracuellos, cerca de Madrid. Lo sacaron de la cárcel para fusilarlo allí —encoge los hombros de forma casi imperceptible, asumiendo tragedias ocurridas hace demasiado tiempo, cicatrizadas hasta lo conveniente—. Un bando sacó en procesión al pobre García Lorca, canonizándolo, y otro a mi marido... Eso también agrandó su leyenda, naturalmente. Consagró su música.

—¿No volviste a España?

—¿A ese lugar triste, rencoroso y con olor a sacristía, gobernado por estraperlistas y gentuza mediocre?... Nunca —mira hacia la bahía y sonríe con sarcasmo—. Armando era un hombre culto, educado y liberal. Un creador de mundos maravillosos... De seguir vivo, habría despreciado a esos militares carniceros y a esos matones de camisa azul y pistola al cinto, tanto como a los analfabetos que lo asesinaron.

Tras un silencio se vuelve hacia él, inquisitiva.

—¿Y tú? ¿Cómo fue tu vida esos años?... ¿Es verdad que volviste a España?

Compone Max un gesto de circunstancias que sobrevuela tiempos intensos, ocasiones entre nuevos ricos ávidos de lujo, pueblos y ciudades reconstruidos, hoteles devueltos a sus propietarios, negocios florecientes al amparo del nuevo régimen y mucha oportunidad disponible para quien sabía olfatearla. Y ese gesto discreto es su manera de resumir años de acción y posibilidades, toneladas de dinero circulando de un lado a otro, a disposición de quien tuviese talento y valor para perseguirlo: mercado negro, mujeres, hoteles, trenes, fronteras, refugiados, mundos que se derrumbaban entre las ruinas de la vieja Europa, de un conflicto a otro aún más pavoroso, con la certeza febril de que nada sería igual cuando todo hubiese acabado.

—Alguna vez. Durante la guerra mundial anduve de un lado a otro, entre España y América.

—¿Sin miedo a los submarinos?

—Con todo el miedo del mundo, pero no había elección. Ya sabes. Negocios.

Ella sonríe de nuevo, casi cómplice.

—Sí, ya sé... Negocios.

Inclina él la cabeza con deliberada sencillez, consciente de la mirada de la mujer. Los dos saben que la palabra negocios es una forma de resumir las cosas, aunque Mecha ignore hasta qué punto. En realidad, durante los años de guerra en Europa, la península ibérica fue para Max Costa un rentable territorio de caza. Con su pasaporte venezolano —gastó mucho dinero en adquirir esa nacionalidad, que lo ponía a salvo de casi todo—, aplicó su desenvoltura social en restaurantes, dancings, tés de media tarde con orquesta, bares americanos y cabarets, deportes de invierno, temporadas de verano, lugares de intensa vida social frecuentados por mujeres hermosas y hombres con carteras provistas. Para entonces, su aplomo profesional había llegado a refinarse hasta extremos exquisitos; y el resultado fue una racha de contundentes éxitos. Los tiempos del fracaso y la decadencia, los desastres que acabarían llevándolo al pozo oscuro, todavía estaban lejos. Aquella nueva España franquista daba de sí: varias operaciones lucrativas en Madrid y Sevilla, una elaborada estafa triangular entre Barcelona, Marsella y Tánger, una viuda muy rica en San Sebastián y un asunto de joyas en el casino de Estoril con remate apropiado en una villa de Sintra. En este último episodio —la mujer, no demasiado atractiva, era prima del pretendiente a la corona de España, don Juan de Borbón— Max había vuelto a bailar, y mucho. Incluidos el *Bolero* de Ravel y el *Tango de la Guardia Vieja*. Y debió de bailarlos endiabladamente bien; porque, una vez acabado todo, la víctima fue la primera en exculparlo ante la policía portuguesa. Imposible dudar de Max Costa, afirmó. De ese absoluto caballero.

—Sí —comenta Mecha pensativa, mirando otra vez la terraza de la que se han retirado los dos jóvenes—. Armando era diferente.

Max sabe que no habla de él. Que la mujer sigue pensando en esa España que mató a Armando de Troeye, donde ella no quiso regresar nunca. Aun así, siente cierto resquemor. Un rastro de antigua irritación hacia el hombre al que, en realidad, trató durante unos pocos días: a bordo del *Cap Polonio* y en Buenos Aires.

—Ya lo has dicho antes. Era culto, imaginativo y liberal... Aún recuerdo las marcas de golpes en tu carne.

Ella, que ha advertido el tono, lo observa con censura. Después vuelve el rostro hacia la bahía, en dirección al cono negruzco del Vesubio.

—Ha pasado mucho tiempo, Max... Es impropio de ti.

No responde. Se limita a mirarla. Entornados los párpados de la mujer por la claridad del sol, el gesto multiplica el número de pequeñas arrugas en torno a sus ojos.

—Me casé muy joven —añade Mecha—. Y él hizo que me asomase a pozos oscuros de mí misma.

—Te corrompió, en cierto modo.

Ella niega con la cabeza antes de responder a eso.

—No. Aunque puede que el matiz esté en lo de *en cierto modo*. Todo estaba ahí antes de conocerlo... Armando se limitó a ponerme un espejo delante. A guiarme por mis propios rincones oscuros. O tal vez ni siquiera eso. Quizá su papel se redujo a mostrármelos.

—Y tú lo hiciste conmigo.

—Te gustaba mirar, como a mí. Recuerda aquellos espejos de hotel.

—No. Me gustaba mirarte mientras mirabas.

Una risa súbita, sonora, parece rejuvenecer los ojos dorados de la mujer. Ella sigue vuelta en dirección a la bahía.

—No te dejaste, amigo mío... Nunca fuiste un chico de ésos. Al contrario. Tan limpio siempre, pese a tus canalladas. Tan sano. Tan leal y recto en tus mentiras y traiciones. Un buen soldado.

—Por Dios, Mecha. Eras...

—Ahora ya no importa lo que era —se ha vuelto hacia él, súbitamente seria—. Pero tú sigues siendo un embaucador. Y no me mires así. Conozco esa mirada demasiado bien. Mejor de lo que imaginas.

—Estoy diciendo la verdad —protesta Max—. Nunca creí que te importara en absoluto.

—¿Por eso te marchaste de aquella manera en Niza? ¿Sin esperar el resultado?... Dios mío. Estúpido como todos. Ése fue tu error.

Se ha echado atrás en el respaldo de su silla. Permanece así un momento, cual si buscara memoria exacta en las facciones envejecidas del hombre que tiene delante.

—Vivías en territorio enemigo —añade al fin—. En plena y continua guerra: sólo había que ver tus ojos. En tales situaciones, las mujeres advertimos que los hombres sois mortales y vais de paso, camino de un frente cualquiera. Y nos sentimos dispuestas a enamorarnos de vosotros un poquito más.

—Nunca me gustaron las guerras. Los tipos como yo suelen perderlas.

—Ahora ya da lo mismo —ella asiente con frialdad—. Pero me gusta que no hayas estropeado tu sonrisa de buen muchacho... Esa elegancia que mantienes como el último cuadro en Waterloo. Me recuerdas mucho al hombre que olvidé. Has envejecido, y no hablo del físico. Supongo que les ocurre a todos los que alcanzan alguna clase de certidumbre... ¿Tienes muchas certidumbres, Max?

—Pocas. Sólo que los hombres dudan, recuerdan y mueren.

—Debe de ser eso. Es la duda la que mantiene joven a la gente. La certeza es como un virus maligno. Te contagia de vejez.

Ha vuelto a poner la mano sobre el mantel. La piel moteada de vida y años.

—Recuerdos, has dicho. Los hombres recuerdan y mueren.

—A mi edad, sí —confirma él—. Ya sólo eso.

—¿Qué hay de las dudas?

—Pocas. Sólo incertidumbres, que no es lo mismo.

—¿Y qué te recuerdo yo?

—A mujeres que olvidé.

Ella parece advertir su irritación, porque ladea un poco la cabeza, observándolo con curiosidad.

—Mientes —dice al fin.

—Demuéstralo.

—Lo haré... Te aseguro que lo haré. Dame sólo unos días.

Mojó los labios en el gin-fizz y observó al resto de los invitados. Habían llegado casi todos, y no superaban la veintena. Era una reunión de corbata negra: smoking los caballeros y espalda desnuda la mayor parte de las mujeres. Joyas escasas y discretas en casi todos los casos, conversaciones educadas que por lo común transcurrían en francés o español. Eran amigos y conocidos de Susana Ferriol. Había algunos refugiados a causa de la guerra, pero no del género que solían mostrar las imágenes de los noticiarios; el resto estaba compuesto por miembros de la clase internacional asentada de modo permanente en Niza y alrededores. Con aquella cena, la anfitriona presentaba a sus amistades locales al matrimonio Coll, una pareja de catalanes que había logrado salir de la zona roja. Por suerte para ellos, aparte de un piso en un edificio de Barcelona construido por Gaudí, una torre en Palamós y algunas fábricas y almacenes ahora gestionados por sus trabajadores, los Coll tenían en bancos europeos el dinero necesario para aguardar a que las cosas volviesen a ser lo que fueron. Minutos antes, Max había asistido a una animada conversación de la señora Coll —caderas anchas y ojos grandes, menuda y pizpireta—, en la que ésta contaba a varios invitados cómo ella y su marido habían dudado al principio entre Biarritz y Niza, decidiéndose por ésta a causa de las bondades del clima.

—La querida Suzi ha sido tan amable de buscarnos una villa para alquilar. Aquí mismo, en Boron... El Savoy estaba bien, pero no es igual. Una casa propia siempre es una casa propia... Además, con el Tren Azul tenemos París a un paso.

Dejó Max la copa vacía en una mesa, junto a uno de los grandes ventanales por los que podía verse el exterior de la casa iluminado: el camino de grava menuda y la rotonda con grandes plantas verdes ante la entrada principal, los automóviles alineados bajo las palmeras y los cipreses, relucientes a la luz de los faroles eléctricos, con los chóferes agrupando brasas de cigarrillos a un lado de la escalinata de piedra —Max había llegado en el Chrysler Imperial de la baronesa Schwarzenberg, que ahora estaba sentada en el salón contiguo charlando con un actor de cine brasileño—. Más allá de los árboles que poblaban el jardín, Niza se asomaba a la bahía en un arco iluminado en torno a la mancha oscura del mar, con la pequeña cuña reluciente de la Jetée-Promenade incrustada en ella como una joya.

—¿Otro cocktail, señor?

Negó con la cabeza, y mientras el camarero se alejaba dirigió una mirada en torno. Una pequeña jazz-band tocaba en el salón, recibiendo a los invitados entre el aroma de ramos de flores puestos en jarrones de vidrio azul y rojo. Faltaban veinte minutos para la cena. En el comedor, que podía verse a través de la puerta acristalada, había cubiertos para veintidós personas. Según la cartulina puesta en un atril a la entrada, al señor Costa le correspondía un lugar casi al extremo de la mesa. A fin de cuentas, allí su único aval era ser acompañante de la baronesa Schwarzenberg; y eso, socialmente, no suponía gran cosa. Al serle presentado, Susana Ferriol le había dedicado la sonrisa precisa y las palabras justas, propias de una anfitriona eficaz y consciente de sus obligaciones —qué placer tenerlo aquí, muchísimo gusto—, antes de hacerlo pasar, presentarle a algunos invitados, situarlo cerca de los camareros y olvidarlo por el momento. Susana Ferriol —Suzi para los íntimos— era una mujer morena y muy delgada, casi tan alta como Max, con unas facciones angulosas, duras, en las que destacaban unos intensos ojos negros. No vestía de noche de modo convencional: llevaba un elegante conjunto-pantalón blanco rayado de plata que favorecía su extrema delgadez, y sobre el que Max habría apostado uno de sus gemelos de nácar a que en algún lugar del forro interior llevaba cosida una etiqueta de Chanel. La hermana de Tomás Ferriol se movía entre sus amigos con una afectación lánguida y sofisticada de la que, sin duda, era consciente en exceso. Según había comentado la baronesa Schwarzenberg, recostada en el asiento trasero del automóvil mientras venían de camino, la elegancia podía adquirirse con dinero, educación, aplicación e inteligencia; pero llevarla con naturalidad plena, querido —el resplandor de los faros iluminaba su sonrisa maliciosa—, requería haber gateado de niño sobre alfombras orientales auténticas. Un par de generaciones, por lo menos. Y los Ferriol —el padre hizo su primer dinero durante la Gran Guerra como contrabandista de tabaco en Mallorca— sólo eran riquísimos desde hacía una.

—Hay excepciones, naturalmente. Y eres una de ellas, amigo mío. A pocos he visto cruzar el vestíbulo de un hotel, dar fuego a una mujer o pedir un vino a un sommelier como lo haces tú. Y eso que nací cuando Leningrado se llamaba San Petersburgo... Imagina lo que he visto, y lo que veo.

Dio unos pasos Max, recorriendo el salón con cautela de cazador. Aunque la villa era una de las típicas construcciones de principios de siglo, el interior estaba amueblado de forma funcional y escueta, a la más reciente moda: líneas rectas y limpias, paredes desnudas excepto por algún cuadro moderno, muebles de acero, madera pulida, cuero y cristal. Los ojos vivos del antiguo bailarín mundano, adiestrados en el oficio de buscavidas, no perdían detalle del lugar ni de los invitados. Ropa, joyas, bisutería, conversaciones. Humo de tabaco. Con pretexto de sacar un cigarrillo se detuvo entre salón y vestíbulo para echar un vistazo a la escalera que conducía al piso superior. Según los planos que había estudiado en su habitación del Negresco, más allá se encontraban la biblioteca y el despacho que usaba Ferriol cuando iba a Niza. Acercarse a la biblioteca no era difícil: la puerta estaba abierta, y al fondo relucía el dorado de los libros en sus estantes. Anduvo unos pasos con la pitillera abierta en la mano y se detuvo de nuevo, esta vez con actitud de prestar atención a los cinco músicos vestidos de etiqueta que tocaban un swing suave —*I Can't Get Started*— entre macetas con plantas, cerca de una vidriera que daba por aquella parte al jardín. Apoyado en la puerta de la biblioteca, cerca de una pareja de franceses que discutían en voz baja —la mujer era rubia y atractiva, con exceso de maquillaje en los párpados—, encendió al fin el cigarrillo, miró dentro de la habitación y localizó la puerta del despacho, que según los informes solía estar cerrada con llave. El acceso no era difícil, concluyó. Todo estaba en la primera planta, y no había rejas. La caja fuerte se encontraba en un armario empotrado en la pared, cerca de una ventana. A falta de poder verla desde fuera, esa ventana era un camino posible. Otro, la vidriera junto a la que tocaban los músicos, que daba a una terraza. Punta de diamante o destornillador para la ventana, ganzúa para la cerradura del despacho. Una hora dentro, algo de suerte y todo resuelto. En esa fase, al menos.

Llevaba demasiado tiempo solo en el vestíbulo, y eso no convenía. Aspiró el humo del cigarrillo mientras miraba alrededor con aire indolente. Llegaban los últimos invitados. Ya había hecho un par de contactos previos, sonrisas adecuadas, palabras amables. Gestos idóneos con las señoras como destinatarias, simpatía de franca apariencia para maridos y acompañantes. Después de la cena algunas parejas se animarían a bailar; por lo general eso daba a Max oportunidades casi infalibles —sobre todo con las mujeres casadas: solían tener problemas, lo que allanaba el camino y le ahorraba a él conversación—; pero no estaba dispuesto a internarse por tan peligroso terreno aquella noche. No podía llamar la atención. No allí, en absoluto, con lo que había en juego. Sin embargo, al moverse sentía de vez en cuando las miradas de ellas. Algún comentario en voz baja: quién es ese hombre apuesto, etcétera. Por esas fechas tenía Max treinta y cinco años y llevaba quince interpretando miradas. Todos atribuían su presencia allí a una vaga *liaison* con Asia Schwarzenberg, y era conveniente que así lo creyeran. Decidió acercarse a un grupo de dos hombres y una mujer que conversaban en un sofá de cuero y acero, sentados ella y uno de los hombres, de pie el otro. Ya había bromeado con el que estaba sentado, a poco de llegar: un tipo algo grueso, de bigotito rubio, pelo cortado a cepillo y rostro simpático, que le había dado su tarjeta: Ernesto Keller, cónsul adjunto de Chile en Niza. También la mujer le era familiar, aunque no de aquella noche. Una actriz, creyó recordar. Española, también. Bella y seria. Conchita algo. Monteagudo, quizá. O Montenegro. Por un instante, todavía inmóvil, se vio en un espejo grande de marco liso y ovalado que estaba sobre una mesa estrecha de cristal: la blancura resplandeciente de la camisa entre las solapas de raso negro, del pañuelo que asomaba en el bolsillo superior, de la porción exacta de puño almidonado que sobresalía de cada manga de su chaqueta de smoking entallada en la cintura; una mano introducida con negligencia en el bolsillo derecho del pantalón, otra medio alzada con el cigarrillo humeante, mostrando parte de la correa y la caja de oro de un cronómetro extraplano Patek Philippe que valía ocho mil francos. Después miró la alfombra de grandes rombos blancos y marrones bajo el charol de sus zapatos, y pensó

—seguía haciéndolo a menudo— en su amigo el cabo legionario Boris Dolgoruki-Bragation. Lo que habría dicho, o reído, entre dos copas de coñac, de seguir vivo, al verlo allí de tal guisa. Desde el niño que jugaba en las orillas del Riachuelo en Buenos Aires, o desde el soldado que ascendía fusil en mano entre cadáveres momificados bajo el sol por la cuesta calcinada de Monte Arruit, Max Costa había recorrido un largo camino hasta pisar la alfombra de esa villa en la Costa Azul. Y aún quedaba un difícil tramo hasta la puerta del despacho que aguardaba cerrada, al fondo de la biblioteca, insondable como el Destino. Aspiró una bocanada corta y precisa de humo, mientras concluía también que los azares y riesgos de ciertos caminos nunca se desvanecían del todo —el recuerdo de Fito Mostaza, superpuesto al de los espías italianos, lo desasosegó de nuevo—. Y que, en esencia, el único día realmente fácil en su vida era el que cada noche, al sumirse en un sueño siempre indeciso e inquieto, lograba dejar atrás.

Entonces olió un perfume suave, cercano, de mujer. *Arpège*, identificó por instinto. Y al volverse —habían pasado nueve años desde Buenos Aires—, vio a su lado a Mecha Inzunza.

8. La vie est brève

—Sigues fumando esos cigarrillos turcos —comentó ella.

Lo miraba más curiosa que sorprendida, como si intentara encajar piezas dispersas en un lugar adecuado: su bien cortada ropa de etiqueta, sus facciones. Reflejos de luz eléctrica parecían suspendidos en las pestañas de la mujer. El mismo efecto luminoso de las lámparas cercanas resbalaba por el satén color marfil del vestido de noche que moldeaba sus hombros y caderas, los brazos desnudos y la hendidura profunda del escote en la espalda. Tenía la piel bronceada y llevaba el cabello a la moda, un poco más largo que en Buenos Aires; ligeramente ondulado, con raya y despejada la frente.

—¿Qué haces aquí, Max?

Lo dijo al cabo de un instante de silencio. No era pregunta sino conclusión, y el sentido era evidente: de ningún modo aquello podía estar ocurriendo. Ninguna trayectoria vital del hombre que Mecha Inzunza había conocido a bordo del *Cap Polonio* podía haberlo llevado de modo natural hasta aquella casa.

—Responde... ¿Qué haces aquí?

Había dureza en la insistencia, ahora. Y Max, que tras el estupor inicial —con despuntes de pánico— empezaba a recobrar la sangre fría, comprendió que seguir callado era un error. Reprimiendo el deseo de retroceder y protegerse —se sentía como una almeja cruda que acabara de recibir un chorro de limón— miró los reflejos gemelos de miel mientras procuraba desmentirlo todo con una sonrisa.

—Mecha —dijo.

Sólo era un modo de ganar tiempo. Su nombre y la sonrisa. Pensaba a toda prisa, o intentaba hacerlo. Sin efecto. Dirigió una ojeada breve y cauta, casi imperceptible, a uno y otro lado, por si el diálogo llamaba la atención de algún invitado. La mujer advirtió el gesto, pues los reflejos dorados se endurecieron en sus ojos, bajo las cejas depiladas en dos finas líneas de lápiz marrón. Se conserva bellísima, pensó él absurdamente. Más cuajada y más hembra. Después miró la boca ligeramente entreabierta, pintada de rojo intenso —seguía mostrándose, sin embargo, menos furiosa que expectante—, y su mirada acabó por deslizarse hasta el cuello. Entonces reparó en el collar: hermosas perlas de suave brillo casi mate, en tres vueltas. Esta vez la estupefacción se plasmó en su cara. O era idéntico al que él había vendido nueve años atrás, o era el mismo.

Quizá aquello lo salvó, habría de concluir más tarde. Su expresión de asombro mirando el collar. El apunte súbito de triunfo en los ojos de ella cuando pareció penetrar sus pensamientos como a través de un cristal. La mirada irónica, primero, sustituyendo al desprecio; y luego la risa tenue, contenida, que agitó su garganta y sus labios hasta rozar la carcajada. Había levantado una mano —en la otra sostenía un pequeño bolso baguette en piel de serpiente—, y los dedos largos y esbeltos con uñas lacadas en tono idéntico a los labios, sin otra joya que la alianza de oro, se apoyaban sobre las perlas.

—Lo recuperé una semana después, en Montevideo. Armando lo buscó para mí.

La imagen del marido pasó fugazmente entre los recuerdos de Max. Desde Buenos Aires lo había visto en fotografías de revistas ilustradas; incluso un par de veces en noticieros de cinematógrafo, con el fondo musical de su tango famoso.

—¿Dónde está él?

Miró alrededor al decirlo, inquieto, preguntándose hasta qué punto la presencia de Armando de Troeye podía agravar las cosas; pero se tranquilizó al verla encoger los hombros, ensombrecida.

—No está... Se encuentra lejos, ahora.

Era Max hombre de recursos, pues los años habían templado su carácter en lances complejos. Mantener el control de las emociones suponía, con frecuencia, escapar por escaso margen al desastre. En aquel momento, mientras intentaba pensar con rapidez y precisión, la certeza de que mostrar inquietud podía acercarlo más de lo conveniente a una cárcel francesa bastó para darle apoyo técnico. Una vía por la que recobrar el control de la situación, o limitar los daños. Paradójicamente, apuntó su instinto, es el collar lo que puede salvarme.

—El collar —dijo.

Lo hizo sin saber lo que diría a continuación; sólo por ganar de nuevo tiempo y establecer un punto defensivo. Pero fue suficiente. Ella volvió a tocar las perlas. No rió esta vez, como antes, pero recobró la mirada desafiante. La sonrisa triunfal.

—La policía argentina se portó muy bien con nosotros. Atendieron a mi marido cuando fue a denunciar la desaparición de las perlas, y lo pusieron en contacto con sus colegas uruguayos... Armando fue a Montevideo y recuperó el collar del hombre al que se lo vendiste.

Él había acabado su cigarrillo y miraba alrededor con la colilla humeante entre dos dedos, buscando dónde dejarla como si eso exigiera toda su atención. Al fin la apagó en un cenicero de grueso cristal tallado que estaba sobre una mesita cercana.

—¿Ya no bailas, Max?

La encaró, por fin. Mirándola a los ojos con cuanta serenidad pudo reunir. Y debió de hacerlo con el aplomo adecuado, pues tras la pregunta, formulada en tono ácido, ella se lo quedó mirando, reflexiva, antes de mover la cabeza en afirmación silenciosa a algún pensamiento que él no pudo penetrar. Como admirada y divertida a un tiempo por la calma del hombre. Por su tranquilo descaro.

—Llevo otra clase de vida —dijo él.

—La Riviera no es mal lugar para llevarla... ¿De qué conoces a Suzi Ferriol?

—Vine con una amiga.

—¿Qué amiga?

—Asia Schwarzenberg.

—Ah.

Los invitados empezaban a dirigirse al comedor. La joven rubia que había estado discutiendo en francés pasó cerca, seguida por su acompañante; dejando ella un rastro de perfume vulgar, y él mirando la hora en un reloj de bolsillo.

—Mecha. Estás...

—Déjalo, Max.

—He oído el tango. Mil veces.

—Sí. Supongo que sí.

—Quisiera explicarte algunas cosas.

—¿Explicar? —otro doble destello dorado—. Es impropio de ti... Al verte pensé que estos años te habían mejorado un poco. Prefiero tu cinismo a tus explicaciones.

Creyó conveniente Max no hacer comentarios a eso. Se mantenía junto a la mujer, erguido y con apariencia tranquila, cuatro dedos de la mano derecha metidos en el bolsillo de la chaqueta. Entonces la vio sonreír levemente, cual si se burlase de sí misma.

—Estuve un rato observándote de lejos —dijo ella— antes de acercarme.

—No te vi. Lo siento.

—Sé que no me viste. Estabas concentrado, pensativo. Me pregunté en qué pensabas... Qué hacías aquí y en qué pensabas.

No me va a delatar, concluyó Max. No esta noche, al menos. O no antes del café y los cigarrillos. Sin embargo, pese a esa seguridad momentánea, era consciente del terreno resbaladizo. Necesitaba tiempo para pensar. Para establecer si la aparición en escena de Mecha Inzunza complicaba las cosas.

—Te reconocí al momento —seguía diciendo ella—. Sólo quería decidir qué hacer.

Señaló, al otro lado del vestíbulo, una escalera que lo comunicaba con el piso superior. Al pie de ella había macetones con grandes ficus y una mesa de la que un camarero recogía copas vacías.

—Me fijé en ti mientras bajaba por la escalera, porque no te sentabas. Eres de los pocos que no lo ha hecho... Hay hombres que se sientan y hombres que se quedan de pie. Suelo desconfiar de estos últimos.

—¿Desde cuándo?

—Desde que te conocí... No recuerdo haberte visto sentado casi nunca. Ni a bordo del *Cap Polonio*, ni en Buenos Aires.

Dieron unos pasos en dirección al comedor, deteniéndose en la puerta para confirmar sus lugares en la cartulina del atril. Max se reprochó no haber mirado antes todos los nombres anotados en torno a la mesa. El de ella estaba allí, sin embargo: *Sra. Inzunza*.

—¿Y qué haces tú aquí? —inquirió.

—Vivo cerca, a causa de la situación en España... Tengo alquilada una casa en Antibes, y a veces visito a Suzi. Nos conocemos desde el colegio.

En el comedor, los invitados ocupaban sus sillas en torno a la mesa, donde una cubertería de plata relucía sobre el mantel junto a candelabros de cristal con forma de espirales rojas, verdes y azules. Susana Ferriol, que atendía a sus invitados, reparó en Mecha y Max ligeramente desconcertada; sorprendida por verlo —él estaba seguro de que su anfitriona ni siquiera recordaba el nombre— en conversación aparte con su amiga.

—¿Y tú, Max?... Todavía no me has dicho qué haces en Niza. Aunque puedo suponerlo.

Sonrió él. Fatiga mundana, simpática. Calculada al milímetro.

—Quizá te equivoques al suponer.

—Veo que has perfeccionado esa sonrisa —ahora lo estudiaba de arriba abajo con irónica admiración—... ¿Qué más has perfeccionado en estos años?

Ve de lejos a Irina Jasenovic cerca de la catedral de Sorrento: gafas de sol, vestido de minifalda estampado, sandalias planas. La muchacha mira el escaparate de una tienda de ropa en el corso Italia y Max permanece en las proximidades, acechándola desde el otro lado de la calle hasta que ella continúa en dirección a la plaza Tasso. En realidad no la sigue por un motivo determinado: sólo siente deseos de observarla discretamente, ahora que conoce la posibilidad de un vínculo clandestino entre ella y la gente del jugador ruso. Curiosidad, tal vez. Deseo de acercarse un poco más a los nudos de la trama. Ya tuvo ocasión de hacerlo con Emil Karapetian cuando después del desayuno lo encontró en uno de los saloncitos del hotel, rodeado de periódicos y encajada en un sillón su amplia humanidad. Todo se resolvió en un intercambio de saludos corteses, algún comentario sobre el buen tiempo y una corta charla sobre el curso de las partidas que hizo al otro dejar el diario abierto sobre las rodillas y conversar brevemente, sin demasiado entusiasmo —incluso en asuntos de ajedrez, Karapetian parece poco inclinado a conversaciones que incluyan algo más que monosílabos—, con el caballero educado, elegante, de pelo gris y amable sonrisa, que según las apariencias tiene antigua relación de amistad con la madre de su pupilo. Y al cabo, cuando Max se levantó y dejó tranquilo al otro con su periódico abierto de nuevo y la nariz hundida en él, la única conclusión que obtuvo fue que el armenio confía ciegamente en la superioridad de su antiguo alumno sobre el adversario ruso; y que, sea cual fuere el resultado del duelo sorrentino, Karapetian está seguro de que Jorge Keller será campeón del mundo dentro de pocos meses.

—Es el ajedrez del futuro —resumió a instancias de Max, en la parrafada más larga de la conversación—. Después de su paso por los tableros, el estilo defensivo de los rusos olerá a naftalina.

Karapetian no parece un traidor, es la conclusión de Max. Desde luego, no alguien que venda a su antiguo discípulo por treinta rublos de plata. Sin embargo, la vida ha enseñado al chófer del doctor Hugentobler, a sus expensas y a las del prójimo, lo sutil de los hilos que mantienen al ser humano lejos de la traición o el engaño. Lo fácil que es, sobre todo, que el traidor que aún medita su decisión reciba un impulso final, en forma de ayuda extra, por parte del propio traicionado. Nadie está a salvo de eso, concluye con alivio casi técnico mientras camina por el corso Italia manteniendo la distancia detrás de la novia de Jorge Keller. Quién podría decir, mirándose a los ojos en un espejo: no traicioné nunca, o no lo haré jamás.

La muchacha se ha sentado a una de las mesas del Fauno. Tras pensarlo un instante, Max se acerca con aire casual y entabla conversación. Antes, por instinto, echa un vistazo discreto en torno. No porque espere agentes soviéticos emboscados tras las palmeras de la plaza, sino porque esa clase de cautelas forma parte de antiguos adiestramientos y útiles automatismos. Que un viejo lobo haya perdido los colmillos y tenga el rabo pelado, decide con íntimo y retorcido humor, no significa que el terreno por el que caza sea menos pródigo en azares.

Recuerdos de mujeres jóvenes, piensa mientras se sienta. Lo que retuvo. Lo que sabe. Es otra generación, o varias, concluye observando la falda corta de la muchacha, sus rodillas desnudas, mientras pide un negroni y conversa de cualquier cosa.

—Sorrento es agradable... ¿Ya visitaron Amalfi? ¿Y Capri? —viejas sonrisas eficaces, gestos de cortesía mil veces ensayados y probados—. En esta época hay menos turistas... Le aseguro que merece la pena.

No especialmente bonita, comprueba una vez más. Ni fea. Joven, en realidad. Más fresca de piel y aspecto que otra cosa, como uno de esos anuncios de Peggy Sage. El atractivo de los veintitantos años, en suma, para quien los veintitantos supongan atractivo. Irina se ha quitado las gafas de sol —desmesuradamente grandes, montura blanca— y el maquillaje se limita al negro espeso en torno a los ojos amplios, expresivos. El pelo está recogido en una cinta ancha, estampada en los mismos dibujos *op* que el vestido corto. Un rostro corriente, ahora amable. El ajedrez no imprime carácter, concluye Max para sus adentros. Ni en hombres ni en mujeres. Un intelecto superior, una mente matemática, una memoria prodigiosa, pueden ajustarse con naturalidad a una sonrisa convencional, una palabra anodina, un gesto vulgar. Aspectos comunes en otros hombres y mujeres como el fluir mismo de la vida. Ni siquiera los jugadores de ajedrez son más inteligentes que el resto de los mortales, oyó decir a Mecha Inzunza hace un par de días. Sólo se trata de otra clase de inteligencia. Aparatos de radio que emiten en distinta longitud de onda.

—Nunca imaginé a Mecha cuidando de ese modo de su hijo, entre ajedrecistas —apunta Max, tanteando el terreno—. Mi recuerdo de ella es diferente. Anterior a todo esto.

Irina parece interesada. Se inclina hasta apoyar los codos en la mesa, junto a un vaso de coca-cola en el que flotan cubitos de hielo.

—¿Llevaban mucho tiempo sin verse?

—Años —confirma él—. Y la amistad viene de lejos.

—Qué feliz casualidad, entonces. Sorrento.

—Sí. Muy feliz.

Llega un camarero con la bebida. La joven observa a Max, curiosa, mientras él se lleva la copa a los labios.

—¿Llegó a conocer al padre de Jorge?

—Brevemente. Poco antes de la guerra —deja la copa en la mesa, despacio—. En realidad conocí más al primer marido.

—¿De Troeye? ¿El músico?

—Ése mismo. Él compuso aquel famoso tango.

—Ah, claro. El tango.

Ella mira los coches de caballos estacionados en la plaza, a la espera de clientes. Los cocheros aburridos bajo las palmeras, a la sombra.

—Debía de ser un mundo fascinante. Esos vestidos y esa música... Mecha dijo que era usted un bailarín excepcional.

Hace Max un ademán desenvuelto, a medio camino entre la protesta cortés y la modestia distinguida. Lo aprendió hace treinta años, en una película de Alessandro Blasetti.

—Me defendía.

—¿Y cómo era ella entonces?

—Elegante. Bellísima. Una de las mujeres más atractivas que conocí.

—Se me hace raro imaginarla así. Es la madre de Jorge.

—¿Y cómo es cuando hace de madre?

Un silencio. Irina toca con un dedo el hielo de su vaso, sin beber.

—No soy la más indicada, me parece. Para decirlo.

—¿Demasiado absorbente?

—Ella lo forjó, en cierto modo —la joven ha estado otro instante callada—. Sin su esfuerzo, Jorge no sería lo que es. Ni lo que puede llegar a ser.

—¿Sería más feliz, quiere decir?

—Oh, no, por favor. Nada de eso. Jorge es un hombre feliz.

Asiente Max, cortés, mientras moja otra vez los labios en su bebida. No necesita forzar la memoria para recordar a hombres felices cuyas mujeres, en otro tiempo, los engañaron con él.

—Ella nunca quiso crear un monstruo, como otras madres —añade Irina al cabo de un momento—. Siempre procuró educarlo como a un chico normal. O intentar que eso fuera compatible con el ajedrez. Y lo consiguió, en parte.

Lo ha dicho mirando hacia la plaza, apresurando las últimas palabras con aire preocupado, como si Mecha Inzunza pudiera aparecer allí de un momento a otro.

—¿Fue realmente un niño excepcional?

—Hágase idea. A los cuatro años aprendió a escribir mirando hacerlo a su madre, y a los cinco sabía de memoria todos los países y capitales del mundo... Ella se dio cuenta muy pronto, no sólo de lo que podía llegar a ser, sino de lo que no debía ser en ningún modo... Y trabajó duro en ello.

La palabra *duro* parece tensar sus rasgos un momento.

—Lo sigue haciendo —añade—. Todo el tiempo... Como si tuviera miedo de que caiga en el pozo.

No ha dicho un pozo, advierte Max, sino el pozo. El ruido de una Lambretta que pasa petardeando cerca parece sobresaltarla.

—No le falta razón —añade ensombrecida, en voz más baja—. He visto caer a muchos ahí.

—Exagera. Usted es joven.

Ella modula una sonrisa que parece echarle diez años más encima: rápida y casi brutal. Después se relaja de nuevo.

—Juego desde los seis años —apunta—. He visto a muchos jugadores acabar mal. Convertirse en caricaturas de sí mismos, fuera del tablero. Ser el primero exige un trabajo infernal. Sobre todo cuando nunca llegas a serlo.

—¿Soñó con ser la primera?

—¿Por qué habla en pasado?... Sigo jugando al ajedrez.

—Disculpe. No sé. Creía que un analista es como esos subalternos de los toreros en España. Gente que no llegó a primer espada se queda de ayudante. Pero no pensé en ofenderla.

Ella mira las manos de Max. Manchas de vejez en el dorso. Uñas romas y cuidadas.

—Usted no sabe lo que es la derrota.

—¿Perdón? —él casi reprime una carcajada—. ¿Que no sé qué?

—No hay más que verlo. Su aspecto.

—Ah.

—Estar ante el tablero y ver la consecuencia de un error táctico. Comprobar con qué facilidad se esfuman tu talento y tu vida.

—Entiendo... Pero no apueste dinero a eso. En materia de derrotas, los ajedrecistas no tienen la exclusiva.

Ella parece no haberlo oído.

—Yo también sabía de memoria todos los países y capitales del mundo —dice—. O algo semejante. Pero las cosas no siempre salen como es debido.

Sonríe ahora, casi heroica. Para el respetable público. Sólo una muchacha, piensa Max, puede sonreír así. Confiando en el efecto.

—Es difícil, siendo mujer —añade ella mientras se extingue la sonrisa—. Todavía lo es.

El sol, cuyos rayos se han ido desplazando de mesa en mesa por la terraza, incide en su rostro. Entornando los párpados, molesta, se pone las gafas.

—Conocer a Jorge me dio una oportunidad nueva. Vivir todo esto muy de cerca.

—¿Lo ama?

—Es usted impertinente... ¿La edad le da derecho?

—Claro. Alguna ventaja ha de tener.

Un silencio. Ruido de tráfico. Un bocinazo a lo lejos.

—Mecha dice que fue un hombre apuesto.

—Lo fui, seguramente. Si ella lo dice.

La luz del sol alcanza ahora a Max, que se ve reflejado en los grandes cristales de las gafas oscuras de la joven.

—Oh, sí —comenta ella, neutra—. Por supuesto que amo a Jorge.

Cruza las piernas, y Max mira un momento las rodillas jóvenes y desnudas. Las sandalias planas de cuero descubren los pies, de uñas pintadas en rojo muy oscuro, casi morado.

—A veces lo observo ante el tablero —sigue diciendo ella—, mover una pieza, arriesgándose como él hace, y pienso que lo amo muchísimo... Otras lo veo cometer un error, algo que hemos preparado juntos, y que él decide cambiar a última hora, o duda en ejecutar... Y en ese momento lo detesto con toda mi alma.

Se calla un momento y parece considerar la precisión de cuanto acaba de decir.

—Creo que cuando no juega al ajedrez lo amo más.

—Es natural. Ustedes son jóvenes.

—No... La juventud no tiene nada que ver.

Ahora el silencio es tan largo que él cree terminada la conversación. Llama la atención del camarero, y con dos dedos hace en el aire, a modo de rúbrica, ademán de pedir la cuenta.

—¿Sabe una cosa? —dice Irina de pronto—. Cada mañana, cuando Jorge está en un torneo, su madre baja diez minutos antes al desayuno, para asegurarse de que todo esté bien cuando él llegue.

Cree percibir en su tono un cierto desencanto. Un eco de rencor. Él sabe de esos ecos.

—¿Y qué? —pregunta con suavidad.

—Y nada —Irina mueve la cabeza y el reflejo de Max se balancea en los cristales oscuros—. Él baja y ella está allí, con todo dispuesto: zumo de naranja, fruta, café y tostadas. Esperándolo.

Las luces roja y verde de un barco que abandonaba el puerto de Niza se movían despacio entre las manchas oscuras del mar y el cielo, en el contraluz de los destellos del faro. Separada del puerto por la mole sombría de la colina del castillo, la ciudad se extendía al otro lado siguiendo el contorno de la bahía de los Ángeles como una línea luminosa, ligeramente curvada hacia el sur, de la que algunos puntos aislados se hubieran desprendido para encaramarse a las invisibles alturas cercanas.

—Tengo frío —se estremeció Mecha Inzunza.

Estaba sentada ante el volante del automóvil que había conducido ella misma hasta allí, con la mancha clara del vestido y el chal de seda bordada y largos flecos que llevaba sobre los hombros. Desde el asiento contiguo, Max se inclinó sobre el salpicadero, quitándose la chaqueta, y se la puso a la mujer por encima. En mangas de camisa y chaleco ligero de smoking, también él sintió el frío del amanecer que empezaba a filtrarse por los intersticios de la capota cerrada.

Mecha rebuscaba en su bolso, en la oscuridad. La oyó arrugar una cajetilla de cigarrillos vacía. Los había agotado después de la cena, fumando en el automóvil después de que llegaran hasta allí. Y parecía haber transcurrido una eternidad, consideró Max. Desde que él ocupó su lugar en la mesa, entre una señora francesa muy delgada, madura y elegante, diseñadora de joyas para Van Cleef & Arpels, y la joven rubia del perfume vulgar: una cantante y actriz llamada Eva Popescu, que resultó simpática comensal. Durante la cena, Max dedicó atención y conversación a las dos mujeres, aunque acabó charlando más con la joven rubia, muy complacida con que el guapo y apuesto caballero sentado a su izquierda fuese de origen argentino —me vuelve loca el tango, proclamó—. Reía la joven a menudo, sobre todo cuando Max hizo una imitación discreta, realmente ingeniosa, de las diversas formas de encender un cigarrillo o sostener una copa por parte de actores de cine como Leslie Howard o Laurence Olivier, o cuando deslizó algunas anécdotas divertidas —era narrador ameno, y su francés con acento español gustaba a las señoras— que hicieron sonreír e inclinarse hacia ellos, interesada, a la diseñadora de joyas. Y a cada risa de la joven Popescu, como en otras ocasiones durante la cena, Max disimulaba su inquietud mientras sentía la mirada de Mecha Inzunza desde el otro extremo de la mesa, donde estaba sentada junto al chileno del bigote rubio. Y a los postres, la vio beber dos cafés y fumar cuatro cigarrillos.

Todo transcurrió después de forma adecuada. Sin forzar las cosas, ella y Max se estuvieron evitando desde que todos abandonaron el comedor. Y más tarde, estando él en conversación con el matrimonio Coll, la joven Popescu y el diplomático chileno, la dueña de la casa se acercó al grupo y dijo a la baronesa que una querida amiga suya había venido sola desde su casa de Antibes, que se disponía a regresar porque no se encontraba del todo bien, y que ella misma estaría muy agradecida si Asia Alexandrovna permitía que Max acompañase a su amiga, pues acababa de saber que eran viejos conocidos. Lo confirmó Max, afirmándose dispuesto, y estuvo conforme la Schwarzenberg tras un breve y casi imperceptible titubeo inicial. Por supuesto que no tenía inconveniente, declaró encantadoramente cooperadora. Por otra parte, añadió con mundana malicia, Max era la compañía perfecta para cualquier señora que se encontrase mal, o incluso bien. Hubo sonrisas comprensivas, excusas, agradecimientos, y tras una mirada larga y valorativa de la baronesa a Max —es extraordinario cómo logras estas cosas, parecía decirle, admirada—, se alejó éste conducido por Susana Ferriol, que lo estudiaba de reojo con nueva y mal disimulada curiosidad, camino del vestíbulo donde aguardaba Mecha Inzunza envuelta en su chal. Tras la despedida formal salieron afuera, donde para sorpresa de él no había automóvil grande con chófer esperando, sino un pequeño Citroën 7C de dos plazas con el motor en marcha, que acababa de aparcar un mozo. Mecha se detuvo ante la portezuela abierta para darse un toque en los labios con una barrita de rouge y un espejo que sacó del bolso, a la luz de las farolas que iluminaban los escalones y la rotonda. Después subieron al coche y ella condujo en silencio durante cinco minutos, con Max mirando su perfil gracias al reflejo de los faros en los muros de las villas, hasta que el automóvil se detuvo junto al mar en un mirador cercano al Lazareto, entre los pinos y las pitas, desde donde se divisaban las luces del faro y la boca del puerto, la mancha oscura de la colina del castillo y Niza iluminada detrás. Entonces ella paró el motor y hablaron. Seguían haciéndolo, entre largos silencios, mientras fumaban en la oscuridad. Sin verse apenas —sólo penumbra de luces lejanas o resplandor de cigarrillos—. Sin mirarse.

—Dame uno de tus turcos, por favor.

Conservaba restos de aquel tono y maneras desenvueltas que había apreciado Max a bordo del *Cap Polonio*, propio de las mujeres jóvenes de su generación, alimentado por el cinematógrafo, las novelas y las revistas femeninas ilustradas. Pero nueve años después ya no era una muchacha. Debía de tener treinta y dos o treinta y tres años, calculó recordando. Un par menos que él.

—Claro. Disculpa.

Sacó la pitillera del bolsillo interior de la chaqueta, buscó un cigarrillo a tientas y lo prendió con el Dunhill. Después, todavía sin extinguir la llama, exhaló la primera bocanada de humo y se lo puso directamente a ella en los labios. Antes de apagar el encendedor adivinó otra vez su perfil inmóvil vuelto hacia el mar, como cada vez que el destello del faro lo iluminaba en la penumbra.

—No me has dicho dónde está tu marido.

Llevaba toda la noche dando vueltas a esa pregunta. Pese al tiempo transcurrido, demasiados recuerdos se agolpaban en su memoria. Demasiadas imágenes intensas. La ausencia de Armando de Troeye mutilaba en cierto modo la situación. Hacía todo aquello incompleto. Más irreal todavía.

La brasa del cigarrillo brilló dos veces antes de que Mecha hablase de nuevo.

—Está preso en Madrid... Lo detuvieron a los pocos días de la rebelión militar.

—¿Con su fama?

Sonó una risa amarga. Casi inaudible.

—Di mejor a causa de ella. Aquello es España, ¿lo has olvidado?... El paraíso de la envidia, la barbarie y la vileza.

—Aun así, me parece un disparate. ¿Por qué él?... No sabía que tuviera actividad política.

—Nunca se significó en eso. Pero igual que tiene amigos republicanos y de izquierdas, los tiene monárquicos y de derechas. A eso añádele los rencores suscitados por su éxito internacional... Para acabar de arreglarlo, unas declaraciones suyas a *Le Figaro* sobre el desorden y la falta de autoridad del Gobierno le valieron algunos enemigos más. Y por si fuera poco, el jefe de los servicios de Información de la República es un comunista, compositor también, y mediocre hasta decir basta. Con eso te lo digo todo.

—Creí que su prestigio os mantendría a salvo. Los amigos influyentes, la fama en el extranjero...

—Así pensaba él. Y yo. Pero nos equivocamos.

—¿Estabas allí?

Asintió Mecha. La sublevación de los militares los había sorprendido en San Sebastián; y cuando Armando de Troeye vio el cariz que tomaban las cosas, la convenció para que pasara la frontera. Tenía previsto reunirse con ella en Biarritz, pero antes quiso ir a Madrid en automóvil para ordenar ciertos asuntos familiares. Lo detuvieron apenas llegó, denunciado por la portera.

—¿Sabes de él?

—Sólo una carta escrita hace tres meses en la cárcel Modelo. Al parecer sigue allí. Hice gestiones a través de amigos, y también se ocupan Picasso y la Cruz Roja Internacional... Intentamos conseguir un canje por otro preso de la zona nacional, pero sin resultado hasta ahora. Y me preocupa. Las noticias que llegan de ejecuciones en los dos bandos son muchas.

—¿Tienes medios para mantener esta forma de vida?

—Lo de España se veía venir, así que Armando tomó precauciones. Y yo conozco a la gente adecuada para que todo vaya como es debido hasta que esa locura termine.

Miró Max los destellos del faro, sin decir nada. Reflexionaba sobre la gente adecuada a la que el dinero ponía a salvo, y también en lo que, desde el punto de vista de los invitados a la cena de Susana Ferriol, se entendía por ir como es debido. Dejó de pensar en ello cuando el resultado fue una punzada familiar, muy antigua, de difuso rencor. En realidad, concluyó, Armando de Troeye delatado por su portera y conducido entre milicianos a la cárcel no era algo descabellado, tal como andaban las cosas en el mundo. Alguien tenía que pagar, de vez en cuando, en nombre o a cuenta de la gente adecuada. Y demasiado barato salía. Aun así, la palabra locura aplicada por Mecha a la situación en España no carecía de exactitud. Con su pasaporte venezolano, Max había hecho una visita a Barcelona, por asuntos de negocios, pocos meses atrás. Cinco días habían bastado para apreciar el triste espectáculo de la República hundiéndose en el caos: separatistas catalanes, comunistas, anarquistas, agentes soviéticos, cada uno por su cuenta, matándose entre sí lejos del frente de batalla. Ajustando cuentas internas con más saña que la utilizada para combatir a los franquistas. Envidia, barbarie y vileza, había apuntado Mecha con lúcida precisión. Era un buen diagnóstico.

—Por suerte no tengo hijos —estaba diciendo ella—. Es incómodo correr con ellos en brazos cuando arde Troya... ¿Tú has tenido hijos?

—No, que yo sepa.

Un silencio breve. Casi cauto, creyó advertir. Adivinaba la próxima pregunta.

—¿Y tampoco te casaste?

Sonrió para sí mismo. Mecha no podía verle la cara.

—Tampoco. Que yo sepa.

Ella no reaccionó ante la broma, y sobrevino otro silencio. Las luces de Niza rielaban en el agua negra y tranquila, diez metros más abajo del parapeto de piedra del mirador.

—En cierta ocasión creí verte de lejos. En el hipódromo de Longchamps, hace tres años... ¿Puede ser?

—Puede —mintió él, que nunca había estado en Longchamps.

—Le pedí los prismáticos a mi marido, pero ya no pude comprobarlo. Te perdí.

Miraba Max la oscuridad en dirección a las rocas ahora invisibles del Lazareto. La villa de Susana Ferriol se recortaba en negro a lo lejos, entre las sombras de los pinos. Tendría que acercarse por allí, pensó, el día que lo intentara. Llegando por la orilla del agua, no parecía difícil saltar el muro por un lugar discreto. En todo caso, iba a ser necesario echarle un vistazo detenido a todo, a la luz del día. Estudiar con detalle el terreno. El modo de entrar, y sobre todo el de salir.

—Es extraño el recuerdo que tengo de ti, Max... El *Tango de la Guardia Vieja*. Nuestra corta aventura.

Regresó él despacio a las palabras de la mujer. A su perfil inmóvil en la penumbra.

—Llevo años oyendo esa melodía —estaba diciendo ella—. En todas partes.

—Supongo que tu marido le ganó aquella apuesta a Ravel.

—¿De verdad te acuerdas de eso? —parecía sorprendida—. ¿De la apuesta del tango contra el bolero?... Fue muy divertido. Y Ravel se portó como un buen chico. La noche misma del estreno, que fue en la sala Pleyel de París, aceptó su derrota pagando una cena en Le Grand Véfour con Stravinsky y otros amigos.

—Tu marido compuso un tango magnífico. Es perfecto.

—En realidad lo creamos entre los tres... ¿Lo has llegado a bailar?

—Muchas veces.

—Con otras mujeres, naturalmente.

—Claro.

Mecha recostó la cabeza en el asiento.

—¿Qué fue de mi guante?... El blanco, ¿te acuerdas?, que usaste como pañuelo en tu chaqueta... ¿Lo recuperé al fin?

—Creo que sí. No recuerdo haberme quedado con él.

—Lástima.

Una mano apoyada en el volante sostenía el cigarrillo, sobre el que cada contraluz del faro ondulaba espirales de humo.

—¿Echas de menos a tu marido? —preguntó Max.

—A veces —Mecha había tardado en responder—. Pero la Riviera es buen sitio. Una especie de legión extranjera donde sólo admiten a gente con dinero: españoles fugitivos de uno u otro bando, o de los dos; italianos a los que no les gusta Mussolini; alemanes ricos que escapan de los nazis... Mi única incomodidad es no ir a España desde hace más de un año. Esa estúpida y cruel guerra.

—Nada impide que viajes a la zona nacional, si lo deseas. La frontera de Hendaya está abierta.

—Lo de estúpidos y crueles vale para unos y para otros.

La brasa brilló una vez más. Después ella hizo girar la manivela para bajar el cristal de la ventanilla y arrojó la brasa a la noche.

—De todas formas, nunca dependí de Armando.

—¿Te refieres sólo al dinero?

—Veo que la ropa cara no te tapa la impertinencia, querido.

Supo que la mujer lo miraba, pero mantuvo la vista fija en el parpadeo distante del faro. Mecha se movió un poco y él sintió de nuevo la proximidad de su cuerpo. Cálido, recordó. Esbelto, suave y cálido. Había estado admirando su espalda desnuda en casa de Susana Ferriol: el escote del satén color marfil, los brazos descubiertos, el contorno del cuello al inclinar la cabeza, sus movimientos al conversar con los otros invitados, la sonrisa amable. La seriedad repentina cuando, desde el extremo del comedor o el salón, era consciente de su observación y fijaba en él los reflejos dorados.

—Conocí a Armando siendo una chiquilla. Él tenía mundo, y también imaginación.

La memoria de Max se atropellaba desordenada, con incómoda violencia. Exceso de sensaciones, reflexionó. Prefería esa palabra a la de sentimientos. Hizo un esfuerzo por recobrar el control. Por prestar atención a lo que ella decía.

—Sí —insistió Mecha—. Lo mejor de Armando era su imaginación... Al principio lo era.

Había dejado la ventanilla abierta a la brisa de la noche. Al cabo de un momento dio vueltas a la manivela para subir el cristal.

—Empezó hablándome de otras mujeres a las que había conocido —prosiguió—. Para mí era como un juego... Me excitaba. Un desafío.

—También te pegaba. El hijo de perra.

—No digas eso... No lo entiendes. Todo formaba parte del juego.

Se movió otra vez, y Max escuchó el roce suavísimo del vestido sobre el cuero del asiento. Cuando salían de la casa de Susana Ferriol, él había tocado la cintura de ella con un breve ademán cortés al hacerla pasar delante por la puerta, antes de precederla bajando los escalones. En aquel momento, tenso, atento a lo singular de la situación, las sensaciones —quizá eran sentimientos, concluyó— le habían pasado inadvertidas. Ahora, en la penumbra casi íntima del automóvil, recordar cómo el vestido de noche moldeaba sus caderas le hizo sentir un deseo real, extremadamente físico. Avidez asombrosa de esa piel y de esa carne.

—Acabamos pasando de las palabras a los hechos —estaba diciendo ella—. Mirar y ser mirados.

Regresó él a sus palabras igual que si viniera de lejos, y tardó un poco en advertir que ella seguía hablando de Armando de Troeye. De la extraña relación de la que, al menos en un par de episodios, el propio Max había sido testigo y sorprendido partícipe en Buenos Aires.

—Descubrí, o él me ayudó a ello, excesos turbios. Deseos que ni siquiera había imaginado en mí... Y eso alentaba los suyos.

—¿Por qué me cuentas eso?

—¿Ahora, quieres decir?... ¿Hoy?

Se quedó callada un buen rato. Parecía sorprendida por la interrupción, o por la pregunta. Su voz sonaba opaca cuando habló de nuevo.

—Aquella última noche, en Buenos Aires...

Se detuvo de pronto, brusca. Abrió la portezuela y salió del coche, cruzando bajo la oscuridad de los pinos hasta detenerse en el parapeto de piedra sobre las rocas y el mar. Max aguardó un momento, desconcertado, y al cabo fue a reunirse con ella.

—Promiscuidad —la oyó decir—. Qué fea palabra.

Al aire libre de la noche, las luces de Niza parecían titilar en la distancia, sofocadas a intervalos por el destello del faro. Mecha se arrebujó en la chaqueta negra de smoking, dejando ver por debajo los flecos claros del mantón. En chaleco y mangas de camisa, Max sintió frío. Sin decirle nada a ella, se acercó un poco más y apartó las solapas de la chaqueta entre las manos de la mujer, buscando la pitillera en el bolsillo interior. Con el movimiento rozó un instante, sin intención, el pecho libre bajo la seda del chal y el satén del vestido. Mecha lo dejaba hacer, dócil.

—El dinero lo hacía todo fácil. Armando podía comprarme cualquier cosa. Cualquier situación.

Golpeó Max el último cigarrillo en la pitillera cerrada y se lo llevó a la boca. Imaginaba con poco esfuerzo —había visto y actuado lo suficiente la última noche en Buenos Aires— a qué situaciones se refería ella. La breve luz del encendedor iluminó muy próximas las perlas del collar, más allá de las manos con las que él protegía la llama.

—Gracias a él descubrí placeres que prolongaban el placer —añadió ella—. Que lo hacían más espeso e intenso... Quizá más sucio.

Se agitó Max, incómodo. No le gustaba escuchar aquello. Sin embargo, concluyó con exasperación, él mismo había participado en eso. Había sido cooperador necesario, o cómplice: La Ferroviaria, Casa Margot, la tanguera rubia, Armando de Troeye atiborrado de alcohol y cocaína, tumbado en el sofá de la suite del hotel Palace mientras ellos se acometían, impúdicos, ante su mirada turbia. Todavía ahora, al recordar, lo excitaba el deseo.

—Y entonces apareciste tú —siguió diciendo Mecha—, en aquella pista de baile que se movía con el balanceo del transatlántico... Con tu sonrisa de buen chico. Y tus tangos. En el momento exacto en el que debías aparecer. Y sin embargo...

Se movió un poco, retrocediendo en el resplandor lejano del faro, cuya luz giró alejándose sobre las rocas del Lazareto y los muros de las villas contiguas al mar.

—Qué estúpido fuiste, querido.

Max se apoyó en el parapeto. No era ésa la conversación que había esperado aquella noche. Ni recriminaciones ni amenazas, comprobó. Había pasado parte del tiempo preparándose para hacer frente a lo otro, no a eso. Dispuesto a encarar el reproche y el rencor naturales en una mujer engañada, y por tanto peligrosa; no la extraña melancolía que rezumaban las palabras y los silencios de Mecha Inzunza. De pronto cayó en la cuenta de que la palabra engaño estaba fuera de lugar. Mecha no se había sentido engañada en ningún momento. Ni siquiera cuando aquel amanecer, en el hotel Palace de Buenos Aires, ella despertó para comprobar que él se había marchado y que el collar de perlas había desaparecido.

—Ese collar... —empezó a decir, aunque lo enmudeció la repentina conciencia de su propia torpeza.

—Oh, por Dios —el desprecio de la mujer era infinito—. Lo arrojaría ahora mismo al mar, si aún valiera la pena demostrarte algo.

De pronto, el sabor del tabaco era amargo en la boca de Max. Primero se quedó desconcertado, entreabiertos los labios como a mitad de una palabra, y después lo conmovió una extraña y brusca ternura. Tan parecida a un remordimiento. Se habría acercado a Mecha para acariciarle el cabello, de haber podido. De haberlo permitido ella. Y supo que no lo permitiría.

—¿Qué te propones, Max?

Un tono diferente, ahora. Más duro. Su instante de vulnerabilidad, concluyó él, sólo había recorrido el espacio de unas pocas palabras. Con una inquietud distinta a la habitual, que hasta ese momento creía imposible en él, se preguntó cuánto duraría el suyo. El latido tibio que acababa de advertir hacía un momento.

—No sé. Nosotros...

—No hablo de nosotros —había recobrado el recelo—. Te pregunto otra vez qué buscas aquí, en Niza... En casa de Suzi Ferriol.

—Asia Schwarzenberg...

—Sé quién es la baronesa. No podéis ser pareja. No te cuadra.

—Es una antigua conocida. Hay ciertas coincidencias.

—Oye, Max. Suzi es mi amiga. No sé qué pretendes, pero espero que nada tenga que ver con ella.

—No pretendo nada. Con nadie. Te dije que hago otra clase de vida.

—Mejor así. Porque estoy dispuesta a denunciarte a la menor sospecha.

Reía él casi entre dientes. Inseguro.

—Tú no harías eso —aventuró.

—No corras el riesgo de comprobarlo. Ésta no es la pista de baile del *Cap Polonio*.

Dio un paso hacia la mujer. No era calculado, esa vez. Había un impulso sincero en ello.

—Mecha...

—No te acerques.

Se había quitado la chaqueta, dejándola caer al suelo. Una mancha oscura a los pies de Max. El chal blanco retrocedía muy despacio, fantasmal, entre las sombras de los pinos.

—Quiero que desaparezcas de mi vida y de la de aquellos a quienes conozco. Ahora.

Mientras él se incorporaba con la chaqueta en las manos, sonó el encendido del motor del Citroën y los faros lo deslumbraron, proyectando la silueta de Max en el parapeto de piedra. Después los neumáticos chirriaron sobre la gravilla del camino y el automóvil se alejó en dirección a Niza.

Fue una caminata larga, incómoda, de regreso al hotel siguiendo la carretera desde el Lazareto al puerto, subida la solapa del smoking para protegerse del frío del amanecer. Entre las sombras del muelle Cassini, Max tuvo la fortuna de encontrar un fiacre con el cochero dormido en el pescante, y sentado bajo la capota de lona remontó la cuesta de Rauba-Capeù adormecido con el balanceo, oyendo resonar los cascos del caballo en el firme de alquitrán mientras una franja violeta empezaba a separar las manchas oscuras de mar y cielo. También ésta es la historia de mi vida, pensó, o parte de ella: buscar un taxi de madrugada oliendo a mujer o a noche perdida, sin que una cosa contradiga la otra. En contraste con las pocas luces que iluminaban el puerto y las afueras de la ciudad, al rodear la colina del castillo se mostró ante sus ojos la curva lejana de las farolas iluminadas del Paseo de los Ingleses, que parecía prolongarse hasta el infinito. A la altura de las Ponchettes sintió hambre y necesidad de fumar, así que despidió al cochero, pasó bajo los arcos del paseo Saleya y anduvo entre el olor a camposanto de los restos del mercado de flores, bajo las ramas oscuras de los plátanos jóvenes, en busca de algún café de los que allí abrían muy temprano.

Pagó doce francos por un paquete de Gauloises y tres por una taza de café y una rebanada de pan con nata de leche recién hervida, y después se quedó junto a una ventana que daba a la calle, fumando mientras las sombras del exterior se tornaban grises y dos empleados municipales, tras barrer las flores, tallos y pétalos secos, conectaban una manguera con larga boquilla de cobre y regaban el suelo. Reflexionó Max sobre los acontecimientos de la noche pasada y los sucesos que habían de ocurrir en días futuros, intentando situar en dimensiones razonables el factor imprevisto que Mecha Inzunza acababa de introducir, de modo inesperado, en sus planes y su vida. Para recobrar el control de actos y sentimientos procuró concentrarse en los detalles técnicos de cuanto lo esperaba; en la disciplina de los peligros y variantes posibles. Sólo así podría, se dijo. Sólo de ese modo haría frente al desconcierto, al riesgo de cometer errores que lo abocasen al desastre. Pensó en los agentes italianos, en el hombre que se hacía llamar Fito Mostaza, y se removió incómodo en la silla, cual si el frío del amanecer penetrara en su cuerpo a través del cristal de la ventana. Era demasiado lo que había en juego, concluyó, para que Mecha Inzunza, su recuerdo y sus consecuencias, le nublaran el juicio. Para que lo ocurrido nueve años atrás y lo ocurrido aquella misma noche, en inoportuna combinación, alterasen un pulso que necesitaba firme para tantas otras cosas.

Durante cinco minutos consideró la posibilidad de una fuga. Ir al hotel, hacer el equipaje y poner tierra de por medio rumbo a otros cazaderos, en espera de mejores tiempos. Dándole vueltas a esa posibilidad miró en torno, en demanda de ideas. Buscaba viejas seguridades, certezas útiles en su pintoresco oficio y azarosa vida. Había clavados con chinchetas en la pared dos carteles turísticos, uno de los ferrocarriles franceses y otro de la Costa Azul. Max se los quedó mirando con un cigarrillo colgado de los labios y los ojos entornados, pensativo. Le gustaban mucho los trenes —más que los transatlánticos o la elitista y cerrada sociedad de los aviones comerciales— con su eterna oferta de aventura, la vida en suspenso entre una estación y otra, la posibilidad de establecer contactos lucrativos, la clientela distinguida de los vagones restaurante. Fumar tumbado en la estrecha litera del departamento de un coche cama, solo o en compañía de una mujer, escuchando el sonido de las ruedas en las juntas de los raíles. De uno de los últimos coches cama de que tenía memoria —Orient Express, trayecto de Estambul a Viena—, había bajado a las cuatro de una fría madrugada en la estación de Bucarest, tras vestirse con sigilo y cerrar silenciosamente la puerta del departamento que daba al pasillo del vagón, dejando atrás su maleta y un pasaporte falso en

la garita del revisor, con joyas por valor de dos mil libras esterlinas abultándole en los bolsillos del abrigo. Y en lo referente al segundo cartel, mientras lo contemplaba se le dibujó una sonrisa. Reconocía el lugar desde el que el artista
había hecho la ilustración: un mirador entre pinos con vistas al golfo Juan, donde se apreciaba una porción de terreno
que, año y medio atrás, con una pingüe comisión como intermediario y la complicidad de un viejo amigo húngaro
llamado Sándor Esterházy, Max había ayudado a vender a
una adinerada norteamericana —la señora Zundel, propietaria de Zundel & Strauss, Santa Bárbara, California—;
convenciéndola, en el curso de una relación íntima alimentada con ruleta de casino, tangos y claros de luna, de lo
oportuno de invertir cuatro millones de francos en aquel terreno junto al mar. Omitiendo el detalle, importante, de
que una franja costera de cien metros de anchura, que separaba la parcela de la playa, pertenecía a otros propietarios
y no venía incluida en el lote.

No iba a irse, concluyó. El mundo se estrechaba demasiado, y las palabras *irse lejos* tenían cada vez menos sentido. Aquél era tan buen lugar como cualquiera, e incluso
mejor: clima templado y vecindad idónea. Si estallaba una
guerra en Europa, sería buen sitio para capear la tormenta o
hacerla rentable. Max conocía a fondo el terreno, estaba
limpio de antecedentes locales, y en cualquier parte del
mundo encontraría los mismos policías, amenazas y peligros. Toda oportunidad tenía su coste, decidió. Su ruleta
por girar. Eso incluía las cartas del conde Ciano a Tomás
Ferriol, la sonrisa peligrosa de Fito Mostaza y la inquietante seriedad de los espías italianos. Y desde hacía unas horas,
como asunto sin resolver, también a Mecha Inzunza.

> *La vie est brève:*
> *un peu de rêve,*
> *un peu d'amour.*
> *Fini! Bonjour!*

Canturreó entre dientes, abstraído. Fatalista. Nadie dijo que fuera fácil dejar atrás la humilde casa de inquilinato en el barrio de Barracas, la cuesta africana flanqueada por cadáveres resecos donde ni siquiera las hienas tenían humor para reír. Cierta clase de hombres —y él era uno de ellos— no tenía más alternativa que los caminos sin retorno. Los viajes inciertos sin billete de vuelta. Con ese pensamiento, apuró el resto del café y se puso en pie mientras el viejo aplomo profesional, forjado en sí mismo, retornaba de nuevo. Un tiempo atrás, Maurizio, el conserje del hotel Danieli de Venecia, que durante cuarenta años había visto detenerse ante su mostrador y pedir la llave a los hombres y mujeres más ricos del mundo, lo había dicho mientras se guardaba la espléndida propina que Max acababa de darle: «La única tentación seria es la mujer, señor Costa. ¿No le parece? Todo lo demás es negociable».

Un poco de sueños,
un poco de amor...

Salió del café sin prisa, las manos en los bolsillos y otro cigarrillo en la boca, caminando hasta la parada del tranvía sobre el suelo mojado que reflejaba la luz gris del amanecer. Es agradable ser feliz, pensó. Y saberlo mientras lo eres. El paseo Saleya no olía ya a flores secas, sino a adoquines húmedos y a árboles jóvenes de los que goteaba el rocío de la mañana.

Sentado entre el público, bajo los querubines y el cielo azul pintados en el techo del salón del hotel Vittoria, Max sigue el desarrollo de la partida en el tablero mural donde se reproducen los movimientos de los jugadores.

Desde que sonó el último chasquido del reloj —la deci-motercera jugada de Jorge Keller—, el silencio es absoluto. La suave luz principal, que ilumina el estrado donde están la mesa, dos sillas, el tablero y los ajedrecistas, deja casi en penumbra el resto del recinto. Atardece afuera, y las ramas de los árboles de la carretera que baja al puerto de Sorrento, visibles sobre el acantilado a través de los grandes ventanales, se tiñen de claridad rojiza.

Max no ha logrado penetrar en los detalles de la partida que se desarrolla ante sus ojos. Sabe, porque Mecha Inzunza se lo ha contado, que Jorge Keller, que juega con negras, debe hacer determinados movimientos de peón y alfil, preludio de otros más arriesgados y complejos. Será ahí donde comiencen las posibilidades de respuesta previstas, según la información de que disponga Sokolov si ésta llega a través del análisis de Irina. Tras el sacrificio de ese peón por parte de Keller, su adversario deberá esperar un peligroso ataque con un alfil sobre un caballo —que Max cree identificar como el situado en el lado izquierdo de las piezas blancas sobre el tablero—; en cuyo caso, la respuesta para prevenir y combatir la maniobra sería adelantar dos casillas uno de los peones blancos.

—Esas dos casillas delatarían a Irina —resumió Mecha por la tarde, cuando se encontraron en el vestíbulo antes de que empezase la partida—. Y cualquier otra jugada apuntaría en dirección a Karapetian.

A la derecha de Max, con su único ojo fijo en el panel con la situación de las piezas, el *capitano* Tedesco fuma utilizando un cucurucho de papel como cenicero. De vez en cuando, a instancias de Max, se inclina hacia éste para comentar en voz baja alguna posición o jugada. Junto a él, con las manos enlazadas y los pulgares girando, Lambertucci —que se ha puesto chaqueta y corbata para el evento— sigue con intensa atención los pormenores de la partida.

—Sokolov tiene un dominio absoluto del centro —dice Tedesco en voz muy baja—. Sólo si Keller libera su alfil hay posibilidades de alterar la situación, me parece.

—¿Y lo hará?

—Hasta ahí no llego. Esos tipos son capaces de ir muchas jugadas por delante de lo que yo pueda imaginar.

Lambertucci, que escucha a su amigo, lo confirma en otro susurro:

—Se ve venir un golpe de los típicos en Keller. Y sí. Como consiga avanzar, ese alfil trae olor a pólvora.

—¿Y qué hay del peón negro? —se interesa Max.

Los otros contemplan el panel y lo miran a él, confusos.

—¿Qué peón? —pregunta el *capitano*.

Más que el tablero, donde se desarrollan fuerzas desconocidas cuyos mecanismos ignora, observa Max a los jugadores. Sokolov, con un cigarrillo consumiéndose entre sus dedos amarillentos de nicotina, inclina la cabeza rubia y triste mientras sus húmedos ojos azules estudian la posición de las piezas. Por su parte, Jorge Keller no está frente al tablero. Flojo el nudo de la corbata, la chaqueta colgada en el respaldo de la silla, acaba de levantarse —Max ha comprobado que suele hacerlo durante las esperas largas, para desentumecerse— y da unos pasos con las manos metidas en los bolsillos, el aire abstraído, contemplando el suelo como si lo midiera con pasos largos de sus zapatillas deportivas. Al comienzo de la partida entró decidido, sin mirar a nadie, con su habitual botella de naranjada. Dio la mano al adversario, que aguardaba sentado, puso la botella en la mesa, observó cómo Sokolov hacía su apertura, y movió un peón. La mayor parte del tiempo permanece inmóvil, inclinada la cabeza hasta apoyar la frente en los brazos cruzados ante el tablero, bebe un trago de naranjada directamente de la botella o se levanta para dar unos pasos, como hace ahora. Por su parte, el ruso no ha dejado su asiento ni una sola vez. Recostado en el respaldo, mirándose a menudo las manos como si le resultara innecesario el tablero, juega con extrema calma: reposado, sereno, justificando su apodo de La Muralla Soviética.

Un suave toque de fieltro sobre madera, seguido del chasquido del reloj cuando Sokolov toca el resorte que hace correr el tiempo de su adversario, devuelven a Keller a su silla. Un murmullo contenido, casi inaudible, recorre la sala. El joven mira el peón negro que su adversario acaba de arrebatarle, puesto a un lado con las otras piezas comidas. Reproducido al instante en el panel por el ayudante del árbitro, el movimiento del ruso parece dejar vía libre a uno de los alfiles de Keller, hasta ese momento bloqueado.

—Mala cosa para él —cuchichea el *capitano*—. Creo que el ruso ha cometido un error.

Max mira a Mecha, sentada en la primera fila, sin alcanzar a verle el rostro: sólo el pelo corto y plateado, la cabeza inmóvil. A su lado entreví el perfil de Irina. Los ojos de la muchacha no están atentos al panel, sino al tablero y a los jugadores. En el asiento contiguo, Emil Karapetian mira con la boca entreabierta y expresión absorta. Al extremo de la primera fila y ocupando parte de la segunda, la delegación soviética se agrupa en pleno: docena y media de individuos, cuenta Max. Observándolos uno por uno —ropa pasada de moda en Occidente, camisas blancas, corbatas estrechas, cigarrillos humeantes, rostros inescrutables—, es inevitable preguntarse cuántos de ellos trabajan para el Kagebé. O si alguno de ellos no lo hace.

No han transcurrido cinco minutos desde el último movimiento del ruso cuando Keller avanza el alfil hasta las cercanías de un peón y un caballo blancos.

—Allá va —murmura Tedesco, expectante.

—Jugándose el tipo —cuchichea Lambertucci—. Pero fijaos en la sangre fría del ruso. Ni parpadea.

Hay otro breve rumor entre el público, y luego un completo silencio. Medita Sokolov, inalterable excepto por el hecho de que ha encendido un cigarrillo y ahora mira con más atención el tablero; quizás el peón blanco que, como sabe Max, encierra las claves de lo que puede ocurrir. Y en el momento en que Keller, tras beber un trago de naranjada, hace ademán de levantarse de nuevo, el otro mueve dos casillas ese peón. Lo avanza de pronto, agresivo, y golpea el pulsador del reloj casi con violencia. Como si lo hiciera deliberadamente para retener a su adversario en la silla. Y así sucede. El joven se detiene a medio levantarse, observa al ruso —por primera vez en toda la partida se cruzan sus miradas— y se sienta otra vez, muy despacio.

—Casi al toque —murmura Tedesco, admirado, comprendiendo al fin la dimensión de la jugada.

—¿Qué pasa? —pregunta Max.

El *capitano* tarda en responder, atento al rápido intercambio de piezas, casi desafiante, que efectúan ahora los jugadores. Alfil por peón, caballo por alfil, peón por caballo. Chac, chac, chac. Un chasquido de reloj cada tres o cuatro segundos, como si todo ello hubiese estado previsto de antemano. Y posiblemente lo estaba, concluye Max.

—Ese peón blanco forzó los cambios, parando el ataque del alfil —dice por fin Tedesco.

—Parándolo en seco —confirma Lambertucci.

—Y lo ha visto rápido. Como un rayo.

Keller tiene todavía en la mano la última pieza capturada a su adversario. La deposita a un lado, junto a las otras, bebe un largo trago de naranjada e inclina ligeramente la cabeza, como si de pronto sintiera la fatiga de un largo esfuerzo. Después, de modo en apariencia casual, se vuelve un instante en dirección a su madre, Irina y Karapetian con rostro inexpresivo. Sin abandonar su aire melancólico, Sokolov se acoda un poco más en la mesa y mueve los labios inclinado hacia el joven, hablándole en voz baja.

—¿Qué pasa? —se interesa Max.

Mueve Tedesco la cabeza, cual si todo fuese cosa resuelta.

—Supongo que le está ofreciendo *nichiá*... Tablas.

Keller estudia el juego. No parece escuchar lo que dice el ruso, y nada trasluce su expresión. Podría estar pensando en si hay alguna jugada más que hacer, concluye Max. O pensar en otra cosa. En la mujer que lo ha traicionado, por ejemplo, y por qué. Al fin asiente, y sin mirar al adversario estrecha su mano, levantándose ambos. A cinco pasos de su hijo, en la primera fila, Mecha Inzunza no se ha movido en los últimos minutos. Por su parte, el maestro Karapetian mantiene la boca entreabierta y parece desconcertado. Entre ambos, Irina mira fijamente el tablero y las sillas vacías, impasible.

9. La variante Max

Mecha Inzunza se detiene en un puesto de prensa de la via San Cesareo y compra los periódicos. Max está a su lado, con una mano en el bolsillo de la chaqueta gris de sport, mirándola mientras ella busca las páginas donde se habla de la partida del día anterior. Bajo el titular *Tablas en la sexta*, a cuatro columnas, *Il Mattino* publica una fotografía de los jugadores en el momento de abandonar el tablero: serio el ruso, observando impasible la cara de Keller, y vuelto éste el rostro como si pensara en algo ajeno al juego, o mirase a alguien situado más allá del fotógrafo.

—Está siendo una mañana complicada —comenta Mecha cuando cierra el diario—. Siguen reunidos los tres, discutiendo: Emil, Jorge e Irina.

—¿Ella no sospecha nada?

—En absoluto. Por eso discuten. Emil no comprendía ayer por qué mi hijo jugó como lo hizo. Están con el ajedrez, haciendo y deshaciendo... Cuando los dejé, Irina le reprochaba a Jorge que hubiera aceptado tablas.

—¿Un ejercicio de cinismo?

Caminan calle abajo. Mecha ha metido los periódicos en un bolso grande de lona y cuero que lleva colgado del hombro, sobre la chaqueta de ante y un pañuelo de seda estampado en tonos otoñales.

—No del todo —responde—. Tal como estaba la partida, él podía haber continuado; pero no quiso arriesgarse más. La confirmación de que Irina trabaja para Sokolov lo descompuso un poco... Quizá no habría podido resistir la presión hasta el final. Por eso aceptó la oferta del ruso.

—Aguantó bien, de todas formas. Se veía impasible en el estrado.

—Es un chico de buen temple. Estaba preparado para eso.

—¿Y con la muchacha?... ¿Disimula bien?

—Mejor que ella. ¿Y sabes una cosa?... En su caso no es fingimiento, ni hipocresía. Tú o yo habríamos echado a Irina a patadas después de someterla a un tercer grado. Yo la habría estrangulado, en realidad... Siento auténticos deseos de hacerlo. Pero Jorge está allí, sentado con ella delante del tablero, analizando y deshaciendo jugadas que le consulta con toda naturalidad.

La calle, larga y angosta en algunos tramos, se estrecha más donde las tiendas exponen fuera sus mercancías. De vez en cuando Max se retrasa para dejar paso a quienes vienen de frente.

—¿No es un golpe demasiado fuerte? —inquiere—. ¿Podrá seguir concentrándose y jugar como de costumbre?

—No lo conoces. En su caso es comprensible esa frialdad. Él sigue jugando. Todo esto no es más que una partida que se decide a veces en la sala del hotel, y a veces en otros lugares.

Cruzan entre espacios de luz y sombra, iluminados a trechos por la claridad amarillenta que se refleja en las fachadas altas de las casas. Se alternan tiendas de marroquinería y recuerdos turísticos con comercios de ultramarinos, frutas y verduras, pescado y salumerías que mezclan sus olores con el cuero y las especias. Hay ropa tendida en los balcones.

—No ha dicho nada sobre eso —añade Mecha tras un corto silencio—, pero estoy segura de que ahora, en su cabeza, está jugando contra dos adversarios. Contra el ruso y contra Irina... Una especie de simultáneas.

Calla de nuevo y posa la mirada en una tienda de ropa femenina —tendencia hippie, lino de Positano— sin prestar demasiada atención.

—Más tarde —prosigue—, cuando haya acabado lo de Sorrento, Jorge levantará la vista del tablero y analizará realmente lo que ha pasado. La parte afectiva. Será el momento difícil para él. Hasta entonces, no me preocupa.

—Ahora comprendo la seguridad de Sokolov —comenta Max—. Esa especie de arrogancia en las últimas partidas.

—Cometió un error. Debió esperar más tiempo antes de jugar. Hacer un poco de teatro. Ni siquiera el campeón del mundo podía tardar menos de veinte minutos en captar la extrema complejidad de esa posición y tomar la decisión adecuada... Y él sólo empleó seis.

—¿Precipitación?

—Vanidad, supongo. Con un análisis más largo, existía la posibilidad de que Sokolov hubiese llegado por su cuenta a esa conclusión, lo que nos habría hecho dudar de la culpabilidad de Irina. Pero supongo que Jorge lo sacó de quicio.

—¿Se levantaba de la silla a cada momento para provocarlo?

—Naturalmente.

Están cerca de la loggia del Sedile Dominova, donde media docena de turistas escucha las explicaciones de una guía que habla en alemán. Tras esquivar al grupo, tuercen a la izquierda penetrando en la estrecha sombra de la via Giuliani. El campanario rojo y blanco del Duomo se alza al extremo, en intenso contraluz, con el reloj marcando las once y veinte de la mañana.

—No imaginaba que un campeón del mundo cometiera esa clase de errores —comenta Max—. Los creía menos...

—¿Humanos?

—Sí.

Todo el mundo comete errores, responde ella. Y al cabo de unos pasos, insiste pensativa: «Mi hijo lo irrita mucho». La tensión ante el campeonato mundial, explica luego a Max, es enorme. Aquellos paseos de Jorge en torno a la mesa, su manera de jugar como si no le costara ningún esfuerzo. Toda esa aparente frivolidad en lo que a actitudes se refiere. El ruso es todo lo contrario: concienzudo, sistemático, prudente. De los que sudan sangre. Y ayer por la tarde, pese a su tradicional calma, el campeón respaldado por su título, por su Gobierno y por la Federación Internacional de Ajedrez, no pudo aguantar las ganas de dar una lección al candidato, niño mimado del capitalismo y de la prensa occidental. De ponerlo en su sitio. Había movido el peón justo cuando Jorge iba a levantarse otra vez de la mesa. Ahí te vas a quedar, decía el gesto. Sentadito y pensando.

—Son falibles, a fin de cuentas —concluye cual si hablase para sí misma—. Odian y aman, como todos.

Max y ella caminan emparejados. A veces se rozan sus hombros.

—O tal vez no —Mecha inclina un instante la cabeza, como si hubiera visto una grieta en su propio argumento—. Quizá no como todos.

—¿Y qué hay de Irina? ¿Se comporta con normalidad?

—Con absoluto descaro —ríe sarcástica, repentinamente endurecida—. Muy tranquila en su papel de colaboradora fiel y amorosa jovencita. De no saber lo que sabemos, creería en su inocencia... ¡No te haces idea de lo que una mujer es capaz de fingir cuando se juega algo!

Max se hace perfecta idea, aunque no despega los labios. Se limita a una mueca silenciosa mientras recuerda: mujeres hablando por el teléfono de una habitación de hotel con sus maridos o amantes, desnudas bajo o sobre las sábanas, recostadas en la misma almohada donde en ese momento él apoyaba la cabeza escuchándolas admirado. Con una frialdad perfecta y sin que se les alterase la voz, en relaciones clandestinas que duraban días, meses o años. Bajo las mismas circunstancias, cualquier hombre se habría delatado a las pocas palabras.

—Me pregunto si esa clase de traiciones no será denunciable —comenta Max.

—¿Ante quién? —ella ríe de nuevo, escéptica—. ¿La policía italiana? ¿La Federación Internacional de Ajedrez?... Nos movemos en un ámbito privado. Con pruebas concretas podríamos montar un escándalo, y tal vez anular el duelo si Jorge perdiera. Pero ni con pruebas ganaríamos nada. Sólo perjudicar el ambiente a cinco meses del campeonato del mundo. Y Sokolov seguiría donde está.

—¿Y qué pasa con Karapetian? ¿Sabe ya lo de Irina?

Jorge habló con su maestro anoche, confirma Mecha. Que no se mostró muy sorprendido. Esas cosas pasan, dijo. Por otra parte, no es el primer caso de espionaje al que se enfrenta. El armenio es un hombre tranquilo. Práctico. Y no es partidario de echar a la chica inmediatamente.

—Cree, y mi hijo está de acuerdo con él, que lo mejor es dejar que Irina y los rusos se confíen. Darle a ella información manipulada, preparar aperturas falsas... Utilizarla como agente doble sin que lo sepa.

—Pero acabarán por darse cuenta —aventura Max.

—El engaño puede durar algunas partidas más. Llevamos seis: dos ganadas por Sokolov, una por Jorge y tres tablas, lo que significa una diferencia de sólo un punto. Y aún quedan cuatro por jugar. Eso ofrece posibilidades interesantes.

—¿Y qué puede ocurrir?

—Si preparásemos trampas adecuadas y el ruso cayera en ellas, el engaño funcionaría un par de veces. Quizá lo atribuyeran a error, imprecisión o cambios de última hora. Una segunda o tercera vez, sospecharían. Si todo fuese demasiado obvio, acabarían por deducir que Irina actúa de acuerdo con Jorge, o que la estamos manipulando... Pero hay otra posibilidad: no abusar ahora de lo que sabemos. Dosificar la intoxicación a través de Irina y llegar a Dublín con ella en el equipo, utilizándola.

—¿Eso puede hacerse?

—Claro. Esto es ajedrez. El arte de la mentira, del asesinato y de la guerra.

Cruzan el tráfico del corso Italia. Motocicletas y automóviles, humo de tubos de escape. Para llegar al otro lado, Max toma a la mujer de la mano. Al pisar la acera, Mecha se queda cerca, apoyada con gesto familiar en su brazo. Se miran así en la vidriera de un escaparate lleno de televisores. Al cabo de un momento, con dulce naturalidad, ella libera el brazo de Max.

—Lo importante es el título mundial —prosigue con mucha calma—. Esto sólo es una escaramuza previa: un tanteo a modo de final oficiosa con el candidato. Sería estupendo llegar a Dublín con los rusos confiando en Irina. Imagínate a Sokolov descubriendo allí que a su espía la tenemos controlada desde Sorrento... El golpe puede ser soberbio. Mortal.

—¿Soportará Jorge esa tensión? ¿La chica a su lado durante otros cinco meses?

—No conoces a mi hijo: su sangre fría cuando de ajedrez se trata... Ahora Irina sólo es una pieza en un tablero.

—¿Y qué haréis después con ella?

—No sé —de nuevo la dureza metálica en la voz—. Ni me importa. Cuando acabe el campeonato lo zanjaremos todo, por supuesto. Ya veremos si en público o en privado. Pero como ajedrecista internacional, Irina está acabada. Más le valdrá enterrarse en un agujero para siempre. Pondré cuanto tengo al servicio de eso... En ahumar en su cubil, allí donde se meta, a esa pequeña zorra.

—Me pregunto qué la habrá llevado a esto. Desde cuándo trabaja para Sokolov.

—Querido... Con rusos y con mujeres nunca se sabe.

Lo ha dicho riendo sin ganas, casi desagradable. A modo de respuesta, él compone un ademán elegante y bienhumorado.

—Son los rusos los que me provocan curiosidad —precisa—. Los traté menos que a las mujeres.

Ella suelta una carcajada al escuchar aquello.

—Por Dios, Max. Aunque ya no tengas edad para eso, ni te engomines el pelo, sigues siendo un chulito intolerable... Un *maquereau* tanguero.

—Ojalá lo fuera todavía —él también ríe ahora, ajustándose el pañuelo de seda del doctor Hugentobler que lleva bajo el cuello abierto de la camisa.

—Pudieron infiltrar a Irina desde el principio, como jugada a largo plazo —opina Mecha, volviendo al asunto—. O reclutarla más tarde por mil motivos: dinero, promesas... Una joven como ella, con talento ajedrecístico y respaldo de los rusos, que controlan la Federación Internacional, tendría un futuro por delante. Y es tan ambiciosa como puede serlo cualquiera.

Están ante la verja de hierro de la catedral, que se encuentra abierta.

—Resulta duro ser un segundón —añade ella—. Y es tentador dejar de serlo.

Suenan campanadas en la espadaña de piedra. Mecha alza la vista y después cruza el portón cubriéndose la cabeza con el pañuelo. Él la sigue, y juntos penetran en la amplia nave vacía, donde resuenan las lentas pisadas de los zapatos de Max en el suelo de mármol.

—¿Y qué vas a hacer?

—Ayudar a Jorge, como siempre... Ayudarlo a jugar. A ganar aquí y en Dublín.

—Habrá un final, supongo.

—¿A qué?

—A tu presencia a su lado.

Mecha contempla el techo decorado de la iglesia. La luz lateral de las claraboyas hace relucir dorados y azules en torno a las escenas bíblicas. Al fondo, en penumbra, brilla la lámpara del sagrario.

—Dónde está ese final, lo sabré cuando lleguemos a él.

Rodean las columnas y caminan sin rumbo por uno de los laterales, mirando las capillas y los cuadros. Huele a cerrado y a cera tibia. En un nicho, sobre candelas encendidas, hay exvotos marineros y milagros en latón y cera.

—Cinco meses de engaño son muchos —insiste Max—. ¿Crees que tu hijo será capaz de fingir hasta ese punto?

—¿Y por qué no? —lo mira con una sorpresa que parece auténtica—. ¿Acaso no lo ha estado haciendo Irina?

—Hablo también de sentimientos. Duermen en la misma habitación. Se acuestan juntos.

Una mueca extraña y distante. Casi cruel.

—Él no es como nosotros. Te lo dije. Vive en mundos estancos.

Sale un sacerdote de la sacristía, cruza la nave y se santigua ante el altar mayor tras mirarlos con curiosidad. Mecha baja la voz hasta el susurro mientras vuelven sobre sus pasos, dirigiéndose a la calle.

—Cuando hay ajedrez de por medio, Jorge puede verse a sí mismo con una ecuanimidad asombrosa... Como si entrara y saliera de habitaciones diferentes, sin llevarse nada de una a otra.

El sol los deslumbra al cruzar el portón. Mecha deja caer el pañuelo sobre los hombros y se lo anuda holgado al cuello.

—¿Cómo tratarán los rusos a Irina cuando se descubra todo? —pregunta Max.

—Eso me tiene sin cuidado... Pero ojalá la metan en la Lubianka, o en un sitio así de horrible, y luego la deporten a Siberia.

Ha cruzado la verja, adelantándose, y camina con rapidez por la acera del corso Italia, como si hubiese recordado algún asunto urgente. Apresurando el paso, él le da alcance.

—Lo que nos lleva, me parece —la oye comentar cuando se sitúa a su lado—, a la variante Max.

Tras decir aquello, se detiene con tanta brusquedad que él se la queda mirado, desconcertado. Después, de modo sorprendente, ella aproxima su rostro hasta casi rozar el del hombre. Sus iris tienen ahora la dureza del ámbar.

—Quiero que hagas algo para mí —dice en voz muy baja—. O, siendo exactos, para mi hijo.

El Fiat negro se detuvo en la plaza Rossetti, junto a la torre de la catedral de Sainte-Réparate, y de él bajaron tres hombres. Max, que al oír el motor había levantado la vista de las páginas de *L'Éclaireur* —manifestaciones obreras en Francia, procesos y ejecuciones en Moscú, campos de internamiento en Alemania—, miró bajo el ala del sombrero y los vio acercarse despacio, el más flaco y alto entre los otros. Mientras llegaban a su mesa, situada en la esquina de la rue Centrale, dobló el diario y llamó al camarero.

—Dos Pernod con agua.

Se quedaron delante, mirándolo. Flanqueado por Mauro Barbaresco y Domenico Tignanello, el hombre alto y flaco vestía un elegante traje cruzado de color castaño y se cubría con un Borsalino gris topo, inclinado sobre un ojo con bizarro descaro. La camisa de anchas rayas azules y blancas unía las puntas del cuello, bajo la corbata, con un imperdible de oro. En una mano traía un maletín pequeño de cuero, de los que solían usar los médicos. Max y él se estudiaban largamente, muy serios. Seguían los cuatro, uno sentado y los otros en pie, sin pronunciar palabra, cuando llegó el camarero con las bebidas, retiró el vaso vacío y puso en la mesa dos copas de pastís, dos vasos de agua fría, cucharillas y terrones de azúcar. Max colocó una cucharilla atravesada sobre un vaso, puso un terrón encima y vertió el agua para que goteara con el azúcar deshecha en el licor verdoso. Luego situó el vaso delante del hombre alto y flaco.

—Supongo —dijo— que lo prefieres como siempre.

El rostro del otro pareció enflaquecer más cuando una sonrisa le abrió la cara como un tajo súbito, mostrando una hilera de dientes descarnados y amarillentos. Después se echó atrás el sombrero, tomó asiento y se llevó el vaso a los labios.

—No sé lo que toman tus amigos —comentó Max mientras repetía la operación con su bebida—. A ellos no los he visto nunca tomar Pernod.

—Nada para mí —dijo Barbaresco, sentándose también.

Max saboreó el anisado fuerte y dulzón. El segundo italiano, Tignanello, permanecía de pie, escrutando alrededor con su habitual suspicacia melancólica. En respuesta a una mirada de su compañero, se apartó de la mesa y caminó hasta el kiosco de periódicos; desde donde, supuso Max, podía vigilar la plaza de un modo discreto.

Volvió a estudiar al hombre alto y flaco. Tenía la nariz larga y los ojos grandes, muy hundidos en las cuencas. Más viejo que la última vez, pensó. Pero la sonrisa era la misma.

—Dicen que te has hecho fascista, Enrico —dijo con suavidad.

—Algo hay que hacerse, en los tiempos que corren.

Mauro Barbaresco se recostaba un poco más en su silla, como si no estuviera seguro de que fuera a gustarle aquella conversación.

—Vayamos al asunto —sugirió.

Max y Enrico Fossataro seguían mirándose mientras bebían. Con el último trago, el italiano alzó ligeramente el vaso, a modo de brindis, antes de apurar lo que quedaba. Max hizo lo mismo.

—Si te parece —dijo—, nos ahorramos comentar el mucho tiempo que ha pasado, lo estropeados que estamos y todo eso.

—De acuerdo —asintió Fossataro.

—¿Qué haces ahora?

—No me va mal. Tengo un puesto oficial en Turín... Funcionario de la gobernación piamontesa.

—¿Política?

El italiano compuso una mueca teatralmente ofendida. Cómplice.

—Seguridad pública.

—Ah.

Sonrió Max, imaginando aquello. Fossataro en un despacho. El zorro cuidando de las gallinas. Se habían visto por última vez tres años atrás durante un trabajo en común realizado en dos fases: una villa en las colinas de Florencia y una suite del hotel Excelsior —Max aportaba el encanto previo en el hotel y Fossataro la técnica nocturna en la villa—, con vistas al Arno y a las escuadras de camisas negras que desfilaban por la piazza Ognissanti cantando *Giovinezza* después de apalear hasta la muerte a unos cuantos infelices.

—Una Schützling —expuso con sencillez—. Del año mil novecientos trece.

—Ya me lo han dicho: caja de estilo, imitando madera, con moldura falsa sobre las cerraduras... ¿Recuerdas la casa de la rue de Rivoli? ¿La de aquella inglesa pelirroja que llevaste a cenar al Procope?

—Sí. Pero esa vez la ferretería estaba a tu cargo. Yo me dediqué a la señora.

—Da igual. Es de las fáciles.

—Sugerir que te ocupes tú sería inútil, me parece. A estas alturas.

Descubrió de nuevo el otro los dientes. Los ojos hundidos y oscuros parecían pedir comprensión.

—Te digo que no son cajas complicadas. Cerradura de saltos, no de martillo: tres contadores y la llave

343

—se tocó un bolsillo de la chaqueta y sacó unos dibujos copiados al ferroprusiato—. Traigo aquí unos planos. Bastará un rato para ponerte al tanto... ¿Lo harás de día o de noche?

—Por la noche.

—¿Tiempo de que dispones?

—No demasiado. Convendría algo rápido.

—¿Puedes perforar con torno?

—No podré usar herramientas. Hay gente en la casa.

Fossataro arrugó el gesto.

—Al tacto necesitarás una hora como mínimo. ¿Te acuerdas de aquella caja Panzer, en Praga?... Nos volvió locos.

Sonrió Max. Septiembre del 32. Media noche sudando en la cama de una mujer, junto a una ventana por la que se veía la cúpula de San Nicolás, hasta que la mujer se quedó dormida. Con Fossataro trabajando silencioso en el piso de abajo a la luz de una linterna eléctrica, en el despacho del marido ausente.

—Claro que me acuerdo —sonrió.

—He traído una lista de combinaciones originales de ese modelo, que podrían ahorrarte tiempo y trabajo —se agachó a coger el maletín que estaba entre sus piernas, y se lo dio—. También te traigo un juego de ciento treinta llaves planas de mano de niño, troqueladas de fábrica.

—Vaya... —el maletín pesaba mucho. Max lo puso a sus pies, en el suelo—. ¿Cómo las conseguiste?

—Te asombraría lo que da de sí un despacho oficial en Italia.

Max sacó del bolsillo la pitillera de carey, poniéndola sobre la mesa. Fossataro la abrió con desparpajo y se puso un cigarrillo en la boca.

—Tienes buen aspecto —dejó la pitillera e hizo un gesto alusivo a Barbaresco, que seguía la conversación sin despegar los labios—. Dice mi amigo Mauro que te van bien las cosas.

—No puedo quejarme —Max se había inclinado para darle fuego con su encendedor—. O no me quejaba, hasta hace poco.

—Son tiempos complicados, amigo mío.

—Y que lo digas.

Fossataro dio un par de chupadas al cigarrillo y lo miró complacido, apreciando la calidad del tabaco.

—No son malos chicos —señaló a Tignanello, que seguía junto al kiosco de prensa, y luego hizo un ademán que incluía a Barbaresco—. Pueden ser peligrosos, naturalmente. Pero ¿quién no lo es?... Al *terrone* triste lo he tratado menos, pero Mauro y yo tuvimos en otro tiempo relaciones profesionales... ¿No es cierto?

El otro no dijo nada. Se había quitado el sombrero y se pasaba una mano por el cráneo calvo y moreno. Parecía cansado, con gana de que terminase aquella charla. Él y su compañero, consideró Max, siempre parecían cansados. Tal vez fuera ésa una característica de los espías italianos, concluyó. El cansancio. Podría ser que sus colegas ingleses, franceses o alemanes mostraran más entusiasmo por su trabajo. Quizás sí. La fe movía montañas, solía decirse. Tenerla debía de ser útil en ciertos oficios.

—Por eso vino a preguntarme cuando barajaron tu nombre para este asunto —continuaba Fossataro—. Dije que eres buen muchacho y que gustas a las mujeres. Que llevas la ropa de etiqueta como nadie, y que en una pista de baile eclipsas a los profesionales... Añadí que, con tu pinta y tu labia, yo me habría retirado hace siglos: no me importaría en absoluto llevarle el caniche a una millonaria.

—Quizá hablaste más de la cuenta —sonrió Max.

—Es posible. Pero comprende mi situación. El deber para con la patria. *Credere, obbedire, combattere...* Todo eso.

345

Siguió una pausa silenciosa, que Fossataro empleó en hacer un aro perfecto con el humo del cigarrillo.

—Supongo que sabes, o sospechas, que Mauro no se llama Barbaresco.

Miró Max al aludido, que los escuchaba impasible.

—Da igual cómo me llame —dijo éste.

—Sí —concedió Max, objetivo.

Fossataro hizo otro aro de humo, menos perfecto esta vez.

—El nuestro es un país complicado —opinó—. La parte positiva es que siempre hay una manera de entendernos, entre italianos. *Guardie e ladri...* Lo mismo antes de Mussolini que con él o después, si alguna vez se va.

Barbaresco seguía escuchando, inexpresivo, y a Max empezó a caerle mejor. Volviendo a las comparaciones entre espías, imaginó aquella misma conversación mantenida ante otros: un agente inglés se habría indignado patrióticamente, un alemán los miraría desconcertado y despectivo, y un español, tras darle a Fossataro la razón en todo, habría corrido a denunciarlo para congraciarse con alguien, o porque envidiaba su corbata. Abrió la pitillera y se la ofreció a Barbaresco, pero éste negó con la cabeza. A su espalda, Tignanello había ido a sentarse con un periódico en uno de los bancos de madera de la plaza, como si le dolieran las piernas.

—Son buenas relaciones las que has hecho, Max —decía Fossataro—. Si todo sale bien, tendrás nuevos amigos... El bando correcto. Es bueno pensar en el futuro.

—Como tú.

Lo dijo sin intención aparente, ocupado en encenderse un cigarrillo; pero Fossataro lo miró con fijeza. Cuatro segundos después, el italiano esbozó la sonrisa melancólica de quien posee una fe inquebrantable en la ilimitada estupidez del género humano.

—Me hago viejo, amigo mío. El mundo que conocimos, el que nos daba de comer, está sentenciado a muer-

te. Y si estalla otra guerra europea, ésta acabará de barrer-
lo todo. ¿Lo crees, como yo?

—Lo creo.

—Pues ponte en mi lugar. Tengo cincuenta y dos
años: demasiados para seguir forzando cerraduras e ir a oscuras por casas ajenas... Además, de ellos he pasado siete
en cárceles. Soy viudo, con dos hijas solteras. No hay como
eso para alentarle a uno el patriotismo. Para hacerte estirar el brazo a lo romano, saludando lo que te pongan delante... En Italia hay futuro, estamos en el lado bueno del
mundo. Tenemos trabajo, se construyen edificios, estadios
deportivos y acorazados, y a los comunistas les damos
aceite de ricino y patadas en el culo —tras decir esto, ali-
gerando la seriedad del discurso, Fossataro hizo un guiño
en dirección a Barbaresco, que seguía escuchando imperturbable—. También es cómodo, para variar, tener a los
carabinieri de tu parte.

Pasaron dos mujeres bien vestidas, taconeando en
dirección a la rue Centrale: sombreros, bolsos y faldas estrechas. Una de ellas era muy guapa, y por un instante sus
ojos se encontraron con los de Max. Fossataro las siguió
con la vista hasta que doblaron la esquina. Nunca debe
mezclarse el sexo con los negocios, le había oído decir Max
a menudo en otros tiempos. Excepto cuando el sexo facilita los negocios.

—¿Te acuerdas de Biarritz? —le preguntó Fossataro—. ¿Aquel asunto del hotel Miramar?

Sonreía, memorioso. Eso parecía rejuvenecerle el
rostro, avivando la expresión de sus ojos hundidos.

—¿Cuánto tiempo hace? —añadió—. ¿Cinco años?

Asintió Max. La expresión complacida del italiano
evocaba pasarelas de madera junto al mar, bares de playa
con camareros impecables, mujeres con pijamas ceñidos
de pata ancha, morenas espaldas desnudas, rostros conocidos, fiestas con artistas de cine, cantantes, gente de los
negocios y la moda. Como Deauville y Cannes, Biarritz

era buen cazadero en verano, con abundantes oportunidades para quien sabía buscarlas.

—El actor y su novia —recordó Fossataro, todavía risueño.

Después le contó a Barbaresco, con mucha desenvoltura, cómo en el verano de 1933 Max y él habían dispuesto un trabajo refinado en torno a una actriz de cine llamada Lili Damita, a la que Max había conocido en el golf de Chiberta y dedicado tres mañanas de playa, tardes de bar y veladas de baile. Hasta que la noche crucial, cuando todo estaba dispuesto para llevarla al dancing del hotel Miramar mientras Fossataro se introducía en su villa para hacerse con joyas y dinero estimados en quince mil dólares, el novio, un conocido actor de Hollywood, se presentó de improviso en la puerta del hotel tras dejar plantado un rodaje. A favor de Max jugaron, sin embargo, dos hechos afortunados. En primer lugar, el celoso novio había trasegado mucho alcohol durante el viaje; de modo que, cuando su prometida bajó de un taxi del brazo de Max, su equilibrio no era absoluto, y el puñetazo que dirigió a la mandíbula del elegante seductor se perdió en el vacío a causa de un traspié. Por otra parte, Enrico Fossataro se encontraba a diez metros de la escena, al volante de un automóvil alquilado, listo para ir a desvalijar la villa. De manera que, al presenciar el incidente, bajó del coche, se acercó al grupo y, mientras Lili Damita chillaba como una gallina a la que le masacraran el polluelo, entre Fossataro y Max le dieron al norteamericano una paliza tranquila, sistemática, con los conserjes y botones del hotel mirando complacidos —el actor, que solía beber en exceso, no era popular entre los empleados—, a cuenta de los quince mil dólares que acababan de írseles de las manos.

—¿Y sabes cómo se llamaba el fulano? —Fossataro seguía hablándole a Barbaresco, que a esas alturas del relato escuchaba con visible interés—. ¡Pues nada menos que Errol Flynn! —rió a carcajadas, palmeando el brazo de Max—... ¡Aquí donde nos ves, este tipo y yo le rompimos la cara al mismísimo capitán Blood!

—¿Sabes qué es el libro, Max?... En ajedrez. No un libro, sino *el* libro.

Están en el jardín del hotel Vittoria, paseando por el camino lateral que discurre, a modo de túnel, entre la variedad de árboles por cuyas ramas penetran violentas manchas de sol. Más allá de las plantas trepadoras que espesan las pérgolas, las gaviotas planean sobre los acantilados de Sorrento.

—Un jugador es su historial —sigue contando Mecha Inzunza—. Sus partidas y análisis. Detrás de cada movimiento en el tablero hay cientos de horas de estudio, innumerables aperturas, jugadas y variantes, fruto de trabajo de equipo o en solitario. Un gran maestro conoce de memoria miles de cosas: jugadas de sus predecesores, partidas de sus adversarios... Todo eso, memoria aparte, se sistematiza como material de trabajo.

—¿Una especie de vademécum? —se interesa Max.

—Exacto.

Caminan sin prisa, de vuelta al hotel. Algunas abejas revolotean entre las adelfas. Según se internan más en el jardín, a su espalda se va apagando el ruido del tráfico en la plaza Tasso.

—Es imposible que un jugador viaje y opere sin sus archivos personales —continúa ella—. Lo que puede llevar consigo de un lugar a otro... El libro de un gran maestro contiene el trabajo de toda su vida: aperturas y variantes, estudios de sus adversarios, análisis... Suelen ser cuadernos o archivos. El de Jorge son ocho libretas gruesas, forradas en piel, anotadas por él durante los últimos siete años.

Se demoran en la rosaleda, donde un banco de azulejos rodea una mesa cubierta de hojas secas. Sin el libro, añade Mecha mientras deja su bolso en la mesa y se sienta, un jugador queda indefenso. Ni siquiera los de mejor memoria pueden recordarlo todo. El libro de Jorge contiene información sin la que difícilmente podría hacer frente a Sokolov: partidas, análisis de ataques y defensas. Un trabajo de años.

—Imagínate, por ejemplo, que a ese ruso le moleste mucho el gambito de rey, que es una apertura basada en sacrificar un peón. Y que Jorge, que nunca utilizó el gambito de rey, considere usarlo en el campeonato de Dublín.

Max está de pie ante ella, escuchando atento.

—¿Todo eso estaría en el libro?

—Claro. Figúrate qué desastre, si el de Jorge cayera en manos del otro. Tanto trabajo inútil. Sus secretos y análisis en poder de Sokolov.

—¿Y no podría rehacerse el libro?

—Haría falta otra vida. Sin contar el golpe psicológico: saber que el otro conoce tus planes y tu cabeza.

Ella mira a espaldas de Max, que se vuelve a medias siguiendo la dirección en la que apuntan los ojos de la mujer. El edificio de apartamentos ocupado por la delegación soviética está muy cerca, a treinta pasos.

—No me digas que Irina les ha dado el libro de Jorge a los rusos...

—No, afortunadamente. En tal caso, mi hijo estaría acabado frente a Sokolov, aquí y en Dublín. El asunto es otro.

Un breve silencio. Los iris dorados, más claros por la luz que penetra entre la enramada de la pérgola, se inmovilizan en Max.

—Y ahí entras tú —dice ella.

Lo expresa sonriendo apenas, de un modo extraño. Impenetrable. Alza Max una mano como si reclamara silencio para escuchar una nota musical o un sonido impreciso.

—Me temo que...

Está a punto de interrumpirse con la última palabra, incapaz de ir más allá; pero Mecha se adelanta, impaciente. Ha abierto su bolso y rebusca en él.

—Quiero que consigas para mi hijo el libro del ruso.

Max se queda boquiabierto. Literalmente.

—Creo que no he comprendido bien.

—Pues te lo explico —ella saca del bolso un paquete de Muratti y se pone un cigarrillo en la boca—. Quiero que robes el libro de aperturas de Sokolov.

Lo ha dicho con extrema calma. Max hace un movimiento maquinal para buscar el encendedor; pero se queda inmóvil, la mano en el bolsillo, estupefacto.

—¿Y cómo hago eso?

—Entrando en los apartamentos del ruso y cogiéndolo.

—¿Así de fácil?

—Así.

Más zumbido de abejas, cerca. Indiferente a ello, Max sigue mirando a la mujer. Con súbito deseo de sentarse.

—¿Y por qué he de hacerlo yo?

—Porque lo has hecho antes.

Se sienta junto a ella, todavía confuso.

—Nunca robé ningún libro ruso de ajedrez.

—Pero robaste muchas otras cosas —Mecha ha cogido una caja de fósforos del bolso y enciende ella misma el cigarrillo—. Alguna era mía.

Saca él la mano del bolsillo y se la pasa por el mentón. Qué es todo aquel disparate, piensa en pleno desconcierto. En qué diablos se está metiendo, o lo quieren meter.

—Eras un gigoló y un ladrón —añade Mecha, objetiva, echando el humo.

—Ya no lo soy... Ahora no hago eso.

—Pero sabes cómo hacerlo. Acuérdate de Niza.

—Qué disparate. Han pasado casi treinta años desde Niza.

La mujer no dice nada. Fuma y lo mira con mucha calma, como si todo estuviera dicho y las cosas no dependieran de ella. Se está divirtiendo, piensa él con súbito espanto. La situación y mi aturdimiento la divierten. Pero está lejos de ser una broma.

—¿Pretendes que me introduzca en los apartamentos de la delegación soviética, busque el libro de ajedrez de Sokolov y te lo entregue? ¿Y cómo hago eso?... Por Dios, ¿cómo quieres que lo haga?

—Tienes conocimientos y experiencia. Sabes arreglártelas.

—Mírame —se inclina tocándose la cara, como si todo fuese visible ahí—. No soy el que recuerdas. Ni el de Buenos Aires, ni el de Niza. Ahora tengo...

—¿Cosas que perder? —lo mira desde una distancia infinita, despectiva y fría—. ¿Es lo que pretendes decirme?

—Hace mucho que no corro cierta clase de riesgos. Aquí vivo tranquilo, sin problemas con la policía. Me retiré por completo.

Se levanta con brusquedad, incómodo, y da unos pasos por el cenador. Mirando con aprensión las paredes ocres —de pronto le parecen siniestras— del edificio ocupado por los rusos.

—Además, estoy viejo para esa clase de asuntos —añade con sincero desánimo—. Me falta fuerza y me falta espíritu.

Se ha vuelto hacia Mecha. Permanece sentada, mirándolo mientras fuma imperturbable.

—¿Por qué había de hacerlo? —protesta él—. Dime... ¿Por qué he de arriesgarme, a mis años?

La mujer entreabre los labios para decir algo, aunque calla apenas iniciado el gesto. Se queda así unos segundos, pensativa, el cigarrillo humeante entre los dedos, estudiando a Max. Y al fin, con infinito desprecio y arrebato repentino, como si desahogara de pronto una cólera largo tiempo contenida, aplasta violenta el cigarrillo en la mesa de mármol.

—Porque Jorge es hijo tuyo. Imbécil.

Había ido a verla a Antibes, disfrazando de cautela el impulso de justificarse ante sí mismo. Era peligroso, acabó diciéndose, que ella estuviese fuera de control durante aquellos días. Que algún comentario o confidencia dirigidos a Susana Ferriol lo pusiera en peligro. No le fue difícil conseguir la dirección. Bastaron una llamada telefónica a Asia Schwarzenberg y una breve indagación de ésta para que, dos días después del encuentro con Mecha Inzunza, Max bajara de un taxi ante la verja de una villa cercada de laureles, acacias y mimosas, en las cercanías de La Garoupe. Cruzó el jardín por un camino de albero donde estaba aparcado el Citroën de dos plazas, entre cipreses cuyas copas trenzaban un contraluz de sombras sobre la superficie quieta y resplandeciente del mar cercano, hasta la casa situada en una pequeña loma acantilada: un edificio tipo bungalow, con amplia terraza y una veranda solárium bajo grandes arcos abiertos al jardín y la bahía.

Ella no se mostró sorprendida. Lo recibió con desconcertante naturalidad después de que una sirvienta abriese la puerta y desapareciera en silencio. Vestía un pijama japonés de seda ceñido en la cintura que prolongaba sus líneas esbeltas, moldeándolas suavemente sobre las caderas. Había estado regando macetas en un patio interior, y sus pies descalzos dejaban huellas de humedad en las baldosas blancas y negras cuando condujo a Max al salón amueblado en el *style camping* que hacía furor en la Riviera en los últimos años: asientos plegables, mesas escamoteables, muebles empotrados, vidrio, cromo y un par de solitarios cuadros sobre paredes desnudas y blancas, en una casa hermosa, despejada, con esa sencillez de líneas que sólo el mucho dinero podía permitirse habitar. Mecha le sirvió una copa, fumaron y con tácito acuerdo conversaron sobre banalidades, civilizadamente, como si el reciente encuentro y despedida tras la cena en casa de Susana Ferriol hubiesen transcurrido de la forma más normal del mundo: la villa alquilada mientras se mantuviese la situación en España, lo adecuado del lugar para pasar el invierno, el mistral que mantenía el cielo azul y limpio de nubes. Después, cuando los lugares comunes se agotaron y la conversación superficial empezó a tornarse incómoda, Max propuso ir a comer a algún lugar próximo, Juan-les-Pins o Eden Roc, para seguir charlando. Mecha dejó transcurrir un silencio prolongado sobre aquella sugerencia, repitió en voz baja la última palabra con expresión pensativa, y al cabo dijo a Max que se sirviera algo él mismo mientras ella se cambiaba para salir. No tengo hambre, dijo. Pero me vendrá bien dar un paseo.

Y allí estaban: paseando entre la espesura de pinos enraizados en la arena, las rocas y las madejas de algas de la orilla donde cabrilleaba el sol cenital, ante la bahía de color turquesa abierta al infinito y la playa que llegaba hasta la vieja muralla de Antibes. Mecha había cambiado el pijama por un pantalón negro y una camiseta de marinero a rayas azules y blancas, llevaba gafas de sol —apenas una sombra de maquillaje en los párpados, bajo los cristales oscuros— y sus sandalias pisaban la grava del sendero junto a los zapatos brogue marrones de Max, que iba en mangas de camisa, el pelo engominado y sin sombrero, la chaqueta doblada sobre un brazo y los puños subidos en dos vueltas sobre las muñecas bronceadas.

—¿Todavía bailas tangos, Max?

—A veces.

—¿Incluso el de la Guardia Vieja?... Seguirás siendo bueno en eso, supongo.

Él apartó la vista, incómodo.

—Ya no es como antes.

—¿No lo necesitas para ganarte la vida, quieres decir?

Eligió no responder. Pensaba en ella moviéndose entre sus brazos en el salón del *Cap Polonio*, la primera vez. En el sol iluminando su cuerpo esbelto en el cuarto de pensión de la avenida Almirante Brown. En su boca y su lengua impúdica y violenta cuando apartó de él a la tanguera en el antro de Buenos Aires para ponerse en su lugar. En la mirada aturdida del marido, su risa sucia mientras se acoplaban ante sus ojos turbios de alcohol y droga, allí y más tarde, cuando se acometían voraces, obscenamente desnudos y sin límites, en la habitación del hotel. También pensó en los centenares de ocasiones en que él había recordado aquello durante los nueve años transcurridos desde entonces, cada vez que una orquesta atacaba los compases de la melodía compuesta por Armando de Troeye, o la oía sonar en una radio o un fonógrafo. Aquel tango —la última vez, cinco semanas atrás, lo bailó en el Carlton de Cannes con la hija de un industrial alemán del acero— había perseguido a Max por medio mundo, causándole siempre una sensación de vacío, ausencia o pérdida: una nostalgia feroz, agudamente física, del cuerpo de Mecha Inzunza. De sus ojos dorados mirándolo muy próximos y muy abiertos, petrificados por el placer. De la carne deliciosa que seguía siendo tibia y húmeda en su memoria, que con tanta intensidad recordaba, y que ahora tenía de nuevo cerca —todavía inesperadamente cerca— de tan extraña manera.

—Háblame de ti —dijo ella.

—¿Qué parte de mí?

—Ésa —ella le dedicó un ademán que parecía abarcarlo—. La que ha fraguado en estos años.

Habló Max, prudente, sin descuido ni excesos. Mezclaba hábilmente realidad y ficción, engarzando con amenidad anécdotas divertidas y situaciones pintorescas que disimulaban los pormenores escabrosos de su vida. Adaptando, con la facilidad que le era natural, su historia auténtica a la del personaje que en ese momento representaba: un hombre de negocios afortunado, mundano, cliente habitual de ferrocarriles, transatlánticos y hoteles caros de Europa y Sudamérica, refinado con el paso del tiempo y el trato con gente distinguida o adinerada. Habló sin saber si ella lo creía o no; pero en cualquier caso procuró esquivar toda alusión al lado clandestino, o las consecuencias, de sus actividades reales: una brevísima estancia en una cárcel de La Habana, felizmente resuelta; un incidente policial sin mayor trascendencia en Cracovia, tras el suicidio de la hermana de un rico peletero polaco; o un disparo que erró el blanco a la salida de un garito en Berlín, tras un asunto de juego clandestino que bordeó la estafa. Tampoco habló del dinero que había ganado y gastado con idéntica facilidad en aquellos años, de los ahorros que mantenía como recurso de emergencia en Montecarlo, ni de su antigua y útil relación con el reventador de cajas fuertes Enrico Fossataro. Ni, por supuesto, mencionó a la pareja de ladrones profesionales, hombre y mujer, que había conocido en el bar Chambre d'Amour de Biarritz en el otoño del 31, su asociación temporal con ellos, la ruptura cuando la mujer —una inglesa melancólica y atractiva llamada Edith Casey, especializada en desvalijar a solterones solventes— estrechó por su cuenta los lazos de equipo con Max, hasta una intimidad mal vista por su compañero: un escocés refinado aunque brutal que se hacía llamar indistintamente McGill y McDonald, y cuyos celos más o menos justificados liquidaron un año de provechosa actividad en común, tras una desagradable escena en la que Max, para sorpresa de la pareja —siempre lo habían considerado un joven caballeroso y pacífico—, se vio obligado a recurrir a un par de trucos sucios aprendidos en África, con el Tercio, que dejaron al tal McGill, McDonald o como se llamara realmente, tendido en la alfombra de una habitación del hotel du Golf de Deauville, con la nariz sangrando, y a Edith Casey insultando a gritos a Max mientras éste salía al pasillo para desaparecer de sus vidas.

—¿Y tú?

—Oh... Yo.

Había estado escuchando en silencio, atenta. Tras la pregunta de Max hizo una mueca evasiva, sonriente bajo las gafas de sol.

—Gran mundo. Así se dice, ¿no?, en las revistas ilustradas.

Él habría alargado una mano para quitarle las gafas y ver la expresión de sus ojos, pero no se atrevió.

—Nunca comprendí que tu marido...

Calló en ese punto, pero ella no dijo nada. Los cristales oscuros reflejaban a Max, inquisitivos. A la espera de que acabara la frase.

—Esa manera de... —empezó a decir él, antes de interrumpirse otra vez, incómodo—. No sé. Tú y él.

—¿Y terceros, quieres decir?

Un silencio. Largo. Se oían cantar cigarras bajo los pinos.

—Buenos Aires no fue la primera vez, ni la última —prosiguió Mecha al fin—. Armando tiene su modo de ver la vida. Las relaciones entre sexos.

—Un modo peculiar, de cualquier manera.

Una carcajada sin humor. Seca. Ella alzó un poco las manos, expresando sorpresa.

—Jamás te imaginé puritano en esa materia, Max... Nadie lo habría dicho en Buenos Aires.

Dibujaba con el pie en la arena. Podía ser un corazón, dedujo él. Pero ella acabó borrándolo cuando parecía trazar una flecha que lo atravesaba.

—Al principio era un juego. Provocativo. Un desafío a la educación y a la moral. Después formó parte del resto.

Dio unos pasos en dirección a la orilla, entre las madejas de algas, hasta que pareció enmarcarla el cegador turquesa del agua.

—Ocurrió poco a poco, desde el principio. La mañana siguiente a nuestra noche de bodas, Armando ya se las ingenió para que la camarera que traía el desayuno nos encontrase desnudos en la cama, haciendo el amor. Reímos como locos.

Deslumbrado, intentando ver su rostro en contraluz, Max tuvo que hacer visera con una mano ante los ojos. Pero no conseguía ver la expresión de la mujer. Sólo una sombra en el resplandor de la bahía mientras ella seguía contando, monótona. Casi indiferente.

—Una vez, después de una cena, fuimos a casa. Nos acompañaba un amigo: un músico italiano muy guapo, de pelo ondulado y aire lánguido. D'Ambrosio, se llamaba. Armando se las arregló para que el italiano y yo hiciéramos el amor delante de él. Sólo se sumó al cabo de un largo rato de mirar atento, con una sonrisa y un extraño brillo en los ojos. Con aquella especial inclinación suya hacia la elegancia matemática.

—¿Siempre te resultó... agradable?

—No siempre. Sobre todo al principio. Resulta imposible olvidar, de un día para otro, una educación convencional, católica, correcta. Pero a Armando le gustaba empujar más allá de ciertos límites...

A Max se le pegaba la lengua al paladar. El sol era fuerte y sentía una intensa sed. También una desazón extraña: un malestar casi físico. Se habría sentado allí mismo, en el suelo, a riesgo de arruinar la pulcritud de sus pantalones. Lamentó haber dejado el sombrero en la villa. Pero sabía que no se trataba del sol, ni del calor.

—Yo era muy joven —añadió ella—. Me sentía como una actriz que sale a escena en busca de la aprobación del público, esperando escuchar aplausos.

—Estabas enamorada. Eso explica muchas cosas.

—Sí... Supongo que en esa época lo amaba. Mucho.

Había inclinado la cabeza, pensativa, al decir aquello. Después miró alrededor cual si buscara una imagen o una palabra. Quizá una explicación. Al cabo, como si desistiera, moduló un gesto irónicamente resignado.

—Tardé algún tiempo en comprender que también se trataba de mí, no sólo de él. De mis propios rincones oscuros. A veces me pegaba, incluso. O yo a él. Nunca habría ido tan lejos, en otro caso. Ni siquiera por complacerlo... En cierta ocasión, en Berlín, hizo que me acostara con dos camareros jóvenes de un bar de la Tauentzienstrasse. Esa noche ni siquiera me tocó. Solía venir después a mí, cuando terminaban los otros; pero esa vez se quedó allí, fumando y mirando hasta que todo acabó... Fue la primera vez que disfruté de verdad sintiéndome observada.

Lo había contado sin inflexiones, en tono neutro. Podía haber estado leyendo, se dijo Max, el texto de un prospecto farmacéutico. Parecía atenta, sin embargo, a la impresión que sus palabras causaran en él. Era aquélla una curiosidad técnica y fría, decidió asombrado. Casi antropológica. El contraste con sus propios sentimientos, confusos en ese instante, era tan violento como toda aquella luz enfrentada al trazo negro de una sombra. Sentía celos a causa de esa mujer, descubrió más asustado que perplejo. Era la suya una desolación extraña, nueva, desconocida hasta ese día. De súbito deseo insatisfecho. Rencor animal y furia.

—Armando me adiestró en eso —estaba diciendo ella—. Con una paciencia metódica, muy propia de él, me enseñó a utilizar la cabeza para el sexo. Sus inmensas posibilidades. Lo físico es sólo una parte, decía. Una materialización necesaria, inevitable, de todo lo demás. Cuestión de armonías.

Se detuvieron un momento. Regresaban al camino de tierra que discurría entre la playa y los pinos, y Mecha se quitó las sandalias para sacudir la arena, apoyándose con naturalidad en el brazo del hombre.

—Después yo me iba a dormir y lo escuchaba trabajar al piano en su estudio, hasta el amanecer. Y lo admiraba todavía más.

Él consiguió despegar la lengua del paladar.

—¿Sigues utilizando la cabeza?

Su voz había sonado ronca. Árida. Casi le había dolido pronunciar palabras.

—¿Por qué preguntas eso?

—Tu marido no está aquí —hizo un ademán amplio señalando la bahía, Antibes y el resto del mundo—. Y tardará en volver, me parece. Con su elegancia matemática.

Lo miraba Mecha fijamente, con hostil prevención.

—¿Quieres saber si me acuesto con otros hombres? ¿O con mujeres? ¿Aunque él no esté?... Lo hago, Max.

No quiero estar aquí, pensó él, asombrado de sí mismo. No bajo esta luz que me entorpece el juicio. Que me seca el pensamiento y la boca.

—Sí —repitió ella—. A veces lo hago.

Se había detenido otra vez, contra el reverbero cegador de la playa. La suave brisa de mar agitaba el cabello sobre su piel ligeramente bronceada por el sol de la Riviera.

—Como Armando —añadió en tono opaco—. O como tú mismo.

En los cristales de sus gafas oscuras se reflejaba la línea de la costa, la masa verde de los pinares y la playa orillada de azul turquesa. Max la observó detenidamente, demorándose en la línea de sus hombros y su torso bajo la camiseta a rayas, humedecida en las axilas por leves huellas de sudor. Era aún más hermosa que en Buenos Aires, concluyó casi con desesperación. Tanto, que parecía irreal. Debía de haber cumplido ya los treinta y dos: edad perfecta, cuajada, de absoluta hembra. Mecha Inzunza pertenecía a esa clase de mujeres, en apariencia inalcanzables, con las que se soñaba en los sollados de los barcos y en las trincheras de los frentes de batalla. Durante miles de años los hombres habían guerreado, incendiado ciudades y matado por conseguir mujeres como ésa.

—Hay un lugar aquí cerca —dijo ella de pronto—. Se llama pensión Semaphore... Cerca del faro.

La miró, confuso al principio. Mecha señalaba un camino a la izquierda que se adentraba entre los pinos, más allá de una villa blanca cercada de palmeras y pitas.

—Es un sitio muy barato para turistas de paso. Con un pequeño restaurante en la puerta, bajo un magnolio. Alquilan habitaciones.

Max era un hombre templado. Su carácter y su vida habían hecho de él lo que era. Fue ese temple lo que le permitió mantener las rodillas firmes y la boca cerrada, inmóvil ante la mujer. Temiendo cortar, con una palabra torpe o un ademán inapropiado, algún hilo sutil del que pendiera todo.

—Quiero acostarme contigo —resumió Mecha, ante su silencio—. Y quiero que ocurra ahora.

—¿Por qué? —articuló él, al fin.

—Porque en estos nueve años has acudido a mí con frecuencia cuando utilizaba la cabeza.

—¿Pese a todo?

—Pese a todo —sonrió ella—. Collar de perlas incluido.

—¿Has estado antes en esa pensión?

—Haces demasiadas preguntas. Y todas son estúpidas.

Había alzado una mano, poniendo los dedos sobre los labios resecos de Max. Un roce suave, pleno de singulares augurios.

—Claro que he estado —dijo tras un instante—. Y tiene un cuarto con un espejo grande en la pared. Perfecto para mirar.

La persiana era de láminas de madera horizontales, con espacios entre ellas. Por esas ranuras penetraba el sol de la tarde, proyectando una sucesión de franjas de luz y sombra sobre la cama y el cuerpo dormido de la mujer. A su lado, procurando no despertarla, Max volvió el rostro para estudiar de cerca su perfil cruzado por un trazo de sol, la boca entreabierta y las aletas de la nariz agitadas a intervalos por la leve respiración, los senos desnudos con aureolas oscuras y minúsculas gotas de transpiración que las franjas de luz hacían brillar entre ellos. Y la superficie de piel tersa, decreciente sobre el vientre para bifurcarse en los muslos, abrigando el sexo del que aún goteaba mansamente, sobre la sábana que olía a carne y a sudor suave de largos abrazos, el semen del hombre.

Alzando un poco la cabeza sobre la almohada, Max miró más allá, contemplando los dos cuerpos inmóviles en el espejo de la pared, que era grande, con el azogue moteado por el tiempo y el descuido, a tono con el cuarto y su mediocre mobiliario: una cómoda, bidé y aguamanil, una lámpara polvorienta y cables eléctricos retorcidos y sujetos con aisladores de porcelana a la pared, donde un descolorido cartel turístico invitaba con poca convicción —una puesta de sol amarilla entre pinos de color violeta— a visitar Villefranche. Uno de aquellos cuartos, en fin, que parecían a propósito para viajantes de comercio, prófugos de la justicia, suicidas o amantes. Sin la mujer dormida a su lado y sin las franjas de sol que penetraban por la persiana, aquello habría deprimido a Max, que recordaba lugares semejantes no frecuentados por capricho, sino por necesidad. Sin embargo, desde que cruzaron el umbral Mecha se había mostrado conforme, complacida por el sórdido cuarto sin agua corriente y la patrona soñolienta que les entregó la llave tras cobrar cuarenta francos sin pedir documentos ni hacer preguntas. Su voz se había tornado más ronca y su piel más cálida apenas cerrada la puerta; y Max se vio sorprendido cuando ella, en mitad de un comentario suyo sobre la vista agradable que, abierta la ventana, compensaría el triste aspecto de la habitación, fue a situarse muy cerca, entreabierta la boca como si su respiración estuviese alterada, e interrumpió la charla táctica de él sacándose la camiseta de rayas, alzados los brazos, descubriendo con el movimiento los senos más pálidos que el resto de la piel expuesta al sol.

—Eres tan guapo que duele mirarte.

Tenía el torso completamente desnudo, y alzando una mano le apartaba el rostro a un lado, empujándole el mentón con un dedo a fin de seguir observándolo.

—Hoy no llevo collar —añadió tras un instante, en voz muy baja.

—Lástima —acertó a decir él.

—Eres un canalla, Max.

—Sí... A veces.

Todo transcurrió después de modo sistemático, en compleja sucesión de carne, saliva, tacto y humedad adecuada. Desde que ella arrojó lejos su última prenda con un movimiento brusco de los pies y se tendió en la cama de la que Max acababa de retirar la colcha, éste comprobó que estaba extraordinariamente excitada, dispuesta a recibirlo en el acto. Al parecer, concluyó, aquel cuarto de pensión obraba milagros. Pero no había prisa, se dijo aferrado a la lucidez que aún conservaba. Así que procuró demorarse en las etapas previas, consciente de que el deseo que restallaba en sus nervios y músculos con sacudidas dolorosas —apretaba los dientes hasta hacerlos rechinar, resoplando de placer y furia contenida— podía jugarle una mala pasada. Nueve años no podían resolverse en treinta minutos. De manera que aplicó su entereza y experiencia a prolongar la situación, las caricias, las acometidas, la violencia casi extrema que ella imponía a veces —lo abofeteó en dos ocasiones mientras intentaba dominarla—, los gruñidos de placer y las respiraciones entrecortadas que buscaban aire entre dos caricias, dos o veinte formas distintas de besar, de lamer y de morder. Max había olvidado el espejo de la pared, pero ella no; y acabó sorprendiendo las miradas que dirigía a éste, vuelto el rostro a un lado mientras él se afanaba en su cuerpo y su boca, mirándose y mirándolo, hasta que también Max ladeó el rostro y se vio allí, enlazado en lo que parecía una lucha cruel, el dorso tenso sobre el cuerpo de mujer, tan crispados los brazos que músculos y tendones parecían a punto de estallar mientras intentaba inmovilizarla y controlarse, y ella se debatía con ferocidad animal, mordiendo y golpeando hasta que de pronto, fijos sus ojos en él mediante el espejo, atenta a su reacción, se ofrecía sumisa, obediente, acogiéndolo al fin, o de nuevo, en la carne esponjada de placer, con claudicaciones cada vez más largas, abandonándose a un antiquísimo ritual de entrega absoluta. Y después de que Max se hubo mirado y la miró en el espejo, él había girado el rostro para volver a observarla de cerca, la imagen real a dos pulgadas escasas de sus ojos y sus labios, apreciando en los iris color de miel un relámpago burlón y en la boca una sonrisa desafiante que lo desmentía todo: el aparente dominio del hombre y su propia entrega. Entonces a Max lo abandonó al fin la voluntad; e igual que un gladiador vencido, hundió su rostro en el cuello de la mujer, perdió la noción de cuanto lo rodeaba y se derramó lenta, intensamente, indefenso al fin, en el vientre oscuro y cálido de Mecha Inzunza.

10. Sonido de marfil

Max no ha tenido una buena noche. Las conocí mejores, pensó esta mañana al salir de la duermevela que le enturbió el sueño. Siguió pensándolo mientras se pasaba la Braun eléctrica por el mentón, al contemplar en el espejo del cuarto de baño del hotel las ojeras en su rostro cansado, las marcas de inquietud reciente añadidas al estrago del tiempo y la vida. Sumando de manera inoportuna fracasos, impotencias y sorpresas de última hora, incertidumbres nuevas, cuando casi todo se daba, o lo daba él, por amortizado; cuando es demasiado tarde para colocar nuevas etiquetas a lo vivido. Durante el sueño incómodo de la pasada noche, mientras se removía entre las sábanas en el filo intermitente del sopor y de la lucidez, varias veces creyó oír derrumbarse las viejas certezas con el estrépito de una pila de loza que cayese al suelo. Todo el fruto de su vida azarosa, cuanto hasta hace pocas horas creía haber salvado de sucesivos naufragios, consistía en una cierta indiferencia mundana, asumida a manera de galante serenidad. Pero ese fatalismo tranquilo, último reducto, estado de ánimo que hasta ayer fue su único patrimonio, acaba de esfumarse hecho trizas. Dormir tranquilo, con la quietud de un veterano corredor fatigado, era el postrer privilegio del que, hasta su última conversación con Mecha Inzunza en el jardín del hotel, Max había creído disfrutar, a su edad, sin que la vida se lo disputase.

Su primer impulso, el viejo instinto ante el olor del peligro, ha sido huir: liquidar de forma inmediata aquella absurda aventura sin sentido —se niega a llamarla romántica, pues siempre aborreció esa palabra— y volver a su trabajo en Villa Oriana antes de que todo se complique y el camino se deshaga bajo sus pies. Olvidar con una mueca de buen perdedor lo que en otro tiempo fue, asumir lo que ahora es, y aceptar lo que nunca podrá ser. Sin embargo, hay impulsos, concluye. Hay instintos, curiosidades que unas veces pierden a los hombres y otras hacen caer la bolita en la casilla adecuada de la ruleta. Caminos que, pese a los consejos de la más elemental prudencia, es imposible soslayar cuando se ofrecen a la vista. Cuando tientan con respuestas a preguntas nunca formuladas antes.

Una de tales respuestas puede estar en la sala de billar del hotel Vittoria. Lleva un rato buscándola, y le sorprende que el lugar sea ése. Es Emil Karapetian quien lo orientó hacia allí, cuando Max quiso saber si había visto a Jorge Keller. Se encontraron hace un momento en la terraza: el armenio desayunaba junto a Irina, con tal normalidad —ella saludó a Max con una sonrisa amable— que resulta evidente que la joven analista ignora que su conexión con los rusos ha sido descubierta.

—¿Billar? —Max se mostró sorprendido. Aquello tenía poco que ver con la imagen que se había hecho de un jugador de ajedrez.

—Forma parte de su entrenamiento —aclaró Karapetian—. A veces corre, o practica la natación. Otras se encierra a hacer carambolas.

—Nunca lo habría imaginado.

—Nosotros tampoco —el armenio encogía los poderosos hombros, con escaso humor. Max observó que evitaba mirar demasiado tiempo a Irina—. Pero Jorge es así.

—¿Y juega solo?

—Casi siempre.

La sala de billar está en la planta principal, más allá del salón de lectura: un espejo que duplica la luz de un ventanal abierto a la terraza, un marcador con estante para tacos y una mesa de billar francés bajo una lámpara de latón estrecha y horizontal. Inclinado sobre la mesa, Jorge

Keller enlaza carambola tras carambola, sin otro sonido que el del extremo almohadillado del taco, mucho más suave, y el de las bolas al chocar entre sí con precisión casi monótona. Parado en la puerta, Max observa al ajedrecista: está concentrado y aplica el golpe preciso en cada momento, encadenando jugadas de modo automático, como si cada triple entrechocar del marfil dejase dispuesto el siguiente sobre el paño verde en una sucesión que, de pretenderlo, podría prolongarse hasta el infinito.

Max escruta al joven con avidez, registrando hasta el menor detalle; atento a reparar en cuanto pudo pasarle inadvertido en ocasiones anteriores. Al principio, por mero impulso defensivo, rebusca en su memoria los rasgos lejanos y confusos de Ernesto Keller, el diplomático chileno al que conoció aquel otoño de 1937 durante la cena en casa de Susana Ferriol —lo recuerda rubio, distinguido y agradable—, e intenta aplicarlos a la apariencia de quien, a todos los efectos oficiales, es hijo de aquél. Después intenta combinar ese recuerdo con el de Mecha Inzunza, su aspecto veintinueve años atrás, lo que de ella haya transmitido la genética al hijo que ahora está inmóvil ante el tablero, estudiando la posición de las bolas mientras frota con tiza el extremo del taco. Esbelto, alto, de porte erguido. Como su madre, naturalmente. Pero también como el propio Max en otro tiempo. Son parecidos en aspecto y estatura. Y es cierto, concluye con un repentino hueco en el estómago, que el pelo negro y espeso, que al joven le cae sobre la frente cuando se inclina en la banda de la mesa de billar, corresponde tan poco al de Mecha Inzunza —desde el *Cap Polonio*, Max lo recuerda castaño muy claro, casi trigueño— como al del hombre cuyo apellido lleva. Si el ajedrecista se peinara hacia atrás con fijador, a la manera de Max cuando lo tenía tan negro y espeso como él, ese cabello sería idéntico al suyo. Al que lucía con su misma edad cuando se pasaba una mano por la sien, alisándolo, antes de caminar despacio entre los compases de la orquesta, dar un suave taconazo y, con una sonrisa en la boca, invitar a la pista a una mujer.

No puede ser, concluye airado, rechazando la idea. Él ni siquiera sabe jugar al ajedrez. Está furioso consigo mismo por seguir allí, parado en el umbral de la sala de billar, espiándose en los rasgos de otro. Tales cosas no ocurren sino en el cine, el teatro y las novelas de la radio. De ser cierto, algo habría sentido la primera vez que vio al joven o conversó con él. Alguna cosa notaría vibrar en sus adentros: una señal, un estremecimiento. Una afinidad, tal vez. O un simple recuerdo. Es difícil creer que los instintos naturales permanezcan insensibles ante realidades de ese calibre. Ante supuestas evidencias. La voz de la sangre, llamaban a eso los viejos melodramas de millonario y huerfanita. Pero Max no ha oído tal voz en ningún momento. Ni siquiera la oye ahora, ofuscado por una desoladora certeza de error inexplicable, de incómoda desazón, que lo turba como nunca lo estuvo antes en su vida. Nada de eso puede ser. Mienta o no Mecha Inzunza —y lo más probable es que lo haga—, aquello no es más que un enorme y peligroso disparate.

—Buenos días.

Le es fácil enhebrar conversación, pese a todo. Nunca fue difícil bajo ninguna circunstancia, y el billar no es mala materia. Max se maneja razonablemente bien desde los tiempos de Barcelona; cuando, botones de hotel, apostaba tres pesetas de las propinas a la treinta y una y al chapó en el billar de un tugurio del Barrio Chino: mujeres en la puerta, chulos con alfileres de corbata o elástica de tirantes, pieles grasientas de sudor y humo de cigarrillos bajo la luz verdosa que pantallas sucias de moscas proyectaban sobre los tapetes, cigarrillos humeantes en las manos que enfilaban los tacos, sonido de carambolas y alguna imprecación o blasfemia que a veces nada tenía que ver con el juego sino con los sonidos del exterior, cuando todo el local quedaba en silencio, escuchando carreras de pies con alpargatas, silbatos de policías, tiros sueltos de pistola sindicalista, ruido de culatas de fusil apoyándose en el suelo.

—¿Juega al billar, Max?

—Algo.

Jorge Keller tiene un perfil simpático, acentuado por el mechón que cae sobre su frente y le extrema el aire desenvuelto, informal. Sin embargo, la sonrisa con que acoge al recién llegado contrasta con su mirada distante, absorta en el golpear y en las sucesivas combinaciones de las tres bolas de marfil.

—Coja un taco, si quiere.

Es buen jugador, comprueba Max. Sistemático y seguro. Quizá ser ajedrecista tenga que ver con eso: visión de conjunto o del espacio, concentración y demás cosas que suelen caracterizar a tal clase de gente. Lo cierto es que el joven encadena carambolas con facilidad desconcertante, cual si fuese capaz de calcularlas antes de que se produzcan las posiciones adecuadas, con muchos golpes de antelación.

—No sabía que también era bueno en esto.

—Prefiero que me hable de tú —responde Keller.

—No sabía que eras bueno en billar.

—Realmente no lo soy. No es lo mismo jugar así que hacerlo contra otro, a tres bandas.

Max va al estante y elige un taco.

—¿Seguimos con serie americana? —pregunta el joven.

—Como quieras.

El otro asiente y sigue jugando. Mediante tacadas suaves encadena carambola con carambola a lo largo de una banda, procurando dejar siempre las bolas lo más cerca posible una de otra.

—Es una forma de concentrarse —comenta sin alzar los ojos del juego—. De pensar.

Max lo observa, interesado.

—¿Cuántas carambolas ves?

—Tiene gracia que pregunte eso —sonríe Keller—. ¿Se nota mucho?

—No sé de ajedrez, pero debe de ser algo parecido, supongo. Ver jugadas o ver carambolas.

—Veo al menos tres —el joven señala las bolas, los ángulos y las bandas—. Allí y allí... Quizás cinco.

—¿De verdad se parece al ajedrez?

—No es que se parezca. Pero hay algo en común. Ante cada situación existen varias posibilidades. Intento prever los siguientes movimientos, y facilitarlos. Como en ajedrez, es cuestión de pensamiento lógico.

—¿Te entrenas así?

—Llamarlo entrenamiento es excesivo... Viene bien. Ayuda a ejercitar la mente con un esfuerzo mínimo.

Se detiene tras fallar una carambola fácil. Es evidente que lo ha hecho por cortesía: las bolas no quedan muy separadas. Max alarga el taco y se inclina sobre la mesa, golpea y hace sonar suavemente el marfil. Por cinco veces la bola intermedia va y vuelve de la banda elástica trazando un ángulo preciso a cada golpe.

—Tampoco a usted se le da mal —comenta el joven—. ¿Ha jugado mucho?

—Un poco. Más de joven que ahora.

Acaba de fallar Max la sexta carambola. Keller aplica tiza a su taco y se inclina sobre la mesa.

—¿Pasamos a tres bandas?

—De acuerdo.

Las bolas entrechocan con más fuerza. El joven liga cuatro carambolas seguidas; y con la última, deliberadamente, envía la bola jugadora de Max a un punto difícil respecto a las otras dos.

—Conocí a tu padre —Max estudia la triple posición con ojo crítico—. Hace tiempo, en la Riviera.

—Vivimos poco tiempo con él. Mi madre se divorció pronto.

Max aplica el taco con un toque seco, procurando jugar su bola en sentido inverso, por el lado opuesto de las otras.

—Cuando lo conocí no habías nacido aún.

El otro no responde. Permanece callado mientras Max liga una segunda carambola y, ante la dificultad de una tercera, sitúa la bola jugadora de Keller en mala posición, acorralada en un ángulo.

—Irina... —empieza a decir Max.

El otro, que alza la culata del taco para un piqué, interrumpe el movimiento y mira a Max como preguntándose lo que sabe.

—Conozco a tu madre desde hace muchos años —se justifica éste.

Keller mueve varias veces el taco de arriba abajo, casi rozando la bola, cual si no se decidiera a ejecutar la jugada.

—Lo sé —responde—. Desde Buenos Aires, con su anterior marido.

Golpea al fin, inseguro, fallando. Observa un momento la mesa y al fin se vuelve a Max, sombrío. Casi haciéndolo responsable de su error.

—No sé lo que mi madre le ha contado sobre Irina.

—Muy poco... O lo suficiente.

—Sus motivos tendrá. Pero en lo que a mí se refiere, no es asunto suyo. Sus conversaciones con mi madre no me incumben.

—No pretendía...

—Claro. Sé que no lo pretendía.

Max estudia las manos del joven: finas, de dedos largos. La uña del índice ligeramente redondeada, como la suya.

—Cuando eras un niño, ella...

Alza Keller el taco, interrumpiéndolo.

—¿Puedo serle sincero, Max? Aquí me estoy jugando mi futuro. Tengo mis propios problemas, profesionales y personales. Y de pronto aparece usted, de quien mi madre no había hablado nunca. Y con quien ella, por alguna razón que ignoro, tiene sorprendentes afinidades.

Deja las últimas palabras en el aire y mira la mesa de billar como si acabara de recordar que está allí. Max coge la bola roja, que se encuentra próxima, la sopesa distraídamente y vuelve a colocarla en su sitio.

—¿Ella no te ha dicho nada más sobre mí?

—Muy poco: viejo amigo, la época del tango... Todo eso. Ignoro si tuvieron un romance o no, en su tiempo. Pero la conozco, y sé cuándo alguien es especial para ella. Eso no suele ocurrir —aunque no es su turno, Keller se inclina sobre la mesa, golpea con el taco y la bola toca tres bandas antes de hacer una carambola limpia—. El día que se encontró con usted, mi madre no pegó ojo en toda la noche. La oí ir y venir... A la mañana siguiente, su habitación olía a tabaco como nunca, y tenía los ceniceros llenos de colillas.

Entrechoca el marfil con suavidad. Concentrado, Keller se echa atrás el pelo, lima el extremo del taco en el dorso de la mano apoyada en el paño y golpea de nuevo. Nunca se pone nervioso, dijo Mecha la última vez que conversaron sobre él. No tiene sentimientos negativos ni conoce la tristeza. Simplemente juega al ajedrez. Y eso es tuyo, Max; no mío.

—Comprenderá que desconfíe —comenta el joven—. Ya tengo más trastornos de los que puedo manejar.

—Oye. Yo nunca pretendí... Sólo estoy alojado aquí. Se trata de una extraordinaria coincidencia.

Keller no parece escuchar. Estudia la bola jugadora, que ha quedado en posición difícil.

—No quiero ser descortés... Usted es amable. Cae bien a todos. Y como dije, aunque sea de manera extraña, mi madre parece apreciarlo mucho. Pero hay algo que no me convence. Que no me gusta.

El golpe del taco, violento esta vez, sobresalta a Max. Las bolas se dispersan golpeando a varias bandas, situándose en posición imposible.

—Quizá sea su forma de sonreír —añade Keller—. Con la boca, quiero decir. Los ojos parecen ir por otro lado.

—Pues tú sonríes de forma parecida.

Max se arrepiente apenas lo expresa. Para disimular la irritación por su torpeza, finge estudiar las bolas con mucha atención.

—Por eso lo digo —responde Keller, objetivo—. Es como si ya hubiera visto esa sonrisa, antes.

Se queda un momento callado, considerando seriamente lo que acaba de decir.

—O quizá —añade— sea la manera en que mi madre lo mira a veces.

Disimulando su turbación, Max se inclina sobre la mesa, golpea a tres bandas y falla.

—¿Melancolía? —Keller aplica tiza al extremo de su taco—. ¿Tristeza cómplice?... ¿Pueden ser ésas las palabras?

—Quizá. No lo sé.

—No me gusta esa mirada en mi madre. ¿Qué puede haber de complicidad en la tristeza?

—Eso tampoco lo sé.

—Me gustaría saber qué ocurrió entre ustedes. Aunque éste no es el lugar, ni el momento.

—Pregúntale a ella.

—Ya lo he hecho... «Ah, Max», se limita a decir. Cuando decide enrocarse, ella es como un reloj dentro de un congelador.

Bruscamente, cual si de pronto hubiese perdido interés por jugar, el joven deja la tiza en el borde de la mesa. Luego se acerca al estante de la pared y coloca el taco en su sitio.

—Antes hemos hablado de prever carambolas, o movimientos —dice tras un silencio—. Y eso me pasa con usted desde que lo vi llegar: hay algo en su juego que me hace desconfiar. Ya tengo demasiadas amenazas alrededor... Le pediría que desapareciera de la vida de mi madre, pero eso sería extralimitarme. No soy quién. Así que voy a pedirle que se aparte de la mía.

Max, que también ha dejado su taco, hace un ademán de protesta cortés.

—En ningún momento he pretendido...

—Lo creo. Sí. Pero da igual... Manténgase lejos, por favor —Keller señala la mesa de billar como si su duelo con Sokolov se decidiera allí mismo—. Al menos, hasta que acabe esto.

Por la parte de levante, más allá del faro del puerto de Niza y del monte Boron, había nubes dispersas que se agrupaban despacio sobre el mar. Inclinado para encender su pipa a resguardo de la brisa, Fito Mostaza soltó unas bocanadas de humo, dirigió una mirada al horizonte brumoso y guiñó un ojo a Max tras los cristales de las gafas de concha.

—Va a cambiar el tiempo —dijo.

Estaban bajo la estatua del rey Carlos-Félix, cerca de la barandilla de hierro que discurría junto a la carretera desde la que se dominaba el puerto. Mostaza había citado a Max en un pequeño cafetín que éste encontró cerrado al llegar; de manera que esperó en la calle mirando los barcos amarrados en los muelles, los edificios altos del fondo y el gran rótulo publicitario de las galerías Lafayette. Vio llegar a Mostaza al cuarto de hora: su figura menuda y ágil acercándose sin prisas por la cuesta de Rauba-Capeù, el sombrero echado hacia atrás con desenfado, la chaqueta abierta sobre la camisa con corbata de pajarita, las manos en los bolsillos del pantalón. Al ver cerrado el cafetín, Mostaza había hecho un gesto de silenciosa resignación, sacado la bolsa de hule del bolsillo y procedido a llenar la pipa mientras se situaba junto a Max con una ojeada circular vagamente curiosa, como si comprobara qué había estado mirando mientras aguardaba.

—Los italianos se impacientan —comentó Max.

—¿Se ha visto otra vez con ellos?

Max tuvo la certeza de que Mostaza conocía de antemano la respuesta a esa pregunta.

—Ayer charlamos un rato.

—Sí —concedió el otro después de un instante, entre dos chupadas a la pipa—. Algo tengo entendido.

Miraba pensativo los barcos amarrados, los fardos, barriles y cajas apilados a lo largo de la vía férrea que recorría los muelles. Al cabo, sin apartar los ojos del puerto, se volvió a medias.

—¿Ha tomado ya su decisión?

—Lo que he hecho ha sido contarles lo de usted. Su propuesta.

—Es natural —a Mostaza le apuntaba una sonrisita filosófica en torno al caño de la pipa—. Se cubre como puede. Lo comprendo.

—Celebro hallarlo tan comprensivo.

—Todos somos humanos, amigo mío. Con nuestros miedos, nuestras ambiciones y nuestras cautelas... ¿Cómo se tomaron la revelación?

—No me informaron de eso. Escucharon con atención, se miraron entre ellos y hablamos de otra cosa.

Asintió el otro, aprobador.

—Buenos chicos. Profesionales, claro. Se lo esperaban... Da gusto trabajar con gente así. O contra ella.

—Celebro tanto *fair play* —ironizó Max, amargo—. Podrían reunirse los tres y ponerse de acuerdo, o darse unas pocas puñaladas amistosas, entre colegas. Simplificarían mucho mi vida.

Mostaza se echó a reír.

—Cada cosa en su momento, querido amigo... Dígame, mientras, por qué se ha decidido usted, al fin. Fascio o República.

—Me lo estoy pensando todavía.

—Lógico. Pero se le acaba el tiempo. ¿Cuándo piensa entrar en la casa?

—Dentro de tres días.

—¿Por algo en especial?

—Una cena en casa de alguien. He sabido que Susana Ferriol estará fuera varias horas.

—¿Y qué hay del servicio?

—Me las arreglaré.

Mostaza lo miraba dando chupadas a la pipa, como si evaluara la pertinencia de cada respuesta. Al cabo se quitó las gafas, sacó el pañuelo del bolsillo superior de la chaqueta y se puso a limpiarlas con mucha aplicación.

—Voy a pedirle un favor, señor Costa... Decida lo que decida, diga a sus amigos italianos que finalmente ha decidido trabajar para ellos. Deles cuantos detalles pueda sobre mí.

—¿Lo dice en serio?

—Completamente.

Mostaza miró las gafas al trasluz y volvió a ponérselas, satisfecho.

—Es más —añadió—. Quiero pedirle que trabaje realmente para ellos. Juego limpio.

Max, que había sacado y abierto la pitillera, se quedó a medio movimiento.

—¿Quiere decir que entregue los documentos a los italianos?

—Eso es —el espía afrontaba con naturalidad su mirada de asombro—. Ellos han montado la operación, a fin de cuentas. Y corren con los gastos. Me parece de justicia, ¿no cree?

—¿Y qué pasa con usted?

—Oh, no se preocupe. Yo soy cosa mía.

Max volvió a guardar la pitillera sin sacar ningún cigarrillo. Se le habían quitado las ganas de fumar, e incluso de seguir en Niza. Dónde está lo peor de la trampa, pensaba. En qué punto de esta tela de araña me atrapan a mí. O me devoran.

—¿Me ha citado aquí para decirme eso?

Mostaza le tocó ligeramente el codo, invitándolo a acercarse más a la barandilla de hierro que protegía el desnivel sobre el puerto.

—Venga. Mire —el tono era casi afectuoso—. Ése de abajo es el muelle Infernet... ¿Sabe quién era el tal Infernet? Un marino de Niza que estuvo en Trafalgar, mandando el *Intrépide*. Se negó a huir con el almirante Dumanoir y combatió hasta el final... ¿Ve ese barco mercante amarrado al muelle?

Max dijo que sí, que lo veía —era un carguero de casco negro y chimenea con dos franjas azules—. Y acto seguido, en pocas palabras, Mostaza resumió la historia de ese barco. Se llamaba *Luciano Canfora* y llevaba en sus bodegas material de guerra destinado a las tropas de Franco: sal de amoníaco, algodón y lingotes de latón y cobre. Estaba previsto que saliera en pocos días con rumbo a Palma de Mallorca, y era probable que su carga la hubiera pagado Tomás Ferriol. Todo estaba organizado, añadió Mostaza, por un grupo de agentes franquistas que tenía su base en Marsella y una estación de onda corta a bordo de un yate amarrado en Montecarlo.

—¿Por qué me cuenta eso? —preguntó Max.

—Porque ese barco y usted tienen cosas en común. Sus fletadores creen que navegará hasta su destino en Baleares; ignorando que, salvo que se estropeen mucho las cosas, su puerto de atraque será Valencia. Precisamente estoy en trámites para convencer al capitán y al jefe de máquinas de que es más rentable para ellos, en todos los aspectos, pasarse al lado de la República... Como puede ver, señor Costa, no es usted la causa exclusiva de mis desvelos.

—Sigo sin comprender por qué me lo cuenta.

—Porque es verdad... Y porque estoy seguro de que, en uno de sus arrebatos de prudente sinceridad, usted se lo contará a sus amigos italianos en cuanto tenga ocasión.

Max se quitó el sombrero, pasándose una mano por el cabello. Pese a las nubes que se agrupaban sobre el mar y a la brisa de levante, sentía un calor excesivo. Repentino e incómodo.

—Bromea, por supuesto.

—En absoluto.

—¿Eso no pondría en peligro su operación?

Mostaza le apuntó al pecho con el caño de la pipa.

—Querido amigo, eso forma parte misma de la operación. Cúrese en salud y déjeme a mí el encaje de bolillos... Sólo le pido que siga siendo lo que hasta ahora: un buen muchacho leal a todos cuantos se le acercan, que intenta zafarse de este embrollo lo mejor que puede. Nadie podrá reprocharle nada. Estoy seguro de que los italianos van a apreciar su franqueza como la aprecio yo.

Lo estudió Max con desconfianza.

—¿Se le ha ocurrido pensar que podrían querer asesinarlo?

—Pues claro que se me ha ocurrido —el otro reía entre dientes, como si todo fuera obvio—. En mi oficio, es un factor de riesgo adicional.

Después se detuvo, callado. Casi soñador. Contempló un momento el *Luciano Canfora* y se volvió a Max. En contraste con la corbata de pajarita, su sonrisa recordaba la de un hurón veterano en husmear toda clase de madrigueras.

—Lo que pasa es que a veces, en esta clase de enredos —añadió tocándose la cicatriz que tenía bajo la mandíbula—, quienes mueren son otros. Y uno mismo, en su modestia, puede ser tan peligroso como cualquiera... A usted, por ejemplo, ¿nunca se le ha ocurrido ser peligroso?

—No demasiado.

—Lástima —lo estudiaba con curiosidad renovada, cual si acabara de apreciar en él un detalle antes inadvertido—. Vislumbro algo en su carácter, ¿sabe?... Ciertas condiciones.

—Quizá no necesite serlo. Me arreglo bastante bien siendo pacífico.

—¿Siempre lo fue?

—No tiene más que verme.

—Lo envidio. De verdad. A mí también me agradaría ser así.

Mostaza dio un par de chupadas infructuosas a la pipa y, quitándosela de la boca, contempló contrariado la cazoleta.

—¿Sabe una cosa? —prosiguió mientras se palpaba los bolsillos—. En cierta ocasión estuve toda una noche en un vagón de tren de primera clase, charlando con un caballero distinguido. Un tipo muy simpático, además. Usted me lo recuerda... Hicimos buenas migas. A las cinco de la madrugada miré el reloj y consideré que ya sabía lo suficiente. Entonces salí a fumar una pipa al pasillo, y alguien que aguardaba afuera entró en el departamento y le pegó un tiro en la cabeza al caballero distinguido y simpático.

Había sacado una cajita de fósforos y encendía de nuevo la pipa, concentrado en la operación.

—Debe de ser maravilloso, ¿verdad? —comentó, sacudiendo el fósforo para apagarlo.

—No sé a qué se refiere.

El otro lo miraba con interés, emitiendo densas bocanadas de humo.

—¿Sabe algo de Pascal? —preguntó inesperadamente.

—Tanto como de espías —admitió Max—. O menos.

—Era un filósofo... El poder de las moscas, escribió. Ganan batallas.

—No comprendo lo que quiere decir.

Mostaza moduló una sonrisa de aprecio, irónica y melancólica a un tiempo.

—Crea que lo envidio. En serio... Debe de tranquilizar ser ese tercer hombre indiferente que mira el paisaje. Creerse al margen de sus amigos fascistas y de mí. Pretender sincerarse con todos, sin tomar partido, y luego dormir a pierna suelta. Solo o acompañado, en eso no me meto... Pero a pierna suelta.

Max se agitó, exasperado. Sentía deseos de golpear la sonrisa helada, absurdamente cómplice, que tenía a tres palmos de la cara. Pero supo que, pese al aspecto frágil de su propietario, aquella sonrisa no era de las que se dejaban golpear con facilidad.

—Oiga —dijo—. Voy a ser grosero.

—No se preocupe, hombre. Adelante.

—Su guerra, sus barcos y sus cartas del conde Ciano me importan una mierda.

—Alabo su franqueza —concedió Mostaza.

—Me tiene sin cuidado que la alabe. ¿Ve este reloj? ¿Ve este traje hecho en Londres? ¿Ve mi corbata comprada en París?... Me costó mucho esfuerzo conseguir todo esto. Llevarlo con naturalidad. Sudé sangre para llegar aquí... Y ahora, cuando llego, resulta que un montón de gente, de una forma u otra, está empeñada en hacerme la puñeta.

—Comprendo... Su ambicionada y rentable Europa se marchita como un lirio pocho.

—Pues denme tiempo, malditos sean. Para disfrutarla un poco.

Mostaza parecía meditar sobre aquello, ecuánime.

—Sí —admitió—. Puede que tenga razón.

Con las manos en la barandilla, Max se inclinaba hacia afuera, sobre el puerto, como si buscara respirar la mayor cantidad posible de brisa del mar. Limpiarse los pulmones. Más allá de La Réserve, la casa de Susana Ferriol podía identificarse sobre las rocas de la orilla, a lo lejos, entre las villas blancas y ocres que salpicaban la ladera verde del monte Boron.

—Ustedes me han atrapado en algo que no me gusta —añadió tras un instante—. Y lo único que deseo es acabar de una vez. Perderlos de vista a todos.

Chasqueó Mostaza la lengua, conmiserativo.

—Pues tengo malas noticias —repuso—. Porque perdernos de vista será imposible. Nosotros somos el futuro; tanto como las máquinas, los aviones, las banderas rojas, las camisas negras, azules o pardas... Usted llega demasiado tarde a una fiesta sentenciada a muerte —señaló con la pipa las nubes que seguían agrupándose sobre el mar—. Hay una tormenta formándose ahí, muy cerca. Esa tormenta lo barrerá todo; y cuando acabe, nada volverá a ser lo que era. De poco le servirán entonces esas corbatas compradas en París.

—No sé si Jorge es mi hijo —dice Max—. En realidad no tengo forma de saberlo.

—Claro que no —responde Mecha Inzunza—. Sólo tienes mi palabra.

Están sentados a la mesa de una terraza de la Piazzetta de Capri, junto a las gradas de la iglesia y la torre del reloj que se alza sobre la acera que asciende desde el puerto. Llegaron a media tarde, en el barquito que hace el trayecto de media hora desde Sorrento. Fue idea de Mecha. Jorge descansa, dijo, y yo hace años que no voy a la isla. E invitó a Max a acompañarla.

—En aquella época, tú... —empieza a decir éste.

—¿Había otros hombres, quieres decir?

Max no responde en seguida. Se queda mirando a la gente que ocupa las mesas cercanas o pasea con lentitud en el contraluz del sol poniente. Desde las mesas contiguas llegan retazos de conversación en inglés, italiano y alemán.

—Incluso el otro Keller estaba allí —apunta como si concluyese un largo y complejo razonamiento—. El padre oficial.

Mecha emite una risa desdeñosa. Juguetea con las puntas del pañuelo de seda que lleva al cuello, sobre el suéter gris y los pantalones negros que tornean sus piernas largas y más delgadas que hace veintinueve años. Calza unos Pilgrim negros sin hebilla, y del respaldo de su silla pende el bolso de lona y cuero.

—Escucha, Max. No tengo ningún interés en que asumas una paternidad, a estas alturas de tu vida y de la mía.

—No pretendo...

Ella alza una mano, interrumpiéndolo.

—Imagino lo que pretendes y lo que no. Me limité a responder a una pregunta tuya... Por qué debo hacerlo, decías. Por qué arriesgarte con los rusos robándoles el libro.

—Ya no estoy para esas piruetas.

—Puede.

Alarga Mecha la mano con ademán distraído hasta la copa de vino que está junto a la de Max, sobre la mesa. Él observa de nuevo la piel marchita por la edad, como la suya propia. Las motas de vejez en el dorso.

—Eras más interesante —añade ella, reflexiva— cuando corrías riesgos.

—Y mucho más joven —responde Max sin titubear.

Lo mira, irónica.

—¿Tanto has cambiado? ¿O hemos?... ¿Nada de aquel antiguo hormigueo en la punta de los dedos? ¿Del latir de tu corazón más rápido de lo normal?

Se queda observando el ademán de elegante resignación que él hace a modo de respuesta: un gesto acorde con el suéter azul puesto con calculado descuido sobre los hombros del polo de algodón blanco, los pantalones grises de lino, el pelo cano peinado hacia atrás como antaño, con raya alta e impecable.

—Me pregunto cómo lo conseguiste —añade la mujer—. Qué golpe de suerte te permitió cambiar de vida... Y cómo se llamaba ella. O ellas. Las que corrieron con los gastos.

—No hubo ninguna ella —Max inclina un poco la cabeza, incómodo—. Suerte, nada más. Tú lo has dicho.

—Una vida resuelta.

—Eso es.

—Como soñabas.

—No tanto. Pero no me quejo.

Mecha mira hacia la escalera que va de la Piazzetta al palacio Cerio, como si entre la gente que circula por allí buscase un rostro conocido.

—Es tu hijo, Max.

Un silencio. La mujer apura el resto del vino con sorbos cortos, casi pensativos.

—No pretendo pasarte factura de nada —dice tras un momento—. No eres responsable de su vida ni de la mía... Me limité a darte una razón para ayudarlo. Algo válido.

Max aparenta ocuparse de las arrugas de su pantalón, con objeto de no parecer turbado.

—Lo harás, ¿verdad? —pregunta Mecha.

—Quizá sus manos —admite él, al fin—. También el pelo se parece al mío... Y tal vez haya algo en su manera de moverse.

—No le des más vueltas, por favor. Tómalo o déjalo. Pero deja de ser patético.

—No soy patético.

—Sí que lo eres. Un viejo patético, buscando liberarse de una carga tardía e inesperada. Cuando no hay carga ninguna.

Se ha puesto en pie, cogiendo el bolso, y mira el reloj de la torre.

—Hay un vaporetto a las siete y cuarto. Demos un último paseo.

Max se pone las gafas para leer la cuenta. Después las mete en el bolsillo del pantalón, saca la cartera y deja dos billetes de mil liras sobre la mesa.

—Jorge nunca te necesitó —dice Mecha—. Me tenía a mí.

—Y tu dinero. La vida resuelta.

—Eso suena a reproche, querido. Aunque si mal no recuerdo, tú siempre perseguiste el dinero. Le dabas prioridad sobre el resto de las cosas posibles. Y ahora que pareces tenerlo, tampoco reniegas de él.

Caminan hacia el parapeto de piedra. Hay limonares y viñedos que bajan hacia los acantilados, enrojeciendo con la luz que tiñe la bahía de Nápoles. El disco del sol empieza a hundirse en el mar y perfila la silueta distante de la isla de Ischia.

—Sin embargo, dos veces dejaste pasar la ocasión... ¿Cómo pudiste ser tan estúpido conmigo? ¿Tan torpe y tan ciego?

—Estaba demasiado ocupado, creo. Atento a sobrevivir.

—No tuviste paciencia. Eras incapaz de esperar.

—Tú pisabas caminos diferentes —Max escoge con cuidado las palabras—. Lugares incómodos para mí.

—Podías haber cambiado eso. Fuiste cobarde... Aunque al fin lo consiguieras, sin pretenderlo.

Se estremece un instante como si tuviera frío. Max, que lo advierte, le ofrece el suéter; pero ella niega con la cabeza. Con el pañuelo de seda se cubre el cabello corto y gris, anudándolo bajo la barbilla. Después se apoya junto al hombre en el parapeto de piedra.

—¿Me amaste alguna vez, Max?

Éste, desconcertado, no responde. Mira con obstinación el mar rojizo mientras intenta separar, en su interior, la palabra remordimientos de la palabra melancolía.

—O, qué tonta soy —ella le acaricia una mano con roce fugaz—. Claro que sí. Que me amaste.

384

Desolación es otra palabra adecuada, concluye él. Una especie de lamento húmedo, íntimo, por el recuerdo de cuanto fue y ya no es. Por la tibieza y la carne ahora imposibles.

—No sabes lo que te has perdido todos estos años —continúa Mecha—. Ver crecer a tu hijo. Ver el mundo a través de sus ojos, a medida que él los iba abriendo.

—Si fuera cierto, ¿por qué yo?

—¿Por qué lo tuve de ti, quieres decir?

No responde en seguida. La campana de la iglesia ha sonado con un tañido que prolonga ecos por las laderas de la isla. La mujer mira de nuevo el reloj, se aparta del parapeto y camina hacia la estación del funicular que comunica la Piazzetta con la Marina.

—Ocurrió —dice cuando él se sitúa a su lado en un banco del vagón, del que son únicos pasajeros—. Eso es todo. Luego tuve que decidir, y decidí.

—Quedártelo.

—Es buena palabra. Quedármelo, sí. Para mí sola.

—El padre...

—Oh, sí. El padre. Como tú dices, fue algo adecuado. Útil, en el primer período. Ernesto era un buen hombre. Bueno para el niño... Luego se diluyó esa necesidad.

Con una ligera trepidación, el funicular desciende entre muros de vegetación y vistas del atardecer en la bahía. El resto del corto trayecto transcurre en silencio, roto al fin por Max.

—Esta mañana hablé con tu hijo.

—Qué curioso —ella parece realmente sorprendida—. Comimos juntos y no dijo nada.

—Me pidió que me mantenga lejos.

—¿Qué esperabas?... Es un muchacho inteligente. Su instinto no sólo funciona con el ajedrez. Olfatea en ti algo equívoco. Tu presencia aquí y lo demás. En realidad, supongo que lo olfatea a través de mí. Tú le eres indiferente. Es mi actitud hacia ti lo que lo pone alerta.

Cuando llegan al puerto, el sol se ha ocultado y la Marina empieza a agrisarse de tonos y sombras. Caminan a lo largo del muelle, mirando los botes de pesca fondeados cerca de la orilla.

—Jorge intuye que hay un vínculo especial entre nosotros —dice Mecha.

—¿Especial?

—Viejo. Equivocado.

Tras decir eso se queda callada un rato. Max la ronda prudente, sin atreverse a decir palabra.

—Antes me has hecho una pregunta —añade ella, al fin—. ¿Por qué crees que acepté tener ese hijo?

Ahora es Max quien permanece en silencio. Se vuelve a un lado y a otro, y termina por sonreír confuso, dándose por vencido. Pero ella sigue atenta, en espera de una respuesta.

—En realidad, tú y yo... —aventura él, inseguro.

Otro silencio. Mecha lo mira mientras la luz declina y el mundo parece morir despacio alrededor.

—Desde aquel primer tango en el salón del barco —concluye Max—, la nuestra fue una extraña relación.

Ella lo sigue mirando fijamente, ahora con un desprecio tan absoluto que él debe hacer un esfuerzo casi físico para no apartar la vista.

—¿Eso es todo? ¿Extraña, dices?... Por el amor de Dios. Estuve enamorada de ti desde que bailamos aquel tango... Durante casi toda mi vida.

También anochecía veintinueve años atrás, en la bahía de Niza, mientras Max Costa y Mecha Inzunza caminaban por el Paseo de los Ingleses. El cielo se había enturbiado casi por completo, y el último resplandor se apagaba con rapidez entre las nubes oscuras, fundiendo en el mismo tono la línea baja del cielo y el mar agitado que resonaba en los guijarros de la playa. Gotas gruesas y aisladas, precursoras de una lluvia más intensa, salpicaban el suelo dando un aspecto triste a las hojas inmóviles de las palmeras.

—Dejo Niza —dijo Max.

—¿Cuándo?

—Tres o cuatro días. En cuanto concluya un negocio.

—¿Volverás?

—No lo sé.

Ella no dijo nada más sobre eso. Caminaba segura sobre tacones pese al suelo húmedo, las manos en los bolsillos de un impermeable gris de cinturón muy ceñido que le acentuaba la esbeltez del talle. Recogido el cabello en una boina negra.

—¿Tú seguirás en Antibes? —se interesó Max.

—Sí. Quizá todo el invierno. Al menos, mientras dure lo de España y espere noticias de Armando.

—¿Has sabido algo más?

—Nada.

Max se colgó el paraguas del brazo. Después se quitó el sombrero para sacudir las gotas de lluvia y se lo puso de nuevo.

—Al menos sigue vivo.

—Seguía, hace unas semanas. Ahora no lo sé.

El Palais Méditerranée acababa de encender sus luces. Como en respuesta a una señal general, las farolas se iluminaron de pronto a lo largo de la amplia curva del paseo, alternando sombras y claridades en las fachadas de hoteles y restaurantes. A la altura del Ruhl, bajo el toldo de la pasarela de la Jetée-Promenade donde montaba guardia un portero uniformado, tres jóvenes vestidos de etiqueta probaban suerte, acechando la llegada de los automóviles y a las mujeres que descendían de ellos rumbo al interior, donde sonaba música. Era evidente que ninguno de ellos tenía los cien francos que costaba la entrada. Los tres miraron a Mecha con tranquila codicia, y uno se acercó a Max para pedirle un cigarrillo. Olía a agua de colonia vulgar. Era muy joven y bastante guapo, de pelo muy negro y ojos oscuros, con aspecto de italiano. Vestía como los otros: chaqueta cruzada y ajustada en la cintura, cuello duro y pajarita. El smoking parecía alquilado y los zapatos dejaban que desear, pero el joven se conducía con un aplomo educado e insolente que rozaba el descaro, y eso arrancó a Max una sonrisa. Se detuvo, desabotonó la Burberry, sacó la pitillera de carey y se la ofreció abierta.

—Coja otros dos para sus amigos —sugirió.

Lo miro el otro con ligero desconcierto. Después cogió tres cigarrillos, dio las gracias, dirigió una última mirada a Mecha y fue a reunirse con los otros. Max siguió caminando. De soslayo vio que la mujer lo observaba, divertida.

—Viejos recuerdos —dijo ella.

—Claro.

Mientras se alejaban, la melodía que sonaba en la Jetée-Promenade agotó sus últimas notas y la orquesta atacó otra.

—No me lo creo —rió Mecha, cogiéndose del brazo de Max—. Esto lo habías preparado para mí... Gigolós incluidos.

También rió Max, asombrado como ella: las notas del *Tango de la Guardia Vieja* se deslizaban desde la sala de baile del casino, sobre el rumor de la resaca en los guijarros de la playa.

—¿Quieres entrar a bailarlo? —bromeó él.

—Ni se te ocurra.

Caminaban muy despacio. Escuchando.

—Es hermoso —dijo ella cuando dejó de oírse el tango—. Más que lo de Ravel.

Anduvieron un trecho callados. Al cabo, Mecha oprimió un poco el brazo de Max.

—Sin tu mediación, ese tango no existiría.

—Lo dudo —opuso él—. Estoy seguro de que tu marido nunca habría conseguido componerlo sin ti. Es tu tango, no el suyo.

—No digas tonterías.

—Bailé contigo, no lo olvides. En aquel almacén de Buenos Aires... Recuerdo cómo te miraba él. Cómo te mirábamos todos.

Ya era completamente de noche cuando pasaron el puente sobre el Paillon. A su izquierda, más allá del jardín, las farolas iluminaban la plaza Masséna. Un tranvía pasó lejos, entre los árboles tupidos y sombríos, apenas visible salvo por los chispazos del trole.

—Dime algo, Max —ella se tocaba el cuello, bajo el impermeable—. ¿Tenías previsto llevarte el collar desde el principio, o improvisaste sobre la marcha?

—Improvisé —mintió él.

—Mientes.

La miró a los ojos con franqueza perfecta.

—En absoluto.

Apenas había tráfico: coches de caballos que pasaban con la capota subida y luz en el fanal, pisoteando hojas mojadas, y algunos faros de automóvil que deslumbraban a intervalos con su claridad húmeda y brumosa. Cruzaron con descuido el asfalto, dejando atrás la Promenade para internarse por las calles próximas al paseo Saleya.

—¿Cómo se llamaba aquel antro? —se interesó Mecha—. El del tango.

—La Ferroviaria. Junto a la estación de Barracas.

—¿Seguirá abierto?

—No lo sé. Nunca volví.

Gruesas gotas de lluvia caían de nuevo sobre el sombrero de Max. No valía la pena abrir el paraguas, aún. Apretaron el paso.

—Me gustaría escuchar otra vez música en un lugar así, contigo... ¿Los hay en Niza?

—¿Lugares sórdidos, quieres decir?

—Quiero decir especiales, bobo. Un poco canallas.

—¿Como la pensión de Antibes?

—Por ejemplo.

—¿Con o sin espejo?

A modo de respuesta, ella lo obligó a detenerse y a inclinar el rostro. Entonces lo besó en los labios. Fue un beso rápido y denso, cargado de remembranzas y propósitos inmediatos. Max sintió que lo turbaba la urgencia del deseo.

—Claro —dijo con calma—. Sitios así hay en todas partes.

—Dime uno.

—Aquí sólo conozco el Lions at the Kill. Una boîte de la parte vieja.

—Me encanta el nombre —Mecha hacía ademán de aplaudir, cómplice—. Vayamos ahora mismo.

Max la tomó por el brazo para obligarla a caminar de nuevo.

—Creí que íbamos a cenar. He reservado mesa en Bouttau, junto a la catedral.

Mecha hundía el rostro en su hombro, casi estorbándole el paso.

—Detesto ese restaurante —dijo—. Siempre sale el dueño a saludar.

—¿Y qué tiene eso de malo?

—Mucho. Todo empezó a fastidiarse el día en que modistos, peluqueros y cocineros se mezclaron con la clientela.

—Y bailarines de tango —apuntó Max, riendo.

—Tengo una idea mejor —propuso ella—. Tomemos algo rápido en La Cambouse: ostras y una botella de Chablis. Luego me llevas a ese sitio.

—Como quieras. Pero guárdate el collar y la pulsera en el bolso, antes de entrar... No tentemos a la suerte.

Estaban junto a un farol del paseo Saleya cuando ella alzó el rostro. Los ojos relucían como si fueran de latón o de cobre.

—¿También estarán allí los muchachos de antes?

—Me temo que no —sonreía Max, fatalista—. Quienes están allí son los muchachos de ahora.

Lions at the Kill no era un mal nombre, pero prometía más de lo que daba. Había champaña barato en cubos de hielo, rincones oscuros y polvorientos, una cantante de sexo impreciso y voz ronca, que vestía de negro e imitaba a Édith Piaf, y varios números de striptease a partir de las diez de la noche. El ambiente era artificial, deliberado, entre apache tardío y surrealista rancio. Las mesas estaban ocupadas por algunos turistas americanos y alemanes ilusamente ávidos de emociones, unos cuantos marineros venidos de Villefranche y tres o cuatro individuos con pinta de rufianes cinematográficos, afeitadas las patillas en punta y con trajes oscuros rayados, que según sospechaba Max acudían contratados por el dueño, para dar ambiente. Mecha, aburrida, no aguantó más que hasta la mitad del segundo striptease —una egipcia opulenta de senos grandes, blancos y trémulos—; así que Max pidió la cuenta, pagó doscientos francos por la botella que apenas habían tocado, y salieron de nuevo afuera.

—¿Eso es todo? —Mecha parecía decepcionada.

—Para Niza, sí. O casi.

—Llévame al casi, entonces.

Como respuesta, Max abrió el paraguas mientras señalaba el extremo de la calle. Llovía con goteo de aleros. Estaban en la rue Saint-Joseph, próximos al cruce con la subida al castillo. Había dos mujeres cerca del único farol, resguardándose bajo el tejadillo de una floristería cerrada. Caminaron despacio hacia ellas, cogidos del brazo, envueltos en el rumor de lluvia. Una de las mujeres se retiró a un portal contiguo al verlos llegar; pero la otra permaneció inmóvil mientras se acercaban. Era delgada y alta. Vestía blusón con cuello de astracán y falda oscura muy ajustada, hasta media pantorrilla. La falda moldeaba limpiamente sus caderas, resaltando unas piernas largas que aún parecían prolongarse más sobre los zapatos de suela gruesa y elevado tacón de cuña.

—Es guapa —dijo Mecha.

Max miró el rostro de la mujer. A la luz del farol parecía joven bajo la mancha oscura de la boca pintada. Los párpados estaban maquillados de espeso rimmel bajo las cejas reducidas a una línea de lápiz cosmético, visibles bajo el ala corta del sombrero empapado de agua. Tenía minúsculas gotitas en la cara.

—Quizá sea guapa —admitió.

—Tiene un cuerpo bonito, flexible... Medio elegante.

Habían llegado a su altura y la mujer los miraba: rápido vistazo profesional destinado a Max, trocado en mirada opaca, de indiferencia, al comprobar que él y su acompañante iban cogidos del brazo. Una mirada curiosa, luego, evaluando a Mecha por su ropa y apariencia. El impermeable y la boina no parecían revelar gran cosa; pero Max observó que en seguida le miraba los zapatos y el bolso, como reprochándole que no le importara arruinarlos con aquella lluvia.

—Pregúntale cuánto cobra —susurró Mecha.

Se había inclinado hacia Max al decirlo, casi con vehemencia, sin apartar los ojos de la mujer. Él miraba a Mecha, desconcertado.

—No es asunto nuestro.

—Pregúntaselo.

La mujer había escuchado el diálogo —era en español—, o lo adivinaba. Sus ojos iban de él a ella, creyendo comprender. Un apunte de sonrisa, entre despectivo y alentador, se le dibujó en el carmín violáceo de la boca. El bolso y los zapatos de Mecha habían dejado de tener importancia. De marcar límites o distancias.

—¿Cuánto? —le preguntó Mecha, pasando al francés.

Con cautela profesional, la mujer respondió que eso dependía de ellos. Del tiempo del servicio y los gustos del caballero. O los de la señora. Se había movido a un lado para resguardarse mejor del agua, alejándose de la luz tras mirar sobre el hombro de la pareja, apoyada una mano en la cadera.

—Hacerlo con él mientras yo miro —dijo Mecha, con mucha frialdad.

—Ni se te ocurra —protestó Max.

—Calla.

La mujer dijo una cifra. Max volvió a contemplar las piernas largas, delgadas, moldeadas por la falda larga y tubular. Muy a su pesar, estaba excitado. Pero no a causa de la prostituta, sino por la actitud de Mecha. Por un momento imaginó un cuarto alquilado por horas en las cercanías, una cama con sábanas sucias, él entrando en aquel cuerpo delgado y flexible mientras Mecha los observaba atenta, desnuda. Volviéndose luego hacia ella, húmedo de la otra mujer, para penetrarla a su vez. Para habitar de nuevo aquella carne cruda, orgánica, genéticamente perfecta, que ahora sentía palpitar ávida contra su brazo.

—Tráela con nosotros —exigió de pronto Mecha.

—No —dijo Max.

En el Negresco, mientras arreciaba la lluvia repiqueteando con fuerza en los cristales, los dos se acometieron con una pasión desesperada e intensa parecida a un combate: avidez silenciosa excepto para gruñir, golpear o gemir, hecha de carne encendida y tensa, de saliva cálida, alternada con imprecaciones súbitas, procaces, que Mecha desgranaba al oído del hombre con obscena contundencia. El recuerdo de la mujer alta y delgada los acompañó todo el tiempo, tan intenso como si realmente hubiera estado allí mirando o siendo mirada, obediente ante sus cuerpos transpirados de sudor y deseo, enlazados con sistemática ferocidad.

—La azotaría mientras te movías dentro de ella —susurraba Mecha sin aliento, lamiendo el sudor del cuello de Max—. Mordería su espalda, torturándola... Sí. Para hacerla gritar.

En un momento de extrema violencia, ella golpeó el rostro de Max hasta hacerlo sangrar por la nariz; y cuando éste intentaba restañar el brote de gotas rojas que salpicaba las sábanas, siguió besándolo con furia hasta hacerle más daño, manchada de sangre la nariz y la boca, enloquecida como una loba que devorase una presa con crueles dentelladas; mientras, aferrado a los barrotes de la cama, él buscaba un punto de apoyo para controlarse al filo del abismo, obligado a apretar los dientes y sofocar el aullido de angustia animal, viejo como el mundo, que le brotaba de las entrañas. Retardando como podía el deseo irresistible, la vuelta atrás imposible, el ansia de hundirse hasta perder la conciencia en el pozo sin alma, ni mundo, ni ser, de aquella mujer que lo arrastraba a la locura y el olvido.

—Me apetece beber algo —dijo ella más tarde, apagando un cigarrillo.

A Max le pareció buena idea. Se pusieron la ropa sobre la piel que olía intensamente a carne y sexo, y bajaron por la amplia escalera hasta el vestíbulo circular y el bar forrado de madera, donde Adolfo, el barman español, estaba a punto de cerrar. El ceño fruncido de éste se relajó cuando vio quién llegaba: hacía años que, para Adolfo, Max formaba parte de esa cofradía selecta, no definida de modo formal, ni siquiera por el estatus económico del cliente, que camareros, taxistas, maîtres, floristas, limpiabotas, conserjes de hotel y otro personal imprescindible en los engranajes del gran mundo sabían identificar de un vistazo, por hábito o por instinto. Y esa benevolencia no era casual. Consciente de lo útil de las complicidades subalternas en una vida como la suya, Max procuraba estrechar tales lazos en toda oportunidad, con una hábil combinación —natural en su carácter, por otra parte— de elegante camaradería, trato considerado y adecuadas propinas.

—Tres west-indian, Adolfo. Dos para nosotros y uno para ti.

Aunque el barman se ofreció a preparar una de las mesas —había encendido de nuevo para ellos los apliques de bronce de la pared—, se acomodaron en los taburetes de la barra, bajo la balaustrada de madera del piso de arriba, y bebieron en silencio, muy cerca, mirándose a los ojos.

—Hueles a mí —comentó ella—. A nosotros.

Era cierto. Intenso, muy físico. Sonrió Max, inclinado el rostro: un repentino trazo ancho y blanco en la piel bronceada, donde empezaba a despuntar la barba. Pese a haberse empolvado el rostro antes de bajar, Mecha tenía marcas rojizas de su roce en la barbilla, el cuello y la boca.

—Qué guapo eres, maldito.

Le tocó la nariz, que aún sangraba ligeramente, y luego imprimió la huella del dedo en rojo sobre una de las pequeñas servilletas bordadas que estaban en la barra.

—Y tú eres un sueño —dijo él.

Bebió un sorbo de su copa: frío, perfecto. Adolfo tenía una mano extraordinaria para la coctelera.

—Soñé contigo cuando era pequeño —añadió, pensativo.

Sonaba sincero, y realmente lo era. Mecha lo miró atenta, ligeramente entreabierta la boca, respirando con agitada suavidad. Max le había apoyado una mano en la cintura, y bajo el crespón malva sentía la curva perfecta de su cadera.

—Todo se paga —bromeó ella, guardándose la servilleta manchada de sangre.

—Pues espero haberlo pagado ya, antes. Si no es así, la factura será demoledora.

Ella le puso los dedos sobre los labios, acallándolo.

—*Goûtons un peu ce simulacre de bonheur* —dijo.

Callaron de nuevo. Max gozaba del cocktail y de la proximidad de la mujer, de la conciencia física de su piel y de su carne. Del silencio vinculado al placer reciente. No era un simulacro de felicidad, concluyó en sus adentros. Se sentía realmente feliz, dichoso de estar vivo, de que nada le hubiera cortado el camino hasta allí. Aquel largo, azaroso e interminable camino. Pensar en alejarse de ella le producía un desgarro insoportable. Rozaba la furia. Deseó tener muy lejos a los dos italianos y al tal Fito Mostaza. Deseó verlos muertos a todos.

—Tengo hambre —dijo Mecha.

Miraba a Adolfo con el hábito de quien acostumbraba tener el mundo, servicio incluido, a su entera disposición. Se disculpó el barman, hecho por oficio al tono. Todo estaba cerrado a esas horas, dijo. Sin embargo, añadió tras pensarlo un momento, si los señores lo acompañaban, podría hacerse algo al respecto. Después apagó las luces y con una mirada de conspirador los invitó a seguirlo por la puerta de atrás, bajando por unas escaleras mal alumbradas que conducían al sótano. Fueron tras él cogidos de la mano, divertidos por la inesperada aventura, recorriendo un pasillo largo y una cocina desierta hasta una mesa donde, junto a una enorme pila de cacerolas relucientes, había un jamón español —auténtico serrano de la Alpujarra, precisó Adolfo con orgullo mientras retiraba el paño que lo cubría— a medio deshuesar.

—¿Es usted bueno con el cuchillo, don Max?

—Buenísimo... Nací en la Argentina, figúrate.

—Pues vaya cortando, si le parece bien. Voy a buscarles una botella de borgoña.

Apenas regresaron a la habitación, Max y Mecha volvieron a desnudarse impacientes, acoplándose con ansia renovada, como si se tratara de la primera vez. Pasaron el resto de la noche en duermevela, acariciándose a cada despertar, atento cada uno al deseo exigente del otro. Después, con la primera luz del alba filtrándose por la ventana, se quedaron dormidos de un modo distinto esta vez: con un sueño profundo, exhausto, que los mantuvo sosegados hasta que Max abrió los ojos, y sin mirar el reloj fue hasta la ventana, entre cuyas cortinas penetraba la claridad cenicienta y el rumor de la lluvia que seguía cayendo afuera. Un perro solitario correteaba a lo lejos, sobre los guijarros de la playa. Tras los cristales salpicados de gotas que se desplomaban en minúsculos regueros, el mar era una lámina de bruma plomiza y las copas mojadas de las palmeras se inclinaban melancólicas sobre el asfalto reluciente de la Promenade. Entonces Max se volvió a mirar otra vez a la mujer desnuda, el bellísimo cuerpo dormido boca abajo entre las sábanas revueltas, y supo que aquella luz azulada y gris, sucia de lluvia otoñal, era presagio de que pronto la perdería para siempre.

Como sabe Max, la delegación soviética no se aloja en los edificios del hotel Vittoria de Sorrento, sino en unos apartamentos contiguos al jardín. Todo el anexo está ocupado por los rusos, según le ha informado el recepcionista Spadaro. Mijaíl Sokolov ocupa el apartamento superior: una amplia estancia con balcón desde el que, por encima de los grandes pinos centenarios, más allá de los edificios principales que ocupan la cornisa del acantilado, se abarca el panorama de la bahía de Nápoles. Allí vive el campeón y prepara las partidas con sus ayudantes.

Sentado bajo una pérgola cubierta de hiedra, con unos viejos Dienstgläser de la Wehrmacht prestados por el *capitano* Tedesco, Max estudia el anexo aparentando que observa a los pájaros. Y la conclusión es poco alentadora: acceder por un camino convencional parece imposible. Dedicó la tarde de ayer a convencerse de ello, y se lo contó a Mecha Inzunza por la noche, después de la cena, sentados en aquel mismo lugar del jardín. El séquito del ruso ocupa las plantas inferiores, expuso Max mientras señalaba las ventanas iluminadas. Hay una sola escalera y un ascensor que lo comunican todo a partir de un vestíbulo común. Me he informado, y siempre hay alguien de guardia. Nadie puede llegar a la habitación de Sokolov sin ser visto.

—Tiene que haber algún medio —opuso Mecha—. Esta tarde hay partida.

—Demasiado pronto, me temo. Aún no sé cómo hacerlo.

—Pasado mañana juegan otra vez, y es de noche cuando acaban... Dispondrás de tiempo, entonces. Y siempre supiste arreglártelas con las cerraduras. Tienes... No sé. ¿Herramientas? ¿Una ganzúa?

Había años de aplomo profesional en el modo con que Max se encogió de hombros.

—Las cerraduras no son el problema. La de la calle es una Yale moderna, fácil de abrir. La de la suite es todavía más sencilla: convencional, antigua.

Se quedó en silencio, mirando el edificio en sombras con ojos preocupados. Los de un alpinista que contemplase la cara difícil de una montaña.

—El problema es llegar allí —resumió—. Subir sin que ningún maldito bolchevique se percate de ello.

—Bolchevique —rió ella—. Ya nadie dice eso.

Un resplandor. Mecha encendía un cigarrillo. El tercero desde que estaban en el jardín.

—Tienes que intentarlo, Max. Lo hiciste otras veces.

Un silencio. Flotaba el olor ligero del humo de tabaco.

—Acuérdate de Niza —recordó ella—. La casa de Suzi Ferriol.

Era gracioso, pensó él. O paradójico. Que utilizara aquello como argumento.

—No sólo en Niza —respondió con calma—. Pero tenía la mitad de años que ahora.

Se quedó callado un momento, calculando probabilidades improbables. En el silencio del jardín podía oírse una música lejana que llegaba desde algún bar de la plaza Tasso.

—Si me atrapan...

Lo dejó ahí, sombrío. En realidad apenas había sido consciente de pronunciar esas palabras en voz alta.

—Lo pasarías mal —admitió ella—. Sin duda.

—No me preocupa mucho pasarlo mal —sonreía inquieto, para sí mismo—. Pero he estado pensando. Me asusta ir a la cárcel.

—Qué extraño, oírte decir eso.

Parecía realmente asombrada. Él hizo un ademán indiferente.

—Estuve asustado otras veces; pero ahora tengo sesenta y cuatro años.

Seguía sonando música a lo lejos. Rápida, moderna. Demasiado distante para que Max identificara la melodía.

—Esto no es como en el cine —prosiguió—. No soy Cary Grant, el de aquella absurda película del ladrón de hoteles... La vida real nunca tiene final feliz.

—Bobo. Tú fuiste mucho más atractivo que Cary Grant.

Le había cogido una mano y la oprimía con suavidad entre las suyas: finas, huesudas. Cálidas, también. Max seguía atento a la música lejana. Desde luego, concluyó con una mueca, no era un tango.

—¿Sabes?... Eras tú quien se parecía a aquella chica, la actriz. O tal vez era ella la que se parecía... Siempre me hizo pensar en ti: delgada, elegante. Todavía te pareces. Sí... O se te parece.

—Él es tu hijo, Max. Ten por lo menos esa certeza.

—Puede que lo sea —respondió él—. Pero fíjate.

Había alzado la mano de la mujer hasta su propia cara, invitándola a palpar sus rasgos. A percibir el tacto del tiempo.

—Puede que haya otro camino —el roce de ella parecía una caricia—. Quizá debas estudiarlo mañana, a la luz del día. Y se te ocurra la manera.

—Si hubiera otra forma —él apenas la escuchaba—. Si yo fuera más joven y ágil... Demasiados condicionales, me temo.

Mecha retiró la mano de su rostro.

—Te daré cuanto tengo, Max. Cuanto me pidas.

Se volvió a mirarla, sorprendido. Veía un perfil en penumbra, definido por las luces lejanas y la brasa del cigarrillo.

—Es una forma de hablar, claro —comentó él.

El perfil se movió. Ahora había un doble destello cobrizo mirando a Max. Los ojos de la mujer fijos en él.

—Sí, es una forma de hablar —se intensificó dos veces el resplandor del cigarrillo—. Pero te lo daré. Te lo daría.

—¿Incluida una taza de café en tu casa de Lausana?

—Por supuesto.

—¿Incluido el collar de perlas?

Otro silencio. Largo.

—No seas tonto.

Cayó la brasa al suelo, extinguiéndose. Ella había vuelto a cogerle la mano. La música lejana también se había interrumpido en la plaza.

—Maldita sea mi alma —dijo él—. Haces que me sienta galante como un estúpido. Me quitas años.

—Eso intento.

Dudó un poco. Sólo un poco, ya. Le dolía la boca de retener lo que estaba a punto de confesar.

—No tengo un céntimo, Mecha.

Ella dejó pasar dos segundos.

—Lo sé.

Max estaba sin aliento. Sobresaltado y estupefacto.

—¿Cómo que lo sabes? —el estallido interior llegó al fin, y era de pánico—. Que sabes, ¿qué?

Quiso liberar la mano, incorporarse. Escapar de allí. Pero ella lo retuvo con suavidad.

—Que no vives en Amalfi, sino aquí, en Sorrento. Que trabajas como chófer en una casa llamada Villa Oriana. Que las cosas no te fueron bien en los últimos años.

Por suerte estoy sentado, pensó Max apoyando la mano libre en el banco. Habría caído redondo al suelo. Como un imbécil.

—Hice averiguaciones en cuanto apareciste en el hotel —concluyó Mecha.

Confuso, él intentaba aclararse las ideas y las sensaciones: humillación, vergüenza. Mortificación. Todos aquellos días de inútil impostura, haciendo el ridículo. Pavoneándose a la manera de un payaso.

—¿Lo has sabido todo el tiempo?

—Casi todo.

—¿Y por qué me seguiste la corriente?

—Por varias razones. Curiosidad, primero. Era fascinante reconocer al Max de siempre: elegante, tramposo y amoral.

Se calló un momento. Seguía con la mano de él entre las suyas.

—También estoy a gusto contigo —añadió al fin—. Siempre lo estuve.

Max liberó su mano y se puso de pie.

—¿Lo saben los otros?

—No. Sólo yo.

Necesitaba aire. Respirar hondo, despejarse de emociones contradictorias. O tal vez necesitara una copa.

Algo fuerte. Que sacudiera sus adentros hasta volvérselos del revés.

Mecha seguía sentada, muy tranquila.

—De no estar Jorge de por medio, en otras circunstancias... Bueno. Habría sido divertido. Estar contigo. Ver qué buscabas. Hasta dónde pretendías llegar.

Se quedó callada un momento.

—¿Qué te proponías?

—Ahora no estoy seguro. Tal vez revivir viejos tiempos.

—¿En qué sentido?

—En todos, quizás.

Ella se levantó despacio. Casi con esfuerzo, creyó apreciar Max.

—Los viejos tiempos murieron. Pasaron de moda, igual que nuestro tango. Muertos como tus muchachos de antaño, o como tú mismo... Como nosotros.

Se agarraba de su brazo del mismo modo que veintinueve años atrás, la noche que fueron al Lions at the Kill, en Niza.

—Es halagador —añadió—. Verte resucitar por mi causa.

Le había cogido una mano y se la llevó a los labios, con suavidad. Un soplo amable. Su voz sonaba como una sonrisa.

—Pretender que te mire de nuevo como te miré una vez.

El sol ya está alto. Con los prismáticos pegados al rostro, Max continúa estudiando el bloque de apartamentos contiguo al hotel Vittoria. Acaba de caminar en torno al edificio, observando con atención la puerta que da a la vereda principal; y ahora está apostado entre unas buganvillas y limoneros, escudriñando el otro lado. Cerca hay un pequeño estanque y un templete con un banco. Se acerca al templete, y desde allí espía la parte que antes estaba oculta. Ahora toda la fachada este queda a la vista, incluido el balcón de Sokolov y la cornisa de tejas rojizas, bordeada por un canalón para recoger agua de lluvia sobre el que se distingue la antena de un pararrayos. Canalón y pararrayos, concluye Max, necesitan que alguien suba para mantenerlos en estado conveniente. Con un punto de esperanza, revisa cada metro de la fachada. Y lo que ve allí le arranca una sonrisa antigua, rejuvenecedora, que parece borrar los estragos del tiempo en su rostro: unos peldaños de hierro empotrados en la pared ascienden desde el jardín.

Guardando los prismáticos en su funda, Max se acerca al edificio como si paseara. Al llegar bajo los peldaños, alza la vista. Están oxidados, con manchas de herrumbre en la pared; pero su apariencia es sólida. El primero se encuentra cerca del suelo, sobre un macizo de flores. La distancia hasta el tejado es de unos cuarenta metros, y los peldaños no están muy separados unos de otros. El esfuerzo parece aceptable: diez minutos de ascensión a oscuras, con toda clase de precauciones. No estaría de más, piensa, llevar una gaza de cuerda con un mosquetón que permita asegurarse a medio camino y descansar, si se fatiga en exceso. El resto del equipo será poco voluminoso: una mochila ligera, una cuerda de montaña, algunas herramientas, una linterna y la indumentaria adecuada. Mira el reloj. Las tiendas del centro, incluida la ferretería Porta Marina, ya están abiertas a esa hora. También necesitará unas zapatillas deportivas y betún para teñirlo todo de negro.

Igual que en los mejores momentos, piensa mientras da la espalda al edificio y se aleja por el jardín, lo excita actuar otra vez, o la inminencia de la acción: el antiguo y familiar cosquilleo de incertidumbre, templado por una copa o un cigarrillo, cuando el mundo aún era un coto de caza reservado a los inteligentes y los audaces. Cuando la vida tenía aroma de tabaco turco, de cocktails en el bar elegante de un Palace, de perfume de mujer. De placer y de peligro. Y ahora, rememorando aquello, cada paso que da produce a Max la impresión de hacerlo caminar otra vez ligero, con recobrada agilidad. Pero lo mejor de todo no es eso. Cuando mira ante sí, comprueba que su sombra ha regresado. El sol que penetra las altas copas de los pinos la proyecta en el suelo, de nuevo firme y alargada, como fue antes. Cosida a sus pies, donde en otro tiempo estuvo. Sin edad, sin marcas de vejez ni de cansancio. Sin mentiras. Y al recobrar la sombra perdida, el antiguo bailarín mundano se echa a reír como hace mucho tiempo no reía.

11. Costumbres de lobo viejo

Seguía lloviendo sobre Niza. Entre la luz sombría y gris que envolvía la ciudad vieja, la ropa tendida en los balcones colgaba como jirones de vidas tristes. Con los botones de la gabardina cerrados hasta el cuello y el paraguas abierto, Max Costa cruzó la plaza del Gesù evitando los charcos donde repiqueteaba el agua y se dirigió a los escalones de piedra de la iglesia. Mauro Barbaresco estaba allí, recostado en el portón cerrado, las manos en los bolsillos de un impermeable reluciente de lluvia, mirándolo inquisitivo bajo el ala empapada del sombrero.

—Será esta noche —dijo Max.

Sin decir nada, el italiano caminó hacia la rue de la Droite, seguido por Max. Había un bar en la esquina; y dos portales más allá, un zaguán estrecho y oscuro en forma de túnel. Cruzaron en silencio un patio descubierto y subieron dos pisos por una escalera cuyos peldaños de madera crujieron bajo sus pasos. En el segundo rellano, Barbaresco abrió una puerta, invitando a entrar a Max. Éste dejó el paraguas apoyado en la pared, se quitó el sombrero y sacudió las gotas de agua. La casa, oscura e inconfortable, olía a verduras hervidas y a ropa mojada y sucia. El pasillo conducía a la puerta de la cocina, a otra puerta entornada por la que se veía un dormitorio con la cama deshecha, y a un cuarto de estar con dos sillones viejos, una cómoda, sillas y una mesa de comedor con restos de desayuno. Sentado a la mesa, con el chaleco desabotonado y las mangas de la camisa vueltas sobre los codos, estaba Domenico Tignanello mirando la viñeta cómica del *Gringoire*.

—Dice que lo hará esta noche —dijo Barbaresco.

La expresión melancólica del otro pareció animarse un poco. Asintió aprobador, dejó el periódico sobre la mesa e hizo un ademán ofreciendo a Max la cafetera que estaba junto a dos tazas sucias, una aceitera y un plato con restos de pan tostado. Declinó éste la oferta mientras se desabotonaba la gabardina. Por la ventana abierta entraba una claridad cenicienta que ensombrecía los rincones del cuarto. Barbaresco, quitándose el impermeable, fue a asomarse a la ventana, enmarcado en el rectángulo de aquella luz turbia.

—¿Qué hay de su amigo español? —preguntó, tras echar un vistazo afuera.

—Ni es mi amigo, ni he vuelto a verlo —respondió Max con calma.

—¿Desde la entrevista en el puerto?

—Eso es.

El italiano había puesto su impermeable en el respaldo de una silla, indiferente a las gotas de agua que encharcaban el parquet.

—Hemos hecho averiguaciones —dijo—. Todo cuanto le dijo es cierto: la estación de radio que los nacionales tienen en Montecarlo, el intento de llevar el *Luciano Canfora* a un puerto de la República... Lo único que no podemos establecer, de momento, es su verdadera identidad. Nuestro servicio no tiene fichado a ningún Rafael Mostaza.

Compuso Max un gesto neutral. De croupier impasible.

—Podrían seguirlo, supongo. No sé... Hacerle fotos.

—Quizá lo hagamos —Barbaresco sonreía de modo extraño—. Pero para eso necesitaríamos saber cuándo va a entrevistarse con usted.

—No tenemos nada previsto. Aparece y me cita cuando quiere... La última vez lo hizo con una nota en la conserjería del Negresco.

El italiano lo miró con asombro.

—¿No sabe que usted entrará hoy en casa de Susana Ferriol?

—Lo sabe, pero no hizo comentarios.

—Entonces, ¿cómo piensa él conseguir los documentos?

—No tengo la menor idea.

El italiano cambió un vistazo perplejo con su compañero y volvió a mirar a Max.

—Curioso, ¿verdad?... Que no le importe que nos lo cuente todo. Incluso que lo anime a ello. Y que no aparezca hoy.

—Puede —concedió Max, ecuánime—. Pero a mí no me corresponde establecer esa clase de cosas. Los espías son ustedes.

Sacó la pitillera y la miró abierta, pensativo, como si elegir un cigarrillo u otro tuviera en ese momento su importancia. Al cabo se puso uno en la boca y guardó la pitillera, sin ofrecerles.

—Supongo que conocen su negocio —concluyó mientras accionaba el encendedor.

Barbaresco anduvo hacia el contraluz de la ventana y volvió a asomarse para observar el exterior. Parecía preocupado. Con nuevos motivos de inquietud.

—No es lo usual, desde luego. Descubrirle el juego de esa manera.

—Quizá quiera protegerlo —sugirió su compañero.

—¿A mí?... ¿De quién?

Domenico Tignanello se miraba el vello de los brazos, taciturno. Silencioso de nuevo, como si el esfuerzo de abrir la boca lo hubiese agotado.

—De nosotros —respondió Barbaresco, en su lugar—. De los suyos. De usted mismo.

—Pues cuando lo averigüen, cuéntenmelo —Max exhaló una tranquila bocanada de humo—. Yo tengo otros asuntos en que pensar.

El italiano se sentó en uno de los sillones. Reflexivo.

—No nos hará una jugarreta, ¿verdad? —dijo al fin.

—¿Se refiere a ese Mostaza, o a mí?

—A usted, naturalmente.

—Dígame cómo. No puedo elegir. Pero si yo fuera ustedes, procuraría localizar a ese tipo. Aclarar con él las cosas.

Barbaresco cambió otra mirada con su compañero. Después dirigió una ojeada resentida a la ropa que asomaba bajo la gabardina abierta de Max.

—Aclarar las cosas... Suena elegante, dicho por usted.

Aquellos dos, pensó otra vez Max, con sus prendas arrugadas, sus marcas de fatiga bajo los ojos enrojecidos y sus afeitados deficientes, siempre parecían salir de una noche en vela. Y probablemente así era.

—Lo que nos lleva a lo importante —añadió Barbaresco—. ¿Cómo piensa entrar en la casa?

Max observó los zapatos húmedos del italiano, cuyas suelas se veían agrietadas en las punteras. Con toda aquella lluvia debía de tener los calcetines empapados como esponjas.

—Eso es asunto mío —repuso—. Lo que necesito saber es dónde nos veremos para que les entregue las cartas, si las consigo. Si sale bien.

—Éste es un buen lugar. Estaremos aquí toda la noche, esperando. Y en el bar de abajo hay teléfono. Uno de nosotros puede quedarse allí hasta que lo cierren, por si hubiera cambios o novedades... ¿Podrá entrar en la casa sin problemas?

—Imagino que sí. Hay una cena en Cimiez, cerca del antiguo hotel Régina. Susana Ferriol está entre los invitados. Eso me deja un margen de tiempo razonable.

—¿Tiene todo lo que necesita?

—Todo. El juego de llaves que trajo Fossataro es perfecto.

Tignanello alzó despacio la mirada, fijándola en Max.

—Me gustaría ver cómo lo hace —dijo inesperadamente—. Cómo abre esa caja fuerte.

Max enarcó las cejas, sorprendido. Un relumbre de interés parecía aclarar el rostro taciturno y meridional del italiano. Casi lo hacía simpático.

—También a mí —corroboró su compañero—. Fossataro nos dijo que era usted bueno en eso... Tranquilo y sereno, fueron sus palabras. Con las cajas fuertes y con las mujeres.

Le hacían pensar en algo, se dijo Max. Aquellos dos se asociaban en su cabeza con alguna imagen que no lograba enfocar. Que reflejaba su aspecto y maneras. Pero no conseguía establecerla.

—Se aburrirían mirando —dijo—. Con unas y con otras se trata de un trabajo lento y rutinario. Cuestión de paciencia.

A Barbaresco se le dibujó una sonrisa. Parecía apreciar aquella respuesta.

—Le deseamos buena suerte, señor Costa.

Max los miró largamente. Al fin había encontrado la imagen que buscaba: perros mojados bajo la lluvia.

—Supongo que sí —sacó otra vez la pitillera del bolsillo y la ofreció, abierta—. Que me la desean.

Ella se presenta a media tarde, mientras Max prepara el equipo para la incursión nocturna. Cuando oye llamar, echa un vistazo por la mirilla, se pone una chaqueta y abre la puerta, Mecha Inzunza está allí con una sonrisa en la boca, las manos en los bolsillos de la rebeca de punto. Un gesto que, como si no hubiera transcurrido el tiempo —aunque tal vez sea Max quien mezcla de ese modo pasado y presente—, recuerda él de aquella distante mañana de hace casi cuarenta años, en la pensión Caboto de Buenos Aires; cuando fue a verlo con el pretexto de recuperar el guante que ella misma había puesto en el bolsillo de su chaqueta, a modo de insólita flor blanca, antes de que él bailase un tango en La Ferroviaria. Hasta el modo de entrar y moverse ahora por la habitación —tranquila, curiosa, mirándolo todo despacio— se parece mucho a esa otra manera: la forma de inclinar la cabeza para observar el escueto y ordenado mundo de Max, de pararse ante la ventana abierta al paisaje de Sorrento, o de apagarse la sonrisa en sus labios al ver los objetos que él, con la minuciosidad metódica de un militar que prepara su equipo para un combate —y el placer equívoco de recobrar, mediante ese viejo ritual de campaña, el hormigueo de incertidumbre por la acción cercana—, tiene dispuestos sobre la cama: una mochila pequeña y ligera, una linterna eléctrica, una cuerda de nylon de montañero de treinta metros de longitud y con nudos hechos, una bolsa de herramientas, ropa oscura y unas zapatillas deportivas que esta misma tarde tiñó de negro con un frasco de betún.

—Dios mío —comenta ella—. Realmente vas a hacerlo.

Lo ha dicho pensativa, admirada, como si hasta ese momento no hubiese creído del todo en las promesas de Max.

—Claro —responde él con sencillez.

No hay nada de artificial ni de fingido en su tono. Tampoco busca adornarse hoy con una vitola heroica. Desde que tomó la decisión y encontró la manera de actuar, o creyó encontrarla, se halla en un estado de calma interior. De fatalismo técnico. Los viejos modos, los gestos que en otro tiempo iban asociados a la juventud y el vigor, le han devuelto en las últimas horas una asombrosa seguridad. Una paz placentera, antigua, renovada, donde los riesgos de la aventura, los peligros de un error o un golpe de infortunio, se desdibujan en la intensidad de lo inminente. Ni siquiera Mecha Inzunza, Jorge Keller o el libro de ajedrez de Mijaíl Sokolov ocupan lo principal de su pensamiento. Lo que cuenta es el desafío que Max Costa —o quien en otro tiempo llegó a ser— arroja al rostro envejecido del hombre de cabello gris que a ratos lo contempla, escéptico, desde el otro lado del espejo.

Ella sigue observándolo con atención. Una mirada nueva, cree advertir Max. O quizá una mirada que ya juzgaba imposible.

—La partida empieza a las seis —dice al fin—. Tendrás dos horas de oscuridad, si todo va bien. Con suerte, tal vez más.

—¿Y tal vez menos?

—Puede.

—¿Sabe tu hijo lo que voy a hacer?

—No.

—¿Y Karapetian?

—Tampoco.

—¿Qué pasa con Irina?

—Han preparado con ella una apertura que luego no se ejecutará, o no del todo. Los rusos creerán que Jorge cambió de plan a última hora.

—¿No los hará sospechar?

—No.

Ella toca la cuerda de montañero como si le sugiriese situaciones insólitas que no imaginó hasta ahora. De pronto parece preocupada.

—Oye, Max... Lo que has dicho antes es cierto. La partida puede acabar antes de lo previsto. Un inesperado empate por jaque continuo, un abandono... Eso te expondría a estar todavía allí cuando Sokolov y su gente regresen.

—Entiendo.

Mecha parece dudar un poco más.

—Si ves que las cosas se complican, olvídate del libro —dice al fin—. Sal de allí cuanto antes.

Él la mira con agradecimiento. Le gusta haber escuchado eso. Esta vez, su espíritu de viejo farsante no elude la tentación de componer una sonrisa adecuada y estoica.

—Confío en que sea una partida larga —dice—. Con análisis post mórtem, como decís vosotros.

Ella mira la bolsa de herramientas. Contiene media docena de instrumentos útiles, incluida una punta de diamante para cortar cristal.

—¿Por qué lo haces, Max?

—Es mi hijo —responde sin pensar—. Tú lo dijiste.

—Mientes. No te importa en absoluto que lo sea o no.

—Quizá te lo debo.

—¿Deber?... ¿Tú?

—Puede que te amara, entonces.

—¿En Niza?

—Siempre.

—Extraño modo, amigo mío... Extraño entonces y ahora.

Mecha se ha sentado en la cama, junto al equipo de Max. De pronto, él siente el impulso de explicar de nuevo lo que ella sabe de sobra. De permitir que aflore un poco del antiguo rencor.

—Nunca te preguntaste cómo ve el mundo la gente sin dinero, ¿verdad?... Cómo abre cada mañana los ojos y se enfrenta a la vida.

Lo mira, sorprendida. No hay aspereza en el tono de Max, sino una certeza fría. Objetiva.

—Tú nunca sentiste la tentación —sigue diciendo él— de hacer una guerra particular contra los que duermen tranquilos sin angustiarse por lo que comerán mañana... Contra los que se acercan cuando te necesitan, te elevan cuando les conviene y luego no te dejan mantener erguida la cabeza.

Max ha ido hasta la ventana y señala el paisaje de Sorrento y las lujosas villas escalonadas en el verdor de la punta del Capo.

—Yo sí tuve la tentación —añade—. Y hubo un tiempo en que creí poder ganar. Dejar de verme zarandeado en mitad de este carnaval absurdo... Tocar cuero de calidad en los asientos de automóviles de lujo, beber champaña en copas de cristal fino, acariciar a mujeres bellas... Todo lo que tus dos maridos y tú misma tuvisteis desde el principio, por simple y estúpido azar.

Se interrumpe un momento, volviéndose a mirarla. Desde allí, con aquella luz, sentada en la cama, casi parece bella de nuevo.

—Por eso nunca tuvo la menor importancia que te amara, o no.

—Para mí la habría tenido.

—Podías permitirte ese lujo. También ése. Yo tenía otras cosas de qué ocuparme. Amar no era la más urgente.

—¿Y ahora?

Se acerca a ella con aire resignado.

—Te lo dije hace dos días. Fracasé. Ahora tengo sesenta y cuatro años, estoy cansado y tengo miedo.

—Comprendo... Sí, naturalmente. Lo haces por ti. Por lo mismo que te trajo a este hotel. Ni siquiera soy yo, en realidad. La causa.

Max se ha sentado junto a la mujer, en el borde de la cama.

—Sí lo eres —objeta—. De forma indirecta, tal vez. Es lo que fuiste y lo que llegamos a ser... Lo que fui.

Ella lo mira casi con dulzura.

—¿Cómo viviste estos años?

—¿Los del fracaso?... Replegándome despacio hasta donde me ves. Como un ejército derrotado que combate mientras se deshace poco a poco.

Durante un momento, por simple hábito, Max siente el impulso de acompañar esas palabras con media sonrisa heroica; pero renuncia a ello. Es innecesario. Todo cuanto ha dicho es cierto, por otra parte. Y sabe que ella lo sabe.

—Después de la guerra tuve una época buena —prosigue—. Todo eran negocios, reconstrucción, nuevas posibilidades. Pero fue un espejismo. Salía a escena otro tipo de gente. Otra clase de canallas. No mejores, sino más burdos. Hasta se volvió rentable ser grosero, según en qué sitios... Me costó adaptarme y cometí algunos errores. Confié en quien no debía.

—¿Fuiste a prisión?

—Sí, pero eso no tuvo importancia. Era mi mundo el que estaba desapareciendo. Mejor dicho: había desaparecido ya cuando apenas lo rozaba con los dedos. Y no me di cuenta.

Todavía habla un poco más sobre ello, sentado muy cerca de la mujer que escucha atenta. Diez o quince años resumidos en pocas palabras: el relato objetivo y sucinto de un crepúsculo. Los regímenes comunistas, añade, acabaron con los viejos escenarios familiares de Europa central y los Balcanes, así que volvió a probar suerte en España y Sudamérica, sin éxito. Otra oportunidad la tuvo en Estambul, donde se asoció con un propietario de bares, cafés y cabarets; aunque tampoco terminó bien. Luego estuvo un tiempo en Roma como acompañante maduro de señoras; una especie de gancho elegante para turistas americanas y actrices extranjeras de poca monta: el Strega y el Doney en via Veneto, el restaurante Da Fortunato junto al Panteón, el Rugantino en el Trastévere, o escoltándolas de compras por via Condotti, a comisión.

—El último golpe de relativa suerte lo tuve hace unos años, en Portofino —concluye—. O creí tenerlo. Conseguí tres millones y medio de liras.

—¿De una mujer?

—Los conseguí, eso basta. Dos días después llegué a Montecarlo, alojándome en un hotel barato. Tenía una corazonada. Esa misma noche fui al casino y me llené los bolsillos con fichas. Empecé ganando, y quise ir fuerte. Me dieron doce contras seguidos y me levanté de la mesa temblando.

Mecha lo observa atenta. Asombrada.

—¿Perdiste todo allí, de esa manera?

En socorro de Max acude la vieja sonrisa de hombre de mundo, evocadora y cómplice de sí misma.

—Aún me quedaban dos fichas de quince mil francos, así que pasé a una ruleta de otra sala, intentando recobrarme. Ya rodaba la bolita y yo estaba con las fichas en la mano, sin decidirme. Me decidí al fin, y allí se quedó todo... A los seis meses de aquello estaba en Sorrento, trabajando de chófer.

La sonrisa se le ha ido esfumando despacio. Ahora le enfría los labios una desolación infinita.

—Estoy cansado, te dije antes. Pero no dije cuánto.

—También dijiste que tenías miedo.

—Hoy tengo menos. O eso creo.

—¿Sabes que tu edad coincide exactamente con el número de casillas de un tablero de ajedrez?

—No había caído.

—Pues es cierto. ¿Qué te parece?... Puede ser una buena señal.

—O mala. Como en aquella historia de mi última ruleta.

Mecha se queda un momento en silencio. Después inclina la cabeza, mirándose las manos moteadas por el tiempo.

—Una vez, en Buenos Aires, hace quince años, vi a un hombre que se te parecía. Caminaba y se movía igual. Estaba sentada en el bar del Alvear con unos amigos y lo vi salir del ascensor... Dejándolos a todos atónitos, cogí mi abrigo y fui tras él. Durante quince minutos creí que realmente eras tú. Lo seguí hasta la Recoleta y lo vi meterse en la Biela, el café de automovilistas que hay en la esquina. Entré detrás. Estaba sentado junto a una de las ventanas, y mientras me acercaba alzó la vista y me miró... Entonces supe que no eras tú. Pasé de largo, salí por la otra puerta y regresé al hotel.

—¿Es todo?

—Es todo. Pero el corazón parecía que iba a salírseme del pecho.

Se miran de cerca, con intensidad tranquila. En otro tiempo y otra vida anterior, piensa él, acodados en la barra de un bar elegante, sería el momento de pedir otra copa o de besarse. Ella lo besa. Con mucha suavidad, acercando el rostro despacio. En la mejilla.

—Ten cuidado esta noche, Max.

El arco de luces eléctricas del Paseo de los Ingleses se alejaba en el espejo retrovisor, delimitando la oscuridad brumosa de la bahía de Niza. Pasados el Lazareto y La Réserve, Max detuvo el coche en el mirador junto al mar, desconectó el limpiaparabrisas y apagó los faros. El agua que caía entre las copas de los pinos repiqueteaba sobre el capó del Peugeot 201 que había alquilado sin conductor aquella misma tarde. Tras consultar el reloj de pulsera a la luz de un fósforo, permaneció inmóvil fumando un cigarrillo mientras sus ojos se acostumbraban a la oscuridad. La carretera que bordeaba el monte Boron estaba desierta.

Se decidió al fin. Tiró el cigarrillo y salió del coche con la pesada bolsa de herramientas colgada del hombro y un paquete bajo el brazo, goteante el sombrero, abrochándose hasta el cuello el impermeable de hule oscuro sobre la ropa que era toda negra, jersey y pantalón, excepto unos Keds de lona con suela de goma, habitualmente cómodos, que se empaparon a los primeros pasos. Anduvo por la carretera, encorvado bajo la lluvia; y al llegar cerca de las villas que se adivinaban en la oscuridad, se detuvo para orientarse. Había un único punto de luz cercano: el halo húmedo de un farol eléctrico encendido ante una casa de muros altos. Para esquivarlo, salió de la carretera y tomó una senda baja que discurría entre pitas y arbustos, tanteando con las manos para no dar un mal paso y caer al agua que la marejada agitaba a sus pies contra las rocas. Por dos veces se clavó espinas en los dedos, y al chupar las heridas advirtió el sabor de la sangre. La lluvia lo incomodaba mucho, pero había aflojado algo cuando dejó la senda para subir de nuevo hacia la carretera. La luz quedaba ahora atrás, débil, recortando en contraluz la esquina de una pared rocosa. Y a treinta pasos se alzaba, sombría, la casa de Susana Ferriol.

Se acuclilló junto al muro de ladrillo, bajo las formas oscuras de unas palmeras. Luego deshizo el paquete, que era una manta de lana gruesa, y tras ceñirse manta y bolsa para que no estorbaran, trepó abrazado a un tronco húmedo. La distancia entre éste y el muro no llegaba a un metro; pero antes de franquearla echó la manta doblada sobre la parte superior del muro, que estaba erizada con trozos de botellas rotas. Después saltó sobre ella, sintió bajo la manta las aristas de vidrio ahora inofensivas, y se dejó caer al otro lado, rodando para desviar la fuerza del impacto y no lastimarse las piernas. Se levantó empapado mientras se sacudía el agua y el barro. Una pequeña luz brillaba lejos, entre los árboles y plantas del jardín, iluminando la verja que daba a la carretera, la garita del guardián y el sendero de gravilla que conducía a la rotonda de la entrada principal. Manteniéndose lejos de esa zona iluminada, Max rodeó la casa por la parte de atrás. Caminaba con precaución, pues no quería hacer demasiado ruido al chapotear en los charcos o tropezar con arriates de flores y macetones con plantas. Con la lluvia y el barro, pensó, iba a dejar huellas por todas partes, dentro y fuera de la casa, incluidas las de los neumáticos del Peugeot en el mirador cercano. Seguía pensando en ello, inquieto, mientras se despojaba del impermeable y el sombrero al resguardo de un pequeño porche, bajo la ventana que tenía planeado forzar. Por mucho que tardara Susana Ferriol en regresar de la cena en Cimiez, de ningún modo pasaría inadvertida su intrusión. No obstante, con la suerte adecuada, cuando acudiese la policía y estudiaran el rastro, él planeaba estar lejos de allí.

Acaba de anochecer en Sorrento. La luna no ha salido todavía, y eso beneficia los planes de Max. Cuando baja de su habitación del Vittoria con una bolsa grande de viaje en la mano y una chaqueta de vestir sobre la ropa oscura, el conserje de guardia, ocupado en clasificar correspondencia y ponerla en los casilleros, apenas repara en él. Vestíbulo y escalera que lleva al jardín se ven desiertos, pues la atención de todos está centrada en la partida que Keller y Sokolov juegan en el salón del hotel. Una vez fuera, Max pasa junto a una camioneta de la RAI, llega al jardín y se aleja con desenvoltura por el camino que conduce a la verja exterior y la plaza Tasso. A mitad del recorrido, cuando alcanza a ver las luces del tráfico y las farolas de la plaza, se aparta a un lado buscando el templete desde el que hace dos días vigiló los apartamentos que ocupa la delegación rusa. Ahora el edificio está casi a oscuras: sólo hay un farol encendido sobre la puerta principal y una ventana iluminada en el segundo piso.

Su corazón late molesto, demasiado rápido. Desbocado como si Max acabara de tomarse diez cafés. En realidad, lo que tomó hace media hora son dos pastillas de Maxitón compradas sin receta, pero con sonrisa adecuadamente respetable, en una farmacia del corso Italia; convencido de que en las próximas horas no vendrán mal unas reservas de energía y lucidez extras. Aun así, mientras respira hondo y aguarda inmóvil, procurando serenar el corazón, la oscuridad en torno, el desafío de lo que se propone, la certeza de la edad que oprime bronquios y endurece arterias, le infligen una desazón próxima a la congoja. Una incertidumbre que linda con el miedo. En la soledad y las sombras del jardín, cada paso de los que tiene previstos parece ahora un disparate. Durante un rato permanece quieto, abrumado, hasta que el desorden de los latidos parece calmarse un poco. Hay que decidir, piensa al fin. Retroceder o ir adelante. Porque no sobra el tiempo. Con ademán resignado, descorre la cremallera de la bolsa y saca la mochila que lleva dentro; abre ésta y se quita los zapatos de calle para sustituirlos por las zapatillas teñidas con betún. También se quita la chaqueta, la mete en la bolsa con los zapatos y esconde ésta en los arbustos. Ahora está completamente vestido de negro, y disimula la mancha clara de su cabello gris anudándose en la cabeza un pañuelo de seda oscura. También se pasa por la cintura una gaza de cuerda de nylon con un mosquetón de acero, para asegurarse en caso de fatiga durante la ascensión. Menudo aspecto ridículo debo de tener así, piensa con una mueca sarcástica. A mis años, jugando a *cambrioleur* de élite. Cristo bendito. Si me viera el doctor Hugentobler: su estimado chófer, escalando paredes. Luego, resignado a lo inevitable, se cuelga la mochila a la espalda, mira a uno y otro lado, sale del templete y se acerca al edificio buscando la sombra más densa de los limoneros y las palmeras. De pronto, los faros de un automóvil que acaba de entrar en el jardín y pasa en dirección al edificio principal lo iluminan entre los arbustos. Eso lo hace retroceder hacia las sombras protectoras. Un momento después, de nuevo a oscuras, recobrada la calma, sale del resguardo y llega hasta el edificio de los rusos. Allí, al pie de la pared, la tiniebla es absoluta. Tanteando, Max busca el primer peldaño de hierro. Cuando lo encuentra, se asegura mejor la mochila a la espalda, se iza apoyando los pies en la pared, y muy despacio, con descansos en cada peldaño, procurando no hacer esfuerzos excesivos que agoten sus fuerzas, trepa hacia el tejado.

En Niza, la caja Schützling —grande, pintada de marrón— era exactamente como la había descrito Enrico Fossataro. Estaba dentro de un armario de caoba en una pared del despacho, apoyada en el suelo y rodeada de estantes con libros, archivadores y carpetas. Su aspecto era imponente: una plancha ciega de acero sin cerraduras ni discos a la vista. Max la estudió un momento con el haz luminoso de la linterna eléctrica. Había una alfombra gruesa de dibujo oriental junto al zócalo de la caja, y aquello estaría bien, pensó, para amortiguar el sonido metálico del manojo de llaves cuando tuviera que probarlas una por una. Dirigió la luz hacia el reloj que llevaba en la muñeca izquierda y comprobó la hora. Aquél iba a ser un trabajo lento, de los que exigían tacto fino y mucha paciencia. Movió de nuevo la linterna para iluminar el rastro de huellas de agua y barro que, sobre el parquet y la alfombra, jalonaba el camino desde la ventana que había vuelto a cerrar después de forzarla con un destornillador. Tanta suciedad era un contratiempo; aunque por suerte aquella ventana formaba parte del despacho y todo quedaba, huellas de barro incluidas, dentro de la misma habitación. No habría problemas mientras la puerta que daba a la biblioteca siguiera cerrada. Así que fue hasta ella y, con cautela, se aseguró de que estaba echada la llave.

Permaneció inmóvil y muy atento durante medio minuto, hasta que el batir de su pulso en los tímpanos se fue acallando y pudo escuchar con más nitidez. El rumor de lluvia apagaría parte del ruido que pudiera hacer mientras se ocupaba de la caja; pero también podría ocultarle a él, hasta que fuera demasiado tarde, otros sonidos que lo alertaran si alguien se acercaba al despacho. En todo caso, a esa hora los riesgos eran mínimos: la cocinera y el jardinero dormían fuera de la casa, la gobernanta descansaba en el piso de arriba y el chófer debía de encontrarse al volante del automóvil, esperando a Susana Ferriol en Cimiez. Sólo la doncella estaría en la planta baja, aguardan-

420

do el regreso de su señora. Solía quedarse, según las noticias conseguidas por Max, en una habitación contigua a la cocina, oyendo la radio.

Se quitó el sombrero y el impermeable, puso la bolsa de herramientas sobre la alfombra y tocó el metal frío de la caja fuerte. Las Schützling no tenían los mecanismos de apertura a la vista, sino ocultos por una moldura que encuadraba la puerta de la caja a modo de marco. Tras ejercer la presión adecuada, una parte de la moldura se desplazó, dejando los mecanismos al descubierto: cuatro cerraduras de llave situadas verticalmente, la primera de tipo convencional y las otras con combinación de contadores. Max necesitaba abrir primero las tres de abajo, y eso llevaba tiempo. Así que se puso a ello. Situó la linterna de forma adecuada, eligió una llave del manojo que traía en la bolsa de herramientas y procedió a averiguar, probando con la misma llave en los tres contadores, cuál de ellos *cantaba* más: cuál era más sensible y transmitía los sonidos del mecanismo interior con mayor intensidad. Los pantalones y los zapatos mojados lo hacían temblar de frío, incomodándolo mucho, y sus manos heridas con las espinas del camino tardaban en lograr la serenidad de tacto adecuada. Tras probar en cada contador todas las posiciones del 0 al 19, se decidió por el de abajo. Luego fue girando la llave poco a poco, a izquierda y derecha, y repitió la operación con los otros dos contadores. Una vez fijados los sectores donde era probable que estuviese la posición correcta, volvió al primer contador. Todo requería ahora una precisión mayor, y los dedos lastimados lo entorpecían a veces, manchando la llave de sangre. Eso lo seguía retrasando, y se maldijo por no haber pensado en usar guantes afuera: advertir aquellas vibraciones casi imperceptibles requería finura de tacto. Al fin situó el primer contador en el número de apertura, y al dar con él miró de nuevo el reloj. Veinticuatro minutos para el más difícil. Enrico Fossataro habría tardado la tercera parte de ese tiempo, pero todo iba mejor de lo previsto. Con sonrisa satisfecha relajó un momento los dedos, se masajeó las yemas doloridas e introdujo la llave en el segundo contador. Un cuarto de hora más tarde, cada uno de los tres contadores estaba en la posición correcta. Entonces apagó la linterna y se detuvo a descansar. Tumbado de espaldas en la alfombra, permaneció inmóvil un par de minutos, aprovechando para escuchar el silencio de la casa. Durante ese tiempo procuró no pensar en nada, excepto en la caja fuerte que tenía delante. El rumor de lluvia había cesado afuera y nada se movía en el interior. Con gusto habría fumado un cigarrillo, pero no era momento adecuado. Incorporándose con un suspiro, frotó sus piernas entumecidas de frío bajo el pantalón y los zapatos mojados, y volvió al trabajo.

Ahora todo era cuestión de paciencia. Si las llaves eran correctas, entre las ciento treinta que Fossataro había traído a Niza habría una capaz de abrir la cerradura que estaba sobre los contadores. Para localizarla era preciso establecer el grupo al que pertenecía, y luego probar las de ese grupo una por una. Esto situaba el tiempo requerido entre un minuto y una hora, aproximadamente. Max consultó de nuevo el reloj. Si nada se torcía, el margen era razonable. Así que empezó a introducir llaves.

La cerradura funcionó con la número 107, casi media hora después. Hubo un lento chasquido de engranajes interiores; y cuando Max tiró hacia sí, la pesada puerta de acero se abrió con silenciosa facilidad. El haz de la linterna eléctrica iluminó estantes con cajas de cartón grueso y carpetas. En las cajas había unas pocas joyas y dinero; y en las carpetas, documentos. Dedicó su atención a estos últimos. Barbaresco y Tignanello le habían mostrado cartas semejantes a las que buscaba, con membrete oficial del ministro italiano de Asuntos Exteriores, para que pudiera reconocerlas. Las encontró en una de las carpetas: tres cartas mecanografiadas, metidas en camisas de papel con fechas y números de clasificación. Acercando mucho la linterna, comprobó los membretes, los textos y las firmas, así como el nombre mecanografiado al pie de éstas: *G. Ciano*. Eran las cartas, sin duda. Dirigidas a Tomás Ferriol con fechas del 20 de julio y el 1 y el 14 de agosto de 1936.

Se guardó las cartas y puso la carpeta en su sitio. Barbaresco y Tignanello le habían dicho que procurase dejarlo todo como estaba, para que los Ferriol tardaran en darse cuenta. Incluso, antes de empezar la apertura de la caja fuerte, Max había anotado las posiciones de los contadores, por si al cerrar la caja convenía dejarlos como estaban originalmente —había propietarios que solían comprobarlo antes de abrirla de nuevo—. Pero ahora, mientras movía el haz de la linterna por el despacho, con aquella ventana forzada y las huellas de agua y barro por todas partes, comprendió que disimular la intrusión iba a ser imposible. Necesitaría horas para limpiarlo todo, y tampoco tenía con qué. Por otra parte, el tiempo se agotaba. Susana Ferriol podía estar a punto de despedirse de sus anfitriones en Cimiez.

Las cajas de cartón no contenían gran cosa. En una se guardaban treinta mil francos y un grueso fajo de billetes de la República española; que a diferencia de los emitidos en la zona nacional, cada vez tenían menos valor. En cuanto a las joyas, Max dedujo que Susana Ferriol tendría otra caja en su dormitorio, porque en la Schützling sólo se guardaban unas pocas cosas: un guardapelo de oro, un reloj cazador Losada de bolsillo y un alfiler de corbata con una perla grande. También, un estuche con medio centenar de libras esterlinas de oro y un broche antiguo en forma de libélula con esmeraldas, rubíes y zafiros. Con una mueca dubitativa, Max volvió a iluminar las huellas que había dejado en el despacho. Con semejante rastro y a esas alturas, concluyó, tanto daba. El broche y las monedas eran material peligroso, fácilmente identificable si la policía lo encontraba en su poder. Pero el dinero sólo era dinero. Su rastro se perdía apenas cambiaba de manos: no tenía identidad ni otro propietario que quien lo llevara encima. Así que, antes de cerrar la caja, limpiar las huellas frotando con un pañuelo y guardar las herramientas, cogió los treinta mil francos.

El cielo está cuajado de estrellas. La vista nocturna de Sorrento y la bahía es espléndida desde el tejado del edificio de apartamentos, pero Max no está en condiciones de apreciar paisajes. Fatigado tras el esfuerzo, entorpecido por la mochila que lleva a la espalda, permanece tumbado junto a la cornisa, intentando recobrar el aliento. Más allá de los edificios con ventanas iluminadas del hotel Vittoria, el mar es una vasta mancha oscura, punteada por las luces diminutas que señalan la costa hasta el resplandor lejano de Nápoles.

Algo más repuesto, tras calmarse un poco el desbocado batir de sangre en su corazón —esta noche se felicita más que nunca por haber dejado de fumar hace once años—, Max sigue adelante. Quitándose la mochila de la espalda, saca de ella la cuerda de montañero con nudos hechos cada medio metro, y busca un lugar sólido donde hacerla firme. El tenue resplandor cercano de las luces del hotel le permite moverse con cierta seguridad mientras explora el tejado, procurando no dar un mal paso que lo precipite al vacío. Al fin ata la cuerda con un as de guía en torno a la base de cemento del pararrayos y le da una vuelta de seguridad en el tubo metálico de una chimenea. Después se cuelga de nuevo la mochila a la espalda, cuenta seis pasos hacia la izquierda y, tumbado en la cornisa, asido con una mano a la cuerda, mira hacia abajo. A seis o siete metros, exactamente en la vertical de donde se encuentra, está la habitación del ajedrecista ruso. No ve dentro ninguna luz. Contemplando el vacío oscuro que se abre bajo el balcón, Max permanece inmóvil, estremecido de aprensión, mientras el pulso empieza a desbocársele de nuevo. No son tiempos para esta clase de ejercicio, piensa. Desde luego, no por su parte. La última vez que estuvo en situación parecida, tenía quince años menos. Al cabo, respira hondo y se agarra a la cuerda. Después —al franquear la cornisa y el canalón se lastima un poco las rodillas y los codos— desciende muy despacio, nudo a nudo.

Aprensiones aparte —todo el tiempo teme que le fallen las manos o lo acometa un ataque de vértigo—, la bajada resulta más fácil de lo que esperaba. Cinco minutos después está en el balcón, en piso firme, y tantea la puerta acristalada que comunica con la habitación a oscuras. Habría sido una suerte que estuviera abierta, piensa mientras se pone unos guantes de goma fina. Pero no es el caso. Así que recurre a un cortador de cristalero con punta de diamante que en otro tiempo dio buenos resultados: aplicando una ventosa de goma para sostener la parte de vidrio a retirar, traza un semicírculo de un palmo de radio en torno al punto donde se encuentra el pestillo interior. Luego golpea suave, retira la parte seccionada, la deposita con cuidado en el suelo, introduce la mano procurando no cortarse con el vidrio, y levanta el pestillo. La puerta se abre sin dificultad, franqueando el paso a la habitación oscura y desierta.

Ahora Max actúa con rapidez y viejo método. Para su sorpresa, el corazón le late acompasado y tranquilo, cual si en esta fase de la acción los años fueran lo de menos, y las antiguas maneras, recobradas, le devolviesen un vigor y una calma profesional que hace un momento parecían imposibles. Así, moviéndose con extrema prudencia para no tropezar con nada, corre las cortinas de las ventanas y saca de la mochila una linterna eléctrica. La habitación es muy grande, pero huele a cerrado, a tabaco rancio. Hay, en efecto, un cenicero lleno de colillas sobre una mesa baja, junto a tazas de café vacías y un tablero de ajedrez con las piezas desordenadas. Al moverse alrededor, el haz de la linterna ilumina butacas, alfombras, cuadros y una puerta que da al dormitorio y al cuarto de baño. También, la superficie de un espejo donde, al aproximarse, Max ve reflejado el contraluz de su propia figura vestida de negro, clandestina e inmóvil. Casi desconcertada ante la aparición repentina de un extraño.

Apartando el haz de la linterna como si desistiera de reconocerse en el espejo, Max devuelve su imagen a las tinieblas. La luz enfoca ahora una mesa de despacho cubierta de libros y papeles. Entonces se acerca a ella y empieza a buscar.

Aún era de noche y seguía lloviendo sobre Niza cuando Max detuvo el Peugeot junto a la iglesia del Gesù y cruzó la plaza cubierto con impermeable y sombrero, caminando indiferente sobre charcos en los que salpicaba el agua. No se veía un alma. La lluvia parecía materializarse con veladuras brumosas y amarillentas en la esquina de la rue de la Droite, en torno al farol eléctrico encendido junto a la puerta del bar cerrado. Max llegó hasta el segundo portal, que estaba abierto. Anduvo por el patio interior y dejó atrás el rumor del agua que caía afuera.

Había poca luz en el zaguán interior: una bombilla desnuda y sucia iluminaba lo imprescindible para ver dónde ponía los pies. Había otra encendida en el rellano de arriba. Al subir por la escalera crujían los peldaños de madera bajo sus zapatos mojados, que aún tenían restos de barro de la incursión reciente. Se sentía sucio, empapado y exhausto, con ganas de acabar. De resolver aquello y tumbarse a dormir un rato, antes de coger la maleta y desaparecer. De pensar con frialdad sobre su futuro. Cuando llegaba al rellano se desabotonó el impermeable y sacudió el agua del sombrero. Después hizo girar la llave del timbre de latón de la puerta y aguardó, sin resultado. Aquello lo desconcertó un poco. Volvió a girar la llave y escuchó el sonido en el interior.

Nada. Lo normal era que los italianos estuviesen impacientes, esperándolo. Pero no acudía nadie.

—Me alegro de verlo —dijo una voz a su espalda.

Con el sobresalto, a Max se le cayó el sombrero al suelo. Fito Mostaza estaba sentado en los peldaños de la escalera que subía al segundo piso, con aspecto relajado. Vestía un traje oscuro y rayado de hombreras anchas, con la habitual corbata de nudo pajarita. No llevaba gabardina ni sombrero.

—Confirmo que es usted un hombre serio —añadió—. Cumplidor.

Hablaba con aire pensativo, desatento, como si estuviera pendiente de otras cosas. Indiferente al desconcierto de Max.

—¿Tiene lo que fue a buscar?

Max se quedó mirándolo un buen rato, sin responder. Intentaba situar a Mostaza y situarse él en todo aquello.

—¿Dónde están? —preguntó al fin.

—¿Quiénes?

—Barbaresco y Tignanello... Los italianos.

—Oh, ésos.

El otro se frotó el mentón con una mano mientras sonreía casi imperceptiblemente.

—Ha habido un cambio de planes —dijo.

—No sé nada de cambios. Debo verlos a ellos. Es lo previsto.

Los cristales de las gafas de Mostaza relucieron cuando inclinó un poco la cabeza con gesto pensativo y volvió a levantarla de nuevo. Parecía reflexionar sobre lo dicho por Max.

—Por supuesto... Previsiones y deberes, naturalmente.

Se puso en pie casi con desgana, sacudiéndose el fondillo del pantalón. Después se ajustó la pajarita y bajó hasta donde se encontraba Max. En su mano derecha brillaba una llave.

—Naturalmente —repitió, abriendo la puerta.

Se echó a un lado, cortés, para dejar paso a Max. Entró éste, y lo primero que vio fue la sangre.

Lo tiene. Ha sido tan fácil encontrar los cuadernos de partidas de Mijaíl Sokolov, que por un momento Max llegó a dudar de que fueran realmente lo que buscaba. Pero no hay duda. Una revisión minuciosa a la luz de la linterna, con las gafas de leer puestas, acaba de disipar cualquier incertidumbre. Todo coincide con la descripción aventurada por Mecha Inzunza: cuatro volúmenes gruesos encuadernados en tela y cartoné, parecidos a libros grandes de contabilidad muy usados, llenos de anotaciones manuscritas en cirílico con una letra apretada y pequeña: diagramas de partidas, apuntes, referencias. Secretos profesionales del campeón del mundo. Los cuatro cuadernos se encontraban a la vista, uno encima de otro, entre los papeles y libros de la mesa de despacho. Max no conoce el ruso, pero ha sido fácil identificar las últimas notas del cuarto cuaderno: media docena de líneas con críptica nomenclatura —D4T, P3TR, A4T, CxPR— escritas junto a un recorte reciente de *Pravda* sobre una de las partidas jugadas entre Sokolov y Keller en Sorrento.

Con los cuadernos —el libro, lo llamó Mecha— en la mochila y ésta de nuevo a la espalda, Max sale al balcón y mira hacia arriba. La cuerda sigue allí, firme. Tira de ella para confirmar que se mantiene bien sujeta, y luego la agarra dispuesto a trepar por ella hasta el tejado; pero apenas hace el primer esfuerzo, comprende que no va a poder. Que tal vez tenga energía para llegar a la altura del tejado, pero será difícil franquear la cornisa y el canalón donde antes, al bajar, se lastimó las rodillas y los codos. Ahí calculó mal sus posibilidades. O su vigor. Un desfallecimiento lo haría caer al vacío. Sin considerar, además, la dificultad de hacer luego el camino inverso por los peldaños de hierro de la pared, bajando a oscuras sin ver dónde pone los pies. Sin otro agarre seguro que sus manos.

La certeza lo golpea con un estallido de pánico que le seca la boca. Todavía permanece así un momento, inmóvil, agarrado a la cuerda. Incapaz de tomar una decisión. Después retira las manos, vencido. Asumiendo que ha caído en su propia trampa. Exceso de confianza, rechazo a asumir la evidencia de la vejez y la fatiga. Jamás podrá llegar al tejado por ese camino, y lo sabe.

Piensa, se dice angustiado. Piensa bien y hazlo rápido, o no saldrás de aquí. Dejando la cuerda donde está —es imposible retirarla desde abajo—, regresa a la habitación. No hay más que una salida, y esa convicción lo ayuda a concentrarse en los siguientes pasos a dar. Todo será, concluye, cuestión de sigilo. Y de suerte. De cuánta gente haya en el edificio y dónde se encuentre. De que el vigilante que los rusos suelen dejar en la planta baja se interponga, o no, entre la suite de Sokolov y la salida al jardín. Así que, procurando no hacer ruido, pisando con el talón antes que con el resto de las suelas de goma, Max cruza la habitación, sale al pasillo y cierra con cuidado la puerta a su espalda. Hay luz afuera, y también una alfombra larga que llega hasta el ascensor y la escalera, lo que facilita su avance silencioso. En el rellano se detiene a escuchar, asomándose al hueco de la escalera. Todo está en calma. Baja con las mismas precauciones, echando ojeadas por encima de la barandilla para confirmar que la ruta sigue libre. Ya es incapaz de advertir los sonidos, pues su corazón se ha puesto a batir de nuevo, intensamente, y el pulso en los tímpanos se vuelve ensordecedor. Hace mucho que no sudaba de verdad, piensa. Su piel nunca fue propensa a transpirar demasiado; sin embargo, bajo el pantalón y el suéter negros, siente empapada la ropa interior.

Se detiene en el último tramo, haciendo un nuevo esfuerzo por serenarse. Entre los latidos de la sangre que le golpea en la cabeza cree percibir un sonido lejano, amortiguado. Quizá una radio o un televisor funcionando. Vuelve a asomarse al hueco de la escalera, desciende los peldaños finales y se acerca con cautela a la esquina del vestíbulo. Hay una puerta al otro lado: sin duda la que da al jardín. A la izquierda se prolonga un pasillo en penumbra y a la derecha hay una doble puerta acristalada, cuyo vidrio casi opaco permite distinguir luz detrás. De ahí proviene el sonido de la radio o el televisor, que ahora se escucha con más intensidad. Max retira el pañuelo que aún lleva anudado en la cabeza, lo emplea para secarse el sudor de la cara y se lo mete en el bolsillo. Tiene la boca tan seca que la lengua casi le araña el paladar. Cierra los ojos unos segundos, respira tres veces, cruza el vestíbulo, abre silenciosamente la puerta y sale afuera. El aire fresco de la noche, el olor vegetal del jardín, lo acogen bajo los árboles como un estallido optimista, de energía y de vida. Sujetándose la mochila, echa a correr entre las sombras.

—Disculpe el desorden —dijo Fito Mostaza mientras cerraba la puerta.

Max no respondió. Miraba espantado el cuerpo de Mauro Barbaresco. El italiano estaba boca arriba, en mangas de camisa, tirado en el suelo sobre un gran charco de sangre medio coagulada. Tenía el rostro de color cera, los ojos entornados y vidriosos, los labios entreabiertos y la garganta seccionada con un profundo tajo.

—Pase al fondo —sugirió Mostaza—. Y procure no pisar la sangre. Es muy resbaladiza.

Recorrieron el pasillo hasta la habitación del fondo, donde se encontraba el cadáver del segundo italiano. Estaba atravesado en el umbral de la cocina, boca abajo, un brazo extendido en ángulo recto y otro bajo el cuerpo, la cara hundida en un charco de sangre entre rojiza y pardusca que había corrido en largo reguero bajo la mesa y las sillas. Había en la habitación un olor al tiempo vago y denso, casi metálico.

—Cinco litros por cuerpo, más o menos —comentó Mostaza con frío desagrado, cual si de veras lamentase aquello—. Eso suma diez. Calcule el derrame.

Max se dejó caer en la primera silla que tuvo a mano. El otro se lo quedó mirando con atención. Luego cogió una botella de vino que estaba sobre la mesa, llenó medio vaso y se lo ofreció. Negó Max con la cabeza. La idea de beber con aquello a la vista le producía arcadas.

—Tome al menos un sorbo —insistió Mostaza—. Le sentará bien.

Obedeció al fin Max, humedeciendo apenas los labios, y dejó el vaso sobre la mesa. Mostaza, de pie junto a la puerta —la sangre de Tignanello llegaba a dos palmos de sus zapatos—, había sacado la pipa de un bolsillo y la llenaba tranquilamente de tabaco.

—¿Qué ha pasado aquí? —logró articular Max.

El otro se encogió de hombros.

—Son gajes del oficio —señaló el cadáver con el caño de la pipa—. El de ellos.

—¿Quién ha hecho esto?

Mostaza lo miró con ligera sorpresa, como si lo desconcertase un poco la pregunta.

—Yo, naturalmente.

Max se puso en pie de un salto, derribando la silla; pero se quedó inmóvil en el acto, porque la visión del objeto que acababa de sacar el otro de un bolsillo de la chaqueta lo había paralizado. Con la pipa todavía sin encender en la mano izquierda, la derecha de Mostaza sostenía una pistola pequeña, reluciente, niquelada. No era, sin embargo, un movimiento amenazador. Se limitaba a mostrarla en la palma de la mano con ademán inofensivo, casi excusándose por ello. No le apuntaba con el arma, y ni siquiera tenía el dedo en el gatillo.

—Levante la silla y siéntese otra vez, por favor...
No seamos dramáticos.

Max hizo lo que le decía. Cuando se sentó de nuevo, la pistola había desaparecido en el bolsillo derecho de Mostaza.

—¿Tiene lo que fue a buscar? —preguntó éste.

Miraba Max el cadáver de Tignanello, boca abajo en el extenso charco de sangre medio coagulada. Uno de los pies había perdido el zapato, que estaba en el suelo, un poco más allá. El calcetín al descubierto tenía un agujero en el talón.

—No los mató con esa pistola —dijo.

Mostaza, que encendía la pipa, lo miró sobre una bocanada de humo mientras sacudía el fósforo para extinguir la llama.

—No, por supuesto —confirmó—. Una pistola, incluso de calibre pequeño como ésta, hace ruido... No era cosa de alarmar a los vecinos —se abrió un poco la chaqueta, mostrando el mango de un cuchillo que asomaba en su costado, junto a los tirantes—. Esto es más sucio, claro. Pero también más discreto.

Dirigió un vistazo pensativo al charco de sangre cerca de sus pies. Parecía considerar lo adecuado de la palabra *sucio*.

—No fue agradable, se lo aseguro —añadió tras un instante.

—¿Por qué? —insistió Max.

—Más tarde podemos charlar de esas cosas, si le apetece. Ahora dígame si ha conseguido las cartas del conde Ciano... ¿Las lleva encima?

—No.

Mostaza se ajustó con un dedo las gafas y lo estudió unos segundos, valorativo.

—Vaya —comentó al fin—. ¿Precaución, o fracaso?

Max guardó silencio. En ese momento estaba ocupado calculando cuánto valdría su vida una vez entregara las cartas. Probablemente, tanto como la de los infelices desangrados en el suelo.

—Levántese y dese la vuelta —ordenó Mostaza.

Había un ligero fastidio en el tono, aunque seguía sin parecer amenazador. Sólo ocupado en un trámite enojoso e inevitable. Obedeció Max, y el otro lo envolvió en una bocanada de humo cuando se acercó por detrás para cachearlo, sin resultado, mientras Max se felicitaba íntimamente de haber sido precavido con las cartas, dejándolas ocultas bajo un asiento del automóvil.

—Puede volverse... ¿Dónde están? —con la pipa entre los dientes deformándole las palabras, Mostaza se secaba en la chaqueta las manos mojadas por el impermeable de Max—. Dígame al menos si las tiene en su poder.

—Las tengo.

—Colosal. Me alegra oír eso. Ahora dígame dónde, y acabemos de una vez.

—¿Qué entiende por acabar?

—No sea desconfiado, hombre. Tan retórico. Nada impide que nos separemos como gente civilizada.

Max miró de nuevo el cadáver de Tignanello. Recordó su expresión taciturna y melancólica. Un hombre triste. Casi conmovía verlo así, boca abajo en su propia sangre. Tan quieto y desvalido.

—¿Por qué los mató?

Mostaza fruncía el ceño, incómodo, y daba la impresión de que ese gesto ahondaba la cicatriz bajo su mandíbula. Abrió la boca como para decir algo desagradable, aunque pareció pensarlo mejor. Dirigió una ojeada rápida a la cazoleta de su pipa, comprobando la correcta combustión del tabaco, y miró el cadáver del italiano.

—Esto no es una novela —su tono era casi paciente—. Así que no pienso dedicar el último capítulo a explicar cómo ocurrió todo. Ni usted necesita saber nada de eso, ni yo tengo tiempo para charlas de detectives... Dígame dónde están las cartas y resolvamos esto de una vez.

Max señaló el cadáver.

—¿También va a resolverme a mí de esa manera, cuando las tenga?

Mostaza parecía considerar seriamente el comentario.

—Tiene razón —concedió—. Nadie le garantiza nada, por supuesto. Y no creo que baste mi palabra... ¿Verdad?

—Cree lo correcto.

—Ya.

Chupó el otro ruidosamente la pipa, reflexivo.

—Debo hacerle un par de ajustes a mi biografía —dijo al fin—. En realidad no trabajo para la República española, sino para el Gobierno de Burgos. Para el otro bando.

Guiñó un ojo, guasón, tras el cristal de las gafas. Era evidente que disfrutaba con el desconcierto de su interlocutor.

—De un modo u otro —añadió—, todo queda en casa.

Lo miraba Max, todavía estupefacto.

—Pero ellos son italianos... Agentes fascistas. Eran sus aliados.

—Oiga. Usted es un poco ingenuo, me parece. En estos niveles de trabajo no hay aliados que valgan. Ellos querían las cartas para sus jefes, y yo las quiero para los míos... Jesucristo predicó lo de seamos hermanos, pero nunca dijo comportaos como unos primos. Las cartas pidiendo comisión por los aviones serán una bonita baza en manos de mis jefes, digo yo. Una forma de tener a los italianos, o a su ministro de Exteriores, un poco agarrados por las pelotas.

—¿Y por qué no se las pidieron directamente a Ferriol, que es su banquero?

—Ni idea. Yo recibo órdenes, no confidencias. Supongo que Ferriol también va a lo suyo. Querrá cobrárselo todo por otros medios, tal vez. Con españoles e italianos. A fin de cuentas, es un hombre de negocios.

—¿Y qué fue esa extraña historia del barco?

—¿El *Luciano Canfora*?... Un asunto pendiente que usted me ayudó a resolver. Es verdad que el capitán y el jefe de máquinas pretendían llevar el cargamento a un puerto gubernamental; yo mismo los convencí, tras presentarme como agente de la República. Eran sospechosos y se me había encomendado comprobar su lealtad... Después lo utilicé a usted para pasar la información a los italianos, que actuaron rápido. Los traidores fueron detenidos, y el barco navega hacia donde estaba previsto.

Señala Max el cuerpo de Tignanello.

—Y ellos... ¿Era necesario matarlos?

—Técnicamente, sí. No podía controlar esta situación con tres personas a la vez; dos de ellas, además, profesionales... No tuve más remedio que despejar el paisaje.

Se quitó la pipa de la boca. Parecía apagada. Golpeó con suavidad en la mesa la cazoleta vuelta hacia abajo, vaciándola. Después le dio una chupada al caño y se la guardó en el bolsillo opuesto al de la pistola.

—Acabemos de una vez —dijo—. Deme las cartas.

—Ya vio que no las tengo aquí.

—Y usted vio mis argumentos. ¿Dónde están?

Era absurdo seguir negando, decidió Max. Y peligroso. Sólo podía arriesgarse por ganar algo de tiempo.

—En un sitio adecuado.

—Pues lléveme allí.

—¿Y después?... ¿Qué pasará conmigo?

—Nada de particular —lo miraba ofendido por su suspicacia—. Como dije, usted se va por su lado y yo por el mío. Cada mochuelo a su olivo.

Se estremeció Max, desamparado hasta sentir lástima de sí mismo, y por un momento le flaquearon las rodillas. Había mentido a demasiados hombres y mujeres a lo largo de su vida como para no reconocer los síntomas. En los ojos de Mostaza leía el precario futuro.

—No me fío de su palabra —protestó débilmente.

—Da igual, porque no puede elegir —el otro se palmeó el bolsillo, recordándole la pistola que abultaba allí—. Incluso si cree que voy a matarlo, todo es cuestión de que usted decida si lo mato ahora o lo mato luego... Aunque repito que no es mi intención. Con las cartas en mi poder, no tiene sentido. Sería un acto innecesario. Superfluo.

—¿Y qué hay de mi dinero?

Sólo era otro intento desesperado por ganar tiempo. De alargar las cosas. Pero Mostaza daba por finalizada la charla.

—Ése no es asunto mío —cogió su gabardina y sombrero, que estaban sobre una silla—. Vamos.

Volvió a darse una palmadita en el bolsillo mientras indicaba la puerta con la otra mano. De pronto se mostraba más tenso y serio. Lo precedió Max, sorteando el cuerpo y la mancha de sangre de Tignanello, y anduvo por el pasillo hasta llegar junto al cadáver de Barbaresco. Mientras alargaba una mano hacia el pestillo de la puerta, con Mostaza detrás, dirigió una última mirada a los ojos vidriosos y la boca entreabierta del italiano, sintiendo de nuevo aquella extraña sensación desolada, de conmiseración, que ya sintió antes. Habían empezado a caerle bien esos dos, se dijo. Perros mojados bajo la lluvia.

La puerta se resistía un poco. Max tiró de ella más fuerte, y el movimiento brusco, al abrirse de golpe, lo hizo retroceder ligeramente. Mostaza, que estaba detrás poniéndose la gabardina, también retrocedió un paso, precavido, un brazo dentro de la manga y la mano del otro metida a medias en el bolsillo de la pistola. Al hacerlo, pisó la sangre a medio coagular del suelo y resbaló. No demasiado: sólo un corto traspié mientras procuraba recobrar el equilibrio. En ese instante, Max supo con sombría certeza que ésa era la única oportunidad que se le ofrecería esa noche. Entonces, con el arrebato ciego de la desesperación, se le echó encima.

Resbalaron los dos en la sangre, cayendo al suelo. El afán de Max era impedir que el otro sacara la pistola, pero al momento de forcejear se dio cuenta de que lo que pretendía su adversario era echar mano al cuchillo. Por suerte, el otro brazo de Mostaza estaba trabado por la manga de la gabardina; Max aprovechó eso para conseguir una ligera ventaja golpeándolo en la cara, sobre las gafas. Se rompieron éstas con un crujido, haciendo gruñir a Mostaza, que se le agarró con todas sus fuerzas, intentando colocarse encima. Su cuerpo flaco y duro, sólo equívocamente frágil, se revelaba extremadamente peligroso. El cuchillo en sus manos equivaldría a una sentencia mortal. Golpeó Max con relativa fortuna, parando el ataque, y volvieron a trabarse procurando uno sujetar y golpear, y el otro liberar el brazo atrapado por la gabardina mientras resbalaban una y otra vez en la sangre de Barbaresco. Desesperado, sintiéndose desfallecer de fatiga, consciente de que cuando Mostaza liberase la otra mano él podía darse por muerto, en socorro de Max acudieron antiguos reflejos olvidados: el muchacho arrabalero de la calle Vieytes y el soldado que alguna vez se defendió a navajazos en burdeles legionarios. Lo hecho en persona y lo visto hacer. Entonces, con cuanta energía pudo reunir, clavó un pulgar en un ojo de su enemigo. Se hundió el dedo muy adentro, con un chasquido blando y un aullido animal de Mostaza, que aflojó el forcejeo. Procuró Max incorporarse, pero resbaló otra vez en la sangre. Lo intentó de nuevo, hasta que logró situarse encima del adversario, que gemía como un animal torturado. Entonces, usando el codo del brazo derecho como arma, Max estuvo golpeando el rostro de Mostaza con todas sus fuerzas, hasta que el dolor del codo se hizo insoportable, el otro cesó de debatirse y su cara quedó a un lado, hinchada y rota.

Max se dejó caer, exhausto. Permaneció así mucho tiempo, intentando recobrar las fuerzas, y al cabo sintió que lo abandonaba la conciencia y todo se oscurecía alrededor. Se desmayó despacio, como si cayera en un pozo interminable. Y cuando volvió en sí, la pequeña ventana del vestíbulo enmarcaba una penumbra sucia y gris que tal vez anunciase el alba. Se apartó del cuerpo inmóvil y anduvo arrastrándose en dirección al rellano de la escalera. Dejaba tras de sí un rastro de sangre propia, pues tenía —lo comprobó palpándose con dolorida torpeza— una puñalada superficial en un muslo, camino de la arteria femoral y fallándola por muy poco. De algún modo, en el último instante, Fito Mostaza había conseguido sacar su cuchillo.

12. El Tren Azul

Suena el teléfono en la habitación del hotel Vittoria. Eso inquieta a Max. Es la segunda vez en quince minutos, y son las seis de la mañana. La primera, cuando descolgó, ninguna voz respondió al otro lado de la línea: sólo un silencio seguido del clic de la comunicación al interrumpirse. Esta vez no descuelga el auricular, y deja sonar el teléfono hasta que vuelve el silencio. Sabe que no se trata de Mecha Inzunza, pues han acordado mantenerse lejos uno de otro. Lo decidieron anoche, en la terraza del Fauno. La partida de ajedrez había acabado a las diez y media. Poco después los rusos debieron de advertir el robo, el cristal cortado y la cuerda colgando del tejado. Sin embargo, cuando pasadas las once de la noche, tras darse una ducha y cambiarse de ropa, un tenso Max caminaba por el jardín en dirección a la plaza Tasso, el edificio ocupado por la delegación soviética no mostraba indicios de agitación. Había ventanas iluminadas, mas todo parecía tranquilo. Tal vez Sokolov no había regresado a su suite, concluyó mientas se alejaba hacia la verja. O quizá —eso podía resultar más preocupante que coches de policía estacionados en la puerta— los rusos decidían encarar el incidente de modo discreto. A su manera.

Mecha estaba junto a una de las mesas del fondo, con la chaqueta de ante en el respaldo de la silla. Fue Max a sentarse a su lado sin despegar los labios, pidió un negroni al camarero y dirigió un vistazo alrededor con calma satisfecha, evitando la mirada inquisitiva de la mujer. Su pelo todavía húmedo estaba peinado con esmerada coquetería, y un pañuelo de seda asomaba por el cuello abierto de la camisa, entre las solapas del blazer azul marino.

—Esta tarde ganó Jorge —dijo ella tras unos instantes.

Admiró Max su temple. Su serena actitud.

—Es una buena noticia —dijo.

Se volvió a mirarla, al fin. Sonreía al hacerlo, y Mecha adivinó el sentido de aquella sonrisa.

—Lo tienes —comentó.

No era una pregunta. Sonrió él un poco más. Hacía años que no le asomaba a la boca aquel gesto de triunfo.

—Oh, querido —dijo ella.

Llegó el camarero con la copa. Bebió Max un sorbo del cóctel, saboreándolo de veras. Un poco fuerte de ginebra, advirtió complacido. Justo lo que necesitaba.

—¿Cómo fue? —quiso saber Mecha.

—Incómodo —dejó la bebida sobre la mesa—. Ya no tengo edad para ciertas peripecias. Te lo dije.

—Sin embargo, lo conseguiste. El libro.

—Sí.

Ella se apoyó en la mesa, con expresión ávida.

—¿Dónde está?

—En lugar adecuado, como convinimos.

—¿No me dirás dónde?

—Todavía no. Sólo unas horas, por seguridad.

Lo miró intensamente, considerando aquella respuesta, y Max supo lo que pensaba. Por un momento vio aflorar en su mirada la antigua y casi familiar desconfianza. Pero sólo duró un segundo. Después Mecha inclinó un poco la cabeza, a modo de disculpa.

—Tienes razón —admitió—. No conviene que me lo des todavía.

—Claro. Hablamos de eso antes. Es lo acordado.

—Veremos cómo lo encajan.

—Acabo de pasar junto a los apartamentos... Todo parece tranquilo.

—Puede que no lo sepan todavía.

—Estoy seguro de que lo saben. Dejé rastros por todas partes.

Ella se removía, inquieta.

—¿Salió algo mal?

—Sobrevaloré mis fuerzas —reconoció con sencillez—. Eso me obligó a improvisar sobre la marcha.

Miraba hacia la verja del hotel, más allá de las luces de automóviles y motocicletas que circulaban por la plaza. Imaginó a los rusos investigando lo ocurrido, al principio asombrados y más tarde furiosos. Bebió un par de sorbos para calmar su aprensión. Casi le extrañaba no oír sirenas de policía.

—Estuve a punto de quedarme allí atrapado —confesó tras un instante—. Como un bobo. ¿Imaginas?... Los rusos volviendo de la partida y yo sentado, esperando.

—¿Pueden identificarte? Has dicho que dejaste huellas.

—No me refería a huellas dactilares ni cosas así. Hablo de indicios: un cristal roto, una cuerda... Hasta un ciego se daría cuenta apenas entrase en la habitación. Por eso te digo que a estas horas ya lo saben.

Dirigió en torno una ojeada insegura. La terraza empezaba a despoblarse, pero seguían ocupadas algunas mesas.

—Me preocupa que no haya movimiento —añadió—. Reacciones, quiero decir. Podrían estar vigilándote en este momento. Y a mí.

Miró ella alrededor, ensombreciendo el gesto.

—No tienen por qué relacionarnos con el robo —concluyó tras pensarlo un poco.

—Sabes que no tardarán en atar cabos. Y si me identifican, estoy listo.

Apoyaba una mano en la mesa: huesuda, moteada de años. Tenía marcas de mercurocromo en los nudillos y los dedos, sobre los arañazos que se había hecho al subir al tejado y al descolgarse hasta el balcón de Sokolov. Aún le dolía.

—Quizá deba marcharme del hotel —dijo al cabo de un momento—. Desaparecer una temporada.

—¿Sabes, Max? —ella le rozó suavemente las marcas rojizas de las manos—. Todo esto suena a *déjà vu*. ¿No te parece?... A cosa repetida.

Su tono era dulce, de infinito afecto. En sus ojos relucían los farolillos de la terraza. Hizo una mueca Max. Evocadora.

—Así es —confirmó—. En parte, al menos.

—Si pudiéramos volver atrás, quizá las cosas fueran... No sé. Otras.

—Nunca son diferentes. Cada cual arrastra consigo su estrella. Las cosas son lo que deben ser.

Llamó al camarero y pagó la cuenta. Después se levantó para retirar la silla de Mecha.

—Esa vez, en Niza... —empezó a decir ella.

Max le acomodaba la chaqueta en los hombros. Al bajar las manos las deslizó un instante por los brazos de ella, como una rápida caricia.

—Te ruego que no hables de Niza —era un susurro casi íntimo: hacía mucho que no hablaba así a una mujer—. No esta noche, por favor. No ahora.

Sonreía al decirlo. Ella también lo hizo, al volverse y ver su sonrisa.

—Te dolerá —dijo Mecha.

Vertió unas gotas de tintura de yodo sobre la herida, y Max creyó que le había aplicado un hierro candente en el muslo. Aquello ardía como mil diablos.

—Duele —dijo.

—Te avisé.

Estaba sentada a su lado, en el borde de un sofá de lona y acero del salón de la villa de Antibes. Llevaba una bata de noche larga, elegante, ceñida a la cintura. Un camisón ligero de seda asomaba bajo la abertura de la bata, mostrando parte de las piernas desnudas, e iba descalza. Su cuerpo desprendía un aroma agradable, a sueño reciente. Dormía cuando Max llamó a la puerta, despertando primero a la doncella y después a ella. Ahora la doncella había vuelto a su habitación y él estaba tumbado boca arriba en posición poco heroica: los pantalones y los calzoncillos en las rodillas, descubierto el sexo, el tajo de la navaja de Mostaza marcando una herida poco profunda de medio palmo de longitud en el muslo derecho.

—Quien haya sido, te falló por poco... Con una herida más profunda, podías haberte desangrado.

—Ya.

—¿También fue él quien te puso la cara así?

—El mismo.

Se había mirado en el espejo de la habitación del Negresco —un ojo violáceo, sangre en la nariz y un labio hinchado— dos horas antes, cuando pasó por su habitación del hotel para hacerse una cura improvisada, tragar dos comprimidos de Veramon y recoger apresuradamente sus cosas antes de liquidar la cuenta con una espléndida propina. Después estuvo parado un momento bajo la visera acristalada de la puerta, sobre la que aún goteaba la lluvia, vigilando la calle con desconfianza, atento a cualquier indicio inquietante bajo las farolas que iluminaban la Promenade y las fachadas de los hoteles cercanos. Al fin, tranquilizándose, metió el equipaje en el Peugeot, arrancó el motor y se alejó en la noche, los faros iluminando los pinos pintados de blanco que bordeaban la carretera de Antibes y La Garoupe.

—¿Por qué has venido aquí?

—No lo sé. O sí. Necesitaba descansar un momento. Pensar.

Ésa era la idea, en efecto. Había mucho en que pensar. Si Mostaza estaba muerto o no, por ejemplo. También si actuaba solo o tenía más gente que podía estar buscando a Max en ese momento. Y lo mismo pasaba con los italianos. Consecuencias inmediatas y futuras, todas ellas, de las que ni con buena voluntad podía espigarse una sola perspectiva agradable. A esto habría que añadir la natural curiosidad de las autoridades cuando alguien descubriese los cadáveres —dos seguros, y quizá tres— en la casa de la rue de la Droite: un total de dos servicios secretos y la policía francesa preguntándose quién andaba mezclado en todo eso. Y como guinda del pastel, por si fuera poco, la reacción imprevisible de Tomás Ferriol cuando supiera que las cartas del conde Ciano habían volado.

—¿Por qué yo? —preguntó Mecha—. ¿Por qué has venido a mi casa?

—No conozco a nadie en Niza de quien me pueda fiar.

—¿Te buscan los gendarmes?

—No. O al menos no todavía. Pero no es la policía lo que me preocupa esta noche.

Lo estudiaba atenta. Suspicaz.

—¿Qué quieren hacerte?... ¿Y por qué?

—No se trata de lo que quieran hacerme. Se trata de lo que he hecho y de lo que pueden creer que hice... Necesito descansar unas horas. Curarme esto. Después me iré. No deseo complicarte.

Ella señaló fríamente la herida, las manchas de sangre y tintura de yodo sobre la toalla que había puesto bajo el cuerpo de Max antes de hacerlo tumbarse en el sofá.

—Llegas a mi casa de madrugada con un navajazo en una pierna, espantas a mi doncella... ¿A eso no lo llamas complicación?

—Te he dicho que me iré en seguida. En cuanto pueda organizarme y sepa a dónde.

—No has cambiado, ¿verdad?... Y yo soy una estúpida. Lo supe desde que te vi en casa de Suzi Ferriol: el mismo Max que en Buenos Aires... ¿Qué collar de perlas te llevas esta vez?

Posó él una mano sobre un brazo de la mujer. La expresión de su rostro, entre franca y desvalida, se contaba entre las más eficaces del repertorio habitual. Años de ejercicio. De éxitos. Con ella habría convencido a un perro hambriento de que le cediera un hueso.

—A veces uno paga por cosas que no hizo —dijo, sosteniéndole la mirada.

—Maldito seas —se sacudió la mano de él con un arrebato de cólera—. Estoy segura de que no pagas ni la mitad. Y de que lo has hecho casi todo.

—Algún día te contaré. Te lo juro.

—No habrá más días, si puedo evitarlos.

La sujetó con suavidad por la muñeca.

—Mecha...

—Calla —ella volvió a desasirse—. Déjame acabar con esto y echarte a la calle.

Colocó una gasa con esparadrapo sobre la herida, y al hacerlo sus dedos rozaron el muslo del hombre. Sintió éste el contacto cálido en la piel, y a pesar de la herida cercana su cuerpo reaccionó ante la proximidad de aquella carne que olía a sueño reciente y a cama aún tibia. Inmóvil, sentada en el borde del sofá, tan inexpresiva y serena como si estudiase con objetividad un hecho ajeno a ambos, Mecha alzó la vista hasta sus ojos.

—Hijo de puta —murmuró.

Después se abrió la bata de noche, se levantó el camisón de seda y se puso a horcajadas sobre Max.

—¿Señor Costa?

Un desconocido está en el umbral de la habitación del hotel Vittoria. Otro, en el pasillo. Las viejas alarmas del instinto se disparan antes de que la razón establezca el peligro concreto. Con el fatalismo de quien se vio antes en situaciones parecidas, Max asiente sin despegar los labios.

No le pasa inadvertido el pie que el hombre del umbral adelanta con aire casual para impedir que vuelva a cerrar la puerta. Pero no tiene intención de cerrarla. Sabe que sería inútil.

—¿Está usted solo?

Acento extranjero, marcado. No es un policía. O al menos —Max olfatea ávidamente los pros y los contras— no es un policía italiano. El hombre del umbral ya no está en el umbral, sino dentro de la habitación. Entra con naturalidad, mirando alrededor, mientras el del pasillo se queda donde estaba. El que ha entrado es alto, de pelo castaño largo y lacio. Sus manos son grandes, de uñas mordidas, sucias; en el meñique de la izquierda lleva un anillo grueso de oro.

—¿Qué quieren? —pregunta al fin Max.

—Que nos acompañe.

El acento es eslavo. Ruso, sin duda. Qué otro acento, si no. Max retrocede hacia el teléfono que está en la mesilla de noche, junto a la cama. El otro lo mira moverse, con indiferencia.

—No le conviene armar escándalo, señor.

—Salga de aquí.

Señala Max la puerta, que sigue abierta con el otro hombre en el pasillo: baja estatura, inquietantes hombros de luchador bajo una chaqueta de piel negra demasiado estrecha. Los brazos ligeramente separados del cuerpo, atentos a cualquier imprevisto. El del pelo lacio alza la mano del anillo, cual si en ella portara un argumento irrefutable.

—Si prefiere policías italianos, no hay problema. Usted es libre de elegir lo que le convenga. Nosotros sólo queremos conversar.

—¿De qué?

—Sabe muy bien de qué.

Max piensa durante cinco segundos, intentando no dejarse ganar por el pánico. Se le ha desbocado el pulso y siente flaquear las rodillas. Caería sentado en la

446

cama, de no interpretarse eso como una claudicación o una prueba. Como una confesión explícita. Por un momento se maldice en silencio. Es imperdonable haberse quedado allí, poco previsor, como un ratón deleitándose con el queso mientras funciona el resorte de la ratonera. No imaginó que lo reconocieran tan pronto. Que lo identificaran así.

—Sea lo que sea, podemos hablar aquí —aventura al fin.

—No. Hay unos caballeros que desean verse con usted en otro lugar.

—¿Qué lugar es ése?

—Cerca. Cinco minutos de coche.

El del pelo lacio lo ha dicho golpeando con un dedo la esfera de su reloj de pulsera, como si fuese prueba de exactitud y buena fe. Después dirige una mirada al hombre del pasillo, que entra en la habitación, cierra con calma la puerta y se pone a registrarlo todo.

—No iré a ninguna parte —protesta Max, aparentando la firmeza que está lejos de sentir—. No tienen derecho.

Tranquilo, cual si su interés por el ocupante de la habitación quedara un momento en suspenso, el del pelo lacio deja hacer a su compañero. Éste abre los cajones de la cómoda y mira el interior del armario con metódica eficiencia. Después escudriña bajo el colchón y el somier. Al cabo hace un gesto de negación y pronuncia cuatro palabras en lengua eslava, de las que Max sólo entiende la rusa *nichivó*: nada.

—Eso no importa ahora —el del pelo lacio retorna a la conversación interrumpida—. Tener o no tener derechos... Ya le comenté que puede elegir. Conversar con los caballeros que le dije o conversar con la policía.

—No tengo nada que ocultar a la policía.

Los dos intrusos están ahora callados e inmóviles, mirándolo con frialdad; y a Max lo asusta más esa inmovilidad que el silencio. Tras un momento, el del pelo lacio se rasca la nariz. Pensativo.

—Haremos una cosa, señor Costa —dice al fin—. Lo voy a sujetar por un brazo y mi amigo por otro, y vamos a bajar así hasta el vestíbulo y el automóvil que tenemos afuera. Puede que se resista a acompañarnos, o puede que no... Si se resiste, habrá escándalo y la dirección del hotel avisará a la policía de Sorrento. Entonces usted asumirá sus responsabilidades y nosotros las nuestras. Pero si viene de buen grado, todo será discreto y sin violencia... ¿Qué decide?

Intenta Max ganar tiempo. Pensar. Catalogar soluciones, fugas probables o improbables.

—¿Quiénes son ustedes?... ¿Quién los manda?

El otro hace un gesto de impaciencia.

—Nos envían unos aficionados al ajedrez. Gente pacífica que desea comentar con usted un par de jugadas dudosas.

—No sé nada de eso. No me interesa el ajedrez.

—¿En serio?... Pues nadie lo diría. Se ha tomado muchas molestias, a su edad.

Mientras habla, el hombre del pelo lacio coge la chaqueta de Max, que estaba en una silla, y se la ofrece con ademán impaciente, casi brusco. El de quien agota sus últimas reservas de cortesía.

La maleta estaba abierta sobre la cama, lista para cerrarse: zapatos en fundas de franela, ropa interior, camisas dobladas, tres trajes plegados en la parte superior. Una bolsa de viaje de piel buena, a juego con la maleta. Max estaba a punto de abandonar la casa de Mecha Inzunza en Antibes para dirigirse a la estación de ferrocarril de Niza, pues tenía reserva en el Tren Azul. Las tres cartas del conde Ciano estaban ocultas en la maleta, cuyo forro interior había despegado y vuelto a pegar con mucho cuidado. No había decidido qué hacer con ellas, aunque quemaban estando en su poder. Necesitaba tiempo para pensar en su destino. Para averiguar el alcance de lo ocurrido la noche anterior en la villa de Susana Ferriol y en la casa de la rue de la Droite. Y para calcular las consecuencias.

Acabó de ajustarse un nudo windsor en el cuello blanco e impecable —estaba en mangas de camisa y tirantes, con el chaleco todavía sin abotonar— y contempló un momento su rostro en el espejo del dormitorio: el pelo reluciente de fijador peinado con raya alta, el mentón recién rasurado que olía a loción Floïd. Por fortuna, apenas mostraba secuelas de la lucha mantenida con Fito Mostaza: se había reducido la hinchazón del labio, y el ojo golpeado mostraba mejor aspecto. Un poco de maquillaje —Max había utilizado polvos de tocador de Mecha— disimulaba la marca violácea que aún lo ensombrecía bajo el párpado.

Cuando se volvió, abotonándose el chaleco excepto el botón inferior, ella estaba en la puerta, vestida de calle y con una taza de café en las manos. No la había oído llegar, e ignoraba cuánto tiempo había permanecido observándolo.

—¿A qué hora sale el tren? —preguntó Mecha.

—A las siete y media.

—¿Estás decidido a irte?

—Claro.

Ella bebió un sorbo y se quedó mirando la taza, pensativa.

—Todavía no sé lo que ocurrió anoche... Por qué viniste aquí.

Volvió Max las palmas de las manos hacia arriba. Nada que ocultar, decía el gesto.

—Ya te lo conté.

—No me contaste nada. Sólo que habías tenido un problema serio y no podías seguir en el Negresco.

Asintió él. Llevaba un rato preparándose para esa conversación. Sabía que ella no iba a dejarlo ir sin preguntas, y lo cierto era que merecía algunas respuestas. El recuerdo de su carne y su boca, del cuerpo desnudo enlazado al suyo, lo turbó de nuevo, desconcertándolo un momento. Mecha Inzunza era tan hermosa que alejarse de ella suponía una violencia casi física. Por un instante consideró los límites de las palabras amor y deseo entre toda esa incertidumbre, la sospecha y la urgencia del miedo, sin la menor certeza sobre el futuro ni sobre el presente. Aquella sombría fuga, cuyo destino y consecuencias desconocía, dejaba todo lo demás en segundo plano. Se trataba de ponerse a salvo, primero, y de reflexionar más tarde sobre la impronta de aquella mujer en su carne y su pensamiento. Podía tratarse de amor, por supuesto. Max nunca había amado antes, y no podía saberlo. Tal vez fuese amor aquel desgarro intolerable, el vacío ante la inminencia de la partida, la tristeza desoladora que casi desplazaba al instinto de ponerse a salvo y sobrevivir. Quizá ella también lo amase, pensó de pronto. A su modo. Quizá, pensó también, no volvieran a verse nunca.

—Es cierto —respondió al fin—. Un problema serio... Grave, más bien. Y acabó en una pelea bastante sucia. Por eso me conviene desaparecer una temporada.

Ella lo miraba sin parpadear apenas.

—¿Y qué hay de mí?

—Seguirás aquí, imagino —Max hizo un ademán ambiguo, que lo mismo abarcaba aquella habitación que la ciudad de Niza—. Sé dónde encontrarte cuando todo se calme.

Todavía inmóviles, los iris dorados de la mujer mostraban una seriedad mortal.

—¿Eso es todo?

—Escucha —Max se puso la chaqueta—. No quiero ser dramático, pero quizá me esté jugando la vida. O sin quizás. Sin duda me la estoy jugando.

—¿Te buscan?... ¿Quién?

—No es fácil de explicar.

—Tengo tiempo. Puedo escuchar cuanto quieras contarme.

Con el pretexto de comprobar que el equipaje estaba en orden, Max eludía su mirada. Cerró la maleta y ajustó las correas.

—Eres afortunada, entonces. Yo no lo tengo. Ni tiempo, ni ánimo. Todavía estoy confuso. Hay cosas que no esperaba... Asuntos que no sé cómo manejar.

De algún lugar de la casa llegó el sonido lejano de un timbre de teléfono. Sonó cuatro veces y se interrumpió de pronto, sin que Mecha prestara atención.

—¿Te busca la policía?

—No, que yo sepa —Max sostuvo su escrutinio con la impasibilidad adecuada—. No me arriesgaría en el tren, en otro caso. Pero las cosas pueden cambiar, y no quiero estar aquí cuando eso ocurra.

—Sigues sin responder a mi pregunta. Qué pasa conmigo.

Apareció la doncella. Llamaban por teléfono a la señora. Mecha le entregó la taza de café y se alejó con ella por el pasillo. Max puso la maleta en el suelo, cerró la bolsa de viaje y la situó a su lado. Después fue hasta la mesa de tocador, en busca de los objetos que allí estaban: el reloj de pulsera, la pluma estilográfica, la billetera, el encendedor y la pitillera. Se colocaba en la muñeca izquierda el Patek Philippe cuando regresó Mecha. Alzó la mirada, la vio apoyada en el marco de la puerta, exactamente como estaba antes de marcharse, y en el acto supo que algo no iba bien. Que había noticias, y nada buenas.

—Era Ernesto Keller, mi amigo del consulado chileno —confirmó ella con fría calma—. Dice que anoche robaron en casa de Suzi Ferriol.

Max se quedó inmóvil, los dedos ocupados todavía en la hebilla de la correa del reloj.

—Vaya... —acertó a comentar—. ¿Y cómo está ella?

—Se encuentra bien —del tono de Mecha podrían gotear en ese momento carámbanos de hielo—. No estaba en la villa cuando ocurrió, sino cenando en Cimiez.

Max apartó la mirada, alargó una mano y cogió la pluma Parker con cuanta serenidad pudo reunir. O aparentar.

—¿Se llevaron cosas de valor?

—Eso deberías decírmelo tú.

—¿Yo?... —comprobó que el capuchón estaba bien cerrado e introdujo la pluma en el bolsillo interior de la chaqueta—. ¿Por qué habría de saberlo yo?

La miraba de nuevo a los ojos, ya repuesto. Sereno. Aún apoyada en el marco de la puerta, ella cruzó los brazos.

—Ahórrame el repertorio de evasivas, equívocos y mentiras —exigió—. No estoy de humor para toda esa basura.

—Te aseguro que en ningún momento...

—Maldito seas. Lo supe en cuanto te vi en casa de Suzi el otro día. Supe que tramabas algo, pero no sospeché que era allí mismo.

Se acercó a Max. Por primera vez desde que la conocía, él vio su rostro contraído por la furia. Una exasperación intensa que crispaba sus facciones, ensombreciéndolas.

—Ella es mi amiga... ¿Qué le has robado?

—Te equivocas.

Inmóvil ante él, casi agresiva, los ojos de la mujer relampagueaban amenazadores. Max hizo un esfuerzo de voluntad para no dar un paso atrás.

—¿Tan equivocada como en Buenos Aires, quieres decir? —preguntó ella.

—No se trata de eso.

—Dime de qué se trata, entonces. Y cuánto tiene que ver el robo con tu estado de anoche. Con tu herida y los golpes... Ernesto ha dicho que cuando Suzi llegó a su casa, los ladrones se habían ido.

Él no respondió. Pretendía disimular su turbación mientras aparentaba comprobar el contenido de la billetera.

—¿Qué ocurrió después, Max? Si allí no hubo violencia, ¿dónde la hubo?... ¿Y con quién?

Seguía él guardando silencio. Ya no quedaba excusa para no mirarla de frente, pues Mecha se había apoderado de la pitillera y el encendedor de Max y encendía un cigarrillo. Después arrojó ambos objetos con brusquedad sobre la mesa. El encendedor resbaló y cayó al suelo.

—Voy a denunciarte a la policía.

Expulsó una bocanada directamente sobre él, muy cerca, como si le escupiera el humo.

—Y no me mires así, porque no te tengo miedo... Ni a ti ni a tus cómplices.

Se agachó Max a recuperar el encendedor. El golpe había desencajado la tapa, comprobó.

—No tengo cómplices —puso el encendedor en un bolsillo del chaleco y la pitillera en la chaqueta—. Y no se trata de un robo. Me he visto envuelto en algo que no busqué.

—Llevas toda tu vida buscando, Max.

—No esto. Te aseguro que esta vez, no.

Mecha seguía muy cerca, mirándolo con extrema dureza. Y Max comprendió que no podía eludir lo que le pedía. Por una parte, ella tenía derecho a conocer algo de lo ocurrido. Por otra, dejarla atrás en Niza, en aquel estado de irritación e incertidumbre, era añadir riesgos innecesarios a su ya precaria situación. Necesitaba unos días de silencio. De tregua. Unas horas, al menos. Y quizá, concluyó, pudiera manejarla. Después de todo, como el resto de las mujeres del mundo, ella no pedía otra cosa que ser convencida.

—Es un asunto complicado —admitió, exagerando el esfuerzo de confesarlo—. Me utilizaron. No tuve elección.

Hizo una pausa precisa, ajustándola al segundo. Mecha escuchaba y esperaba atenta, como si fuese su vida y no la de Max la que iba en ello. Y ahora, al titubear otro instante en añadir el resto, él fue sincero. Quizá era un error llegar tan lejos, se dijo. Pero no le quedaba tiempo para discurrir sobre eso. Se hacía difícil imaginar otra salida.

—Hay dos hombres muertos... Quizá tres.

Mecha apenas se inmutó. Sólo entreabría un poco los labios en torno al cigarrillo humeante, como si necesitara más aire para respirar.

—¿Relacionados con lo de Suzi?

—En parte. O sí. Del todo.

—¿Lo sabe la policía?

—Creo que no, todavía. O tal vez a estas horas ya lo sepa. No tengo modo de averiguarlo.

Los dedos de Mecha temblaban ligeramente cuando retiró muy despacio el cigarrillo de la boca.

—¿Los mataste tú?

—No —la miraba a los ojos sin pestañear, jugándoselo todo en ello—. A ninguno.

El lugar es poco simpático: una antigua villa con el jardín cubierto de arbustos y malas hierbas. Está en las afueras de Sorrento, entre Annunziata y Marciano, encajonada entre dos colinas que ocultan la vista del mar. Llegaron hasta aquí en un Fiat 1300 por la sinuosa carretera llena de baches, el hombre del pelo lacio al volante y el de la chaqueta negra sentado atrás con Max; y ahora se encuentran en una habitación de paredes deterioradas, donde antiguas pinturas se deshacen entre yeso desmenuzado y manchas de humedad. El único mobiliario son dos sillas, y Max está sentado en una, entre los dos acompañantes, que permanecen de pie. Hay un cuarto hombre ocupando la otra silla, enfrentada a la de Max: piel pálida, espeso bigote rojizo e inquietantes ojos de color acero rodeados por marcas de fatiga. De las mangas de su chaqueta pasada de moda emergen unas manos blancas, largas y estrechas, que hacen pensar en tentáculos de calamar.

—Y ahora —concluye ese hombre— dígame dónde está el libro del gran maestro Sokolov.

—No sé de qué libro me habla —responde Max, sereno—. Si accedí a venir fue para deshacer ese estúpido equívoco.

Lo contempla el otro, inexpresivo. A los pies, apoyada en una de las patas de la silla, tiene una sobada cartera de piel negra. Al fin, con movimiento casi perezoso, se inclina a cogerla y la pone sobre sus rodillas.

—Un estúpido equívoco... ¿Así lo califica?

—Exacto.

—Tiene aplomo. Lo digo sinceramente. Aunque no sorprenda eso en alguien como usted.

—No sabe nada de mí.

Uno de los tentáculos de calamar traza un movimiento sinuoso en el aire, semejante a un signo de interrogación.

—¿Saber?... Está en un error grave, señor Costa. Sabemos mucho. Por ejemplo, que no es el adinerado caballero que aparenta ser, sino el chófer de un ciudadano suizo con residencia en Sorrento. También sabemos que no es suyo el automóvil que tiene en el aparcamiento del hotel Vittoria... Y eso no es todo. Sabemos que tiene antecedentes policiales por robo, estafa y otros delitos menores.

—Es intolerable. Se equivocan de hombre.

Tal vez es momento de mostrarse indignado, resuelve Max. Hace ademán de levantarse de la silla, pero en el acto siente en un hombro la mano firme del individuo de la chaqueta de piel negra. No es una presión hostil, advierte. Más bien persuasiva, como si le recomendara paciencia. Por su parte, el hombre del bigote rojizo ha abierto la cartera y saca de ella un termo de viaje.

—En absoluto —comenta mientras desenrosca el vaso del termo—. Usted es quien es. Y le ruego que no intente maltratar mi inteligencia. Llevo desde anoche sin dormir, investigando este embrollo. Eso lo incluye a usted, sus antecedentes, su presencia en el Premio Campanella y su relación con el aspirante Keller. Todo.

—Aunque fuera cierto, ¿qué tengo que ver con ese libro por el que preguntan?

El otro vierte un chorro de leche caliente en el vaso, saca de un pastillero una gragea rosada y la traga con un sorbo. Realmente parece cansado. Después mueve un poco la cabeza, desanimándolo a insistir en su negativa.

—Lo hizo. Subió de noche al tejado y se lo llevó.

—¿El libro?

—Precisamente.

Sonríe Max, templado. Despectivo.

—¿Así, por las buenas?

—No tan buenas. Invirtió mucho trabajo en ello. Algo admirable, debo reconocerlo. Exquisitamente profesional.

—Oiga. No sea ridículo. Tengo sesenta y cuatro años.

—Eso pensé yo cuando esta mañana conseguí su expediente. Pero parece en buena forma —dirige un vistazo a los rasguños en las manos de Max—. Aunque veo que se lastimó un poco.

El ruso apura el resto de la leche, sacude el vaso y vuelve a enroscarlo en su sitio.

—Corrió usted un riesgo enorme —prosigue mientras guarda el termo—. Y no me refiero a la posibilidad de que nuestra gente lo descubriese en el edificio, sino a descolgarse hasta el balcón y lo demás... ¿Sigue sin admitirlo?

—¿Cómo voy a admitir semejante disparate?

—Escuche —el tono se mantiene persuasivo—. Esta conversación no tiene carácter oficial. La policía italiana no ha sido advertida del robo. Tenemos nuestros propios métodos de seguridad... Todo podría simplificarse si devuelve el libro, suponiendo que aún lo tenga en su poder, o nos dice a quién se lo entregó. Si nos cuenta para quién trabaja.

Procura Max pensar con rapidez. Quizá devolver el libro sea una forma de solucionarlo; pero también iba a dar a los soviéticos la prueba material de que cuanto sospechan es cierto. Habida cuenta del modo con que en Moscú manejan la propaganda, se pregunta cuánto tardarían en hacer pública su versión del asunto para relacionar a Max con Jorge Keller y desacreditar al aspirante. Un escándalo acabaría con la carrera del joven, destruyendo su posibilidad de jugar por el título mundial.

—Son los apuntes de toda la vida del gran maestro Sokolov —continúa el del bigote rojizo—. Cosas importantes dependen de ese material. Partidas futuras... Comprenda que debemos recuperarlos, por el prestigio del campeón del mundo y el buen nombre de nuestra patria. Es un asunto de Estado. Robando el libro, usted atentó directamente contra la Unión Soviética.

—Pero es que no tengo ese libro, ni lo tuve nunca. Jamás subí a un tejado, ni entré en otra habitación que la mía.

Los ojos fatigados del ruso estudian a Max con un interés y una fijeza inquietantes.

—¿Es su última palabra, por el momento?

Aquel *por el momento* es aún más amenazador que los ojos grises y metálicos, aunque vaya acompañado de una sonrisa casi amistosa. Max siente vacilar su firmeza. La situación empieza a desbordar las previsiones.

—No veo qué otra cosa podría decirle... Además, no tienen derecho a retenerme aquí. Esto no es el Telón de Acero.

Apenas lo dice, comprende que ha cometido un error. El último rastro de sonrisa se borra en los labios del otro.

—Déjeme confiarle algo personal, señor Costa... Mi conocimiento del ajedrez es, diríamos, periférico. En lo

457

que realmente estoy especializado es en ocuparme de asuntos complicados para convertirlos en asuntos simples... Mi función cerca del gran maestro Sokolov es garantizar que sus partidas transcurran con normalidad. Asegurarle el entorno. Hasta ahora, mi trabajo era irreprochable en ese sentido. Pero usted ha perturbado esa normalidad. Me pone en entredicho, ¿comprende?... Ante el campeón mundial de ajedrez, ante mis jefes y ante mi propia estima profesional.

Max intenta disimular su pánico. Al fin logra despegar los labios y, con razonable firmeza, articular cuatro palabras:

—Llévenme a la policía.

—Cada cosa a su tiempo. De momento, nosotros somos la policía.

El ruso mira al del pelo lacio, y Max siente restallar en el lado izquierdo de su cabeza un golpe brutal, inesperado, que le hace resonar el tímpano como si acabaran de reventárselo. De pronto se encuentra en el suelo, derribada la silla, el rostro pegado a las baldosas del suelo. Aturdido y con la cabeza zumbándole por dentro igual que una colmena enloquecida.

—Así que vamos a ponernos cómodos, señor Costa —oye decir, y la voz parece llegar de muy lejos—. Mientras conversamos otro rato.

Cuando Mecha Inzunza detuvo el motor del automóvil, el limpiaparabrisas dejó de funcionar y el cristal se esmeriló de gotas de lluvia, deformando la visión de taxis y coches de caballos estacionados ante el triple arco de acceso a la estación de ferrocarril. Aunque todavía no era de noche, estaban encendidas las farolas de la plaza; sus luces eléctricas se multiplicaban en el asfalto mojado, entre el reflejo plomizo del atardecer que gravitaba sobre Niza.

—Aquí nos despedimos —dijo Mecha.

Sonaba seco. Impersonal. Max se había vuelto a mirar su perfil inmóvil, ligeramente inclinado sobre el volante. Los ojos absortos en el exterior.

—Dame un cigarrillo.

Buscó él la pitillera en el bolsillo de su gabardina, encendió un Abdul Pashá y se lo puso a Mecha en los labios. Ella fumó unos instantes en silencio.

—Supongo que tardaremos en volver a vernos —dijo al fin.

No era una pregunta. Max torció la boca.

—No lo sé.

—¿Qué harás cuando llegues a París?

—Seguir moviéndome —se le ensanchó la mueca—. No es lo mismo un blanco fijo que un blanco móvil. Así que cuanto más difícil lo ponga, mejor.

—¿Cabe la posibilidad de que te hagan daño?

—Quizás... Sí. Cabe esa posibilidad.

Ella se había vuelto a mirarlo, la mano donde humeaba el cigarrillo apoyada en el volante. Las gotas de lluvia en el cristal le moteaban el rostro por efecto de las luces exteriores.

—No quiero que te hagan daño, Max.

—No es mi intención ponerlo fácil.

—Todavía no me has dicho qué cogiste en casa de Suzi Ferriol. Qué lo diferencia de un robo vulgar... Ernesto Keller habló de dinero y documentos.

—No necesitas saber más. ¿Para qué enredarte?

—Ya lo estoy —hizo un ademán que los incluía a ellos, el automóvil y la estación de ferrocarril—. Como ves.

—Cuanto menos sepas, menos te afectará. Son papeles. Cartas.

—¿Comprometedoras?

Se adelantó Max al desprecio implícito en la pregunta.

—No de esa clase —dijo—. El chantaje no es lo mío.

—¿Y dinero?... ¿Es verdad que te llevaste dinero?

—También.

Asintió Mecha lentamente con la cabeza, un par de veces. Parecía confirmar sus propios pensamientos. Y había tenido, temió Max, mucho tiempo para pensar.

—Documentos de Suzi... ¿Qué pueden tener que te interese?

—Pertenecen a su hermano.

—Ah. En ese caso, ten cuidado —ahora el tono era seco—. Tomás Ferriol no es de los que ponen la otra mejilla. Y tiene demasiado en juego como para tolerar que un...

—¿Un don nadie?

Mecha apuró el cigarrillo, ignorando la sonrisa insolente de Max. Después hizo girar la manivela del cristal y arrojó la colilla al exterior.

—Para tolerar que alguien como tú lo incomode.

—Incomodé a demasiada gente estos días, me parece. Muchos pedirán turno para hacerse con mi cabeza.

Ella no dijo nada. Consultó Max el reloj de pulsera: las seis y cincuenta. Faltaban cuarenta minutos para la salida de su tren, que venía de Mónaco, y no era conveniente esperar en el andén, expuesto a miradas inoportunas. Había reservado por teléfono un compartimiento individual de coche cama en primera clase. Si todo iba bien, estaría en París por la mañana: bien dormido, afeitado y fresco. Listo otra vez para encarar la vida.

—Cuando las cosas se tranquilicen, intentaré negociar —añadió—. Sacar algún partido de lo que me han puesto en las manos.

—Tiene gracia... Te han puesto, dices. Como caído del cielo.

—Yo no busqué esto, Mecha.

—¿Llevas los documentos contigo?

Él dudó un momento. Para qué implicarla más.

—Da igual —repuso—. No te sirve de nada saberlo.

—¿Has pensado en devolverlos a Ferriol?... ¿En llegar a un acuerdo?

—Claro que lo he pensado. Pero acercarme a él tiene sus riesgos. Además, hay otros clientes posibles.

—¿Clientes?

—Hay dos individuos. O había. Dos italianos. Ahora están muertos... Es absurdo, pero a veces tengo la impresión de deberles algo.

—Si están muertos, no les debes nada.

—No, claro... A ellos no. Y sin embargo...

Entornó los ojos, recordando. Aquellos pobres diablos. El repiqueteo de la lluvia, las gotas de agua desplomándose en regueros por el exterior de los cristales, acentuaban su melancolía. Miró otra vez el reloj.

—¿Y qué hay de nosotros, Max? ¿Me debes algo a mí?

—Volveré a verte cuando todo se calme.

—Tal vez ya no esté aquí. Puede que canjeen a mi marido. También se habla cada vez más de otra guerra en Europa... Todo puede cambiar pronto. Desaparecer.

—Debo irme ya —dijo él.

—No sé dónde estaré cuando, como tú dices, todo se calme. O se complique.

Había puesto Max una mano en la manija de la puerta. Se detuvo de pronto, cual si salir del automóvil equivaliese a internarse en el vacío. Eso lo hizo estremecer, sintiéndose vulnerable. Expuesto a la soledad y la lluvia.

—No soy hombre de lecturas —comentó, pensativo—. Me gusta más el cinematógrafo. Sólo hojeo noveluchas cortas en los viajes y los hoteles, de ésas que publican las revistas... Pero hay algo que recuerdo siempre. Un aventurero decía: «Yo vivo de mi sable y mi caballo».

Hizo un esfuerzo para ordenar las ideas, buscando palabras que concluyeran exactamente lo que pretendía decir. La mujer escuchaba inmóvil, callada. En las pausas sólo se oía el rumor de gotas sobre la chapa del automóvil. Muy lentas, ahora. Como si llorase Dios.

—Me ocurre algo parecido. Vivo de lo que llevo conmigo. De lo que encuentro en el camino.

—Todo tiene un final —dijo suavemente ella.

—No sé cuál será ese final, pero conozco el principio... De niño tuve pocos juguetes, casi todos hechos con lata pintada y cajas de fósforos. Algunos domingos, mi padre me llevaba a las matinés del cinematógrafo Libertad: la función valía treinta centavos y regalaban bombones y papeletas de una rifa que nunca me tocó. En la pantalla, con el fondo de lo que tocaba el pianista, veía pecheras almidonadas y blancas, hombres bien vestidos, mujeres hermosas, automóviles, fiestas y copas de champaña...

Volvió a sacar la elegante pitillera de carey del bolsillo, pero no la abrió. Se limitó a juguetear con ella, pasando un dedo sobre las iniciales de oro *MC* incrustadas en un ángulo.

—Solía pararme —prosiguió— ante una confitería de la calle California, a mirar la vitrina llena de masitas, tortas y pasteles... O me iba jugando por la orilla del Riachuelo hasta La Boca, a observar a los marineros que bajaban de los barcos: hombres con tatuajes en los brazos, que venían de lugares que imaginaba fascinantes.

Se detuvo casi con brusquedad, incómodo. Acababa de darse cuenta de que podía encadenar esa clase de recuerdos de modo interminable. También era consciente de que nunca antes había hablado tanto de sí mismo. A nadie. Nunca con la verdad, ni con la auténtica memoria.

—Hay hombres que sueñan con irse, y se atreven. Yo lo hice.

Mecha seguía callada, escuchando como si no se atreviera a cortar el hilo sutil de lo que él le confiaba. Max suspiró hondo, casi con desgarro, y guardó la pitillera.

—Claro que hay un final, como dijiste. Pero no sé dónde está el mío.

Dejó de mirar las luces y siluetas borrosas de afuera, y volviéndose hacia ella la besó con naturalidad. Suave. En la boca. Mecha se dejó hacer, sin rechazar el contacto. Un calor delicado, húmedo, que a Max le hacía parecer aún más sombrío el paisaje lluvioso de afuera. Después, cuando retiró un poco el rostro, los dos siguieron mirándose a los ojos, muy cerca uno del otro.

—No tienes por qué irte —murmuró ella en voz muy baja—. Hay cien lugares aquí... Cerca de mí.

Fue él quien se retiró un poco, ahora. Sin dejar de mirarla.

—En mi mundo —dijo— todo resulta maravillosamente simple: soy lo que las propinas que dejo dicen que soy. Y si una identidad se estropea o agota, al día siguiente tomo otra. Vivo del crédito ajeno, sin grandes rencores ni grandes ilusiones.

—Yo podría cambiar eso... ¿No lo has pensado?

—Escucha. Hace tiempo estuve en una fiesta: una villa en la afueras de Verona. Gente de mucho dinero. A los postres, animados por los dueños, los invitados se pusieron a rascar entre risas el yeso de las paredes con las cucharillas de plata del café, para descubrir los frescos que había pintados debajo. Yo los miraba hacer y pensaba en lo absurdo que era todo. En que nunca podría sentirme como ellos. Con sus cucharillas de plata y sus pinturas ocultas bajo el yeso. Y su risa.

Se detuvo un momento para bajar la ventanilla y aspirar el aire húmedo de afuera. En los muros de la estación, pegados entre carteles publicitarios, había afiches políticos de Acción Francesa y del Frente Popular; consignas ideológicas mezcladas con anuncios de ropa interior, de elixir dental o del próximo estreno cinematográfico, *Abus de confiance*.

—Cuando veo todas esas camisas negras, pardas, rojas o azules, exigiendo que te afilies a esto o aquello, pienso que antes el mundo era de los ricos y ahora va a ser de los resentidos... Yo no soy ni una cosa ni otra. Ni siquiera logro el resentimiento, aunque me esfuerce. Y te juro que lo hago.

Miró de nuevo a la mujer. Seguía escuchándolo inmóvil. Sombría.

—Creo que en el mundo de hoy la única libertad posible es la indiferencia —concluyó Max—. Por eso seguiré viviendo con mi sable y mi caballo.

—Bájate del coche.

—Mecha...

Ella apartó la mirada.

—Vas a perder el tren.

—Te amo. Creo. Pero el amor no tiene nada que ver con todo esto.

Mecha golpeó con las dos manos el volante.

—Vete de una vez. Maldito seas.

Se puso Max el sombrero y bajó del automóvil abotonándose la gabardina. Sacó de la parte trasera la maleta y la bolsa de viaje y anduvo sin despegar los labios ni mirar atrás, entre las salpicaduras de lluvia. Sentía una tristeza intensa, desazonadora: especie de nostalgia anticipada por cuanto iba a añorar más tarde. En la entrada del edificio entregó el equipaje a un mozo y anduvo tras él entre la gente, en dirección a las taquillas del despacho de billetes. Después siguió al mozo hasta la doble estructura de vidrio y acero que cubría los andenes. En ese momento, entre chorros de vapor, entraba despacio una locomotora arrastrando una docena de coches de color azul oscuro con una franja dorada bajo las ventanillas y el rótulo Compagnie Internationale des Wagons-Lits. Un cartel metálico en cada costado indicaba el trayecto Mónaco-Marsella-Lyon-París. Max echó un vistazo en torno, en busca de indicios alarmantes. Dos gendarmes de uniforme oscuro conversaban relajados frente a la puerta de la sala de espera. Todo parecía tranquilo, decidió, y nadie se fijaba especialmente en él. Aunque tampoco eso garantizara nada.

—¿Coche, señor? —preguntó el mozo del equipaje.

—Número dos.

Subió al tren, entregó su pasaje al conductor del vagón con un billete de cien francos —modo infalible de ganar su voluntad para todo el viaje—, y mientras el empleado se tocaba la visera del kepis, doblándose por la cintura con una reverencia, dio otros veinte al mozo del equipaje.

—Gracias, señor.

—No, amigo mío. Gracias a usted.

Al entrar en el compartimento cerró la puerta y descorrió un poco la cortina: lo necesario para echar otra ojeada al andén. Los gendarmes seguían de charla en el mismo sitio, y no vio nada inquietante. La gente se despedía y subía al tren. Había un grupo de monjas agitando pañuelos, y una mujer atractiva abrazaba a un hombre ante la puerta del vagón. Max encendió un cigarrillo y se acomodó en el asiento. Cuando el tren empezó a moverse, levantó la vista hacia la maleta colocada en la red del equipaje. Pensaba en las cartas que iban ocultas en su forro interior. También en la forma de seguir vivo y libre hasta desprenderse de ellas. Mecha Inzunza se había borrado ya de su memoria.

El dolor, comprueba Max, alcanza tarde o temprano un grado de saturación donde la intensidad deja de tener importancia. Un punto a partir del cual cuentan lo mismo veinte golpes que cuarenta. De ahí en adelante no es cada nuevo golpe el que duele, sino las pausas entre uno y otro. Porque el tormento más difícil de soportar no es ser golpeado, sino los momentos en que el verdugo cesa en su tarea para tomarse un respiro. Es entonces cuando la carne dolorida deja de entumecerse ante la violencia, se relaja y acusa de veras el dolor que la atormenta. El resultado de todo el proceso anterior.

465

—El libro, Max... ¿Dónde tienes el libro?

A esas alturas de la desigual conversación —torturar implica otras libertades de índole social—, el hombre del bigote rojizo y las manos parecidas a tentáculos de calamar ha cambiado el usted por el tuteo. Su voz llega hasta Max deformada y lejana, pues éste tiene la cabeza cubierta por una toalla mojada que le quita el aire, sofoca sus gemidos y absorbe parte de los golpes que recibe, sin dejar heridas externas ni contusiones visibles en su cuerpo atado a la silla. El resto de los golpes los recibe en el estómago y el vientre, expuestos por la postura a que lo obligan sus ligaduras. Se los propinan el hombre del pelo lacio y el de la chaqueta de piel negra. Sabe que son ellos porque de vez en cuando retiran la toalla, y entre la turbiedad de los ojos doloridos y llenos de lágrimas los ve a su lado, frotándose los nudillos, mientras el otro hombre observa sentado.

—El libro. ¿Dónde está?

Acaban de quitarle la toalla de la cabeza. Max aspira con avidez el aire que llega a sus pulmones maltrechos, aunque cada inspiración le escuece como si circulase a través de carne desollada. Sus ojos aturdidos logran enfocar, por fin, el rostro del hombre del bigote rojizo.

—El libro —repite éste—. Dinos dónde lo tienes, y acabemos de una vez.

—No sé... nada... de libros.

Por su cuenta, sin indicación de nadie y como aportación personal al procedimiento, el de la chaqueta negra aplica un repentino puñetazo en el bajo vientre de Max. Se retuerce éste en sus ligaduras mientras el nuevo dolor estalla de abajo hacia arriba, por las ingles y el pecho, haciéndolo encogerse sin conseguirlo a causa de los brazos, el torso y las piernas atados a la silla. Un súbito sudor frío le cubre el cuerpo, y tras unos segundos, por tercera vez desde que empezó todo, vomita una bilis amarga que le chorrea por la barbilla hasta la camisa. El que lo ha golpeado lo observa con disgusto y se vuelve hacia el hombre del bigote rojizo, esperando nuevas instrucciones.

—El libro, Max.

Aún sin aliento, éste niega con la cabeza.

—Vaya —asoma un punto de seca admiración en la voz del ruso—. El abuelo juega a los tipos duros... A sus años.

Otro golpe en el mismo lugar. Max se retuerce en un nuevo espasmo de dolor, cual si algo puntiagudo barrenara sus entrañas. Y al fin, tras unos segundos de agonía, no puede contenerse y grita: un aullido breve, bestial, que lo alivia un poco. Esta vez la arcada no acaba en vómito. Max se queda con la cabeza abatida sobre el pecho, inspirando entrecortada y dolorosamente. Tiritando a causa del sudor que parece helarse bajo la ropa húmeda, en cada poro de su cuerpo.

—El libro... ¿Dónde está?

Levanta el rostro, un poco. Su corazón trota desacompasado, unas veces con pausas muy largas entre latido y latido, acelerado y violento en otras. Está convencido de que morirá en los próximos minutos, y le sorprende su propia indiferencia. Su embrutecida resignación. Nunca imaginó que fuera de ese modo, piensa en un instante de lucidez. Dejándose ir aturdido por los golpes, como quien se abandona a una corriente que lo arrastra hacia la noche. Pero así será. O lo parece. Con tanto dolor y cansancio quebrándole la carne, eso promete más alivio que otra cosa. Un descanso, al fin. Un sueño largo y final.

—¿Dónde está el libro, Max?

Otro golpe, esta vez en el pecho, seguido de un estallido de dolor que parece aplastar su columna vertebral. Nuevas arcadas lo acometen, aunque ya no queda nada que echar por la boca. Orina sin control, mojándose el pantalón, con escozor intenso que le arranca un quejido agónico. Un dolor de cabeza espantoso le oprime las sienes, y sus pensamientos confusos apenas dejan espacio a imágenes coherentes. La mirada turbia sólo percibe desiertos blancos, destellos cegadores, superficies inmensas que ondulan como pesado mercurio. El vacío, tal vez. O la nada. A veces, a modo de fugaces fragmentos, en esa nada irrumpen antiguas imágenes de Mecha Inzunza, fragmentos inconexos del pasado, sonidos extraños. El que más se repite es el de tres bolas de marfil golpeando entre sí sobre una mesa de billar: un sonido suave, monótono, casi placentero, que proporciona un extraño sosiego a Max. Que le inspira el vigor necesario para alzar del todo la barbilla y mirar los ojos color acero del hombre sentado frente a él.

—Lo escondí... en el coño... de tu madre.

Con la última palabra escupe débilmente en dirección al otro. Un salivazo breve, sanguinolento y patético, que no alcanza el objetivo y cae al suelo, casi entre sus propias rodillas. El del bigote rojizo contempla el escupitajo en el suelo, con gesto contrariado. Pensativo.

—Lo reconozco, abuelo. Tienes agallas.

Después hace una señal a los otros, y éstos vuelven a cubrir la cabeza de Max con la toalla mojada.

El Tren Azul corría a través de la noche, hacia el norte, dejando atrás Niza y sus peligros. Tras beber el último sorbo de un Armagnac de cuarenta y ocho años y secarse los labios con la servilleta, Max puso una propina sobre el mantel y salió del vagón restaurante. La mujer con la que había compartido mesa acababa de levantarse hacía cinco minutos, alejándose en dirección al mismo coche que Max, el número 2. El azar los había hecho coincidir en el primer turno de cena, después de que él la viera abrazar a un hombre en la estación cuando estaba a punto de partir el tren. Era francesa, debía de tener unos cuarenta años, vestía con elegante naturalidad un tailleur que el ojo adiestrado de Max creyó identificar como de Maggy Rouff, y a su mirada profesional, instintiva, no escapó la alianza de oro que, junto a un anillo con zafiro, la mujer llevaba en la mano izquierda. No hubo conversación cuando tomó asiento frente a ella, excepto el educado *bonsoir* de rigor. Comieron en silencio, intercambiando alguna breve sonrisa convencional cuando coincidían sus miradas o el camarero volvía a llenar las copas de vino. Era atractiva, confirmó él mientras cogía la servilleta de encima del plato: ojos grandes, finas cejas retocadas a lápiz y el toque justo de carmín rojo sangre en los labios. Al acabar el *filet de boeuf-forestière* ella rechazó el postre y sacó un paquete de Gitanes. Max se inclinó sobre la mesa para darle fuego con su encendedor. Tuvo cierta dificultad en abrir la tapa desajustada, y las primeras palabras intercambiadas con ese pretexto dieron paso a una conversación superficial y amable: Niza, la lluvia, la temporada de invierno, el turismo de vacaciones pagadas, la Exposición Internacional que estaba a punto de clausurarse en París. Roto el hielo, pasaron a otra clase de asuntos. En efecto, el hombre del que ella se despedía en el andén era su marido. Vivían en Cap Ferrat casi todo el año, pero ella pasaba en París una semana de cada mes por asuntos profesionales: era directora de modas de la revista *Marie Claire*. Cinco minutos después la mujer reía con las ocurrencias de Max y le miraba la boca mientras hablaba. ¿Nunca pensó en ser maniquí de ropa masculina?, le dijo un poco más tarde. Al fin consultó su diminuto reloj de pulsera, hizo un comentario sobre lo tarde que era, se despidió con una amplia sonrisa y abandonó el vagón restaurante. Por una agradable casualidad, ocupaban compartimentos contiguos: número 4 y número 5. Azares de los trenes y de la vida.

Recorrió Max el vagón del salón bar —a esa hora estaba tan animado como el del Ritz—, cruzó la plataforma entre los fuelles donde resonaba con más fuerza el traqueteo del tren y el sonido monótono de los bojes, y se detuvo junto a la garita del conductor del vagón, que revisaba la lista de los diez compartimientos a su cargo iluminado por una pequeña lámpara que hacía relucir dos pequeños leones dorados en la pochette del uniforme. El conductor era un hombrecillo calvo, mostachudo y amable, con una cicatriz en el cráneo que, según supo Max cuando después se interesó por ello, había sido causada por una esquirla de metralla en el Somme. Conversaron un poco sobre cicatrices de guerra, y luego de coches cama, pullmans, trenes y líneas internacionales. Sacó Max su pitillera en el momento adecuado, aceptó que el otro le diese fuego con una cajita de fósforos con el emblema de la compañía, y cuando acabaron de fumar cigarrillos y hacerse confidencias, cualquier viajero que pasara a su lado los habría tomado por amigos de toda la vida. Cinco minutos después, Max consultó el reloj; y con el tono de quien, si trocaran papeles, estaría dispuesto a hacer lo mismo por el otro, pidió al conductor que utilizara su llave para abrir la puerta que separaba los compartimientos 4 y 5.

—No puedo hacer eso —objetó débilmente el empleado—. El reglamento lo prohíbe.

—Lo sé, amigo mío... Pero también sé que lo hará por mí.

El comentario iba acompañado del gesto discreto, casi indiferente, de poner en la mano del otro dos billetes de cien francos idénticos al que le había dado como propina al subir al tren en Niza. Aún dudó un momento el conductor, aunque era evidente que se debía más a guardar las formas honorables de la Compagnie Internationale des Wagons-Lits que a otra cosa. Al fin metió el dinero en un bolsillo y se puso el kepis con ademán de hombre de mundo.

—¿El desayuno a las siete, señor? —preguntó con mucha naturalidad mientras recorrían el pasillo.

—Sí. A esa hora será perfecto.

Siguió una pausa apenas perceptible.

—¿Servicio individual, o doble?

—Individual, si es tan amable.

Al oír aquello, el conductor, que había llegado ante la puerta de Max, le dirigió una mirada agradecida. Era tranquilizador —podía leerse en ella— trabajar con caballeros que aún sabían guardar las maneras.

—Naturalmente, señor.

Aquella noche, como las siguientes, Max durmió poco. La mujer se llamaba Marie-Chantal Héliard; era sana, apasionada y divertida, y él siguió frecuentándola durante los cuatro días que permaneció en París. Le venía muy bien como cobertura, y además pudo obtener de ella diez mil francos que se sumaron a los treinta mil de la caja fuerte de Tomás Ferriol. Al quinto día, tras mucho reflexionar sobre su propio e inmediato futuro, Max se hizo transferir todo el dinero que tenía en el Barclays Bank de Montecarlo y lo retiró en metálico. Después compró en la agencia Cook de la rue de Rivoli un pasaje de tren para El Havre, y otro de primera clase en el transatlántico *Normandie* para Nueva York. En el momento de liquidar su cuenta del hotel Meurice, metió en un sobre de papel manila las cartas del conde Ciano y las envió con un mensajero a la embajada de Italia. No añadió tarjeta, nota ni explicación alguna. Sin embargo, antes de entregar el sobre con una propina al conserje del hotel, se detuvo un instante y sonrió pensativo. Luego sacó la pluma estilográfica del bolsillo y escribió en el exterior, con letras mayúsculas y a modo de remite, los nombres de Mauro Barbaresco y Domenico Tignanello.

Max ha perdido la noción del tiempo. Tras la oscuridad y el dolor, el interrogatorio y los continuos golpes, le sorprende que aún haya luz del exterior en la habitación cuando le retiran otra vez la toalla mojada de la cabeza. Ésta le duele mucho; tanto, que los ojos parecen a punto de salirse de las órbitas a cada latir desacompasado de la sangre en las sienes y el corazón. Sin embargo, hace rato que no lo golpean. Ahora escucha voces en ruso y percibe siluetas turbias mientras sus ojos tardan en acostumbrarse a la claridad. Cuando al fin logra enfocarlas con nitidez, descubre que hay un quinto hombre en la habitación: rubio, corpulento, con unos ojos azules acuosos que lo observan con curiosidad. El aspecto le parece familiar, aunque en su estado no consigue hilvanar los recuerdos ni las ideas. Al cabo de un momento, el hombre rubio hace un gesto de incredulidad y desaprobación. Después mueve la cabeza y cambia unas palabras con el hombre del bigote rojizo, que ya no está sentado en su silla sino en pie, y también mira a Max. Al del bigote no parece gustarle lo que oye, pues responde con irritación y gesto impaciente. Insiste el otro, y la discusión sube de tono. Al fin, el hombre rubio emite lo que parece una orden tajante y seca, y sale de la habitación en el instante mismo en que Max reconoce al gran maestro Mijaíl Sokolov.

El del bigote rojizo se ha acercado a Max. Lo estudia con ojo crítico, cual si evaluara los daños. No deben de parecerle excesivos, pues se encoge de hombros y dirige unas palabras malhumoradas a sus compañeros. Max se tensa de nuevo, esperando la toalla mojada y más golpes; pero nada de eso sucede. Lo que hace el del pelo lacio es traer un vaso de agua y acercarlo, brusco, a la boca del prisionero.

—Tienes mucha suerte —comenta el del bigote rojizo.

Bebe Max con avidez, derramando el agua. Después, con el líquido goteándole por el mentón y el pecho, mira al otro, que lo observa con aire sombrío.

—Eres un ladrón, un estafador y un indeseable con antecedentes policiales —dice el ruso, que acerca el rostro hasta casi rozar el de Max—. Hoy mismo, en su clínica del lago de Garda, tu jefe el doctor Hugentobler será informado de todo eso. También sabrá que te has estado pavoneando por Sorrento con su ropa, su dinero y su Rolls-

Royce. Y aún más importante: la Unión Soviética no olvidará lo que has hecho. Vayas a donde vayas, procuraremos hacerte la vida difícil. Hasta que un día alguien llame a tu puerta para acabar lo que dejamos pendiente... Queremos que pienses en eso cada noche al dormirte y cada mañana al abrir los ojos.

Tras decir aquello, el del bigote rojizo hace una señal al de la chaqueta de piel negra, y en las manos de éste suena el chasquido de una navaja al abrirse. Aún aturdido, como si flotara en una nube de bruma, Max siente que cortan sus ataduras. Un hormigueo de dolor, que lo hace gemir por lo inesperado, traspasa sus brazos y piernas entumecidos.

—Ahora sal de aquí y busca un agujero bien hondo para esconderte, abuelo... Vivas lo que vivas, desde hoy eres un hombre acabado. Un hombre muerto.

13. El guante y el collar

Le ha costado llegar hasta allí. Antes de componerse la ropa con ademán instintivo y llamar a la puerta, Max se mira en un espejo del pasillo para comprobar los estragos visibles. Para establecer cuánto han progresado el dolor, la vejez y la muerte desde la última vez. Pero no hay nada extraordinario en su apariencia. No demasiado, al menos. La toalla mojada, observa en el espejo con una mezcla de amargura y alivio, ha cumplido su función: las únicas huellas en la palidez de su rostro son unos cercos violáceos de fatiga bajo los párpados inflamados. También los ojos se ven enrojecidos y febriles, con el blanco inyectado en sangre como si centenares de minúsculas venas hubiesen reventado en su interior. Lo peor, sin embargo, es lo que no está a la vista, concluye cuando da los últimos pasos hacia la habitación de Mecha Inzunza, deteniéndose para apoyar una mano en la pared mientras recobra el aliento: los hematomas en el pecho y el vientre; el pulso lento e irregular que lo fatiga, exigiendo en cada movimiento un esfuerzo supremo que sigue cubriéndolo de sudor frío, bajo la ropa cuyo roce lacera su piel dolorida; el malestar agudo que le entorpece el paso, y que sólo con esfuerzo de voluntad logró disimular, irguiéndose a duras penas, mientras cruzaba el vestíbulo del hotel. Y, sobre todo, el deseo intenso, irreprimible, de tumbarse en cualquier sitio, cerrar los ojos y dormir un sueño largo. Sumirse en la paz de un vacío apacible como la muerte.

—Dios mío... Max.

Ella está en la puerta de la habitación, mirándolo con asombro. La sonrisa que él se esfuerza en mantener no debe de tranquilizarla en absoluto, pues se apresura a tomar a Max por un brazo, sosteniéndolo pese a la débil negativa de él, que se esfuerza en dar los siguientes pasos sin ayuda.

—¿Qué ocurre? ¿Estás enfermo?... ¿Qué te pasa?

No responde. El camino hasta la cama se hace interminable, pues flaquean sus rodillas. Al fin se quita la chaqueta y se sienta sobre la colcha con inmenso consuelo, los brazos cruzados sobre el vientre, reprimiendo un gemido de dolor al doblar el cuerpo.

—¿Qué te han hecho? —comprende ella, al fin.

No recuerda haberse tumbado, pero así está ahora, boca arriba. Es Mecha la que ocupa el borde de la cama, una mano sobre la frente de él y otra tomándole el pulso mientras lo mira alarmada.

—Una conversación —logra decir Max al fin, con voz sofocada—. Sólo ha sido... una conversación.

—¿Con quién?

Encoge los hombros con indiferencia. La sonrisa que acompaña ese ademán se diluye, sin embargo, en su rostro crispado.

—Da igual con quién.

Extiende Mecha la mano hacia el teléfono que está en la mesilla.

—Voy a llamar a un médico.

—Déjate de médicos —le sujeta débilmente el brazo—. Sólo estoy muy cansado... Dentro de un rato estaré bien.

—¿Ha sido la policía? —la inquietud de ella no parece referirse sólo a la salud de Max—. ¿La gente de Sokolov?

—Nada de policía. De momento, todo queda en familia.

—¡Malditos! ¡Puercos!

Intenta él componer una sonrisa estoica, pero sólo alcanza una mueca maltrecha.

—Ponte en su lugar —los justifica—. Menuda jugarreta.

—¿Denunciarán el robo?

—No me dio esa impresión —se palpa con cautela el vientre dolorido—. En realidad, mis impresiones fueron otras.

Mecha lo mira como si no comprendiera. Al fin asiente mientras le acaricia dulcemente el despeinado pelo gris.

—¿Te llegó mi envío? —pregunta él.

—Claro que llegó. Está bien guardado.

Nada más fácil, se dice Max. Un inocente paquete en manos de Tiziano Spadaro a nombre de Mercedes Inzunza, llevado a la habitación por un botones. Viejas maneras de disponer las cosas. El arte de lo simple.

—¿Lo sabe tu hijo?... ¿Lo que he hecho?

—Prefiero esperar a que termine el duelo. Con Irina ya tiene preocupaciones de sobra.

—¿Qué hay de ella? ¿Sabe que la habéis descubierto?

—Todavía no. Y espero que tarde en sospecharlo.

Un espasmo doloroso, que llega de pronto, hace gemir a Max. Ella intenta desabotonarle la camisa húmeda de sudor.

—Déjame ver qué tienes ahí.

—Nada —se niega él, apartando las manos de la mujer.

—Dime qué te han hecho.

—Nada serio. Lo repito: sólo tuvimos una conversación.

El doble reflejo dorado lo contempla con tanta fijeza que Max casi puede observarse en él. Me gusta que ella me mire de ese modo, decide. Me gusta mucho. Sobre todo, hoy. Ahora.

—Ni una palabra, Mecha... No dije ni una palabra. No admití nada. Ni siquiera sobre mí mismo.

—Lo sé. Te conozco, Max... Lo sé.

—Quizá no lo creas, pero no me costó demasiado. Me daba igual, ¿comprendes?... Lo que me hicieran.

—Fuiste muy valiente.

—No era valor. Era sólo eso que digo. Indiferencia.

Respira hondo, intentando recobrar la energía perdida, aunque a cada inspiración le duela todo de un modo terrible. Se siente tan fatigado que podría dormir durante días. El pulso sigue latiendo irregular, como si su corazón se vaciara en ocasiones. Ella parece advertirlo, preocupada. Se levanta y trae un vaso de agua que él bebe a sorbos cortos, con precaución. El líquido le alivia la boca ardiente, pero duele al llegar al estómago.

—Deja que avise a un médico.

—Olvídate de médicos... Sólo necesito descansar. Dormir un poco.

—Claro —Mecha le acaricia el rostro—. Duérmete tranquilo.

—No puedo quedarme en el hotel. No sé qué ocurrirá... Aunque ellos no me denuncien directamente, tendré problemas. Tengo que volver a Villa Oriana y devolver la ropa, el coche... Todo.

Hace un movimiento inquieto para incorporarse, pero ella lo retiene con dulzura.

—No te preocupes. Descansa. Eso puede esperar unas horas. Iré a tu habitación y dejaré hecho el equipaje... ¿Tienes la llave?

—Está en mi chaqueta.

Le acerca otra vez el vaso y Max bebe un poco más, hasta que el malestar del estómago se vuelve insoportable. Después recuesta la cabeza, fatigado.

—Lo hice, Mecha.

Hay un vago orgullo en esas palabras. Ella lo advierte y sonríe con pensativa admiración.

—Sí, lo hiciste. Por Dios que sí. Impecablemente bien.

—Cuando sea oportuno, dile a tu hijo que fui yo.

—Se lo diré... No te quepa duda.

—Cuéntale que subí allí y les quité ese maldito libro. Ahora la muchacha y ese libro están empatados, ¿no?... Como decís en ajedrez, hacen tablas.

—Claro.

Sonríe él, esperanzado.

—Tal vez tu hijo llegue a ser campeón del mundo... Quizá entonces yo le caiga mejor.

—Estoy convencida de eso.

Se incorpora él un poco, tomándola por la muñeca con súbita ansiedad.

—Ahora puedes decírmelo. No es mío, ¿verdad?... No estás segura, al menos. De que lo sea.

—Duérmete, anda —ella lo hace recostarse de nuevo—. Viejo rufián. Maravilloso idiota.

Max descansa. Profundamente a ratos, en duermevela otros. A veces se sobresalta y gime desconcertado, al término de pesadillas inconexas y desprovistas de sentido. Hay un dolor físico y otro soñado que se superponen y mezclan, compitiendo en intensidad sin que sea fácil distinguir entre sensaciones reales e imaginarias. Cada vez que abre los ojos tarda en identificar el lugar donde se encuentra: la luz exterior se ha extinguido paulatinamente hasta difuminar los objetos de la habitación, y ahora sólo hay sombras. La mujer sigue a su lado, recostada en el cabecero de la cama sin deshacer: una sombra algo más clara que cuantas circundan a Max, el calor de su cuerpo cercano y la brasa de un cigarrillo.

—¿Cómo estás? —pregunta ella, al advertir que se ha movido y está despierto.

—Cansado. Pero me encuentro bien... Quedarme así, quieto, alivia mucho. Necesitaba dormir.

—Aún lo necesitas. Duérmete de nuevo. Yo vigilo.

Quiere mirar Max en torno, aún confuso. Intentando recordar cómo llegó allí.

—¿Qué pasa con mis cosas? ¿Con mi maleta?

—Está hecha. La traje. La tienes ahí, junto a la puerta.

Cierra él los ojos con alivio: el bienestar de quien, por el momento, no necesita hacerse cargo de situación alguna. Y al fin recuerda el resto.

—Tantos años como casillas del ajedrez, dijiste.

—Así es.

—No fue por tu hijo... No lo hice por él.

Mecha apaga el cigarrillo.

—No del todo, quieres decir.

—Sí. Puede que quiera decir eso.

Ella se ha movido un poco, apartándose del cabecero de la cama para acomodarse a su lado, más cerca.

—Aún no sé por qué empezaste esto —dice en voz muy baja.

La oscuridad vuelve la situación extraña, piensa él. Irreal. Nos diríamos en otro tiempo. En otro mundo. En otros cuerpos.

—¿Por qué vine al hotel, y todo lo demás?

—Eso es.

Sonríe Max, consciente de que ella no puede ver su cara.

—Quise ser otra vez el que era —responde con sencillez—. Sentirme como entonces... Entre los más absurdos de mis proyectos estaba la posibilidad de robarte de nuevo.

Ella parece asombrada. Y escéptica.

—No pretenderás que te crea.

—Puede que robar no sea la palabra. Seguramente no lo es. Pero tenía intención de hacerlo. No por dinero, claro. No por...

—Ya —lo interrumpe, convencida al fin—. Entiendo.

—El primer día registré esta habitación. Olfateaba tu huella, figúrate: veintinueve años después, reconociéndote en cada objeto. Y encontré el collar.

Aspira Max la cercanía de la mujer, atento a las sensaciones. Ella huele a tabaco mezclado con un resto de perfume muy suave. Por un momento se pregunta también si su piel desnuda, marchita, moteada por el tiempo, aún olerá como cuando se abrazaban en Niza o Buenos Aires. Seguramente no, concluye. O sin duda. Como tampoco la de él.

—Me proponía robarte el collar —dice tras un silencio—. Sólo eso. Seducirte por tercera vez, de algún modo. Llevármelo como la noche que volvimos de La Boca.

Mecha se queda callada un momento.

—Ese collar ya no vale lo que cuando nos conocimos —dice al fin—. Dudo que ahora obtuvieras por él ni la mitad.

—No se trata de eso. De que valga más o menos. Era una forma de... Bueno. No sé. Una forma.

—¿De sentirte joven y triunfador?

Niega él con la cabeza, en la oscuridad.

—De decirte que no he olvidado. Que no olvidé.

Otro silencio. Y otra pregunta.

—¿Por qué nunca te quedaste?

—Eras un sueño hecho carne —él medita la respuesta, esforzándose en ser preciso—. Un misterio de otro mundo. Jamás imaginé que tuviera derecho.

—Lo tenías. Delante de tus estúpidos ojos.

—No podía verlo. Era imposible... No encajaba en mi manera de mirar.

—Tu sable y tu caballo, ¿verdad?

Max hace un esfuerzo sincero por recordar.

—No me acuerdo de eso —concluye.

—Claro. Pero yo sí. Recuerdo cada una de tus palabras.

—De cualquier modo, siempre me sentí de paso en tu vida.

—Es extraño que digas eso. Fui yo quien siempre se sintió de paso en la tuya.

Ella se ha levantado, acercándose a la ventana. Allí descorre un poco la cortina, y la luz eléctrica del exterior, que asciende desde la terraza del hotel, perfila su silueta oscura e inmóvil, en contraluz.

—Toda mi vida se nutrió de aquello, Max. De nuestro tango silencioso en el salón de palmeras del *Cap Polonio*... Del guante que puse en tu bolsillo esa noche en La Ferroviaria: el que al día siguiente fui a buscar a tu habitación, en la pensión de Buenos Aires.

Asiente él, aunque ella no pueda verlo.

—El guante y el collar... Sí. Recuerdo la luz de aquella ventana en las baldosas del suelo y sobre la cama. Tu cuerpo desnudo y mi asombro al verte tan hermosa.

—Dios mío —susurra ella, como para sí misma—. Eras guapísimo, Max. Elegante y guapísimo. Un perfecto caballero.

Ríe él, esquinado. Entre dientes.

—Nunca fui eso —responde.

—Lo fuiste más que la mayor parte de los hombres que conocí... Un caballero auténtico es aquel a quien, siéndolo, no le importa serlo o no.

Se acerca de nuevo a la cama. Ha dejado la cortina entreabierta a su espalda, y la sobria claridad exterior delimita contornos en la penumbra de la habitación.

—Lo que me fascinó desde el principio fue tu ambición sin pasiones ni codicia... Esa flemática ausencia de esperanza.

Está junto a la cama y enciende otro cigarrillo. La llama del fósforo ilumina sus dedos huesudos de uñas cuidadas, los ojos que miran a Max, la frente cruzada de arrugas bajo el cabello gris muy corto.

—Dios mío. Me hacías temblar con sólo tocarme.

Sacude la llama y sólo queda la brasa. También, como un rescoldo gemelo, un suave reflejo cobrizo en los iris dorados.

—Yo sólo era joven —responde él—. Un cazador atento a sobrevivir. Tú sí eras lo que he dicho antes: hermosa como un sueño... Uno de esos milagros a los que sólo tenemos derecho los hombres cuando somos jóvenes y audaces.

Ella sigue en pie junto a la cama, ante Max, silueteada en la penumbra.

—Era asombroso... Aún lo haces —se reaviva dos veces el punto rojo del cigarrillo—. ¿Cómo puedes conseguirlo, después de tanto tiempo?... Sabías hacer juegos de prestidigitación con los gestos y las palabras, como si llevaras puesto un antifaz de inteligencia. Decías algo que posiblemente no era tuyo, tomado al paso de una revista o de una conversación ajena, y que sin embargo me erizaba la piel; y aunque veinte segundos después lo había olvidado, mi piel seguía erizada... Todavía me pasa. Mira, tócame. Eres un viejo apaleado y sin fuerzas, y aún me ocurre eso contigo. Te lo juro.

Ha acercado un brazo a Max, buscando su mano. Es cierto lo de la piel, comprueba éste. Cálida y suave aún, pese a los años. En aquella semioscuridad, la silueta alta y esbelta parece la misma que en otro tiempo conoció.

—Esa sonrisa tuya, tranquila y canalla... También audaz, sí. Ésa la conservas, a pesar de todo. La vieja sonrisa del bailarín mundano.

Se tumba a su lado, sobre la colcha. De nuevo el olor próximo, la cálida cercanía. El punto rojo se aviva en su perfil, tan cerca que Max siente en el rostro el calor del cigarrillo.

—Cada vez que acariciaba a mi hijo, cuando era pequeño, creía estar acariciándote a ti. Y aún me ocurre cuando lo miro. Te veo en él.

Un silencio. Después la oye reír suavemente, casi dichosa.

—Su sonrisa, Max... ¿De verdad no reconoces esa sonrisa?

Tras decir eso, ella se incorpora un poco, busca a tientas en la mesilla de noche y apaga el cigarrillo.

—Descansa, relájate —añade—. Hazlo por una vez en tu vida. Ya he dicho que yo vigilo.

Se ha acurrucado muy cerca, pegada a él. Max entorna los ojos, complacido. Sereno. Por alguna extraña razón que no intenta analizar, se siente inclinado a referirle a ella una vieja historia.

—Estuve por primera vez con una mujer a los dieciséis años —evoca lentamente, en voz baja—, cuando trabajaba de botones en el Ritz de Barcelona... Yo era muy alto para mi edad, y ella una cliente madura, elegante. Al fin se las ingenió para hacerme entrar en su habitación... Cuando comprendí, me las arreglé lo mejor que supe. Y al terminar, mientras me vestía, ella me dio un billete de cien pesetas. Al irme, ingenuamente, acerqué la cara para darle un beso, pero retiró el rostro irritada, con expresión de fastidio... Y más tarde, cuando me crucé con ella en el hotel, ni se dignó mirarme.

Se calla un momento, buscando un matiz o un detalle que le permitan situar de modo exacto lo que acaba de contar.

—En aquellos cinco segundos —añade al fin—, mientras esa mujer apartaba el rostro, aprendí cosas que nunca olvidé.

Ahora el silencio es largo. Mecha ha estado escuchando muy quieta y callada, la cabeza contra el hombro de él. Al fin se mueve un poco, acercándose más. En su cuerpo delgado, casi frágil, los senos se sienten pequeños y mezquinos a través de la blusa; muy distintos a como él los recuerda. Por alguna singular razón, eso lo conmueve. Lo enternece.

—Te amo, Max.

—¿Todavía?

—Todavía.

Se buscan la boca instintiva y dulcemente, casi con fatiga. Un beso melancólico. Tranquilo. Después permanecen inmóviles, sin deshacer el abrazo.

—¿Fueron tan difíciles estos últimos años? —pregunta ella más tarde.

—Pudieron ser mejores.

Es una escueta manera de definirlo, piensa apenas lo dice. Después, en voz baja y desapasionada, desgrana una letanía melancólica: la decadencia física, la competencia de sangre joven adaptada al mundo nuevo. Y al final, rematándolo todo, una temporada de cárcel en Atenas, consecuencia de varios errores y desastres sucesivos. No fue demasiado tiempo, pero al salir de prisión estaba acabado. Su experiencia sólo servía para sobrevivir con pequeñas estafas y empleos baratos, o frecuentar lugares donde ganarse la vida trampeando. Durante un tiempo, Italia fue buen lugar para eso; pero al final ni siquiera la apariencia lo acompañaba. El empleo con el doctor Hugentobler, cómodo y seguro, había sido un verdadero golpe de suerte, ahora arruinado por completo.

—¿Qué será de ti? —pregunta Mecha después de un silencio.

—No lo sé. Buscaré la manera, supongo. Siempre supe cómo.

Ella se remueve entre sus brazos como si iniciara una protesta.

—Yo podría...

—No —la inmoviliza él, estrechándola más fuerte.

Se queda quieta de nuevo. Max tiene los ojos abiertos a las sombras y ella respira despacio, suavemente. Durante un rato parece dormida. Al fin se mueve otra vez, un poco, rozando su rostro con los labios.

—Recuerda de todos modos —susurra— que te debo una taza de café si alguna vez pasas por Lausana. A verme.

—Bien. Puede que pase alguna vez.

—Recuérdalo, por favor.

—Sí... Lo recordaré.

Durante un momento, a Max —estupefacto por la coincidencia— le parece que en algún lugar lejano suenan las notas familiares de un tango. Quizá se trata de una radio en la habitación vecina, concluye. O música abajo, en la terraza. Aún tarda un poco en darse cuenta de que es él quien lo tararea en su cabeza.

—No ha sido una mala vida —confiesa en voz muy baja—. La mayor parte del tiempo viví con el dinero de otros, sin llegar nunca a despreciarlos ni a temerlos.

—No parece mal balance.

—También te conocí a ti.

Ella separa la cabeza del hombro de Max.

—Oh, vamos, farsante. Conociste a demasiadas mujeres.

El tono es risueño. Cómplice. Él la besa con suavidad en el cabello.

—No recuerdo a esas mujeres. A ninguna. Pero te recuerdo a ti. ¿Me crees?

—Sí —ella apoya de nuevo la cabeza—. Esta noche te creo. Quizá también tú me amaste toda tu vida.

—Es posible. Quizá te ame ahora... ¿Cómo saberlo?

—Claro... ¿Cómo saberlo?

Un rayo de sol despierta a Max, que abre los ojos bajo la claridad que le calienta el rostro. Hay un destello de luz, una franja estrecha y cegadora que penetra entre las cortinas echadas de la ventana. Max se mueve despacio, pesadamente al principio, levantando la cabeza de la almohada con un esfuerzo doloroso, y comprueba que está solo. Sobre la mesilla, un reloj de viaje señala las diez y media de la mañana. Huele a tabaco; junto al reloj hay un vaso vacío y un cenicero con una docena de colillas. Ella, deduce, pasó el resto de la noche junto a él. Velando su sueño, como prometió. Quizá estuvo allí, inmóvil y callada, fumando mientras lo miraba dormido con la primera luz del alba.

Se levanta aturdido, palpándose la ropa arrugada; y tras desabotonar la camisa comprueba que los hematomas han adquirido un feo tono oscuro, como si la mitad de su sangre se hubiera derramado entre la carne y la piel. El cuerpo le duele de las ingles al cuello, y cada paso que da en dirección al cuarto de baño, hasta que sus miembros entumecidos entran en calor, roza el tormento. La imagen que encuentra en el espejo tampoco corresponde a sus mejores días: un anciano de ojos vidriosos y enrojecidos lo observa con recelo desde el otro lado del cristal. Abriendo un grifo del lavabo, Max mete la cabeza bajo el chorro de agua fría y deja que ésta corra durante un rato, despejándolo. Al fin alza el rostro, y antes de secarse con una toalla vuelve a estudiar sus facciones avejentadas, donde las gotas de agua resbalan siguiendo el cauce de las hondas arrugas que las surcan.

Cruza despacio la habitación, acercándose a la ventana; y cuando descorre las cortinas, la luz exterior inunda con violencia la colcha arrugada sobre la cama, el blazer azul marino colgado en el respaldo de una silla, la maleta lista cerca de la puerta, las cosas de Mecha repartidas por la habitación: ropa, un bolso, libros, cinturón de piel, monedero, revistas. Tras el deslumbramiento inicial, los ojos de Max se habitúan a la claridad; ahora enfocan la fusión añil de cielo y mar, la línea de la costa y el cono oscuro del Vesubio difuminado en azules y grises. Un ferry, que se aleja rumbo a Nápoles con equívoca lentitud, traza sobre el azul cobalto de la bahía la recta blanca y breve de su estela. Y tres pisos más abajo, en una mesa de la terraza del hotel —la situada junto a la mujer de mármol que arrodillada mira el mar—, Jorge Keller y su maestro Karapetian juegan al ajedrez mientras Irina los observa, sentada con ellos pero ligeramente separada de la mesa, los pies desnudos en el borde de la silla y los brazos abarcando las rodillas. Al margen, ya, del juego y de sus vidas.

Mecha Inzunza está sola, más lejos, sentada junto a una buganvilla próxima a la balaustrada de la terraza. Viste la falda oscura y tiene la rebeca beige puesta sobre los hombros. Hay un juego de café y unos periódicos abiertos sobre su mesa, pero ella no los mira. Tan inmóvil como la mujer de piedra que tiene detrás, parece contemplar absorta el paisaje de la bahía. Mientras la observa, apoyada la frente en el vidrio frío de la ventana, Max sólo la ve moverse una vez: llevar una mano hasta la nuca para tocarse el pelo corto y gris, e inclinar brevemente la cabeza con aire pensativo antes de alzarla de nuevo y volver a quedarse quieta como antes, mirando el mar.

Max da la espalda a la ventana, va hasta la silla y coge la chaqueta. Mientras se la pone, sus ojos se demoran en los objetos que hay sobre la cómoda. Y allí, donde él no podía dejar de verlo, deliberadamente situado sobre un guante de mujer largo y blanco, encuentra el collar de perlas, que reluce con suaves reflejos mate en la luz intensa que llena la habitación.

Parado ante el guante y el collar, el anciano que hace un momento se contemplaba en el espejo siente aflorar recuerdos, imágenes, existencias anteriores que su memoria ordena de modo asombrosamente nítido. Vidas propias y ajenas se concitan de pronto en una sonrisa que es también mueca dolorida; aunque tal vez sea el dolor de cosas perdidas o imposibles lo que motiva esa sonrisa melancólica. Y así, de nuevo, un chiquillo de rodillas sucias camina en equilibrio sobre los tablones carcomidos de un barco deshecho en el fango, un joven soldado remonta una colina cubierta de cadáveres, una puerta se cierra sobre la imagen de una mujer dormida a la que arropa un haz de luna impreciso como un remordimiento. Se suceden luego, al hilo de la sonrisa fatigada del hombre que recuerda, trenes, hoteles, casinos, almidonadas pecheras blancas, espaldas desnudas y relumbre de joyas bajo arañas de cristal, mientras una pareja de jóvenes apuestos, acuciados por pasiones urgentes como la vida, se mira a los ojos al bailar un tango aún no escrito, en el salón silencioso y desierto de un transatlántico que navega en la noche. Trazando sin saberlo, al moverse abrazados, la rúbrica de un mundo irreal cuyas luces fatigadas empiezan a apagarse para siempre.

Pero no es sólo eso. Hay también, en la memoria del hombre que mira el guante y el collar, palmeras de copas vencidas bajo la lluvia y un perro mojado en una playa de bruma gris, frente a una habitación de hotel donde la mujer más hermosa del mundo aguarda, sobre sábanas revueltas que huelen a intimidad tibia y a sosiego indiferente al tiempo y la vida, a que el joven que está de pie y desnudo ante la ventana se vuelva hacia ella para hundirse de nuevo en su carne acogedora y perfecta, único lugar del Universo donde es posible el olvido de sus extrañas reglas. Después, sobre un tapete verde, tres bolas de marfil entrechocan con suavidad mientras Max mira atento a un muchacho en el que, asombrado, reconoce su propia sonrisa. También ve, muy cerca, un doble reflejo de miel líquida que lo mira como ninguna mujer lo miró nunca; y siente una respiración húmeda y cálida rozando sus labios, y una voz susurra palabras viejas que suenan como si fueran nuevas y gotean bálsamo en antiguas heridas, absolución sobre mentiras, incertidumbres y desastres, cuartos de pensión y alojamientos sórdidos, falsos pasaportes, comisarías, celdas, años últimos de humillación, soledad y fracaso, con la luz opaca de infinitos amaneceres sin futuro borrando la sombra que el chiquillo a orillas del Riachuelo, el soldado que caminaba bajo el sol, el joven apuesto que bailó con mujeres bellas en lujosos transatlánticos y grandes hoteles, tuvieron cosida a los pies.

Y de ese modo, con el último vestigio de sonrisa todavía en la boca, meciéndose en la resaca lejana de tantas vidas que fueron suyas, Max deja a un lado el collar de perlas, coge el guante blanco de mujer que estaba debajo y lo coloca en el bolsillo superior de su chaqueta con un rápido toque de elegante coquetería, asomando los dedos de la prenda como si fueran puntas de un pañuelo o pétalos de una flor en la solapa. Después mira alrededor para comprobar si todo queda en orden, dirige un último vistazo al collar abandonado sobre la cómoda y hace una breve inclinación de cabeza en dirección a la ventana, despidiéndose de un público invisible que desde allí hiciera sonar aplausos imaginarios. La ocasión, piensa mientras se abotona y alisa la chaqueta, quizás requeriría, al salir de escena con la flema adecuada al caso, las notas del *Tango de la Guardia Vieja*. Pero sería obvio en exceso, concluye. Demasiado previsible. Así que abre la puerta, coge la maleta y se aleja por el pasillo, hacia la nada, silbando *El hombre que desbancó Montecarlo*.

Madrid, enero de 1990
Sorrento, junio de 2012

Agradecimientos

Son muchas las personas sin cuya colaboración esta novela no existiría. Para adentrarme en el territorio del tango fue decisivo en Buenos Aires el asesoramiento de Horacio Ferrer, José Gobello, Marcelo Oliveri y Óscar Conde. A Gabriel di Meglio, de Eternautas, debo una primera visita al barrio de Barracas, más tarde completada por Gabriela Puccia, que puso a mi disposición las memorias de su padre, Enrique Puccia, cuyos recuerdos me permitieron imaginar la infancia suburbial de Max Costa. Marco Tropea aportó interesante información sobre la Italia de los años sesenta, del mismo modo que algunos detalles importantes sobre la Francia de 1937 los debo a la amistad de Étienne de Montety. De Michele Polak y su librería anticuaria de París obtuve libros y folletos para describir la vida a bordo del transatlántico *Cap Polonio*. El duelo Keller-Sokolov debe mucho a la colaboración entusiasta de Leontxo García, que con su generosidad habitual resolvió complejos problemas tácticos y me facilitó acceso libre a la parte menos pública de los mejores jugadores de ajedrez del mundo. Conchita Climent y Luis Salas aportaron material para construir la vida profesional del compositor Armando de Troeye, el embajador Julio Albi me detalló algunos usos diplomáticos del período de entreguerras, el comisario Juan Antonio Calabria resolvió problemas de índole policial, Asya Goncharova me ayudó en las complejidades del habla y el carácter de los ajedrecistas soviéticos, y con el experto asesoramiento de José López y Gabriel López abrí mi primera caja fuerte. Mi agradecimiento quedaría incompleto si no incluyese a mis amigos el escritor y periodista argentino Jorge Fernández Díaz y el editor uruguayo Fernando Esteves.

Índice

Sobre el autor

Arturo Pérez-Reverte fue reportero de guerra durante veintiún años y es autor, entre otras novelas, de *El húsar, El maestro de esgrima, La tabla de Flandes, El club Dumas, Territorio Comanche, La piel del tambor, La carta esférica, La Reina del Sur, El pintor de batallas, Un día de cólera* y *El asedio*; y de la ya legendaria serie histórica *Las aventuras del capitán Alatriste*. Es miembro de la Real Academia Española.

Alfaguara es un sello editorial del Grupo Santillana

www.alfaguara.com

Argentina
www.alfaguara.com/ar
Av. Leandro N. Alem, 720
C 1001 AAP Buenos Aires
Tel. (54 11) 41 19 50 00
Fax (54 11) 41 19 50 21

Bolivia
www.alfaguara.com/bo
Calacoto, calle 13 n° 8078
La Paz
Tel. (591 2) 279 22 78
Fax (591 2) 277 10 56

Chile
www.alfaguara.com/cl
Dr. Aníbal Ariztía, 1444
Providencia
Santiago de Chile
Tel. (56 2) 384 30 00
Fax (56 2) 384 30 60

Colombia
www.alfaguara.com/co
Carrera 11A, n° 98-50, oficina 501
Bogotá DC
Tel. (571) 705 77 77

Costa Rica
www.alfaguara.com/cas
La Uruca
Del Edificio de Aviación Civil 200 metros
  Oeste
San José de Costa Rica
Tel. (506) 22 20 42 42 y 25 20 05 05
Fax (506) 22 20 13 20

Ecuador
www.alfaguara.com/ec
Avda. Eloy Alfaro, N 33-347 y Avda. 6 de
  Diciembre
Quito
Tel. (593 2) 244 66 56
Fax (593 2) 244 87 91

El Salvador
www.alfaguara.com/can
Siemens, 51
Zona Industrial Santa Elena
Antiguo Cuscatlán - La Libertad
Tel. (503) 2 505 89 y 2 289 89 20
Fax (503) 2 278 60 66

España
www.alfaguara.com/es
Avenida de los Artesanos, 6
28760 Tres Cantos, Madrid
Tel. (34 91) 744 90 60
Fax (34 91) 744 92 24

Estados Unidos
www.alfaguara.com/us
2023 N.W. 84th Avenue
Miami, FL 33122
Tel. (1 305) 591 95 22 y 591 22 32
Fax (1 305) 591 91 45

Guatemala
www.alfaguara.com/can
26 avenida 2-20
Zona n° 14
Guatemala CA
Tel. (502) 24 29 43 00
Fax (502) 24 29 43 03

Honduras
www.alfaguara.com/can
Colonia Tepeyac Contigua a Banco Cuscatlán
Frente Iglesia Adventista del Séptimo Día,
  Casa 1626
Boulevard Juan Pablo Segundo
Tegucigalpa, M. D. C.
Tel. (504) 239 98 84

México
www.alfaguara.com/mx
Avda. Río Mixcoac, 274
Colonia Acacias, C.P. 03240
Benito Juárez, México D.F.
Tel. (52 5) 554 20 75 30
Fax (52 5) 556 01 10 67

Panamá
www.alfaguara.com/cas
Vía Transísmica, Urb. Industrial Orillac,
Calle segunda, local 9
Ciudad de Panamá
Tel. (507) 261 29 95

Paraguay
www.alfaguara.com/py
Avda. Venezuela, 276,
entre Mariscal López y España
Asunción
Tel./fax (595 21) 213 294 y 214 983

Perú
www.alfaguara.com/pe
Avda. Primavera 2160
Santiago de Surco
Lima 33
Tel. (51 1) 313 40 00
Fax (51 1) 313 40 01

Puerto Rico
www.alfaguara.com/mx
Avda. Roosevelt, 1506
Guaynabo 00968
Tel. (1 787) 781 98 00
Fax (1 787) 783 12 62

República Dominicana
www.alfaguara.com/do
Juan Sánchez Ramírez, 9
Gazcue
Santo Domingo R.D.
Tel. (1809) 682 13 82
Fax (1809) 689 10 22

Uruguay
www.alfaguara.com/uy
Juan Manuel Blanes 1132
11200 Montevideo
Tel. (598 2) 410 73 42
Fax (598 2) 410 86 83

Venezuela
www.alfaguara.com/ve
Avda. Rómulo Gallegos
Edificio Zulia, 1°
Boleita Norte
Caracas
Tel. (58 212) 235 30 33
Fax (58 212) 239 10 51